A Ilha do Dia Anterior

Obras do autor publicadas pela Editora Record

Ficção

Baudolino

O cemitério de Praga

A ilha do dia anterior

A misteriosa chama da Rainha Loana

O nome da rosa

Número zero

O pêndulo de Foucault

Não ficção

Arte e beleza na estética medieval

Cinco escritos morais

Da árvore ao labirinto

A definição da arte

Diário mínimo

Em que creem os que não creem?

Entre a mentira e a ironia

História da beleza

História da feiura

História das terras e lugares lendários

A memória vegetal

Quase a mesma coisa

Vertigem das listas

Não contem com o fim do livro – com Jean Claude Carrière

Umberto Eco

A Ilha do Dia Anterior

Tradução de
MARCO LUCCHESI

8ª edição

EDITORA RECORD
RIO DE JANEIRO • SÃO PAULO
2016

CIP-Brasil. Catalogação na fonte
Sindicato Nacional dos Editores de Livros, RJ.

E22i
8ª ed.
Eco, Umberto, 1932-2016
A ilha do dia anterior / Umberto Eco; tradução de Marco Lucchesi. – 8ª ed. – Rio de Janeiro: Record, 2016.

Tradução de: L'isola del giorno prima
ISBN 978-85-01-04231-6

1. Romance italiano. I. Lucchesi, Marco Americo, 1963- .
II. Título.

94-1759

CDD – 853
CDU – 850-3

Título original italiano
L'ISOLA DEL GIORNO PRIMA

Copyright © 1994 by R.C.S. Libri & Grandi Opere S.p.A. Milan
Copyright da tradução © 1995 by Distribuidora Record S.A.

Agradecemos a Paulo Vizioli a permissão para reprodução de um trecho de sua tradução do poema de John Donne, citado à página 162.

Texto revisado segundo o novo Acordo Ortográfico da Língua Portuguesa.

Todos os direitos reservados. Proibida a reprodução, no todo ou em parte, através de quaisquer meios. Os direitos morais do autor foram assegurados.

Direitos exclusivos de publicação em língua portuguesa para o Brasil adquiridos pela EDITORA RECORD LTDA.
Rua Argentina 171 – Rio de Janeiro, RJ – 20921-380 – Tel.: (21) 2585-2000, que se reserva a propriedade literária desta tradução.

Impresso no Brasil

ISBN 978-85-01-04231-6

Seja um leitor preferencial Record.
Cadastre-se no site www.record.com.br
e receba informações sobre nossos
lançamentos e nossas promoções.

EDITORA AFILIADA

Atendimento e venda direta ao leitor:
mdireto@record.com.br ou (21) 2585-2002

Is The Pacifique Sea my Home?

John Donne, "Hymne to God my God"

Ai! Com quem falo? Mísero! O que tento?
Confesso a minha dor
à praia adormecida,
à pedra silenciosa, ao surdo vento...
Não há quem me responda,
só o murmurar das ondas!

Giovan Battista Marino,
"Eco", *La Lira*, XIX

Nota do tradutor

Mais um desafio de Umberto Eco. Talvez dos mais fascinantes, segundo uma dimensão textual. Romance escrito *em barroco*, *A ilha do dia anterior* apresenta uma rede complexa de remissões, alusões e elisões. Trata-se de um mosaico no qual comparecem as perplexidades do tempo de Marino e Vieira. Da luz e da sombra. E o próprio narrador — nessa oposição — confunde a sua linguagem com a de suas personagens nas inversões frasais e na sintaxe rebuscada. Narrativa essencialmente polifônica. Sobreposição. Decomposição. Dualidade.

Também ao tradutor, este romance representou um árduo desafio. Jamais perder de vista a fidelidade àquelas páginas, que põem lado a lado um *registro antigo* e um *registro moderno*. Ia quase dizendo *pós-moderno*. De um lado, o amarelo das páginas. De outro, a legibilidade. Manter o compromisso dos extremos. Tais os limites da obra. Aberta.

Assim, procuramos seguir as fontes de Eco. E — ao encontrá-las — compreender-lhes o sentido, buscando simultaneamente verificar se aquelas mesmas obras haviam sido traduzidas para o português, dos séculos XVII e XVIII. Não se tratava de um gesto gratuito. Mas de um reexame das soluções encontradas.

Tomando o texto como princípio e fim, procuramos manter as aliterações, as dissonâncias, as rimas, bem como os arcaísmos, os regionalismos, os neologismos (do autor e de época), a ortografia, as palavras compostas, a presença ou não dos acentos e o jogo sutil das maiúsculas e das minúsculas. Tudo isso — bem entendido — repensado em português. Para tanto servimo-nos de Camões, Vieira, Bernardes. *As cartas portuguesas. A história trágico-marítima. A polianteia medicinal.* Deles haurimos vocábulos, regências, expressões. Uma gramática? Não exatamente. Talvez um sentimento. Da história.

Frequentamos igualmente tratados de química e alquimia, botânica e astronomia, teologia e cartografia, esgrima e medicina, todos daquele período, e usamos termos (especialmente em medicina) que caíram em desuso ou que, hoje, constituem contradição no adjetivo. Tudo isso obedecendo ao original.

As notas? Optamos por explicar tão somente aquelas expressões que, familiares ao leitor italiano, fossem estranhas para nós.

Os dicionários? Para a maior parte das questões ortográficas e lexicais usamos o *Vocabulário português e latino* de Rafael Bluteau. Importante citar o Morais. Depois, o Fontinha. O *Meyers Lexicon*. Ainda a segunda e a terceira edições da Crusca. O Tommaseo e o Villanova. Estudos sobre a passagem do latim ao português. Histórias da língua alemã e da italiana. Seria longo e inútil enumerá-las aqui.

Contudo, se a nota do tradutor, em si mesma extemporânea, não prestar conta de suas dívidas, torna-se ainda mais extemporânea. Assim, queremos agradecer a preciosa revisão de Fanni D'Andrea Corbo, Wanderley Francisconi Mendes e Ana Thereza Vieira, com os quais desejo partilhar os possíveis acertos da tradução. De Ivo Barroso, Ettore Finazzi-Agrò e Ronaldo Rogério de Freitas Mourão foram bem-vindas diversas e oportunas sugestões.

Finalmente, aos funcionários das Bibliotecas Nacionais do Rio, de Washington, Roma e Lisboa, pelo acesso a seus repertórios, o nosso agradecimento.

Marco Lucchesi

1
Daphne

"E orgulho-me, todavia, de minha humilhação, e por estar condenado a tal privilégio, quase desfruto uma salvação odiosa: acredito ser na memória humana o único exemplar de nossa espécie a ter naufragado num navio deserto."

Assim escreve, com impenitente conceptismo, Roberto de la Grive, provavelmente entre julho e agosto de 1643.

Havia quantos dias vagava nas ondas, amarrado a uma tábua, com o rosto virado para baixo durante o dia, para não ficar cego pelo sol, o pescoço forçadamente esticado para não beber, a pele irritada pelo sal, certamente febril? As cartas nada dizem a este respeito e fazem pensar numa eternidade, mas devem ter sido dois dias no máximo, pois, do contrário, não teria sobrevivido ao açoite de Febo (como imaginariamente lamenta) — ele, que se declara tão enfermiço, animal noctívago por defeito natural.

Não estava em condições de manter a contagem do tempo, mas acredito que o mar se tenha acalmado logo após a tempestade que o arremessara do *Amarilli,* e aquela espécie de balsa que o marinheiro lhe indicara sob medida conduzira-o, por algumas milhas, empurrada pelos alísios num pélago sereno, numa estação do ano, ao sul do equador, onde o inverno é moderadíssimo, até que as correntes o fizeram aportar à baía.

Era noite, adormecera, e não se dera conta de que se aproximava do navio, até que, com um sobressalto, a tábua chegou a bater na proa do *Daphne.*

E como percebesse — sob a luz do plenilúnio — que estava flutuando embaixo de um gurupés, perpendicular a um castelo da proa, do qual pendia uma escaleta de corda não distante da corrente da âncora (a escada de Jacó, assim a teria chamado padre Caspar!), voltaram-lhe num instante todos os espíritos. Deve ter sido a força do desespero: calculou se tinha maior fôlego para gritar (mas a garganta era um fogo seco) ou para libertar-se das cordas que o haviam marcado com sulcos lívidos, e tentar subir. Acredito que em tais ocasiões um moribundo se transforme num Hércules que estrangula as serpentes no próprio berço. Roberto está confuso ao registrar o episódio, mas é preciso aceitar a ideia, se ele se encontrava, afinal, no castelo da proa, que de alguma forma se tinha agarrado àquela escada. Talvez tenha subido aos poucos, exausto a cada passo, atirando-se além da balaustrada; arrastando-se pelo cordame, encontrou aberta a porta do castelo... E o instinto deve ter feito com que ele tocasse no escuro aquele barril, à borda do qual se ergueu, encontrando uma caneca amarrada a uma cordinha. E bebeu quanto pôde, desabando em seguida saciado, talvez no pleno sentido da palavra, pois aquela água devia conter tantos insetos afogados que lhe oferecia ao mesmo tempo bebida e comida.

Deve ter dormido umas vinte e quatro horas; é um cálculo apropriado, já que quando acordou era noite, mas como se tivesse renascido. Portanto era noite novamente, e não, ainda.

Ele pensou que ainda era noite, pois, ao contrário, após um dia, alguém já o teria encontrado. A luz da lua, penetrando pelo convés, iluminava aquele lugar, que se dividia, por sua vez, com a pequena cozinha de bordo, com o seu caldeirão dependurado sobre o forno.

O ambiente dispunha de duas portas, uma dando para o gurupés e a outra para o convés. Assomou à segunda, observando, como se fosse de dia, as enxárcias bem arrumadas, o cabrestante, os mastros com as velas recolhidas, alguns canhões nas portinholas, e o perfil do castelo da popa. Fizera barulho, mas não respondera vivalma. Assomara às amuradas, e à direita divisara, à distância de uma milha, o contorno da Ilha, com as palmeiras da costa, agitadas pela brisa.

A terra formava uma espécie de enseada, contornada de areia, que começava a banhar-se de luz na pálida escuridão, mas, como acontece a todo náufrago, Roberto não sabia dizer se era uma ilha ou um continente.

Cambaleara para a outra borda e entrevira — mas desta vez longe, quase na linha do horizonte — os picos de um outro perfil, aqueles também, delimitados por dois promontórios. O restante do mar como se desse a impressão de que o navio estivesse fundeado num ancoradouro, no qual entrara ao passar por um vasto canal que separava as duas terras. Roberto concluíra que, se não se tratava de duas ilhas, tratava-se certamente de uma ilha que dava para uma terra mais vasta. Não acredito que tivesse tentado outras hipóteses, porquanto jamais soubera nada a respeito de baías tão amplas, que davam a impressão, para quem estivesse no meio delas, de estar em frente a duas terras gêmeas. Assim, por ignorar a extensão de continentes incomensuráveis, acertara em cheio.

Um belo acontecimento para um náufrago: com os pés no sólido e com a terra firme ao alcance dos braços. Mas Roberto não sabia nadar, dentro em breve descobriria que a bordo não havia nenhuma chalupa, e, nesse ínterim, a correnteza afastara a tábua com a qual chegara. Por isso, ao alívio de ter escapado da morte, seguia-se agora o desespero daquela tríplice solidão: do mar, da Ilha próxima e do navio. Ó de bordo!, deve ter tentado gritar, em todas as línguas que conhecia, reconhecendo-se bastante debilitado. Silêncio. Como se a bordo estivessem todos mortos. E jamais se exprimira — ele, tão generoso em similitudes — tanto ao pé da letra. Ou quase — mas é a respeito desse "quase" que eu gostaria de falar, e não sei por onde começar.

E, todavia, já comecei. Um homem vaga exausto pelo oceano, e as águas indulgentes jogam-no em um navio que parece deserto. Deserto como se a tripulação tivesse acabado de abandoná-lo, porque Roberto volta com dificuldade para a cozinha e encontra uma lâmpada e um acendedor, como se o cozinheiro os tivesse deixado lá, antes de ir dormir. Mas junto à lareira encontram-se duas enxergas sobrepostas, ambas vazias. Roberto acende a lâmpada, olha ao redor e encontra uma grande quantidade de comida: peixe seco e biscoito levemente azulado pela umidade, bastando raspá-lo com a faca. O peixe era demasiadamente salgado, mas havia água à vontade.

Deve ter recuperado logo as forças, ou já estava em plena forma, quando escrevia, pois se derrama — literatíssimo — sobre as delícias de seu festim; jamais o Olimpo conheceu banquetes iguais aos seus, suave ambrosia do mar profundo, monstro, cuja morte agora é vida para mim... Mas essas são as coisas que Roberto escreve à Senhora de seu coração:

Sol de minha sombra, luz de minha noite,

Por que o céu não me abateu naquela tempestade que me havia tão ferozmente aguilhoado? Por que subtrair ao mar voraz este meu corpo, se alfim, em tão avara soledade mais e mais desventurada, horridamente naufragar devia minh'alma? Talvez, se o céu piedoso não me houver de acudir, vós não podereis jamais ler esta carta que eu agora vos escrevo, e abrasado como um facho de luz destes mares, eu hei de tornar-me oculto ao vosso olhar, como se fora uma Selene que muito desfrutou — ai de mim! — a luz de seu Sol, e ao cumprir sua viagem além da curvatura extrema de nosso planeta, furtada ao socorro dos raios de seu astro soberano, primeiro se adelgaça, seguindo a imagem de uma foice que põe termo à vida, e depois, lanterna esmaecida, de todo se dissolve naquele vasto cerúleo escudo, onde a engenhosa natureza forma heroicas empresas e emblemas misteriosos de seus segredos.

Privado de vosso olhar, tornei-me cego porque não me vedes; mudo, porque não me dirigis a palavra; esquecido, porque não me recordais.

E vivo solitário, ardente opacidade e tenebrosa chama, vago fantasma que minha mente configurando sempre igual nesta adversa pugna de contrários quisera emprestar à vossa. Salvando a vida nesta lenhosa fortaleza, neste flutuante bastião, prisioneiro do mar que me defende do mar, punido pela clemência do céu, amorado neste imo sarcófago, aberto a todos os sóis, neste aéreo subterrâneo, neste cárcere inexpugnável que me oferece a fuga por todos os lados, aflijo-me para ver-vos um dia.

Senhora, escrevo para vós como para oferecer-vos, homenagem indigna, a rosa desfalecida de meu desassossego. E orgulho-me, todavia, de minha humilhação e, por estar condenado a tal privilégio, quase desfruto uma salvação odiosa: acredito ser na memória humana o único exemplar de nossa espécie a ter naufragado num navio deserto.

Mas será isso possível? A julgar pela data desta primeira carta, Roberto põe-se a escrever imediatamente após a sua chegada, tão logo encontra pena e papel no quarto do capitão, antes de explorar o restante do navio. E, contudo, deve ter empregado algum tempo para refazer as forças, porque estava reduzido a um animal ferido. Ou talvez seja uma pequena astúcia amorosa; antes de mais nada, procura saber aonde chegou; depois escreve, e finge que foi antes. Por que, visto que sabe, supõe, teme que tais cartas jamais chegarão a seu destino, escreve apenas para o seu tormento (atormentado conforto, ele diria, mas não vamos perder o controle)? Já é difícil reconstituir gestos e sentimentos de uma personagem que certamente queima de amor verdadeiro, mas não se sabe jamais se exprime o que sente ou o que as regras do discurso amoroso lhe prescreviam — mas, por outro lado, que sabemos nós da diferença entre paixão sentida e paixão expressa, e qual delas é a primeira? Portanto, estava escrevendo para si, não era literatura, estava realmente escrevendo como um adolescente que segue um sonho impossível, sulcando a página de pranto, não por ausência da outra, já pura imagem, mesmo quando estava presente, mas por ternura de si mesmo, enamorado do amor...

Haveria matéria para extrair um romance; mas, de novo, por onde começar?

Acredito que ele escreveu esta primeira carta muito depois; primeiramente olhou ao seu redor — e o que viu irá dizê-lo nas cartas seguintes. Mas também aqui, como traduzir o diário de alguém que deseja tornar visível, por metáforas perspicazes, aquilo que mal consegue enxergar, enquanto caminha de noite com os olhos doentes?

Roberto dirá que sofria dos olhos, desde quando aquela bala passara-lhe de raspão pela têmpora, no assédio de Casale. Também é possível, mas em outro lugar sugere que se debilitaram ainda mais por causa da peste. Roberto era certamente de compleição delicada e, segundo posso intuir, era também hipocondríaco — embora moderado; metade de sua fotofobia devia ser causada por sua bílis negra, e, metade, por alguma forma de irritação, aguçada provavelmente pelos preparados do senhor d'Igby.

Parece que passou toda a viagem no *Amarilli,* na segunda coberta, pois a condição de fotófobo era, se não a sua natureza, pelo menos o papel que devia representar para observar as manobras na estiva: alguns meses, todos passados na escuridão, ou sob a chama de uma vela — e depois o tempo em que vagou náufrago, cegado pelo sol equatorial ou tropical. Quando aporta finalmente no *Daphne,* doente ou não, abomina a luz, passa a primeira noite na cozinha, reanima-se e tenta uma primeira inspeção na segunda noite, e depois as coisas acontecem quase por si próprias. O dia o assusta — não só os olhos não o suportam, mas as queimaduras que devia ter nas costas — e ele se esconde. A lua tão bela que descreve naquelas noites reconforta-o; de dia o céu está por toda a parte, de noite descobre novas constelações (heroicas empresas e emblemas misteriosos), é como estar num teatro: persuade-se de que aquela será a sua vida por longo tempo e talvez até a morte; recria a sua Senhora no papel para não perdê-la e sabe que não perdeu mais de quanto já possuiu.

Nessa altura, busca refugiar-se nas suas vigílias noturnas como num útero materno, e, com maior razão, decide fugir do sol. Talvez tenha lido a respeito daqueles Ressurgentes da Hungria, da Livônia ou da Valáquia, que vagueiam inquietos entre o ocaso e a alvorada, para depois esconderem-se em seus túmulos ao cantar do galo: o papel podia seduzi-lo...

Roberto deveria ter iniciado o seu recenseamento na segunda noite. Já havia gritado suficientemente para estar seguro de que não havia ninguém a bordo. Mas, e era o que ele temia, poderia encontrar alguns cadáveres, algum sinal que justificasse aquela ausência. Caminhara com prudência, e pelas cartas é difícil dizer em qual direção: cita de maneira imprecisa o navio, as suas partes e os objetos de bordo. Alguns lhe são familiares, e os ouviu mencionar pelos marinheiros, outros ignorados, e os descreve de acordo com aquilo que lhe parecem. Mas também os objetos conhecidos, sinal de que no *Amarilli* a chusma devia ter sido feita com as sobras dos sete mares, ele os devia ter ouvido designar por um, em francês; por outro, em holandês; por outro, em inglês. Assim, diz, às vezes, *staffe* — como devia ter-lhe ensinado o doutor Byrd — por balestilha; tem-se dificuldade para entender se estava ora no castelo da popa ou na duneta e ora no galhardo posterior, que é um galicismo para exprimir a mesma coisa; usa portinholas, e permito-lhe com prazer, pois recorda os livros de marinha que líamos quando rapazes; fala de velacho, que para nós é uma vela de traquete, mas como para os franceses *perruche* é a vela do belvedere que está no mastro da mezena, não se sabe a que esteja aludindo, quando afirma que estava debaixo do papagaio. Para não dizer que às vezes chama também o mastro da mezena de artemão, à francesa, mas então que entenderá quando escreve *mesena*, que para os franceses é o traquete (mas, ai de mim, não para os ingleses, a quem *mizzen-mast* é a mezena, como Deus manda)? E quando fala de beiral, refere-se provavelmente ao que nós chamaríamos de embornal. Tanto que tomo uma decisão: procurarei decifrar as suas intenções, e depois usarei os termos que nos são mais familiares. Se eu errar, paciência: a história não muda.

Dito isso, estabeleçamos que naquela segunda noite, após ter encontrado uma reserva de comida na cozinha, Roberto prosseguiu de algum modo sob os raios da lua a travessia do convés.

Recordando a proa e os flancos abaulados, vagamente entrevistos na noite anterior, a julgar pelo convés esbelto, pela forma do galhardo e pela popa estreita e redonda, e comparando-o ao *Amarilli*, Roberto concluiu que também o *Daphne* era um *fluyt* holandês, ou uma urca, ou *flûte*, ou *fluste*, ou *flyboat*; ou *fliebote*, como diferentemente eram chamados aqueles navios comerciais e de média lotação, frequentemente armados com uma dezena de canhões, para descargo de consciência em caso de um ataque corsário; podendo, com tais dimensões, ser governados por uma dúzia de marinheiros, e embarcar muitos passageiros a mais, se se renunciava às comodidades (já bastante escassas); estivando um maior número de enxergas — donde uma grande mortandade por causa dos miasmas de todo o tipo se não houvesse baldes suficientes. Uma urca, porém, maior do que o *Amarilli*, com o convés reduzido quase a uma só grade, como se o capitão estivesse ansioso para embarcar água a cada onda mais forte.

Em todo o caso, sendo o *Daphne* uma urca era uma vantagem, pois Roberto podia movimentar-se com certo conhecimento da disposição dos lugares. Por exemplo, deveria haver no centro da coberta a grande chalupa, capaz de conter toda a tripulação: e o fato de não existir fazia acreditar que a tripulação estava em outro lugar. Mas isto não tranquilizava Roberto: uma tripulação jamais deixa o navio sem guardas e em poder do mar, mesmo se ancorado e com as velas recolhidas numa baía tranquila.

Naquela noite, dirigira-se para além do compartimento da popa, abrira a porta do castelo com discrição, como se tivesse de pedir permissão a alguém... Junto à barra do leme, a bússola lhe disse que o canal entre as duas terras se estendia de sul para norte. Depois se encontrara naquele que hoje chamaríamos o quadrado, uma sala em forma de L, e outra porta levara-o ao quarto do capitão, com a sua ampla janela sobre o timão e os acessos laterais à galeria. No *Amarilli*, o quarto do comando não formava um todo com aquele onde o capitão dormia, ao passo que, aqui, parecia que se tivesse procurado economizar espaço para dar lugar a mais alguma coisa. E, realmente, enquanto à esquerda do quadrado abriam-se dois pequenos quartos para dois oficiais, à direita fora construído outro ambiente, quase mais amplo que o do capitão, com uma cama de bordo modesta ao fundo, mas preparado como um lugar de trabalho.

A mesa estava entulhada de mapas, que pareceram a Roberto exceder ao número utilizado normalmente para a navegação. Parecia o lugar de trabalho de um estudioso: junto aos mapas estavam diversamente colocadas algumas lunetas, um belo nocturlábio de cobre que emanava clarões amarelados, como se nele houvesse uma nascente de luz, uma esfera armilar fixada ao nível da mesa, outros papéis cobertos de cálculos e um pergaminho com desenhos circulares em vermelho e negro, que reconheceu por ter visto cópias no *Amarilli* (mas de matéria inferior), como uma reprodução dos eclipses lunares de Regiomontano.

Voltara à cabine de comando: saindo para a galeria, podia-se ver a Ilha, podia-se — escrevia Roberto — fixar com olhos de pantera o seu silêncio. Em resumo, a Ilha estava lá, como dantes.

Devia ter chegado ao navio quase nu: acredito que o primeiro ato, o corpo sujo de salsugem, foi o de lavar-se na cozinha, sem se perguntar se aquela água era a única a bordo, e depois, quem sabe, encontrou num baú a bela roupa do capitão, reservada para o desembarque final. Provavelmente orgulhou-se do seu traje de comando, e calçar botas deve ter sido um modo de sentir-se de volta ao seu meio. Somente naquela altura, um cavalheiro adequadamente vestido — e não um náufrago emaciado — pode tomar posse oficialmente de um navio abandonado e não sentir mais como violação, mas como direito, o gesto feito por Roberto: procurou sobre a mesa e descobriu, aberto e como se estivesse interrompido, junto à pena de ganso e ao tinteiro, o diário de bordo. Desde a primeira página, descobriu logo o nome do navio, mas o restante era uma sequência incompreensível de *anker, passer, sterre-kyker, roer*, e pouco lhe serviu saber que o capitão era flamengo. Todavia, a última linha trazia a data de algumas semanas antes, e, após algumas palavras incompreensíveis, sobressaía, sublinhada, uma expressão em latim: *pestis, quae dicitur bubonica*.

Eis um indício, um começo de explicação. A bordo do navio deflagrara-se uma epidemia. Tal notícia não inquietou Roberto: ele contraíra a sua peste treze anos antes, e, como todos sabem, quem teve o morbo adquiriu uma espécie de graça, como se aquela serpente não ousasse introduzir-se uma segunda vez nas entranhas de quem a domara anteriormente.

Por outro lado, aquela menção não explicava muita coisa, e deixava lugar para outras inquietações. Está bem, todos haviam morrido. Mas então deveriam ter sido encontrados, espalhados desordenadamente no convés, os cadáveres dos últimos, admitindo-se que eles tivessem dado uma piedosa sepultura no mar aos primeiros.

Havia a falta da chalupa: os últimos, ou todos, se afastaram do navio. Que faz de um navio de empestados um lugar de invencível ameaça? Ratos, talvez? Pareceu a Roberto interpretar, na escritura ostrogótica do capitão, uma palavra como *rottnest*, ratazana, rato de esgotos — e imediatamente virara-se, levantando a lanterna, pronto a perceber alguma coisa deslizando ao longo das paredes, e ouvir o chiar que lhe havia gelado o sangue no *Amarilli*. Com um arrepio, lembrou-se de uma noite, quando um ser peludo lhe roçara o rosto, enquanto pegava no sono; ao seu grito de terror, acudira-o o doutor Byrd. Depois, todos o ridicularizaram: mesmo sem a peste, a bordo de um navio existem tantos ratos quantos os pássaros num bosque, e com os ratos é preciso ter familiaridade, se desejamos correr os mares.

Mas, pelo menos no castelo, não havia nenhum indício da presença dos ratos. Talvez estivessem reunidos na sentina, com os olhos avermelhados na escuridão, à espera de carne fresca. Roberto disse a si mesmo que, se havia ratos, era preciso saber desde logo. Se eram ratos normais e em número normal, podia-se conviver com eles. E que mais podia ser, além disso? Perguntou-se, e não quis responder.

Roberto encontrou uma espingarda, um espadão e um facão. Fora soldado: a espingarda era um daqueles *calivers* — como diziam os ingleses — que se podiam apontar sem forquilha; certificou-se de que o fuzil estava em ordem, mais para sentir-se confiante do que para dispersar um bando de ratos, com balas de chumbo; e de fato, enfiara também a faca na cintura, pois, com os ratos, é de pouca serventia.

Decidira explorar a embarcação da proa até a popa. Ao voltar à pequena cozinha, por uma escada que descia à parte posterior da amarra do gurupés, entrara no paiol (ou despensa, presumo), onde tinham sido amontoados os víveres para uma longa navegação. E, visto que não poderiam conservar-se durante toda a viagem, a tripulação abastecera-se recentemente numa terra hospitaleira.

Havia cestos de peixe, defumados não fazia muito, e pirâmides de coco, e barris de tubérculos de forma desconhecida, mas de aspecto comestível, e visivelmente capazes de suportar uma longa conservação. E depois, frutas, iguais às que Roberto vira aparecer a bordo do *Amarilli* após os primeiros desembarques nas terras tropicais, aquelas também resistentes aos desgastes da estação, hirtas de espinhas e escamas, mas de perfume ativo que prometia carnosidades bem-protegidas, açúcares bem-escondidos. E de algum produto das ilhas deviam ter sido retirados aqueles sacos de farinha cinzenta, com cheiro de tufo, com que provavelmente foram cozidos também alguns pães, cujo sabor recordava aquelas bolinhas insípidas que os índios do Novo Mundo chamavam batatas.

Ao fundo, viu também uma dezena de barriletes. Esguichou o primeiro, e era água, ainda não apodrecida, recolhida, aliás, recentemente e tratada com enxofre para conservá-la por mais tempo. Não era muita, mas, calculando que também as frutas matavam a sede, poderia permanecer por longo tempo no navio. E, contudo, essas descobertas, que deviam fazer-lhe entender que no navio não morreria de tédio, inquietavam-no ainda mais — como acontece com os espíritos melancólicos, para quem todo sinal de sorte é uma promessa de infaustas consequências.

Naufragar num navio deserto é já um caso inatural, mas se, pelo menos, o navio tivesse sido abandonado pelos homens e por Deus como despojo impraticável, sem objetos da natureza ou de arte que o tornassem um refúgio cobiçado, isso estaria na ordem das coisas e na crônica dos navegantes; mas encontrá-lo deste modo, arrumado como se estivesse para receber um hóspede bem-vindo e esperado, como se fosse uma oferta insinuante, isso começava a cheirar a chamusco, mais do que a enxofre. Ocorreram-lhe as fábulas que lhe contava sua avó, e outras, em mais bela prosa, que eram lidas nos salões parisienses, onde princesas perdidas no bosque entram num castelo e encontram quartos suntuosamente decorados com leitos, dosséis e armários, cheios de roupas luxuosas, ou até mesas bem arrumadas... E a última sala, como se sabe, reservaria a revelação fulminante da mente maligna que engendrara a cilada.

Tocara num coco, na base do amontoado, perturbara o equilíbrio do conjunto, e aquelas formas cerdosas precipitaram-se numa avalanche, como se fossem ratos que tivessem esperado em silêncio no chão (ou como os morcegos que se dependuravam de cabeça para baixo nas traves de um teto), prontos agora para subir no seu corpo e cheirar-lhe o rosto salgado de suor.

Era preciso certificar-se de que não se tratava de um feitiço: Roberto aprendera na viagem o que se deve fazer com as frutas de além-mar. Usando o facão como um machado, abriu com um só golpe o coco, depois quebrou a casca, roeu a polpa que se escondia sob a casca. Era tudo tão suavemente bom que a impressão de uma armadilha crescia mais e mais. Talvez, disse a si mesmo, já se tornara vítima da ilusão: degustava os cocos, e estava adentando roedores, já lhes absorvia a quididade, em breve as suas mãos se tornariam delgadas, aduncas e munidas de garras, o seu corpo acabaria sendo coberto por uma pelugem avinagrada; sua coluna, arqueada; e ele seria acolhido pela sinistra apoteose dos híspidos habitantes daquele barco de Aqueronte.

Mas, para terminar a primeira noite, outro sinal de espanto devia surpreender o explorador. Como se o desabamento dos cocos tivesse despertado criaturas adormecidas, ouviu chegar, além da divisória que separava a despensa do restante da segunda coberta, não um chiar, mas um pipilar, um chilrear, um esgaravatar de patas. Portanto, a armadilha existia, seres noturnos reuniam-se em algum covil.

Roberto perguntou-se, espingarda na mão, se devia enfrentar logo aquele Armagedon. Tremia-lhe o coração, acusou-se de covardia e advertiu que naquela noite, ou numa outra, mais cedo ou mais tarde, deveria enfrentá-los. Tergiversou, tornou a subir ao convés e, por sorte, entreviu a alvorada que já se derramava cérea sobre o metal dos canhões, até então acariciados pelos reflexos lunares. O dia começava a nascer, reconheceu aliviado, e era seu costume evitar a claridade.

Como um Ressurgente da Hungria, atravessou correndo a coberta para voltar ao castelo da popa, entrou no quarto que já era seu, entrincheirou-se, fechou as saídas que davam para a galeria, pôs as armas ao alcance das mãos e preparou-se para dormir, para não ver o sol, carrasco que corta, com o machado de seus raios, o pescoço das sombras.

Agitado, sonhou o seu naufrágio, e sonhou-o como um homem de engenho, para quem nos sonhos, sobretudo nestes, é preciso fazer com que as proposições adornem o conceito; que os relevos o vivifiquem; que as misteriosas conexões o tornem denso; profundo, as considerações; elevado, as ênfases; dissimulado, as alusões, e as transmutações sutis.

Imagino que naqueles tempos, e naqueles mares, era maior o número de navios que naufragavam do que os que voltavam ao porto; mas para aquele a quem acontecia pela primeira vez, a experiência devia ser fonte de pesadelos recorrentes, que o hábito de bem conceber devia tornar pitorescos como um Juízo Final.

Desde a primeira noite, o ar estava como que adoecido de catarro, e parecia que o olhar do céu, grávido de lágrimas, já não suportasse ver a amplidão das ondas. O pincel da natureza já descolorira a linha do horizonte e esboçava distâncias de províncias indistintas.

Roberto, cujas vísceras já vaticinavam o terremoto iminente, joga-se na enxerga, embalado agora por uma nutriz de ciclopes, adormece entre sonhos irrequietos nos quais sonha o sonho que descreve, e cosmopeia de assombro acolhe em seu regaço. Desperta com a orgia dos trovões e com os gritos dos marinheiros; depois golfadas de água invadem-lhe a enxerga; o doutor Byrd aparece correndo e grita para que ele se dirija ao convés, e agarre-se com firmeza a qualquer coisa que esteja um pouco mais firme do que ele.

No convés, confusões, lamentos e corpos, como se fossem erguidos pelas mãos divinas e arremessados ao mar. Por pouco tempo, Roberto se agarra à vela da contramezena (é o que suponho entender), até que esta se estraçalha, rasgada pelos raios, o estandarte esforça-se para rivalizar com o curso das estrelas, e Roberto é atirado aos pés do mastro principal. Ali um marinheiro de bom coração, que se amarrara ao mastro, não podendo ceder seu lugar. Atira-lhe uma corda e grita para que se amarre a uma porta arrombada do castelo; e foi bom para Roberto que a porta, tendo-o como parasita, escorregasse depois ao encontro da balaustrada, porque nesse meio-tempo o mastro quebrara-se ao meio e, ao cair, partira a cabeça do ajudante em dois.

Por uma brecha da amurada, Roberto vê, ou sonha ter visto, cíclades de sombras acumuladas aos raios que passam errantes pelos campos undosos, o que me parece uma grande concessão ao gosto da citação preciosa. Tanto faz: o *Amarilli* inclina-se no lado do náufrago, pronto ao naufrágio, e Roberto com a sua tábua escorrega num abismo, no qual avista, ao descer, o Oceano que livre ascende a simular despenhadeiros; no delíquio dos olhos, vê surgir Pirâmides caídas, e reconhece um aquoso cometa que foge ao longo de uma órbita daquele turbilhão de úmidos céus. Enquanto as ondas resplandecem com luminosa inconstância, aqui se dobra um vapor, lá um vórtice borbulha e abre uma nascente. Feixes de meteoros desvairados fazem contracanto ao ar sedicioso, dilacerado em trovões; o céu é um alternar-se de luzeiros remotíssimos e reversos de trevas, e Roberto afirma ter visto Alpes espumosos entre sulcos resvaladiços que as espumas transformaram em messes, e Ceres florida entre safíreos reflexos; e, de quando em quando, um precipitar de ruidosas opalas, como se a telúrica filha Proserpina tivesse assumido o comando, exilando a mãe frugífera.

E, entre as feras que rugem, vagando por toda a parte, enquanto refervem os salsos argênteos em proceloso ato, Roberto, de repente, cessa de admirar o espetáculo, do qual se torna um insensível ator, desfalece e nada mais sabe de si. Somente depois, deverá supor, sonhando, que a tábua, por piedoso decreto ou por instinto de coisa flutuante, pôde adequar-se àquela jiga e, como havia descido, naturalmente torne a subir, aquietando-se numa lenta sarabanda — pois na cólera dos elementos subvertem-se também as regras de toda sequência polida de danças —, e com perífrases cada vez mais vastas o afaste do umbigo da justa, onde, ao contrário, afunda, rodopia nas mãos dos filhos de Éolo, o desventurado *Amarilli,* gurupés virado para o céu. E com ele todas as almas vivas na sua estiva: o judeu destinado a encontrar, na Jerusalém Celeste, a Jerusalém terrena que não teria jamais alcançado; o cavaleiro maltês, para sempre separado da ilha Escondida; o doutor Byrd, com os seus acólitos e — finalmente subtraído pela natureza benigna dos confortos da arte médica — aquele pobre cão infinitamente ulcerado, de quem, todavia, ainda não tive ocasião de falar, porque Roberto escreverá sobre ele bem mais tarde.

Mas, em resumo, acredito que o sonho e a tempestade tivessem tornado o sono de Roberto bastante suscetível para reduzi-lo a um tempo brevíssimo, ao qual devia suceder uma vigília belicosa. Com efeito, aceitando a ideia de que lá fora era dia, reconfortado pelo fato de que pouca luz penetrava pelos janelões opacos do castelo, e, confiante de que podia descer à segunda coberta por alguma escada interna, tomou coragem, retomou as armas e caminhou com temerário temor para descobrir a origem daqueles sons noturnos.

Ou melhor, não vai de imediato. Peço vênia, mas é Roberto que ao contar à Senhora se contradiz — sinal de que não conta com exatidão tudo o que lhe aconteceu, mas busca construir a carta como uma narração; melhor: como apontamentos daquilo que poderia tornar--se carta e história, e escreve sem decidir o que depois escolherá, desenhando por assim dizer as peças de seu tabuleiro de xadrez, sem decidir de imediato quais devia mover e como dispô-las.

Numa carta, diz ter saído para aventurar-se na segunda coberta. Mas numa outra escreve que, acordado pela claridade da manhã, foi surpreendido por um distante concerto. Certamente, eram sons que chegavam da Ilha. Primeiramente, Roberto imaginou um grupo de indígenas, a bordo de longas canoas, que estivessem prontos para atacar o navio, e empunhou a espingarda, mas depois o concerto pareceu-lhe menos belicoso.

Era a alvorada, o sol ainda não atingia os vidros: foi até a galeria, sentiu o cheiro do mar, afastou um pouco o batente da janela e, com os olhos entreabertos, tentou fixar a praia.

No *Amarilli*, onde durante o dia não saía ao convés, Roberto ouvira os passageiros falarem a respeito de auroras avermelhadas, como se o sol estivesse impaciente em dardejar o mundo, ao passo que agora via, sem lacrimejar, cores pastel: um céu espumante de nuvens escuras levemente franjadas de perolado, enquanto uma nuance, um leve matiz de rosa, estava subindo atrás da Ilha, que parecia colorida de turquesa num papel grosseiro.

Mas aquela paleta quase nórdica bastava-lhe para entender que aquele perfil, que lhe parecera homogêneo na noite, fora dado pelos contornos de uma colina silvestre que terminava com um rápido declive numa faixa costeira coberta de árvores altas, até as palmeiras que coroavam a praia branca.

Lentamente a areia tornava-se mais luminosa, e, ao longo das bordas, pareciam surgir como grandes aranhas embalsamadas que moviam os seus membros esqueléticos dentro d'água. Roberto percebeu-as de longe como "vegetais ambulantes", mas, naquele momento, o reflexo, agora bastante vivo, da areia, fez com que voltasse de novo para dentro.

Descobriu que, onde os olhos não lhe permitiam ver com clareza, os ouvidos não podiam traí-lo, e confiou nos ouvidos, fechando quase por completo o batente e apurando a audição aos ruídos provenientes da terra.

Embora acostumado às alvoradas de sua colina, percebeu que, pela primeira vez na sua vida, ouvia realmente cantar os pássaros, ou, pelo menos, jamais tantos e tão variados.

Saudavam aos milhares o nascer do sol; pareceu-lhe reconhecer, entre os gritos de papagaios, o rouxinol, o melro, a calandra, um número infinito de andorinhas e até mesmo o som agudo da cigarra e do grilo, perguntando-se se estava ouvindo realmente seres daquela espécie ou algum de seus irmãos dos antípodas... A Ilha estava distante, e, contudo, teve a impressão de que tais sons trouxessem um aroma de flor de laranjeira e de manjericão, como se o ar por toda a baía estivesse impregnado de perfume — como lhe dissera o senhor d'Igby, que, no curso de uma de suas viagens, reconhecera a proximidade da terra por um sobrevoar de átomos fragrantes transportados pelos ventos...

Mas, enquanto estava sentindo aquele perfume, procurava ouvir aquela multidão invisível, como, se das ameias de um castelo ou das aberturas de um bastião, olhasse para um exército, que, vociferando, dispunha-se em arco entre o inclinar da colina, a planura defronte e o rio que protegia as muralhas; teve a impressão de já ter visto aquilo que ouvindo imaginava, e, diante da imensidão que o cercava, sentiu-se assediado, e quase lhe veio o instinto de apontar a espingarda. Estava em Casale: diante dele, a armada espanhola, com o barulho de seus carros, o bater das armas, as vozes de tenor dos castelhanos, o vozerio dos napolitanos, o áspero grunhido dos lansquenetes, e, ao fundo, alguns sons de trombeta que chegavam abafados, e os baques abrandados de alguns tiros de arcabuz, cloc, pof, taa-pum, como os fogos de artifício de uma festa do santo padroeiro.

Como se a sua vida tivesse acontecido entre dois assédios, um sendo a imagem do outro, com a única diferença que, agora, ao reunir-se àquele círculo de dois lustros abandonados, também o rio era demasiado largo e circular — a ponto de tornar impossível qualquer saída —, Roberto reviveu os dias de Casale.

2
Do que aconteceu em Monferrato

Roberto deixa entender muito pouco de seus primeiros dezesseis anos de vida, antes daquele verão de 1630. Cita episódios do passado apenas quando lhe parecem exibir alguma conexão com o seu presente no *Daphne,* e o cronista de sua crônica agitada deve espiar entre as dobras do discurso. Seguindo os seus hábitos, apareceria como um autor que, para prorrogar a revelação do homicida, fornece ao leitor apenas escassos indícios. E, portanto, ponho-me a furtar alusões como um delator.

Os Pozzo di San Patrizio eram uma família de pequena nobreza, que possuía a vasta propriedade rural da Griva, nos confins do território alexandrino (naquele tempo, parte do ducado de Milão, e, portanto, território espanhol), mas que, pela geografia política ou disposição de ânimo, se considerava vassala do marquês de Monferrato. O pai — que falava francês com a mulher, dialeto com os camponeses e italiano com os estrangeiros —, com Roberto comunicava-se de diversas maneiras, dependendo se lhe ensinava um golpe de espada, ou o levava a cavalgar pelos campos, blasfemando contra os pássaros que lhe estragavam a colheita. De resto, o menino passava o tempo sem amigos, imaginando terras distantes, quando caminhava entediado pelos vinhedos; falcoaria, se caçava gaviões; combates com o dragão, se brincava com os cães; tesouros escondidos, enquanto explorava os cômodos do pequeno castelo da família, ou do grande castelo, como fosse o caso. Acendiam-lhe essas vagabundagens na mente os romances e os poemas cavalheirescos que encontrava empoeirados na torre sul.

Portanto, ineducado ele não era, e dispunha até mesmo de um preceptor, embora bissexto. Um carmelita, que, segundo se afirmava, teria viajado pelo oriente, onde — murmurava sua mãe, fazendo o sinal da cruz —, insinuavam, se fizera muçulmano; uma vez ao ano chegava à propriedade com um criado e quatro mulas carregadas de livros e alfarrábios, e era hospedado por três meses. Não sei o que ensinava ao aluno, mas, quando chegou a Paris, Roberto fazia figura e, em todo o caso, aprendia rapidamente tudo o que ouvia.

Desse carmelita sabe-se apenas uma coisa, e não é por coincidência que Roberto fale a tal respeito. Um dia o velho Pozzo cortara-se, limpando uma espada; ou porque a arma estava enferrujada, ou porque lesou uma parte sensível da mão ou dos dedos, a ferida provocava-lhe fortes dores. Então, o carmelita pegara a espada, cobrira-a de um pó que guardava numa caixinha, e logo Pozzo jurara sentir alívio. O fato é que no dia seguinte a chaga já estava cicatrizando.

O carmelita ficou satisfeito com o assombro de todos, e disse que o segredo daquela substância fora-lhe revelado por um árabe, e que se tratava de um medicamento bem mais poderoso do que aquele que os alquimistas cristãos denominavam *unguentum armarium*. Quando lhe perguntaram por que o pó não fora colocado na ferida, mas na lâmina que a produzira, respondera que assim opera a natureza, de cujas forças mais poderosas sobressai a simpatia universal, que governa as ações a distância. E acrescentara que, se a coisa parecia difícil de acreditar, bastava pensar no ímã, que é uma pedra que atrai para si a limalha do metal, ou nas grandes montanhas de ferro que cobrem o norte de nosso planeta, as quais por sua vez atraem a agulha da bússola. E assim o unguento armário, aderindo solidamente à espada, atraía para si aquelas virtudes do ferro que a espada deixara na ferida e impediam a cicatrização.

Qualquer criatura que na própria infância tenha testemunhado um fato semelhante não podia senão ficar marcada pelo resto da vida, e veremos logo como o destino de Roberto tenha sido decidido por sua atração pelo poder atrativo de pós e unguentos.

Por outro lado, esse não é o episódio que tenha marcado com maior força a infância de Roberto. Havia outro, e, para falar com acerto, não é propriamente um episódio, mas uma espécie de estribilho, do qual o menino guardara uma suspeita recordação. Parece que o pai, que certamente era afeiçoado àquele filho, embora o tratasse com rudeza taciturna, própria dos homens daquelas terras, às vezes — e justamente nos primeiros cinco anos de vida — levantava-o do chão, enquanto gritava com orgulho: "Tu és o meu primogênito!" Nada de estranho, em verdade, a não ser um pecado venial de redundância, visto que Roberto era filho único. Se não fosse o fato de que, ao crescer, Roberto começara a recordar (ou se convencera de estar recordando) que àquelas manifestações de alegria paterna o rosto de sua mãe demonstrava algo entre inquietude e felicidade, como se o pai fizesse bem em dizer aquela frase, embora o fato de ouvi-la repetidas vezes despertasse nela uma ânsia já sopitada. A imaginação de Roberto saltitara durante longo tempo à volta daquela ênfase exclamativa, concluindo que o pai não a pronunciava como se fosse uma óbvia confirmação, mas sim uma inédita investidura, enfatizando aquele "tu", como se quisesse dizer "tu, e não outro, és o meu primogênito".

Não outro, ou não aquele outro? Nas cartas de Roberto sempre aparece alguma referência ao Outro que o obsessiona, e a ideia parece ter nascido exatamente naquele momento, quando ele se convencera (e que podia conjecturar um menino perdido entre torreões cheios de morcegos, vinhedos, lagartos e cavalos, embaraçado em lidar com os pequenos camponeses que lhe eram ímpares coetâneos, e que, se não ouvia algumas fábulas da avó, ouvia as do carmelita?) de que por algum lugar rondasse outro irmão não reconhecido, que deveria ser de índole má, se o pai o repudiara. No início, Roberto era muito jovem e muito pudico para perguntar se aquele irmão era por parte de pai ou por parte de mãe (e em ambos os casos sobre um dos pais estender-se-ia a sombra de um erro antigo e imperdoável): era um irmão; de algum modo (talvez sobrenatural) era certamente culpado pela repulsa que sofrera, e por isso certamente odiava Roberto, o preferido.

A sombra desse irmão inimigo (e, todavia, desejaria tê-lo conhecido para amá-lo e fazer-se amar) perturbara as noites de sua infância; mais tarde, adolescente, folheava na biblioteca velhos volumes para encontrar, neles escondido, um retrato, um ato do vigário, uma confissão reveladora. Rodava pelos sótãos abrindo velhas caixas abarrotadas de roupas dos bisavós, medalhas oxidadas ou um punhal mourisco, detendo-se a interrogar, com os dedos perplexos, camisolas de tecido fino que certamente haviam agasalhado uma criança, mas quem sabe há quantos anos ou há quantos séculos.

Aos poucos a esse irmão perdido dera também um nome, Ferrante, e começara a atribuir-lhe pequenos crimes de que era acusado erradamente, como o furto de um doce ou a indevida soltura de um cão de sua corrente. Ferrante, favorecido pela sua exclusão, agia nas suas costas, e ele se escondia atrás de Ferrante. Aliás, aos poucos, o hábito de culpar o irmão inexistente daquilo que ele, Roberto, não podia ter feito, transformara-se no hábito de imputar ao irmão também aquilo que Roberto fizera realmente e de que se arrependera.

Não que Roberto dissesse aos outros uma mentira: é que, aceitando em silêncio e com lágrimas nos olhos a punição para as próprias faltas, conseguia convencer-se da própria inocência e sentir-se vítima de uma injustiça.

Certa ocasião, por exemplo, para experimentar um novo machado que o ferreiro acabara de entregar, e em parte também por pirraça de não sei qual injustiça que considerava ter sofrido, Roberto abatera uma pequena árvore frutífera que o pai plantara havia pouco com grandes esperanças para as próximas estações. Quando se deu conta da gravidade de sua tolice, Roberto imaginara consequências terríveis: no mínimo ser vendido aos turcos, para que o fizessem remar a vida inteira em suas galeras, e se preparava para fugir e acabar a vida como um bandido nas colinas. À procura de uma justificativa, convencera-se rapidamente de que fora Ferrante quem cortara a árvore.

Mas o pai, após descobrir o delito, reunira todos os meninos da propriedade e dissera que, para evitar o seu furor indiscriminado, seria melhor que o culpado confessasse. Roberto sentiu-se piedosamente generoso: se tivesse posto a culpa em Ferrante, o pobrezinho sofreria um novo repúdio; no fundo, o infeliz praticava o mal para preencher o seu abandono de órfão, ofendido pelo espetáculo de seus pais, que se esmeravam em cuidados com o outro... Dera um passo à frente e, tremendo de medo e de orgulho, dissera que não queria que nenhum outro levasse a culpa em seu lugar. A afirmação, posto que não intencional, fora tomada por uma confissão. O pai, enrolando os bigodes e olhando a mãe, dissera entre muitos e ásperos pigarros que o crime realmente era muito grave e a punição inevitável, mas era-lhe impossível não apreciar que o jovem "senhor da Griva" honrasse as tradições da família, e que assim deve sempre comportar-se um nobre, ainda que tenha somente oito anos. Depois, sentenciara que Roberto não participaria da visita em meados de agosto aos primos de San Salvatore, o que era certamente uma punição bastante penosa (em San Salvatore morava Quirino, um vinhateiro que sabia içar Roberto a uma figueira de altura vertiginosa), mas certamente menor do que as galeras do Sultão.

Para nós, a história parece bastante simples: o pai se orgulha de ter um rebento incapaz de mentir, olha para a mãe com indisfarçável satisfação, e pune, de maneira suave, para salvar as aparências. Mas Roberto, desse episódio, criou enredos imaginários, concluindo que o pai e a mãe certamente intuíram que o culpado era Ferrante, apreciaram o fraterno heroísmo do filho predileto e se sentiram aliviados de não ter de revelar o segredo da família.

Talvez seja eu quem esteja criando enredos imaginários, partindo de escassos indícios, mas é que essa presença do irmão ausente terá um peso nesta história. Daquele jogo pueril encontraremos vestígios no comportamento adulto de Roberto — ou pelo menos, quando encontramos Roberto no *Daphne,* numa situação tão penosa que, a bem da verdade, teria intrigado qualquer um.

Em todo caso estou divagando; devemos definir ainda como Roberto chegou ao assédio de Casale. E aqui é necessário dar asas à imaginação para tentar saber como tudo aconteceu.

À Griva as notícias não chegavam com muita tempestividade, mas, havia aproximadamente dois anos, sabia-se que a sucessão no ducado de Mântua estava provocando muitos problemas ao território de Monferrato, e um meio assédio já acontecera. Brevemente — e é uma história que já foi contada por outros, embora de modo mais fragmentado do que o meu —, em dezembro de 1627, morria o duque Vincenzo II de Mântua, e em volta ao leito de morte desse libertino que não soubera fazer filhos, celebrava-se um balé de quatro pretendentes, de seus agentes e de seus protetores. Vence o marquês de Saint-Charmont, que consegue convencer Vincenzo de que a herança pertence a um primo do ramo francês, Carlo Gonzaga, duque de Nevers. O velho Vincenzo, entre um e outro estertor, deixa ou faz com que Nevers se case rapidamente com sua sobrinha Maria Gonzaga, e expira deixando-lhe o ducado.

Ora, Nevers era francês, e o ducado que ele herdava compreendia também o marquesado do território de Monferrato com a sua capital Casale, a fortaleza mais importante da Itália do Norte. Situado entre o território milanês espanhol e as terras dos Saboia, o Monferrato permitia o controle do curso superior do Pó, do trânsito entre os Alpes e o Sul, da estrada entre Milão e Gênova, e se inseria como um Estado-tampão entre a França e a Espanha — nenhuma das duas potências podendo confiar no Estado-tampão que era o ducado dos Saboia, onde Carlo Emanuele I estava fazendo um jogo que seria generoso definir como duplo. Se o território de Monferrato passasse para Nevers era como se passasse para Richelieu; e era óbvio que a Espanha preferisse que passasse a qualquer outro, digamos, ao duque de Guastalla. Sem contar o fato de que possuía algum título à sucessão, também, o duque de Saboia. Todavia, como houvesse um testamento, o qual designava Nevers, aos outros pretendentes não caberia senão aguardar que o Sacro e Romano Imperador germânico, do qual o duque de Mântua era formalmente feudatário, não ratificasse a sucessão.

Os espanhóis estavam, porém, impacientes e, à espera de uma decisão do Imperador, Casale já fora assediada uma primeira vez por Gonzalo de Córdova, e agora, pela segunda vez, por uma imponente armada de espanhóis e imperiais comandada por Spinola. A guarnição francesa dispunha-se a resistir, na expectativa do socorro de uma tropa irmã, ainda ocupada ao Norte, e só Deus sabe se chegaria a tempo.

As coisas iam mais ou menos nesse pé, quando o velho Pozzo, em meados de abril, reuniu em frente do castelo os mais jovens dos seus criados e os mais espertos de seus camponeses, distribuiu todas as armas que existiam na propriedade, chamou Roberto e a todos proferiu este discurso, que devia ter preparado na noite anterior: "Ouvi, todos vós. Esta nossa terra da Griva sempre pagou tributo ao marquês de Monferrato, que desde algum tempo é como se fosse o duque de Mântua, o qual se tornou o senhor de Nevers, e quem me disser que Nevers não é mantuano ou monferrino dou um chute no traseiro, porque sois matutos ignorantes e não entendeis uma vírgula destes assuntos e, portanto, é melhor que permaneçais calados e escuteis o vosso patrão, que sabe o que é a honra. Mas como vós enfiais a honra naquele lugar, deveis saber que se os imperiais entrarem em Casale, aquela gente não brinca em serviço, as vossas vinhas vão para o brejo, e as vossas mulheres, melhor nem falar. Por isso, partiremos para defender Casale. Eu não obrigo ninguém. Se houver algum espertalhão vagabundo que não estiver de acordo, que o declare agora e eu o enforco naquele carvalho." Nenhum dos presentes podia ainda ter visto as águas-fortes de Callot com grupos de gente como eles dependurados em outros carvalhos, mas alguma coisa havia no ar: todos levantaram quer os mosquetes, quer os piques, quer os bordões com as foices amarradas na ponta, e gritaram viva Casale, abaixo os imperiais. Como um só homem.

"Meu filho", disse Pozzo a Roberto, enquanto cavalgavam pelas colinas, com o seu pequeno exército que seguia a pé, "aquele Nevers não vale um só de meus colhões, e Vincenzo II, quando lhe passou o ducado, além do pau, não lhe funcionavam também os miolos, que, aliás, nunca funcionaram mesmo. Mas o passou a ele, não ao pateta do Guastalla, e os Pozzo são vassalos dos senhores legítimos de Monferrato, desde os tempos em que a Berta fiava. Por isso estamos indo para Casale, e se for necessário daremos a vida; com os diabos, não podemos estar ao lado de alguém só até quando as coisas vão indo bem e depois abandoná-lo quando está com a corda no pescoço. Mas se não acabam com a gente é melhor; portanto, olhos abertos."

A viagem daqueles voluntários, dos confins do território alexandrino até Casale, foi certamente das mais longas registradas pela História. O velho Pozzo fizera um raciocínio em si mesmo exemplar: "Eu conheço os espanhóis", dissera, "é gente que não gosta de ter muito trabalho. Por isso irão a Casale, atravessando a planície no Sul, onde passam melhor carros, canhões e todo tipo de ferro-velho. Assim, se nós, muito antes de Mirabello, seguirmos para o leste e tomarmos o caminho das colinas, gastaremos mais um ou dois dias, mas acabaremos chegando sem encontrar problemas, e antes que eles cheguem."

Infelizmente Spinola possuía ideias mais tortuosas a respeito da preparação de um assédio e, enquanto a sudeste de Casale começava a fazer ocupar Valenza e Occimiano, há algumas semanas enviara para o oeste da cidade o duque de Lerma, Otávio Sforza e o conde de Gemburg, com cerca de sete mil soldados de infantaria, para tentar logo a conquista dos castelos de Rossignano, Pontestura e San Giorgio, para bloquear todo auxílio eventual que chegasse da armada francesa, enquanto, em forma de tenalha, do norte, atravessava o Pó seguindo para o sul o governador de Alessandria, dom Jeronimo Augustín, com outros cinco mil homens. E todos ocupavam o trajeto que Pozzo acreditava ubertosamente deserto. Quando o nosso fidalgo soube disso por alguns camponeses, não pôde mudar de caminho, porque a leste havia mais imperiais do que a oeste.

Pozzo disse simplesmente: "Nós não faremos nenhum tipo de desvio. Eu conheço estas bandas melhor do que eles, e vamos passar no meio deles como fuinhas." Algo que implicava fazer muitíssimas curvas e desvios, a ponto de encontrar até mesmo os franceses de Pontestura, que nesse ínterim haviam pedido rendição, e, contanto que não voltassem para Casale, fora-lhes permitido descer até Finale, de onde poderiam chegar à França pelo mar. Os da Griva encontraram-nos pelas bandas de Otteglia, arriscaram uma troca de tiros, cada um pensando que o outro fosse o inimigo, e Pozzo ouviu do comandante deles que, entre as condições de rendição, determinara-se também que o trigo de Pontestura fosse vendido aos espanhóis, e estes teriam enviado o dinheiro aos casalenses.

"Os espanhóis são cavalheiros, meu filho", disse Pozzo, "é gente que dá gosto combater. Por sorte não estamos mais nos tempos de Carlos Magno contra os mouros, quando as guerras eram um deus nos acuda. Estas são guerras entre cristãos! Agora eles estão ocupados em Rossignano, nós lhes passamos pelas costas, enfiamo-nos entre Rossignano e Pontestura, e, em três dias, estaremos em Casale."

Ditas essas palavras em fim de abril, Pozzo chegou com os seus a Casale em 24 de maio. Foi, pelo menos nas lembranças de Roberto, uma bela e grande caminhada, sempre abandonando estradas e caminhos de mula e cortando pelos campos; pois, dizia Pozzo, quando a guerra chega, tudo se estraga, e se não somos nós a estragar as colheitas, são eles. Para sobreviver, fizeram uma farra entre as vinhas, os pomares e os galinheiros; tanto, dizia Pozzo, aquela terra era monferrina e devia alimentar os seus defensores. A um camponês de Mombello, que protestava, mandou dar trinta pauladas, dizendo-lhe que, se não houver um pouco de disciplina, as guerras são vencidas pelos outros.

Para Roberto a guerra já se lhe afigurava como uma experiência belíssima; chegavam pelos viageiros histórias edificantes, como aquela do cavaleiro francês que, ferido e capturado em San Giorgio, queixara-se de um soldado que lhe roubara um retrato muito estimado; o duque de Lerma, ao tomar ciência do fato, fizera-lhe devolver o retrato, cuidara dele e depois mandara-o montado num cavalo para Casale. E, por outro lado, mesmo com desvios em espiral, perdendo todo o sentido de orientação, o velho Pozzo conseguira fazer que o seu grupo não se defrontasse com uma guerra guerreada.

Foi, pois, com grande alívio, mas com a impaciência de quem quer tomar parte numa festa há muito esperada, que num belo dia, do alto de uma colina, viram sob os seus pés, e diante de seus olhos, a cidade, bloqueada ao norte, à sua esquerda, pela grande faixa do Pó, que, justamente diante do castelo, era dividida por duas grandes ilhotas no meio do rio, e que terminava quase em forma de ponta para o sul, com a construção da cidadela em forma de estrela. Alegre em virtude das torres e dos campanários no interior, vista de fora, Casale parecia realmente inexpugnável, toda eriçada de bastiões com dentes de serra, que mais se pareciam com um daqueles dragões que se encontram nos livros.

Era realmente um belo espetáculo. Todos ao redor da cidade: soldados com roupas coloridas arrastavam máquinas obsidionais, entre grupos de tendas enfeitadas com bandeiras e cavaleiros com chapéus bastante emplumados. De quando em quando, despontava, entre o verde dos bosques ou o amarelo dos campos, um brilho inesperado que feria o olhar, e eram fidalgos com couraças de prata que brincavam com o sol, e nem se entendia qual era a direção que tomavam, e talvez curveteavam justamente para fazer cena.

Belo para todos, o espetáculo pareceu menos alegre para Pozzo, que disse: "Gente, desta vez estamos em maus lençóis." E para Roberto, que perguntava por quê, dando-lhe um cachação: "Não banques o bobo, aqueles são os imperiais, não vás pensar que os casalenses sejam tantos e que estejam passeando fora das muralhas. Os casalenses e os franceses estão dentro e atiram apoiados sobre fardos de palha e se borram todos porque não são sequer dois mil, enquanto aqueles ali embaixo são pelo menos cem mil; olha também para aquelas colinas lá na frente." Exagerava; o exército de Spinola contava apenas dezoito mil soldados de infantaria e seis mil cavaleiros, mas bastavam, e ainda sobravam.

"Que vamos fazer, meu pai?", perguntou Roberto. "Vamos fazer", disse o pai, "que ficaremos atentos para saber onde estão os luteranos, e ali não passaremos: *in primis* não se entende patavina do que dizem, *in secundis*, primeiro te matam e depois perguntam quem és. Olhai bem onde pareçam espanhóis: já ouvistes falar que eles são gente com quem se pode tratar. E que são espanhóis de boa família. Nessas coisas o que conta é a educação."

"Encontraram uma passagem ao longo de um acampamento com as insígnias de suas majestades cristianíssimas, onde brilhava um maior número de couraças do que em outro local, e desceram recomendando-se a Deus. Na confusão, puderam seguir por um longo trecho no meio do inimigo, porque naquele tempo o uniforme era usado apenas por alguns corpos escolhidos, como os mosqueteiros, e quanto ao restante não se entendia nunca quem era amigo ou inimigo. Mas num certo ponto, e justamente enquanto só faltava atravessar uma terra de ninguém, defrontaram-se com um posto avançado e foram detidos por um oficial, que perguntou com urbanidade quem eram e para onde iam, enquanto nas suas costas um manípulo de soldados observava atento.

"Senhor", disse Pozzo, "concedei-nos a graça de nos fazer passar, embora devamos colocar-nos no lugar certo para depois atirar em vós." O oficial tirou o chapéu, fez uma reverência e uma saudação capaz de varrer a poeira num espaço de dois metros à sua frente, e disse: "Señor, no es menor gloria vencer al enemigo con la cortesia en la paz que con las armas en la guerra." Depois, num bom italiano: "Podeis passar, senhor; se a quarta parte de nossos homens tiver a metade de vossa coragem, venceremos. Que o Céu me conceda o prazer de reencontrar-vos no campo, e a honra de vos matar."

"Fisti orb d'an fisti secc", murmurou entre os dentes Pozzo, que na língua de suas terras é ainda hoje uma expressão optativa, com a qual se deseja ao interlocutor que primeiro fique cego e depois tenha um ataque de coração. Mas em voz alta, lançando mão de todos os seus recursos linguísticos e de sua sabedoria retórica, disse: "Yo también!" Saudou com o chapéu, deu um pequeno golpe de espora, sem corresponder à teatralidade exigida pelo momento, pois devia dar tempo aos seus homens que vinham a pé, e seguiu na direção das muralhas.

"Dize o que quiseres, mas são uns cavalheiros", falou virando a cabeça para o filho, e foi bom que tivesse feito isso: evitou uma bala de arcabuz lançada dos bastiões. "Ne tirez pas conichons, on est des amis, Nevers, Nevers!", gritou levantando as mãos, e depois para Roberto: "Vês, é gente sem gratidão. Não é para falar, mas os espanhóis são melhores."

Entraram na cidade. Alguém devia ter dado a notícia da chegada ao comandante da guarnição, o senhor de Toiras, antigo irmão de armas do velho Pozzo. Grandes abraços, e um primeiro passeio pelos bastiões.

"Querido amigo", dizia Toiras, "segundo os registros de Paris, resulta que eu tenho em minhas mãos cinco regimentos de infantaria de dez companhias cada um, fazendo um total de dez mil soldados. Mas o senhor de La Grange tem apenas quinhentos homens, Monchat, duzentos e cinquenta e, todos juntos, posso contar com mil e setecentos homens desmontados. Além disso, disponho de seis companhias de cavalarianos, quatrocentos homens no total, ainda que bem equipados. O cardeal sabe que tenho menos homens do que o necessário, mas afirma que tenho três mil e oitocentos. Eu lhe escrevo provando-lhe o contrário, e Sua Eminência finge não entender. Tive de recrutar como pude um regimento de italianos, corsos e monferrinos, mas, se me permitis, são soldados ruins, e imaginai que tive de ordenar aos oficiais que inscrevessem os seus pajens numa companhia à parte. Os vossos homens se associarão ao regimento italiano, sob as ordens do capitão Bassiani, que é um bom soldado. Mandaremos também o jovem de la Grive: que combata, compreendendo bem as ordens. Quanto a vós, caro amigo, devereis unir-vos a um grupo de bravos fidalgos que se juntaram a nós por sua própria vontade, como vós fizestes, e que se encontram na minha companhia. Conheceis bem os arredores e podereis dar-me bons conselhos."

Jean de Saint-Bonnet, senhor de Toiras, era alto, moreno, de olhos azuis, na plena maturidade de seus quarenta e cinco anos, colérico, mas generoso e propenso à reconciliação, de modos rudes, mas no fundo bastante afável, até mesmo com os soldados. Distinguira-se como defensor da ilha de Ré na guerra contra os ingleses, mas, ao que parece, não gozava da simpatia de Richelieu e da corte. Os amigos murmuravam a respeito de um diálogo que ele havia mantido com o chanceler Marillac, que lhe dissera, desdenhosamente, que se poderiam encontrar dois mil fidalgos na França capazes de se saírem tão bem como ele na defesa da ilha de Ré: e ele replicara que se encontrariam quatro mil capazes de cumprir a missão da chancelaria melhor do que Marillac. Seus oficiais atribuíam-lhe outra boa anedota (que, segundo outros, era, no entanto, de um capitão escocês): num conselho de guerra na Rochelle, o padre Giuseppe, que era, afinal, a famosa eminência parda e se orgulhava de ser um bom estrategista, pusera o dedo sobre um mapa dizendo "atravessaremos aqui", e Toiras objetara com frieza: "Reverendo padre, infelizmente o vosso dedo não é uma ponte."

"Eis a situação, cher ami", continuava a dizer Toiras, percorrendo os bastiões e mostrando a paisagem. "O teatro é esplêndido e os atores são os melhores de dois impérios e de muitas senhorias; temos à nossa frente até mesmo um regimento florentino, e comandado por um Médici. Nós podemos confiar em Casale, na qualidade de cidade: o castelo, do qual controlamos a parte do rio, é uma bela bastilha, é defendido por um belo fosso, e nas muralhas fizemos um terrapleno que permitirá aos defensores trabalharem bem. A cidadela possui sessenta canhões e bastiões em boa ordem. São fracos em alguns pontos, mas eu os reforcei com meias-luas e baterias. Tudo isso é ótimo para resistir a um assalto frontal, mas Spinola não é um novato; observai aqueles movimentos lá ao fundo: estão apressando as galerias de minas, e, quando tiverem chegado aqui embaixo, será como se tivéssemos aberto as portas. Para bloquear os trabalhos será necessário descer em campo aberto, mas ali somos mais fracos. E logo que o inimigo tiver trazido mais à frente aqueles canhões, começará a bombardear a cidade, e aqui entra em jogo o humor dos burgueses de Casale, no qual confio muito pouco. Por outro lado, eu os compreendo: preocupam-se mais com a salvação de sua cidade que com o senhor de Nevers, e ainda não se convenceram de que é melhor morrer pelos lírios da França. Tratar-se-á de fazê-los entender que com os Saboia ou com os espanhóis perderiam a sua liberdade, e Casale não seria mais uma capital, mas se transformaria numa fortaleza qualquer como Susa, que os Saboia estão prontos a vender por um punhado de escudos. Quanto ao resto, improvisa-se, pois do contrário não seria uma comédia à italiana. Ontem saí com quatrocentos homens para Frassineto, onde se estavam concentrando os imperiais, e eles bateram em retirada. Mas enquanto eu estava ocupado lá embaixo, alguns napolitanos se instalaram naquela colina, justamente na banda oposta. Dei ordens para que a atacassem com a artilharia por algumas horas e acredito ter feito um grande estrago, mas não sei se foram embora. De quem foi o dia? Juro por Nosso Senhor que não sei, e Spinola não sabe tampouco. Porém sei o que faremos amanhã. Vede aqueles casebres na planície? Se os controlássemos, teríamos sob a alça de mira muitas posições inimigas. Um espião me contou que estão desertos, e essa é uma nova razão para temer que alguém esteja escondido por lá. Meu jovem senhor Roberto, não vos mostreis tão indignado e aprendei, teorema número um, que um bom comandante vence uma batalha fazendo bom uso dos espiões e, teorema número dois, que a um espião, visto ser um traidor, não lhe custa nada trair quem lhe paga para trair os seus. Em todo o caso, amanhã a infantaria irá ocupar aquelas casas. Melhor do que manter as tropas apodrecendo nas muralhas é expô-las ao fogo, que é um bom exercício. Não vos impacienteis, senhor Roberto, ainda não será o vosso dia; mas depois de amanhã, o regimento de Bassiani deverá atravessar o Pó. Vede aqueles muros lá embaixo? São partes de um fortim que havíamos começado a construir antes de eles chegarem. Meus oficiais não estão de acordo, mas acredito seja bom retomá-lo antes que o ocupem os imperiais. Trata-se de mantê-los sob fogo na planície, de modo a atrapalhá-los e retardar a construção das galerias. Em resumo, haverá glória suficiente para todos. Vamos jantar, agora. O assédio está apenas começando e ainda não faltam os víveres. Somente mais tarde comeremos os ratos."

3
O serralho dos assombros

Livrar-se do assédio de Casale, onde, afinal, não tivera de comer os ratos, para aportar ao *Daphne,* onde os ratos talvez o tivessem comido... Meditando temeroso sobre esse belo contraste, Roberto dispusera-se finalmente a explorar aquelas partes, nas quais ouvira os ruídos incertos da noite anterior.

Decidira descer do castelo da popa e, se tudo fosse igual ao *Amarilli,* estava certo de encontrar uma dúzia de canhões dos dois lados, e as enxergas ou as macas dos marinheiros. Penetrara pela sala do timão na parte que ficava logo abaixo, atravessada pela barra do leme, que oscilava, chiando lentamente, e poderia sair logo pela porta que dava para a segunda coberta. Mas, para familiarizar-se com aquelas regiões profundas, antes de enfrentar o inimigo desconhecido, descera ainda mais por um alçapão, onde normalmente deveriam estar outras provisões. E, em vez disso, encontrara, dispostas com grande economia de espaço, enxergas para uma dúzia de homens. Portanto, a maior parte da tripulação dormia lá embaixo, como se o restante tivesse sido reservado para outras funções. As enxergas estavam em perfeita ordem. Se tivesse havido epidemia, à medida que iam morrendo, os sobreviventes as teriam arrumado com esmero, para dizer aos outros que nada havia acontecido... Mas, afinal, quem dissera que os marinheiros estavam mortos, e todos? E mais uma vez aquela ideia não o tranquilizara: a peste, que dizima toda a tripulação, é um fato natural e, segundo alguns teólogos, às vezes é até providencial; mas um acontecimento que afugentava aquela mesma tripulação, deixando o navio naquela ordem inatural, podia ser bem mais preocupante.

Talvez a explicação estivesse na segunda coberta; era preciso criar coragem. Roberto subira outra vez e abrira a porta que dava para o lugar temido.

Compreendeu, então, a função daqueles vastos caniços que traspassavam o convés. Com igual destreza, a segunda coberta fora transformada numa espécie de nave, iluminada através das escotilhas pela luz do dia, agora cheio, que tombava de través, mesclando-se com aquela que provinha das portinholas, colorindo-se com o reflexo, agora ambárico, dos canhões.

No início, Roberto não descobriu nada além das lâminas de sol, nos quais se agitavam infinitos corpúsculos, e, ao vê-los, não pôde senão recordar (e quanto se derrama burilando doutas memórias para maravilhar sua Senhora, em vez de limitar-se apenas a contar) as palavras com as quais o Cônego de Digne o convidara a observar as cascatas de luzes que se difundiam na escuridão de uma catedral, em cujo interior se animava uma grande multidão de mônadas, germes, naturezas indissolúveis, gotas de incenso macho que explodiam espontaneamente, átomos primordiais ocupados em batalhas, combates, escaramuças, encontros e separações inumeráveis — prova evidente da própria composição deste nosso Universo, formado de corpos primordiais fervilhando no vazio.

Em seguida, para confirmar-lhe talvez que a Criação é simplesmente a obra daquela dança de átomos, teve a impressão de estar num jardim e percebeu que, desde quando entrara lá embaixo, fora assaltado por um tropel de perfumes, bem mais fortes do que aqueles que antes lhe chegavam da costa.

Um jardim, um vergel coberto: eis o que os homens desaparecidos do *Daphne* haviam criado naquela região, para levar à pátria flores e plantas das ilhas que andavam explorando, cercando-as de cuidados para que o sol, os ventos e as chuvas lhes consentissem sobreviver. Se a embarcação tivesse podido conservar, durante meses de viagem, aquele espólio silvestre, se a primeira tempestade não a tivesse envenenado com sal, Roberto não saberia dizer, mas o fato de tal natureza ainda estar viva confirmava que — igual à comida — a reserva havia sido feita recentemente.

Flores, arbustos, pequenas árvores haviam sido transportados com seus torrões e suas raízes e colocados em caixas e cestos de material improvisado. Mas muitos dos recipientes haviam apodrecido, a terra se espalhara, formando entre si uma camada de terriço úmido na qual já começavam a vingar propagens de algumas plantas, dando a impressão de um Éden, brotando das tábuas do *Daphne*.

O sol não estava tão forte a ponto de magoar os olhos de Roberto, mas já era suficiente para ressaltar as cores da folhagem e fazer desabrochar as primeiras flores. O olhar de Roberto fixava-se sobre duas folhas que antes lhe pareceram a cauda de um camarão, do qual brotavam flores alvas, e, depois, sobre outra folha verde-tenro, na qual nascia uma espécie de meia flor numa moita de jujuba cor de marfim. Uma baforada desagradável puxava-o na direção de uma orelha amarela na qual parecia terem enfiado uma panícula; ao lado desciam ramalhetes de conchas de porcelana, cândidas com a ponta rosada; de outro cacho pendiam trompas ou campânulas de ponta-cabeça, com um leve odor de musgo. Viu uma flor cor de limão da qual, com o passar dos dias, teria descoberto a mutabilidade, porque se transformara de tarde em abricó e vermelho-cavo ao pôr do sol, e outras que exibiam uma brancura lilial. Descobriu frutos ásperos, em que não teria ousado tocar, se um deles, ao cair no chão e abrir-se, por estar maduro, não tivesse revelado um interior de romã. Ousou provar outros, julgando-os mais pela língua com a qual se fala do que com aquela com a qual se degusta, pois define um tipo como bolsa de mel, maná congelado na uberdade de seu tronco, joia de esmeraldas repleta de pequeninos rubis. Que, afinal, lida na contraluz, eu ousaria dizer que havia descoberto algo muito semelhante ao figo.

Nenhuma daquelas flores ou daqueles frutos era-lhe familiar; cada qual parecia ter nascido da fantasia de um pintor, que desejara violar as leis da natureza para inventar inverossimilhanças convincentes, dilaceradas delícias e saborosas mentiras: como aquela corola, coberta por uma penugem esbranquiçada, que se abria num tufo de plumas roxas, ou talvez não, uma prímula desbotada que expelisse um apêndice obsceno, ou uma máscara que cobrisse um rosto encanecido de barbas-de-cabra. Quem teria idealizado este arbusto com folhas verde-escuras, de um lado, com decorações amarelas e vermelho agreste, e, do outro, flamejantes, rodeadas por folhas de um verde ervilha tenro, de substância carnosa, enrodilhada em forma de concha, para guardar a água da última chuva?

Quase hipnotizado pelo lugar, Roberto não se perguntava de que chuva as folhas guardavam a água, pois seguramente não chovera nos últimos três dias. Os perfumes que o atordoavam dispunham-no a considerar natural qualquer sortilégio.

Parecia-lhe normal que um fruto anódino e descaído cheirasse a queijo fermentado, e que uma espécie de romãzeira roxa, com um buraco no fundo, ao ser agitada, fizesse ouvir dentro dela umas sementes dançarinas, como se não se tratasse de uma flor, mas de um brinquedo; nem se surpreendia com uma flor em forma de cúspide, de base firme e arredondada. Roberto não se havia deparado até então com uma palmeira chorona, como se fosse um salgueiro, e ei-la, pois, diante dele, pululando com múltiplas raízes, sobre as quais se enxertava um tronco saído de um único céspede, enquanto as frondes daquela planta, nascida para o pranto, dobravam-se extenuadas pela própria exuberância; Roberto não vira ainda outra moita, que gerava folhas largas e polpudas, enrijecidas por um nervo central que parecia de ferro, prontas para serem usadas como pratos e bandejas, enquanto do lado cresciam ainda outras folhas em forma de colheres maleáveis.

Sem saber se caminhava numa floresta mecânica ou num paraíso terrestre amorado no âmago da Terra, Roberto caminhava naquele Éden que o induzia a odoríferos delírios.

Depois, ao relatar à Senhora, haverá de falar de rústicos frenesis, caprichos dos jardins, Proteus frondosos, cedros (cedros?) desvairados de ameno furor... Ou então haverá de lembrá-lo como uma espelunca flutuante, cheia de ilusórios autômatos, onde, cingidos por cordas horrivelmente retorcidas, surgiam fanáticos mastruços, ímpias vergônteas de bárbara selva... Haverá de escrever sobre o ópio dos sentidos, de uma ronda de pútridos elementos que, precipitando-se em camadas impuras, haviam-no conduzido aos antípodas da razão.

Antes atribuíra ao canto que chegava da Ilha a impressão de que vozes penígeras se manifestavam entre as flores e as plantas; mas, de repente, sua pele se arrepiou por causa de um morcego que quase lhe roçou o rosto, e logo depois teve de esquivar-se para evitar um falcão que se lançara sobre sua presa, abatendo-a com uma bicada.

Tendo entrado na segunda coberta, continuava a ouvir os pássaros da Ilha, e, certo de visualizá-los ainda por detrás das aberturas da quilha, Roberto ouvia agora aqueles sons bem mais próximos. Não podiam chegar da costa; outros pássaros, portanto, e não distantes, estavam cantando além das plantas, na direção da proa e daquela despensa, da qual ouvira os ruídos na noite anterior.

Pareceu-lhe, adentrando, que o vergel terminasse aos pés de um tronco alto que perfurava a ponte superior; mas, depois, compreendeu que chegara mais ou menos ao centro do navio, onde o mastro principal se enervava até o fundo da quilha. Mas, naquele momento, artifício e natureza confundiam-se de tal modo que podemos justificar a confusão de nosso herói. Mesmo porque, naquele ponto, suas narinas começaram a sentir uma mistura de aromas, mofos terrosos e fedor de animais, como se estivesse passando lentamente de um horto para um estábulo.

Foi quando, ao caminhar além do mastro principal, na direção da proa, avistou a passareira.

Não soube definir de outro modo aquele conjunto de gaiolas de varas atravessadas por sólidos ramos que formavam um tripé, habitadas por animais voadores, ocupados em adivinhar aquela aurora, da qual recebiam apenas uma esmola de luz, e a responder com vozes disformes ao apelo de seus semelhantes, que cantavam livres na Ilha. Apoiadas no chão ou dependuradas nas grades da ponte, as gaiolas surgiam naquela outra nave como estalagmites e estalactites, dando vida a outra gruta das maravilhas, onde os animais, esvoaçando, faziam balançar as gaiolas e estas, atravessadas pelos raios do sol, criavam um borboletear de tintas, um nevisco de arco-íris.

Se até aquele dia nunca tinha ouvido realmente cantarem os pássaros, Roberto tampouco podia dizer que já os tinha visto, pelo menos de tantas espécies; tanto assim que se perguntava se eles se encontravam em estado natural ou se a mão de um artista os houvesse pintado e ornado para alguma pantomima, ou para simular um desfile militar, cada infante e cavaleiro amantado no próprio estandarte.

Adão, embaraçadíssimo, não possuía nomes para aquelas coisas, a não ser para os pássaros de seu hemisfério; eis um airão, dizia para si mesmo, uma grua, uma codorniz... Mas era como chamar de cisne um ganso.

Aqui, prelados com ampla cauda cardinalícia e com bico em forma de alambique abriam asas cor de relva, inflando o pescoço purpurino e revelando um peito azul, salmodiando como se fossem humanos; ali, múltiplas esquadras exibiam-se num grande torneio, promovendo investidas às cúpulas rebaixadas, que lhes circunscreviam a arena, entre raios cor de rolinha e golpes de espada vermelhos e amarelos, como auriflamas que um alferes estivesse lançando e aparando em pleno voo. Amuados cavaleiros, de longas pernas nervosas num espaço muito estreito, relinchavam irritados cra-

-cra-cra, às vezes vacilando sobre um dos pés e olhando em volta desconfiados, vibrando os tufos na cabeça alongada... Sozinho, em uma gaiola construída segundo suas medidas, um grande capitão, de manto celestino, gibão vermelho como os olhos, e um penacho flor--de-lis no elmo, emitia um gemido de pombo. Numa pequena gaiola adjacente, três infantezinhos permaneciam no chão, desprovidos de asas, rolinhos saltitantes de lã cheia de lama, o focinho de um camundongo, bigodudo na base de um longo bico recurvado, provido de narinas com as quais os monstrinhos farejavam, devorando os vermes que encontravam no caminho... Numa gaiola, que se desatava em forma de tripas, uma pequena cegonha de pernas cenoura, o peito água-marinha, as asas negras e o bico violáceo, movia-se hesitante, seguida por alguns filhotes em fila indiana e, diante de um obstáculo, grasnava aborrecida, primeiro obstinando-se em arrebentar o que pensava ser um emaranhado de gavinhas, depois retrocedendo e invertendo a caminhada, com seus filhotes que não sabiam mais se deviam acompanhá-la para a frente ou para trás.

Roberto estava dividido entre a excitação da descoberta, a piedade por aqueles prisioneiros, o desejo de abrir as gaiolas e ver sua catedral invadida por aqueles arautos de um exército do ar, para livrá-los do assédio ao qual o *Daphne*, igualmente assediado por seus confrades lá de fora, os obrigava. Pensou que estivessem com fome, e reparou que nas gaiolas havia somente migalhas de comida, e os vasos e as tigelas, que deviam conter água, estavam vazios. Mas descobriu junto às gaiolas sacos de grãos e lascas de peixe seco, preparados por quem desejava conduzir aquela presa para a Europa, porque um navio não vai pelos mares do oposto sul sem levar para as cortes ou academias testemunhas daqueles mundos.

Prosseguindo um pouco mais, encontrou também um recinto feito de tábuas, com uma dúzia de animais esgaravatadores, que inscreveu na espécie galinácea, ainda que em sua própria casa não tivesse visto outros com igual plumagem. Eles também pareciam famintos, e, contudo, as galinhas haviam posto (e comemoravam o evento como suas colegas do mundo inteiro) seis ovos.

Roberto pegou logo um, furou-o com a ponta da faca, e bebeu-o como fazia desde pequeno. Em seguida, colocou os restantes na camisa, e, para compensar tanto as mães quanto os fecundíssimos pais, que o fixavam carrancudos, balançando os barbilhões, distribuiu água e comida; e assim fez de gaiola em gaiola, perguntando-se qual providência fizera-o aportar ao *Daphne,* exatamente quando os animais estavam nas últimas. Há já duas noites encontrava-se no navio, e alguém havia alimentado a passareira, no máximo um dia antes de sua vinda. Sentia-se como um convidado que chega, é bem verdade, com atraso para uma festa, mas ao chegar os últimos comensais tinham acabado de sair, e as mesas não tinham sido ainda desarrumadas.

De resto, disse para si mesmo, que alguém estivera antes aqui e agora não estava mais; disso não resta dúvida. Que tenha estado aqui um ou dez dias antes de minha chegada, não muda em nada a minha sorte, tornando-a em todo o caso mais zombeteira; naufragando um dia antes, poderia ter-me juntado aos marinheiros do *Daphne,* aonde quer que tenham ido. Ou talvez não, poderia ter morrido com eles, se estiverem mortos. Suspirou (pelo menos não era um negócio de ratos) e concluiu que dispunha de alguns frangos. Reconsiderou a ideia de libertar os bípedes de linhagem superior, e admitiu que, se o seu exílio durasse muito tempo, eles poderiam igualmente tornar-se comestíveis. Eram belos e multicores também os *hidalgos* diante de Casale, pensou, mas mesmo assim atirávamos neles, e, se o assédio tivesse durado, nós os teríamos até mesmo comido. Quem foi soldado na Guerra dos Trinta Anos (assim a denomino, mas quem a estava, então, vivendo, não a chamava assim, e talvez não tivesse entendido sequer tratar-se de uma longa e única guerra, na qual, de quando em quando, alguém assinava um tratado de paz), aprendeu a ser duro de coração.

4
A fortificação demonstrada

Por que Roberto evoca Casale para descrever seus primeiros dias no navio? O gosto da semelhança, quem sabe, pois fora vítima do assédio mais de uma vez; contudo, para um homem daquele século, esperaríamos algo melhor. Da semelhança, em todo o caso, deviam fascinar-lhe as diferenças, fecundas de elaboradas antíteses: em Casale entrara por sua própria escolha, a fim de que os outros não entrassem, e no *Daphne* fora jogado, e desejava sair de lá. Melhor dizer que, enquanto vivia uma história de penumbras, repassava na memória as ações convulsas vividas em pleno sol, de modo que as rutilantes jornadas do assédio, que a lembrança lhe restituía, recompensassem o esquálido vagabundear. E talvez haja algo mais. Na primeira parte de sua vida, Roberto tivera somente dois períodos, nos quais aprendera alguma coisa a respeito do mundo e dos modos de habitá-lo; refiro-me aos poucos meses do assédio e aos últimos anos em Paris; agora estava vivendo sua terceira fase de formação, talvez a última, ao fim da qual a maturidade coincidiria com a dissolução, e estava tentando conjecturar a mensagem secreta, vendo o passado como figura do presente.

Casale havia sido a princípio uma história de sortidas. Conta-o Roberto à Senhora, transfigurando, dando a entender que, se fora incapaz de expugnar a roca de sua neve intacta, atacada mas não derrotada pela chama de seus dois sóis, à chama de outro sol fora, todavia, capaz de se confrontar com quem assediava sua cidadela monferrina.

Na manhã seguinte à sua chegada, Toiras enviara oficiais isolados, carabina às costas, para observar o que os napolitanos iam instalando na colina conquistada na véspera. Os oficiais aproximaram-se em demasia, sucedeu-se uma troca de tiros, e um jovem oficial do regimento Pompadour fora morto. Seus companheiros levaram-no para dentro das muralhas, e Roberto vira o primeiro morto assassinado de sua vida. Toiras decidira mandar ocupar as casas, às quais aludira na véspera.

Podia-se acompanhar bem dos bastiões o avanço de dez mosqueteiros, que, em certo ponto, se haviam dividido para tentar uma tenalha na primeira casa. Das muralhas, partiu uma bala de canhão que passou sobre suas cabeças e foi destelhar a casa; como uma nuvem de insetos, saíram de lá alguns espanhóis que se puseram a fugir. Os mosqueteiros os deixaram fugir, apoderando-se da casa, na qual se entrincheiraram, dando início a um tiroteio na direção da colina.

Era oportuno repetir a operação em outras casas; podia-se ver também, agora, dos bastiões, que os napolitanos haviam começado a cavar as trincheiras, construindo fascinas e gabiões. Nenhum deles, porém, circunscrevia a colina; espalhavam-se na direção da planície. Roberto soube que era assim que começavam a construção das galerias de minas. Quando chegassem às muralhas, teriam sido abarrotadas, no último trecho, com barris de pólvora. Era preciso impedir sempre que os trabalhos de escavação atingissem um nível suficiente para prosseguir debaixo da terra, senão, daquele ponto em diante, os inimigos trabalhariam protegidos. O jogo estava todo aí, prevenir de fora e a descoberto a construção das galerias, e cavar galerias de contramina, até chegar a tropa de socorro, e até quando durassem os víveres e as munições. Num assédio não há mais nada a fazer, senão perturbar os outros e esperar.

Na manhã seguinte, como prometido, foi a vez do fortim. Roberto viu-se embraçando sua espingarda em meio a um ajuntamento indisciplinado de pessoas que em Lu, em Cucaro ou Odalengo não tinham vontade de trabalhar, e de corsos taciturnos, apinhados nas barcas para atravessar o Pó, depois que duas companhias francesas haviam chegado à outra margem. Toiras, com a sua companhia, observava da margem direita, e o velho Pozzo saudou o filho com um gesto, primeiro, acenando com um "vai, vai" com a mão, depois, esticando a maçã do rosto, para dizer "cuidado!".

As três companhias acamparam no fortim. A construção não fora terminada, e parte do trabalho já realizado estava agora em ruínas. A tropa passou o dia a barricar os espaços vazios nas muralhas, mas o fortim estava bem protegido por um fosso, além do qual foram alocadas algumas sentinelas. Com a chegada da noite, o céu estava tão claro que as sentinelas dormitavam, e nem mesmo os oficiais julgaram provável um ataque. E, no entanto, ouviram, de repente, os disparos e viram assomar os soldados da cavalaria espanhola.

Roberto, colocado pelo capitão Bassiani atrás de alguns fardos de palha, que ocupavam uma parte destruída do recinto, não conseguiu entender a tempo o que estava acontecendo: cada soldado da cavalaria trazia junto a si um mosqueteiro e, assim que chegaram no fosso, os cavalos começaram a costeá-lo em círculo enquanto os mosqueteiros atiravam, eliminando as poucas sentinelas; em seguida, cada mosqueteiro jogara-se da garupa, rolando pelo fosso. Enquanto os soldados da cavalaria formavam um hemiciclo diante da entrada, fazendo recuar os defensores com um fogo cerrado, os mosqueteiros conquistavam incólumes a porta e as brechas menos defendidas.

A companhia italiana, que estava de guarda, abandonara as armas e se dispersara tomada pelo pânico, razão pela qual seria por longo tempo vilipendiada, mas mesmo as companhias francesas não souberam fazer melhor. Passaram-se poucos minutos entre o início do ataque e a escalada das muralhas, e os homens foram surpreendidos pelos agressores, dentro das muralhas, sem que tivessem tido tempo de pegar as armas.

Os inimigos, desfrutando a surpresa, estavam massacrando a defesa e eram tão numerosos que, enquanto alguns se ocupavam em abater os defensores que ainda estavam de pé, outros se precipitavam sobre os caídos para espoliá-los. Roberto, após ter disparado contra os mosqueteiros, enquanto recarregava, com dificuldade, a arma, que o deixara com o ombro dolorido pelo coice, fora surpreendido pela carga da cavalaria e os cascos de um cavalo, que passava sobre sua cabeça através da brecha, haviam-no sepultado sob as ruínas da barricada. Foi uma sorte: protegido pelos fardos caídos, escapara do primeiro e mortal impacto, e agora, espiando de sua palhoça, via com horror os inimigos exterminarem os feridos, cortarem um dedo para levar um anel, a mão, por uma pulseira.

O capitão Bassiani, para desagravar o ultraje de seus homens em fuga, ainda lutava corajosamente, mas foi cercado e teve de pedir rendição. Do rio percebeu-se que a situação era crítica, e o coronel La Grange, que mal havia abandonado o fortim, após uma inspeção, para entrar de novo em Casale, tentava arrojar-se para socorrer os defensores, impedido pelos oficiais, que o aconselhavam a pedir reforços à cidade. Da margem direita partiram outras barcas, enquanto, acordado de sobressalto, Toiras chegava a galope. Compreendeu-se logo que os franceses haviam sido derrotados, e a única coisa a fazer era ajudar com tiros de cobertura os que haviam escapado para chegar até o rio.

Nessa confusão, viu-se o velho Pozzo que tropeando ia de um lado para o outro, do Estado-Maior à atracação das barcas, procurando Roberto entre os que chegavam. Quando estava quase certo de que não havia mais barcas chegando, ouviu-se um "ó Cristo!", emitido por ele. Por isso, homem conhecedor dos caprichos do rio, e fazendo passar por tolos os que até então haviam remado a toda pressa, escolheu um ponto em frente a uma das ilhotas e empurrou o cavalo para dentro d'água, batendo-lhe com as esporas. Atravessando um baixio, alcançou a outra margem sem que o cavalo precisasse nadar e precipitou-se como um louco, a espada erguida, na direção do fortim.

Um grupo de mosqueteiros inimigos foi-lhe ao encontro, enquanto o céu clareava, e sem compreender quem fosse aquele solitário; o solitário traspassou-os, eliminando pelo menos cinco com golpes seguros; topou com dois soldados da cavalaria, empinou o cavalo, curvou-se de um lado, para evitar um golpe e súbito ergueu-se, fazendo com a espada um círculo no ar; o primeiro adversário tombou sobre a sela com as tripas escorrendo ao longo das botas, enquanto o cavalo fugia; o segundo ficou de olhos arregalados, procurando com os dedos uma orelha que, presa ao rosto, estava pendurada sob o queixo.

Pozzo chegou ao pé do forte e os invasores, ocupados em espoliar os últimos fugitivos golpeando-os pelas costas, não compreenderam sequer de onde viesse. Entrou no recinto, chamando pelo filho em voz alta, pôs em fuga outras quatro pessoas, enquanto, à guisa de carrossel, desferia golpes de espada em direção a todos os pontos cardeais. Roberto, ao sair da palhoça, avistou-o de longe, e, antes do pai, reconheceu Pagnufli, o cavalo paterno, com o qual brincava havia muitos anos. Enfiou dois dedos na boca e soltou um assobio que o animal conhecia bem, e, de fato, já se havia empinado, levantando as orelhas, e estava arrastando o pai junto à brecha. Pozzo viu Roberto e gritou: "Mas isso é um lugar para se meter? Sobe, insensato!" E enquanto Roberto pulava à garupa, agarrando-se à sua cintura, disse: "Mas que diabo, nunca estás onde deverias estar." Em seguida, incitando Pagnufli, pôs-se a galope na direção do rio.

Naquele momento, alguns dos saqueadores deram-se conta de que aquele homem naquele lugar estava fora de lugar e o apontaram, gritando. Um oficial com a couraça achatada, acompanhado por três soldados, tentou impedir-lhe o caminho. Pozzo o viu, tentou desviar, puxou as rédeas e exclamou: "E depois ainda falam do destino!"

Roberto olhou para a frente e se deu conta de que era o espanhol que os deixara passar dois dias antes. Ele também reconhecera a sua presa, e, com os olhos brilhando, caminhava com a espada erguida.

O velho Pozzo passou rapidamente a espada para a esquerda, sacou a pistola do cinturão e esticou o braço, tudo tão rapidamente a ponto de surpreender o espanhol, que, arrastado pelo ímpeto, já estava muito perto de Pozzo. Mas não atirou logo. Teve tempo para dizer: "Perdoai a pistola, mas se o senhor usa a couraça, terei pleno direito..." Apertou o gatilho e o abateu com uma bala na boca. Os soldados, vendo tombar o capitão, bateram em retirada, e Pozzo guardou a pistola dizendo: "Melhor ir embora, antes que percam a paciência... Dá-lhe, Pagnufli!"

Numa grande nuvem de poeira, atravessaram o descampado e o rio, entre violentos jatos d'água, enquanto de longe alguém descarregava as armas às suas costas.

Chegaram entre aplausos à margem direita. Toiras disse: "Très bien fait, mon cher ami"; depois, para Roberto: "La Grive, hoje todos fugiram e somente vós permanecestes. Bom sangue não mente. Sois um desperdício naquela tropa de covardes. Passareis para minha companhia."

Roberto agradeceu e, depois, apeando, estendeu a mão a seu pai, para agradecer-lhe também. Pozzo apertou-a, distraidamente, dizendo: "Lamento por aquele senhor espanhol, que era uma boa pessoa. Ah! a guerra é uma besta feroz. Contudo, lembre-se sempre disto, meu filho: devemos ser bons, mas se alguém se aproxima para nos matar, é ele quem está errado. Ou não?"

Voltaram à cidade, e Roberto ouviu que o pai ainda murmurava de si para si: "Não fui eu quem o procurou..."

5
O labirinto do mundo

Parece que Roberto evoca outra vez esse episódio, extraído de um momento de piedade filial, sonhando com um tempo feliz, no qual uma figura protetora podia salvá-lo da perplexidade de um assédio, mas não pôde evitar a lembrança do que acontecera em seguida. E não me parece ser um simples acidente da memória. Já disse que Roberto parece pôr, lado a lado, aqueles episódios distantes e sua experiência no *Daphne* como para encontrar nexos, razões, signos do destino. Ora, eu diria que reviver os dias de Casale serve-lhe, no navio, para resgatar as fases nas quais, ainda jovem, começava a aprender lentamente que o mundo se articulava por estranhas arquiteturas.

É como se, por um lado, o estar suspenso agora entre o céu e o mar podia-lhe parecer apenas o mais consequente desenrolar daqueles anos de peregrinação num território feito de atalhos bifurcados; por outro lado, suponho, para recompor justamente a história de seus sofrimentos, buscava encontrar consolo para seu estado atual, como se o naufrágio o tivesse levado de volta àquele paraíso terrestre que conhecera na Griva, e do qual se afastara, entrando nas muralhas da cidade assediada.

Agora Roberto já não se espiolhava nos alojamentos dos soldados, mas sentava-se à mesa de Toiras, em meio aos fidalgos provenientes de Paris, e ouvia suas bravatas e recordações de outras campanhas, conversas brilhantes e vãs. De tais conversas — e desde a primeira noite — começou a compreender que o assédio de Casale não era a empresa da qual gostaria de tomar parte.

Viera para dar vida a seus sonhos de cavalaria, alimentados pelos poemas lidos na Griva; ser de bom sangue e ter afinal uma espada à cintura significava para ele tornar-se um paladino que dava sua vida pela palavra do seu rei ou para salvar uma dama. Depois da chegada, as sagradas fileiras, às quais se unira, revelaram-se um ajuntamento de aldeões negligentes, prontos a dar as costas no primeiro confronto.

Agora fora admitido em um convívio de heróis que o acolhiam como um igual. Mas ele sabia que sua bravura era o efeito de um mal-entendido, e só não fugira porque estava mais apavorado do que aqueles que haviam fugido. E, o que é pior, depois que o senhor de Toiras se afastara, e enquanto os presentes passavam a noite tagarelando, dava-se conta de que o assédio nada mais era do que um capítulo de uma história sem sentido.

Em resumo: Dom Vincenzo de Mântua morrera deixando o ducado para Nevers, mas bastaria que um outro qualquer tivesse conseguido vê-lo por último, e toda aquela história teria sido outra. Por exemplo, Carlo Emanuele também pleiteava algum direito sobre o território de Monferrato por causa de uma sobrinha (todos se casavam entre si), e desejava, fazia tempo, confiscar aquele marquesado, que era como uma espinha no flanco de seu ducado, onde penetrava a poucas dezenas de milhas de Turim. Assim, logo após a nomeação de Nevers, Gonzalo de Córdova, tirando partido das ambições do duque de Saboia para frustrar o plano dos franceses, havia-lhe sugerido a união com os espanhóis para tomar, junto com eles, o território de Monferrato, e depois dividi-lo entre si. O imperador, que tinha então muitos problemas com o restante da Europa, não dera o seu consentimento à invasão, mas tampouco pronunciara-se contra Nevers. Gonzalo e Carlo Emanuele haviam posto fim às hesitações, e um deles começara a conquista de Alba, Trino e Moncalvo. Bom sim, mas não estúpido, o imperador pusera Mântua sob sequestro, confiando-a a um comissário imperial.

O tempo de espera deveria valer para todos os pretendentes, mas Richelieu considerou-o uma afronta à França. Ou talvez fosse oportuno considerá-lo assim, mas não se mexia porque estava ainda assediando os protestantes da Rochelle. A Espanha acompanhava com interesse o massacre daquele punhado de heréticos, mas deixava que Gonzalo tirasse proveito para assediar Casale com oito mil homens. Fora, aquele, o primeiro assédio de Casale, defendida por pouco mais de duzentos soldados.

Como, porém, o imperador desse a impressão de não ceder, Carlo Emanuele pressentira o perigo e, enquanto continuava a colaborar com os espanhóis, mantinha contatos secretos com Richelieu. Enquanto isso, La Rochelle caía, Richelieu recebia os cumprimentos da corte de Madri por essa bela vitória da fé, agradecia, reunia o seu exército e, Luís XIII à frente, deixava-o atravessar o Monginevro, em fevereiro de 1629, e o conduzia diante de Susa. Carlo Emanuele percebia que, jogando em duas mesas, arriscava perder não apenas o território de Monferrato, mas também Susa, e — tentando vender o que lhe roubavam — oferecia Susa em troca de uma cidade francesa.

Um comensal de Roberto lembrava o episódio em tom divertido. Richelieu, com muita ironia, mandara perguntar ao duque se preferia Orleans ou Poitiers, enquanto um oficial francês se apresentava na guarnição de Susa e pedia alojamento para o rei da França. O comandante saboiardo, que era um homem de espírito, respondera que provavelmente Sua Alteza, o duque, ficaria muito feliz de poder hospedar Sua Majestade, mas, visto que Sua Majestade viera acompanhado de tão grande séquito, era devido lhe permitir que avisasse primeiramente Sua Alteza. Com a mesma elegância, o marechal de Bassompierre, curveteando na neve, reverencia o seu rei e, avisando-o de que os violinos já haviam entrado e que as máscaras estavam à porta, pedia-lhe permissão para começar o balé. Richelieu celebrava a movimentação das tropas, a infantaria francesa atacava, e Susa era conquistada.

Nesse estado de coisas, Carlo Emanuele decidiu que Luís XIII era um hóspede muito agradável, iria dar-lhe as boas-vindas, e pedir-lhe somente que não perdesse tempo em Casale, da qual ele próprio já cuidava, mas que o ajudasse a conquistar Gênova. Fora gentilmente convidado a não dizer tolices e colocaram em sua mão uma bela pena de ganso para firmar um tratado, que consentia aos franceses ficarem à vontade no Piemonte; como gorjeta obtinha que lhe deixassem Trino e que impusessem ao duque de Mântua o pagamento de uma renda anual por Monferrato: "Assim Nevers", dizia o comensal, "para possuir o que era seu, pagava aluguel a quem não o havia jamais possuído!"

"E pagou!", ria um outro. "Aquele idiota!"

"Nevers sempre pagou por suas loucuras", disse um abade, que fora apresentado a Roberto como o confessor de Toiras. "Nevers é um desvairado completo que acredita ser São Bernardo. Pensou sempre e apenas em reunificar os príncipes cristãos para uma nova cruzada. Se estes são tempos em que os cristãos se matam entre si, imaginai quem se ocupará dos infiéis. Senhores de Casale, se desta amável cidade sobrar alguma pedra, deveis esperar que o vosso novo senhor convide todos vós a Jerusalém!" O abade sorria folgazão, alisando os bigodes louros e bem-cuidados, e Roberto pensava: vejam só, de manhã eu estava para morrer por um louco, e este louco é considerado louco porque sonha, como eu sonhava, com os tempos da bela Melisenda e do Rei Leproso.

Nem mesmo os episódios sucessivos permitiram a Roberto esclarecer as razões daquela história. Traído por Carlo Emanuele, Gonzalo de Córdova percebia ter perdido a campanha, reconhecia o acordo de Susa e levava os seus oito mil homens para o território milanês. Uma guarnição francesa instalava-se em Casale, uma outra em Susa, e o restante da armada de Luís XIII reatravessava os Alpes para ir liquidar os últimos huguenotes no Languedoc e no vale do Ródano.

Mas nenhum daqueles fidalgos nutria a intenção de manter-se fiel aos acordos, e os comensais o declaravam com absoluta naturalidade, aliás, alguns até concordavam, observando que "la Raison d'Estat, ah, la Raison d'Estat". Por razões de Estado o Olivares — Roberto compreendia que ele era algo como um Richelieu espanhol, embora menos favorecido pela sorte — dera-se conta de ter feito um papelão, liquidava penosamente Gonzalo, punha em seu lugar Ambrósio Spinola, e costumava dizer que o ultraje feito à Espanha ocorria em detrimento da Igreja. "Tolice", observava o abade, "Urbano VII favorecera a sucessão de Nevers." E Roberto perguntava a si mesmo o que tinha a ver o papa com questões que não diziam respeito à fé.

Enquanto isso o imperador — e quem sabe quanto Olivares o pressionava de mil maneiras — lembrava-se de que Mântua ainda estava sob regime comissarial, e que Nevers não podia nem pagar nem deixar de pagar por alguma coisa que ainda não lhe pertencia, perdia a paciência e mandava vinte mil homens assediarem a cidade. O papa, vendo mercenários protestantes percorrendo a Itália, pensava imediatamente num outro saque a Roma, e enviava tropas à fronteira do território mantuano. Spinola, mais ambicioso e resoluto do que Gonzalo, decidia assediar novamente Casale, mas desta vez de verdade. Em suma, concluía Roberto, para evitar as guerras não havia necessidade de se fazerem tratados de paz.

Em dezembro de 1629, os franceses atravessavam de novo os Alpes. Carlo Emanuele, segundo os pactos, deveria deixá-los passar. Mas, para dar provas de lealdade, propusera novamente suas pretensões sobre o território de Monferrato e solicitava seis mil soldados franceses para assediar Gênova, que era então sua ideia fixa. Richelieu, que o considerava uma serpente, não dizia nem sim nem não. Um capitão, que em Casale se vestia como se estivesse na corte, recordava um dia de fevereiro passado: "Uma bela festa, meus amigos, faltavam os músicos do Palácio real, mas havia as fanfarras!

Sua Majestade, seguido pelo exército, cavalgava diante da entrada de Turim, num traje negro bordado a ouro, uma pluma no chapéu e a armadura resplandecente!" Roberto esperava a história de um grande ataque, mas qual nada, também dessa vez fora somente um desfile; o rei não atacava, fazia improvisadamente um desvio sobre Pinerolo, e dela se apoderava ou reapoderava, visto que algumas centenas de anos antes fora uma cidade francesa. Roberto possuía uma vaga ideia de onde se localizava Pinerolo, e não entendia a razão pela qual fosse imperioso conquistá-la para libertar Casale. "Talvez estejamos sitiados em Pinerolo?", perguntava a si mesmo.

O papa, preocupado com o rumo dos acontecimentos, mandava um representante seu a Richelieu para recomendar-lhe a restituição da cidade aos Saboia. Os comensais perdiam-se em maledicências a respeito daquele enviado, um tal de Giulio Mazzarini: um siciliano, um plebeu romano — exagerava o abade —, o filho natural de um aldeão das campinas romanas, de obscuro nascimento, feito capitão não se sabe como, que servia ao papa, mas que fazia tudo para conquistar a confiança de Richelieu, que agora o admirava exageradamente. E era preciso vigiá-lo, porque naquele momento estava partindo de volta a Ratisbona, que é a casa do demônio, e era lá que se decidiam os destinos de Casale, e não com qualquer galeria de mina ou contramina.

Enquanto isso, como Carlo Emanuele procurava cortar as comunicações das tropas francesas, Richelieu apoderava-se também de Annecy e Chambery; e saboiardos e franceses combatiam em Avilhana. Nesse jogo de extremo vagar, os imperiais ameaçavam a França entrando na Lorena; Wallenstein já se movimentava para ajudar os Saboia, e, em julho, um punhado de imperiais transportados nas chatas tomara de surpresa uma fortaleza em Mântua. Todo o exército entrara na cidade, saqueando-a durante setenta horas, esvaziando o palácio ducal de cima a baixo, e, para tranquilizar o papa, os luteranos da armada imperial acabaram espoliando todas as igrejas da cidade. Sim, justamente aqueles lansquenetes vistos por Roberto, que haviam chegado para socorrer Spinola.

A armada francesa ainda estava ocupada ao Norte, e ninguém sabia dizer se chegaria a tempo, antes que Casale caísse. Só restava confiar em Deus, dissera o abade: "Senhores, é virtude política saber que se devem buscar os meios humanos como se não existissem os divinos, e os divinos como se não existissem os meios humanos."

"Tenhamos, pois, esperança nos meios divinos", exclamara um fidalgo, sem demonstrar muita compunção, agitando a taça, a ponto de derramar vinho sobre a jaqueta do abade. "Senhor, vós me manchastes com o vinho", gritara o abade, empalidecendo — que era a maneira pela qual se indignavam as pessoas naquela época. "Fazei de conta", respondera o outro, "que caiu durante a consagração. Afinal, é sempre vinho."

"Senhor de Saint-Savin", gritara o abade, levantando-se e levando a mão à espada, "não é a primeira vez que vós desonrais o vosso nome blasfemando o de Nosso Senhor! Teria sido melhor — Deus me perdoe — se tivésseis permanecido em Paris, desonrando as senhoras, como é costume dos pirronianos como vós!"

"Ora, vamos", respondera Saint-Savin, evidentemente ébrio, "nós, pirronianos, íamos de noite tocar para as senhoras, e os homens destemidos, que desejavam arriscar uns bons tiros, uniam-se a nós. Mas, quando a senhora não assomava, sabíamos muito bem que era para não deixar o leito que o eclesiástico da família estava aquecendo."

Os outros oficiais levantaram-se e seguraram o abade, prestes a desembainhar a espada. O senhor de Saint-Savin está alterado pelo vinho, diziam-lhe; devia-se conceder alguma coisa a um homem que naqueles dias combatera com tanto destemor, e um pouco de respeito pelos companheiros mortos recentemente.

"Assim seja", concluíra o abade abandonando a sala, "senhor de Saint-Savin, eu vos convido a terminar a noite recitando um De Profundis para nossos amigos desaparecidos, e me darei por satisfeito."

O abade saíra, e Saint-Savin, que estava sentado bem ao lado de Roberto, inclinou-se sobre o seu ombro, comentando: "Os cães e os pássaros do rio não fazem mais barulho do que nós, quando gritamos um De Profundis. Por que tanto dobrar de sinos e tantas missas para ressuscitar os mortos?" Esvaziara a taça num gole, advertira Roberto com o dedo em riste, como para educá-lo para uma vida reta e para os sumos mistérios de nossa santa religião: "Senhor, orgulhai-vos: hoje conhecestes bem de perto a morte e, no futuro, comportai-vos com a mesma indiferença, sabendo que a alma morre com o corpo. E, pois, caminhai para a morte, após terdes saboreado a vida. Somos animais entre animais, ambos filhos da matéria, embora estejamos mais desarmados. Contudo, ao contrário dos animais, sabemos que nós devemos morrer, e preparemo-nos para aquele momento desfrutando a vida que nos foi dada pelo acaso e por acaso. A sabedoria ensina-nos a empregar os nossos dias bebendo e conversando amavelmente, como convém aos fidalgos, desprezando as almas vis. Camaradas, a vida está em dívida conosco! Estamos apodrecendo em Casale e nascemos muito tarde para gozar os tempos do bom rei Henrique, quando no Louvre se encontravam bastardos, símios, mentecaptos e bobos da corte, anões e *cul-de-jatte,* músicos e poetas, e o rei se divertia com isso. Agora, jesuítas, lascivos como bodes, trovejam contra os leitores de Rabelais e dos poetas latinos, e gostariam que fôssemos todos virtuosos, para matar os huguenotes. Senhor Deus, a guerra é bela, mas quero lutar pelo meu prazer e não porque meu adversário come carne às sextas-feiras. Os pagãos eram mais sábios do que nós. Tinham eles também três deuses, mas pelo menos sua mãe Cibele não tinha pretensões de os ter dado à luz, permanecendo virgem."

"Senhor", protestara Roberto, enquanto os outros riam.

"Senhor", respondera Saint-Savin, "a primeira qualidade de um homem de valor é o desprezo pela religião, que nos quer temerosos da coisa mais natural do mundo, que é a morte, fazer-nos odiar a única coisa bela que o destino nos concedeu, que é a vida, e aspirantes a um céu, de cuja eterna beatitude vivem apenas os planetas, que não gozam de prêmios ou castigos, mas de seu eterno movimento, nos braços do vazio. Sede fortes como os sábios da Grécia antiga e olhai para a morte com olhos firmes e sem medo. Jesus suou muito ao esperá-la. Mas o que tinha a temer, afinal, visto que ressuscitaria?"

"Já basta, senhor de Saint-Savin", intimara-o quase um oficial, segurando-o pelo braço. "Não escandalizeis este nosso jovem amigo, que não sabe ainda que hoje em dia, em Paris, a impiedade é a forma mais refinada do *bon ton,* e poderia levar-vos muito a sério. E ide dormir vós também, senhor de la Grive. Sabei que o bom Deus é tão piedoso que perdoará também o senhor de Saint-Savin. Como dizia aquele teólogo, forte é o rei que tudo destrói, mais forte a mulher que tudo obtém, e ainda mais forte o vinho que afoga a razão."

"Citastes pela metade, senhor", resmungara Saint-Savin, enquanto dois de seus camaradas o arrastavam para fora, "esta frase é atribuída à Língua, que acrescentara: mais forte ainda é a verdade, e eu que o diga. E a minha língua, mesmo se agora eu a movo com dificuldade, não se calará. O sábio não deve atacar a mentira somente com golpes de espada, mas também com golpes de língua. Amigos, como podeis chamar piedosa uma divindade que quer a nossa infelicidade eterna somente para aplacar a sua cólera de um instante. Nós devemos perdoar o nosso próximo e ele não? E deveríamos amar um ser tão cruel? O abade me chamou de pirroniano, mas nós, pirronianos, como ele disse, preocupamo-nos em consolar as vítimas da impostura. Certa vez, com três companheiros, distribuímos às senhoras alguns rosários com medalhinhas obscenas. Se soubésseis como ficaram devotas desde então!"

Saíra acompanhado pelas risadas de toda a brigada, e o oficial comentara: "Se não Deus, nós pelo menos perdoemos a sua língua, pois possui uma belíssima espada." Depois, a Roberto: "Fazei amizade com ele, e não o contrarieis mais do que o necessário. Ele abateu mais franceses em Paris, por uma questão de teologia, do que até hoje minha companhia transpassou espanhóis. Não o quisera ter a meu lado na missa, mas eu me consideraria um homem de sorte de o ter junto no campo de batalha."

Assim, educado pelas primeiras dúvidas, outras deveria conhecer Roberto no dia seguinte. Voltara para aquela parte do castelo, onde dormira nas primeiras noites com os seus monferrinos, para pegar o saco de dormir, mas tinha dificuldade de orientar-se pelos pátios e corredores. Ia em frente, dando-se conta de ter errado o caminho, quando viu, no fundo de um espelho plúmbeo de sujeira, assomar a própria imagem. Mas, ao aproximar-se, percebeu que aquela imagem tinha realmente o seu rosto, embora trajasse roupas vistosas, à espanhola, e os cabelos presos numa rede. Mas aquela sua imagem, num certo momento, desapareceu de um dos lados.

Não se tratava, portanto, de um espelho. De fato, percebeu tratar-se de um janelão de vidros empoeirados, que dava para uma esplanada externa, da qual se podia descer por uma escada em direção ao pátio. Logo, não vira a sua imagem, mas a de um outro, muito parecido com ele, de quem, agora, perdera os rastros. Naturalmente, pensou logo em Ferrante. Ele o havia seguido ou precedido em Casale, talvez estivesse em outra companhia do mesmo regimento, ou em um dos regimentos franceses e, enquanto ele arriscava a vida no fortim, Ferrante extraía da guerra sabe-se lá quantas vantagens.

Com aquela idade, Roberto já se inclinava a sorrir de suas fantasias da infância sobre Ferrante, e, refletindo em sua visão, convenceu-se bem cedo de que vira somente alguém que podia vagamente parecer-se com ele.

Quis esquecer o incidente. Durante anos remoera a ideia de um irmão invisível; naquela noite, acreditara tê-lo visto, mas, justamente por isso (disse, buscando com a razão contradizer seu coração), se vira alguém, não era invenção, e dado que Ferrante era invenção, aquele que vira não podia ser Ferrante.

Um professor de lógica teria objetado esse paralogismo, mas, para Roberto, era o bastante, no momento.

6
Grande arte da luz e da sombra

Após ter dedicado sua carta às primeiras lembranças do assédio, Roberto encontrara algumas garrafas de vinho de Espanha no quarto do capitão. Não podemos censurá-lo por acender o fogo, preparar uma panela de ovos com porções de peixe defumado e abrir uma garrafa, oferecendo a si mesmo um jantar digno de um rei, sobre a mesa quase arrumada com perfeição. Se tivesse de continuar náufrago por longo tempo, deveria ater-se às boas maneiras, para não embrutecer. Lembrava-se de que em Casale, quando as feridas e as doenças já estavam induzindo os oficiais a comportarem-se como náufragos, o senhor de Toiras pedira que, pelo menos à mesa, todos se lembrassem de quanto haviam aprendido em Paris: "Apresentar-se com roupas limpas, não beber após cada porção, limpar primeiro os bigodes e a barba, não lamber os dedos, não cuspir no prato, não assoar o nariz na toalha. Não somos imperiais, senhores!"

Acordara na manhã seguinte após o cantar do galo, mas continuou mandriando por muito tempo. Ao recostar novamente a janela, estando na galeria, compreendera ter levantado com atraso em relação ao dia anterior, e a alvorada já ia cedendo seu lugar à aurora: por detrás das colinas, acentuava-se agora o tom róseo do céu num pulverizar-se de nuvens.

Como bem cedo os primeiros raios iluminariam a praia, tornando-a insuportável ao olhar, Roberto pensara em desviar os olhos para onde o sol ainda não dominava, e, através da galeria, chegou à outra borda do *Daphne,* na direção da terra ocidental. Apareceu-lhe de pronto um como retalhado perfil turquesa que, no transcorrer de poucos minutos, já se dividia em duas listras horizontais: uma escova esverdeada e claras palmeiras resplandeciam sob a zona cava das montanhas, nas quais dominavam, ainda obstinadas, as nuvens da noite, que, lentamente, nigérrimas no centro, começavam a despegar-se pelas bordas em alvirrosados matizes.

Era como se o sol, em vez de atingi-las de frente, se esforçasse por nascer no meio delas e, embora se exaurissem de luzes nas extremidades, intumesciam grávidas de caligem, rebeldes em liquefazerem-se no céu para torná-lo espelho fiel do mar, prodigiosamente claro agora, toldado por nódoas cintilantes, como se ali transitassem cardumes de peixes dotados de uma lâmpada interna. Em breve, porém, as nuvens cederam ao convite da luz e, livres de seu peso, abandonavam-se nas sumidades; de um lado aderiam às faldas, condensando-se e depositando-se como se fossem nata, que suavemente escorria para baixo, mais compacta na parte superior, formando uma neveira; do outro, tornando-se a neveira uma lava de gelo no vértice, explodiam no ar em forma de cogumelo, prelibadas erupções de um país das delícias.

Tudo o que via talvez bastasse para justificar o seu naufrágio: não tanto pelo prazer que a mobilidade da natureza lhe provocava, mas por causa da luz que aquela luz lançava nas palavras que ouvira do cônego de Digne.

Até então, de fato, perguntara-se frequentemente se não estava sonhando. Aquilo que estava acontecendo não ocorria habitualmente com os homens; podia, no máximo, recordar-lhe os romances da infância: o navio e as criaturas que aí encontrara eram criaturas de sonho. Da mesma substância de que são feitos os sonhos, despontavam as sombras que há três dias o envolviam; de cabeça fria, dera-se conta de que até mesmo as cores que admirara no vergel e na passareira apareceram resplandecentes apenas aos seus olhos maravilhados, mas, na realidade, revelavam-se tão somente sob a pátina de um velho alaúde, que recobria cada objeto do navio, numa luz que já atingira de leve as aduelas e as traves de madeira ressequida, marcadas pelo sarro de óleos, vernizes e alcatrão... Não poderia, portanto, ser sonho também o grande teatro de celestes enganos que ele acreditava estar vendo no horizonte?

Não, disse Roberto a si mesmo, a dor causada agora em meus olhos por essa luz me diz que não estou sonhando, mas vendo. Minhas pupilas sofrem com a tempestade de átomos que, como de um grande navio de batalha, me bombardeiam daquela costa, e a visão é somente este encontro dos olhos com a poeira da matéria que os atinge. Certamente, dissera-lhe o cônego, não é que os objetos enviem de longe, como queria Epicuro, simulacros perfeitos que desvelam a forma e a natureza oculta. Obtemos apenas sinais para deles extrairmos a conjectura que denominamos visão. Mas o próprio fato de ele ter nomeado pouco antes, por diversos tropos, o que acreditava estar vendo, criando em forma de palavras aquilo que o algo ainda informe lhe sugeria, confirmava-lhe estar realmente vendo. E, dentre as tantas certezas, cuja ausência lamentamos, uma só se faz presente: o fato de todas as coisas aparecerem para nós exatamente como aparecem, e não é possível que não seja absolutamente verdadeiro que assim apareçam para nós.

Por isso, vendo e tendo a certeza de estar vendo, Roberto possuía a única segurança com a qual os sentidos e a razão podiam contar, ou seja, a certeza de estar vendo alguma coisa; e essa alguma coisa era a única forma de ser a respeito da qual ele podia falar, o ser não sendo senão o grande teatro do visível, disposto na concha do Espaço — o que já nos diz bastante sobre aquele século bizarro.

Vivo ele estava, acordado, e diante daquela ilha, ou continente que fosse, havia alguma coisa. O que era não sabia; como as cores dependem tanto dos objetos, pelos quais são afetadas, como da luz que nelas é refletida, e do olho que os fixa, assim a terra mais distante mostrava-se-lhe verdadeira em seu ocasional e transeunte conúbio da luz, dos ventos, das nuvens, de seus olhos arregalados e aflitos. Talvez amanhã, ou em poucas horas, aquela terra seria outra.

Tudo o que via não era apenas a mensagem que o céu lhe enviava, mas também o resultado da amizade entre o céu, a Terra e a posição (e a hora, e a estação e o ângulo) da qual ele olhava. Certamente, se o navio tivesse ancorado ao longo de um outro raio da rosa dos ventos, o espetáculo teria sido diferente: o sol, a aurora, o mar seriam um outro sol, uma outra aurora, um mar e uma terra gêmeos, e, contudo, disformes. Aquela infinidade de mundos, de que lhe falava Saint-Savin, não devia ser procurada apenas além das constelações, mas no próprio centro daquela bolha do espaço, do qual ele, puro olhar, tornara-se agora uma nascente de infinitas paralaxes.

Concederemos a Roberto, entre tantas adversidades, não ter ultrapassado tais limites com suas especulações de ordem metafísica e de ordem física dos corpos; mesmo porque acabará fazendo isso bem mais tarde, e além do necessário; mas, já nesse ponto, o encontramos a meditar que, se houvesse apenas um único mundo, no qual aparecessem ilhas diversas (muitas naquele momento para muitos robertos que olhassem de muitos navios dispostos em graus diversos de meridiano), então, nesse único mundo, poderiam aparecer e misturar-se muitos robertos e muitos ferrantes. Talvez, naquele dia do castelo, não percebera que se deslocara algumas braças em relação ao monte mais elevado da ilha do Ferro, e vira o universo habitado por outro Roberto, não condenado à conquista do fortim além das muralhas, ou salvo por um pai que não houvesse tirado a vida do gentil espanhol.

De tais considerações Roberto recuava, certamente, para não confessar que aquele corpo distante, que se fazia e desfazia em metamorfoses voluptuosas, se transformara para ele num anagrama de um outro corpo, que desejaria possuir; e, dado que a terra lhe sorria languidamente, gostaria de a ter alcançado e confundir-se com ela, pigmeu bem-aventurado nos seios daquela gigante graciosa.

Todavia, não acredito ter sido o pudor, mas o medo da luz excessiva, que o induziu a voltar — e talvez uma outra chamada. Ouvira realmente as galinhas anunciarem uma nova provisão de ovos, e teve a ideia de presentear-se com um frango no espeto para o jantar. Demorou-se, porém, com as tesouras do capitão, para acertar os bigodes, a barba e os cabelos, que eram ainda os de um náufrago. Decidira viver o naufrágio como se fosse passar as férias numa bela mansão, que lhe oferecia uma ampla suíte de alvoradas e auroras, e pregustava os crepúsculos.

Desceu antes de completar uma hora desde quando haviam cantado as galinhas, e logo percebeu que, se elas haviam posto os ovos (e não podiam mentir cantando), ele não os via. Não só, mas todos os pássaros dispunham de novos grãos, bem distribuídos, como se ainda não houvessem esgaravatado.

Dominado por uma suspeita, voltara ao vergel, para descobrir que, como no dia anterior e, mais anteriormente ainda, as folhas brilhavam de orvalho, as campânulas recolhiam água límpida, a terra estava úmida nas raízes, o lamaçal ainda mais lamacento: sinal, portanto, de que alguém, no curso da noite, fora molhar as plantas.

Curioso dizer; seu primeiro movimento foi de ciúme: alguém se assenhoreava de seu próprio navio e lhe furtava aqueles cuidados e aquelas vantagens às quais tinha direito. Perder o mundo para conquistar um navio abandonado e depois dar-se conta de que um outro o habitava era-lhe tão insuportável quanto o fato de temer que sua Senhora, inacessível termo de seu desejo, pudesse tornar-se presa do desejo de outrem.

Depois, ocorreu-lhe uma perturbação mais razoável. Assim como o mundo de sua infância era habitado por um Outro que o precedia e seguia, evidentemente o *Daphne* possuía recessos e repositórios que ele ainda não conhecia, e nos quais habitava um hóspede escondido, que percorria os seus mesmos caminhos, tão logo ele se afastasse, ou momentos antes que ele os percorresse.

Correu para se esconder no quarto, como o avestruz africano, que, ao ocultar a cabeça, pensa estar apagando o mundo.

Para chegar ao castelo da popa passara pela boca de uma escada que conduzia à estiva; o que se ocultava lá embaixo, se na segunda coberta encontrara uma ilha em miniatura? Seria aquele o reino do Intruso? Note-se que já se comportava com o navio como com um objeto de amor, o qual tão logo o descobrimos, e descobrimos que o desejamos, todos os que antes o possuíram se tornam usurpadores. E, nesse momento, Roberto confessa, escrevendo à Senhora que a primeira vez em que ele a viu, e a viu seguindo o olhar de um outro que a fixara, sentiu o nojo de quem descobre a larva numa rosa.

Daria vontade de sorrir diante de tal acesso de ciúme por um casco cheirando a peixe, fumaça e fezes, mas Roberto já estava se perdendo num instável labirinto, onde toda encruzilhada reconduzia-o sempre à mesma imagem. Sofria, quer pela Ilha que não possuía, quer pela embarcação que o possuía — ambas inatingíveis, uma pela distância, outra pelo enigma —, mas ambas ocupavam o lugar da amada que o evitava, afagando-o com promessas que ele mesmo inventava. E não saberia outro modo para explicar esta carta, na qual Roberto se derrama em queixosos adereços apenas para dizer, ao fim e ao cabo, que Alguém o privara da refeição matinal.

Senhora,

Como posso esperar mercê da parte de quem me consome? E, todavia, a quem, senão a vós, posso confiar o meu tormento, procurando conforto, se não em vosso ouvido, ao menos em minha não ouvida palavra? Se o amor é um remédio capaz de curar todas as dores com uma dor ainda maior, não hei de poder compreendê-lo talvez como um tormento, que mate por excesso qualquer outro tormento, a ponto de tornar-se o fármaco de todos os tormentos, com exceção do próprio? Pois, se jamais adverti a beleza, e a desejei, não foi senão o sonho da vossa beleza, por que houvera de pesar-me se outra beleza se tornasse igualmente sonho para mim? Fora pior se aquela beleza esplendesse em meus braços, e eu me houvesse saciado, não mais padecendo a vossa imagem; pois um escasso medicamento eu houvera desfrutado, e o agravo aumentaria pelo remorso de tal infidelidade. Melhor confiar em vossa imagem, tanto mais agora que entrevi uma vez mais um inimigo, cujos traços desconheço e os não quisera conhecer jamais. Para ignorar tal espectro, que aborreço, venha acudir-me a vossa imagem querida. Que o amor faça de mim um fragmento insensível, mandrágora, fonte de pedra, que chore o meu desassossego...

Mas, atormentando-se da maneira pela qual se atormentava, Roberto não se transforma numa fonte de pedra e logo traz de volta a angústia que recorda a outra angústia, vivida em Casale, e de efeitos — como veremos — bem mais funestos.

7
Pavane Lachryme

A história é ao mesmo tempo límpida e obscura. Enquanto sucediam pequenas escaramuças, que cumpriam a mesma função que pode assumir num jogo de xadrez, não o movimento, mas o olhar que comenta a alusão de um movimento por parte do adversário, para fazê-lo desistir de uma aposta vencedora — Toiras decidira tentar uma sortida mais substanciosa. Era claro que o jogo se realizava entre espiões e contraespiões; em Casale comentava-se que a tropa de socorro começava a aproximar-se, conduzida pelo próprio rei, com o senhor de Montmorency chegando de Asti e os marechais Créqui e de La Force, de Ivrea. Nada disso era verdade, como Roberto percebera pela ira de Toiras, quando recebia um mensageiro do Norte; nessa troca de correspondência, Toiras informava Richelieu de que não dispunha mais de víveres, e o cardeal respondia-lhe que o senhor Agencourt havia inspecionado os armazéns, afirmando que Casale poderia resistir otimamente durante todo o verão. A tropa se movimentaria em agosto, aproveitando-se, no caminho, das colheitas, que mal haviam terminado.

Roberto surpreendeu-se com o fato de Toiras ter ordenado a alguns corsos que desertassem e informassem Spinola de que a tropa era esperada somente para setembro. Mas o ouviu explicar ao seu Estado-Maior: "Se Spinola imagina ter tempo, gastará o seu tempo para construir as galerias, e nós teremos tempo para construir galerias de contraminas. Se, ao contrário, imagina que a chegada dos socorros seja iminente, que lhe resta? Não, é claro, ir ao encontro da tropa francesa, pois sabe não dispor de forças suficientes, nem tampouco esperá-la, porque depois seria também assediado; menos ainda retornar a Milão e preparar uma defesa do território milanês, porque a honra o impede de retirar-se. Só lhe restaria a conquista imediata de Casale. Mas, como não pode fazer um ataque frontal, deverá gastar uma expressiva importância para estimular traições. Daí em diante, qualquer amigo poderia transformar-se num inimigo para nós. Mandemos, pois, espiões ao Spinola para convencê-lo do atraso dos reforços, deixemo-lo construir galerias de mina, lá onde não nos causem muitos problemas, destruamos aquelas que realmente nos ameaçam, e deixemos que se canse nesse jogo. Senhor Pozzo, vós conheceis bem o terreno: onde devemos dar-lhe trégua e onde devemos impedi-lo a qualquer preço?"

O velho Pozzo, sem olhar para os mapas (que lhe pareciam muito enfeitados para serem verdadeiros), e, indicando com a mão, da janela, explicou como em certas áreas o terreno era reconhecidamente desmoronadiço, infiltrado pelas águas do rio, e ali Spinola podia cavar quanto quisesse, e os seus mineiros acabariam sufocados de tanto engolir lesmas. Ao passo que, em outras áreas, cavar galerias era um prazer, e ali era preciso combater com a artilharia e fazer sortidas.

"Está bem", disse Toiras, "amanhã os obrigaremos a se movimentarem na defesa de suas posições, fora do bastião de San Carlo, e depois os pegaremos de surpresa fora do bastião de San Giorgio." O jogo foi bem preparado, com instruções precisas a todas as companhias. E como Roberto demonstrara ter uma boa letra, Toiras manteve-o ocupado das seis da tarde às duas da manhã para ditar mensagens; depois pedira-lhe que dormisse vestido num arquibanco diante de seu quarto, para receber e verificar as respostas, e acordá-lo na eventualidade de algum contratempo. O que realmente aconteceu mais de uma vez das duas até a alvorada.

74

Na manhã seguinte, as tropas estavam de prontidão nos caminhos cobertos pela contraescarpa e dentro das muralhas. Após um sinal de Toiras, que controlava a manobra da cidadela, um primeiro contingente, bastante numeroso, movimentou-se na direção falsa: primeiro uma vanguarda de piqueiros e mosqueteiros, com uma reserva de cinquenta mosquetões, que os seguia a uma curta distância; depois, de modo ostensivo, um corpo de infantaria com quinhentos homens e duas companhias de cavalaria. Era um belo desfile, e com a experiência posterior, entendeu-se que os espanhóis assim o consideraram.

Roberto viu trinta e cinco homens, os quais, sob o comando do capitão Columbat, se lançavam em ordem dispersa contra uma trincheira, e o capitão espanhol, que emergia da barricada e lhes dirigia uma bela saudação. Columbat e os seus soldados detiveram-se, por educação, e responderam com a mesma cortesia. Em seguida, os espanhóis davam sinais de retirada e os franceses marcavam passo; Toiras mandou disparar, das muralhas, um tiro de canhão na trincheira, Columbat entendeu o convite, comandou o assalto, a cavalaria o seguiu, atacando a trincheira nos dois flancos; os espanhóis, de má vontade, voltaram às suas posições e foram dominados. Os franceses estavam como que enlouquecidos, e alguém, desferindo golpes, gritava o nome dos amigos mortos nas sortidas anteriores, "este é por Bessières, este é pela choupana de Bricchetto!" A excitação era tal que, quando Columbat quis reunir o pelotão, não logrou êxito, e os homens ainda estavam furiosos sobre os caídos, mostrando na direção da cidade os seus troféus, brincos, cinturões, tufos de cabelos se agitando nos piques.

Não houve logo o contra-ataque, e Toiras cometeu o erro de julgá--lo um erro, ao passo que era um cálculo. Acreditando que os imperiais estivessem ocupados em enviar tropas para conter o assalto, convidava-os com outros tiros de canhão, mas aqueles limitavam-se a atirar na cidade, e uma bala destruiu a igreja de Santo Antônio, muito próxima do quartel-general.

Toiras ficou satisfeito, e deu ordens ao outro grupo para retirar--se do bastião San Giorgio. Poucas companhias, mas sob o comando do senhor de La Grange, lépido como um adolescente, não obstante os seus cinquenta e cinco anos. E, com a espada desembainhada, La Grange ordenara a carga contra uma ermida abandonada, ao longo da qual prosseguiam os trabalhos de uma galeria já avançada, quando, de repente, atrás de um conduto, assomava o grosso da tropa inimiga, que esperava por aquele encontro há horas.

"Traição", bradara Toiras, descendo à porta, ordenando a La Grange a retirada.

Pouco depois, uma fileira do regimento Pompadour trouxera--lhe, amarrado com uma corda nos pulsos, um menino casalense, que fora surpreendido numa pequena torre junto ao castelo, enquanto fazia sinais para os assediantes com um pano branco. Toiras ordenara que ele se deitasse no chão, fizera-lhe meter o polegar de sua mão direita sob o cão levantado de sua pistola, apontara o cano na direção de sua mão esquerda, pusera o dedo no gatilho, perguntando-lhe: "Et alors?"

O menino compreendeu logo a má situação e começou a falar: no dia anterior, por volta da meia-noite, diante da igreja de San Domenico, um certo capitão Gambero prometera-lhe seis pistolas, adiantando-lhe três, se fizesse o que acabara fazendo, no momento em que as tropas francesas saíam do bastião San Giorgio. Aliás, o menino tinha ares de reclamar as outras pistolas restantes, sem entender muita coisa da arte militar, como se Toiras tivesse que ficar satisfeito pelo seu serviço. Num dado momento, avistara Roberto, e pôs-se a gritar que o famigerado Gambero era ele.

Roberto estava atônito; Pozzo, seu pai, arrojou-se contra o miserável caluniador e o teria estrangulado se alguns fidalgos da companhia não o tivessem impedido. Toiras havia logo lembrado que Roberto passara a noite toda a seu lado e que, apesar da bela fisionomia, ninguém poderia confundi-lo com um capitão. Enquanto isso, outros haviam apurado que um capitão Gambero existia realmente no regimento Bassiani, e levaram-no, dando-lhe pranchadas e empurrões, diante de Toiras. Gambero afirmava a sua inocência, e, com efeito, o menino prisioneiro não o reconhecia, mas, por prudência, Toiras mandara-o prender. Como último elemento de desordem, alguém viera informar que, enquanto as tropas de La Grange se retiravam, alguém fugira do bastião de San Giorgio, e, ao chegar às linhas espanholas, fora acolhido com manifestações de alegria. Não se sabia muito sobre isso: apenas que era jovem e se trajava à espanhola, usando uma rede nos cabelos. Roberto pensou logo em Ferrante. Mas o que mais o impressionou foi o ar de suspeita com que os comandantes franceses olhavam para os italianos da companhia de Toiras.

"Um pequeno bando de canalhas é suficiente para deter um exército?", ouviu seu pai perguntar, enquanto apontava os franceses que recuavam. "Perdoai, caro amigo", disse Pozzo, dirigindo-se a Toiras, "mas aqui estão pensando que em nossa terra somos todos um pouco como aquele canastrão do capitão Gambero, ou estou errado?" E ao passo que Toiras lhe professava estima e amizade, embora em tom distraído, disse-lhe Pozzo: "Não vos preocupeis. Acho que todos se cagam nas calças, e a mim esse negócio ficou atravessado na garganta. Estou por aqui com esses espanhóis de merda, e se me permitis acabo com uns dois ou três, só para mostrar que nós sabemos dançar a galharda, quando é preciso, e se nos der na telha não olhamos na cara de ninguém, *mordioux!*"

Saíra da Porta, cavalgando como se fosse uma fúria, espada erguida, contra as fileiras inimigas. Não desejava evidentemente pô-las em fuga, mas lhe parecera oportuno agir por própria conta, para demonstrá-lo aos outros.

Como prova de coragem foi ótima; como empresa militar, péssima. Um tiro acertou-lhe a cabeça e o abateu na garupa de Pagnufli. Um segundo disparo foi parar na contraescarpa, e Roberto sentiu um tiro violento na têmpora, como uma pedra, e cambaleou. Fora ferido de raspão, mas soltou-se dos braços de quem o apoiava. Gritando o nome do pai levantara-se, e vira Pagnufli que, incerto, galopava com o corpo do patrão desfalecido numa terra de ninguém.

Enfiara, mais uma vez, os dedos na boca e emitira o seu assobio. Pagnufli ouvira e voltara na direção das muralhas, mas lentamente, num pequeno trote solene, para não desestribar o seu cavaleiro, que agora não mais lhe apertava imperiosamente os flancos. Voltara relinchando a sua pavana para o senhor defunto, trazendo de volta o corpo a Roberto, que lhe fechara os olhos ainda arregalados e limpara o rosto coberto de sangue já coagulado, ao passo que o seu sangue, ainda vivo, banhava-lhe a face.

Quem sabe se o tiro não lhe teria afetado um nervo? No dia seguinte, ao sair da catedral de Santo Evásio, na qual Toiras quisera as exéquias solenes para o senhor Pozzo de San Patrizio da Griva, teve dificuldades para suportar a luz do dia. Talvez os seus olhos estivessem vermelhos de lágrimas, mas a verdade é que dali em diante começaram a doer-lhe. Hoje, os estudiosos da psique diriam que, tendo seu pai entrado na sombra, na sombra também queria ele entrar. Roberto conhecia muito pouco a psique, mas essa figura de linguagem o teria atraído bastante, pelo menos à luz, ou à sombra, de quanto lhe aconteceu mais tarde.

Acredito que Pozzo tenha morrido por capricho, o que me parece soberbo, mas Roberto não conseguia apreciá-lo. Todos louvavam o heroísmo do pai; ele desejaria suportar o luto com altivez e, no entanto, soluçava. Recordando que o pai lhe dizia que um fidalgo deve acostumar-se a suportar com os olhos secos os golpes adversos do acaso, desculpava-se por sua fraqueza (diante do genitor, que não podia mais pedir-lhe explicações), repetindo para si mesmo que era a primeira vez que ficava órfão. Julgava ter de habituar-se à ideia, e ainda não entendera que à perda de um pai é inútil acostumar-se, porque não acontecerá uma segunda vez: tanto faz deixar a ferida aberta.

Contudo, para dar uma explicação ao acontecido, recorreu mais uma vez a Ferrante. Ferrante, seguindo-o bem de perto, vendera ao inimigo os segredos, dos quais ele tinha conhecimento, e, depois, desavergonhadamente, chegara às fileiras adversárias para desfrutar o merecido galardão: o pai, que tudo compreendera, quis lavar daquele modo a honra manchada da família, fazendo reverberar em Roberto o brilho da própria coragem, para purificá-lo daquela nuance de suspeita que se difundira sutilmente sobre ele, que era inocente. Para não tornar inútil a sua morte, Roberto devia-lhe a conduta que todos em Casale esperavam do filho do herói.

Não podia fazer de outra maneira: tornava-se, então, o senhor legítimo da Griva, herdeiro do nome e dos bens da família, e Toiras não ousou mais ocupá-lo em pequenos afazeres — nem podia chamá-lo para os grandes. Assim, ao ficar só, para poder representar o seu novo papel de órfão ilustre, encontrou-se cada vez mais só, sem dispor sequer do cenário da ação; no âmago de um assédio, livre de qualquer ocupação, interrogava-se como empregar os seus dias de assediado.

8
A doutrina curiosa dos belos
espíritos de outrora

Detendo por um instante a onda das lembranças, Roberto dera-se conta de que havia reevocado a morte do pai, não pelo propósito piedoso de manter aberta aquela chaga de Filoctetes, mas por mero acidente, enquanto reevocava o espectro de Ferrante, evocado pelo espectro do Intruso do *Daphne*. Ambos pareciam-lhe de tal maneira gêmeos, que decidiu eliminar o mais fraco para dominar o mais forte.

Afinal, disse para si mesmo, foi naqueles dias de assédio que tive ainda um sinal de Ferrante? Não. Aliás, que aconteceu? Que de sua inexistência me convenceu Saint-Savin.

Roberto começara a criar laços de amizade com o senhor de Saint-Savin. Vira-o de novo no funeral, e dele recebera manifestações de afeto. Livre dos efeitos do vinho, Saint-Savin era um perfeito fidalgo. Pequeno de estatura, nervoso, cheio de ímpeto, com o rosto marcado, talvez, pelas libertinagens parisienses, das quais costumava falar, não devia ter ainda trinta anos.

Desculpara-se dos excessos naquele jantar; não do que dissera, mas de seus modos descorteses de dizer. Desejava saber mais do senhor Pozzo, e Roberto ficou-lhe grato que fingisse, pelo menos, tanto interesse. Contou-lhe como seu pai lhe ensinara tudo o que sabia a respeito da esgrima. Saint-Savin fez-lhe várias perguntas, entusiasmou-se com a citação de certo golpe, desembainhou a espada ali mesmo, bem no meio da praça, e quis que Roberto lhe mostrasse o golpe. Ou já o conhecia, ou era bastante veloz, porque soube apará-lo com destreza, reconhecendo, porém, ser astúcia de alta escola.

Para agradecer-lhe, Saint-Savin esboçou apenas um movimento. Obrigou-o a ficar em posição de guarda, trocaram algumas fintas; esperou o primeiro assalto, e, de repente, pareceu escorregar no chão, e enquanto Roberto se via perplexo, já se levantara como por milagre, fazendo saltar um botão de sua jaqueta — como prova de que o poderia ter ferido, se tivesse empurrado mais fundo.

"Apreciais, meu amigo?", disse, enquanto Roberto saudava, dando-se por vencido. "É o *Coup de la Mouette,* ou da Gaivota, como vós dizeis. Se viajardes um dia pelo mar, vereis que esses pássaros descem a pique como se caíssem, mas, ao tocar a superfície, erguem--se de pronto com alguma presa no bico. É um golpe que demanda um longo exercício, e nem sempre se tem êxito. Não teve êxito comigo o valentão que o inventou. E assim me deu tanto a vida quanto seu segredo. Creio ter-lhe desagradado bem mais perder o segundo do que a primeira."

Teriam continuado por longo tempo se não se houvesse agrupado uma pequena multidão de burgueses. "Demos por encerrado", disse Roberto, "não gostaria que alguém pensasse que esqueci o meu luto."

"Estais honrando melhor o vosso pai, agora", disse Saint-Savin, "lembrando seus ensinamentos, do que antes, quando ouvíeis um mau latim na igreja."

"Senhor de Saint-Savin", dissera-lhe Roberto, "não temeis acabar na fogueira?"

Saint-Savin ficou sombrio por um instante. "Quando eu tinha mais ou menos a vossa idade, admirava aquele que foi para mim um irmão mais velho. Como um filósofo antigo, chamava-se Lucílio, era filósofo ele também, e padre além do mais. Acabou na fogueira em Toulouse, mas antes arrancaram-lhe a língua e o estrangularam. E assim observai que, se nós, filósofos, somos ligeiros com a língua, não é só, como dizia aquele senhor na outra noite, para adquirirmos *bon ton*. É para tirar vantagem, antes que a arranquem de nós. Ou, gracejos à parte, para romper os preconceitos e descobrir a razão natural das coisas."

"Logo, é verdade que não acreditais em Deus?"

"Não encontro motivos na natureza. Nem sou o único. Estrabão nos diz que os galizianos não possuíam noção alguma de um ser superior. Quando os missionários tiveram de falar de Deus aos indígenas das Índias Ocidentais, declara-nos Acosta (que era, todavia, jesuíta), tiveram de usar a palavra espanhola *Dios*. Não ireis acreditar, mas em suas línguas não existia nenhum termo adequado. Se a ideia de Deus não é conhecida no estado de natureza, deve, portanto, tratar-se de uma invenção humana... Mas não me julgueis como se eu não tivesse bons princípios e não fosse um fiel servidor de meu rei. Um verdadeiro filósofo não quer absolutamente a subversão da ordem das coisas. Aceita-a. Quer tão somente que se lhe permitam cultivar pensamentos que confortem um espírito corajoso. Para os outros, é sorte existirem papas e bispos para manterem as multidões longe de revoltas e delitos. A ordem do Estado exige uma uniformidade na conduta: a religião é necessária ao povo, e o sábio deve sacrificar parte de sua independência, a fim de que a sociedade se mantenha firme. Quanto a mim, creio ser um homem probo: sou fiel aos amigos, não minto, a não ser quando faço uma declaração de amor, amo o saber e faço, ao que dizem, bons versos. Por isso as damas julgam-me galante. Gostaria de escrever romances, que estão muito em moda, e não começo a escrever nenhum..."

"Em que romances pensais?"

"Às vezes olho para a Lua e imagino que aquelas manchas sejam cavernas, cidades, ilhas, e que as partes resplandecentes sejam lugares onde o mar recebe a luz do sol como o vidro de um espelho. Gostaria de contar a história de seus reis, de suas guerras e de suas revoluções, ou da infelicidade dos amantes lá de cima, que, no curso de suas noites, suspiram, olhando a nossa Terra. Gostaria de falar da guerra e da amizade entre as várias partes do corpo: os braços que dão combate aos pés, e as veias que fazem amor com as artérias, ou os ossos com a medula. Todos os romances que eu quisera fazer me perseguem. Quando estou no meu quarto tenho a impressão de que estão à minha roda, como diabretes, e que um me puxe pela orelha, o outro pelo nariz, e que cada um me diga 'Faça-me, senhor, sou belíssimo'. Depois dou-me conta de que se pode contar uma história igualmente bela, inventando um duelo original, por exemplo, lutar e convencer o adversário a negar a Deus, e, em seguida, traspassar-lhe o peito, para morrer em danação. Alto, senhor de la Grive. Fora a espada mais uma vez, assim, defendei-vos! Os vossos calcanhares estão na mesma linha; isso é mau, perde-se a firmeza da perna. A cabeça não deve ficar reta, porque a distância entre o ombro e a cabeça oferece uma superfície exagerada aos golpes do adversário..."

"Mas eu cubro a cabeça com a espada, mantendo a mão esticada."

"É um erro, nessa posição perde-se força. E depois, eu abri com uma guarda alemã, e vós respondestes com uma guarda italiana. Isso não é bom. Quando houver uma guarda para combater, é preciso imitá-la ao máximo. Mas ainda não falastes de vós, de vossa vida, antes de chegar a este vale de poeira."

Não há nada como um adulto capaz de brilhar, através de perversos paradoxos, para fascinar um jovem, o qual, por sua vez, gostaria de imitá-lo de pronto. Roberto abriu seu coração a Saint-Savin e, para tornar-se interessante — visto que seus primeiros dezesseis anos de vida ofereciam pouca matéria —, falou-lhe de sua obsessão pelo irmão desconhecido.

"Vós lestes muitos romances", disse-lhe Saint-Savin, "e procurais viver um, porque a tarefa de um romance é a de ensinar deleitando, e sua lição consiste em tornar reconhecíveis as armadilhas do mundo."

"E o que me ensinaria aquilo que vós chamais o romance de Ferrante?"

"O romance", explicou-lhe Saint-Savin, "deve ter sempre como fundamento um equívoco, de pessoa, ação ou lugar, tempo ou circunstância; e, desses equívocos fundamentais, devem nascer equívocos episódicos, intrigas, peripécias, e, finalmente, inesperadas e agradáveis agnições. Falo de equívocos como a morte não verdadeira de uma personagem, ou quando uma pessoa é assassinada em lugar de outra; ou os equívocos de quantidade, como quando uma mulher pensa que o amante morreu, e se casa com outro, ou de qualidade, quando quem erra é o julgamento dos sentidos, ou como quando é sepultado alguém que parece estar morto, e que, todavia, se encontra sob o poder de uma poção sonífera; ou, ainda, equívocos de relações, como quando alguém é acusado injustamente pelo assassinato de um outro; ou de instrumento, quando se finge apunhalar alguém usando um tipo de arma, cuja ponta, ao ferir, não atravessa a garganta, mas torna a entrar no cabo, espremendo uma esponja embebida em sangue... Para não falar de falsas missivas, de vozes simuladas, de cartas não recebidas a tempo, ou recebidas num lugar ou por uma pessoa diferentes. E de tais estratagemas, o mais celebrado, embora muito comum, é o que troca uma pessoa pela outra, e a justifica pelo Sósia... O Sósia é um reflexo que a personagem carrega atrás de si ou do qual é precedida em todas as circunstâncias. Bela maquinação, por meio da qual o leitor se identifica com a personagem, com a qual partilha o obscuro temor de um Irmão Inimigo. Mas vede como também o homem é uma máquina, pois basta ativar uma roda na superfície para fazer girar as demais rodas internas: o Irmão e a inimizade nada mais são do que o reflexo do temor que se tem de si mesmo, e dos recessos da própria mente, onde se aninham desejos inconfessados, ou, como se diz agora em Paris, conceitos surdos e inexpressos. Desde quando foi demonstrada a existência de pensamentos imperceptíveis, que impressionam a mente, sem que esta se aperceba; pensamentos clandestinos cuja existência é demonstrada pelo fato de que, por menos que cada um se examine, não deixará de se dar conta de estar abrigando no coração amor, ódio, alegria ou aflição, sem poder lembrar-se distintamente dos pensamentos que os engendraram."

"Portanto, Ferrante...", arriscou Roberto, e Saint-Savin concluiu: "Portanto, Ferrante vai bem para os vossos medos e para as vossas vergonhas. Frequentemente, os homens, para não dizerem a si mesmos que são os autores de seu destino, veem esse destino como um romance, movido por um autor fantasioso e ribaldo."

"Mas o que deveria significar para mim esta parábola que construí sem me dar conta?"

"Quem sabe? Talvez não amáveis tanto o vosso pai quanto acreditais, nem temíeis a dureza com a qual vos queria virtuoso, e lhe atribuístes uma culpa, para depois puni-lo, não com as vossas, mas com as culpas de um outro."

"Senhor, estais falando com um filho que ainda chora o pai amantíssimo! Creio ser um pecado maior ensinar a desprezar os pais do que Nosso Senhor!"

"Ora vamos, ora vamos, caro La Grive! O filósofo deve ter a coragem de criticar todos os ensinamentos mentirosos que nos foram inculcados, e entre eles se inclui o absurdo respeito pela velhice, como se a juventude não fosse o máximo entre bens e virtudes. Em sã consciência, quando um homem jovem é capaz de conceber, julgar e agir, não é talvez mais hábil no governo de uma família do que um sexagenário tolo, a quem a neve da cabeça congelou a fantasia? Aquilo que honramos como prudência nos mais velhos não é senão temor, pânico de agir. Quereis submeter-vos a eles, quando a preguiça debilitou seus músculos, endureceu as artérias, evaporou os espíritos e sugou a medula dos ossos? Se adorais uma mulher não será, talvez, por causa de sua beleza? Acaso continuaríeis com as vossas genuflexões, depois que a velhice tivesse feito daquele corpo um espectro, pronto para lembrar a iminência da morte? E se assim vos comportais com vossas amantes, por que não deveríeis fazer o mesmo com vossos anciãos? Direis que aquele ancião é vosso pai e que o Céu vos promete longa vida se o honrardes. Quem disse isso? Os anciãos hebreus que pensavam poder sobreviver no deserto apenas desfrutando o fruto de sua estirpe. Se pensais que o Céu vos concederá um dia a mais de vida porque fostes a ovelha de vosso pai, estais enganado. Pensais que uma profunda reverência que faça rastejar a pluma de vosso chapéu aos pés do genitor possa curar-vos de um abscesso maligno ou cicatrizar-vos a ferida de um golpe ou livrar-vos de uma pedra na bexiga? Se assim fosse, os médicos não prescreveriam aquelas imundas poções, mas para libertar-vos do mal italiano acabariam por ordenar-vos quatro reverências antes do jantar ao senhor vosso pai, e um beijo na senhora vossa mãe, antes de dormir. Direis que sem aquele pai não teríeis existido, nem ele sem o seu, e assim por diante até Melquisedec. Mas é ele que deve algo a vós, não vós a ele: vós pagais com muitos anos de lágrimas por um momento de prazerosa excitação."

"Não acreditais no que estais dizendo."

"Pois bem, não. Quase nunca. Mas o filósofo é como o poeta. Este compõe cartas ideais para uma ninfa ideal, apenas para explorar, mediante as palavras, os recessos das paixões. O filósofo põe à prova a frieza de seu olhar, para ver até que ponto pode ser atacada a fortaleza da beataria. Não quero que se atenue o respeito ao vosso pai, pois me dizeis que vos ministrou bons ensinamentos. Mas não vos entristeçais com a vossa lembrança. Vejo que chorais..."

"Oh! isto não é dor! Deve ser a ferida na cabeça, que me enfraqueceu os olhos..."

"Tomai café."

"Café?"

"Juro que em breve será moda. É uma panaceia. Hei de providenciá-lo para vós. Seca os humores frios, expulsa os gases, reforça o fígado, é remédio soberano contra a hidropisia e a sarna, refresca o coração, alivia as dores de estômago. O seu vapor é justamente aconselhado contra as fluxões dos olhos, o zumbir dos ouvidos, a coriza, o resfriado ou o defluxo nasal, como quiserdes. E depois sepultai com vosso pai o incômodo irmão que criastes. E procurai sobretudo uma amante."

"Uma amante?"

"Será melhor do que o café. Sofrendo por uma criatura viva aliviareis os espasmos por uma criatura morta."

"Jamais amei uma mulher", confessou Roberto ruborizando.

"Não disse uma mulher. Poderia ser um homem."

"Senhor de Saint-Savin!", bradou Roberto.

"Bem se vê que viestes do campo."

No auge do embaraço, Roberto desculpara-se, dizendo que agora doíam-lhe muito os olhos; e pusera fim àquele encontro.

Para justificar tudo o que ouvira, Roberto pensou que Saint-Savin zombara dele, como num duelo, quisera mostrar-lhe quantos golpes eram conhecidos em Paris. E Roberto fizera o papel de provinciano. Não só, mas levando a sério aquelas palavras cometera um pecado, o que não teria acontecido se as considerasse uma pilhéria. Repassava a lista dos delitos que havia cometido, ao ouvir aqueles vários despropósitos contra a fé, os costumes, o Estado, o respeito devido à família. E ao pensar em sua culpa, foi tomado por outra angústia: lembrou-se de que seu pai morrera pronunciando uma blasfêmia.

9
O telescópio aristotélico

No dia seguinte voltara a rezar na catedral de Santo Evásio. Fora até lá para encontrar refrigério: naquela tarde, começo de junho, o sol queimava nas estradas semidesertas — assim como naquele momento, no *Daphne,* ele sentia o calor que se espalhava pela baía e que as amuradas do navio não conseguiam impedir, como se a embarcação estivesse abrasada. Mas sentira também a necessidade de confessar tanto o seu pecado como o paterno. Abordara um eclesiástico na nave e este dissera-lhe de pronto não ser daquela paróquia, mas, em seguida, diante do olhar do jovem, cedera e fora sentar-se num confessionário, acolhendo-o penitente.

Padre Emanuele não devia ser muito velho, talvez tivesse uns quarenta anos e, nas palavras de Roberto, era "magro e róseo de rosto, majestoso e afável", e Roberto tomou coragem para confiar-lhe todos os seus sofrimentos. Falou-lhe primeiramente da blasfêmia paterna. Seria esta uma razão suficiente para que seu pai não repousasse agora nos braços do Pai, mas gemesse no fundo do Inferno? O confessor fez algumas perguntas e induziu Roberto a admitir que, fosse qual fosse o momento em que o velho Pozzo tivesse morrido, havia boas possibilidades de que o fato acontecera enquanto ele invocava o nome de Deus em vão; blasfemar era um triste hábito que se adquiria com os camponeses, e os fidalgotes do campo monferrino consideravam sinal de desprezo falar, na presença dos próprios pares, como seus aldeões.

"Vês, filho", concluíra o sacerdote, "teu pai morreu enquanto cumpria uma daquelas grandes & nobres Acçoens pelas quaes, dizem, entra-se no Paraíso dos Heroes. Ora, mesmo não acreditando na existência de um tal Paraíso, e cuidando que no Reino dos Ceos convivam em santa harmonia Mendigos & Soberanos, Heroes & Cobardes, decerto o bom Deus não há de ter negado seu Reino a teu pai, somente porque soltou um pouco a Lingoa num momento em que devia estar pensando numa grande Empresa, et ousarei dizer que, em taes momentos, até mesmo uma Exclamaçam pode ser um modo de invocar a Deus como Testemunha & Juiz da própria bela Acçam. Se mesmo assim ainda te afliges, ora pela Alma de teu Genitor & manda rezar algumas Missas, não tanto para induzir o Senhor a modificar seus Veredictos, pois não é uma Bandeirola, que muda ao sabor do sopro das beatas, mas para fazer bem à tua Alma."

Roberto contou-lhe então algumas ideias sediciosas que ouvira de um seu amigo, e o padre desconsolado abriu os braços: "Filho, conheço bem pouco Paris, mas pelo que ouvi dizer estou a par de quantos Desatinados, Ambiciosos, Renegados, Espias, Homens de Intriga existam naquela nova Sodoma; entre os quaes Falsas Testemunhas, Ladroens de Cibórios, Pisadores de Crucifixos, & os que dão dinheiro aos Mendîgos para fazê-los negar a Deus & até mesmo gente que por Escarnio batiza os Caens... E a isto chamam acompanhar a Moda do Tempo. As pessoas não rezam mais nas igrejas; mas passeiam, gracejam, escondem-se por detrás das colunas para emboscar as Damas, e fazem um Barulho contínuo, até mesmo durante a Elevaçam. Pretendem filosofar & te abordam com Maliciosos Porques: porque Deus criou Leis para o Mundo, porque se proíbe a Fornicaçam, porque o Filho de Deus se encarnou, & usam cada resposta que lhes dás para transformá-la numa Prova d'Atheismo. Eis os Belos Espíritos do Tempo: Epicuristas, Pirronianos, Diogenistas & Libertinos! Portanto, não dês Ouvido a taes Seducçoens, provenientes do Maligno."

Roberto normalmente não abusa das letras maiúsculas, nas quais se excediam os escritores de seu tempo; mas, quando reproduz as palavras e as sentenças do padre Emanuele, registra-as abundantemente, como se o padre não apenas escrevesse, mas também falasse ressaltando a particular dignidade das coisas que tinha a dizer — sinal de que era um homem de grande e viva eloquência. E realmente suas palavras tanto o reconfortaram, que, ao sair do confessionário, quis demorar-se um pouco mais com ele. Soube que era jesuíta saboiano e, certamente, não era um homem de pequena importância, pois estava em Casale como observador, por mandado do duque de Saboia; coisas que, naquele tempo, podiam acontecer durante um assédio.

Padre Emanuele cumpria de bom grado aquele seu encargo: a tenebrosidade obsidional dava-lhe ensejo de conduzir de modo bem amplo seus estudos, que não podiam suportar as distrações de uma cidade como Turim. E, ao ser perguntado a respeito de suas ocupações, respondera que, assim como os astrônomos, ele estava construindo um telescópio.

"Já deves ter ouvido falar daquele Astrônomo florentino que para explicar o Universo usou o telescópio, hypérbole dos olhos, e com o telescópio viu aquilo que os olhos somente imaginavam. Tenho em alta conta os Instrumentos Mechanicos usados para entender, como se costuma dizer hoje, a Cousa Extensa. Mas, para entender a Cousa Pensante, ou a nossa maneira de conhecer o Mundo, não podemos senão usar um outro telescópio, o mesmo já utilizado por Aristóteles, e que não é tubo nem lente, mas Trama de Palavras, Ideia Perspicaz, porque é apenas o dom da Artificiosa Eloquência, que nos permite entender este Universo."

Falando assim, padre Emanuele conduzira Roberto para fora da igreja e, passeando, subiram aos espaldões, num lugar tranquilo daquela tarde, enquanto abafados tiros de canhão chegavam da parte oposta da cidade. Tinham, a uma boa distância dos olhos, os acampamentos imperiais, mas um longo trecho dos campos estava livre de tropas e carros, e os prados e as colinas resplandeciam ao sol primaveril.

"O que estás vendo, meu filho?", perguntou-lhe o padre Emanuele. E Roberto, ainda com pouca eloquência: "Os prados."

"Bem está, qualquer um é capaz de advertir os Prados lá embaixo. Mas bem sabes que, segundo a posiçaõ do Sol, a coloraçaõ do Ceo, a hora do dia & a estaçaõ, os prados podem mostrar-se sob formas várias inspirando-te Sentimentos diversos. Ao Villaõ, exausto de tanto trabalhar, mostram-se como Prados & nada mais. O mesmo ocorre com o pescador inculto, atemorizado por algumas daquelas noturnas Imagens de Fogo que, às vezes, no ceo despontam, & assustam; mas não somente os Meteoristas, que são igualmente poetas, ousam denominá-los Cometas Crinitos, Barbatos & Caudatos, Cabras, Traves, Escudos, Archotes & Flechas, taes figûras de linguagem clarificam atravez de quaes Symbolos argutos pretende falar a Natureza, que se serve destas Imagens como de Ieroglyphos, que, por um lado, remetem aos Signos do Zodîaco & por outro a Acontecimentos passados ou futuros. E os Prados? Observas, portanto, quanto podes discorrer sobre os Prados, & quanto mais discorres mais percebes e mais compreendes: expira Favônio, a Terra desponta, choram os Rouxinóis, pavoneiam-se as Árvores coroadas de ramos, & descobres o admirável engenho dos Prados, na variedade de sua estirpe de Hervas aleitadas pelos riachos, que gracejam em leda puerícia. Os Prados festejantes exultam com lépida alegrîa; ao nascer do sol abrem o rosto & neles advertes o arco de um sorriso & se rejubilam pela volta do Astro, ébrios dos beijos suaves do Austro, & o riso baila sobre a Terra, a qual desponta em muda Letícia, & o tepor matutino enche-os de tanta Felicidade que se derramam em lágrimas de Orvalho. Coroados de Flores, os Campos se abandonam ao próprio Genio & compõem argutas Hypérboles de Arco-Íris. Mas, desde cedo, sua Juventud sabe que se apressa para a Morte, tolda-se-lhes o sorriso num palor repentino, o Ceo descolore & Zéfiro, que se atarda, já suspira sobre uma Terra lânguida, e, assim, ao chegarem os primeiros agastamentos dos ceos invernaes, definham os Prados & desmedram de Geada. Pois bem, filho: se houveras dito simplesmente que os prados são amenos não terias senão representado o verdejar — que já conheço —, mas se disseres que os Prados riem, far-me-ás ver a Terra como um Homem Animado, &, reciprocamente, aprenderei a observar, nos vultos humanos, todas as nuances que colhi nos prados... E tal é o ofício da Figûra mais excelsa, a Metaphora. Se o Engenho, e, portanto, o Saber, consistem em reunir Noçoens remotas e encontrar Semelhança nas coisas dessemelhantes, só a Metaphora, a mais aguda e peregrina das Figûras, é capaz de causar Maravilha, da qual nasce a Deleitaçam, como na mudança de cenas no teatro. E se a Deleitaçam que nos causam as Figûras é o de aprender cousas novas sem fadîga, e muitas cousas em pequeno volume, eis que a Metaphora, fazendo voar a nossa mente de um Gênero a outro, permite-nos entrever numa única Palavra mais de um Objecto."

"Mas é preciso saber inventar metaphoras, e não é cousa para um camponês igual a mim, que passou a vida nos prados atirando nos passarinhos..."

"És um fidalgo, e muito em breve hás de tornar-te o que em Paris chamam de um Homem Honrado, tão hábil nos torneios verbais quanto na espada. E saber formular Metaphoras, e, portanto, ver o Mundo imensamente mais vário de quanto pareça aos incultos é Arte que se aprende. Pois, se queres saber, neste mundo, no qual hoje todos perdem a razão por muitas e maravilhosas Mâquinas — e algumas reconheces, ai de mim!, também neste Assédio —, eu também construo Mâquinas Aristotélicas, que permitem a qualquer um ver atravez das Palavras..."

Nos dias sucessivos, Roberto conheceu o senhor de Saletta, que servia como oficial de contato entre Toiras e os chefes da cidade.

Ouvira Toiras se queixar dos casalenses, em cuja fidelidade pouco confiava. "Não entendem", dizia irritado, "que, mesmo em tempo de paz, Casale se encontra em condições de não poder deixar passar até mesmo um simples infante ou uma cesta de víveres sem pedir permissão aos ministros espanhóis? Que somente com a proteção francesa dispõe da segurança de ser respeitada?" Mas agora, com o senhor de Saletta, descobria que Casale jamais se sentira à vontade, nem mesmo com os duques de Mântua. A política dos Gonzagas fora sempre a de reduzir a oposição casalense; e, há sessenta anos, a cidade vinha sofrendo a redução progressiva de muitos privilégios.

"Compreendeis, senhor de la Grive?", dizia Saletta. "Antes nos queixávamos de muitos impostos, e agora nós suportamos as despesas para a manutenção da guarnição. Não gostamos dos espanhóis em casa, mas gostamos realmente dos franceses? Estamos morrendo por nós ou por eles?"

"Mas, então, por quem morreu meu pai?", perguntara Roberto. E o senhor de Saletta não soubera responder-lhe.

Amuado com as discussões políticas, Roberto voltara a rever padre Emanuele alguns dias depois, no convento em que habitava, onde o encaminharam não para uma cela, mas para uma ala que lhe fora reservada, sob os arcos de um claustro silencioso. Encontrou-o a conversar com dois fidalgos, um dos quais trajado luxuosamente: vestia púrpura com alamares de ouro, capa adornada com passamanes dourados e forrada de pele, jaqueta bordada com uma faixa vermelha atravessada por uma fita com pequenas pedras. Padre Emanuele apresentou-o como o alferes dom Gaspar de Salazar, e, contudo, em vista do tom arrogante e do corte dos bigodes e dos cabelos, Roberto tomara-o por um *hidalgo* da armada inimiga. O outro era o senhor de Saletta. Ocorreu-lhe, por um instante, a suspeita de ter caído num covil de espiões, mas compreendeu, em seguida, como eu também compreendo agora, que a *etiqueta* do assédio permitia que, a um representante dos assediantes, fosse concedido o acesso à cidade assediada, para contatos e negociações, assim como o senhor de Saletta dispunha de livre acesso ao campo de Spinola.

Padre Emanuele disse que estava justamente indo mostrar aos visitantes a sua Máquina Aristotélica e conduziu seus convidados a um cômodo, no qual se erguia o móvel mais estranho de que se tem notícia — nem estou seguro de poder reconstituir exatamente a forma pela descrição que Roberto faz à Senhora, pois certamente se tratava de algo jamais visto antes ou depois.

A base era formada por um gavetão ou masseira, sobre cuja fachada abriam-se, em forma de tabuleiro de xadrez, oitenta e uma gavetas — nove fileiras horizontais por nove verticais, cada fileira, em ambas as dimensões, caracterizava-se por uma letra gravada (BCDEFGHIK). No alto do gavetão aparecia à esquerda uma estante, sobre a qual descansava um grande livro manuscrito com capitulares coloridas. À direita do livro havia três cilindros, de comprimento decrescente e largura crescente (o menor sendo o mais apto a conter os dois maiores), de tal modo que a manivela adjacente podia, por inércia, fazê-los girar um dentro do outro, com velocidades distintas, de acordo com o peso. Cada cilindro trazia gravadas na margem esquerda as mesmas nove letras que caracterizavam as gavetas. Bastava dar um giro de manivela para mover os cilindros, independentemente um do outro, e, quando paravam, podiam ser lidas tríades de letras, reunidas pelo acaso, quer CBD, KFE ou BGH.

Padre Emanuele começou a explicar o conceito que presidia à sua Máquina.

"Como o Philosopho nos ensinou, nada mais é o Engenho senão virtude de penetrar os objectos sob dez Categorias, que seriam, pois, Substância, Quantidade, Qualidade, Relaçaõ, Acçaõ, Payxaõ, Sito, Tempo, Lugar & Hâbito. As substâncias são o próprio subjecto de toda argúcia & delas hão de ser predicadas as engenhosas Semelhanças. Quaes sejam as Substâncias, estão anotadas neste livro sob a letra A, nem bastara, talvez, toda minha vida para fazer a Lista completa. De qualquer modo, venho de reunir alguns Milhares, extraindo-os dos livros dos Poetas e dos sábios, e daquele admiravel Repertório que é a Fábrica do Mundo de Alunno. Assim entre as Substâncias colocaremos, abaixo do Sumo Deus, as Divinas Pessoas, as Ideias, os Deoses Fabulosos, maiores, médios & ínfimos, os Deoses Celestes, Aereos, Marítimos, Terrenos & Inferos, os Heroes deificados, os Anjos, os Demonios, os Duendes, o Ceo e as Estrelas errantes, os Sinaes celestes e as Constellaçoens, o Zodîaco, os Círculos e as Espheras, os Elementos, os Vapores, as Exhalaçoens, e depois — para não dizer tudo — os Fogos Subterrâneos e as Scintillas, os Meteoros, os Mares, os Rios, as Fontes & Lagos et Rochedos... E assim por diante atravez das Substâncias Artificiaes, com as obras de todas as Artes, Livros, Pennas, Tintas, Globos, Compassos, Esquadros, Palácios, Templos & Tugúrios, Escudos, Espadas, Tambores, Quadros, Pinceis, Estâtuas, Achas & Serras, e enfim as Substâncias Metaphysicas como o Género, a Espécie, o Próprio e o Accidente & semelhantes Noçoens."

Indicava agora as gavetas daquele móvel, e, abrindo-as, mostrava como cada uma delas guardava folhas quadradas em pergaminho muito espesso, daquele mesmo tipo usado para encadernar os livros, dispostos em ordem alfabética: "Como deveis saber, cada fileira vertical refere-se, de B a K, a uma das outras nove Categorias, e para cada uma delas, cada uma das nove gavetas recolhe as famílias de Membros. Verbi gratia, para a Quantidade, registra-se a família da Quantidade de Mole, que em seus Membros reúne o Pequeno, o Grande, o Comprido, o Curto; ou a família da Quantidade Numeral, cujos Membros são Nada, Um, Dous &c, ou Muitos e Poucos. Ou, sob a Qualidade, haverás de ter a família das qualidades pertencentes à visaõ, como Visîvel, Invisîvel, Belo, Disforme, Claro, Escuro; ou

95

ao Olfacto, como Odor Suave e Fedor; ou as Qualidades da Payxaõ, como Alegrîa e Tristeza. Et assim para cada categoria. Et cada folha anotando um Membro, de tal membro anoto todas as Cousas que dele dependem. Está claro?"

Todos concordaram admirados, e o padre continuou: "Vamos abrir ao acaso o grande Livro das Substâncias, e procuremos uma qualquer... Pronto, um Anaõ. Que dizer podemos, antes de falar argutamente sobre um Anaõ?"

"Que es pequeño, picoletto, petit", auspiciou dom Gaspar de Salazar, "y que es feo, e infeliz, y ridicolo..."

"Bem dizei", concordou padre Emanuele, "mas já não sei o que escolher, & estou certo de que, se tivesse de falar não sobre um Anaõ, mas, digamos, sobre os Coraes, teria eu logo distinguido traços tão singulares? E, depois, a Pequenez tem a ver com a Quantidade, a Feiura com a Qualidade, & por onde deveria principiar? Não, melhor confiar na Fortuna, da qual são Ministros os meus Cylindros. Agora faço-os mover & obtenho, como por acaso acontece agora, a tríade BBB. B em primeira Posiçaõ é a Quantidade, B em segunda Posiçaõ leva-me a procurar, na linha da Quantidade, dentro da gaveta da Mole & daí, logo no início da sequência das Cousas B, encontro Pequeno. E nesta folha dedicada a Pequeno encontro que é pequeno o Anjo, que está num ponto, & o Polo, que é ponto imóvel da Esphera, &, entre outros elementares, a Scintilla, a Gota d'âgoa & o Escrupulo da Pedra, & o Atomo, do qual, segundo Demócrito, são compostas todas as cousas; para as Cousas Humanas, eis o Embriaõ, a Pupilla, o Astrágalo; para os Animaes, a Formîga & a Pulga; para as Plantas, o Ramo, a Semente da Mostardeira & a Migalha de Paõ; para as Sciencias Mathematicas, o Minimum Quod Sic, a Letra I, o livro encadernado em décimo sexto, ou o Drama dos Boticârios; para a Architectura, o Escrînio ou o Perno, ou para as Fabulas de Psicapax, general dos Ratos contra as Rãs & os Mirmidoens nascidos das

Formigas... Mas paremos por aqui, pois que já poderia chamar nosso Anaõ de Escrinio da Natureza, Boneco das Creanças, Migalha de Homen. E observai que se tentássemos girar de novo os Cylindros e obtivéssemos ao contrário, pronto, CBF, a letra C me levaria à Qualidade, a B me induziria a buscar os meus Membros na gaveta daquilo que afeta a Visaõ, & daí a letra F me faria encontrar como Membro o ser Invisîvel. E entre as Cousas Invisîveis encontraria, admirável conjunctura, o Atomo, & o Ponto que já me permitiriam designar o meu Anaõ como Atomo de Homen, ou Ponto de Carne."

Padre Emanuele girava seus cilindros e remexia nas gavetas, tão rapidamente, como se fosse um prestidigitador, de tal modo que as metáforas pareciam nascer-lhe como num passe de mágica, sem que notássemos o arfar mecânico que as produzia. Mas não se dera ainda por satisfeito.

"Senhores", prosseguiu, "a Metaphora Engenhosa há de ser bem mais complexa! Cada Cousa que eu haja encontrado até agora há de ser analisada, por sua vez, sob o perfil das dez Categorias, & como explica o meu Livro, se devêssemos considerar uma Cousa que depende da Qualidade, deveríamos ver se seja visîvel, & quanto de distância, qual Deformidade ou Beldade tenha & qual Côr; quanto Som, quanto Odor, quanto Sabor; se seja sensîvel ou tocável, se rara ou densa, quente ou fria, & de qual Figûra, qual Payxaõ, Amor, Arte, Saber, Saude, Enfermidade; & se porventura lhe possamos dar nome de Sciencia. E chamo a essas perguntas de Partîculas. Ora, bem sei que nossa primeira amostra levou-nos a trabalhar com a Quantidade, que hospeda entre seus Membros a Pequenez. Faço agora girar novamente os Cylindros, e obtenho a tríade BKD. A letra B, que já decidimos referir-se à Quantidade, se recorro ao meu livro, ele me diz que a primeira Partîcula apta para exprimir uma Cousa Pequena é estabelecer Com Que Se Mede. Se procuro no livro o que se refere à Medida, este me remete de novo à gaveta das Quantidades, sob a Família das Quantidades em Geral. Vou à folha da Medida & ali escolho a cousa K, que é a Medida do Dedo Geométrico. E, assim, já estou apto a compor uma Definiçam bastante arguta, como, por exemplo, para querer medir aquele Boneco das Creanças, aquele Atomo de Homem, um Dedo Geométrico seria Medida Desmedida, que muito me diz, unindo à Metaphora também a Hypérbole, da Desventura e Ridicularia do Anaõ."

"Que maravilha", disse o senhor de Saletta, "mas da segunda tríade obtida ainda não usastes a última letra, a D..."

"Não esperava menos de vosso espírito, Senhor", disse satisfeito padre Emanuele, "mas vós tocastes no Ponto Admiravel de minha construçaõ! É esta letra que sobra (& que poderia dispensar, se me houvesse entediado, ou considerasse ter atingido a minha meta), que me permite recomeçar ainda minha pesquisa! Este D me permite reiniciar o cyclo das Partîculas, indo buscar na categoria do Hâbito (exempli gratia, que hâbito lhes convem, ou se pode servir de Emblema para alguma cousa), &, daquela, retomar, como fiz antes com a Quantidade, fazendo girar de novo os Cylindros, usando as duas primeiras letras e omitindo a terceira para uma outra prova; & assim ao infinito, por Milhoens de Possîveis Conjugaçoens, ainda que algumas hão de parecer mais argutas do que outras, & dependerá de minha Razaõ discriminar as mais aptas a produzir Assombro. Mas não quero mentir para vós, Senhores, não escolhi Anaõ por acaso; justamente na noite passada, dediquei-me com grande escrupulo a tirar o maior partîdo possîvel exatamente daquela Substância."

Agitou uma folha e começou a ler a série de definições, com as quais estava sufocando seu pobre anão: homenzinho mais breve que o próprio nome; embrião; tal fragmento de homúnculo que os corpúsculos, que penetram com a luz da janela, parecem bem maiores; corpo que, com milhões de seus iguais, poderia assinalar as horas ao longo do colo de uma clepsidra; compleição, na qual o pé está próximo da cabeça; segmento cárneo que começa onde acaba; linha que num ponto se agruma; ponta da agulha; sujeito com quem se fala com cuidado com medo de que a respiração o leve embora; substância tão pequena de não ser passível de coloração; grão de mostarda; corpúsculo que nada tem de mais ou de menos daquilo que jamais teve; matéria sem forma; forma sem matéria; corpo sem corpo; puro ser de razão; invenção do engenho, tão munido porque miúdo, que nenhum golpe seria capaz de atingi-lo; pronto para fugir através de todas as fissuras, e nutrir-se por um ano com um único grão de cevada; ser epitomado a tal ponto que não sabemos jamais se está sentado, deitado ou de pé; capaz de se afogar na casca de um caracol; semente; grânulo; ácino, pingo do i, indivíduo matemático, nada aritmético...

E teria continuado, pois matéria não lhe faltava, se os presentes não o tivessem detido com um aplauso.

10
Geografia e hidrografia reformada

Roberto compreendia agora que padre Emanuele agia no fundo como se fosse um seguidor de Demócrito e Epicuro: acumulava átomos de conceitos e combinava-os de diversas maneiras para formar muitos objetos. E assim como o Cônego argumentava que um mundo feito de átomos não se opunha à ideia de uma divindade que os reunisse segundo uma lógica, também padre Emanuele daquela poeira de conceitos aceitava apenas as combinações realmente argutas. Talvez fizesse o mesmo se tivesse composto cenas para teatro: não extraem os comediógrafos eventos, inverossímeis e argutos, de fragmentos de coisas verossímeis, embora desprovidas de sabor, a tal ponto de se deleitarem com inesperadas e fantasiosas ações?

E se era assim, não seria o caso de que aquela combinação de circunstâncias que criara tanto o seu naufrágio quanto a condição em que se encontrava o *Daphne* — todo mínimo evento sendo verossímil, o mau cheiro e o chiado do casco, o cheiro das plantas, o canto dos pássaros —, tudo concorresse para delinear a impressão de uma presença, que nada mais era senão o efeito de uma fantasmagoria percebida apenas mentalmente, como o riso dos prados e as lágrimas do orvalho? Portanto, o fantasma de um intruso escondido era uma combinação de átomos de ações, como aquele do irmão perdido, ambos formados com os fragmentos do seu próprio rosto e de seus desejos ou pensamentos.

E justamente enquanto ouvia uma chuva leve batendo nos vidros, e refrescando o calor do meio-dia, pensava: é natural, fui eu, e não um outro, quem subiu para este navio como um intruso, eu perturbo este silêncio com os meus passos e, quase temeroso de ter violado um sacrário de outrem, construí um outro eu mesmo que passeia pelas mesmas cobertas do navio. Quais são as provas de que disponho da sua presença? Algumas gotas d'água nas folhas? E não poderia, como está chovendo agora, ter chovido a noite passada, ainda que bem pouco? Os grãos? Mas não poderiam os pássaros terem movido, esgaravatando, os que lá se encontravam, levando-me a pensar que alguém tivesse posto outros novos? A falta dos ovos? Mas se eu vi justamente ontem um gerifalte devorar um rato voador! Eu estou povoando uma estiva que ainda não visitei, e faço isso para tranquilizar-me, visto que me apavoro por encontrar-me abandonado entre o céu e o mar. Senhor Roberto de la Grive, repetia, estás só — e, só, poderás permanecer até o fim dos teus dias — e este fim também poderia estar próximo: a comida a bordo é muita, mas por algumas semanas, e não por alguns meses. E, portanto, é melhor pôr no convés alguns recipientes para recolher toda a água da chuva que puderes, e aprende a pescar do navio, aguentando o sol. E cedo ou tarde deverás encontrar a maneira de chegar até a Ilha, e lá viver como seu único habitante. Nisso deves pensar, e não em histórias de intrusos e de ferrantes.

Reunira alguns barris vazios, colocando-os no castelo da popa, suportando a luz filtrada pelas nuvens. Ao executar essa tarefa, percebeu estar ainda muito fraco. Descera, dera comida aos animais (talvez para que alguém não se sentisse tentado a fazê-lo em seu lugar), e desistira uma vez mais de continuar descendo. Tornara a entrar, passando algumas horas deitado, enquanto a chuva não dava mostras de querer diminuir. Sucederam-se algumas rajadas de vento, e pela primeira vez percebeu estar numa casa flutuante, que se movia como um berço, enquanto o bater das portas impregnava de vida aquele regaço lenhoso.

Apreciou esta última metáfora e se perguntou como padre Emanuele teria lido o navio como fonte de Divisas Enigmáticas. Depois pensou na Ilha e a definiu como inatingível proximidade. O belo conceito mostrou-lhe, pela segunda vez durante o dia, a dessemelhante semelhança entre a Ilha e a Senhora, e continuou acordado até a madrugada, escrevendo o que eu consegui reproduzir neste capítulo.

O *Daphne* balançara durante toda a noite, e o seu movimento, junto àquele ondeante da baía, aquietara-se de manhãzinha. Roberto vira da janela os sinais de uma aurora fria, porém límpida. Lembrando-se daquela Hipérbole dos Olhos, evocada na véspera, disse que poderia observar o litoral com a luneta que tinha visto no quarto ao lado; a própria borda da lente e a cena limitada acabariam por atenuar-lhe os reflexos solares.

Apoiou o instrumento no parapeito de uma janela da galeria e fixou corajosamente os limites últimos da baía. A Ilha despontava clara, o vértice desgrenhado por um floco de lã. Como aprendera a bordo do *Amarilli,* as ilhas do oceano retêm a umidade dos alísios, condensando-a em flocos nebulosos, de tal modo que, habitualmente, os navegantes reconhecem a presença de terra antes mesmo de avistar-lhe as costas, pelo sopro do elemento aéreo que ela possui, parecido com o do momento de atracar.

A respeito dos alísios, dissera-lhe o doutor Byrd — que os denominava Trade-Winds, mas os franceses chamavam *alisées:* existem naqueles mares os grandes ventos que ditam leis aos furacões e às calmarias, mas com estas brincam os alísios, que são ventos caprichosos, de maneira que os mapas lhes representam o vagar sob a forma de uma dança de curvas e correntes, de vivas carolas e graciosos desvios. Eles se insinuam no curso dos ventos maiores e o perturbam, cortam-no obliquamente, entrelaçam corridas. São lagartos que se esgueiram por sendas imprevistas, se esbarram e se esquivam de modo recíproco, como se no Mar do Contrário contassem apenas as regras da arte e não as da natureza. De coisas artificiais, que provêm do céu ou da terra, mais do que as disposições harmônicas das coisas da natureza, como a neve ou os cristais, eles tomam a forma daquelas volutas que os arquitetos impunham às cúpulas e capitéis.

Que aquilo fosse um mar do artifício, Roberto suspeitava há tempo, e isso lhe explicava como naquelas bandas os cosmógrafos imaginavam sempre seres contrários à natureza, que caminhavam com os pés para cima.

Claro que não podiam ser os artistas, que, nas cortes da Europa, construíam grutas incrustadas de lápis-lazúli, fontes movidas por bombas secretas, a terem inspirado a natureza a inventar as terras daqueles mares; nem podia ter sido a natureza do Polo Desconhecido a inspirar aqueles artistas. É que, dizia Roberto, tanto a Arte como a Natureza adoram maquinar, e nada mais fazem os próprios átomos quando se agregam ora de uma maneira ora de outra. Haverá um prodígio mais artificiado do que a tartaruga, obra de um ourives de mil e mil anos atrás, escudo de Aquiles pacientemente lavrado, que aprisiona uma serpente de patas?

Na minha terra, dizia-se que tudo aquilo que é vida vegetal possui a fragilidade da folha com a sua nervura e da flor que dura o espaço de uma manhã, ao passo que aqui o vegetal parece couro, matéria espessa e oleosa, escama disposta a reagir aos raios de sóis temerários. Cada folha — nestas terras onde os habitantes selvagens certamente não conhecem a arte dos metais e do barro — poderia tornar-se um instrumento, lâmina, taça, espátula, e as folhas das flores são de laca. Tudo o que é vegetal aqui é forte, enquanto é fragílimo tudo o que é animal, a julgar pelos pássaros que vi, tecidos em vidro multicor, ao passo que, para nós, é animal a força do cavalo ou a obtusa robustez de um boi...

E os frutos? Entre nós o encarnado da maçã, com sua cor saudável, salienta o sabor amigo, ao passo que é a lividez do cogumelo que nos revela sua venenosidade. Aqui, ao contrário — constatei isso ontem, e durante a viagem do *Amarilli* —, ocorre um lépido jogo de contrários: o branco mortuário de um fruto assegura vivazes doçuras, enquanto os frutos mais viçosos podem segregar filtros letais.

Com a luneta, explorava a costa e descobria entre a terra e o mar aquelas raízes trepadeiras, que pareciam saltitar para o céu aberto, e cachos de frutas oblongos que certamente revelavam o melaço de sua maturidade com o aparecimento de bagas imaturas. E distinguia em outras palmeiras cocos amarelos, parecidos com melões estivais, enquanto não ignorava que celebrariam a sua maturação, quando se tornassem da cor de terra morta.

Logo, para viver naquele terrestre Além — deveria lembrar, se quisesse harmonizar-se com a natureza —, era preciso proceder ao contrário do próprio instinto, o instinto sendo provavelmente um achado dos primeiros gigantes que buscaram adaptar-se à natureza da outra parte do globo, e, acreditando que a natureza mais natural fosse aquela à qual se adaptavam, julgavam-na naturalmente nascida para adaptar-se a eles. Por isso, acreditaram que o sol fosse pequeno como lhes parecia, e imensos fossem certos caules de erva que eles olhavam, ao baixarem os olhos.

Viver nos Antípodas significa, pois, reconstruir o instinto, saber fazer da maravilha natureza e da natureza maravilha, descobrir quão instável é o mundo, que numa primeira metade segue certas leis e na outra, leis opostas.

Ouvia de novo o despertar dos pássaros, ali, e — diversamente do primeiro dia — percebia que efeito de arte possuíam aqueles cantos, se comparados ao silvar de suas terras; eram sussurros, assobios, borbotões, crepitações, estalos de língua, ganidos, atenuados tiros de mosquetes, escalas cromáticas de piques, e, às vezes, ouvia-se um coaxar de rãs escondidas entre as folhas das árvores, em homérico murmurar.

A luneta permitia-lhe observar fusos, pequenas bolas emplumadas, negros arrepios ou de indistinta tinta que se lançavam de uma árvore mais alta, na direção da terra, com a demência de um Ícaro que desejasse apressar a própria destruição. De repente, pareceu-lhe até mesmo que uma árvore, talvez de laranja-da-china, atirasse para o ar um de seus frutos, uma meada de cor açafrão bastante viva, que saiu bem rápido do olho redondo da luneta. Convenceu-se de que era o efeito de um reflexo, e não pensou mais nisso ou, pelo menos, assim acreditou. Veremos depois que, quanto aos pensamentos obscuros, tinha razão Saint-Savin.

Pensou que aqueles voadores de inatural natureza eram o emblema de consórcios parisienses, que ele deixara havia muitos meses; naquele universo desprovido de seres humanos, no qual, se não os únicos seres vivos, decerto os únicos seres falantes eram os pássaros, encontrava-se de novo como naquele salão, onde, ao entrar pela primeira vez, captara um indistinto palratório em língua desconhecida, da qual timidamente adivinhava o sabor; mas, direi que o saber daquele sabor deve ter sido, afinal, bem assimilado, caso contrário não poderia dissertar como fazia agora. Mas, lembrando que lá encontrara a Senhora — e que se houvesse um lugar mais extraordinário de todos, era aquele e não este —, concluiu que não era lá que se imitavam os pássaros, mas era aqui, na Ilha, que os animais procuravam igualar aquela humaníssima Língua dos Pássaros.

Pensando na Senhora e na sua distância, que na véspera havia comparado à distância inatingível da terra a ocidente, voltou a olhar a Ilha, da qual a luneta lhe desvelava somente pálidos e circunscritos sinais, como acontece às imagens que se observam nos espelhos convexos, que, ao refletirem um único lado de um pequeno quarto, sugerem um cosmos esférico infinito e atônito.

Como lhe pareceria a Ilha, se um dia lá aportasse? Pela cena que acompanhava de seu camarote, e das espécies, de que encontrara testemunho no navio, seria talvez o Éden, onde nos riachos fluem leite e mel, num triunfo abundante de frutas e animais pacíficos? Que mais procuravam naquelas ilhas do oposto sul os corajosos que por ali navegavam, desafiando as tempestades de um oceano ilusoriamente pacífico? Não era isto que o Cardeal queria, quando o enviara em missão para descobrir os segredos do *Amarilli*: a possibilidade de levar os lírios da França a uma Terra Incógnita, que renovasse afinal as ofertas de um vale que não conhecia o pecado de Babel, o Dilúvio universal, nem tampouco o erro adâmico? Leais deveriam ser os seres humanos daqueles lugares, de pele escura, mas de coração branco, desprezando as montanhas de ouro e os bálsamos, dos quais eram irrefletidos guardiães.

Mas, se assim fosse, não seria talvez renovar o erro do primeiro pecador, ao querer violar a virgindade da Ilha? Talvez, justamente, a Providência quisera que ele fosse uma casta testemunha de uma beleza que jamais deveria ter perturbado. Não era essa a manifestação do amor mais perfeito, como o que professava à sua Senhora: amar de longe, renunciando ao orgulho de seu domínio? É amor, o amor que aspira à conquista? Se a Ilha devia confundir-se com o objeto de seu amor, ambos eram merecedores da mesma reserva. O mesmo ciúme frenético, que experimentava toda vez que havia temido que um outro olhar ameaçasse aquele santuário da relutância, não devia ser interpretado como exigência de um direito próprio, mas como negação do direito de cada um, dever que o seu amor lhe impunha como guardião daquele Graal. E à mesma castidade sentir-se-ia obrigado com relação à Ilha que, quanto mais desejava cheia de promessas, tanto menos desejaria tocá-la. Longe da Senhora, longe da Ilha, de ambas poderia apenas falar, querendo-as imaculadas, a fim de que imaculadas pudessem conservar-se, tocadas apenas pela carícia dos elementos. Se ali houvesse beleza, seu objetivo era o de permanecer sem objetivo.

Era realmente assim a Ilha por ele vista? Quem o encorajava a decifrar assim o hieróglifo? Sabia-se, desde as primeiras viagens a essas ilhas, que os mapas faziam referência a lugares imprecisos, onde se abandonavam os amotinados, tornando-se esses lugares prisões com grades de ar, onde os próprios condenados eram carcereiros de si mesmos, visando à punição recíproca. Não chegar ali, não lhe descobrir o segredo, não era um dever, mas um direito de fugir a horrores sem fim.

Ou talvez não, a única realidade da Ilha era que, no centro dela, erguia-se, convidativa em suas cores tênues, a Árvore do Esquecimento, cujas frutas, se pudessem ser abocanhadas por Roberto, lhe dariam a paz.

Esquecer. Assim transcorreu o dia, preguiçoso na aparência, ativíssimo no esforço de fazer-se tábula rasa. E, como acontece a quem se impõe o esquecimento, quanto mais se esforçava, mais animava a sua memória.

Experimentava pôr em prática todas as recomendações por ele ouvidas. Imaginava-se num quarto apinhado de objetos, que lhe recordavam alguma coisa: o véu de sua dama; os papéis, nos quais tornara presente a imagem através dos lamentos pela sua ausência; os móveis e as tapeçarias do palácio, onde a conhecera; e imaginava a si mesmo no ato de jogar todas aquelas coisas pela janela até que o quarto (e com ele a sua mente) se tornasse nu e vazio. Fazia esforços terríveis ao arrastar até o parapeito baixelas, armários, escanos, panóplias e, contrariamente ao que lhe haviam dito, à medida que se deprimia naqueles trabalhos, a figura da Senhora se multiplicava, e, de ângulos diversos, seguia-o naqueles seus esforços vãos com um sorriso malicioso.

Assim, passando o dia a arrastar utensílios, não se esquecera de nada. Ao contrário. Eram dias em que pensava no próprio passado, fixando o olhar no único cenário que tinha diante de si: o do *Daphne*. E o *Daphne* se estava transformando num Teatro da Memória, como eram imaginados no seu tempo, onde cada parte lhe recordava um episódio antigo ou recente de sua história: o gurupés; a chegada após o naufrágio, quando entendera que não mais haveria de vê-la; as velas recolhidas: olhando-as, sonhara longamente com Ela perdida, Ela perdida; a galeria, da qual explorava a Ilha distante; a distância d'Ela... Mas dedicara à amada tantas meditações que, até quando ali permanecesse, cada canto daquela casa marinha ter-lhe-ia lembrado, a todo o instante, tudo o que desejava esquecer.

Que era verdade, dera-se conta saindo ao convés, para deixar-se distrair pelo vento. Era aquele o seu bosque, aonde ia, como nos bosques vão os amantes infelizes; eis a sua natureza fictícia: plantas levigadas por carpinteiros de Anvers, rios de tecido grosseiro ao vento, cavernas calafetadas, estrelas de astrolábios. E como os amantes identificam, revisitando um lugar, a amada com cada flor, cada sussurrar de folhas e cada vereda, ele agora morreria de amor acariciando a boca de um canhão...

Não celebravam, porventura, os poetas a sua dama, louvando-lhe os lábios de rubi, os olhos de carvão, o seio de mármore, o coração de diamante? Pois bem, ele também — condenado naquela mina de abetos, fósseis agora — teria tido paixões exclusivamente minerais: cordoalhas aneladas ter-lhe-iam lembrado os seus cabelos, esplendor de tachas os seus olhos esquecidos, sequências de cordames os seus dentes gotejando perfumada saliva, cabrestante escorregadio o seu pescoço adornado de colares de amarras, e encontraria a paz na ilusão de ter amado a obra de um construtor de autômatos.

Depois se arrependeu da sua rudeza ao fingir a rudeza da Senhora; disse para si mesmo que, ao petrificar suas feições, petrificava o seu desejo — que desejava, ao contrário, vivo e insatisfeito —, e, visto que já se fizera noite, olhou para a ampla abóbada celeste pontilhada de constelações indecifráveis. Somente contemplando os corpos celestes poderia conceber os celestes pensamentos que correspondem a quem, por celeste decreto, fora condenado a amar a mais celestial das humanas criaturas.

A rainha dos bosques, que, com suas roupas brancas aclara as selvas e cobre os prados de prata, ainda não se havia debruçado nas sumidades da Ilha, cobertas de mortalhas. O restante do céu estava aceso e visível e, à extremidade sudoeste, quase tocando o mar, além da grande terra, avistou um coágulo de estrelas que o doutor Byrd lhe ensinara a reconhecer: era o Cruzeiro do Sul. E de um poeta esquecido, mas de quem o seu preceptor carmelita fizera-lhe aprender de cor alguns trechos, Roberto recordava uma visão que havia fascinado a sua infância, a de um peregrino nos reinos de além-túmulo que, emerso justamente naquela plaga incógnita, vira aquelas quatro estrelas, jamais avistadas a não ser pelos primeiros (e últimos) habitantes do Paraíso Terrestre.

11
A arte da prudência

Ele as avistava porque realmente naufragara nos limites do jardim do Éden, ou porque emergira do ventre do navio como de um funil infernal? Talvez as duas coisas. Aquele naufrágio, trazendo-o de volta ao espetáculo de uma outra natureza, subtraíra-o ao Inferno do Mundo no qual entrara, perdendo as ilusões da infância nos dias de Casale.

Estava ainda lá, quando, após ter intuído a história como lugar de múltiplos caprichos e tramas incompreensíveis da Razão de Estado, Saint-Savin fizera-lhe compreender como a grande máquina do mundo é infinda e afanada pelas nequícias do Acaso. Terminara em poucos dias o sonho das empresas heroicas de sua adolescência, e com o padre Emanuele compreendera ser preciso entusiasmar-se pelas Heroîcas Empresas — e que se pode gastar uma vida não para combater um gigante, mas para nomear de muitas maneiras um anão.

Ao deixar o convento, fizera-se acompanhar do senhor de Saletta, o qual, por sua vez, acompanhava o senhor de Salazar, fora das muralhas. E, para alcançar aquela que Salazar chamava de Puerta de Estopa, estavam percorrendo um trecho do bastião.

Os dois fidalgos estavam louvando a máquina do padre Emanuele e Roberto, ingenuamente, perguntara quanto podia valer tamanha ciência para regular o destino de um assédio.

O senhor de Salazar pusera-se a rir. "Meu jovem amigo", dissera, "todos nós estamos aqui, e em homenagem a monarcas diversos, para que esta guerra se resolva segundo a justiça e a honra. Mas estes não são mais tempos em que se possa mudar com a espada o curso dos astros. Acabou o tempo em que os fidalgos faziam o rei; agora são os reis que fazem os fidalgos. Antes a vida na corte era a espera do momento em que o fidalgo se mostraria como tal na guerra. Agora, todos os fidalgos que imaginais lá embaixo", e aludia às tendas espanholas, "e aqui", e aludia aos acantonamentos franceses, "vivem esta guerra para poder voltar a seu lugar de origem, que é a corte, e lá, meu amigo, não se compete mais para se igualar ao rei em virtude, mas para obter o seu favor. Hoje, em Madri, veem-se fidalgos que jamais desembainharam a espada, e que não se afastam da cidade; eles a deixariam, enquanto se cobrem de poeira nos campos da glória, nas mãos dos burgueses abastados e da nobreza de toga, tidos em alta conta, até mesmo por um monarca. Ao guerreiro não resta senão abandonar o valor para seguir a prudência."

"A prudência?", perguntara-lhe Roberto.

Salazar convidara-o a olhar a planície. As duas partes estavam empenhadas em preguiçosas escaramuças e viam-se nuvens de poeira subir das embocaduras das galerias, lá onde caíam as balas dos canhões. Na direção noroeste, os imperiais estavam empurrando um mantelete: era um carro robusto, falcado dos lados, que terminava na frente com uma parede de aduelas de carvalhos couraçados, e barras de ferro borqueadas. Naquela fachada, abriam-se frestas, das quais despontavam espingardas, colubrinas e arcabuzes, e de lado avistavam-se os lansquenetes, barricados a bordo. Cheia de varas na frente e lâminas laterais, chiando nas correntes, a máquina emitia, às vezes, baforadas de fogo por uma de suas gargantas. Certamente os inimigos não planejavam usá-la desde logo, porque se tratava de um engenho para ser levado ao pé das muralhas, quando as minas já tivessem cumprido o seu papel, mas também é certo que a exibiam para atemorizar os assediados.

"Observai", dizia Salazar, "a guerra será decidida pelas máquinas, quer pelo carro falciforme quer pela galeria de mina. Alguns de nossos bravos companheiros, de ambas as partes, que ofereceram o peito ao adversário, quando não tenham morrido por erro, não o fizeram com o intuito de vencer, mas para adquirir reputação para gastar de volta na corte. Os mais valentes dentre eles terão a perspicácia de escolher empresas que façam alarde, calculando, todavia, a proporção entre quanto arriscam e quanto podem ganhar..."

"Meu pai...", começou Roberto, órfão de um herói que não havia calculado nada. Salazar o interrompeu: "Vosso pai era justamente um homem dos tempos idos. Não imagineis que eu não pense com saudade naqueles tempos, mas valerá a pena cumprir um gesto ousado, quando se falará mais de uma bela retirada do que de um vigoroso assalto? Não vistes há pouco aquela máquina de guerra pronta para decidir a sorte de um assédio, mais do que fizeram antes as espadas? E já não são anos e anos que as espadas cederam lugar ao arcabuz? Nós ainda usamos couraças, mas um pícaro pode aprender em um só dia a perfurar a couraça de um grande Baiardo."

"Mas então, que restou ao fidalgo?"

"A sabedoria, senhor de La Grive. O sucesso não tem mais a cor do sol, mas cresce à luz da lua, e ninguém jamais disse que esse segundo luminar desagradasse ao Criador de todas as coisas. Até Jesus meditou, no Horto das Oliveiras, à noite."

"Mas em seguida tomou uma decisão segundo a mais heroica das virtudes, e sem prudência..."

"Mas nós não somos o Filho primogênito do Eterno, somos os filhos do século. Terminado este assédio, se uma máquina não vos tiver tirado a vida, que fareis, senhor de La Grive? Voltareis, quem sabe, aos vossos campos, onde ninguém vos dará chance de parecer digno de vosso pai? Há poucos dias estais vivendo entre os fidalgos parisienses e já demonstrais terdes sido conquistado por seus hábitos. Vós desejaríeis tentar a sorte nas grandes cidades, e sabeis que é lá onde devereis consumir a aura de bravura que a longa inação entre esses muros vos terá concedido. Tentareis também a sorte, e tereis de ser hábil para obtê-la. Se aqui aprendestes a esquivar-vos da bala de um mosquete, lá tereis de saber esquivar-vos da inveja, do ciúme, da cobiça, lutando com armas iguais com os vossos adversários, ou seja, com todos. E, portanto, escutai-me. Faz meia hora que me interrompeis, dizendo aquilo que pensais, e, com ar de interrogação, quereis mostrar que me engano. Não volteis jamais a fazê-lo, especialmente com os poderosos. A confiança na vossa perspicácia e o sentimento de ter de testemunhar a verdade vos poderiam induzir, às vezes, a dar um bom conselho a quem é superior a vós. Não volteis a fazê-lo. Cada vitória produz ódio no vencido, e se é obtida sobre o próprio senhor, ou é insípida ou é nociva. Os príncipes desejam ser ajudados, mas não superados. Mas sereis prudente também com os iguais. Não os humilheis com vossas virtudes. Não faleis jamais a vosso respeito: ou vos louvaríeis, o que constitui vaidade, ou vos desonraríeis, o que constitui estupidez. Deixai antes que os outros descubram em vós alguma pecha venial, que a inveja possa corroer, sem que tenhais muito dano. Deveis ser muito e às vezes parecer pouco. O avestruz não aspira a levantar voo, expondo-se a uma queda exemplar: deixa descobrir aos poucos a beleza de suas plumas. E, principalmente, se tiverdes paixões, não as mostreis, por mais nobres que vos pareçam. Não se deve permitir a todos o acesso ao próprio coração. Um silêncio prudente e cauto é o relicário da sabedoria."

"Senhor, mas vós me estais dizendo que o primeiro dever de um fidalgo é o de aprender a simular!"

Interveio sorrindo o senhor de Saletta: "Vede, caro Roberto, o senhor de Salazar não disse que o sábio deve simular. Ele vos sugere, se bem compreendi, que deveis aprender a dissimular. Simula-se o que não é e dissimula-se o que é. Se vos vangloriais do que não fizestes, sois um simulador. Se evitais, porém, manifestar plenamente o que fizestes, sem o fazer notar, então dissimulais. É virtude acima da virtude dissimular a virtude. O senhor de Salazar vos está ensinando um modo prudente de ser virtuoso, ou de ser virtuoso segundo a prudência. Desde que o primeiro homem abriu os olhos e descobriu que estava nu, procurou ocultar-se também aos olhos de seu Criador: assim o cuidado em esconder nasceu com o próprio mundo. Dissimular é estender um véu composto de trevas honestas, do qual não se forma o falso, mas se concede algum repouso ao verdadeiro. A rosa parece bela porque, à primeira vista, dissimula ser coisa tão passageira, e ainda que a beleza mortal, como se costuma dizer, não pareça coisa terrena, ela não é senão um cadáver dissimulado pelo favor da idade. Nesta vida nem sempre deve-se ter o coração aberto, e as verdades que mais nos importam devem sempre dizer-se pela metade. A dissimulação não é uma fraude. É uma indústria que não deixa ver as coisas tais como são. É uma indústria difícil: para superar-vos é preciso que os outros não reconheçam nossa excelência. Se alguém fosse célebre pela sua capacidade de camuflar-se, como os atores, todos saberiam que não é aquele que finge ser. Mas dos excelentíssimos dissimuladores, que foram e são, não se tem notícia."

"E observai", acrescentou o senhor de Salazar, "que convidando-vos a dissimular, não estais convidado a permanecer mudo como um parvo. Ao contrário. Tereis de aprender a fazer com a palavra arguta aquilo que não podeis fazer com a palavra aberta; a caminhar num mundo que privilegia o aparente com toda a habilidade da eloquência, a tecer palavras de seda. Se os dardos traspassam o corpo, as palavras podem traspassar a alma. Fazei em vós ser natural aquilo que na máquina do padre Emanuele é arte mecânica."

"Mas senhor", acudiu Roberto, "a máquina de padre Emanuele parece-me uma imagem do Engenho, o qual não deseja impressionar ou seduzir, mas descobrir e revelar conexões entre as coisas e, portanto, tornar-se um novo instrumento da verdade."

"Isto para os filósofos. Mas com os néscios, usai o Engenho para maravilhar, e obtereis consenso. Os homens adoram ficar maravilhados. Se o vosso destino e a vossa sorte não se decidem no campo, mas nos salões da corte, um bom ponto obtido na conversação será mais frutuoso que um bom assalto numa batalha. O homem prudente, com uma frase elegante, livra-se de toda intriga, e sabe usar a língua com a leveza de uma pluma. A maior parte das coisas pode-se pagar com palavras."

"Esperam-vos à porta, Salazar", disse Saletta. E, assim, para Roberto, terminou aquela inesperada lição de vida e de sabedoria. Não ficou edificado, mas sentiu-se agradecido aos seus dois mestres. Haviam-lhe explicado muitos mistérios do século, sobre os quais ninguém jamais lhe falara na Griva.

12
As paixões da alma

Naquele findar de todas as ilusões, Roberto caiu vítima de uma loucura amorosa.

Estávamos já em fins de junho, e fazia muito calor; difundiram-se, uns dez dias antes, as primeiras notícias de um caso de peste no campo espanhol. Na cidade começavam a escassear as munições, aos soldados eram distribuídas apenas quatorze onças de pão preto, e para encontrar uma pinta de vinho entre os casalenses era preciso pagar três florins, isto é, doze reais. Salazar na cidade e Saletta no campo se revezavam para tratar do resgate dos oficiais capturados por ambas as partes no decorrer dos confrontos, e os resgatados deviam-se comprometer a não pegar mais nas armas. Falava-se de novo naquele capitão que agora se encontrava em plena ascensão no mundo diplomático, Mazzarini, a quem o Papa havia confiado a negociação.

Alguma esperança, alguma sortida e um jogo de destruir reciprocamente as galerias, eis a maneira pela qual evoluía aquele assédio indolente.

À espera das negociações, ou da tropa de socorro, os espíritos belicosos se acalmaram. Alguns casalenses decidiram sair das muralhas para ceifar os campos de trigo que se tinham salvado dos carros e dos cavalos, sem se preocupar com os tiros cansados de espingarda que os espanhóis davam de longe. Mas nem todos estavam desarmados. Roberto viu uma camponesa alta e loura que de quando em quando interrompia o seu trabalho com a foice, abaixava-se entre as espigas, levantava uma espingarda, embraçava-a como um velho soldado, apertando a coronha no rosto avermelhado, e atirava na direção dos que a perturbavam. Os espanhóis se aborreceram com aquela Ceres guerreira, responderam, e um tiro atingira de raspão o seu pulso. Sangrando agora, caminhava para trás, mas não cessava de carregar e disparar, gritando alguma coisa ao inimigo. Enquanto ela já havia alcançado o pé das muralhas, gritavam alguns espanhóis: "Puta de los franceses!" Ao que ela respondia: "Sì, a sun la pütan'na dei francès, ma ad vui no!"

Aquela figura virginal, aquela quintessência de opima beleza e de fúria marcial, unida à suspeita de lascívia, cujo insulto acabara por valorizá-la, aguçaram os sentidos do adolescente.

Naquele dia percorrera as ruas de Casale para renovar aquela visão; interrogara alguns camponeses, soubera que a moça se chamava, segundo alguns, Ana Maria Novarese, Francesca, segundo outros, e numa taberna disseram-lhe que devia ter vinte anos, vinha do campo, e que mantinha relações com um soldado francês. "É boa a francesa, como é boa", diziam entre sorrisos, e para Roberto a amada tornou-se mais e mais desejável, sob os sortilégios daquelas alusões licenciosas.

Algumas noites depois, passando em frente de uma casa, viu-a num quarto escuro ao rés do chão. Estava sentada à janela para respirar uma brisa que mal chegava a mitigar o calor monferrino, tornada clara por uma lâmpada, de fora invisível, posta junto à sacada. À primeira vista não a reconhecera, porque seus belos cabelos estavam enrolados na cabeça e caíam apenas duas madeixas sobre as orelhas. Sobressaía apenas o rosto levemente inclinado, um puríssimo oval, orvalhado por algumas gotas de suor, que parecia a única lâmpada verdadeira naquela penumbra.

Estava costurando numa pequena mesa, na qual pousava o olhar ocupado, de maneira que não notou o jovem, que retrocedeu para observá-la de lado, encolhendo-se junto ao muro. O coração martelando no peito, Roberto via o lábio, sombreado por uma pelugem alourada. De repente, ela ergueu uma das mãos, mais luminosa ainda do que o rosto, para levar até a boca um fio escuro: pusera-o entre os lábios vermelhos, revelando os dentes brancos, cortando-o de uma só vez, com um movimento de fera gentil, sorrindo com alegria de sua mansa crueldade.

Roberto teria podido esperar a noite toda, enquanto mal respirava, pelo medo de ser descoberto e pelo ardor que o enregelava. Mas pouco depois a moça apagou a lâmpada, e a visão, afinal, dissolveu-se.

Passara por aquela rua nos dias seguintes, sem mais vê-la, a não ser uma vez, mas não estava certo, porque ela (se era ela) estava sentada com a cabeça baixa, o pescoço nu e rosado, e uma cascata de cabelos cobria-lhe o rosto. Atrás dela, uma senhora, navegando naquelas ondas leoninas com uma escova de pastora, de quando em quando deixava-a para pegar com os dedos um animalzinho fugitivo, que as suas unhas faziam estalar com um golpe seco.

Roberto, que não era um neófito no ritual de catar piolhos, descobria pela primeira vez a beleza do gesto, e imaginava poder colocar as mãos entre aquelas ondas de seda, de apertar as pontas dos dedos naquela nuca, de beijar aqueles sulcos, de destruir ele mesmo aqueles rebanhos de Mirmidões que as poluíam.

Teve de afastar-se daquele encanto pela chegada da gentalha barulhenta que passava por aquela rua, e foi a última vez que a janela lhe reservou amorosas visões.

Outras tardes e outras noites avistou ainda a senhora e uma outra moça, mas não ela. Concluiu que aquela não era a sua casa, mas a de uma parenta, junto à qual fora apenas para executar algum trabalho. Onde ela estivesse, por muitos dias, ele nada mais soube.

Como a languidez do amor é um liquor que adquire maior força quando derramado nos ouvidos de um amigo, enquanto percorria

Casale, sem obter resultado, e enquanto emagrecia na busca, Roberto não conseguira esconder o seu estado a Saint-Savin. Revelara-o por vaidade, porque todo amante se adorna da beleza da amada — e dessa beleza está certamente certo.

"Pois então, amai", reagira Saint-Savin com negligência. "Não é uma coisa nova. Parece que os humanos se deliciam com isso, ao contrário dos animais."

"Os animais não amam?"

"Não, as máquinas simples não amam. Que fazem as rodas de um carro ao longo de um declive? Rolam para baixo. A máquina é um peso, e o peso pende, e depende da cega necessidade que o empurra na descida. Da mesma forma o animal: pende ao concúbito e não se aquieta enquanto não o obtém."

"Mas não me dissestes ontem mesmo que os homens também são máquinas?"

"Sim, mas a máquina humana é mais complexa do que a mineral ou animal, e se regozija com um movimento oscilatório."

"E então?"

"Então, vós amais e, portanto, desejais e não desejais. O amor torna os homens adversários de si mesmos. Temeis que, ao atingir a meta, chegue também a desilusão. Deleitai-vos *in limine*, como dizem os teólogos, desfrutai a espera."

"Não é verdade, eu... eu a quero logo!"

"Se assim fosse, seríeis, ainda e apenas, um aldeão. Mas vós tendes espírito. Se a desejásseis, já a teríeis tomado e seríeis um bruto. Não, vós desejais que o vosso desejo se acenda, e que paralelamente se acenda o desejo dela também. Se o dela se acendesse a ponto de induzi-la a ceder logo a vós, provavelmente não a desejaríeis mais. O amor prospera na espera. A espera vai caminhando pelos espaçosos campos do Tempo para a Ocasião."

"Mas que devo fazer enquanto isso?"

"Cortejá-la."

"Mas... ela nada sabe até agora, e devo confessar-vos que tenho dificuldade de aproximar-me..."

"Escrevei uma carta e dizei-lhe do vosso amor."

"Mas nunca escrevi cartas de amor! Aliás, tenho vergonha de dizer que nunca escrevi cartas."

"Quando falta a natureza, recorremos à arte. Eu mesmo irei ditá-la para vós. Um fidalgo se compraz frequentemente em redigir cartas para uma dama que jamais viu, e eu não sou uma exceção. Não amando, sei falar de amor melhor do que vós, a quem o amor tornou mudo."

"Mas eu creio que cada pessoa ame de maneiras diversas... Seria um artifício."

"Se lhe revelásseis o vosso amor em tom sincero, pareceríeis grosseiro."

"Mas eu diria a verdade..."

"A verdade é uma jovenzinha bela e pudica, e, por isso, deve estar sempre envolta em seu manto."

"Mas eu quero falar-lhe do meu amor, não daquele que vós ireis descrever!"

"Pois bem, para fazer-vos acreditar, fingi. Não existe perfeição sem o esplendor da maquinação."

"Mas ela entenderia que a carta não fala a seu respeito."

"Não tenhais medo. Acreditará que tudo o que eu vos ditar foi criado sob medida para ela. Vamos, sentai e escrevei. Deixai-me, somente, encontrar a inspiração."

Saint-Savin andava pelo quarto como se, diz Roberto, estivesse imitando o voo de uma abelha que volta ao favo. Quase dançava, com os olhos vagos, como se tivesse de ler no ar aquela mensagem que ainda não existia. Depois começou.

"Senhora..."

"Senhora?"

"E que deveríeis dizer-lhe? Talvez: ei, meretriz casalense?"

"Puta de los franceses", não pôde deixar de murmurar Roberto, atemorizado de que Saint-Savin por brincadeira tivesse chegado, se não tão perto da verdade, pelo menos da calúnia.

"Que dissestes?"

"Nada. Está bem. Senhora. E depois?"

"Senhora, na admirável arquitetura do Universo, já fora escrito desde o primeiro natal da Criação que eu vos havia de encontrar e amar. Mas, desde a primeira linha desta carta, sinto que minha alma tanto desvanece, que principia a abandonar os meus lábios e minha pena antes que eu haja terminado."

"...terminado. Mas não sei se é compreensível a..."

"A verdade é tanto mais agradável quanto mais constituída por dificuldades, e mais estimada é a revelação que mais nos custou. Vamos elevar o tom. Digamos então... Senhora..."

"Outra vez?"

"Sim. Senhora, para uma bela dama como Alcidiana, fora sem dúvida necessário para vós, assim como para essa Heroína, um palácio inexpugnável. Creio que por encanto tenhais sido transportada alhures e que a vossa província haja sido transformada numa segunda Ilha Flutuante, que o vento de meus suspiros faz recuar quanto mais procuro aproximar-me, província dos antípodas, terra que os gelos impedem de abordar. Estais perplexo, La Grive: parece-vos ainda medíocre?"

"Não, é que... eu diria o contrário."

"Não temais", disse Saint-Savin equivocando-se, "não faltarão contrapontos de contrários. Prossigamos. Talvez o vosso encanto vos dê o direito de permanecer distante como convém aos Deuses. Mas não sabeis que os Deuses acolhem favoravelmente ao menos o fumo do incenso que nós lhes queimamos cá embaixo? Não recuseis, pois, a minha adoração; se vós possuís a suprema beleza e resplendor, haveis de reduzir-me à impiedade, impedindo-me de adorar na vossa pessoa dois dentre os maiores atributos divinos... Soa melhor assim?"

Àquela altura, Roberto pensava que agora o único problema era se a Novarese soubesse ler. Ultrapassado aquele bastião, qualquer coisa que tivesse lido a teria inebriado, visto que ele já se inebriava ao escrever.

"Meu Deus", disse, "ela deveria perder a cabeça..."

"Perderá a cabeça. Continuai. Longe de ter perdido o meu coração quando vos hei ofertado a minha liberdade, eu o descubro maior desde então, e tão multiplicado que, como se um só não me bastasse para amar-vos, ele se está reproduzindo por todas as minhas artérias, onde o sinto palpitar."

"Ah, meu Deus..."

"Acalmai-vos. Estais falando de amor, não estais amando. Perdoai, Senhora, o furor de um desventurado, ou melhor, não fiqueis em cuidado: jamais se ouviu dizer que os soberanos devessem prestar conta da morte de seus escravos. Oh!, sim, devo considerar digna de inveja a minha sorte, que vos tenhais incomodado em causar o meu agravo; se porventura haveis de dignar-vos odiar-me, isso me dirá que não fui indiferente para vós. Assim, a morte, com a qual tencionais punir-me, será a causa de minha felicidade. Sim, a morte: se o amor é entender que duas almas foram criadas para estarem unidas, quando uma adverte que a outra nada sente, não pode senão morrer. Do que — vivo ainda e por pouco o meu corpo — a minha alma, ao partir, vos dá notícia."

"...ao partir vos dá?"

"Notícia."

"Deixai-me tomar fôlego. Minha cabeça está ficando muito quente..."

"Procurai controlar-vos. Não confundais o amor com a arte."

"Mas eu a amo! Eu a amo, compreendeis?"

"Eu não. Por isso confiastes em mim. Escrevei sem pensar nela. Pensai, vejamos, no senhor de Toiras..."

"Por favor!"

"Por que essa cara? É um belo homem, apesar de tudo. Mas escrevei Senhora..."

"De novo?"

"De novo. Senhora, estou ademais destinado a morrer cego. Não haveis feito dois alambiques de meus dois olhos, para destilar-me a própria vida? E por que, mais os meus olhos se umedecem, tanto mais se abrasam? Talvez meu pai não tenha formado o meu corpo com a mesma argila que deu vida ao primeiro homem, mas sim de cal, pois a água que verto me consome. E como pode ao se consumir permanecer viva, encontrando novas lágrimas para de todo consumir-me?"

"Não está exagerado?"

"Nas ocasiões grandiosas deve ser grandioso também o pensamento."

Agora Roberto não protestava mais. Acreditava ter-se transformado na Novarese e imaginava o que ela experimentaria, lendo aquelas páginas. Saint-Savin ditava.

"Deixastes no meu coração, ao abandoná-lo, uma insolente, que é a vossa imagem, que se orgulha de possuir sobre mim o poder de vida e de morte. E vos apartastes de mim como fazem os soberanos, que se apartam do lugar do suplício, temendo ser importunados por pedidos de clemência. Se a minha alma e o meu amor se compõem de dois puros suspiros, quando eu morrer hei de suplicar à Agonia que seja o meu amor a deixar-me por último, e terei realizado — minha derradeira dádiva — o milagre de que haveis de orgulhar-vos, que, ao menos por um instante, ainda haverá de suspirar por vós um corpo morto."

"Morto. Acabado?"

"Não, deixai-me pensar, é preciso um fecho que contenha uma *pointe*..."

"Uma *puen* quê?"

"Sim, um ato do intelecto que pareça exprimir a correspondência inaudita entre dois objetos além de toda a nossa crença, de tal forma que nesse agradável jogo do espírito desapareça felizmente todo o respeito pela substância das coisas."

"Não compreendo..."

"Compreendereis. Pois bem: vamos inverter o sentido do apelo, com efeito ainda não estais morto, demos-lhe a possibilidade de se apressar para socorrer este moribundo. Escrevei. Sem embargo, Senhora, poderíeis, ainda, salvar-me. Dei-vos o meu coração. Mas como posso viver sem o motor próprio da vida? Não vos peço mo restituir, porque apenas em vosso cativeiro desfruta a mais sublime liberdade, mas peço, mandai-me em troca o vosso, que não há de encontrar um tabernáculo mais disposto a acolhê-lo. Para viver não precisais de dois corações, e o meu pulsa tão forte por vós a ponto de assegurar-vos o mais sempiterno dos fervores."

Depois, dando meia-volta, inclinou-se, como um ator que espera o aplauso:

"Não é belo?"

"Belo? Para mim... como dizer... é ridículo. Mas não vos parece ver esta senhora correndo por Casale a tomar e a entregar corações, como um pajem?"

"Quereis que ela ame um homem que fale como um burguês qualquer? Assinai e fechai."

"Mas não estou pensando na senhora, estou pensando se ela mostrar a carta a alguém, morreria de vergonha."

"Não há de fazê-lo. Guardará a carta no peito, e todas as noites acenderá uma vela para poder ler a carta e cobri-la de beijos. Assinai e fechai."

"Mas imaginemos, por assim dizer, que ela não saiba ler. Certamente alguém a deverá ler para ela."

"Senhor de La Grive! Estais dizendo que vos enamorastes de uma aldeã? Que gastastes a minha inspiração para embaraçar uma rústica? Só nos resta o duelo."

"Era um exemplo. Uma brincadeira. Mas me ensinaram que o homem prudente deve ponderar os casos, as circunstâncias, e entre os possíveis, também os impossíveis..."

"Vede que estais aprendendo a expressar-vos como se deve. Mas ponderastes mal, e escolhestes o mais risível dentre os possíveis. Em todo o caso, não quero obrigar-vos. Apagai, pois, a última frase e continuai como eu vos direi..."

"Mas se eu apagar, deverei escrever de novo a carta."

"Sois também um mandrião. Mas o sábio deve tirar proveito dos infortúnios. Apagai... Pronto? Pois muito bem." Saint-Savin molhara o dedo num jarro e deixara pingar uma gota no parágrafo apagado, obtendo uma pequena mancha de umidade, de contornos imprecisos, que aos poucos escureciam no preto da tinta de escrever que a água fizera retroceder no papel. "E agora escrevei. Perdoai, senhora, se não tive o ânimo de deixar em vida um pensamento que, furtando-me uma lágrima, assustou-me por tanta audácia. Assim um fogo étneo pode criar um rio dulcíssimo com águas salobras. Mas, ó senhora!, meu coração é como a concha do mar, que, bebendo o belo suor da alvorada gera a pérola, e cresce junto com ela. Ao pensar que a vossa indiferença quer subtrair ao meu coração a pérola que ele com tantos cuidados acalentou, o coração jorra pelos meus olhos... Sim, La Grive, assim é indubitavelmente melhor, reduzimos os excessos. Melhor terminar atenuando a ênfase do amante, para agigantar a comoção da amada. Assinai, fechai e fazei-a chegar às suas mãos. Depois esperai."

"Esperar o quê?"

"O Norte da Bússola da Prudência consiste em desfraldar as velas ao vento no Instante Oportuno. Em tais assuntos a espera não é nociva. A presença diminui a fama e a distância aumenta-a. Estando longe, sereis considerado um leão, e estando presente poderíeis tornar-vos um ratinho parido pela montanha. Sois certamente rico de ótimas qualidades, mas as qualidades perdem o resplendor se forem muito tocadas, enquanto a fantasia chega mais longe que o olhar."

Roberto agradecera e correra para casa escondendo a carta ao peito como se a tivesse furtado. Temia que alguém lhe roubasse o fruto de seu furto.

Hei de encontrá-la, dizia, hei de inclinar-me e lhe darei a carta. Depois se agitava na cama pensando no modo pelo qual ela teria lido com os lábios. Já estava imaginando Ana Maria Francesca Novarese dotada de todas aquelas virtudes que Saint-Savin lhe atribuíra. Declarando o seu amor, muito embora por boca alheia, sentira-se ainda mais amante. Fazendo algo, sem gênio, fora seduzido pelo Engenho. Ele agora amava a Novarese com a mesma requintada violência de que falava a carta.

Pondo-se à procura de quem se dispusera a permanecer distante, enquanto algumas balas de canhão choviam sobre a cidade, sem cuidar do perigo, alguns dias depois encontrara-a na esquina de uma rua, carregada de espigas como uma criatura mitológica. Com grande tumulto interior fora ao seu encontro, não sabendo o que dizer ou fazer.

Tendo-se aproximado, trêmulo, parou diante dela e lhe disse: "Donzela..."

"A mi?", respondera, sorrindo, a moça, e depois: "E alura?"

"Então", não soubera dizer melhor Roberto, "saberia indicar-me de que lado chega-se ao Castelo?" E a moça, virando a cabeça para trás, e os vastos cabelos: "Por lá, não?" E dobrara a esquina.

Naquela esquina, enquanto Roberto estava em dúvida se devia ou não segui-la, caíra uma bala, derrubando o muro do jardim, e levantando uma nuvem de poeira. Roberto tossiu, esperou que a poeira se espalhasse e compreendeu que, caminhando com muita hesitação pelos espaçosos campos do Tempo, perdera a Ocasião.

Para punir-se, rasgara compulsivamente a carta, e dirigira-se para casa, enquanto os pedaços de seu coração caíam por terra.

O seu primeiro e impreciso amor convencera-o para sempre de que o objeto amado habita a distância, e creio que isso tenha determinado o seu destino de amante. Nos dias seguintes voltava a todas as esquinas (onde recebera uma notícia, onde adivinhara um rastro, onde ouvira falar dela, e onde a encontrara antes) para recompor uma paisagem da memória. Desenhara, assim, uma Casale da própria paixão, transformando ruelas, fontes, espaços no Rio da Inclinação, no Lago da Indiferença ou no Mar da Inimizade; fizera da cidade ferida o País da própria Ternura insaciada, ilha (já então um presságio) de sua solidão.

13
O mapa da ternura

Na noite de vinte e nove de junho, um grande estrondo despertara os assediados, seguido por um rufar de tambores: explodira a primeira mina que os inimigos conseguiram detonar ao pé das muralhas, mandando pelos ares uma meia-lua e sepultando vinte e cinco soldados. No dia seguinte, por volta das seis da tarde, ouvira-se algo parecido com um temporal no poente, e no oriente aparecera uma cornucópia mais branca que o restante do céu, cuja ponta se alongava e encurtava. Era um cometa, que perturbara os homens de armas e levara os habitantes a se trancarem dentro de casa. Nas semanas seguintes, explodiram outros pontos das muralhas, enquanto, dos bastiões, os assediados atiravam no vazio, porque os adversários já se moviam nos subterrâneos, e as galerias de contraminas não conseguiam desalojá-los.

Roberto vivia aquele naufrágio como um estranho passageiro. Passava longas horas conversando com o padre Emanuele sobre a melhor maneira de descrever os fogos do assédio e, contudo, frequentava mais habitualmente Saint-Savin, para elaborar com ele metáforas de igual perspicácia que retratassem os fogos de seu amor — do qual não ousara confessar a sua derrota. Saint-Savin oferecia-lhe um cenário, onde sua aventura galante podia evoluir satisfatoriamente; sofria em silêncio a ignomínia de elaborar com o amigo outras cartas, que depois fingia enviar, relendo-as, porém, todas as noites como se o diário de tantos espasmos fosse endereçado por ela a ele.

Imaginava situações, nas quais a Novarese, perseguida pelos lansquenetes, caía abatida em seus braços; ele desbaratava os inimigos e a conduzia exausta para um jardim, onde desfrutava sua cruel gratidão. Entregava-se a tais pensamentos em sua cama e voltava a si após uma longa ausência, compondo sonetos à amada.

Mostrara um deles a Saint-Savin, que comentara: Julgo-o de grande mau gosto, se me permitis, mas consolai-vos: a maior parte daqueles que se dizem poetas em Paris fazem bem pior. Não poeteis sobre o vosso amor, a paixão subtrai a divina frieza que foi a glória de Catulo."

Descobriu ter humor melancólico, e o disse a Saint-Savin. "Alegrai-vos", comentou o amigo, "a melancolia não é borra, mas a parte mais nobre do sangue, e produz heróis, porque, confinando com a loucura, incita-os a ações mais audaciosas." Mas Roberto não se sentia incitado para nada, e ficava mais melancólico por não ser suficientemente melancólico.

Surdo aos gritos e aos tiros de canhões, ouvia somente vozes de consolo (há uma crise no campo espanhol, dizem que a armada francesa está avançando); alegrava-se, porque, em meados de julho, uma contramina conseguira, finalmente, massacrar muitos espanhóis; mas, por enquanto, evacuavam-se muitas meias-luas, e, em meados de julho, as vanguardas inimigas já podiam atirar diretamente contra a cidade. Ouvira que alguns casalenses tentavam pescar no Pó e, sem se preocupar em estar percorrendo caminhos expostos aos tiros do inimigo, ele corria, temendo que os imperiais atirassem na Novarese.

Passava, abrindo caminho entre os soldados amotinados, cujo contrato não previa a escavação de trincheiras; mas os casalenses negavam-se a fazê-lo, e Toiras teve de prometer uma sobrepaga. Alegrava-se, como todos, ao saber que Spinola adoecera por causa da peste, e folgava ao observar um grupo de desertores napolitanos, que entraram na cidade, abandonando por medo o campo adversário, atingido pelo morbo, e ouvia padre Emanuele dizer que isso podia tornar-se causa de contágio...

Em meados de setembro, a peste apareceu na cidade. Roberto não se preocupou, temia, apenas, que a Novarese caísse doente, e acordou certa manhã com febre alta. Conseguiu mandar alguém avisar o padre Emanuele, e foi recolhido às escondidas em seu convento, evitando um daqueles lazaretos improvisados, onde os doentes morriam depressa e sem estrépito, para não distrair os outros, ocupados em morrer de pirotecnia.

Roberto não pensava na morte: confundia a febre com o amor e sonhava tocar as carnes da Novarese, enquanto amarfalhava as dobras da enxerga, ou acariciava as partes suadas e doloridas de seu corpo.

Vigor de uma memória excessivamente descritiva, naquela tardinha no *Daphne,* enquanto caía a noite, o céu cumpria seus movimentos vagarosos, e o Cruzeiro do Sul desaparecia no horizonte, Roberto não sabia mais se queimava de amor reavivado pela Diana guerreira de Casale, ou pela Senhora tão distante de seu olhar.

Quis saber para onde ela poderia ter fugido e correu para o quarto dos instrumentos náuticos, onde supunha existir um mapa daqueles mares. De fato o encontrou; era grande, colorido e incompleto, porque na época muitos mapas não eram terminados por necessidade: o navegante, de uma nova terra, desenhava os litorais que avistara, mas deixava incompleto o contorno, não sabendo jamais como e quanto e para onde aquela terra se estendesse; razão pela qual os mapas do Pacífico apareciam frequentemente como arabescos de praias, sinais de perímetros, hipóteses de volumes, e definidas eram apenas as poucas ilhotas circum-navegadas e o curso dos ventos conhecidos por experiência. Alguns, para tornar reconhecível uma ilha, não faziam senão desenhar com muita precisão a forma dos cimos e das nuvens sobranceiras para torná-las identificáveis, assim como se reconhece de longe uma pessoa pela aba do chapéu ou pelo modo relativo de caminhar.

Ora, naquele mapa eram visíveis os confins de duas regiões costeiras fronteiriças, divididas por um canal orientado de sul para norte, sendo que uma delas quase terminava com diversas sinuosidades como a definir uma ilha, e podia ser a sua Ilha; mas, depois de um longo trecho de mar, havia outros grupos de ilhas presumíveis, de conformação bastante assemelhada, que podiam igualmente representar o lugar onde ele estava.

Cometeremos um erro pensando que Roberto se sentisse atraído por uma curiosidade de geógrafo; padre Emanuele ensinara-o bastante para se desviar do visível através da lente de seu telescópio aristotélico. Saint-Savin ensinara-lhe bastante a fomentar o desejo por meio da linguagem, que transforma uma menina num cisne e um cisne numa mulher, o sol em um caldeirão e um caldeirão em sol! De madrugada, surpreendemos Roberto a delirar sobre o mapa, agora transfigurado no desejado corpo feminino.

Se é um erro dos amantes escrever o nome do amado na areia da praia, pois logo se desfaz nas ondas, Roberto sentia-se um amante prudente, pois havia confiado o corpo amado aos arcos das enseadas e dos golfos; os cabelos, ao fluir das correntes pelos meandros dos arquipélagos; o orvalho estivo do rosto, ao reflexo das águas; o mistério dos olhos, ao azul de uma deserta amplidão — assim, pois, o mapa repetia inúmeras vezes os traços do corpo amado, em diversos abandonos de baías e promontórios. Sequioso, naufragava com a boca no mapa, sugava aquele oceano de volúpia, afagava um cabo, não ousava penetrar num estreito; com a face deitada no papel respirava a respiração dos ventos, desejaria sorver os veios d'água e as nascentes, abandonar-se com sede para poder secar os estuários, ser sol para beijar os litorais, maré para serenar o segredo das fozes...

Não desfrutava a posse, mas a privação: enquanto se afanava em apalpar aquele vago troféu de erudito pintor, talvez um Outro, na Ilha verdadeira — lá onde ela se estendia em formas gentis que o mapa não soubera ainda capturar —, adentava os frutos, banhava--se em suas águas... Naquele momento, outros gigantes bárbaros e ferozes, e de mãos grosseiras, tocavam-lhe os seios; disformes Vulcanos possuíam aquela delicada Afrodite, pousavam suas bocas com a mesma insensatez, com a qual o pescador da Ilha não Encontrada, além do último horizonte das Canárias, joga fora sem saber a mais rara das pérolas.

Ela em outra mão amante... Era esse pensamento a ebriedade suprema, na qual Roberto se debatia, ganindo a sua ferida impotência. E, nesse delírio, tateando sobre a mesa como para agarrar, pelo menos, a ponta de uma saia, o olhar resvalou da representação daquele corpo pacífico, lascivamente ondulado, para um outro mapa, no qual o desconhecido autor procurara talvez representar os canais igníferos dos vulcões da terra ocidental: era um portulano de todo o nosso globo, transido de penachos de fumaça nos cimos das proeminências da crosta, e, no interior, um emaranhado de veias adustas; e daquele globo ele se sentiu, de repente, a imagem viva; agonizou, expelindo lava por todos os poros, eructando a linfa de sua insaciada satisfação, perdendo por fim os sentidos — consumido por uma crestada hidropisia (assim escreve) — sobre aquela cobiçada carne austral.

14
Tratado de ciências d'armas

Também em Casale sonhava com espaços abertos e a vasta planície, na qual, pela primeira vez, avistara a Novarese. Mas agora não estava mais adoentado, e, portanto, com maior lucidez pensava que não a reencontraria jamais, porque ele morreria dentro em breve, ou talvez ela já estivesse morta.

Com efeito, não estava morrendo: recuperava-se lentamente, mas não se apercebia disso, e confundia a debilidade da convalescença com o enfraquecer da vida. Saint-Savin viera visitá-lo, com frequência; contava-lhe as últimas notícias dos acontecimentos, quando estava presente o padre Emanuele (que o olhava com suspeição, como se estivesse ali para roubar-lhe aquela alma), e, quando o padre precisava afastar-se (pois no convento aumentavam as negociações), dissertava como filósofo sobre a vida e sobre a morte.

"Meu bom amigo, Spinola está para morrer. Eu vos convido para os festejos que daremos pela sua morte."

"Na próxima semana eu também estarei morto..."

"Não é verdade, eu saberia reconhecer o rosto de um moribundo. Mas agiria mal se vos tentasse dissuadir da ideia da morte. Aliás, tirai proveito da doença para realizar esse bom exercício."

"Senhor de Saint-Savin, falais como um eclesiástico."

"Absolutamente. Eu não estou dizendo que deveis preparar-vos para uma outra vida, mas de usar esta única vida que vos é dada para enfrentar, quando vier, a única morte da qual jamais tereis experiência. É necessário meditar antes, e muitas vezes, sobre a arte de morrer, para depois conseguir fazê-lo bem uma só vez."

Queria levantar-se, e padre Emanuele não permitia, porque não acreditava que já estivesse pronto para voltar aos fragores da guerra. Roberto deixou-o entender que estava impaciente para encontrar alguém; padre Emanuele julgou insensato que o seu corpo tão debilitado se deixasse exinanir pelo pensamento de um outro corpo, e tentou fazer-lhe parecer digna de desprezo a estirpe feminina: "Aquele fátuo Mundo Mulíebre", disse-lhe, "que carregam em si mesmas certas Atlantas modernas, gira ao redor da Desonra, tendo os Signos de Câncer e Capricórnio como Trópicos. O Espelho, que é o Primeiro Móbil, não é nunca tão escuro como quando reflete as Estrelas daqueles Olhos lascivos, transformados pela exhalaçaõ dos vapores dos Amantes aparvalhados, em Meteoros que anunciam desgraças à Honestidade."

Roberto não apreciou a alegoria astronômica, nem reconheceu a amada no retrato daquelas feiticeiras mundanas. Permaneceu na cama, exalando, todavia, ainda mais os Vapores de sua paixão.

Outras notícias chegavam-lhe, nesse ínterim, do senhor de Saletta. Os casalenses não sabiam se deviam ou não permitir aos franceses o acesso à cidadela; já haviam compreendido que, se fosse necessário impedir a entrada do inimigo, era preciso unir as forças. Mas o senhor de Saletta deixava entender que, agora mais do que nunca, enquanto a cidade estava prestes a cair, aqueles, dando mostras de colaboração, reexaminavam em seus corações o pacto de aliança. "É preciso", dissera, "ser cândido como pombas com o senhor de Toiras, mas astuto como serpentes, caso o rei deseje vender mais tarde Casale. É preciso combater, e de modo tal, que, se Casale se salvar, que seja também por nosso mérito; mas, sem excessos, para que, se Casale cair, sua queda seja atribuída apenas aos franceses." E acrescentara, para o aprendizado de Roberto: "O prudente não deve amarrar-se apenas a uma carroça."

"Mas os franceses dizem que sois mercenários; ninguém percebe quando vós combateis, e todos veem que estais vendendo com usura!"

"Para viver muito é bom valer pouco. O vaso rachado é aquele que não se quebra totalmente e acaba cansando de tanto durar."

Certa manhã, nos primeiros dias de setembro, desabou sobre Casale um aguaceiro libertador. Sadios e convalescentes foram todos ao ar livre, para pegar chuva, que deveria lavar todo vestígio de contágio. Era mais uma forma para reanimar do que um remédio, e o morbo continuou encarniçado, mesmo após o temporal. As únicas notícias consoladoras relacionavam-se ao trabalho que a peste estava igualmente realizando no campo inimigo.

Agora, capaz de aguentar-se em pé, Roberto aventurou-se para fora do convento e, a certa altura, notou a soleira de uma casa marcada por uma cruz verde, declarando-a lugar contagioso. Ali, viu Ana Maria ou Francesca Novarese. Estava emaciada como se fosse uma das figuras da Dança da Morte. De neve e romã que era, tornara-se de todo pálida, embora memoráveis, em suas feições abatidas, as graças de outrora. Roberto recordou-se de uma frase de Saint-Savin: "Acaso continuaríeis com as vossas genuflexões, após a velhice ter feito daquele corpo um espectro, pronto para lembrar a iminência da morte?"

A moça chorava nos ombros de um capuchinho, como se tivesse perdido uma pessoa querida, quem sabe, o seu francês. O capuchinho, cujo rosto era mais cinza do que a barba, a amparava e com o dedo ossudo apontava para o céu, como se dissesse: "Um dia, lá em cima..."

O amor se torna coisa mental somente quando o corpo deseja, sendo o desejo conculcado. Se o corpo é anódino e incapaz de desejar, a coisa mental desaparece. Roberto descobriu-se tão fraco, a ponto de ser incapaz de amar. Exit Ana Maria (Francesca) Novarese.

Voltou para o convento e se deitou novamente, decidido realmente a morrer: sofria muito por não sofrer mais. Padre Emanuele o incitava a tomar um pouco de ar fresco. Mas as notícias que lhe traziam de fora não o encorajavam a viver. Agora, além da peste, havia a carestia, aliás, algo bem pior, uma caçada pertinaz aos alimentos que os casalenses ainda ocultavam e não queriam dar aos aliados. Roberto disse que se não podia morrer de peste, queria morrer de fome.

Afinal, padre Emanuele deu-lhe razão e o pôs para fora. Enquanto dobrava a esquina, deparou-se com um grupo de oficiais espanhóis. Tentou fugir, e eles o saudaram cerimoniosamente. Compreendeu que, após transpor vários bastiões, os inimigos já se haviam instalado em diversos pontos do povoado, razão por que se podia dizer que não era o campo que estava assediando Casale, mas era Casale que estava assediando o seu castelo.

No fim da estrada, encontrou Saint-Savin: "Caro La Grive", disse-lhe, "adoecestes francês e vos curastes espanhol. Esta parte da cidade está agora em mãos inimigas."

"E nós podemos passar?"

"Não sabeis que foi assinada uma trégua? E, além disso, os espanhóis querem o castelo, não a nós. Na parte francesa, o vinho escasseia e os casalenses retiram-no de suas adegas como se fosse sangue de Nosso Senhor. Não podereis impedir os bons franceses de frequentar as tabernas deste lado, onde agora os taberneiros importam um ótimo vinho do campo. E os espanhóis nos acolhem como a grandes senhores. Para tanto, basta respeitar as conveniências: se quisermos puxar uma briga, devemos fazê-lo em nossa casa, com nossos compatriotas, e tratar a todos com cortesia, como é de costume entre os inimigos. Assim, confesso que a parte espanhola é menos divertida do que a francesa, pelo menos para nós. Vinde conosco. Esta noite vamos fazer uma serenata para uma senhora que nos ocultara os seus encantos até outro dia, quando eu a vi assomar por um instante à janela."

Assim, naquela noite Roberto encontrou cinco rostos conhecidos da corte de Toiras. Não faltava sequer o abade, que para a ocasião se adornara de rendilhas e espiguilhas, e de uma bandoleira de cetim: "O Senhor Deus nos perdoe", dizia com aberta hipocrisia, "mas é preciso também aliviar o espírito se quisermos cumprir melhor nosso dever..."

A casa se encontrava numa praça, na parte espanhola, mas os espanhóis, àquela hora, deviam estar todos nas tabernas. No retângulo do céu desenhado pelos telhados baixos e pelas copas das árvores que ladeavam a praça, a lua brilhava serena, revelando suas crateras, e se refletia na água de uma fonte, que murmurava no centro daquele alto quadrado.

"Ó dulcíssima Diana", dissera Saint-Savin, "como devem estar agora calmas e pacíficas as tuas cidades e os teus povoados, que não conhecem a guerra, pois os selenitas vivem uma felicidade natural, sem conhecer o pecado..."

"Não blasfemeis, senhor de Saint-Savin", dissera-lhe o abade, "pois mesmo que a lua fosse habitada, como fantasiou naquele recente romance o senhor de Moulinet e como as Escrituras não nos ensinam, seus habitantes seriam muito infelizes, pois não conheceram a Encarnação."

"E crudelíssimo teria sido o Senhor Deus, por privá-los de tamanha revelação", rebatera Saint-Savin.

"Não procureis penetrar nos mistérios divinos. Deus não permitiu a pregação de seu Filho nem mesmo aos indígenas das Américas, mas, na sua bondade, envia agora os missionários, para levar-lhes a luz."

"Mas então por que o senhor papa não envia missionários também à Lua? Talvez porque os selenitas não sejam filhos de Deus?"

"Não digais tolices!"

"Não relevo que me chamastes de tolo, senhor abade, mas sabeis que, por detrás dessa tolice, oculta-se um mistério, que decerto o senhor papa não quer revelar. Se os missionários descobrissem habitantes na Lua e os surpreendessem olhando para outros mundos que estão ao alcance de sua visão, e não da nossa, vê-los-iam a perguntar se acaso naqueles mundos não vivem outros seres semelhantes a nós. E deveriam perguntar se também as estrelas fixas não são igualmente sóis circundados por suas respectivas luas e por seus outros planetas, e se os habitantes daqueles planetas não veem, eles também, outras estrelas para nós desconhecidas, que seriam igualmente sóis com outros tantos planetas, e assim infinitamente..."

"Deus nos criou incapazes de pensar o infinito, e, portanto, ó gente humana, que te baste o *quia!*"*

"A serenata, a serenata", sussurravam os outros. "Lá está a janela." E a janela aparecia suavemente banhada por uma luz rósea, proveniente do interior de uma fantasiosa alcova. Mas os dois adversários estavam agora excitados.

"E acrescentai", insistia zombeteiro Saint-Savin, "que se o mundo fosse finito e circundado pelo Nada, Deus seria também finito; sendo o seu papel, como vós afirmais, estar no Céu e na Terra e em toda a parte, não poderia estar onde não há nada. O Nada é um não lugar. Ou então, para ampliar o mundo deveria ampliar a si mesmo, nascendo, pela primeira vez, lá onde antes não estava, o que contradiz a sua presunção de eternidade."

"Basta, Senhor! Estais negando a eternidade do Eterno, e isso eu não vos permito. Chegou o momento de acabar com a vossa vida, para que o vosso assim chamado espírito forte não possa mais enfraquecer-nos!" E desnudou a espada.

"Se assim desejais", disse Saint-Savin, saudando e colocando-se em guarda, "Mas não vos matarei: não quero tirar soldados ao meu rei. Simplesmente vos desfigurarei, a fim de que possais sobreviver usando

---

*Citação do Purgatório de Dante (canto 3, verso 37), na qual Virgílio trata dos limites da razão, *quia*, diante da profundidade dos mistérios celestes. (*N. do T.*)

uma máscara, como fazem os comediantes italianos, dignidade que vos convém. Farei em vós uma cicatriz do olho até o lábio. E vos darei este belo golpe com que se castram os porcos somente após ter ministrado, entre uma estocada e outra, uma aula de filosofia natural."

O abade atacara, tentando desferir de pronto grandes fendentes, gritando que Saint-Savin era um inseto venenoso, uma pulga, um piolho a ser esmagado sem piedade. Saint-Savin havia aparado os golpes, dera-lhe combate, por sua vez, empurrando-o contra uma árvore, mas filosofando a cada movimento.

"Ah! Golpes de direita e estramações: estocadas vulgares de quem está cego de ira! Não tendes uma Concepção da Esgrima. Não tendes tampouco caridade, por desprezar pulgas e piolhos. Sois um animal muito pequeno para poder imaginar o mundo como um grande animal, como já nos demonstrava o divino Platão. Experimentai pensar que as estrelas são mundos com outros animais menores, e que os animais menores servem reciprocamente de mundo a outros povos — e então não achareis contraditório pensar que também nós e os cavalos e os elefantes somos mundos para os piolhos e as pulgas que habitam em nós. Eles não nos percebem pelo nosso tamanho, como não percebemos nós os mundos maiores, pela nossa pequena dimensão. Talvez haja agora um povo de piolhos que imagina ser o vosso corpo um mundo, e quando um deles tiver feito o percurso da testa até a nuca, seus companheiros dirão que ele ousou chegar aos confins da terra cógnita. Este pequeno povo imagina serem os vossos pelos as florestas de seu país, e, quando eu vos tiver ferido, imaginarão serem as vossas feridas lagos e mares. Quando vos penteais, imaginam ser essa agitação o fluxo e o refluxo do oceano, e pior para eles que o seu mundo seja tão mutável, pela vossa disposição de pentear-vos a todo instante como as mulheres, e, agora, ao cortar essa borleta, imaginarão ser o vosso grito de raiva um furacão, lá!" E lhe descosera um botão, chegando quase a rasgar-lhe a jaqueta bordada.

O abade espumava de raiva; chegara ao centro da praça, olhando para trás, a fim de certificar-se de ter espaço para as fintas que agora tentava, retrocedendo, em seguida, para proteger o dorso com a fonte.

Saint-Savin parecia dançar-lhe em volta sem atacar: "Levantai a cabeça, senhor abade, observai a lua, e refleti que se o vosso Deus tivesse sabido fazer a alma imortal poderia muito bem ter feito o mundo infinito. Mas se o mundo é infinito, será infinito tanto no espaço quanto no tempo, e será, pois, eterno; e, se existe um mundo eterno, que não precisa da criação, então será inútil conceber a ideia de Deus. Um embuste, senhor abade, se Deus é infinito, não podeis limitar a Sua potência; Ele não poderia jamais *ab opere cessare*, e seria, pois, infinito o mundo; mas, se o mundo é infinito, não existirá mais Deus, como daqui a pouco não existirão mais borlas na vossa jaqueta!" E, unindo o dizer ao fazer, arrancara mais alguns penduricalhos, dos quais o abade muito se orgulhava; depois, diminuíra a guarda, mantendo a ponta um pouco mais alta; e, enquanto o abade procurava diminuir a medida, desferira um golpe seco no corte da lâmina do adversário. O abade quase deixara cair a espada, protegendo, com a mão esquerda, o pulso dolorido.

Gritara: "É preciso afinal que eu arranque o vosso pescoço, ímpio blasfemador, ventre de Deus, por todos os malditos santos do Paraíso, pelo Sangue do Crucifixo!"

A janela da senhora se abrira, alguém se debruçara, dando um grito. Agora os presentes haviam esquecido o objetivo de seu propósito, e se moviam ao redor dos duelantes, que, aos gritos, giravam ao redor da fonte, enquanto Saint-Savin desconcertava o inimigo com uma série de paradas circulares e golpes de ponta.

"Não invoqueis em auxílio os mistérios da Encarnação, senhor abade", escarnecia. "A vossa santa romana Igreja vos ensinou que essa nossa bola de lama é o centro do Universo, o qual, por sua vez, gira em torno dela, como um menestrel, tocando a música das esferas. Mas cuidado, vos deixais empurrar muito para a fonte e estais molhando a vossa aba, como um velho acometido de pedra nos rins... Mas, se no grande vazio giram infinitos mundos — como disse um grande filósofo que os vossos pares queimaram em Roma —, muitos deles habitados por criaturas como nós, e se todas houvessem sido criadas pelo vosso Deus, que faríamos então da Redenção?"

"O que Deus fará de ti, maldito!", bradara o abade, aparando com esforço um golpe de contragume.

"Terá Cristo encarnado uma só vez? Portanto, o pecado original ocorreu uma só vez neste globo? Quanta injustiça! Ou para os outros, privados da Encarnação, ou para nós, pois neste caso, em todos os outros mundos, os homens seriam perfeitos como os nossos progenitores antes do pecado, e desfrutariam uma felicidade natural sem o peso da Cruz. Ou então infinitos Adões cometeram infinitamente o pecado original, tentados por infinitas Evas com infinitas maçãs, e Cristo foi obrigado a reencarnar-se, a pregar e a sofrer no Calvário infinitas vezes, e talvez ainda o esteja fazendo agora mesmo, e, se os mundos são infinitos, infinito será seu dever. Infinito seu dever, infinitas as formas de seu suplício: se, além da Galáxia, existisse uma terra onde os homens tivessem seis braços, como entre nós na Terra Incógnita, o filho de Deus não teria sido pregado numa cruz, mas num madeiro em forma de estrela — o que me parece digno de um autor de comédias."

"Basta, porei um fim, eu mesmo, à vossa comédia!", bradou o abade fora de si e se jogou sobre Saint-Savin, desferindo seus últimos golpes.

Saint-Savin defendeu-se com algumas boas paradas; depois foi num piscar de olhos. Enquanto o abade mantinha a espada ainda erguida, após uma primeira parada, moveu-se para tentar um reverso, fingiu cair de frente. O abade desviou-se para o lado, esperando atingi-lo na queda. Mas Saint-Savin, que não perdera o controle de suas pernas, já se levantara como um raio, com a esquerda apoiada no chão, e, com a direita, dera um salto: era o Golpe da Gaivota. A ponta da espada havia marcado o rosto do abade, da base do nariz até o lábio, cortando-lhe o bigode esquerdo.

O abade blasfemava, como nenhum epicurista jamais teria ousado, enquanto Saint-Savin se colocava em posição de saudação, e os presentes aplaudiam aquele golpe de mestre.

Mas, exatamente naquele momento, do fundo da praça, chegava uma patrulha espanhola, atraída talvez pelo barulho. Instintivamente, os franceses puseram as mãos nas espadas; os espanhóis viram seis inimigos armados e gritaram traição. Um soldado apontou o mosquete e disparou. Saint-Savin caiu, atingido no peito. O oficial percebeu que quatro pessoas, em vez de dar combate, acorreram a Saint-Savin, abandonando as armas. O oficial olhou para o abade, que tinha o rosto coberto de sangue, compreendeu ter perturbado um duelo, deu uma ordem e a patrulha desapareceu.

Roberto se inclinou sobre seu pobre amigo. "Vistes", articulou com dificuldade Saint-Savin, "vistes, La Grive, o meu golpe? Refleti e exercitai-vos. Não quero que o segredo morra comigo..."

"Saint-Savin, meu amigo", chorava Roberto, "não deveis morrer de maneira tão estúpida!"

"Estúpida? Venci um estúpido e morro no campo de batalha, e pelo chumbo do inimigo. Em minha vida, escolhi uma sábia medida... Falar sempre seriamente traz aborrecimento. Zombar sempre, desprezo. Filosofar sempre, tristeza. Enganar sempre, incômodo. Representei todas as personagens, conforme o tempo e a ocasião, e algumas vezes fui também o bobo da corte. Mas esta noite, se bem contardes a história, não terá sido uma comédia, mas uma bela tragédia. E não fiqueis triste com a minha morte, Roberto", e, pela primeira vez, chamava-o pelo nome, "une heure après la mort, notre âme évanoüie, sera ce qu'elle estoit une heure avant la vie. Lindos versos, não?"

Expirou. Decidindo-se por uma nobre mentira, com a qual anuiu também o abade, disseram que Saint-Savin morrera num confronto com alguns lansquenetes, que se aproximavam do castelo. Toiras e todos os oficiais prantearam-no como um herói. O abade contou que no confronto havia sido ferido e se dispôs a receber um benefício eclesiástico, quando de sua volta a Paris.

Em pouco tempo, Roberto havia perdido o pai, a amada, a saúde, o amigo e, talvez, até a guerra.

Não conseguiu consolar-se com o padre Emanuele, muito ocupado com os seus conciliábulos. Pôs-se de novo ao serviço do senhor de Toiras, derradeira imagem familiar, e, levando suas mensagens, foi testemunha dos últimos acontecimentos.

No dia 13 de setembro, chegaram ao castelo emissários do rei da França, do duque de Saboia e o capitão Mazzarini. Até mesmo a tropa de socorro estava negociando com os espanhóis. Não era a última bizarrice daquele assédio: os franceses pediam trégua para poder chegar a tempo de salvar a cidade; os espanhóis concediam-na, porque também o campo deles, devastado pela peste, estava em crise, as deserções aumentavam e Spinola esforçava-se agora para segurar a vida com os dentes. Os recém-chegados impuseram a Toiras os termos do acordo, que lhe permitiam continuar defendendo Casale, enquanto Casale já estava dominada: os franceses se instalariam na cidadela, abandonando a cidade e o próprio castelo aos espanhóis, pelo menos até o dia 15 de outubro. Se até aquela data a tropa de socorro não tivesse chegado, os franceses sairiam de lá definitivamente derrotados. Do contrário, os espanhóis lhe devolveriam a cidade e o castelo.

Enquanto isso, os assediantes abasteceriam de víveres os assediados. Não é certamente o modo como nos parece que deveria ocorrer um assédio naqueles tempos, mas era a maneira como agiam naqueles tempos. Não era fazer guerra, mas jogar dados, interrompendo quando o adversário devia ir urinar. Ou, então, como apostar no cavalo vencedor. E o cavalo era aquela tropa, cujas dimensões aumentavam sempre nas asas da esperança, mas que ninguém vira até então. Vivia-se em Casale, na cidadela, como no *Daphne*: imaginando uma ilha distante e com os intrusos dentro de casa.

Se as vanguardas espanholas se haviam comportado bem, agora entrava na cidade o grosso da armada, e os casalenses tiveram que se haver com endiabrados, que tudo sequestravam, violentavam as mulheres, surravam os homens e davam-se aos prazeres da vida na cidade, após meses nos bosques e nos campos. Igualmente dividida entre conquistadores, conquistados e enclausurados na cidadela, a peste.

No dia 25 de setembro, espalhou-se a notícia de que Spinola morrera. Alegria na cidadela, desespero entre os conquistadores, órfãos eles também, como Roberto. Foram dias mais anódinos do que os passados no *Daphne*, até que no dia 22 de outubro anunciaram a tropa de socorro, agora em Asti. Os espanhóis haviam começado a armar o castelo, e a alinhar os canhões nas margens do Pó, sem respeitar (blasfemava Toiras) o acordo, pelo qual, com a chegada da armada, deveriam abandonar Casale. Os espanhóis, pela boca do senhor de Salazar, recordavam que o acordo fixava como data limite o dia 15 de outubro, e, nesse caso, eram os franceses que deveriam ter cedido a cidadela há uma semana.

No dia 24 de outubro, nos espaldões da cidadela, observaram-se grandes movimentos entre as tropas inimigas. Toiras se dispôs a defender com seus canhões a chegada dos franceses. Nos dias seguintes, os espanhóis começaram a embarcar as suas bagagens no rio para enviá-las a Alexandria, e isso foi recebido como um bom sinal na cidadela. Mas os inimigos começaram também a lançar pontes de barcos no rio, para preparar a retirada. E isso pareceu a Toiras tão pouco elegante, que decidiu atirar neles. Como represália, os espanhóis prenderam todos os franceses que se encontravam ainda na cidade; e por que ainda havia franceses por lá, confesso que não sei, mas assim descreve Roberto, e daquele assédio nada mais me surpreende.

Os franceses estavam próximos, e sabia-se que Mazzarini, por ordem do papa, estava fazendo tudo para impedir o confronto. Movia-se de um exército para o outro, voltava a conferenciar no convento do padre Emanuele, partia novamente a cavalo para levar as contrapropostas a uns e a outros. Roberto via-o sempre só e de longe, coberto de poeira, pródigo em saudações com todos. Enquanto isso, as partes estavam paradas, porque a primeira que se mexesse receberia xeque-mate. Roberto chegou a se perguntar se a tropa de socorro não era uma invenção daquele jovem capitão, que fazia assediantes e assediados sonharem o mesmo sonho.

Realmente desde junho havia uma reunião dos eleitores imperiais em Ratisbona, e a França enviara os seus embaixadores, entre os quais, o padre Giuseppe. E, enquanto repartiam cidades e regiões, obtivera-se um acordo sobre Casale, desde 13 de outubro. Mazzarini soubera disso bem cedo, como afirmou padre Emanuele a Roberto, e se tratava apenas de convencer tanto os que estavam chegando quanto os que estavam esperando. Os espanhóis haviam recebido mais de uma notícia, sendo que uma desmentia a outra; os franceses sabiam alguma coisa, mas temiam que Richelieu não estivesse de acordo — e realmente não estava —, mas desde aquela época o futuro cardeal Mazarino trabalhava para que as coisas caminhassem à sua maneira e nas costas daquele que mais tarde se tornaria o seu protetor.

Assim estavam as coisas, quando, no dia 26 de outubro, os dois exércitos se encontraram frente a frente. A leste, seguindo as colinas, na direção de Frassineto, situavam-se as tropas francesas; defronte do rio, e na planície à esquerda, entre as muralhas e as colinas, o exército espanhol, que Toiras canhoneava por trás.

Uma coluna de carros inimigos estava saindo da cidade. Toiras reunira a pequena cavalaria que lhe restava, empurrando-a para fora das muralhas, a fim de detê-los. Roberto implorara para tomar parte na ação, mas não lhe foi permitido. Agora, sentia-se como na coberta de um navio, do qual não podia desembarcar, observando uma grande extensão de mar e o relevo montanhoso de uma Ilha que lhe era negada.

De repente, ouviram-se os disparos. Talvez as vanguardas estivessem se defrontando. Toiras decidira a surtida, para ocupar em duas frentes os homens de Sua Majestade Católica. As tropas estavam para sair das muralhas, quando Roberto, nos bastiões, viu um cavaleiro negro, que, sem temer os primeiros projéteis, estava correndo no meio dos dois exércitos, justamente na linha de fogo, agitando um papel, enquanto gritava, conforme disseram os presentes, "Paz, paz!"

Era o capitão Mazzarini. No decurso de suas últimas peregrinações entre as duas margens, convencera os espanhóis a aceitarem os acordos de Ratisbona. A guerra terminara. Casale ficava para Nevers, franceses e espanhóis assumiam o compromisso de deixá-la. Enquanto os pelotões se desfaziam, Roberto saltou sobre o fiel Pagnufli e correu para o lugar do confronto que não ocorrera. Viu fidalgos em armaduras douradas, ocupados em elaboradas saudações, obséquios, passos de dança, enquanto se aproximavam das mesinhas improvisadas, para firmarem os pactos.

No dia seguinte, começaram a partir: primeiro os espanhóis, depois os franceses, mas com algumas confusões, encontros casuais, troca de presentes, promessas de amizade, ao passo que na cidade apodreciam ao sol os cadáveres dos infectados, soluçavam as viúvas, alguns burgueses tinham enriquecido, com dinheiro vivo e com mal-francês, não tendo dormido a não ser com as próprias mulheres.

Roberto tentou encontrar os seus camponeses. Mas da tropa da Griva não havia mais notícias. Alguns deviam ter morrido de peste, e outros dispersaram-se. Roberto pensou que tivessem voltado para casa, e por meio deles, talvez, sua mãe já soubera da morte do marido. Perguntou-se se não deveria estar a seu lado, naquele momento, porém já não entendia qual era o seu dever.

É difícil dizer se a sua fé havia sido abalada, por causa dos mundos infinitamente pequenos e infinitamente grandes, num vazio sem Deus e sem regra, que Saint-Savin lhe fizera entrever, as lições de prudência de Saletta e Salazar, ou por causa da arte das Heroîcas Empresas, que o padre Emanuele lhe deixava como única ciência.

Da maneira pela qual reevoca tudo isso no *Daphne*, penso que em Casale, enquanto perdia o pai e a si mesmo, numa guerra de muitos e nenhum significado, Roberto tivesse aprendido a ver o universo como um enredo incerto de enigmas, atrás do qual não havia mais um Autor; ou, se houvesse, parecia estar perdido tentando se encontrar, diante de tantas perspectivas.

Se ali havia intuído um mundo desprovido de um centro, feito apenas de perímetros, aqui se sentia realmente na mais extrema e perdida das periferias; porque, existindo um centro, estava diante dele, e ele era o satélite imóvel.

15
Relógios (alguns osciladores)

Creio ser esta a razão pela qual, há pelo menos cem páginas, me detenho a contar tantos acontecimentos que precederam o naufrágio no *Daphne*, mas no *Daphne* propriamente não faço acontecer nada. Se os dias a bordo de um navio deserto são vazios, não se deve culpar a mim, porque ainda não sabemos se vale a pena transcrever esta história, nem a Roberto. Em última análise, poderemos censurá-lo por ter gasto um dia inteiro (entre uma coisa e outra, estamos apenas há umas trinta horas de quando percebeu que lhe haviam furtado os ovos) a desviar o pensamento da única possibilidade que teria podido tornar mais agradável sua permanência. Como ficaria claro desde cedo para ele, era inútil considerar o *Daphne* muito inocente. Alguém ou alguma coisa, que não era ele, rondava aquela embarcação e tramava alguma cilada. Nem mesmo naquele navio podia ser concebido um assédio em estado puro. O inimigo estava em casa.

Deveria tê-lo suspeitado na própria noite de seu abraço cartográfico. Voltando a si, sentira sede, a garrafa estava vazia, e fora buscar um barril d'água. Os que havia destinado para guardar a água da chuva estavam pesados, mas havia outros menores na despensa. Foi até lá, pegou o mais próximo — refletindo mais tarde, admitiu que estava próximo demais — e, após voltar para o quarto, pusera-o sobre a mesa, grudando-se ao espicho.

Não era água, e, ao tossir, percebeu que o barrilete continha aguardente. Não sabia dizer qual, mas como bom camponês, podia afirmar que não era de vinho. Não achara desagradável a bebida, e dela abusou com inesperada alegria. Não lhe ocorreu que, se os barriletes na despensa fossem todos daquela espécie, deveria preocupar-se com as provisões de água potável. Nem se perguntou por que, na segunda noite, espichara o primeiro barrilete da reserva, e o encontrara cheio d'água doce. Só mais tarde convenceu-se de que Alguém pusera, depois, aquela dádiva insidiosa para que ele a pegasse primeiro. Alguém que desejava embebedá-lo para apoderar-se dele. Mas se esse era o plano, Roberto favoreceu-o com muito entusiasmo. Não acredito que houvesse bebido muito, mas, para um catecúmeno de sua espécie, alguns copos eram suficientes.

De toda a história que segue deduz-se que Roberto viveu os acontecimentos sucessivos em estado de alteração, e que assim teria sido nos outros dias.

Como convém aos ébrios, adormeceu, atormentado por uma sede bem maior. Nesse sono pastoso, retornava-lhe à memória uma derradeira imagem de Casale. Antes de partir, fora despedir-se do padre Emanuele e o encontrara desmontando e empacotando sua máquina poética, para voltar a Turim. Mas, ao deixá-lo, topara com os veículos, nos quais os espanhóis e os imperiais estavam empilhando as peças de suas máquinas obsidionais.

Eram aquelas rodas dentadas que povoavam seus sonhos: ouvia um rugir de ferrolhos, um chiado de charneiras, e desta vez, eram ruídos que o vento não podia produzir, pois o mar estava muito calmo. Amuado, como quem, ao despertar, sonha estar sonhando, esforçara-se para abrir de novo os olhos e ouvira novamente aquele rumor, vindo da segunda coberta ou da estiva.

Sentiu, ao levantar-se, uma forte dor de cabeça. Para curá-la, não teve melhor ideia senão a de grudar-se ao espicho do barrilete. E, ao deixá-lo, estava pior do que antes. Armou-se, errando muitas vezes para enfiar a faca no cinto, persignou-se outras tantas, e desceu cambaleante.

Sabia que, abaixo de onde ele estava, havia a barra do leme. Desceu um pouco mais, até o fim da escaleta: se caminhasse para a proa, acabaria entrando no vergel. Na direção da popa, havia uma porta fechada, que ainda não fora violada. Daquele lugar, provinha agora, altíssimo, um tique-taque múltiplo e desigual, como um sobrepor-se de ritmos vários, entre os quais podia distinguir quer um tic-tic, quer um toc-toc e um tac-tac, mas a impressão total era a de um titique-toc-tacataque-tic. Era como se atrás daquela porta houvesse uma legião de vespas e zangões, e todos voassem furiosamente em trajetórias diversas, batendo nas paredes e ricocheteando uns contra os outros. Por isso tinha medo de abrir, temendo ser abalroado pelos átomos desvairados daquela colmeia.

Depois de muita hesitação, decidiu-se. Usou a coronha da espingarda e, arrebentando o cadeado, conseguiu entrar.

O escaninho recebia luz pela outra portinhola e guardava relógios. Relógios. Relógios d'água, de areia, relógios solares abandonados nas paredes, mas sobretudo relógios mecânicos ocupando várias prateleiras e gavetões, relógios movidos pela descida vagarosa de pesos e contrapesos, por rodas que mordiam outras rodas, e estas outras mais, até que a última mordicava as duas palhetas desiguais de uma vareta vertical, fazendo-as realizar duas meias-voltas em direções opostas, de tal modo que esta, em seu indecente saracotear, movia, como se fosse um balancim, uma barra horizontal presa na extremidade superior; relógios de mola, onde uma conoide canelada desenrolava uma pequena corrente, puxada pelo movimento circular de um tambor, da qual se apossava a cada argola.

Alguns desses relógios ocultavam seu mecanismo sob a aparência de enferrujados ornamentos e corroídas obras cinzeladas, mostrando apenas o vagaroso movimento de seus ponteiros; mas a maior parte exibia sua rangedora ferragem e lembrava aquelas danças da Morte, onde, vivos, mostram-se apenas os esqueletos, que, com sorriso sarcástico, agitam a foice do Tempo.

Todas essas máquinas funcionavam, as clepsidras maiores ainda ruminavam a areia, as menores estavam quase cheias na metade inferior, e, de resto, um ranger de dentes, um estridor asmático.

A quem entrava pela primeira vez dava a impressão de que aquela fileira de relógios continuasse *ad infinitum*; o fundo do quartinho estava coberto por uma tela que representava uma sucessão de quartos, habitados apenas por outros relógios. Mas também para subtrair-se daquela magia, e considerando apenas os relógios, por assim dizer, em carne e osso, havia razão do que espantar-se.

Pode parecer incrível — a quem estiver lendo com distanciamento este episódio —, mas um náufrago, sob o efeito da aguardente, e estando num navio desabitado, ao encontrar cem relógios, que contam quase em uníssono a história de seu tempo interminável, pensa antes na história e não em seu autor. E assim ia fazendo Roberto, examinando um por um aqueles passatempos para sua adolescência senil de condenado a uma longuíssima morte.

O estalo do céu veio depois, como Roberto escreve, quando emergindo daquele pesadelo deteve-se na necessidade de encontrar uma causa: se os relógios estavam funcionando, alguém os deveria ter ativado; mesmo que a sua corda fosse concebida para durar por longo tempo, se lhes tivessem dado corda antes de sua chegada, já os teria ouvido, quando passara perto daquela porta.

Se fosse um só mecanismo, poderia pensar que bastasse para o seu funcionamento, que alguém tivesse dado um movimento de partida; e este movimento teria sido provocado pelo balanço do navio, ou até mesmo por uma ave marinha, que entrara pela escotilha e se apoiara sobre uma alavanca, ou manivela, dando início a uma sequência de ações mecânicas. Às vezes um vento forte não é capaz de mover os sinos ou fazer pular para trás as fechaduras que não haviam sido bem trancadas?

Mas um pássaro não pode dar corda de uma só vez a dezenas de relógios. Não. Que Ferrante existisse ou não, era uma coisa, mas que havia um Intruso no navio, isso era certo.

Ele entrara ali e dera corda aos mecanismos. Por que o fizera, eis a primeira pergunta, mas a menos urgente. A segunda era onde se escondera, afinal.

Era preciso, portanto, descer à estiva; Roberto dizia a si mesmo que já não tinha como evitá-lo, mas ao repetir o seu firme propósito, retardava a sua execução. Percebeu não estar totalmente em si, subiu ao convés para molhar a cabeça com a água da chuva e, a cabeça mais desanuviada, dispôs-se a refletir sobre a identidade do Intruso.

Não podia ser um selvagem proveniente da Ilha, nem mesmo um marinheiro sobrevivente, pois tudo teria feito (atacá-lo à luz do dia, tentar matá-lo à noite, pedir clemência), menos alimentar frangos e dar corda aos autômatos. No *Daphne* escondia-se, portanto, um homem de paz e de ciência, talvez o habitante do quarto dos mapas. Então — se havia alguém, dado que havia alguém antes dele — tratava-se de um Legítimo Intruso. Mas a bela antítese não aplacava sua ânsia raivosa.

Se o Intruso era Legítimo, por que se escondia? Por temor do ilegítimo Roberto? E caso desejasse esconder-se, por que manifestava sua presença, arquitetando aquele concerto horário? Talvez fosse um homem de mente perversa que, temendo Roberto e incapaz de enfrentá-lo, quisesse levá-lo à loucura? Mas por que procedia assim, visto que, igualmente náufrago naquela ilha artificial, só poderia tirar vantagem da aliança com um companheiro de infortúnio? Talvez, pensou ainda Roberto, o *Daphne* escondesse outros segredos que Ele não queria revelar a ninguém.

Ouro, portanto, e diamantes, e todas as riquezas da Terra Desconhecida, ou das Ilhas de Salomão, das quais lhe falara Colbert...

Ao evocar as Ilhas de Salomão, Roberto teve como que uma revelação. Mas é claro, os relógios! Que faziam tantos relógios num navio em rota pelos mares onde a manhã e a noite são definidas pelo curso do sol, não sendo preciso saber mais? O Intruso chegara até aquele remoto paralelo para buscar, ele também, como o doutor Byrd, *el Punto Fijo*!

Certamente devia ser assim. Por uma exorbitante conjuntura, Roberto, que partira da Holanda para seguir, espião do Cardeal, as manobras secretas de um inglês, quase clandestino a bordo de um navio holandês, à procura do *punto fijo*, encontrava-se agora no navio (holandês) de um Outro, quem sabe de que país, ocupado na descoberta do mesmo segredo.

16
Discurso sobre o Pó de Simpatia

Como se metera naquela confusão?

Roberto deixa entrever muito pouco acerca dos anos que transcorreram entre o seu retorno à Griva e a sua entrada na sociedade parisiense. Por meio de esparsas alusões, consegue-se perceber que assistiu sua mãe até o limiar dos seus vinte anos, discutindo de má vontade com os capatazes sobre sementes e colheitas. Assim que a mãe seguiu o marido na tumba, Roberto descobriu-se estranho àquele mundo. Deve ter confiado o feudo a um parente, assegurando para si uma sólida renda, e ter corrido o mundo.

Manteve correspondência com algum conhecido em Casale, continuando assim a ampliar os seus conhecimentos. Não sei como terá chegado em Aix-en-Provence, mas certamente lá esteve, visto que recorda, com gratidão, dois anos passados em companhia de um fidalgo local, versado em todas as ciências, cuja biblioteca não era apenas rica de livros, mas de objetos de arte, monumentos antigos e animais empalhados. Deve ter sido junto ao anfitrião de Aix, que conheceu aquele mestre, sempre citado com devoto respeito como o Cônego de Digne, e às vezes como *le doux prêtre*. Foi com as suas cartas de apresentação, que, numa data imprecisa, havia finalmente enfrentado Paris.

Aqui entrou logo em contato com os amigos do Cônego, e lhe fora permitido frequentar um dos lugares mais insignes da cidade. Cita frequentemente um gabinete dos irmãos Dupuy e recorda-o como um lugar onde a sua mente se abria mais todas as tardes, em contato com homens de saber. Mas encontro também a menção de outros gabinetes, que visitava naqueles anos, ricos de coleções de medalhas, facas da Turquia, pedras de ágata, raridades matemáticas, conchas das Índias...

Por qual encruzilhada vagou no suave mês de abril (maio, talvez) de seu tempo, dizem-no as frequentes citações de aprendizagens, que a nós parecem dissonantes. Passava os dias aprendendo com o Cônego o modo pelo qual se pudesse conceber um mundo feito de átomos, segundo o ensino de Epicuro, e, todavia, desejado e governado pela providência divina; mas, levado pelo mesmo amor a Epicuro, passava as noites com os amigos que se diziam epicuristas e que sabiam alternar as discussões sobre a eternidade do mundo com a frequentação às belas senhoras de pequenas virtudes.

Cita habitualmente um grupo de amigos despreocupados, que, todavia, não ignoravam, aos vinte anos, aquilo que outros se vangloriariam de conhecer aos cinquenta, Linières, Chapelle, Dassoucy, sábio e poeta, que passeava com o alaúde a tiracolo; Poquelin, que traduzia Lucrécio, mas sonhava em tornar-se um autor de comédias bufas; Ercole Saviniano, que combatera corajosamente no assédio de Arras, que compunha declarações de amor para amadas imaginárias e ostentava intimidade afetiva com jovens fidalgos, com os quais se ufanava de ter contraído o mal-italiano; mas, ao mesmo tempo, zombava de um companheiro de devassidão "qui se plasoit à l'amour des masles", e dizia com escárnio que era preciso desculpá-lo, por causa de sua insociabilidade, que o conduzia sempre a esconder-se atrás das costas de seus amigos.

Sentindo-se acolhido numa sociedade de espíritos fortes, tornava--se — se não sábio — desprezador da insipidez, que reconhecia tanto nos fidalgos da corte quanto em certos burgueses enriquecidos, que ostentavam caixas vazias encadernadas em marroquim do Levante, com o nome dos melhores autores gravados em ouro na lombada.

Em resumo, Roberto entrara no círculo daqueles *honnêtes gens* que, embora não proviessem da nobreza de sangue, mas da *noblesse de robe,* eram o sal daquele mundo. Mas era jovem, ávido de novas experiências e, malgrado as suas visitas eruditas e as incursões libertinas, não ficara insensível ao fascínio da nobreza.

Durante longo tempo admirara, de fora, passeando à tardinha pela rue Saint-Thomas-du-Louvre, o palácio Rambouillet, com a sua bela fachada modulada por cornijas, frisos, arquitraves e pilastras, num jogo de tijolos vermelhos, pedra branca e ardósia escura.

Olhava as janelas iluminadas, via entrar os hóspedes, imaginava a beleza já famosa do jardim interno, imaginava os ambientes daquela pequena corte que toda Paris celebrava, instituída por uma dama de bom gosto, que considerara pouco refinada a outra corte, submetida ao capricho de um rei incapaz de apreciar as finezas do espírito.

Enfim, Roberto intuíra que, como cisalpino, gozaria de algum crédito na casa de uma senhora, filha de mãe romana, de uma linhagem mais antiga do que a própria Roma, que descendia de uma família de Alba Longa. Não por acaso, uns quinze anos antes, hóspede de honra naquela casa, o *cavalier* Marino mostrara aos franceses os caminhos da nova poesia, destinada a tornar pálida a arte dos antigos.

Conseguira fazer-se acolher naquele templo da elegância e do intelecto, de cavalheiros e *précieuses* (como então se dizia), sábios sem pedantismo, galantes sem libertinagem, alegres sem vulgaridade, puristas sem ridicularias. Roberto estava à vontade naquele ambiente: parecia-lhe que ali lhe permitissem respirar o ar da grande cidade e da corte, sem ter de dobrar-se aos ditames da prudência que lhe tinham sido inculcados em Casale pelo senhor de Salazar. Não se exigia que ele se adequasse à vontade de um poderoso, mas que ostentasse a sua diversidade. Não simular, mas testar-se — embora seguindo algumas regras do bom gosto — com pessoas melhores do que ele. Não se exigia que demonstrasse adulação, mas audácia, que exibisse as suas habilidades na boa e educada conversação, e soubesse dizer com leveza pensamentos profundos... Não se sentia um servo, mas um duelante, de quem se reclamava uma ousadia totalmente mental.

Estava sendo educado a evitar a afetação, a usar em cada coisa a habilidade de ocultar a arte e o esforço, de tal maneira que aquilo que fazia ou dizia parecesse um dom espontâneo, procurando tornar-se mestre daquilo que na Itália denominavam descuidada agilidade, e na Espanha *despejo*.

Acostumado aos espaços da Griva, perfumados de lavanda, entrando no hotel de Arthénice, Roberto caminhava pelos cômodos, onde exalava sempre o perfume de inumeráveis corbelhas, como se fosse primavera. As poucas moradas gentílicas que havia conhecido eram constituídas de cômodos sacrificados por uma escada central; na mansão de Arthénice as escadas tinham sido colocadas num canto ao fundo do pátio, para que todo o restante fosse uma só fileira de salas e gabinetes, com portas e janelas altas, uma em frente da outra; os cômodos não eram todos monotonamente vermelhos ou de coloração de couro curtido, mas de várias cores, e a Chambre Bleue da Anfitriã era composta de tecidos dessa cor na parede, ornados com ouro e prata.

Arthénice recebia os amigos deitada em seu quarto, entre biombos e espessas tapeçarias para proteger os hóspedes do frio; ela não podia suportar nem a luz do sol nem o calor dos braseiros. O fogo e a luz do dia acabavam por aquecer-lhe o sangue nas veias, causando-lhe a perda dos sentidos. Numa ocasião esqueceram o braseiro debaixo de sua cama, causando-lhe erisipela. Tinha algo em comum com certas flores que, para conservar o seu frescor, não querem estar nem sempre à luz nem sempre à sombra, e precisam que os jardineiros lhes procurem uma estação especial. Umbrátil, Arthénice costumava receber deitada em seu leito, as pernas num saco de pele de urso, e se cobria com tantos gorros de dormir, que dizia com bom humor que ficava surda em São Martinho e recomeçava a ouvir na Páscoa.

Todavia, não sendo mais jovem, aquela Anfitriã era o próprio retrato da beleza, alta e bem-feita, os traços do rosto admiráveis. Não se podia descrever a luz dos seus olhos, sem que induzisse a pensamentos impróprios, mas inspiravam amor e temor ao mesmo tempo, purificando os corações que acendera.

Naquelas salas a Anfitriã dirigia, sem impor-se, temas sobre a amizade ou sobre o amor, mas eram tratados com a mesma leveza questões de moral, de política, de filosofia. Roberto descobria as virtudes do sexo oposto em suas expressões mais suaves, adorando a distância inatingíveis princesas, a bela Mademoiselle Paulet chamada "La Lionne", em virtude de sua galharda cabeleira, e damas que sabiam unir à beleza aquele espírito que as Academias vetustas reconheciam apenas aos homens.

Após alguns anos frequentando aquela escola, estava pronto para encontrar a Senhora.

A primeira vez em que a viu foi numa noite na qual lhe apareceu num traje escuro, velada como se fosse uma lua pudica que se escondesse por detrás do cetim das nuvens. *Le bruit*, esta única forma que na sociedade parisiense era tida como verdade, disse-lhe a respeito coisas contrastantes, que sofria uma cruel viuvez, não de um marido, mas de um amante e ostentava aquela perda para reforçar a sua soberania sobre o bem perdido. Alguém lhe tinha sussurrado que ela cobria o rosto porque era uma belíssima egípcia, vinda de Moreia.

Fosse qual fosse a verdade, ao movimento de sua veste, ao leve volver de seus passos, ao mistério do rosto escondido, o coração de Roberto foi seu. Iluminava-se daquelas trevas radiantes, imaginava-a um pássaro alvo da noite; estremecia diante do prodígio pelo qual a luz se tornava fosca e a escuridão, fulgurante; o nanquim, leite; o ébano, marfim. O ônix refulgia em seus cabelos; o tecido leve, que revelava, escondendo, os contornos de seu rosto e do seu corpo, possuía a mesma argêntea escuridão das estrelas.

Mas, de repente, e naquela mesma noite do primeiro encontro, o véu caíra por um instante do rosto e pudera então entrever, sob aquele quarto crescente, o luminoso abismo de seus olhos. Dois corações amantes que se olham dizem mais coisas do que não conseguiriam dizer todas as línguas deste Universo — iludira-se Roberto, certo de que ela o tivesse olhado e, olhando-o, o tivesse visto. E, ao voltar a casa, escrevera-lhe.

Senhora,
o fogo com o qual me haveis queimado exala tão delicado fumo que vós não haveis de poder negar que fostes ofuscada, junto àqueles escuros vapores. Bastou apenas o vigor de vosso olhar para que me caíssem das mãos as armas do orgulho e me induzisse a suplicar que vós exijais a minha vida. Quando eu mesmo prestei auxílio à vossa vitória, eu que hei iniciado a combater como quem quisera ser vencido, oferecendo ao vosso ataque a parte mais desarmada de meu corpo, um coração que já vertia lágrimas de sangue, prova de que havíeis já desprovido de água a minha morada para torná-la presa do incêndio provocado pela vossa breve atenção!

Julgara a carta tão esplendidamente inspirada segundo os ditames da máquina aristotélica do padre Emanuele, tão adequada a revelar à Senhora a natureza da única pessoa capaz de tanta ternura, que não considerou indispensável assiná-la. Não sabia ainda que as preciosas colecionavam cartas de amor como galas e ponteiras, mais interessadas pelos conceitos do que pelo autor.

Não teve nas semanas e nos meses seguintes nenhum sinal de resposta. A Senhora, enquanto isso, abandonara inicialmente as roupas escuras, em seguida, o véu, e aparecera-lhe finalmente no candor de sua pele não mourisca, em suas louras madeixas, no esplendor de suas pupilas, não mais fugidias, janelas da Aurora.

Mas agora que podia livremente cruzar os seus olhares, Roberto sabia interceptá-los, enquanto se dedicavam a outros; deleitava-se com a música das palavras que não lhe eram destinadas. Só podia viver na sua luz, mas estava condenado a permanecer no cone opaco de um outro corpo que absorvia aqueles raios.

Certa noite, conseguira descobrir o seu nome, ouvindo alguém chamá-la de Lilia; esse era sem dúvida o seu nome precioso de preciosa, e sabia muito bem que aqueles nomes eram dados por divertimento; a própria marquesa fora chamada Arthénice, anagramando o seu verdadeiro nome, Cathérine — mas dizia-se que os mestres daquela *ars combinatoria,* Racan e Malherbe, teriam também pensado em Éracinthe e Carinthée. E, todavia, julgou que Lilia e não outro nome pudesse ser dado à sua Senhora, realmente lilial em sua alvura perfumada.

Daquele momento em diante, a Senhora foi para ele Lilia, e como Lilia dedicava-lhe amorosos versos, que imediatamente destruía, temendo que fossem uma homenagem que não lhe fazia jus: *Ó dulcíssima Lilia, — ao colher uma flor eu te perdi! — Não queres que eu te veja? — Sigo teus passos e foges de mim, — falo contigo e tu não me responde...* Mas não lhe falava, a não ser com o olhar, cheio de litigioso amor, pois, quanto mais amamos, mais estamos inclinados ao rancor, sentindo arrepios de fogo gélido, excitado pela saúde já debilitada, com o ânimo hílare como uma pluma de chumbo, arrebatado por aqueles caros efeitos do amor sem afeto; e continuava a escrever cartas enviadas sem assinatura à Senhora, e versos para Lilia, que guardava zelosamente para si, relendo-os todos os dias.

Escrevendo (e não enviando) *Lilia, Lilia, onde estás? onde te escondes? — Lilia, fulgor celeste — num raio tu vieste — para ferir, sumir,* multiplicava as suas presenças. Seguindo-a de noite, enquanto regressava a casa com a sua camareira *(na selva mais remota, — no vale mais sombrio, — desfrutarei seguindo — mas desesperança-*

do — o rastro de teus pés — graciosos e fugazes...), descobrira onde morava. Escondia-se perto daquela casa na hora do passeio diurno, seguindo-a, quando saía. Após alguns meses, sabia repetir de cor o dia e a hora em que ela mudara o penteado dos cabelos (poetando a respeito daqueles caros laços d'alma, vagando pelo cândido rosto quais lascivas serpentezinhas), e lembrava-se daquele mágico abril no qual ela inaugurara um manto cor de giesta, que lhe dava um porte delgado de pássaro solar, enquanto caminhava ao sabor do primeiro vento da primavera.

Às vezes, depois de segui-la como um espião, voltava apressadamente, girando ao redor do quarteirão, e desacelerava somente ao dobrar a esquina, onde, como que por acaso, a houvesse inesperadamente encontrado; então passava por ela com uma trépida saudação. Ela sorria com discrição, surpreendida por aquele acaso, e dispensava-lhe um aceno fugidio, como exigiam as conveniências. Ele permanecia no meio da rua como uma estátua de sal, borrifado com a água das carroças que passavam, prostrado por aquela batalha de amor.

No decorrer de muitos meses, Roberto conseguira produzir outras cinco daquelas vitórias: consumia-se em todas, como se cada uma fosse a primeira e a última, e convencia-se de que, frequentes como haviam sido, não poderiam ser obra do acaso, e que não fosse talvez ele, mas ela que ensinara ao destino.

Romeu dessa fugitiva terra santa, enamorado volúvel, queria ser o vento que agitava os seus cabelos; a água matutina que banhava o seu corpo; as vestes que a afagavam à noite; o livro que ela afagava de dia; a luva que lhe aquecia as mãos; o espelho que podia admirá-la por inteiro... Certa vez soube que lhe haviam dado um esquilo, e imaginou ser um animalzinho curioso que, sob as suas carícias, insinuava-lhe o focinho inocente entre os seus virgíneos seios, enquanto com a cauda roçava o seu rosto.

Perturbava-se com a audácia a que o ardor o empurrava, traduzia a impudência e o remorso em versos inquietos; depois, se dizia que um cavalheiro pode estar apaixonado como um louco, mas não como um aparvalhado. Era somente dando prova de espírito na Chambre Bleue que seria lançado o seu destino de amante. Novato naqueles ritos afáveis, compreendera que se conquistava uma preciosa fazendo apenas uso da palavra. Ouvia, então, as conversas dos salões, nos quais os fidalgos se ocupavam como se estivessem num torneio, mas não se sentia ainda pronto.

Foi o hábito com os doutos do gabinete Dupuy que lhe sugeriu como os princípios da nova ciência, ainda desconhecidos na sociedade, pudessem servir de similitudes aos impulsos do coração. E foi o encontro com o senhor d'Igby que lhe inspirou o discurso que o levaria à perdição.

O Senhor d'Igby, ou pelo menos era assim que o chamavam em Paris, era um inglês que primeiro conhecera na casa dos Dupuy e que depois encontrara uma noite num salão.

Não haviam transcorrido três lustros desde que o duque de Bouquinquant mostrara que um inglês podia ter *le roman en teste* e ser capaz de suaves loucuras; disseram-lhe que havia na França uma rainha bela e soberba, e a tal sonho dedicara sua vida, até a morte, vivendo por longo tempo num navio, no qual construíra um altar à amada. Quando se soube que d'Igby, e justamente por mandado de Bouquinquant, doze anos antes, fizera a guerra de corso contra a Espanha, o universo das preciosas achara-o fascinante.

Quanto ao ambiente dos Dupuy, os ingleses ali não eram populares: eram identificados com personagens como Roberto a Fluctibus, Medicinae Doctor, Eques Auratus e Armigero oxoniense, contra o qual foram escritos vários libelos, depreciando-lhe a excessiva confiança nas operações ocultas da natureza. Mas aceitava-se no mesmo ambiente um eclesiástico irrequieto como o senhor Gaffarel, que, no tocante a acreditar em curiosidades inauditas, não perdia para nenhum britânico, e d'Igby, por outro lado, revelara-se, ao contrário, capaz de discutir a respeito da necessidade do Vazio — num grupo de filósofos que sentia horror aos que sentissem horror do Vazio.

Em todo caso, o seu crédito sofrera um golpe entre algumas senhoras, a quem recomendara um creme de beleza, inventado por ele, creme que a uma senhora causara algumas bolhas; e alguém murmurara que, vítima de uma sua emulsão de víboras, morrera alguns anos antes sua própria amada esposa Venetia. Mas eram certamente maledicências de invejosos, irritados com certas conversações a respeito de seus outros remédios para os cálculos renais, à base de líquido de esterco de vaca e lebres degoladas pelos cães. Temas que não podiam obter boa acolhida em ambientes onde se escolhiam cuidadosamente, pelas conversas das senhoras, palavras que não contivessem sílabas de som, ainda que vagamente, obsceno.

Certa noite, d'Igby recitara num salão alguns versos de um poeta de suas terras, sobre as almas enamoradas:

Se forem duas, sua equivalência
às pernas de um compasso as torna iguais;
tua alma, a perna fixa, na aparência
é imóvel, mas se move se a outra o faz.
E sem deixar o centro em que se assenta,
saindo a companheira a viajar,
inclina-se por ela e a segue atenta,
e fica ereta com sua volta ao lar.
É o que farás por mim, que ora deslizo
como a perna que oblíqua se separa;
porque és firme, o meu círculo é preciso,
e venho terminar onde iniciara.

Roberto ouvira fixando Lilia, que lhe dava as costas, e decidira que d'Ela, por toda a eternidade, seria a outra perna do compasso, e que era preciso aprender inglês para ler mais coisas daquele poeta, que tão bem interpretava os seus tremores. Naquele tempo ninguém em Paris desejaria aprender uma língua tão bárbara, mas, acompanhando d'Igby à sua hospedaria, Roberto compreendera que ele encontrava dificuldade em falar bem o italiano, embora tivesse viajado na Península, e sentia-se humilhado por não dominar razoavelmente um idioma indispensável a todo homem educado. Decidiram frequentar-se, tornando-se mutuamente eloquentes em suas línguas de origem.

Assim nascera uma sólida amizade entre Roberto e esse homem, que se revelara rico de conhecimentos médicos e naturalistas.

Tivera uma infância terrível. Seu pai fora implicado na Conspiração das Pólvoras, e fora justiçado. Coincidência incomum, ou talvez consequência justificada por insondáveis movimentos da alma, d'Igby dedicaria sua vida à reflexão de um outro pó. Viajara bastante, primeiro oito anos pela Espanha, depois três pela Itália, onde, outra coincidência, conhecera o preceptor de Roberto.

D'Igby era também, como queria o seu passado de corsário, um bom espadachim, e, no decorrer de poucos dias, começaria a divertir-se praticando esgrima com Roberto. Nesse dia, estava com eles um mosqueteiro que começara a rivalizar-se com um alferes da companhia dos cadetes; praticavam por passatempo e os esgrimistas tinham muito cuidado, mas, num dado momento, o mosqueteiro tentara uma estocada com muito ímpeto, obrigando o adversário a reagir com a parte cortante, e fora ferido no braço de modo muito feio.

Imediatamente d'Igby enfaixara-o com uma de suas ligas, para manter fechadas as veias, mas, em poucos dias, a ferida ameaçava entrar em gangrena, e o cirurgião dizia que era preciso amputar-lhe o braço.

Foi quando d'Igby oferecera os seus serviços, avisando, porém, que poderiam considerá-lo um farsante, e por isso pedia que todos confiassem nele. O mosqueteiro, que não sabia mais a que santo recorrer, respondera com um provérbio espanhol: "Hágase el milagro y hágalo Mahoma."

D'Igby pediu-lhe então um pedaço de pano onde houvesse um pouco de sangue da ferida, e o mosqueteiro deu-lhe uma tira que o protegera desde o primeiro dia. D'Igby pediu que lhe trouxessem uma bacia de água e nela vertera pó de vitríolo, dissolvendo-o rapidamente. Depois pusera o pano dentro da bacia. Repentinamente o mosqueteiro que, nesse ínterim, se distraíra, estremecera, agarrando o braço ferido; e dissera que havia cessado de pronto a queimação, chegando a sentir uma sensação de frescor na chaga.

"Bom", dissera d'Igby "agora deveis somente manter a ferida sempre limpa, lavando-a todos os dias com água e sal, de modo que possa receber o influxo apropriado. E eu colocarei esta bacia, durante o dia, na janela, e, durante a noite, no canto da lareira, para mantê-la sempre a uma temperatura moderada."

Como Roberto atribuísse a melhora repentina a alguma outra causa, d'Igby, com um sorriso de cumplicidade, pegara o pano e o secara na lareira, e logo o mosqueteiro recomeçara a se queixar, sendo, pois, necessário molhar de novo o pano na solução.

A ferida do mosqueteiro sarou no prazo de uma semana.

Numa época, quando as desinfecções eram sumárias, creio que só o fato de lavar quotidianamente a ferida fosse uma causa suficiente da cura, mas não podemos censurar Roberto se nos dias seguintes passou a interrogar o amigo a respeito daquela cura, que, além de tudo, lhe recordava a proeza do carmelita, à qual assistira na infância, embora o carmelita houvesse colocado o pó na arma que provocara a ferida.

"Realmente", respondera d'Igby "a discussão sobre o *unguentum armarium* dura há muito tempo, e o primeiro a falar a seu respeito foi o grande Paracelso. Muitos utilizam uma espécie de massa gordurosa e julgam que a sua ação é mais bem exercida sobre a arma. Mas como vós compreendeis, a arma que feriu ou o pano que enfaixou são a mesma coisa, porque o preparado deve ser aplicado onde existam vestígios de sangue do ferido. Muitos, vendo tratar a arma para curar os efeitos do golpe, pensaram numa operação de magia, ao passo que o meu Pó de Simpatia encontra os próprios fundamentos nas operações da natureza!"

"Por que Pó de Simpatia?"

"Aqui também o nome induzira engano. Muitos falaram acerca de uma conformidade ou simpatia, unindo todas as coisas entre si. Agrippa afirma que para suscitar o poder de uma estrela basta referir-se às coisas que com ela se assemelham e, desse modo, receberão a sua influência. E chama de simpatia essa mútua atração das coisas entre si. Como se prepara a madeira, com o alcatrão, com o enxofre e com o óleo, para receber a chama, assim, empregando coisas conformes à operação e à estrela, um benefício particular reverbera-se na matéria justamente disposta por meio da alma do mundo. Para influir no sol se deveria agir então no ouro, solar por natureza, nas plantas que se voltam para o sol ou naquelas que dobram ou fecham suas folhas ao pôr do sol para abri-las ao seu renascer, como o lótus, a peônia e a celidônia. Mas estas são fábulas: não basta uma analogia dessa espécie para explicar as operações da natureza."

D'Igby pusera Roberto a par de seu segredo. O Orbe, ou seja, a esfera do ar, é cheia de luz, e a luz é uma substância material e corporal; noções que Roberto acolhera de bom grado, pois no gabinete Dupuy ouvira que também a luz nada mais era do que uma poeira finíssima de átomos.

"É evidente que a luz", dizia d'Igby, "saindo incessantemente do sol e lançando-se com grande velocidade por todos os lados em linhas retas, encontrando algum obstáculo em seu caminho, por oposição dos corpos sólidos e opacos, reflete-se *ad angulos aequales*, e retoma um outro curso, até que desvia para um outro lado para o encontro com outro corpo sólido, e assim continua até quando se apaga. Como no jogo da péla, onde a bola lançada contra a parede ricocheteia na parede oposta e cumpre frequentemente um circuito completo, voltando ao ponto do qual partira. Ora, o que acontece quando a luz cai num corpo? Os raios ricocheteiam arrancando alguns átomos, pequenas partículas, como a bola pode levar consigo parte do reboco fresco da parede. E visto que os átomos são formados pelos quatro Elementos, a luz com o seu calor incorpora as partes viscosas, transportando-as para longe. Prova disso é que se experimentais secar um pano úmido no fogo, vereis que os raios refletidos pelo pano carregam uma espécie de neblina aquosa. Tais átomos vagantes são como cavaleiros montados em corcéis alados que vão pelo espaço até quando o Sol, ao chegar o ocaso, guarda os seus Pégasos e deixa-os sem cavalgadura. E, então, precipitam-se em massa na terra, de onde provêm. Mas estes fenômenos não ocorrem apenas com a luz, mas também, por exemplo, com o vento, o qual nada mais é do que um grande rio de átomos consemelhantes, atraídos por sólidos corpos terrestres...”

“E a fumaça”, sugeriu Roberto.

“Certo. Em Londres o fogo é extraído do carvão da terra, que vem da Escócia, e que contém uma grande quantidade de sal volátil bastante acre; este sal, transportado pela fumaça, espalha-se no ar, estragando os muros, os leitos e os móveis de coloração clara. Quando se mantém fechado um cômodo por alguns meses, ali encontramos depois uma poeira negra cobrindo todas as coisas, como se vê uma cor branca nos moinhos e nas lojas dos padeiros. E na primavera todas as flores aparecem enodoadas de gordura.”

“Mas como é possível que tantos corpúsculos se dispersem no ar, e o corpo que os emana não sinta qualquer diminuição?”

"Há, talvez, diminuição, e percebereis isto, ao fazer evaporar a água, mas com os corpos sólidos não nos apercebemos, como não nos apercebemos com o almíscar ou com outras substâncias fragrantes. Qualquer corpo, por menor que seja, pode ser sempre dividido em novas partes, sem jamais chegarmos ao fim de sua divisão. Considerai a delicadeza dos corpúsculos que se desprendem de um corpo vivo, graças aos quais os nossos cães ingleses, guiados pelo olfato, são capazes de seguir a pista de um animal. Por acaso a raposa, ao término de seu percurso, nos parece menor? Ora, é justamente em virtude de tais corpúsculos que se verificam os fenômenos de atração, que alguns celebram como Ação a Distância, que a distância não é, e que, portanto, não é magia, mas ocorre pelo contínuo comércio de átomos. E assim acontece com a atração por sucção, como a da água ou do vinho, por meio de um sifão; com a atração do ímã sobre o ferro, ou a atração por filtração, como quando colocais um pedaço de algodão num vaso cheio d'água, deixando pender fora do vaso boa parte do algodão, e vereis a água subir além da borda e gotejar no chão. E a última atração é aquela que ocorre mediante o fogo, que atrai o ar circunstante com todos os corpúsculos que nele redemoinham; o fogo, agindo segundo a própria natureza, leva consigo o ar que está ao seu redor como a água de um rio arrasta o húmus de seu leito. E como o ar é úmido e o fogo seco, eis que se unem um com o outro. Portanto, para ocupar o lugar daquele, levado pelo fogo, é necessário que chegue outro ar das proximidades, pois, do contrário, criar-se-ia o vazio."

"Então negais o vazio?"

"Absolutamente. Estou dizendo que, tão logo o encontra, a natureza procura preenchê-lo de átomos, num combate para conquistar--lhe todas as regiões. E se não fosse assim, o meu Pó de Simpatia não poderia atuar, como ao contrário vos demonstrou a experiência. O fogo provoca com a sua ação um constante afluxo de ar e o divino

Hipócrates livrou da peste toda uma província, mandando acender por toda parte grandes fogueiras. Sempre, nos tempos de peste, matam-se os gatos, os pombos e outros animais quentes, que transpiram espíritos, sem cessar, a fim de que o ar ocupe o lugar dos espíritos libertados no curso daquela evaporação, de tal maneira que os átomos pestíferos se juntem às plumas e aos pelos daqueles animais, como o pão retirado do forno atrai a espuma dos tonéis e altera o vinho se o deixarmos sobre a tampa do tonel. Como acontece também quando expomos ao ar uma libra de sal de tártaro calcinado e inflamado como deve ser, que dará dez libras de bom óleo de tártaro. O médico do papa Urbano VIII contou-me a história de uma freira romana que, pelo muito orar e jejuar, aquecera tão fortemente o corpo que os ossos dessecaram-se. Aquele calor intenso atraía, com efeito, o ar que se corporizava nos ossos como faz no sal de tártaro, e saía no ponto onde reside o escoamento das serosidades, ou seja, pela bexiga, de modo que a pobre santa produzia mais de duzentas libras de urina em vinte e quatro horas, milagre que todos aceitavam como prova de sua santidade."

"Mas se tudo atrai tudo, por qual motivo os elementos e os corpos permanecem divididos e não ocorre a colisão de uma força com uma outra?"

"Pergunta perspicaz. Mas como os corpos que possuem o mesmo peso se unem mais facilmente, e o óleo se une mais facilmente com o óleo que com a água, devemos concluir que o que mantém firmes os átomos de uma mesma natureza é a sua raridade ou densidade, como também vos poderiam dizer o mesmo os filósofos que frequentais."

"Eles me disseram isso, provando-me quanto diziam com as diversas espécies de sal que, ainda que moídos ou coagulados, retomam sempre sua forma natural, e o sal comum sempre se apresenta em cubos de faces quadradas, o salitre em colunas com seis faces, e o sal amoníaco em hexágonos de seis pontas, como a neve."

"E o sal da urina forma-se em pentágonos, razão por que o senhor Davidson explica a forma de cada uma das oitenta pedras encontradas na bexiga do senhor Pelletier. Mas, se os corpos de forma análoga se misturam com maior afinidade, com maior razão, atraem-se com mais força do que os outros. Por isso, se queimais uma das mãos, mitigareis o sofrimento aproximando-a, por pouco tempo, do fogo."

"Certa vez, quando um aldeão foi picado por uma víbora, o meu preceptor manteve sobre a ferida a cabeça da víbora..."

"Claro. O veneno, que estava seguindo para o coração, retornava à sua fonte principal onde existia em maior quantidade. Se nos tempos de peste levardes num frasco pó de sapos, ou mesmo um sapo e uma aranha viva, ou até mesmo um pouco de arsênico, aquela substância venenosa atrairá para si a infecção do ar. E as cebolas secas fermentam no celeiro quando as do jardim começam a despontar."

"E isto explica também o desejo das crianças: a mãe deseja fortemente uma coisa e..."

"A tal respeito eu seria mais cauteloso. Às vezes, fenômenos análogos possuem causas diversas, e o homem de ciência não deve acreditar em qualquer superstição. Mas voltemos ao meu pó. Que aconteceu quando submeti por alguns dias à ação do pó o pano manchado de sangue do nosso amigo? Em primeiro lugar, o sol e a lua atraíram de uma grande distância os espíritos do sangue que se encontravam no pano, graças ao calor do ambiente, e os espíritos do vitríolo que estavam no sangue não puderam deixar de cumprir o mesmo percurso. Por outro lado, a ferida continuava a segregar uma grande abundância de espíritos quentes e ígneos, atraindo assim o ar circunstante. Este ar atraía outro ar e este ainda outro e os espíritos do sangue e do vitríolo, espalhados a uma grande distância, reuniam-se, afinal, com aquele ar, que levava consigo outros átomos do mesmo sangue. Ora, como os átomos do sangue, aqueles provenientes do pano e aqueles provenientes da chaga se encontravam, expelindo o ar como um inútil companheiro de caminho, e eram atraídos à sua sede maior, a ferida, e, unidos a eles, os espíritos do vitríolo penetravam na carne."

"Mas não poderíeis pôr diretamente o vitríolo sobre a chaga?"

"Poderia, se tivesse o ferido diante de mim. Mas e se o ferido estivesse distante? Acrescente-se que, se eu tivesse colocado diretamente o vitríolo sobre a chaga, a sua força corrosiva acabaria por irritá-la cada vez mais, ao passo que, transportado pelo ar, deste retira apenas a sua parte suave e balsâmica, capaz de estancar o sangue, sendo usada também nos colírios", e Roberto ficara de ouvidos bem abertos, tirando proveito mais tarde daqueles pareceres, o que certamente explica o agravamento de seu infortúnio.

"Por outro lado", acrescentara d'Igby, "não se deve usar o vitríolo normal, como se usava antigamente, provocando mais desvantagens do que benefícios. Eu trabalho com vitríolo de Chipre, e primeiro deixo-o calcinar ao sol: a calcinação tira-lhe a umidade supérflua, e é como se dele fizesse um caldo concentrado; além disso, a calcinação torna os espíritos desta substância aptos a serem transportados pelo ar. Acrescento, afinal, tragacanto, que cicatriza mais rapidamente a ferida."

Detive-me sobre quanto Roberto aprendeu de d'Igby porque essa descoberta marcaria o seu destino.

É preciso dizer, todavia, para desdouro de nosso amigo, e ele próprio o confessa nas suas cartas, que não foi atraído por tanta revelação por interessar-se pela ciência natural, mas ainda e sempre por amor. Em outras palavras, aquela descrição de um universo apinhado de espíritos, que se uniam de acordo com a sua afinidade, pareceu-lhe uma alegoria do enamoramento, e começou a frequentar salas de leitura, buscando tudo aquilo que podia encontrar sobre o unguento armário, a respeito do qual, naquela época, havia muita coisa, e muito mais haveria nos anos seguintes. Aconselhado pelo monsenhor Gaffarel (em voz baixa, para que não os ouvissem os outros frequentadores dos Dupuy, que muito pouco acreditavam nessas coisas), lia o *Ars Magnesia*, de Kircher, o *Tractatus de magnetica vulnerum curatione*, de Goclenius, o Fracastoro, o *Discursus de ungento armario*, de Fludd, e o *Hopolochrisma spongus*, de Foster. Fazia-se sábio para traduzir a sua sabedoria em poesia e poder um dia brilhar eloquente, mensageiro da simpatia universal, lá onde era continuamente humilhado pela eloquência dos outros.

Durante muitos meses — tanto deve ter durado a sua obstinada pesquisa, enquanto não avançava um único passo no caminho da conquista —, Roberto praticara uma espécie de princípio da dupla, aliás, da múltipla verdade, ideia que, em Paris, muitos consideravam temerária e prudente, ao mesmo tempo. Tratava, durante o dia, da possível eternidade da matéria, e, de noite, consumia os olhos nos pequenos tratados que lhe prometiam — embora em termos de filosofia natural — ocultos milagres.

Nas grandes empresas, deve-se procurar não tanto criar as ocasiões, mas aproveitar aquelas que se apresentam. Uma noite, na mansão de Arthénice, após uma animada dissertação sobre a *Astrée*, a Anfitriã exortara os presentes a considerarem o que o amor e a amizade possuíam em comum. Roberto tomara a palavra, observando que o princípio do amor, tanto entre amigos, quanto entre amantes, não era diverso daquele pelo qual operava o Pó de Simpatia. Ao primeiro gesto de interesse, repetira as histórias de d'Igby, excluindo apenas aquela da santa que urinava; depois começara a dissertar sobre o tema, esquecendo a amizade e falando apenas do amor.

"O amor obedece às mesmas leis do vento, e os ventos sempre trazem o aroma dos lugares de onde provêm, e se provêm de hortos e jardins, podem perfumar de jasmim, ou de hortelã ou de rosmaninho, e assim tornam os navegantes desejosos de tocar a terra, que os convida com tantas promessas. Não diversamente os espíritos amorosos inebriam as narinas do coração enamorado" (e perdoemos a Roberto o infelicíssimo tropo). "O coração amado é um alaúde, que faz consonar as cordas de um outro alaúde, como o som dos sinos age sobre a superfície dos cursos d'água, sobretudo à noite, quando, na ausência de outro rumor, gera-se na água o mesmo movimento que se formou no ar. Acontece com o coração amante o mesmo que acontece com o tártaro, que, às vezes, perfuma de água de rosa, quando é deixado para dissolver-se na escuridão de uma adega, durante a estação das rosas, e o ar, cheio de átomos de rosa, transformando-se em água em virtude da atração do sal de tártaro, perfuma o tártaro. Nem vale a crueldade da amada. Um tonel de vinho, quando as vinhas estão em flor, fermenta e lança à superfície uma flor branca, que permanece até caírem as flores da videira. Mas o coração amante, mais obstinado que o vinho, quando floresce ao florescer do coração amado, cultiva o seu rebento, mesmo que a fonte haja secado."

Pareceu-lhe ter colhido um olhar comovido de Lilia, e continuou: "Amar é como tomar um banho de lua. Os raios que provêm da lua são aqueles do sol, refletidos até nós. Concentrando os raios do sol com um espelho, aumentamos a sua força aquecedora. Concentrando os raios da lua, com uma bacia de prata, veremos que o seu fundo côncavo reflete nela os raios refrescantes em virtude do orvalho que contém. Parece insensato lavar-se numa bacia sem água; e, no entanto, deparamo-nos com as mãos umedecidas, e é remédio infalível contra as verrugas."

"Senhor de La Grive", dissera alguém, "mas o amor não é um remédio contra as verrugas!"

"Oh! Claro que não", recobrara-se Roberto, agora irreprimível, "mas ofereci exemplos que vêm das coisas mais vis, a fim de lembrar-vos como também o amor depende de uma só poeira de corpúsculos. É um modo de dizer como o amor observa as mesmas leis que governam tanto os corpos sublunares quanto os celestes, embora seja de tais leis a mais nobre das manifestações. O amor nasce do olhar, e é à primeira vista que se acende: e que mais é o ver senão o acesso de uma luz refletida pelo corpo que olhamos? Vendo--o, o meu corpo é penetrado pela melhor parte do corpo amado, a mais leve, que pelo meato dos olhos chega diretamente ao coração. E, portanto, amar à primeira vista é beber os espíritos do coração da amada. O grande Arquiteto da natureza, quando compôs o nosso corpo, nele colocou espíritos internos, à guisa de sentinelas, para informar as suas descobertas ao próprio general, vale dizer à imaginação, que é como se fosse a senhora da família corpórea. E se ela for atingida por algum objeto, acontece o mesmo que se dá quando se ouvem ressoar as violas, cuja melodia conservamos na memória e a ouvimos até mesmo durante o sono. Dela, nossa imaginação constrói um simulacro, que delicia o amante, embora não o dilacere, por ser apenas um simulacro. Disso decorre que quando um homem é surpreendido pelo olhar de uma pessoa, a quem ama, muda de cor, enrubesce e empalidece, conforme aqueles ministros, que são os espíritos internos, sigam, rápida ou lentamente, na direção do objeto, para depois retornar à imaginação. Tais espíritos, contudo, não chegam apenas ao cérebro, mas diretamente ao coração, através do grande canal que conduz, deste para o cérebro, os espíritos vitais que ali se tornam espíritos animais; e, sempre através desse canal, a imaginação envia ao coração uma parte dos átomos que recebeu de alguns objetos externos e são estes átomos que produzem aquela ebulição dos espíritos vitais, que, às vezes, dilatam o coração, e, às vezes, o conduzem à síncope."

"Vós nos dizeis, senhor, que o amor se comporta como um movimento físico, não diversamente do modo pelo qual o vinho floresce; mas não nos dizeis por que o amor, ao contrário dos outros fenômenos da matéria, é uma virtude eletiva, que escolhe. Pois então, qual é o motivo de o amor nos tornar escravos de uma e não de outra criatura?"

"Justamente por isso comparei as virtudes do amor ao mesmo princípio do Pó de Simpatia, isto é, que átomos iguais e da mesma forma atraem átomos iguais! Se eu molhasse com aquele pó a arma que feriu Pílades, não curaria a ferida de Orestes. Portanto, o amor une somente dois seres que, de alguma forma, já tivessem a mesma natureza: um espírito nobre a um espírito igualmente nobre, e um espírito vulgar a um espírito igualmente vulgar — pois acontece que os aldeões também amam, como as pastorinhas, segundo nos ensina a admirável história do senhor d'Urfé. O amor revela um acordo entre duas criaturas que já fora traçado desde o princípio dos tempos, assim como o Destino decidira desde sempre que Píramo e Tisbe se unissem numa só amoreira."

"E o amor infeliz?"

"Eu não acredito que exista realmente um amor infeliz. Existem apenas amores que ainda não chegaram à perfeita maturação, onde, por algum motivo, a amada não entendeu a mensagem emitida pelos olhos do amante. E o amante, todavia, percebe bastante bem que semelhança da natureza lhe fora revelada; e, à força dessa fé, sabe esperar, até mesmo a vida inteira. Ele sabe que a revelação para ambos e a união poderão realizar-se mesmo depois da morte, quando, evaporados os átomos de cada um dos dois corpos que se desfazem na terra, eles se reunirão em algum céu. E, talvez, como um ferido, mesmo sem saber que alguém esteja espalhando o Pó sobre a arma que o atingiu, goza de uma nova saúde, quem sabe quantos corações amantes não gozam agora de um consolo repentino do espírito, sem saber que a sua felicidade é obra do coração amado, tornado amante por sua vez, o que deu início à conjunção dos átomos gêmeos."

Devo dizer que toda esta complexa alegoria sustentava-se até um certo ponto, e que, talvez, a Máquina Aristotélica do padre Emanuele teria mostrado sua instabilidade. Mas, naquela noite, todos se convenceram daquele parentesco entre o Pó, que cura um mal, e o amor que, além de curar, mais habitualmente, causa o mal.

Foi por isso que a história desse discurso sobre o Pó de Simpatia e sobre a Simpatia do Amor percorreu toda Paris por alguns meses, ou mais, sobre cujos resultados havemos de tratar.

E foi por isso que Lilia, ao fim da exposição, sorriu ainda para Roberto. Era um sorriso de cortesia, quando muito de admiração, mas nada é mais natural do que acreditar sermos amados. Roberto entendeu o sorriso como uma aceitação de todas as cartas que enviara. Muito acostumado aos tormentos da ausência, abandonou a reunião, satisfeito com aquela vitória. Fez mal, e veremos em seguida por quê. Desde então, ousou certamente dirigir a palavra a Lilia, mas sempre teve como resposta comportamentos opostos. Às vezes, ela sussurrava: "Exatamente como dissemos alguns dias atrás." Às vezes, contudo, murmurava: "Todavia dissestes algo bem diferente." Às vezes ainda prometia, desaparecendo: "Voltaremos a falar disso, tende perseverança."

Roberto não entendia se ela, por desatenção, vez ou outra lhe atribuísse os ditos e os feitos de um outro, ou então o provocasse com frivolidade.

Aquilo que devia acontecer-lhe levá-lo-ia a compor aqueles raros episódios numa história bem mais inquietante.

17

A desejada ciência das longitudes

Era — finalmente uma data para tomarmos como base — a noite de 2 de dezembro de 1642. Saíam de um teatro, onde Roberto tacitamente representara em público o seu papel amoroso. Lilia, à saída, apertara-lhe a mão furtivamente, sussurrando: "Senhor de La Grive, vos tornastes tímido. Não fostes assim naquela noite. Até amanhã, pois, na mesma cena."

Saiu completamente transtornado, convidado para um encontro num lugar que não podia conhecer, solicitado a repetir aquilo que jamais ousara. E, no entanto, ela não o poderia ter confundido com um outro, porque o chamara pelo próprio nome.

Oh!, escreve o que disse a si mesmo, hoje os riachos sobem à nascente, alvos corcéis escalam as torres de Nossa Senhora de Paris, um fogo sorri ardente no gelo, visto que Ela me convidou, afinal. Ou talvez não, hoje o sangue escoa da rocha, uma cobra se acasala com uma ursa, o sol tornou-se negro, porque a minha amada me ofereceu uma taça na qual jamais poderei beber, porque desconheço onde seja o ágape...

A um passo da felicidade, corria desesperado para casa, o único lugar no qual estava certo de que ela não estivesse.

Podem ser interpretadas de maneira muito menos misteriosas as palavras de Lilia: simplesmente recordava-lhe aquela sua distante alocução a respeito do Pó de Simpatia, incitava-o a falar mais, naquele mesmo salão de Arthénice, onde já havia falado. Desde então ela o percebera silencioso e numa atitude de adoração, e isso não correspondia às regras do jogo, regradíssimo, da sedução. Ela o convidava, como diríamos hoje, às suas obrigações mundanas. Vamos, dizia a Roberto, naquela noite não fostes tímido, pisai aquela mesma cena, eu vos aguardo naquele mesmo lugar. Não poderíamos esperar nenhum outro desafio da parte de uma preciosa.

E, em vez disso, Roberto compreendera: "Sois tímido, e todavia, há algumas noites passadas, não o fostes, e me haveis..." (imagino que o ciúme impedisse e, ao mesmo tempo, o encorajasse a imaginar a continuação daquela frase). "Até amanhã, na mesma cena, no mesmo lugar secreto."

É natural que — tendo tomado a sua fantasia o caminho mais espinhoso — ele tivesse pensado imediatamente na troca de pessoa, em alguém que se fizera passar por ele, e tivesse tido de Lilia aquilo que ele teria trocado pela própria vida. Portanto, Ferrante aparecia outra vez, e todos os fios de seu passado voltavam a enredar-se. Alter ego maligno, Ferrante entrava também naquele episódio, jogando com as suas ausências, atrasos, saídas antecipadas, e, no momento propício, colhera o prêmio do discurso de Roberto sobre o Pó de Simpatia.

E enquanto se afligia, ouvira bater à porta. Esperança, sonho de homens acordados! Precipitara-se para abrir, convencido de que ela estivesse à porta; no entanto, era um oficial da guarda do Cardeal, com outros dois homens.

"O senhor de La Grive, suponho", dissera. E depois, apresentando-se como o capitão de Bar: "Lamento o que estou para fazer. Mas vós, senhor, estais preso, e vos peço que me dês a vossa espada. Se me seguirdes com bons modos, subiremos como dois cavalheiros para a carruagem que nos aguarda, e não tereis motivo para envergonhar-vos." Deixara entender que não conhecia as razões da prisão, desejando que se tratasse apenas de um mal-entendido. Roberto seguira-o em silêncio, formulando o mesmo voto, e, no final da viagem, passando com muitas desculpas às mãos de um guardião sonolento, encontrava-se numa cela da Bastilha.

Permanecera ali duas noites frigidíssimas, visitado apenas por alguns poucos ratos (providente preparação à viagem a bordo do *Amarilli*) e por um esbirro que, a cada pergunta, respondia que por aquele lugar haviam passado tantos hóspedes ilustres, que ele deixara de perguntar por que chegavam até lá; e se, há sete anos, lá estava um grande senhor como Bassompierre, não era o caso que Roberto começasse a se queixar depois de algumas horas.

Deixando-lhe aqueles dois dias para saborear o pior, na terceira noite voltara de Bar, permitira-lhe que se lavasse, e anunciara-lhe que devia comparecer perante o Cardeal. Roberto compreendeu então que era um prisioneiro de Estado.

Chegaram ao palácio ao anoitecer e, pelo movimento ao portão, percebia-se que era uma noite incomum. As escadas estavam invadidas por pessoas de todas as condições, que corriam em sentidos opostos; numa antecâmara, fidalgos e homens da Igreja entravam aflitos, expectoravam educadamente nos muros cheios de afrescos, assumiam um ar desolado e entravam numa outra sala, da qual saíam os fâmulos, chamando em voz alta outros criados que não se encontravam, e fazendo sinais a todos para que fizessem silêncio.

Naquela sala também foi introduzido Roberto, e viu somente pessoas de costas, que assomavam à porta de um outro quarto, na ponta dos pés, sem fazer barulho, como para ver um triste espetáculo. De Bar olhou ao redor como se estivesse procurando alguém, fazendo enfim um sinal a Roberto, para que se mantivesse a um canto, e se afastou.

Um outro guarda, que estava tentando fazer sair muitos dos presentes, com diversas deferências, de acordo com a classe social, vendo Roberto com a barba comprida, a roupa maltratada pela detenção, perguntara-lhe rudemente o que estava fazendo por lá. Roberto respondera que era esperado pelo Cardeal, e o guarda dissera que, para infelicidade de todos, era o Cardeal quem esperava Alguém bem mais importante.

Todavia, deixara-o onde estava, e, aos poucos, uma vez que de Bar (agora o único rosto amigo que lhe restava) não voltava, Roberto seguiu a multidão e, um pouco esperando e um pouco empurrando, chegou ao umbral do último quarto.

Lá, num leito, apoiado a alvinitentes almofadas, vira e reconhecera a sombra daquele que toda a França temia e que pouquíssimos amavam. O grande Cardeal estava rodeado por médicos em hábitos escuros, que, mais do que por ele, pareciam interessados pelo debate; um clérigo limpava-lhe os lábios, nos quais flébeis acessos de tosse formavam uma espuma avermelhada, e debaixo das cobertas podia-se adivinhar a respiração difícil de um corpo bastante cansado; uma das mãos saía de um camisolão, apertando um crucifixo. O clérigo irrompeu de repente num soluço. Richelieu virou a cabeça com dificuldade, tentou um sorriso e murmurou: "Pensáveis que eu fosse imortal?"

Enquanto Roberto se perguntava quem o poderia ter convocado ao leito de um moribundo, fez-se uma grande confusão atrás de si. Alguns sussurraram o nome do pároco de Saint-Eustache, e, enquanto todos abriam espaço, entrou um padre com o seu séquito, trazendo o óleo santo.

Roberto sentiu que lhe tocavam as costas, e era de Bar: "Vamos", dissera-lhe, "o Cardeal está à vossa espera." Sem entender, Roberto o seguira por um corredor. De Bar introduzira-o numa sala, fazendo-lhe um sinal para esperar ainda, e depois se retirara.

A sala era ampla, com um grande globo terráqueo no centro, e um relógio sobre um pequeno móvel a um canto, na frente de um cortinado vermelho. À esquerda do cortinado, abaixo de um grande retrato de corpo inteiro de Richelieu, Roberto vira, afinal, uma pessoa de costas, em hábitos cardinalícios, de pé, ocupado a escrever numa estante. O purpurado olhara-o apenas de esguelha, fazendo-lhe um sinal para que se aproximasse; mas como Roberto se aproximava, ele se curvara sobre o papel, pondo a mão esquerda como se fosse um biombo, junto às margens do que estava escrito, mesmo que, a distância respeitosa na qual ainda se conservava, Roberto não pudesse ler coisa alguma.

Depois a personagem virou-se, entre um drapejar de púrpuras, e permaneceu de pé por alguns segundos, quase como se reproduzisse a pose do grande retrato que estava às suas costas, a direita apoiada ao leitoril, a esquerda à altura do peito, virada para cima com afetação. Sentou-se, em seguida, num escano, perto do relógio, alisou os bigodes e o cavanhaque com frivolidade, e perguntou: "O senhor de La Grive?"

O senhor de La Grive até então estava convencido de estar tendo um pesadelo: aquele mesmo Cardeal que estava morrendo a uns dez metros dali encontrava-se agora rejuvenescido, com as feições menos delgadas, como se no pálido rosto aristocrático do retrato alguém tivesse sombreado a carnação e redesenhado o lábio com linhas mais marcadas e sinuosas; depois, aquela voz com sotaque estrangeiro despertara-lhe a antiga lembrança daquele capitão, que doze anos antes galopava em meio dos exércitos inimigos em Casale.

Roberto encontrava-se diante do cardeal Mazarino e entendia que, lentamente, no curso da agonia do seu protetor, o homem estava assumindo as funções do outro, e já o próprio oficial dissera "o Cardeal", como se outros não houvesse.

Ia responder à primeira pergunta, mas ia perceber dentro em breve que o cardeal dava mostras de interrogar, mas na realidade afirmava, admitindo que em todo caso o seu interlocutor pudesse apenas assentir.

"Roberto de la Grive", confirmou realmente o cardeal, "dos senhores Pozzo di San Patrizio. Conhecemos o castelo, como conhecemos bem o Monferrato. Tão fértil que poderia ser na França. Vosso pai, nos dias de Casale, lutou honradamente, e foi para nós mais leal do que os vossos outros companheiros." Dizia *para nós* como se naquela época ele já fosse um protegido do rei da França. "Vós também, naquela ocasião, vos comportastes bravamente, como nos foi dito. Não acrediteis que ainda mais, e paternamente, não lamentemos que, hóspede deste reino, não tenhais observado os deveres do hóspede? Não sabíeis que neste reino as leis atingem igualmente os súditos e os hóspedes? Naturalmente, naturalmente não esqueceremos que um fidalgo é sempre um fidalgo, não importa qual tenha sido o crime por ele cometido; desfrutareis os mesmos benefícios concedidos a Cinq-Mars, cuja memória não demonstrais execrar o bastante. Morrereis vós também de machado e não de corda."

Roberto não podia ignorar um episódio a respeito do qual falava toda a França. O marquês de Cinq-Mars procurara convencer o Rei a licenciar Richelieu, e Richelieu convencera o Rei de que Cinq-Mars estava conspirando contra o reino. Em Lion, o condenado procurara comportar-se com ousada dignidade diante do carrasco, mas este dilacerara-lhe o pescoço de modo tão indigno que o povo, revoltado, dilacerara o carrasco.

Quando Roberto, desesperado, tentou começar a falar, o cardeal preveniu-o com um gesto: "Ora vamos, San Patrizio", disse, e Roberto concluiu que usava este nome para lembrar-lhe que era estrangeiro; e, por outro lado, falava-lhe em francês, ao passo que poderia falar-lhe em italiano. "Cedestes aos vícios desta cidade e deste país. Como costuma dizer Sua Eminência o Cardeal, a leviandade habitual dos franceses leva-os a desejar a mudança, em virtude do tédio que lhes causam as coisas presentes. Alguns desses fidalgos levianos, a quem o Rei proporcionou que se sentissem aliviados das próprias cabeças, acabaram por seduzir-vos com os seus propósitos de eversão. O vosso caso é tão grave que não dará trabalho a nenhum tribunal. Os Estados, cuja conservação deve ser para nós extremamente cara, correriam grande risco se, em matéria de crimes que tendem à sua subversão, fossem requeridas provas claras quanto aquelas requeridas nos casos comuns. Há duas noites, fostes visto entreter-vos com amigos de Cinq-Mars, que pronunciaram mais uma vez propostas de alta traição. Quem vos distinguiu entre eles é digno de fé, pois ali se inserira por nossa ordem. E isso basta. Ora, vamos," disse já enfastiado, "não vos fizemos chegar até aqui para ouvir protestos de inocência e, portanto, acalmai-vos e escutai."

Roberto não se acalmou, mas tirou algumas conclusões: no mesmo momento em que Lilia tocava-lhe a mão, ele era visto em outro lugar conjurando contra o Estado. Mazarino estava tão convicto que a ideia se tornava um fato. Sussurrava-se por toda a parte que a ira de Richelieu ainda não se aplacara, e muitos temiam ser escolhidos como novo exemplo. Roberto, não importa a razão pela qual a escolha recaíra sobre ele, estava ao que parece perdido.

Roberto poderia refletir no fato de que, frequentemente, não só nas duas noites anteriores, se entretivera em alguma conversa à saída do salão Rambouillet; que não era impossível que, entre aqueles interlocutores, houvesse algum íntimo de Cinq-Mars; que, se Mazarino, por alguma sua razão particular, quisesse acabar com ele, bastaria interpretar de modo malicioso qualquer frase trazida por um espião... Mas, naturalmente, as reflexões de Roberto eram outras, e confirmavam os seus temores: alguém tomara parte numa reunião sediciosa, ostentando o seu rosto e o seu nome.

Mais uma razão para não tentar defender-se. Restava-lhe somente inexplicável o motivo pelo qual — se ele agora já estava condenado — o cardeal se incomodava em informá-lo sobre o seu destino. Ele não era o destinatário de alguma mensagem, mas o grifo, o próprio enigma que outros, ainda duvidosos da determinação do Rei, deveriam decifrar. Esperou em silêncio uma explicação.

"Vede, San Patrizio, se não tivéssemos as insígnias da dignidade eclesiástica, com a qual o pontífice e o desejo do Rei nos honraram, há um ano, diríamos que a Providência guiou a vossa imprudência. Há tempos, nós vos observávamos, perguntando-nos como poderíamos requisitar-vos para um serviço que não teríeis nenhuma obrigação de prestar. Recebemos o vosso passo em falso, de três noites atrás, como uma dádiva singular do Céu. Agora, poderíeis tornar-vos nosso devedor, e a nossa posição muda, para não falar da vossa."

"Devedor?"

"Da vida. Naturalmente não está em nosso poder perdoar-vos, mas é nossa faculdade interceder. Digamos que poderíeis subtrair-vos aos rigores da lei com uma fuga. Passado um ano, ou talvez mais, a memória da testemunha estará provavelmente confusa, e ela poderá jurar, sem mácula de sua honra, que o homem de três noites atrás não éreis vós; e poderia apurar-se que àquela hora estáveis em outra parte, jogando gamão com o capitão de Bar. Então — não decidimos, observai, presumimos, e poderia acontecer o contrário, mas confiemos estar vendo bem — sereis beneficiado pela justiça e gozareis de uma incondicionada liberdade. Sentai-vos, por favor", disse. "Devo propor uma missão para vós."

Roberto sentou-se: "Uma missão?"

"E delicada. No curso da qual, não vos escondemos nada, tereis algumas oportunidades de perder a vida. Mas isso é um negócio: nós vos libertamos da certeza do carrasco e vos deixamos muitas oportunidades de voltar a salvo, se fordes prudente. Um ano de adversidades, digamos, em troca de uma vida inteira."

"Eminência", disse Roberto, que via pelo menos dissipar-se a imagem do carrasco, "pelo que entendo é inútil jurar pela minha honra ou pela Cruz, que..."

"Não teríamos piedade cristã se excluíssemos em absoluto que sois inocente e nós, vítimas de um equívoco. Mas o equívoco estaria em tal acordo com os nossos projetos, que não veríamos razão alguma em desmascará-lo. Não quereis, todavia, insinuar que nós estejamos propondo uma troca desonesta, como quem dissesse, ou inocente no machado ou réu confesso, e mentirosamente, ao nosso serviço..."

"Longe de mim essa intenção desrespeitosa, Eminência."

"Pois então. Nós vos oferecemos algum possível risco, mas a glória certa. E vos diremos como pusemos os olhos em vós, sem que antes soubéssemos de vossa presença em Paris. A cidade, como sabeis, fala muito a respeito das coisas que acontecem nos salões, e toda Paris comentou, há algum tempo, uma noite, na qual brilhastes aos olhos de muitas senhoras. Toda Paris, não fiqueis corado. Aludimos àquela noite em que expusestes, com brilho, as virtudes de um assim chamado Pó de Simpatia, e de tal maneira que (é assim que se diz naqueles lugares, não é mesmo?) àquele tema as ironias conferissem o tempero; as paronomásias, elegância; as sentenças, solenidade; as hipérboles, riqueza; as comparações, perspicácias..."

"Oh! Eminência, relatei apenas coisas aprendidas..."

"Admiro a modéstia, mas parece que revelastes um bom conhecimento de alguns segredos naturais. Pois bem, preciso de um homem de igual saber, que não seja francês, e que, sem comprometer a Coroa, possa entrar num navio, partindo de Amsterdã, com o objetivo de descobrir um novo segredo, de alguma forma ligado ao uso daquele pó."

Antecipou ainda uma objeção de Roberto: "Não temais, precisamos que saibais muito bem o que procuramos, a fim de que possais interpretar igualmente os sinais mais incertos. Nós vos queremos bem instruído sobre o tema, visto que vemos que estais agora tão bem-disposto a nos agradar. Tereis um mestre de talento, e não vos deixeis enganar pela sua jovem idade." Alongando a mão, puxou uma corda. Não se ouviu nenhum som, mas o gesto devia ter feito soar, em outra parte, uma campainha ou outro sinal — ou foi Roberto quem o deduziu, numa época em que os grandes senhores deblateravam para chamar os seus criados.

Realmente, pouco depois, entrou com deferência um jovem, aparentando pouco mais de vinte anos.

"Bem-vindo, Colbert, esta é a pessoa de que vos falei hoje", disse-lhe Mazarino; e depois a Roberto: "Colbert, que se inicia de maneira promissora nos segredos da administração do Estado, vem considerando há tempo um problema que interessa muitíssimo ao Cardeal de Richelieu, e, por consequência, a mim. Provavelmente deveis saber, San Patrizio, que antes de o Cardeal passar a manobrar o timão deste grande navio, do qual Luís XIII é o capitão, a marinha francesa não era nada diante daquela de nossos inimigos, tanto na guerra como na paz. Agora podemos orgulhar-nos dos nossos estaleiros, da frota do Levante como da do Poente, e haveis de lembrar com quanto sucesso, não mais do que há seis meses, o marquês de Brézé pôde alinhar em frente a Barcelona quarenta e quatro navios de guerra, quatorze galeras, e não lembro mais quantas outras embarcações. Consolidamos as nossas conquistas na Nova França, asseguramos para nós o domínio da Martinica e de Guadalupe, e de tantas daquelas Ilhas do Peru, como gosta de dizer o Cardeal. Começamos a construir companhias comerciais, embora não alcançando pleno sucesso até agora, mas, infelizmente, nas Províncias Unidas, na Inglaterra, em Portugal e na Espanha, não existe uma família nobre que não tenha um dos seus fazendo fortuna no mar; ao contrário da França. Prova disso é que sabemos talvez bastante a respeito do Novo Mundo, mas pouco do Novíssimo. Mostrai, Colbert, ao nosso amigo, como ainda aparece vazia de terras a outra parte daquele globo."

O jovem moveu o globo, e Mazarino sorriu com tristeza: "Ah! essa extensão de águas não está vazia em virtude de uma natureza madrasta; está vazia porque nós sabemos muito pouco a respeito de sua generosidade. E, todavia, após a descoberta de uma rota ocidental para as Molucas, está em jogo efetivamente essa vasta zona inexplorada que se estende entre as costas, a oeste do Continente americano, e as últimas ramificações orientais da Ásia. Refiro-me ao oceano chamado Pacífico, como o denominaram os portugueses, onde se encontra decerto a Terra Incógnita Austral, da qual são conhecidas poucas ilhas e costas, mas em número suficiente para saber que são nutrizes de fabulosas riquezas. E naquelas águas navegam agora, e há tempo, muitos aventureiros, que não falam a nossa língua. Nosso amigo Colbert, com aquilo que eu não julgo apenas um capricho juvenil, sonha com a presença da França naqueles mares. Tanto mais que julgamos que o primeiro a pôr os pés numa Terra Austral tenha sido um francês, o senhor de Gonneville, e dezesseis anos antes da empresa de Magalhães. E, contudo, aquele valoroso fidalgo, ou eclesiástico que fosse, esqueceu-se de registrar nos mapas o lugar onde aportou. Podemos pensar que um bravo francês fosse tão incauto? Evidentemente que não; é que, naquela época remota, não sabia como resolver completamente um problema. Mas este problema, e vos surpreendereis em saber qual, permanece um mistério também para nós."

Fez uma pausa, e Roberto compreendeu que tanto o cardeal quanto Colbert conheciam, se não a solução, pelo menos o nome do mistério, e a pausa se fazia somente em sua honra. Achou por bem representar o papel do espectador fascinado, e perguntou: "E qual é o mistério, por favor?"

Mazarino olhou para Colbert com ar de cumplicidade e disse: "É o mistério das longitudes." Colbert assentiu com gravidade.

"Para a solução deste problema do *Punto Fijo*", continuou o cardeal, "há setenta anos, Filipe II da Espanha oferecia uma fortuna, e mais tarde Filipe III prometia seis mil ducados de renda perpétua e dois mil de rendimento vitalício, e os Estados Gerais da Holanda, trinta mil florins. Nós tampouco regateamos auxílios em dinheiro aos melhores astrônomos... A propósito, Colbert, aquele doutor Morin, são oito anos que o deixamos esperando..."

"Eminência, vós mesmo estais convencido de que a questão da paralaxe lunar é uma quimera..."

"Sim, mas para sustentar a sua duvidosa hipótese, ele estudou as outras com eficácia, criticando-as. Façamo-lo participar deste novo projeto, poderia prestar esclarecimentos ao senhor de San Patrizio. Ofereçamos-lhe uma pensão; não há nada como o dinheiro para estimular as boas inclinações. Se a sua ideia contiver um grão de verdade, poderemos certificar-nos melhor e, ao mesmo tempo, evitar que, sentindo-se abandonado na pátria, ceda às solicitações dos holandeses. Parece-me que foram justamente os holandeses que, vendo os espanhóis hesitantes, começaram a negociar com aquele Galilei, e seria bom para nós se não ficássemos de fora do negócio..."

"Eminência", disse Colbert hesitante, "será oportuno lembrar que Galilei morreu no princípio do ano..."

"Verdade? Peçamos a Deus que seja feliz, mais do que não pôde ser em vida."

"E, todavia, também a sua solução pareceu durante muito tempo definitiva, embora não seja..."

"Fostes feliz em antecipar-vos a nós, Colbert. Mas, suponhamos que também a solução de Morin não valha um tostão furado. Vamos mantê-lo, assim mesmo, vamos fazer com que se reacenda a discussão em torno de suas ideias, estimulemos a curiosidade dos holandeses: façamos com que se sintam tentados e induziremos os adversários a uma pista falsa. Em todo o caso, será dinheiro bem empregado. Mas sobre isso já se falou muito. Continuai, por favor: enquanto San Patrizio aprende, aprenderei eu também."

"Vossa Eminência ensinou-me tudo aquilo que sei", disse Colbert, enrubescendo, "mas a sua bondade me encoraja a começar." Assim dizendo, devia sentir-se num território amigo; ergueu a cabeça, que até então mantivera inclinada, e aproximou-se com desembaraço do mapa-múndi. "Senhores, no oceano — onde, mesmo que se encontre uma terra, não a conhecemos, e se navegarmos para uma terra conhecida, devemos seguir dias e dias em meio à extensão das águas — o navegante não dispõe de outros pontos de referência além dos astros. Com instrumentos que já deram fama aos antigos astrônomos, fixamos a altura de um astro no horizonte, deduzimos a distância do zênite e, conhecendo a declinação, uma vez que a distância do zênite mais ou menos a declinação resulta na latitude, sabemos instantaneamente em qual paralelo se encontra, ou seja, quanto ao norte ou ao sul de um ponto conhecido. Parece-me claro."

"Ao nível de uma criança", disse Mazarino.

"Dever-se-ia considerar", continuou Colbert, "que da mesma maneira podemos determinar também quanto estejamos a oriente ou a ocidente do mesmo ponto, ou seja, a qual longitude, ou mesmo em qual meridiano. Como diz Sacrobosco, o meridiano é um círculo que passa pelos polos do nosso mundo, e no zênite de nossa cabeça. E leva o nome de meridiano porque, onde quer que um homem esteja e em qualquer época do ano, quando o Sol passa por aquele seu meridiano, ali é meio-dia para aquele homem. Mas ai! Por um mistério da natureza, qualquer meio excogitado para definir a longitude sempre se revelou falso. Mas que importa?, poderia perguntar o profano. Bastante."

Estava ganhando segurança, fez girar o mapa-múndi mostrando os contornos da Europa: "Quinze graus de meridiano, aproximadamente, separam Paris de Praga; pouco mais de vinte, Paris das Canárias. O que diríeis de um comandante de infantaria que acreditasse estar combatendo na Montanha Branca, e, em vez de matar os protestantes, trucidasse os doutores da Sorbonne na Montagne Sainte-Geneviève?"

188

Mazarino sorriu, levando as mãos à frente, como para augurar que coisas daquela espécie acontecessem apenas no meridiano correto.

"Mas o drama", continuou Colbert, "é que erros de tal monta cometem-se com os meios que ainda usamos para determinar as longitudes. E assim ocorre o que ocorreu há quase um século àquele espanhol Mendaña, que descobriu as Ilhas de Salomão, terras abençoadas pelo Céu, por causa de seus frutos do solo e do ouro do subsolo. Mendaña fixou a posição da terra que havia descoberto e voltou à pátria para anunciar o evento; em menos de vinte anos foram-lhe preparados quatro navios para retornar e instaurar ali definitivamente o domínio de suas majestades cristianíssimas, como costumam dizer, mas que aconteceu? Mendaña não conseguiu mais encontrar aquelas terras. Os holandeses não ficaram inativos: no início deste século constituíram a sua Companhia das Índias, criaram na Ásia a cidade de Batávia, como ponto de partida de muitas expedições para o leste, e aportavam a uma Nova Holanda; enquanto isso, outras terras, provavelmente ao oriente das Ilhas de Salomão, descobriam os piratas ingleses, a quem a Corte de Saint James não hesitou em conferir títulos de nobreza. Mas das Ilhas de Salomão ninguém encontrará nenhum rastro, e se entende por que alguns se inclinem a considerá-las uma lenda. Mas, lendárias ou não, Mendaña chegou até elas, determinando propriamente a latitude, mas impropriamente a longitude. E mesmo se, com auxílio celeste, tivesse determinado corretamente a latitude, os outros navegadores que procuraram aquela longitude (e ele próprio, na segunda viagem) não sabiam com clareza qual era a latitude na qual eles mesmos se encontravam. E mesmo que soubéssemos onde fica Paris, mas não conseguíssemos estabelecer se estamos na Espanha ou entre os persas, bem vedes, senhores, que caminharíamos como cegos que conduzem outros cegos."

"Curioso", arriscou Roberto, "custo a acreditar, com tudo o que ouvi a respeito do avanço do saber neste século, que ainda saibamos tão pouco."

"Não vou relacionar todos os métodos propostos, senhor, do que se baseia sobre os eclipses lunares ao que considera as variações da agulha magnética, ao qual ainda recentemente se dedicou o nosso Le Tellier, para não mencionar o método de Loch, sobre o qual tantas garantias de sucesso prometeu o nosso Champlain... Mas todos revelaram-se insuficientes, e assim continuarão até que a França possua um observatório, onde possa verificar tantas hipóteses. Naturalmente, haveria um meio seguro: ter a bordo um relógio que mantenha a hora do meridiano de Paris, determinar no oceano a hora do lugar e deduzir da diferença o desvio da longitude. Este é o globo onde vivemos, e podeis observar como a sabedoria dos antigos dividiu-o em trezentos e sessenta graus de longitude, fazendo habitualmente partir o cálculo do meridiano que atravessa a Ilha do Ferro nas Canárias. Na sua trajetória celeste, o Sol (e que seja ele que se mova ou, como se quer hoje, a Terra, pouco importa para tal fim) percorre numa hora quinze graus de longitude, e quando em Paris é, como agora, meia-noite, a cento e oitenta graus do meridiano de Paris é meio-dia. Logo, contanto que saibais com certeza que em Paris os relógios marcam, digamos, meio-dia, basta que determineis, no lugar onde vos encontrais, que são seis horas da manhã; calculai a diferença horária, traduzi cada hora em quinze graus, e sabereis que estais a noventa graus de Paris, e, portanto, mais ou menos aqui", e fez rodar o globo, indicando um ponto do Continente americano. "Mas se não é difícil determinar a hora do lugar em questão, é deveras difícil ter a bordo um relógio que continue a dar a hora certa, depois de meses de navegação num navio sacudido pelos ventos, cujo movimento induz ao erro os mais engenhosos dentre os instrumentos modernos, para não falar dos relógios de areia e de água, que para bem funcionar deveriam repousar num plano imóvel."

O Cardeal interrompeu-o: "Não julgamos que o senhor de San Patrizio por ora deva saber mais, Colbert. Fazei com que disponha de outros esclarecimentos durante a viagem para Amsterdã. Após o que, não mais seremos nós a ensinar-lhe, mas será ele, assim acreditamos, a ensinar-nos. Com efeito, caro San Patrizio, o Cardeal, cujos olhos viram e ainda veem sempre — esperamos por muito tempo — mais longe do que os nossos, montou uma rede de informantes confiáveis, os quais deviam viajar a outros países, frequentar os portos e interrogar os capitães que se preparam para uma viagem ou dela retornam, para saber o que os outros governos fazem, e saibam que nós não sabemos, porque — parece-me evidente — o Estado que descobrir o segredo das longitudes, e impedir que dele se apropriem, obterá uma grande vantagem sobre todos os outros. Ora," e aqui Mazarino fez uma outra pausa, mais uma vez alisando os bigodes, depois juntando as mãos como para concentrar-se e, ao mesmo tempo, rogar o apoio do Céu, "agora soubemos que um médico inglês, o doutor Byrd, inventou um novo e prodigioso meio para determinar o meridiano, baseado no uso do Pó de Simpatia. Como, caro San Patrizio, não perguntais, por que eu conheço, a contragosto, o nome desta diabrura? Sabemos decerto que se trata desse pó, mas não sabemos nada sobre o método que Byrd pretende seguir, e o nosso informante não é versado em magia natural. Porém, é certo que o almirantado inglês lhe permitiu armar um navio que deverá enfrentar os mares do Pacífico. A empresa é de tal importância que os ingleses não confiaram em apresentá-lo como se fosse um navio britânico. Ele pertence a um holandês, que finge ser extravagante, e pretende refazer o trajeto de seus dois compatriotas, que, há cerca de vinte e cinco anos, descobriram uma nova passagem entre o Atlântico e o Pacífico, além do estreito de Magalhães. Mas, como o custo da aventura poderia fazer suspeitar apoios interessados, o holandês está publicamente carregando mercadorias e buscando passageiros, como quem se preocupa em fazer frente às despesas. Quase por acaso estarão também lá o doutor Byrd e os seus assistentes, que se dizem coletores de flora exótica. Na verdade, eles terão o total controle da empresa. E entre os passageiros estareis também vós, San Patrizio, e tudo providenciará o nosso agente em Amsterdã. Sereis um fidalgo de Saboia que, perseguido por um decreto, julga prudente desaparecer por longo tempo pelo oceano. Como vedes, não tereis sequer necessidade de mentir. Sereis delicadíssimo de saúde — e que tenhais realmente um problema nos olhos, como sabemos, é um outro toque, aperfeiçoando nosso projeto. Sereis um passageiro que passará quase todo o tempo recluso, com algum emplastro no rosto e, de resto, não verá nada além do próprio nariz. Mas vagareis divagando distraído, mantendo os olhos e os ouvidos bem abertos. Sabemos que compreendeis a língua inglesa, e fingireis ignorá-la, a fim de que os inimigos possam falar livremente em vossa presença. Se alguém a bordo entende italiano ou francês, fazei perguntas e lembrai minhas palavras. Não desdenheis conversar com os homens vulgares, que, por algumas moedas, põem para fora as vísceras. Mas que a moeda seja pouca, a fim de que pareça uma oferta, e não uma recompensa, pois começariam a suspeitar. Não perguntareis jamais de modo direto, e, após ter perguntado hoje, com palavras diversas fareis de novo a mesma pergunta amanhã, e assim, se alguém tiver mentido, acabará entrando em contradição: os homens ignorantes esquecem as tolices que disseram e inventam outras contrarias no dia seguinte. Além disso, reconhecereis os mentirosos: enquanto riem formam duas covinhas no rosto, e usam unhas muito curtas; e da mesma forma, tenha cuidado com os homens de baixa estatura, que mentem por vaidade. Em todo o caso, que sejam breves os vossos diálogos com eles e não deis a impressão de ficar satisfeito; a pessoa com a qual realmente devereis falar será com o doutor Byrd, e será natural que o tenteis fazer com o único realmente à altura de vossa educação. É um homem de doutrina, falará francês, provavelmente italiano, certamente latim. Vós estais doente, haveis de pedir-lhe conselho e conforto. Não fareis como aqueles que comem amoras ou tinta vermelha fingindo cuspir sangue, mas fareis observar o vosso pulso depois do jantar, pois sempre àquela hora parece que se tem febre, e lhe direis que não pregais olho durante a noite; isso justificará o fato de que alguém vos surpreenda em qualquer lugar e bem desperto, o que deverá acontecer se as suas experiências forem feitas com as estrelas. Este Byrd deve ser um obsessivo, como, de resto, todos os homens de ciência; inventai estranhas ideias e falai com ele, como se lhe confiásseis um segredo, assim ele será levado a falar de sua estranha ideia, que é o seu segredo. Mostrai-vos interessado, mas fingindo entender pouco ou nada, de modo que ele conte melhor pela segunda vez. Repeti o que ele disser como se tivésseis entendido e cometei erros, de modo que por vaidade seja levado a corrigir-vos, explicando detalhadamente aquilo que deveria manter em silêncio. Não afirmeis jamais, aludi sempre: as alusões são lançadas para examinar os ânimos e investigar os corações. Devereis inspirar-lhe confiança: se ri frequentemente, com ele devereis rir; se é bilioso, comportai-vos como bilioso, mas admirai sempre o seu saber. Se é colérico e vos ofende, suportai a ofensa, pois sabeis que começastes a puni-lo muito antes de ofender-vos. No mar os dias são longos e as noites sem fim, e não há nada que liberte um inglês do tédio do que muitas canecas daquela cerveja da qual os holandeses fazem sempre estoque em suas estivas. Fingireis ser devoto daquela bebida e encorajareis vosso novo amigo a beber mais do que vós. Um dia poderá nutrir suspeitas e mandar revistar a vossa cabine; por isso, não tomareis nenhuma observação por escrito, mas podereis ter um diário no qual falareis de vossa desdita, ou da Virgem e dos Santos, ou da amada que desesperadamente desejais rever, e, nesse diário, comparecem anotações sobre as qualidades do doutor, louvado como único amigo que encontrastes a bordo. Não registreis frases suas que digam respeito ao nosso segredo, mas apenas observações sentenciosas, não importa quais: por mais insípidas que sejam, se as pronunciou, não as considerava como tais, e vos será grato por tê-las mantido na memória. Em resumo, não estamos aqui para propor-vos um breviário do bom informante secreto: não são coisas em que seja versado um homem da Igreja. Confiai na vossa inspiração, sede astutamente atento e atentamente astuto, fazei que a agudeza de vosso olhar seja inversa à sua fama e proporcional à vossa prontidão."

Mazarino levantou-se, para fazer compreender ao hóspede que o colóquio havia terminado e para dominá-lo um momento antes que ele também se levantasse. "Seguireis Colbert. Ele vos dará novas instruções e vos confiará às pessoas que vos conduzirão a Amsterdã, para o embarque. Ide e boa sorte."

Estavam para sair, quando o Cardeal os chamou novamente: "Ah!, ia esquecendo, San Patrizio. Tereis compreendido que daqui ao embarque sereis seguido a cada passo, mas perguntareis por que não tememos que depois da primeira parada, não tenteis fugir. Não o tememos, pois não vos convém. Não poderíeis voltar aqui, onde seríeis sempre um bandido, ou exilar-vos em alguma terra distante, temendo constantemente que os nossos agentes vos reencontrassem. Nos dois casos, deveríeis renunciar ao vosso nome e à vossa condição. Não nutrimos tampouco a suspeita de que um homem da vossa qualidade possa vender-se aos ingleses. O que venderíeis, afinal? Ser um espião é um segredo que, para vendê-lo, já o deveríeis revelar, e que, uma vez revelado, nada mais valeria, a não ser uma punhalada. Em vez disso, voltando, mesmo com indícios modestos, teríeis direito ao nosso reconhecimento. Agiríamos mal ao dispensar um homem que terá demonstrado saber enfrentar uma difícil missão. O resto dependerá, afinal, de vós. A graça dos grandes, uma vez conquistada, deve ser tratada com zelo, para não perdê-la, e nutrida com serviços para perpetuar-se; decidireis então se a vossa lealdade à França será de tal maneira que vos aconselhe a dedicar o vosso futuro ao seu Rei. Dizem que tenha acontecido a outros terem nascido em outro lugar e feito fortuna em Paris."

O Cardeal propunha-se como modelo de lealdade premiada. Mas para Roberto era certo que, naquele instante, não se tratava de uma questão de recompensa. O Cardeal fizera-lhe entrever uma aventura, novos horizontes e incutira-lhe uma sabedoria de viver, cujo desconhecimento, talvez, havia-lhe, até então, subtraído a consideração alheia. Talvez fosse bom aceitar o convite do destino, que o afastava de suas penas. Quanto ao outro convite, aquele de três noites atrás, tudo se fizera claro, enquanto o cardeal começava o seu discurso. Se um Outro participara da conjuração, e todos acreditavam que fosse ele, um Outro certamente conjurara para inspirar a Lilia a frase que o torturara de felicidade e enamorara de ciúme. Muitos Outros, entre ele e a realidade. E, então, tanto melhor isolar-se nos mares, onde poderia possuir a amada na única maneira que lhe era permitido. Enfim, a perfeição do amor não consiste em ser amado, mas em ser Amante.

Dobrou um joelho, e disse: "Eminência, sou vosso."

Ou pelo menos assim eu desejaria, pois não me parece apropriado dar-lhe um salvo-conduto que diga: "C'est par mon ordre et pour le bien de l'état que le porteur du présent a fait ce qu'il a fait."

18
Curiosidades inauditas

Se o *Daphne*, como o *Amarilli*, fora enviado ao encalço do *punto fijo*, então o Intruso era perigoso. Roberto já sabia da disputa silenciosa travada pelos Estados da Europa para se apoderarem daquele segredo. Devia preparar-se muito bem e usar toda a sua astúcia. O Intruso evidentemente agira no princípio da noite e depois se movimentara ao ar livre, quando Roberto começara a velar, embora na cabine, durante o dia. Devia, pois, frustrar os seus planos, dar-lhe a impressão de dormir de dia e vigiar de noite? Com que objetivo, ele mudaria os seus hábitos? Não, devia antes impedir-lhe qualquer previsão, torná-lo incerto sobre seus próprios projetos, fazê-lo acreditar que dormia, enquanto velava, e dormir quando o outro pensava que estivesse velando...

Deveria tentar imaginar o que o outro pensava que ele estivesse pensando, ou o que pensava que o outro estivesse pensando o que ele pensava... Até aquela altura o Intruso havia sido a sua sombra, agora Roberto deveria transformar-se na sombra do Intruso, aprender a seguir os rastros de quem caminhava atrás dos seus... Mas aquela recíproca armadilha não poderia continuar infinitamente, um subindo uma escada, enquanto o outro descia pela escada oposta; um na estiva, enquanto o outro vigiava no convés; um precipitando-se para a segunda coberta, enquanto o outro subia novamente, talvez pelo lado de fora, ao longo das amuradas?

Qualquer pessoa sensata teria logo decidido levar adiante a exploração do restante do navio, mas não nos esqueçamos de que

Roberto não era mais sensato. Cedera de novo à aguardente, e estava convencido de que bebia para ganhar forças. A um homem a quem o amor havia sempre inspirado a espera, aquele nepentes não podia inspirar-lhe a decisão. Caminhava, pois, vagarosamente, e pensava ser um raio; julgava dar um pulo, e andava de quatro. Tanto mais que ainda não ousava sair ao ar livre, durante o dia, sentindo-se forte à noite. Mas à noite bebia e se comportava como um mandrião. Pois era exatamente isso que o seu inimigo queria, pensava de manhã. E para tomar coragem, grudava-se ao espicho do barrilete.

Em todo o caso, por volta do entardecer do quinto dia, decidira ir até aquela parte da estiva que ainda não visitara, embaixo da despensa das provisões. Percebia que no *Daphne* o espaço fora aproveitado ao máximo, e entre a segunda coberta e a estiva haviam sido construídos assoalhos e falsos pavimentos, para obter compartimentos ligados por escaletas instáveis; e entrara na cavidade das amarras, tropeçando em rolos de cordas de todo o tipo, ainda impregnadas de água marinha. Descera ainda mais, chegando à *secunda carina*, entre caixas e fardos de gêneros diversos.

Ali encontrou mais comida e outros barris de água doce. Deveria alegrar-se, mas não o fez somente porque poderia ter levado sua caçada ao infinito, com o prazer de retardá-la. Que é o prazer do medo.

Atrás dos barris de água encontrou outros quatro de aguardente. Subira de novo para a despensa e verificara novamente os barriletes lá de cima. Eram todos de água, sinal de que o de aguardente, encontrado na véspera, fora levado de baixo para cima, com o objetivo de tentá-lo.

Em vez de preocupar-se com a cilada, descera novamente à estiva, trazendo para cima um outro barrilete de licor, bebendo ainda mais.

Depois voltara à estiva — imaginemos em que estado — e se detivera sentindo o cheiro da podridão filtrada na sentina. Não se podia descer mais.

Devia, pois, retroceder, para a popa, mas a lâmpada estava se apagando e tropeçara em alguma coisa, compreendendo que estava caminhando no meio do lastro, exatamente onde, no *Amarilli*, o doutor Byrd mandara instalar o alojamento para o cão.

Mas, justamente na estiva, entre manchas d'água e detritos de alimento, descobrira a marca de um pé.

Estava agora tão seguro de que um Intruso se encontrava a bordo, que o seu único pensamento foi o de ter finalmente obtido a prova de não estar bêbedo, que é, afinal, a prova que os bêbedos buscam a cada passo. Em todo o caso, a evidência era luminosa, se assim pudéssemos dizer daquele caminhar entre a escuridão e os reflexos da lanterna. Certo da existência do Intruso, não pensou que, após tantas idas e vindas, a marca podia ter sido feita por ele próprio. Subiu novamente, decidido a dar combate.

Era o pôr do sol. Era o primeiro pôr do sol que ele via, após cinco dias de noites, alvoradas e auroras. Poucas nuvens negras, quase paralelas, costeavam a ilha mais distante para se adensar na parte mais alta, e, lá de cima, deitavam chamas como flechas, para o sul. A costa sobressaía escura, em frente ao mar de coloração cinzenta, ao passo que o restante do céu despontava numa coloração camomila desmaiada e pálida, como se o sol não estivesse celebrando na distância o seu sacrifício, mas adormecendo lentamente, pedindo ao céu e ao mar que o acompanhassem em voz baixa, enquanto se deitava.

Roberto teve, todavia, uma volta dos espíritos guerreiros. Decidiu confundir o inimigo. Foi ao escaninho dos relógios e transportou quantos pôde ao convés, arrumando-os como se fossem paulitos de um bilhar, um em frente à vela principal, três no castelo da popa, um defronte do cabrestante, outros ainda ao redor do traquete, e, finalmente, um diante de cada escotilha, de tal modo que, se alguém tentasse passar por ali na escuridão, acabaria tropeçando.

Depois dera corda aos relógios mecânicos (sem considerar que fazendo isso tornava-os perceptíveis ao inimigo que desejava surpreender), e pusera de cabeça para baixo as clepsidras. Olhava para o convés, repleto de máquinas do Tempo, orgulhoso daquele rumor, certo de que isso teria perturbado o Inimigo e lhe teria retardado o caminho.

Após ter espalhado aquelas inócuas ratoeiras, acabou sendo a primeira vítima. Enquanto caía a noite sobre um mar calmíssimo, caminhava, de um lado para outro, daqueles mosquitos de metal, para ouvir o zunir de morta essência, contemplar aquelas gotículas de eternidade, dissipando-se gota a gota, tremer diante daquela tropa de traças, desprovidas de bocas vorazes (assim ele escreve, realmente), aquelas rodas dentadas que lhe dilaceravam o dia em farrapos de instantes e consumiam a vida em uma música de morte.

Recordava uma frase do padre Emanuele, "que Espectaculo jucundîssimo se, através de um Crystal no Peito, pudessem transparecer os movimentos do coraçaõ como nos Relôgios!" Seguia, sob a luz das estrelas, o lento rosário de grãos de areia, murmurado por uma clepsidra, e filosofava sobre aqueles feixes de momentos, sobre aquelas sucessivas anatomias do tempo, sobre aquelas fendas pelas quais fio a fio gotejavam as horas.

Mas, pelo ritmo do tempo que passa, pressagiava a própria morte, para a qual se apressava passo a passo; aproximava os olhos míopes para decifrar o logogrifo de fugas; com trépido tropo transformava a máquina d'água num fluido féretro, e, afinal, insultava aqueles astrólogos palradores, capazes de predizer-lhe somente as horas passadas.

E quem sabe o que mais teria escrito, se não tivesse tido necessidade de abandonar as suas *mirabilia poetica*, como antes deixara as suas *mirabilia chronometrica* — e, não por vontade própria, mas porque tendo nas veias mais aguardente do que vida, deixara aos poucos que aquele tique-taque se tornasse uma tossegosa canção de ninar.

Na manhã do sexto dia, acordado pelas derradeiras máquinas que ainda arquejavam, viu, entre os relógios — todos fora de lugar —, esgaravatarem dois pequenos grous (eram grous?), que bicando inquietos haviam revirado e quebrado uma das mais belas clepsidras.

O Intruso não estava de modo algum amedrontado (e de fato, por que deveria estar, conhecendo muito bem quem estava a bordo?), burla absurda por absurda burla, havia libertado da segunda coberta os dois animais. Para desarrumar o *meu* navio — chorava Roberto —, para demonstrar que é mais forte do que eu...

Mas por que aqueles grous, perguntava-se, acostumado a ver em todo acontecimento um sinal e em todo sinal, uma divisa. Que pretendia dizer? Tentava lembrar o sentido simbólico dos grous, e, embora lembrasse Picinelli ou Valeriano, não encontrava uma resposta. Ora, nós sabemos muito bem que não havia nenhuma outra ideia ou finalidade naquele Serralho dos Assombros. O Intruso já começava a perder a cabeça, como ele; mas Roberto não sabia disso, e procurava ler aquilo que não passava de um garrancho raivoso.

Eu te agarro, eu te agarro, maldito, pusera-se a gritar. E, ainda sonolento, pegara a espada e se precipitara novamente para a estiva, rolando pelas escadas, indo parar num território ainda inexplorado, entre feixes de lenha miúda e pilhas de pequenos troncos recentemente cortados. Mas, ao cair, batera nos troncos e, rolando com eles, deu com o rosto numa grelha, respirando outra vez o odor mefítico da sentina. E vira de soslaio os escorpiões que se movimentavam.

Era provável que com a lenha tivessem sido estivados também alguns insetos, e não sei se eram realmente escorpiões, mas a Roberto assim pareceram, naturalmente introduzidos pelo Intruso, para que o envenenassem. Para escapar àquele perigo, pusera-se a cambalear

200

escada acima; mas naquelas madeiras corria e não saía do lugar, antes, perdia o equilíbrio e devia agarrar-se à escada. Finalmente subiu de novo e notou um corte no braço.

Ferira-se, é bem provável, com a própria espada. E eis que Roberto, em lugar de pensar na ferida, volta ao lenheiro para procurar apressadamente, no meio das traves, a sua arma, que estava manchada de sangue; leva-a de volta ao castelo, e derrama aguardente na lâmina. Depois, não tirando proveito algum, renega todos os princípios de sua ciência e derrama o licor no braço. Invoca alguns santos com muita familiaridade, corre para fora onde estava começando um grande aguaceiro, sob o qual os grous desaparecem voando. Aquele aguaceiro desperta-o. Preocupa-se com os relógios, corre para todos os lados para protegê-los, acaba machucando um pé, que enfiou numa grade, volta ao convés numa perna só, como um grou, tira a roupa e, como reação àqueles acontecimentos sem sentido, põe-se a escrever enquanto a chuva primeiro engrossa, depois se acalma, volta por algumas horas o sol, e cai enfim a noite.

É uma sorte para nós que ele escreva, assim estaremos preparados para entender o que lhe acontecera e o que descobrira no decorrer de sua viagem no *Amarilli*.

19
A náutica reluzente

O *Amarilli* partira da Holanda e fizera uma rápida escala em Londres. Ali carregara furtivamente alguma coisa durante a noite, enquanto os marinheiros faziam um cordão entre o convés e a estiva, e Roberto não conseguira entender de que se tratava. Depois zarpou seguindo para sudoeste.

Roberto descreve, divertido, a companhia que encontrara a bordo. Parecia que o capitão tivesse escolhido a dedo passageiros excêntricos e delirantes, para servirem de pretexto à partida, sem se preocupar se depois os perderia no decorrer da viagem. Dividiam-se em três grupos: aqueles que tinham compreendido que o navio seguiria para o poente (como um casal de galegos que desejava alcançar o filho no Brasil e um velho judeu que fizera uma promessa de peregrinar a Jerusalém pelo caminho mais longo); aqueles que ainda não possuíam ideias muito claras a respeito da extensão do Globo (como alguns desajuizados que decidiram fazer fortuna nas Molucas e que chegariam mais facilmente pelo caminho do levante); e, afinal, outros que foram redondamente enganados, como um grupo de heréticos dos vales piemonteses que pretendia unir-se aos puritanos ingleses nas regiões costeiras setentrionais do Novo Mundo, e não sabiam que o navio iria diretamente para o sul, fazendo a primeira escala em Recife. Quando estes últimos perceberam o logro, o navio chegara justamente àquela colônia — então em mãos holandesas — e aceitaram, em todo o caso, permanecer naquele porto protestante, temendo correr maiores riscos entre os portugueses. Em Recife, embarcara um cavaleiro de Malta, com um aspecto de flibusteiro, que se propusera a reencontrar uma ilha, a cujo respeito lhe falara um veneziano, e que fora batizada Escondida, da qual ele não conhecia a posição e ninguém no *Amarilli* ouvira sequer o nome. Sinal de que o capitão, como se costuma dizer, escolhia a dedo os seus passageiros.

Nem se preocuparam com o bem-estar daquela pequena multidão que se amontoava na segunda coberta: enquanto atravessaram o Atlântico, a comida não faltara, e renovaram as provisões no litoral americano. Mas, após uma longa navegação, entre largas nuvens em forma de flocos de neve e um céu azul, além do Fretum Magellanicum, quase todos, menos os passageiros especiais, ficaram, pelo menos por dois meses, bebendo água que causava o vágado, comendo biscoito que fedia a urina de rato. E alguns homens da tripulação e muitos passageiros tinham morrido de escorbuto.

Para buscar novas provisões, o navio dirigira-se a oeste, ao litoral do Chily, e atracara numa ilha deserta que os mapas de bordo denominavam Más Afuera. Lá permaneceram três dias. O clima era saudável e a vegetação exuberante, tanto que o cavaleiro de Malta dissera que seria uma sorte naufragar um dia naquela região, e viver ali feliz sem desejar a volta à pátria — e procurara convencer-se de que aquela era a Escondida. Escondida ou não, se eu tivesse ficado ali — dizia Roberto no *Daphne* —, agora não estaria aqui, temendo um Intruso apenas porque vi a marca de seu pé na estiva.

Depois surgiram ventos contrários, dizia o capitão, e o navio fora, sem um motivo razoável, para o norte. Roberto jamais ouvira uma palavra a respeito de ventos contrários; aliás, quando fora decidido aquele desvio, a embarcação corria com as velas enfunadas e para desviar teve que dar à borda. Provavelmente, o doutor Byrd e os seus precisavam seguir ao longo do mesmo meridiano para realizar as suas experiências. O fato é que chegaram às ilhas Galópegos, onde se divertiram a virar de costas enormes tartarugas, e a cozinhá-las no seu próprio casco. O maltês consultara longamente os seus mapas, e decidira que aquela não era a Escondida.

Retomada a rota para oeste, e tendo descido além do vigésimo quinto grau de latitude sul, abasteceram-se de água numa ilha de que os mapas não davam notícia. Não apresentava outros atrativos além da solidão, mas o cavaleiro — que não suportava a comida de bordo e sentia uma forte aversão pelo capitão — dissera a Roberto como seria bom ter ao seu redor um punhado de bravos, corajosos e irrefletidos, assenhorear-se do navio, atear-lhe fogo, abandonar o capitão, e quantos desejassem segui-lo, numa chalupa, e habitar aquela terra, mais uma vez distante de qualquer mundo conhecido, para construir uma nova sociedade. Roberto perguntara-lhe se aquela seria talvez a Escondida, e ele balançou tristemente a cabeça.

Dirigindo-se novamente para noroeste, favorecido pelos alísios, tinham encontrado um grupo de ilhas habitadas por selvagens de pele bronzeada, com os quais trocaram alguns presentes, tomando parte em suas festas, muito alegres e animadas por moças que dançavam com os movimentos próprios de certas ervas, que se agitavam na praia quase rente à água. O cavaleiro, que não devia ter feito voto de castidade, com o pretexto de pintar algumas daquelas criaturas (o fazia com certa habilidade), teve decerto a oportunidade de unir-se carnalmente a algumas delas. A tripulação quis imitá-lo, e o capitão antecipou a partida. O cavaleiro não sabia se permanecia ou não: parecia-lhe uma belíssima maneira de concluir a sua vida, passando os dias sem maiores preocupações. Mas, afinal, decidira que aquela não era Escondida.

Depois dobraram ainda para noroeste e encontraram uma ilha com indígenas bastante dóceis. Permaneceram por dois dias e duas noites, e o cavaleiro de Malta começou a contar-lhes algumas histórias; ele as contava num dialeto que nem mesmo Roberto conseguia entender, e muito menos aqueles ilhéus, mas se ajudava com desenhos na areia, e gesticulava como um ator, levantando o entusiasmo dos nativos, que o saudaram como "Tusitala, Tusitala!". O cavaleiro refletiu, com Roberto, como seria bom terminar os próprios dias no meio daquela gente, contando-lhe todos os mitos do Universo. "Mas esta é Escondida?", perguntou Roberto. O cavaleiro balançou a cabeça.

Ele morreu no naufrágio, refletia Roberto no *Daphne,* e eu talvez tenha encontrado a sua Escondida, mas nada poderei contar-lhe, como a mais ninguém. Por isso talvez escrevia à sua Senhora. Para sobreviver é preciso contar histórias.

O último castelo no ar do cavaleiro aconteceu numa noite, poucos dias antes, e não muito longe do lugar do naufrágio. Estavam costeando um arquipélago, do qual o capitão decidira não se aproximar, pois o doutor Byrd parecia ansioso em seguir novamente para o Equador. No curso da viagem, pareceu evidente a Roberto que o comportamento do capitão não era aquele dos navegadores, dos quais ouvira falar, que tomavam nota detalhada de todas as novas terras; aperfeiçoando os seus mapas; desenhando a forma das nuvens; traçando a linha do litoral; recolhendo objetos dos indígenas... O *Amarilli* avançava como se fosse o antro viajante de um alquimista ocupado apenas com a sua Obra ao Negro, indiferente ao vasto mundo que se lhe descortinava.

Era o ocaso, o jogo das nuvens com o céu, contra a sombra de uma ilha, desenhava, de um lado, como que alguns peixes esmeraldinos navegando na parte mais alta; do outro lado, chegavam agastadas bolas de fogo. No alto, nuvens cinzentas. Logo em seguida, um sol em chamas estava desaparecendo atrás da ilha, mas uma ampla coloração rósea refletia-se nas nuvens, sanguíneas na franja inferior. Após alguns poucos segundos ainda, o incêndio atrás da ilha se ampliara até pairar sobre o navio. O céu era todo um braseiro num fundo de raros fios cerúleos. E depois, ainda, sangue por toda a parte, como se os impenitentes tivessem sido devorados por um cardume de tubarões.

"Talvez fosse adequado morrer agora", dissera o cavaleiro de Malta. "Não vos sentis dominado pelo desejo de dependurar-vos na boca de um canhão e cair no mar? Seria rápido, e naquele momento saberíamos tudo..."

"Sim, mas logo que o soubéssemos, cessaríamos de sabê-lo", dissera Roberto.

E o navio continuara a sua viagem, adentrando mares de sépia.

Os dias passavam imutáveis. Como previra Mazarino, Roberto não podia senão conversar com os fidalgos. Os marinheiros eram galeotes, e era um horror encontrar um deles à noite no convés. Os viajantes estavam esfomeados, doentes, e rezavam. Os três assistentes de Byrd não ousariam sentar-se à sua mesa, e caminhavam silenciosos, executando as suas ordens. O capitão era como se não existisse: ao cair da noite já estava bêbedo, e, de resto, falava apenas flamengo.

Byrd era um britânico magro e seco, com uma grande cabeça de cabelos ruivos, que podia servir como farol de navio. Roberto, que tentava lavar-se logo que podia, aproveitando a chuva para lavar as roupas, não o vira, em tantos meses de navegação, trocar de camisa. Felizmente, mesmo para um jovem habituado aos salões de Paris, o fedor de um navio é tanto que já não se percebe o dos próprios semelhantes.

Byrd era um robusto bebedor de cerveja, e Roberto aprendera a acompanhá-lo, fingindo engolir e deixando o líquido no copo mais ou menos no mesmo nível. Mas parecia que Byrd tivesse sido instruído somente em encher copos vazios. E como o seu estava sempre vazio, ele o enchia, levantando-o para fazer *brindis*. O cavaleiro não bebia, ouvia e fazia uma ou outra pergunta.

Byrd falava um francês razoável, como todo inglês que na época quisesse viajar para fora de sua ilha, e fora conquistado pelas histórias de Roberto sobre a cultura das videiras em Monferrato. Roberto ouvira-o educadamente falar sobre o preparo da cerveja, em Londres.

Depois discutiram sobre o mar. Roberto navegava pela primeira vez, e Byrd tinha ares de não querer falar muito. O cavaleiro fazia apenas perguntas relativas ao lugar onde poderia encontrar-se Escondida, mas, visto que não fornecia nenhum indício, não obtinha respostas.

Aparentemente o doutor Byrd fazia aquela viagem para estudar as flores, e Roberto examinara-o sobre aquele tema. Byrd certamente não era um desconhecedor de assuntos herbários, e isto deu-lhe ocasião de deter-se em longas explicações, que Roberto dava mostras de ouvir com interesse. Em cada terra, Byrd e os seus recolhiam realmente algumas plantas, embora sem o cuidado de estudiosos que tivessem empreendido a viagem com aquele objetivo e passaram muitas noites examinando o que haviam encontrado.

Nos primeiros dias, Byrd tentara conhecer o passado de Roberto e o do cavaleiro, como se deles suspeitasse. Roberto dera a versão combinada em Paris: saboiardo, combatera em Casale junto com os imperiais, e se tinha metido em maus lençóis, primeiro em Turim, e depois em Paris, com uma série de duelos, tendo a má sorte de ferir um protegido do Cardeal, e, portanto, escolhera o caminho do Pacífico para colocar muita água entre ele e os seus perseguidores. O cavaleiro contava muitíssimas histórias, algumas se passavam em Veneza, outras na Irlanda, outras ainda na América meridional, mas não se entendia quais eram as suas e quais as dos outros.

Enfim, Roberto descobrira que Byrd apreciava falar das mulheres. Por isso, inventara amores violentos com violentas cortesãs, enquanto brilhavam os olhos do doutor, e prometera voltar um dia a Paris. Depois se recompusera e observara que os papistas são todos corruptos. Roberto fizera notar que muitos entre os saboiardos eram quase huguenotes. O cavaleiro fizera o sinal da cruz, e abrira novamente a conversa sobre as mulheres.

Até o desembarque em Más Afuera, a vida do doutor parecia ter transcorrido segundo ritmos regulares, e se fizera observações a bordo, fora enquanto os outros estavam em terra. Durante a navegação, permanecia de dia no convés, ficava acordado com os seus comensais até depois de meia-noite, e dormia certamente de madrugada. O seu camarote era vizinho ao de Roberto, eram dois corredores bastante estreitos, separados por um tabique, e Roberto ficava acordado para ouvir.

Todavia, apenas entraram no Pacífico, os hábitos de Byrd mudaram. Depois da parada em Más Afuera, Roberto vira-o afastar-se todas as manhãs, das sete às oito, enquanto antes era de hábito que se encontrassem naquela hora para o desjejum. Durante todo o período em que o navio apontara para o norte, até a ilha das tartarugas, Byrd se afastava, ao contrário, às seis da manhã. Tão logo o navio orientou novamente a proa para o oeste, acordava mais cedo, por volta das cinco, e Roberto ouvia um de seus assistentes, que vinha acordá-lo. Depois, gradualmente, acordara às quatro, às três, às duas.

Roberto estava em condições de controlá-lo, porque possuía um pequeno relógio de areia. Ao pôr do sol, como um vadio, passava pelo timoneiro, onde, junto a uma bússola, que flutuava no óleo de baleia, se encontrava uma pequena tábua, na qual o piloto, partindo dos últimos levantamentos, marcava a posição e a hora presumível. Roberto tomava nota, depois ia virar o seu relógio, e voltava a fazê-lo quando lhe parecia que a hora estivesse para terminar. Assim, mesmo com o atraso depois do jantar, podia sempre calcular a hora com alguma certeza. Desse modo, convencera-se de que Byrd se ausentava cada dia um pouco mais cedo, e, se continuasse naquele ritmo, um belo dia acabaria por ausentar-se à meia-noite.

Depois de tudo o que Roberto aprendera com Mazarino e Colbert e com os seus homens, não era preciso muito para deduzir que as saídas de Byrd correspondiam à passagem sucessiva pelos meridianos. Logo, era como se da Europa alguém, todos os dias, ao meio-dia das Canárias ou a uma hora fixa de um outro lugar, emitisse um sinal, que Byrd ia receber em algum lugar. Conhecendo a hora a bordo do *Amarilli,* Byrd estava assim apto a conhecer a própria longitude!

Bastaria seguir Byrd, quando ele se ausentava. Mas não era fácil. Desde que desaparecia de manhã era impossível segui-lo sem passar inobservado. Quando Byrd começara a ausentar-se nas horas escuras, Roberto ouvia muito bem quando se ausentava, mas não podia ir logo atrás. Esperava então um pouco e depois tratava de encontrar os seus rastros. Mas todo esforço mostrara-se inútil. Não falo das muitas vezes em que, tentando um caminho no escuro, Roberto acabava entre os beliches da tripulação ou tropeçava nos peregrinos; mas, muitas e muitas vezes, topara com alguém que naquela hora devia estar dormindo: portanto, alguém vigiava sempre.

Quando encontrava um desses espiões, Roberto mencionava sempre a sua insônia e subia ao convés, conseguindo não levantar suspeitas. Há tempo criara-se em torno dele a fama de um esquisitão que sonhava à noite de olhos abertos, e passava o dia de olhos fechados. Mas quando estava no convés, onde encontrava um marinheiro de serviço, com quem trocava algumas palavras, se por acaso conseguiam se entender, a noite estava perdida.

Isso explica por que os meses passavam e Roberto estava prestes a descobrir o mistério do *Amarilli,* mas ainda não conseguira meter o nariz onde queria.

Todavia, começara, desde o início, a tentar conquistar a confiança de Byrd. E imaginara um método que Mazarino não fora capaz de sugerir-lhe. Para satisfazer as suas curiosidades, de dia, perguntava ao cavaleiro coisas que ele não conseguia responder-lhe. Fazia-lhe então notar que aquilo que ele perguntava era de grande importância, se ele quisesse realmente encontrar Escondida. Assim, o cavaleiro, de noite, fazia as mesmas perguntas ao doutor.

Uma noite na tolda, olhavam as estrelas e o doutor observara que devia ser meia-noite. O cavaleiro, instruído por Roberto poucas horas antes, dissera: "Quem sabe qual será a hora de Malta neste momento..."

"Fácil", escapara ao doutor. Depois se corrigira: "Quero dizer, muito difícil, meu amigo." O cavaleiro surpreendera-se de que não se pudesse deduzir pelo cálculo dos meridianos: "O Sol não emprega uma hora para percorrer quinze graus de meridiano? Basta dizer, portanto, que estamos a tantos graus de meridiano do Mediterrâneo, dividir por quinze, conhecer, como conhecemos, a nossa hora, e saber qual é a hora de Malta."

"Pareceis um daqueles astrônomos, que passaram a vida a examinar os mapas, sem jamais terem navegado. Pois, do contrário, saberíeis que é impossível saber em qual meridiano estamos agora."

Byrd repetira mais ou menos aquilo que Roberto já sabia, mas o cavaleiro ignorava. Nisto, porém, Byrd mostrara-se loquaz: "Nossos antepassados pensavam possuir um método infalível, trabalhando com os eclipses lunares. Vós sabeis o que é um eclipse: é um momento em que o Sol, a Terra e a Lua estão na mesma linha, e a sombra da Terra se projeta na face da Lua. Como é possível prever o dia e a hora exatos dos eclipses futuros, e para tal basta ter consigo as tábuas de Regiomontano, imaginai saber que um dado eclipse deveria acontecer em Jerusalém à meia-noite, e que vós o observais às dez. Sabereis então que de Jerusalém vos separam duas horas de distância e que, portanto, o vosso lugar de observação encontra-se a trinta graus de meridiano a oeste de Jerusalém."

"Perfeito", disse Roberto, "sejam louvados os antigos!"

"Sim, mas este cálculo funciona até certo ponto. O grande Colombo, no curso de sua segunda viagem, calculou com base num eclipse, enquanto estava ancorado ao largo de Hispaniola, e cometeu um erro de 23 graus a oeste, vale dizer, uma hora e meia de diferença! E na quarta viagem, novamente com um eclipse, errou duas horas e meia!"

"Quem errou, ele ou Regiomontano?", perguntou o cavaleiro.

"Quem sabe? Num navio, que sempre se move, mesmo ancorado, é sempre difícil fazer levantamentos exatos. Ou talvez sabeis que Colombo queria demonstrar a todo custo que chegara até a Ásia, e que, portanto, o seu desejo induzia-o a errar, para demonstrar que havia chegado mais longe de quanto havia realmente... E as distâncias lunares? Estiveram em voga nos últimos cem anos. A ideia possuía (como posso dizer) um *Wit*. Durante o seu curso mensal, a Lua faz uma completa revolução de oeste para leste, em sentido contrário às estrelas, e é, pois, como o ponteiro de um relógio celeste, que percorre o quadrante do Zodíaco. As estrelas se movem no céu de leste para oeste a cerca de 15 graus por hora, enquanto no mesmo período a Lua move-se 14 graus e meio. Assim, a Lua move-se com uma diferença de meio grau por hora em relação às estrelas. Todavia, os antigos pensavam que a distância entre a Lua e uma *fixed sterre,* como se diz (uma estrela fixa num instante particular), fosse a mesma para qualquer observador em qualquer ponto da Terra. Bastava, pois, conhecer, graças às tábuas usuais, ou *ephemerides,* e observar o céu com a *astronomers staffe, the Crosse...*"

"A balestilha?"

"Justamente, com esta *cross* calcula-se a distância da Lua daquela estrela numa dada hora de nosso meridiano de origem, e sabe-se que, na hora de sua observação no mar, corresponde uma determinada hora na cidade. Conhecida a diferença do tempo, a longitude é encontrada. Mas, mas..." e Byrd fizera uma pausa para fascinar ainda mais os seus interlocutores, "mas existe a *Parallaxes*. É algo muito complexo que não ouso explicar a vós, devido à diferença entre a refração dos corpos celestes em diversas altitudes no horizonte. Pois bem, com a *parallaxes,* a distância encontrada aqui não seria a mesma que encontrariam os nossos astrônomos lá na Europa."

Roberto lembrava-se de ter ouvido de Mazarino e Colbert uma história a respeito das paralaxes, e daquele senhor Morin, que acreditava ter encontrado um método para calculá-las. Para experimentar o conhecimento de Byrd, perguntara-lhe se os astrônomos não podiam calcular as paralaxes. Byrd respondera que era possível, embora fosse bastante difícil, e a margem de erro, muito grande. "E depois", acrescentara, "eu sou um profano, e dessas coisas conheço bem pouco."

"Portanto, resta apenas procurar um método mais seguro", sugeriu então Roberto.

"Sabeis o que disse o vosso Vespucci? Disse: quanto à longitude é tarefa muito árdua que poucas pessoas compreendem, a não ser aquelas que sabem privar-se do sono para observar a conjunção da Lua e dos planetas. E disse: por causa da determinação das longitudes, sacrifiquei habitualmente o sono e diminuí a minha vida em dez anos... Tempo perdido, eu digo. *But now behold the skie is over cast with cloudes; wherefore let us haste to our lodging and ende our talke.*"

Algumas noites depois, pedira ao doutor que lhe mostrasse a Estrela Polar. Byrd sorriu: naquele hemisfério não se podia vê-la e era preciso fazer referência a outras estrelas fixas. "Uma outra derrota para os que buscam as longitudes", comentara. "Assim não podem recorrer sequer às variações da agulha magnética."

Depois, solicitado pelos seus dois amigos, partira ainda o pão de seu saber.

"A agulha da bússola deveria apontar sempre para o norte, e, portanto, em direção à Estrela Polar. E, todavia, com exceção do meridiano da Ilha do Ferro, em todos os outros lugares, afasta-se do Polo fixo da Tramontana, movendo-se ora para o levante, ora para o poente, de acordo com os climas e as latitudes. Se, por exemplo, das Canárias vos dirigis a Gibraltar, qualquer marinheiro sabe que a agulha se move mais de seis graus de raio da rosa dos ventos, na direção de Maestrale; e de Malta a Trípoli de Barbária, há uma variação de dois terços de raio à esquerda — e sabeis muito bem que o raio é um quarto de vento. Ora, tais desvios, como se disse, seguem as regras fixas de acordo com as diversas longitudes. Portanto, com uma boa tábua dos desvios, poderíeis saber onde estais agora. Mas..."

"Ainda um mas?"

"Infelizmente, sim. Não existem boas tábuas das declinações da agulha magnética; quem tentou realizá-las não conseguiu, e existem boas razões para supor que a agulha não varie de maneira uniforme segundo a longitude. E além disso tais variações são muito lentas, e no mar é difícil segui-las, ainda mais quando o navio balança, a ponto de alterar o equilíbrio da agulha. Quem confia na agulha é um louco."

Numa outra noite, na hora do jantar, o cavaleiro, que ruminava uma meia frase lançada intencionalmente por Roberto, disse que talvez Escondida era uma das Ilhas de Salomão, e perguntava se estavam próximos.

Byrd dera de ombros: "As Ilhas de Salomão! *Ça n'existe pas!*"

"O capitão Drake não chegou até lá?", perguntava o cavaleiro.

"Ora, isto é um disparate! Drake descobriu New Albion, num lugar totalmente diferente."

"Os espanhóis em Casale falavam a esse respeito como uma coisa conhecida, e afirmavam terem sido eles quem as descobriram", disse Roberto.

"Foi Mendaña quem o declarou há mais de setenta anos. Mas disse que se localizavam entre o sétimo e o décimo primeiro grau de latitude sul. Mais ou menos, entre Paris e Londres. Mas em qual longitude? Queirós dizia que estão a mil e quinhentas léguas de Lima. Ridículo. Bastaria cuspir do litoral do Peru para atingi-las. Um espanhol disse recentemente que se localizam a sete mil e quinhentas milhas do mesmo Peru. Demasiado, talvez. Tende a bondade de examinar estes mapas; alguns foram refeitos recentemente, embora reproduzam os mais antigos, e outros são propostos como a última descoberta. Observai, alguns colocam as ilhas no ducentésimo décimo meridiano; outros, no ducentésimo vigésimo; outros ainda no ducentésimo trigésimo, para não falar de quem o imagina no centésimo octogésimo. Se, todavia, um deles tivesse razão, outros chegariam a um erro de cinquenta graus, que é aproximadamente a distância entre Londres e as terras da Rainha de Sabá!"

"É realmente digno de admiração quantas coisas conheceis, doutor", dissera o cavaleiro, indo ao encontro dos desejos de Roberto, que estava para dizer o mesmo, "como se nada mais tivésseis feito durante a vossa vida senão buscar a longitude."

O rosto do doutor Byrd, coberto por sardas esbranquiçadas, enrubescera de pronto. Enchera o caneco de cerveja, bebendo-a sem respirar. "Oh! curiosidade de naturalista. Com efeito não saberia por onde começar se tivesse de explicar-vos onde estamos agora."

"Mas", julgara poder arriscar Roberto, "junto à barra do leme eu vi uma tabela, onde..."

"Oh! sim", recompusera-se de imediato o doutor, "claro, um navio não navega ao acaso. *They pricke the Carde*. Registram o dia, a direção da agulha e a sua declinação, de onde sopra o vento; a hora do relógio de bordo; as milhas percorridas; a altura do Sol e das estrelas, e, portanto, a latitude; e daí extraem a longitude que supõem. Já observastes alguma vez um marinheiro na popa, que atira dentro d'água uma corda com uma pequena tábua amarrada numa extremidade. É o *loch* ou, como dizem alguns, a barquinha. Deixamos correr a corda; esta possui nós cuja distância exprime medidas fixas; com um relógio ao lado podemos saber em quanto tempo percorremos uma determinada distância. Assim, se tudo corresse regularmente, poderíamos saber sempre a quantas milhas nos encontramos do último meridiano conhecido, e, novamente, com cálculos oportunos, conheceríamos aquele pelo qual estamos passando."

"Vede, pois, que há um meio", dissera triunfante Roberto, já sabendo o que lhe responderia o doutor. Que o loch é usado na falta de algo melhor, visto que poderia realmente dizer-nos o caminho percorrido, se o navio seguisse em linha reta. Mas como um navio segue o capricho dos ventos, quando os ventos não são favoráveis, o navio deve mover-se um pouco à direita e um pouco à esquerda.

"Sir Humphrey Gilbert", disse o doutor, "mais ou menos nos tempos de Mendaña, lá pelas bandas da Terra Nova, enquanto queria seguir ao longo do quadragésimo sétimo paralelo, *encountered winde always so scant,* ventos — como posso dizer? — tão preguiçosos e avaros, que se deslocou por longo tempo alternadamente entre o quadragésimo primeiro e o quinquagésimo primeiro, movendo-se por dez graus de latitude, meus senhores. Isso seria como se uma imensa cobra fosse de Nápoles a Portugal, primeiro tocando Le Havre com a cabeça e Roma com a cauda, e depois encontrando-se com a cauda em Paris e a cabeça em Madri! E, portanto, é preciso calcular os desvios, fazer contas e prestar muita atenção; coisa que um marinheiro nunca faz, e nem pode ter um astrônomo a seu lado o dia inteiro. Certamente, podemos conjecturar, especialmente se seguimos uma rota conhecida, e reunimos os resultados obtidos pelos outros. Por isso, do litoral europeu até o litoral americano, os mapas dão as distâncias meridianas com grande segurança. E também os levantamentos sobre os astros, feitos em terra, podem oferecer algum bom resultado, e desse modo sabemos qual a longitude de Lima. Mas, mesmo neste caso, meus amigos", dizia alegremente o doutor, "o que acontece?" E olhava astuciosamente para os outros dois. "Acontece que este senhor", e batia o dedo num mapa, "põe Roma no trigésimo grau leste do meridiano das Canárias, mas este outro", e agitava o dedo como para ameaçar paternalmente quem desenhara o outro mapa, "este outro senhor põe Roma no quadragésimo grau! E este manuscrito contém igualmente a relação de um flamengo de grande conhecimento, o qual, por sua vez, adverte o rei da Espanha que jamais houve um acordo sobre a distância entre Roma e Toledo, *por los errores tan enormes, como se conoce por esta linea, que muestra la diferencia de las distancias* etc., etc. E eis a linha: se fixamos o primeiro meridiano em Toledo (os espanhóis acreditam sempre viver no centro do mundo), para Mercatore, Roma estaria a vinte graus mais a leste, mas para Tycho Brahe, a vinte e dois; quase vinte e cinco para Regiomontano; vinte e sete para Clavius; vinte e oito para o bom Ptolomeu; e para Origanus, trinta. E tantos erros apenas para medir a distância entre Roma e Toledo. Imaginai, então, o que acontece em rotas como estas, onde talvez tenhamos sido os primeiros a tocar em certas ilhas, e as relações dos outros viajantes são bastante imprecisas. E acrescentai que se um holandês tiver feito levantamentos corretos, não os revela aos ingleses, nem estes aos espanhóis. Nestes mares conta o nariz do capitão, que com seu pobre loch deduz, digamos, que esteja no ducentésimo vigésimo meridiano, e talvez esteja a trinta graus mais para cá ou pra lá."

"Mas então", intuiu o cavaleiro, "quem encontrasse uma forma para estabelecer os meridianos seria o senhor dos oceanos!"

Byrd ruborizou-se novamente, fixou-o como para entender se falava de propósito, depois sorriu como se quisesse provocá-lo: "Por que não tentais?"

"Ai, desisto", disse Roberto levantando as mãos em sinal de rendição. E por aquela noite a conversa terminou entre muitas gargalhadas.

Durante muitos dias, Roberto não julgou oportuno voltar ao tema das longitudes. Mudou de assunto, e para que pudesse fazê-lo, tomou uma decisão corajosa. Com a faca, feriu a palma da mão. Depois enfaixou-a com as tiras de uma camisa que já se consumira pela água e pelos ventos. À noite mostrou a ferida ao doutor: "Não tenho mesmo juízo; coloquei a faca na bolsa e fora da bainha; assim, remexendo na bolsa me cortei. Está ardendo muito."

O doutor Byrd examinou a ferida com o olhar de um homem do ramo, e Roberto pedia a Deus que o doutor trouxesse uma bacia à mesa e nela dissolvesse o vitríolo. Em vez disso, Byrd limitou-se a dizer que não lhe parecia grave, e aconselhou-o a lavá-la bem pela manhã. Mas, por um golpe de sorte, veio em seu auxílio o cavaleiro: "É, seria preciso ter o unguento armário!"

"E que diabo é isso?", perguntou Roberto. E o cavaleiro, como se tivesse lido todos os livros que Roberto já conhecia, começou a exaltar as virtudes daquela substância. Byrd mantinha-se calado. Roberto, por sua vez, depois da bela jogada do cavaleiro, lançou os dados: "Mas são contos da carochinha! Como a história da mulher grávida que viu o seu amante com a cabeça cortada, e deu à luz um menino com a cabeça separada do tronco. Como aquelas camponesas, que para punir o cão que defecou na cozinha, pegam um tição e o enfiam nas fezes, esperando que o animal sinta queimar o traseiro! Cavaleiro, não existe uma pessoa ajuizada que acredite nestas *historiettes!*"

Acertara em cheio, e Byrd não conseguiu permanecer calado. "Ah! não, meu senhor, a história do cão e do seu excremento é tão verdadeira, que alguém fez o mesmo com um senhor que por birra evacuava diante de sua casa, e vos asseguro que ele aprendeu a temer aquele lugar! Naturalmente é preciso repetir a operação muitas e muitas vezes, e assim precisais de um amigo ou inimigo, que defeque frequentemente naquela soleira!" Roberto ria zombeteiramente, como se o doutor estivesse brincando, e assim o deixou irritado, induzindo-o a fornecer boas razões. Que no fundo eram muito próximas daquelas de d'Igby. Mas agora o doutor se entusiasmara: "Sim, meu senhor, vós que tanto bancais o filósofo, e desprezais o saber dos surgiões. Eu até mesmo vos direi, já que estamos falando de merda, que aquele que tiver mau hálito deverá manter a boca escancarada diretamente na fossa do esterco, pois ficará curado, afinal: o fedor de tudo aquilo é bem mais forte do que o de sua garganta, e o mais forte atrai e leva embora o mais fraco!"

"Estais revelando coisas extraordinárias, doutor Byrd, e estou admirado com o vosso saber!"

"Mas poderia dizer-vos mais. Na Inglaterra, quando um homem é mordido por um cão, mata-se o animal, ainda que não seja raivoso, pois poderia tornar-se, e o gérmen da raiva canina, permanecendo no corpo da pessoa que foi mordida, atrairia a si os espíritos da hidrofobia. Nunca vistes as camponesas que derramam leite na brasa? Jogam imediatamente um punhado de sal. Grande sabedoria do vulgo! O leite, ao cair nos carvões, transforma-se em vapor e, pela ação da luz e do ar, este vapor, acompanhado por átomos de fogo, expande-se até o lugar onde se encontra a vaca que deu o leite. Ora a teta da vaca é um órgão muito glanduloso e delicado, e aquele fogo a aquece, endurecendo-a, causa-lhe úlceras; e, visto que a teta está próxima da bexiga, acaba por irritar esta última, provocando a anastomose das veias que ali afluem, de tal modo que a vaca mija sangue."

Disse Roberto: "O cavaleiro falou-nos desse unguento armário como de uma coisa útil à medicina, mas vós dais a entender que poderia também ser usado para fazer o mal."

"Certamente, e é por isso que certos segredos devem permanecer ocultos à maioria, a fim de que não se faça deles um mau uso. Ah!, meu senhor, a discussão sobre o unguento, ou sobre o pó, ou sobre aquilo que nós ingleses chamamos o *Weapon Salve*, é rica de controvérsias. O cavaleiro falou-nos de uma arma que, convenientemente tratada, dá alívio à ferida. Tomai, contudo, a mesma arma e colocai-a junto ao fogo; o ferido, embora a milhas de distância, gritaria de dor. E se mergulhais a lâmina, ainda manchada de sangue, na água fria, o ferido sentirá calafrios."

Aparentemente, aquela conversa não dera a Roberto informações que já não soubesse, incluindo o fato de que o doutor Byrd conhecia

muito bem o Pó de Simpatia. E, contudo, a fala do doutor detivera-
-se demasiadamente sobre os efeitos piores daquele pó, e não podia
ser uma coincidência. Mas o que isso tudo tinha a ver com o arco de
meridiano era uma outra história.

Até que numa certa manhã, aproveitando-se do fato de que um
marinheiro caíra de um penão, fraturando o crânio, e de que houvesse um tumulto na tolda, e de que o doutor fora chamado a tratar do
infeliz, Roberto descera despercebido à estiva.

Quase às cegas, conseguira encontrar o caminho certo. Talvez
tenha sido uma sorte, talvez o animal se queixasse mais do que de
costume naquela manhã. Roberto, mais ou menos lá onde no *Daphne*
descobriria, depois, os barriletes de aguardente, viu-se diante de um
espetáculo atroz.

Bem protegido dos olhares curiosos, num refúgio construído sob
medida, numa colcha de trapos, havia um cão.

Talvez fosse de raça, mas o sofrimento e as privações haviam-no
reduzido a pele e osso. E, todavia, os seus carrascos davam mostras
da intenção de querer mantê-lo vivo: tinham-lhe fornecido água e
comida em abundância, incluindo comida não canina, certamente
furtada aos passageiros.

Estava deitado de lado, com a cabeça abandonada e a língua para
fora. Na sua anca abria-se uma vasta e horrenda ferida. Ao mesmo
tempo fresca e cancerosa, mostrando dois grandes lábios rosados,
os quais exibiam ao centro, e ao longo de toda a sua abertura, um
interior purulento que parecia segregar ricota. E Roberto percebeu
que a ferida apresentava-se assim porque a mão de um surgião, ao
invés de costurar os lábios, fizera com que permanecessem abertos,
fixando-os à pele.

Filha bastarda da arte, aquela ferida fora, portanto, não apenas
infligida, como também tratada com crueldade de modo que não
cicatrizasse, e o cão continuasse a sofrer — quem sabe desde quando.

Não só, mas Roberto entreviu também ao redor e dentro da chaga os resíduos de uma substância cristalina, como se um médico (um médico tão cruelmente atento!) todos os dias a aspergisse com um sal irritante.

Impotente, Roberto acariciara o infeliz, que agora gania submisso. Perguntara-se como poderia ajudá-lo, mas tocando-o um pouco mais forte, fizera-o sofrer. Por outro lado, a sua piedade era dominada por um sentimento de vitória. Não havia dúvida, aquele era o segredo do doutor Byrd, a carga misteriosa embarcada em Londres.

Um homem como Roberto, por tudo o que sabia e por tudo que viu, podia deduzir que o cão fora ferido na Inglaterra e Byrd cuidava para que ele permanecesse sempre ferido. Alguém, em Londres, todos os dias e numa hora fixa e combinada, fazia alguma coisa com a arma culpada, ou com um pano embebido no sangue do animal, provocando-lhe a reação — talvez de alívio, talvez de sofrimento ainda maior, porquanto o doutor Byrd afirmara que com o *Weapon Salve* seria possível também fazer o mal.

Desse modo, a bordo do *Amarilli,* podia-se conhecer num dado momento a hora da Europa. Conhecendo a hora do lugar por onde se transitava, era possível calcular o meridiano!

Só restava esperar a prova dos fatos. Naquele período, Byrd se afastava sempre por volta das onze: estavam então aproximando-se do antimeridiano. Ele deveria esperá-lo escondido, junto ao cão, por volta daquela hora.

Foi uma ventura, se podemos falar de ventura a respeito de uma tempestade que levaria o navio e todos os que o habitavam à última das desventuras. Naquela tarde o mar já estava bastante agitado, e isso fizera Roberto acusar náuseas e perturbação estomacal, e permanecer em sua cama, não tomando parte no jantar. Tão logo escureceu, quando ninguém pensava ainda em montar guarda, desceu furtivamente à estiva, segurando apenas um acendedor e uma corda alcatroada com a qual iluminava o caminho. Chegara até o lugar onde estava o cão e vira, acima de sua cama, um patamar carregado com fardos de palha, que servia para renovar as enxergas contaminadas dos passageiros. Abrira caminho entre aquele material, cavou um nicho, através do qual não podia mais ver o cão, mas espreitar quem estivesse à sua frente, e ouvir com clareza toda a conversa.

Fora uma espera de horas, tornada mais longa pelos gemidos do infelicíssimo animal, mas finalmente ouvira outros ruídos e percebera umas luzes.

Pouco depois, tornava-se testemunha de uma experiência que se realizava a poucos passos, onde atuavam o doutor e os seus três assistentes.

"Estás anotando, Cavendish?"

"Aye, aye, doutor."

"Esperemos então. Queixa-se demais esta noite."

"Sente o mar."

"Calma, calma, Hakluyt", dizia o doutor, que o estava acalmando com algumas hipócritas carícias. "Fizemos mal em não estabelecer uma sequência fixa de ações. Seria preciso começar sempre pelo lenitivo."

"Nem sempre, doutor, algumas noites à hora certa está dormindo, e é preciso acordá-lo com uma ação irritante."

"Atenção, parece que está se agitando... Calma, Hakluyt... Sim, começa a agitar-se!" O cão estava emitindo agora ganidos cruéis. "Expuseram a arma ao fogo, registra a hora, Withrington!"

"Aqui são aproximadamente onze e meia."

"Observa os relógios. Deveriam passar aproximadamente dez minutos."

O cão continuou a ganir por um tempo interminável. Depois emitiu um som diferente, que se apagou num "arff arff" que tendia a enfraquecer-se, dando lugar ao silêncio.

"Muito bem", estava dizendo o doutor Byrd, "qual é o tempo, Withrington?"

"Deveria corresponder. Falta um quarto para meia-noite."

"Não cantemos vitória. Esperemos o controle."

Seguiu-se uma outra interminável espera; depois o cão, que evidentemente adormecera, sentindo alívio, urrou novamente como se lhe houvessem pisado o rabo.

"Tempo, Withrington?"

"A hora passou, faltam poucos grãos de areia."

"O relógio já marca meia-noite", disse uma terceira voz.

"Parece-me o bastante. Agora, senhores", disse o doutor Byrd, "espero que cessem logo as irritações; o pobre Hakluyt não aguenta. Água e sal, Hawlse, e o pano. Calma, calma, Hakluyt, agora estás melhor... Dorme, dorme, ouve o teu dono que está aqui, acabou... Hawlse, o sonífero na água..."

"Aye, aye doutor."

"Pronto; bebe, Hakluyt... Calma, vamos, bebe a boa água..."

Ainda um tímido latido, depois novamente o silêncio.

"Ótimo, senhores", estava dizendo o doutor Byrd, "se este maldito navio não sacudisse desta maneira indecente, poderíamos dizer que tivemos uma ótima noite. Amanhã de manhã, Hawlse, o mesmo sal na ferida. Vamos concluir, senhores. No momento crucial, estávamos aqui próximos da meia-noite, e de Londres comunicavam-nos que era meio-dia. Estamos no antimeridiano de Londres e, portanto, no centésimo nonagésimo oitavo das Canárias. Se as Ilhas de Salomão encontram-se, como quer a tradição, no antimeridiano da Ilha do Ferro, e se estivermos na latitude certa, navegando para oeste com um bom vento na popa, deveremos atracar em San Christoval, ou como rebatizaremos aquela maldita ilha. Teremos encontrado aquilo que os espanhóis procuram há décadas e teremos nas mãos, ao mesmo tempo, o segredo do *Punto Fijo*. A cerveja, Cavendish, devemos brindar a Sua Majestade, que Deus sempre o salve."

"Deus salve o Rei", disseram numa só voz os outros três — e eram evidentemente todos quatro homens de grande coração ainda fiéis a um monarca que naqueles dias, se não perdera ainda a cabeça, estava pelo menos no ponto de perder o reino.

Roberto fazia sua mente trabalhar. Quando vira o cão pela manhã, percebeu que, ao acariciá-lo, ele se acalmava e que, quando depois o tocara de maneira brusca, gemera de dor. Pouco bastava, num navio agitado pelo mar e pelo vento, para suscitar num corpo doente sensações diversas. Talvez aqueles homens cruéis acreditassem estar recebendo uma mensagem de longe, e, todavia, o cão sofria e sentia alívio, conforme as ondas o perturbavam ou embalavam. Ou ainda, se existiam, como dizia Saint-Savin, os conceitos surdos, com o movimento das mãos, Byrd fazia reagir o cão, segundo os próprios desejos inconfessados. Ele não dissera que Colombo errara, querendo demonstrar que havia chegado mais longe? Portanto, o destino do mundo estava ligado ao modo pelo qual aqueles desvairados interpretavam a linguagem de um cão? Uma lamúria do ventre daquele infeliz podia induzir aqueles miseráveis a concluir que estavam se aproximando ou afastando do lugar cobiçado pelos espanhóis, franceses, holandeses e portugueses, outros tantos miseráveis? E ele estava envolvido naquela aventura para fornecer um dia a Mazarino ou ao rapazote Colbert o modo de povoar os navios da França com cães martirizados?

Os outros já se haviam afastado. Roberto saíra de seu esconderijo e detivera-se, à luz da sua corda alcatroada, diante do cão adormecido. Tocara-lhe de leve a cabeça. Via naquele pobre animal todo o sofrimento do mundo, a narrativa furiosa de um idiota. A sua lenta educação, desde os dias de Casale até aquele momento, a tanta verdade o conduzira. Oh! se tivesse permanecido náufrago na ilha deserta, como queria o cavaleiro; se, como desejava o cavaleiro, tivesse incendiado o *Amarilli;* se tivesse interrompido o seu caminho na terceira ilha, entre as nativas de cor da terra de Siena, ou, se na quarta, se tivesse tornado o bardo daquela gente. Se tivesse encontrado a Escondida para esconder-se de todos os sicários de um mundo cruel!

Não sabia então que a sorte lhe reservaria dentro em breve uma quinta ilha, e talvez a Última.

O *Amarilli* parecia fora de si; Roberto, agarrando-se a toda parte, voltara ao seu abrigo, esquecendo os males do mundo para sofrer os males do mar. Em seguida, o naufrágio, do qual já tratamos. Cumprira com sucesso a sua missão: único sobrevivente, ele levava consigo o segredo do doutor Byrd. Mas não podia revelá-lo a mais ninguém. E talvez fosse um segredo de pouco valor.

Não deveria ter reconhecido que, ao sair de mundo insano, encontrara a verdadeira sanidade? O naufrágio concedera-lhe a dádiva suprema, o exílio, e uma Senhora que agora ninguém poderia subtrair-lhe...

Mas a Ilha não lhe pertencia e ficava longe. O *Daphne* não lhe pertencia, e um outro reclamava a sua posse. Talvez para dar prosseguimento a outras pesquisas não menos brutais do que aquelas do doutor Byrd.

20
Agudeza e arte de engenho

Roberto tendia ainda a perder tempo, deixando o Intruso jogar para descobrir-lhe o jogo. Punha de volta os relógios no convés; dava-lhes corda todos os dias; depois corria a abastecer os animais para impedir que o outro o fizesse; arrumava todos os quartos e todas as coisas no convés de maneira que, se o outro se movimentasse, não passasse despercebido. Durante o dia, continuava em seu abrigo, mas com a porta semiaberta, para captar todo barulho de fora ou de baixo; montava guarda à noite; bebia aguardente; descia até o fundo do *Daphne*.

Certa vez, descobriu dois outros depósitos, além da cavidade das amarras, na direção da proa: um estava vazio, o outro, bastante cheio, coberto de prateleiras com uma borda nas margens, para impedir que os objetos caíssem com o mar agitado. Viu peles de lagarto secadas ao sol, caroços de fruta de identidade perdida, pedras de várias cores, seixos polidos pelo mar, fragmentos de corais, insetos alfinetados numa mesinha, uma mosca e uma aranha numa peça de âmbar, um camaleão ressequido, vidros cheios de líquido, no qual flutuavam serpentúculos ou pequenas enguias, espinhas enormes, que julgou serem de baleias, a espada que devia ornamentar a cara de um peixe, e um longo chifre, que para Roberto era o de um unicórnio, mas suponho que fosse o de um narval. Em resumo, um quarto que revelava gosto pela coleção erudita, como naquela época se devia encontrar nos navios dos exploradores e dos naturalistas.

No centro havia uma caixa aberta, vazia, com palha no fundo. O que poderia ter guardado, Roberto descobriu-o, voltando ao seu quarto, quando, ao abrir a porta, esperava-o, erecto, um animal que, naquele encontro, lhe pareceu mais terrível do que se fosse o Intruso em carne e osso.

Um rato, uma ratazana de esgoto, mas qual nada, um bicho-papão, mais alto do que a metade de um homem, com a cauda comprida que se estendia até o chão, os olhos fixos, parado sobre duas patas, as outras duas como pequenos braços esticados para ele. O pelo bastante curto, possuía no ventre uma bolsa, uma abertura, um saco natural, de onde espiava um pequeno monstro da mesma espécie. Sabemos quanto Roberto fantasiara a respeito dos ratos nas duas primeiras noites, e imaginava-os tão grandes e ferozes como podem abrigar os navios. Mas aquele ultrapassava todas as suas mais temerosas expectativas. E não acreditava que um olho humano tivesse jamais visto ratos daquela espécie — e com boa razão, pois veremos mais tarde que se tratava, como deduzi, de um marsupial.

Passado o primeiro momento de terror, tornou-se claro, pela imobilidade do invasor, de que se tratava de um animal empalhado, e mal-empalhado, ou mal conservado na estiva: a pele emanava um fedor de órgãos decompostos, e do dorso já despontavam tufos de aveia.

O Intruso, pouco antes de Roberto entrar no quarto das maravilhas, retirara a peça de maior efeito, e, enquanto Roberto admirava aquele museu, pusera-a dentro de casa, esperando talvez que a sua vítima, ao perder a razão, se precipitasse além das amuradas e desaparecesse no mar. Ele me quer morto, fora de mim, murmurava, mas lhe farei comer o seu rato aos bocados; eu o colocarei empalhado naquelas prateleiras, onde te escondes, maldito, onde estás; talvez estejas olhando agora para mim, para ver se perco a razão, mas serei eu quem te fará perder a razão, celerado.

Empurrara o animal até o convés com o cão do mosquete e, vencendo o nojo, pegara-o com as mãos e jogara-o ao mar.

Decidido a descobrir o esconderijo do Intruso, voltara ao depósito de lenha, cuidando em não rolar de novo nos pequenos troncos, agora espalhados pelo chão. Mais além daquele depósito de lenha encontrara um lugar, que no *Amarilli* chamavam o paiol do biscoito (ou *soute*, ou *sota*): debaixo de uma lona, bem envolvidos e protegidos, encontrara, inicialmente, um telescópio muito grande, mais potente do que aquele de que dispunha na cabine, talvez uma Hipérbole dos Olhos, destinada à exploração do céu. Mas o telescópio estava dentro de uma grande bacia de metal leve, e junto da bacia estavam cuidadosamente enrolados em outros tecidos instrumentos de natureza incerta: braços metálicos, um toldo circular com anéis na circunferência; uma espécie de elmo, e, enfim, três recipientes bojudos que se revelaram, pelo odor, cheios de óleo denso e rançoso. Para que servia aquele conjunto, Roberto não se perguntou: naquele momento queria descobrir uma criatura viva.

Verificara, primeiro, se embaixo da despensa ainda havia um outro espaço. Havia realmente, embora fosse muito baixo, de tal maneira que se podia caminhar de quatro, apenas. Roberto o explorara segurando a lâmpada virada para baixo, para resguardar-se dos escorpiões e pelo temor de incendiar o teto. Após ter rastejado um pouco, chegara ao final, batendo a cabeça contra o duro lariço, derradeira Thule do *Daphne,* além da qual ouvia-se o bater da água contra o casco. Portanto, além daquele cunículo sem saída não podia haver mais nada.

Depois detivera-se, como se o *Daphne* não lhe pudesse reservar outros segredos.

Se pode parecer estranho que durante mais de uma semana de inativa estada Roberto não tivesse conseguido ver tudo, basta pensar no que acontece a um menino que penetre nos sótãos ou nas adegas de uma grande e ativa habitação de planta desigual. A cada passo apresentam-se caixas de livros velhos, roupas esquecidas, garrafas vazias, feixes de lenha miúda, móveis quebrados, armários empoeirados e instáveis. O menino vai caminhando, demora-se para descobrir algum tesouro, descobre um ândito, um corredor escuro e imagina alguma presença alarmante; acaba por adiar a busca para uma outra vez, e toda vez avança com pequenos passos; de um lado temendo adentrar demasiadamente; do outro quase pregustando futuras descobertas, oprimido pela emoção daquelas mais recentes; e aquele sótão ou adega jamais termina, e pode reservar-lhe novos recantos para toda a sua infância, e depois.

E se o menino se amedrontasse toda vez com novos ruídos ou, se para mantê-lo afastado daqueles meandros lhe contassem todos os dias lendas assombradas — e se aquele menino, ainda por cima, estivesse bêbedo também —, compreende-se como o espaço possa dilatar-se para uma nova aventura. Não diversamente, Roberto vivera aquela experiência daquele seu território ainda hostil.

Era de manhã cedo, e Roberto sonhava outra vez. Sonhava com a Holanda. Estivera ali quando os homens do Cardeal o levavam para Amsterdã para embarcá-lo no *Amarilli*. Durante a viagem, fizeram pausa numa cidade, e ele entrara numa catedral. Impressionara-o a claridade daquelas naves, tão diversas das igrejas italianas e francesas. Despojadas de decoração; apenas alguns estandartes presos às colunas desnudas, claros os vitrais e sem imagens; o sol criava ali uma atmosfera láctea, interrompida apenas embaixo pelas poucas figuras negras dos devotos. Ouvia-se, naquela paz, somente um som, uma triste melodia, que dava a impressão de estar vagando pelo ar ebúrneo, nascendo dos capitéis ou dos fechos da abóbada. Depois percebeu que numa capela, no ambulacro do coro, um outro vestido de negro, sozinho a um canto, tocava pífaro, com os olhos arregalados no vazio.

Mais tarde, quando o músico terminou, Roberto aproximou-se dele, perguntando-lhe se lhe devia dar um óbulo; o outro, sem fitá-lo no rosto, agradeceu os elogios, e Roberto compreendeu que era cego. Era o mestre dos sinos (*der Musycin en Directeur van de Klok-werken, le carillonneur, der Glokenspieler,* procurou explicar-lhe), mas também fazia parte de seu trabalho entreter os fiéis, que, ao som do pífaro, se entretinham ao entardecer, no adro e no cemitério, ao redor da igreja. Conhecia muitas melodias, e de cada uma elaborava duas, três, às vezes cinco, variações sempre mais complexas, e nem precisava ler as notas: era cego de nascimento e podia movimentar-se naquele espaço luminoso (disse exatamente assim, luminoso) de sua igreja, vendo — disse ele — o sol com a pele. Explicou-lhe como o seu instrumento era uma coisa viva, que reagia às estações, à temperatura da manhã e do pôr do sol; mas, na igreja, havia uma espécie de tepidez sempre difusa que assegurava à madeira do instrumento uma constante perfeição — e Roberto se pôs a refletir na ideia que um homem do Norte podia ter sobre uma tepidez difusa, enquanto ele se resfriava naquela claridade.

O músico tocou-lhe mais duas vezes a mesma melodia, que se intitulava "Doen Daphne d'over schoone Maeght". Recusou qualquer oferta, tocou-lhe o rosto e disse-lhe, ou pelo menos assim entendeu Roberto, que "Daphne" era uma coisa doce, que o acompanharia por toda a vida.

Agora Roberto, no *Daphne,* abria os olhos, e sem dúvida ouvia, chegando de baixo, através das frestas da madeira, as notas de "Daphne", como se fosse tocada por um instrumento mais metálico que, sem ousar variações, retomava a intervalos regulares a primeira frase da melodia, como um obstinado ritornelo.

Reconheceu logo que se tratava de um engenhosíssimo emblema, estar num *fluyt* chamado *Daphne* e ouvir a música para flauta de nome "Daphne". Era inútil iludir-se de que se tratava de um sonho. Era uma nova mensagem do Intruso.

Armara-se outra vez, renovara uma vez mais suas forças no barrilete, e seguira o som. Parecia vir do escaninho dos relógios. Mas, desde que espalhara aquelas máquinas no convés, o lugar ficara vazio. Foi revisitá-lo. Ainda vazio, mas a música originava-se da parede do fundo.

Surpreso com os relógios na primeira vez, ansioso para levá-los embora, na segunda, não havia considerado ainda se a cabine chegava até o casco do navio. Se assim fosse, a parede do fundo seria recurvada. Mas era realmente? A grande tela com aquela perspectiva de relógios criava uma ilusão de óptica, de tal maneira que não se podia entender à primeira vista se o fundo era plano ou côncavo.

Roberto esteve prestes a arrancar a tela, e deu-se conta de que era um cortinado corrediço, semelhante a uma cortina. E atrás desta havia uma outra porta, fechada, também, com uma tranca.

Com a coragem dos devotos de Baco, e como se com um golpe de bacamarte pudesse vencer tais inimigos, apontou a espingarda e gritou em voz alta (sabe Deus por quê) "Nevers et Saint-Denis!", deu um chute na porta, e, impávido, lançou-se para a frente.

O objeto que ocupava o novo espaço era um órgão, que possuía no vértice aproximadamente uns vinte tubos, de cujas aberturas saíam as notas da melodia. O órgão estava fixado à parede e era composto por uma estrutura em madeira, sustentada por uma armação de colunelas de metal. No patamar superior, os tubos ocupavam o centro, mas de cada lado dos tubos movimentavam-se pequenos autômatos. O grupo da esquerda representava uma espécie de base circular encimada por uma bigorna certamente oca no interior, como um sino; ao redor da base havia quatro figuras que moviam ritmicamente os braços, batendo na bigorna com marteletes metálicos. Os marteletes, de pesos diversos, produziam sons argentinos que não destoavam da melodia cantada pelos tubos, mas comentavam-na através de uma série de acordes. Roberto recordou-se da conversa em Paris com um padre dos Mínimos, que lhe falara a respeito de suas pesquisas sobre a harmonia universal, e reconheceu, mais pela sua função musical do que pelas suas feições, Vulcano e os três Ciclopes, aos quais, segundo a lenda, referia-se Pitágoras quando afirmava que a diferença dos intervalos musicais depende do número, do peso e da medida.

À direita dos tubos, um cupido ia marcando (com uma vareta sobre um livro de madeira que segurava entre as mãos) a medida ternária, na qual se baseava justamente a melodia de "Daphne".

No patamar, imediatamente inferior, estendia-se o teclado do órgão, cujas teclas se levantavam e se abaixavam, em correspondência com as notas emitidas pelos tubos, como se uma invisível mão deslizasse por cima. Abaixo do teclado, onde habitualmente o músico aciona os foles com os pés, havia um cilindro sobre o qual estavam fixados dentes e espontões, numa ordem imprevisivelmente regular ou regularmente inesperada, assim como as notas se ordenam por subidas e descidas, imprevistas interrupções, vastos espaços em branco e o adensar-se de colcheias nas linhas de uma folha de música.

Debaixo do cilindro estava afixada uma barra horizontal, que sustentava as pequenas alavancas, as quais, ao rodar o cilindro, tocavam-lhe sucessivamente os dentes e, através de um jogo de hastes semiescondidas, acionavam as teclas — e estas os tubos.

Mas o fenômeno mais impressionante era a causa pela qual o cilindro rodava e os tubos recebiam o sopro. Ao lado do órgão, estava afixado um sifão de vidro, que lembrava pela sua forma o casulo do bicho-da-seda, em cujo interior podiam ser vistos dois crivos, um em cima do outro, que o dividiam em três câmaras distintas. O sifão recebia um jato de água, através de um tubo que penetrava por baixo, vindo da portinhola aberta, que dava luz àquele ambiente, injetando ali o líquido que (por obra de alguma bomba escondida) era evidentemente aspirado do mar, mas de maneira que penetrava naquele casulo junto com o ar.

A água entrava à força na parte inferior do casulo, como se fervesse, atirava-se em vórtice contra as paredes e, decerto, liberava o ar que era aspirado pelos dois crivos. Através de um cano, que unia a parte superior do casulo à base dos tubos, o ar transformava-se em canto através de engenhosos movimentos causados pelo sopro. A água, ao contrário, que se condensara na parte inferior, saía através de um pequeno tubo e ia movimentar as pás de uma pequena roda de moinho, para desaguar depois numa bacia metálica, que ficava embaixo, e de lá saía através de um outro cano, depois da portinhola.

A roda acionava uma barra que, engrenando-se no cilindro, transmitia-lhe o seu movimento.

Para o ébrio Roberto, tudo isso parecia natural, tanto que se sentiu traído quando o cilindro começou a parar e os tubos assobiavam a sua melodia, como se ela se apagasse na garganta, enquanto o cupido e os ciclopes cessavam as suas batidas. Evidentemente — embora no seu tempo muito se falasse do moto perpétuo — a bomba escondida, que regulava a aspiração e o afluxo da água, podia operar por um certo tempo após um primeiro impulso, mas depois atingia o limite do seu esforço.

Roberto não sabia se devia maravilhar-se mais daquele sapiente tecnasma — pois de outros semelhantes ouvira falar, capazes de pôr em ação danças de morticinhos ou de anjos — ou do fato de o Intruso (que outro não poderia ter sido) ter acionado o mecanismo naquela manhã e naquela hora.

E para comunicar-lhe que tipo de mensagem? A de que ele, talvez, estava derrotado desde o começo. O *Daphne* podia esconder ainda tais e tantas surpresas, que ele poderia passar a vida tentando violá-lo sem esperança?

Um filósofo dissera-lhe que Deus conhecia o mundo melhor do que nós, porque o fizera. E que para meditar, ainda que muito pouco, sobre o conhecimento divino, era preciso conceber o mundo como um grande edifício, e procurar construí-lo. Assim devia fazer. Para conhecer o *Daphne* devia construí-lo.

Sentara-se, pois, à mesa e desenhara o perfil do navio, inspirando-se tanto na estrutura do *Amarilli* quanto no que vira até então no *Daphne*. Portanto, dizia para si mesmo, temos os alojamentos do castelo da popa e, embaixo, o quartinho do timoneiro; mais abaixo, ainda (embora ao nível do convés), o corpo da guarda e o vão por onde passa a barra do leme. Esta deve terminar na popa, e depois daquele limite não pode haver mais nada. Tudo isso está no mesmo nível da cozinha no castelo da proa. Depois, o gurupés se apoia sobre uma outra elevação, e lá — se bem interpreto as confusas perífrases de Roberto — deviam estar aqueles lugares, onde, com o traseiro para fora, faziam-se, à época, as próprias necessidades. Descendo além da pequena cozinha, chegava-se à despensa. Visitara-a até a haste, até os limites do contraforte, e também ali não podia haver mais nada. Embaixo encontrara as amarras e a coleção dos fósseis. Não se podia avançar mais.

Voltava-se então e atravessava-se toda a segunda coberta, com a passareira e o vergel. Se o Intruso não se transformava a seu bel-prazer em animal ou vegetal, ali não podia estar escondido. Abaixo da barra do leme, havia o órgão e os relógios. E também ali chegava-se a tocar o casco.

Continuando a descer, encontrara a parte mais ampla da estiva, com as outras provisões, o lastro, a madeira; já batera no costado para verificar se não havia um fundo falso que produzisse um som oco. A sentina não permitia, se aquele navio era um navio normal, outros esconderijos. A menos que o Intruso estivesse colado na quilha, debaixo d'água, como uma sanguessuga e subisse para bordo durante a noite; mas de todas as explicações, e estava disposto a tentar muitas, esta parecia-lhe a menos científica.

Na popa, mais ou menos debaixo do órgão, havia o compartimento com a bacia, o telescópio e os outros instrumentos. Ao examiná-lo, refletia, não havia verificado se o espaço terminava justamente atrás do leme; mas, pelo desenho que estava fazendo, parecia-lhe que o papel não lhe ensejava imaginar outro vazio — se houvesse desenhado bem a curva da popa. Embaixo, restava apenas o cunículo sem saída, e estava convencido de que além dele nada mais havia.

Portanto, dividindo o navio em compartimentos, preenchera-o todo e não deixava espaço para algum novo esconderijo. Conclusão: o Intruso não possuía um lugar fixo. Movimentava-se de acordo com os movimentos de Roberto, era como a outra face da lua, da qual sabemos a existência, embora jamais a tenhamos visto.

Quem poderia ver a outra face da Lua? Um habitante das estrelas fixas: poderia esperar, sem se mover, e teria surpreendido o vulto escondido. Enquanto ele se movimentasse com o Intruso, ou deixasse o Intruso escolher os movimentos relativos a ele, jamais o veria.

Devia tornar-se uma estrela fixa e obrigar o Intruso a mover-se. E, uma vez que o Intruso estava evidentemente no convés, enquanto ele estava na segunda coberta, e vice-versa, devia fazer-lhe acreditar que estava na segunda coberta para surpreendê-lo no convés.

Para enganar o Intruso, deixara uma luz acesa no quarto do capitão, a fim de que Aquele o imaginasse ocupado a escrever. Depois, foi esconder-se no alto do castelo da proa, exatamente atrás do sino, de tal maneira que, ao virar-se, podia controlar a área abaixo do gurupés e, à frente, dominava o convés e o outro castelo até a lanterna da popa. Pusera ao lado o fuzil — e temo que também o barrilete de aguardente.

Passara a noite reagindo a todo barulho, como se tivesse que vigiar ainda o doutor Byrd, beliscando as orelhas para não ceder ao sono, até o amanhecer. Mas foi em vão.

Então, voltou ao quarto, onde, enquanto isso, a luz se apagara. E encontrara suas cartas em desordem. O Intruso passara a noite ali, lendo provavelmente as cartas à Senhora, enquanto ele estava sofrendo o frio da noite e o orvalho do amanhecer!

O Adversário entrara nas suas lembranças... Lembrou-se das advertências de Salazar: manifestando as próprias paixões, abrira uma brecha na própria alma.

Precipitara-se ao convés e pusera-se a disparar ao acaso um balázio, lascando um mastro; depois, continuou a atirar até se dar conta de que não estava matando ninguém. Com o tempo que se gastava, então, para recarregar um mosquete, o inimigo podia desaparecer entre um tiro e outro, rindo-se daquela confusão — que havia impressionado somente os animais, que estavam agitando as asas lá embaixo.

Estava rindo, portanto. Mas onde estava rindo? Roberto voltara ao seu desenho e confessou que nada sabia a respeito da construção de navios. O desenho mostrava apenas a altura, a parte baixa e o comprimento, não a largura. Visto de longe (nós diríamos, no seu corte), o navio não revelava outros esconderijos possíveis mas, considerando-o na sua largura, alguém poderia inserir-se em meio aos redutos já descobertos.

Roberto refletia nisso somente agora, mas naquele navio faltavam ainda muitas coisas. Por exemplo, não encontrara outras armas. E admitamos que os marinheiros as tivessem levado consigo — haviam abandonado o navio de moto próprio. Mas na estiva do *Amarilli* havia muita madeira para construção, para consertar os mastros, o timão, o costado, em caso de avarias causadas pelas intempéries; enquanto aqui havia encontrado muita madeira pequena, secada recentemente para nutrir a lareira da cozinha, mas nada que fosse carvalho ou larício, ou abeto envelhecido. E com a madeira do carpinteiro, faltavam os instrumentos de carpintaria, serras, machados de vários formatos, martelos e pregos...

Havia outros esconderijos? Refez o desenho, e buscou representar o navio, não como se fosse visto de lado, mas como se o olhasse do alto da gávea. E concluiu que, no alvéolo que estava imaginando, podia haver inserida uma abertura, embaixo da cabine do órgão, pela qual se pudesse ulteriormente descer, sem fazer uso da escada, ao cunículo. Não o suficiente para conter tudo aquilo que faltava, porém, em todo o caso, um buraco a mais. Se, no teto baixo do cunículo sem saída, existisse uma passagem, um buraco por onde subisse àquele novo espaço, dali se podia subir até os relógios, e percorrer todo o casco.

Roberto agora tinha certeza de que o Inimigo só podia estar ali. Correu para baixo, enfiou-se no cunículo, desta vez, porém, iluminando o alto. E havia uma pequena porta. Resistiu ao primeiro impulso de abri-la. Se o Intruso estivesse ali em cima, teria esperado Roberto, enquanto pusesse a cabeça para fora, e o teria dominado. Era preciso surpreendê-lo onde não esperava o ataque, como se fazia em Casale.

Se ali houvesse um vão, este confinava com aquele do telescópio, e através dele se poderia passar.

Subiu, passou pelo paiol, transpôs os instrumentos, e encontrou-se diante de uma parede que — só agora percebia — não era da mesma madeira dura do casco.

A parede era bastante fina; como fizera ao entrar no compartimento de onde provinha a música, dera um chute vigoroso, e a madeira acabou cedendo.

Encontrara-se na luz exangue de um ninho de ratos, com uma janelinha nas paredes redondas do fundo. E ali, numa enxerga, com os joelhos quase contra o queixo, o braço esticado empunhando um pistolão, estava o Outro.

Era um velho, com as pupilas dilatadas, o rosto seco, emoldurado por uma barbicha grisalha, raros cabelos encanecidos e eriçados, a boca quase desdentada, as gengivas cor de murtinho, sepultado dentro de um pano que talvez tivesse sido preto, agora cheio de nódoas desbotadas.

Apontando a pistola, à qual se agarrava com as duas mãos, enquanto lhe tremiam os braços, gritava com a voz bastante debilitada. A primeira frase foi em alemão, ou em holandês, e a segunda, e certamente estava repetindo a sua mensagem, foi num italiano forçado — sinal de que deduzira a origem de seu interlocutor, espionando suas cartas.

"Se te moveres, eu te mato!"

Roberto ficara tão surpreso com a aparição que demorou a reagir. E foi bom, porque pôde ver que o cão da arma não estava levantado, e que o Inimigo, portanto, não era muito versado nas artes militares.

E, então, aproximara-se com cortesia, pegara a arma pelo cano e tentara tirá-la daquelas mãos, apertadas em volta da coronha, enquanto a criatura lançava gritos irados e tudescos.

Com dificuldade, Roberto finalmente pegara-lhe a arma, o outro deixara-se cair ao chão, e Roberto ajoelhara-se a seu lado, segurando-lhe a cabeça.

"Senhor", dissera, "eu não quero fazer mal. Sou um amigo. Entendido? Amicus!"

O outro abria e fechava a boca, sem dizer palavra; via-se-lhe apenas o branco dos olhos, ou seja, o vermelho, e Roberto temeu que estivesse para morrer. Tomou-o nos braços, prostrado, e levou-o ao seu aposento. Ofereceu-lhe um pouco d'água, fez-lhe beber um gole de aguardente, e ele disse: "Gratias ago, domine", ergueu a mão para abençoá-lo, e foi então que Roberto percebeu, reparando melhor nas vestes, que se tratava de um religioso.

21
Telluris Theoria Sacra

Não tentaremos reconstituir o diálogo que durou dois dias seguidos. Mesmo porque, desse ponto para a frente, os papéis de Roberto tornam-se mais lacônicos. Caídas talvez sob olhos estranhos as suas confidências à Senhora (não teve jamais a coragem de pedir confirmação disso a seu novo companheiro), por muitos dias para de escrever e registra de modo bastante seco tudo o que ouve e acontece.

Roberto encontrava-se diante do padre Caspar Wanderdrossel, *e Societate Iesu, olim in Herbipolitano Pranconiae Gymnasio, postea in Collegio Romano Matheseos Professor,* e não só, mas também astrônomo e estudioso de tantas outras disciplinas, junto à Cúria Generalícia da Companhia. O *Daphne,* comandado por um capitão holandês que já havia tentado aquelas rotas pela Verenigde Oost-Indische Compagnie, deixara muitos meses antes as costas mediterrâneas circum-navegando a África, com o objetivo de alcançar as Ilhas de Salomão. Exatamente como queria fazer o doutor Byrd com o *Amarilli,* embora o *Amarilli* procurasse as Ilhas de Salomão seguindo de levante ao poente, ao passo que o *Daphne* fizera justamente o oposto, mas pouco importa: aos Antípodas chega-se por ambas as partes. Na Ilha (e padre Caspar apontava além da praia, atrás das árvores) devia ser montada a Specula Melitensis. O que seria essa Specula não estava claro, e Caspar sussurrava como se fosse um segredo tão famoso do qual estivesse falando o mundo inteiro.

Para chegar até lá, o *Daphne* empregara muito tempo. Sabemos como se navegava então por aqueles mares. Ao deixar as Molucas, e com a intenção de navegar para sudeste na direção do Porto Sancti Thomae, na Nova Guiné, dado que devia passar pelos lugares nos quais a Companhia de Jesus possuía as suas missões, o navio, levado por uma tempestade, perdera-se em mares nunca navegados, chegando a uma ilha habitada por ratos enormes, do tamanho de uma criança, com uma cauda muito comprida, e uma bolsa no ventre, dos quais Roberto conhecera um exemplar empalhado (aliás padre Caspar censurava-o por ter jogado fora "um Wunder que valia um boiada").

Eram, contava padre Caspar, animais amigáveis, aqueles que circundavam os desembarcados, estendendo suas pequenas mãos para pedir comida, puxando-os até mesmo pelas roupas, mas, depois, feitas as contas, ladrões rematados, que tinham roubado biscoito dos bolsos de um marinheiro.

Permitam-me intervir para dar crédito ao padre Caspar: uma ilha desse tipo existe realmente, e não podemos confundi-la com nenhuma outra. Aqueles pseudocangurus chamam-se Quokkas e vivem somente lá, na Rottnest Island, que os holandeses haviam descoberto recentemente, chamando-a *rottnest,* ninho de ratos. Mas, como essa ilha se localiza diante de Perth, isso significa que o *Daphne* havia alcançado a costa ocidental da Austrália. Se pensarmos que estava, pois, no trigésimo paralelo sul e a oeste das Molucas, enquanto devia ir para o leste, descendo um pouco abaixo do Equador, deveremos dizer que o *Daphne* havia perdido a rota.

Mas se fosse apenas isso. Os homens do *Daphne* deveriam ter visto uma costa não distante da ilha, mas terão pensado tratar-se de alguma outra ilhota com algum outro roedor. Procuravam algo bem diferente, e quem sabe o que estavam dizendo os instrumentos de bordo ao padre Caspar. Estavam certamente a poucas remadas daquela Terra Incognita e Australis, com a qual a humanidade sonhava há séculos. Mas é difícil imaginar — pois o *Daphne* alcançara afinal (como veremos) uma latitude de dezessete graus sul — como fizeram para circum-navegar a Austrália, pelo menos por dois quartos, sem que jamais a tivessem visto: ou tinham subido novamente para o norte, e, então, teriam passado entre a Austrália e a Nova Guiné, arriscando encalhar a cada passo numa ou noutra praia; ou tinham navegado para o sul, passando entre a Austrália e a Nova Zelândia — e vendo sempre mar aberto.

Poder-se-ia acreditar que estou narrando um romance, se mais ou menos nos meses em que se passa a nossa história, também Abel Tasman, partindo da Batávia, chegara a uma terra que chamara de Van Diemen e que hoje conhecemos por Tasmânia; mas, como ele também procurava as Ilhas de Salomão, mantivera-se à esquerda da costa meridional daquela terra, sem imaginar que muito além dela houvesse um continente cem vezes maior, fora parar a sudeste da Nova Zelândia, navegara ao longo de seu litoral na direção nordeste e, abandonando-a, alcançou as Tongas; depois chegou, *grosso modo,* aonde chegara o *Daphne,* suponho, mas, também ali passava entre as barreiras de coral e apontava para a Nova Guiné. Como se fosse uma bola de bilhar, mas parece que por muitos anos ainda os navegadores estariam destinados a chegar a dois passos da Austrália, sem vê-la.

Consideremos, pois, verdadeira a história do padre Caspar. Seguindo frequentemente os caprichos dos alísios, o *Daphne* acabara entrando numa outra tempestade, reduzindo-se a um péssimo estado, tanto que precisaram ancorar numa ilha, sabe Deus onde, sem árvores, toda de areia, formando um anel em volta de um pequeno lago central. Ali tinham posto em ordem o navio, e eis por que se explicava que não houvesse mais uma reserva de madeira para construção a bordo. Voltaram a navegar e, finalmente, chegaram a baixar âncora naquela baía. O capitão enviara um barco à terra com uma vanguarda, imaginando-a desabitada, mas, por via das dúvidas, carregara seus canhões, apontando-os com cuidado, iniciando, em seguida, três tarefas, todas fundamentais.

240

Primeira, a provisão de água e de víveres, que já escasseavam; segunda, a captura de animais e plantas para levar a seu país, para a felicidade dos naturalistas da Companhia; terceira, o abate de árvores para formar uma nova reserva de grandes troncos e tábuas — e toda a sorte de material para futuras desventuras; e, enfim, a construção na parte mais elevada da Ilha, da Specula Melitensis, e fora aquela a atividade mais trabalhosa. Tiveram de tirar da estiva e transportar para a praia todos os instrumentos de carpintaria e as várias peças da Specula; e todos esses trabalhos tomaram muito tempo, mesmo porque não era possível desembarcar diretamente na baía; entre o navio e a praia estendia-se, quase à superfície d'água e com poucas passagens estreitas, uma barbacã, uma falsa--braga, um aterrado, um Erdwall todo feito de corais — em suma, aquilo que nós hoje chamaríamos uma barreira de coral. Após muitas e infrutuosas tentativas, descobriram que todas as vezes deviam dobrar o cabo ao sul da baía, atrás do qual havia uma calheta que permitia a atracação. "Et eis porque aquele barco dos marinheiros abandonado nos ac hora não vemos, embora lá atrás esteja, heu me miserum!" Como se deduz da transcrição de Roberto, aquele teuto vivia em Roma falando latim com seus confrades de cem países, mas de italiano não tinha muita prática.

Ultimada a Specula, padre Caspar havia iniciado suas observações, que prosseguiram com sucesso por quase dois meses. E enquanto isso, que fazia a tripulação? Tornava-se preguiçosa e a disciplina de bordo se afrouxava. O capitão havia embarcado muitos barriletes de aguardente, que deveriam ser usados somente como tônico durante as tempestades, com muita parcimônia, ou então para servir de troca com os indígenas; e ao contrário, rebelando-se a cada ordem, a tripulação começara a levá-los ao convés, todos haviam abusado, incluindo o capitão. Padre Caspar trabalhava, os outros viviam como animais, e da Specula, ouviam-se os cantos impudicos.

Um dia, como fizesse muito calor, padre Caspar, enquanto trabalhava sozinho na Specula, tirara a batina (pecara contra a modéstia, dizia com vergonha o bom jesuíta; que Deus o pudesse perdoar agora, visto que o havia imediatamente punido!) e um inseto picara-o no peito. No início sentira apenas uma pontada, mas, ao voltar a bordo, durante a noite, tivera febre alta. Não falara nada a ninguém a respeito daquele incidente. Durante a noite, sentiu um zumbido nos ouvidos e uma forte dor de cabeça; o capitão abrira-lhe a batina, e o que vira? Uma pústula, como a que podem produzir as vespas (mas que estou dizendo?) ou até mesmo os mosquitos de grandes dimensões. Mas logo aquela inchação transformara-se aos seus olhos num carbunculus, num antraz, num furúnculo negrejante — em resumo —, num bubão, sintoma evidentíssimo da *pestis, quae dicitur bubonica,* como anotara de pronto em seu diário.

Padre Caspar tentava explicar que, durante a grande pestilência que se abatera sobre Milão e o Norte da Itália, doze anos antes fora enviado, junto com seus outros confrades, para prestar auxílio nos lazaretos e para estudar de perto o fenômeno. Portanto, sabia muito a respeito daquela calamidade contagiosa. Existem doenças que atacam apenas os indivíduos em lugares e tempos diferentes, como o Sudor Anglicus; outras, peculiares a uma única região, como a Dysenteria Melitensis ou a Elephantiasis Aegyptia, e outras, enfim, como a peste, que atacam por um longo período todos os habitantes de muitas regiões. Ora, a peste é anunciada pelas manchas do sol, aparições de eclipses, cometas, animais subterrâneos que saem de seus esconderijos, plantas que desmedram pelas exalações pestilenciais; e nenhum desses sinais se manifestara, quer a bordo, quer na terra, no céu ou no mar.

Em segundo lugar, a peste é certamente provocada pelos ares mefíticos que exalam dos pauis, pela decomposição de muitos cadáveres durante as guerras, ou até mesmo pelas invasões de gafanhotos que se afogam em grandes grupos no mar e depois refluem às praias. O contágio ocorre exatamente através dessas exalações, que entram pela boca e pelos pulmões e, através da veia cava, alcançam o coração. Mas, no curso da navegação, excetuado o fedor da água e do alimento, que de resto provoca o escorbuto e não a peste, aqueles navegadores não tinham sofrido nenhuma exalação maléfica, ao contrário, haviam respirado ar puro e ventos salubérrimos.

O capitão dizia que os vestígios das exalações permanecem presas às roupas e a muitos outros objetos, e que talvez a bordo houvesse alguma coisa que os conservara por longo tempo e depois os transmitira por contágio. E recordara a história dos livros.

Padre Caspar trouxera alguns bons livros sobre navegação, como por exemplo a *Arte del navegar,* de Medina, o *Typhis Batavus,* de Snellius, e o *De rebus oceanicis et orbe novo decades tres,* de Pietro d'Anghiera, e um dia contara ao capitão que os obtivera por uma bagatela, e justamente em Milão; depois da peste, fora posta à venda, na beira dos canais, toda a biblioteca de um senhor prematuramente desaparecido. E esta era a sua pequena coleção particular, trazida para o navio.

Para o capitão era evidente que os livros, pertencentes a um infectado, eram os agentes de contágio. A peste é transmitida, como todos sabem, por unguentos venenosos, e ele havia lido a respeito de pessoas que tinham morrido molhando o dedo com a saliva enquanto folheavam obras cujas páginas estavam justamente untadas de veneno.

Padre Caspar afanava-se: não, em Milão ele havia estudado o sangue dos infectados com uma invenção novíssima, um tecnasma que se chama óculo ou microscópio, e tinha visto flutuar naquele sangue uns vermículos, e são justamente os elementos daquele *contagium animatum* que são gerados por *vis naturalis* de qualquer podridão, e que depois se transmitem, *propagatores exigui,* através dos poros sudoríferos, ou da boca, ou, às vezes, até mesmo do ouvido. Mas esse pulular é coisa viva, e precisa de sangue para nutrir-se, não sobrevive doze anos ou mais entre as fibras mortas do papel.

O capitão não quisera ouvir explicações, e a pequena e bela biblioteca do padre Caspar acabou sendo transportada pela correnteza. Mas não era o bastante; embora padre Caspar se apressasse em dizer que a peste pode ser transmitida pelos cães e pelas moscas, mas, ao que sabia, jamais pelos ratos, toda a tripulação se pusera a caçar os camundongos, atirando em todas as direções com risco de abrir fendas na estiva. E, afinal, visto que, após um dia, a febre de padre Caspar continuava, e o seu bubão não prometia diminuir, o capitão tomara a sua decisão: todos iriam para a Ilha e lá deveriam esperar que o padre ou morresse ou ficasse curado, e o navio se purificasse de todo fluxo e influxo maligno.

Dito e feito, todos os seres humanos a bordo subiram para a chalupa, carregada de armas e ferramentas. E, como se previa que entre a morte do padre Caspar e o período em que o navio estivesse purificado, deveriam passar dois ou três meses, decidiram que era preciso construir em terra algumas cabanas e tudo que podia fazer do *Daphne* uma oficina fora rebocado para terra.

Isso sem contar a maior parte dos barriletes de aguardente.

"Mas uma boa coisa não fizeram", comentava Caspar com amargura e lamentava a punição que o Céu lhes reservara, por terem-no deixado, como se deixa uma alma perdida.

De fato, mal chegaram a terra, foram de pronto abater uns animais na selva, fizeram de noite uma grande fogueira na praia e festejaram, por três dias e três noites.

Provavelmente o fogo atraíra a atenção dos selvagens. Mesmo que a Ilha fosse desabitada, naquele arquipélago viviam homens negros como os africanos, que deviam ser bons navegadores. Certa manhã, padre Caspar viu aproximar-se uma dezena de "piragve", que chegavam, sabe-se lá de onde, além da grande ilha ocidental, dirigindo-se para a baía. Eram batéis escavados num tronco como os dos Indígenas do Novo Mundo, porém duplos: um levava a tripulação e o outro corria pela água como um trenó.

Padre Caspar temera inicialmente que se dirigissem para o *Daphne,* mas eles pareciam querer evitá-lo e apontavam para a calheta, por onde haviam desembarcado os marinheiros.

Tentara gritar para avisar os homens na Ilha, mas todos dormiam bêbedos. Logo, os marinheiros defrontaram-se com eles, que saíam por detrás das árvores.

Com um salto, puseram-se de pé. Os indígenas imediatamente demonstraram intenções belicosas, mas ninguém entendia mais nada, e muito menos onde haviam deixado as armas. Só o capitão adiantara-se e abatera um dos agressores com um tiro de pistola. Ao ouvir o disparo, e ao ver o companheiro que caíra morto sem que nenhum corpo o tivesse tocado, os indígenas fizeram sinais de submissão, e um deles aproximara-se do capitão, oferecendo-lhe um colar que trazia ao pescoço. O capitão inclinara-se e, em seguida, evidentemente começou a procurar um objeto para dar em troca, e virara-se para pedir alguma coisa aos seus homens.

Fazendo isso, dera as costas aos indígenas.

Padre Wanderdrossel pensava que os indígenas tivessem ficado logo impressionados, antes mesmo do tiro, pelo porte do capitão, que era um gigante batavo de barba loura e olhos azuis, qualidades que aqueles nativos atribuíam provavelmente aos deuses. Mas, vendo suas costas (pois é evidente que tais povos selvagens não julgavam que as divindades também tivessem costas), o chefe dos indígenas, prontamente, com a maça que trazia nas mãos, atacou-o, quebrando-lhe a cabeça, e o capitão caiu com o rosto no chão sem mais se mover. Os homens negros atiraram-se sobre os marinheiros que, sem que soubessem como se defender, foram exterminados.

Começara um horrível banquete que durou três dias seguidos. Padre Caspar, doente, assistira a tudo com a luneta e sem poder fazer nada. Daquela tripulação, fizera-se carne de açougue; Caspar vira inicialmente desnudá-los (com brados de felicidade dos selvagens que repartiam objetos e roupas), depois desmembrá-los, cozinhá-los, e, finalmente, mastigá-los com grande calma, entre goles de uma bebida fumegante e alguns cantos que teriam parecido a qualquer um pacíficos, se não se fizessem acompanhar por aquela desgraçada quermesse.

Já saciados, os indígenas começaram a apontar para o navio. Provavelmente não o associavam à presença dos marinheiros: majestoso com seus mastros e suas velas, incomparavelmente diverso de suas canoas. Eles não imaginavam que fosse uma obra humana. Segundo padre Caspar (que julgava conhecer muito bem a mentalidade dos idólatras do mundo inteiro, sobre a qual lhe falavam os viajantes jesuítas, de volta a Roma), acreditavam que fosse um animal, e o fato de ter permanecido neutro, enquanto celebravam seus ritos de Antropófagos, convencera-os. Por outro lado, já Magalhães, assegurava padre Caspar, contara como certos indígenas acreditavam que as embarcações, vindas do céu, fossem as mães naturais das chalupas que amamentavam, deixando-as dependuradas nas amuradas, e depois desmamavam, jogando-as às águas.

Mas alguém, provavelmente, sugeria agora que, se o animal fosse dócil, e as suas carnes suculentas como as dos marinheiros, valeria a pena apoderarem-se dele. E dirigiram-se para o *Daphne*. Naquela altura o pacífico jesuíta, para mantê-los afastados (sua Ordem impunha--lhe viver *ad majorem Dei gloriam* e não morrer para a satisfação de alguns pagãos *cujus Deus venter est*) pusera fogo ao estopim de um canhão, já carregado e apontado para a Ilha: a bala, com grande estrondo, enquanto o flanco do *Daphne* se aureolava de fumaça, como se o animal bufasse de raiva, foi cair no meio dos barcos, virando dois deles.

O portento fora eloquente. Os selvagens voltaram para a Ilha, desaparecendo no matagal, e assomaram pouco depois com coroas de flores e folhas que jogaram à água, executando alguns gestos de

246

reverência; apontaram em seguida a proa para sudeste e desapareceram atrás da ilha ocidental. Tinham pagado ao grande animal irritado o que julgaram ser um tributo suficiente, não aparecendo mais naquela praia: tinham concluído que a região estava infestada por uma criatura melindrosa e vingativa.

Eis a história de padre Caspar Wanderdrossel. Por mais de uma semana, antes da chegada de Roberto, sentira-se ainda mal, mas graças aos seus preparados ("Spiritus, Olea, Flores, und andere dergleichen Vegetabilische/ Animalische/ und Mineralische Medicamenten"), já começava a desfrutar a convalescença, quando ouvira certa noite alguns passos no convés.

Naquele momento, adoecera de novo de medo. Então, abandonara o seu abrigo e se refugiara naquele escaninho, levando consigo seus medicamentos e uma pistola, sem sequer perceber que estava descarregada. E de lá saíra apenas para buscar água e comida. Inicialmente furtara os ovos apenas para se fortificar, depois limitara-se a surrupiar as frutas. Convencera-se de que o Intruso (na história do padre Caspar o intruso era naturalmente Roberto) era um homem de saber, curioso em relação ao navio e ao seu conteúdo, e havia começado a considerar que não era um náufrago, mas o agente de algum país herético, que desejava os segredos da Specula Melitensis. Eis por que o bom padre se comportava de modo tão infantil, com o objetivo de obrigar Roberto a abandonar aquele navio infestado por demônios.

Depois, chegou a vez de Roberto contar a própria história e, não sabendo até que ponto Caspar havia lido os seus papéis, detivera-se particularmente sobre a sua missão e a sua viagem do *Amarilli*. A conversa acontecera ao fim do dia, enquanto haviam cozinhado um galeto e aberto a última das garrafas do capitão. Padre Caspar devia refazer as suas forças e obter sangue novo, e comemoraram o que parecia a cada um deles a volta ao consórcio humano.

"Ridiculoso!", comentara padre Caspar, após escutar a incrível história do doutor Byrd. "Tal asneira eu jamais ouvi. Por que faziam eles a ele tanto mal? Tudo pensava eu de ouvido ter sobre o mistério da longitude, mas jamais se pode procurar usando o *ungventum armarium!* Se fosse possível, inventava-o um jesuíta. Isso tem nenhuma relação com longitudes, eu te explicarei como bom faço o meu trabalho e tu vês como é diferente..."

"Mas, afinal," perguntou Roberto, "procuráveis as Ilhas de Salomão ou era o vosso desejo resolver o mistério das longitudes?"

"Mas as duas coisas, não? Tu encontras as Ilhas de Salomão e tu conheceste onde está o centésimo octogésimo meridiano e tu sabes onde estão as Ilhas de Salomão!"

"Mas por que essas ilhas devem estar nesse meridiano?"

"Oh mein Gott, o Senhor me perdoa que o Seu Santíssimo Nome em vão pronunciei. In primis, depois que Salomão o Templo construído havia, havia feito uma grande flotte, como diz o Livro dos Reis, e essa flotte chega à Ilha de Ophir, de onde lhe trazem (como dizes tu?)... quadringenti und viginti..."

"Quatrocentos e vinte."

"Quatrocentos e vinte talentos de ouro, uma muito grande riqueza: a Bíblia diz muito pouco para dizer muitíssimo, é como dizer *pars pro toto*. E nenhuma terra próxima de Israel possuía uma tão *grosse* riqueza, *quod significat* que aquela frota ao último confim do mundo chegado havia. Aqui."

"Mas por que aqui?"

"Porque aqui é o meridiano cento e oitenta, que é exactamente aquele que a Terra em duas separa, e do outro lado está o primeiro meridiano: tu contas um, dois, três, por trezentos e sessenta graus de meridiano, e se estás a cento e oitenta, aqui é meia-noite e naquele primeiro meridiano é meio-dia. Verstanden? Tu adivinhas agora por que as Ilhas de Salomão assim foram chamadas? Salomão dixit corta menino em dois, Salomão dixit corta a Terra em duas".

"Entendi; se estivermos no centésimo octogésimo meridiano, estaremos nas Ilhas de Salomão. Mas quem vos garante que estamos no centésimo octogésimo meridiano?"

"Mas a Specula Melitensis, não? E, se todas as minhas provas precedentes não bastassem, que o centésimo octogésimo meridiano passe exactamente lá, demonstrou-me a Specula." Arrastara Roberto até o convés mostrando-lhe a baía: "Vês aquele promontorium ao norte lá onde grandes árvores estão com grandes patas que caminham na água? Et agora vês o outro promontorium ao sul? Tu traças uma linha entre os dois promontoria, observas que a linha passa entre aqui e a praia, um pouco apud a praia não apud o navio... Avistada a linha, digo, uma geistige linha que tu vês com os olhos da imaginaçom? Gut, aquela é a linha do meridiano!"

No dia seguinte padre Caspar, que jamais perdera a contagem do tempo, deu-se conta de que era domingo. Celebrou a missa em sua cabine, consagrando uma partícula, das poucas hóstias que lhe tinham sobrado. Em seguida, retomou sua lição, primeiro na cabine entre o mapa-múndi e os outros mapas, depois no convés. E, diante das queixas de Roberto, que não podia suportar a luz do dia, tirou de um de seus armários um par de óculos, mas com as lentes escuras, que ele usara com sucesso para explorar a boca de um vulcão. Roberto começou a ver o mundo em cores mais tênues, agradabilíssimas, reconciliando-se aos poucos com os rigores do dia.

Para entender tudo o que segue, devo fazer um comentário, e se não o fizer eu mesmo não o compreenderei. A convicção de padre Caspar era a de que o *Daphne* se encontrava entre o décimo sexto e o décimo sétimo grau de latitude sul e a cento e oitenta de longitude. Quanto à latitude, podemos confiar nele plenamente. Mas imaginemos que tivesse acertado também a longitude. Das confusas anotações de Roberto, presume-se que o padre Caspar calcule trezentos e sessenta graus redondos, a partir da Ilha do Ferro, a dezoito graus a oeste de Greenwich, como queria a tradição desde os tempos de Ptolomeu. Portanto, se ele considerava estar no centésimo octogésimo meridiano, significa que na realidade estava no centésimo sexagésimo segundo a leste (de Greenwich). Ora, as Salomão encontram-se bem ao redor do centésimo sexagésimo meridiano leste, mas entre os cinco e os doze graus de latitude sul. Logo, o *Daphne* encontrar-se-ia muito abaixo, a oeste das Novas Hébridas, numa zona onde aparecem os baixios coralinos, aqueles que seriam mais tarde os *Récifs d'Entrecasteaux.*

Podia padre Caspar calcular de um outro meridiano? Certamente. Como no fim daquele século dirá Coronelli no seu *Livro dos Globos,* o primeiro meridiano era colocado por "Eratóstenes nas Colunas de Hércules, por Martinho de Tyr nas Ilhas Fortunadas; Ptolomeu na sua Geografia seguiu a mesma opinião, mas nos seus Livros de Astronomia fê-lo passar por Alexandria, no Egito. Entre os modernos, Ismael Abulfeda assinala-o em Cádiz, Alfonso em Toledo; Pigafetta et Herrera fizeram o mesmo. Copérnico coloca-o em Fruemburgo; Reinoldo em Monte Real ou Königsberg; Kepler em Uranisburgo; Longomontano em Kopenhagen; Lansbergius em Goes; Riccioli em Bolonha. Os atlas de Iansonio e Blaeu em Monte Pico. Para continuar a ordem de minha Geografia, pus neste Globo o Primeiro Meridiano na parte mais ocidental da Ilha do Ferro, para seguir também o Decreto de Luís XIII, que com o Conselho de GEO, em 1634, determinou-o nesse mesmo lugar."

Porém, se padre Caspar tivesse decidido negligenciar o decreto de Luís XIII e tivesse colocado seu primeiro meridiano, digamos, em Bolonha, então o *Daphne* teria ancorado mais ou menos entre o Samoa e as Tuamotu. Mas ali os indígenas não têm a pele escura como aqueles que ele afirmava ter visto.

Por que julgar acertada a tradição da Ilha do Ferro? É preciso partir do princípio de que padre Caspar esteja falando do Primeiro Meridiano como de uma linha imutável, estabelecida por decreto divino desde os primeiros dias da Criação. Por onde Deus teria julgado natural fazê-la passar? Por aquele lugar de incerta localização, certamente oriental, que era o jardim do Éden? Pela Ultima Thule? Por Jerusalém? Ninguém até então ousara tomar uma decisão teológica, e com razão: Deus não raciocina como os homens. Adão, por exemplo, aparecera na Terra quando já existiam o sol e a lua, o dia e a noite, e, consequentemente, os meridianos.

Portanto, a solução não devia ser em termos de História, mas sim de Astronomia Sacra. Era preciso fazer coincidir o ditado bíblico com os conhecimentos que nós possuímos acerca das leis celestes. Ora, segundo o Gênesis, Deus criou, primeiramente, o céu e a terra. Nessa ocasião, pairavam as trevas sobre o Abismo, e *spiritus Dei fovebat aquas,* mas essas águas não podiam ser as que nós conhecemos, separadas por Deus somente no segundo dia, dividindo as águas que estão acima do firmamento (das quais ainda provêm as chuvas) daquelas que estão abaixo, formando os rios e os mares.

Isso significa que o primeiro resultado da Criação foi a Matéria-Prima, informe e sem dimensões, qualidades, propriedades, tendências, desprovida de movimento e de repouso, puro caos primordial, *hylé* que não era ainda nem luz nem treva. Era uma massa mal digerida onde se confundiam ainda os quatro elementos, e também o frio e o calor, o seco e o úmido, magma em ebulição, que explodia em gotas ardentes, uma panela de feijão, um ventre diarreico, um tubo obstruído, um pântano em cuja superfície se desenham e desaparecem círculos d'água pela emersão e imersão súbita de larvas cegas. De tal modo que os heréticos deduziam que aquela matéria, tão obtusa, resistente a todo sopro criativo, fosse tão eterna quanto Deus.

Mas mesmo assim, fazia-se necessário um fiat divino para que nela e sobre ela se impusesse a alternância da luz e das trevas, do dia e da noite. Esta luz (e aquele dia), a respeito da qual se fala no segundo estádio da Criação, não era ainda a luz que nós conhecemos, a das estrelas e a dos dois grandes luminares, que foram criados somente no quarto dia. Era uma luz criativa, energia divina no estado puro, como a deflagração de um barril de pólvora, primeiramente são apenas grânulos negros, comprimidos numa massa opaca, e, repentinamente, uma expansão de chamas, uma concentração brilhante, que se difunde até a própria extrema periferia, além da qual se criam por contraposição as trevas (mesmo que entre nós a explosão acontecesse de dia). Como, se ao prender a respiração, de um carvão que parecia reacender-se por um hálito interno, daquela *göldene Quelle des Universums* tivesse nascido uma escala de excelências luminosas gradualmente decrescendo à mais irremediável das imperfeições; como se o sopro criativo partisse da infinita e concentrada potência luminosa da divindade, tão abrasada, a ponto de parecer uma noite escura, descendo através da relativa perfeição dos Querubins e dos Serafins, Tronos e Dominações, até o ínfimo refugo, onde se arrasta a lombriga e sobrevive, insensível, a pedra, na fronteira do nada "E essa era a Offenbarung göttlicher Mayestat!"

E, se no terceiro dia já nascem as ervas, e as árvores, e os prados, e a Bíblia não fala ainda da paisagem que nos alegra o olhar, é porque ainda não aparecera o sol, e só existe uma obscura potência vegetativa, acoplamentos de espermas, sobressaltos de raízes sofridas e contorcidas que buscam a luz daquele astro.

A vida chega no quarto dia, quando foram criados a Lua, o Sol e as estrelas para dar luz à Terra e separar o dia da noite, no sentido em que nós os entendemos, quando computamos o curso dos tempos. É naquele dia que se ordena o círculo dos céus, do Primeiro Móbile e das Estrelas Fixas até a Lua, com a Terra no centro, pedra dura, apenas clareada pelos raios dos luminares, tendo em volta uma grinalda de pedras preciosas.

Estabelecendo o nosso dia e a nossa noite, o Sol e a Lua foram o primeiro e insuperado modelo de todos os relógios futuros; os imitadores do firmamento; assinalam o tempo humano no quadrante zodiacal, um tempo que nada tem a ver com o tempo cósmico: ele dispõe de uma direção, uma respiração ansiosa feita de ontem, hoje e amanhã, e não a calma respiração da Eternidade.

Permaneçamos, então, neste quarto dia, afirmava padre Caspar. Deus cria o Sol, e quando o Sol é criado — e não antes, é natural —, começa a mover-se. Pois bem, no momento em que o Sol inicia seu curso para não mais parar, naquele *Blitz,* naquele piscar de olhos, antes de dar o primeiro passo, ele se encontra perpendicular a uma linha precisa que divide verticalmente a Terra em duas.

"E o Primeiro Meridiano é aquele em que, de repente, é meio--dia!", comentava Roberto, que julgava ter entendido tudo.

"Nein!", reprimia-o seu mestre. "Tu acreditas que Deus é tão estúpido como tu? Como pode o primeiro dia da Creaçom a meio-dia começar?! Talvez comeces tu, em prinzipio desz Heyls, a Creaçom com um imperfeito dia, um Leibesfrucht, um foetus de dia de sol de doze horas?"

Claro que não. No Primeiro Meridiano, o percurso do sol deveria ter começado com a luz das estrelas, quando era meia-noite mais um bocadinho; e antes havia o Não Tempo. Naquele meridiano tinha dado início — de noite — o primeiro dia da Criação.

Roberto objetara que, se naquele meridiano era noite, um dia abortado teria surgido na outra parte, lá onde o sol aparecera repentinamente, sem que antes não fosse noite nem outra coisa, mas apenas o caos tenebroso e sem tempo. E padre Caspar dissera que o Livro Sagrado não nos diz que o sol tenha surgido como num passe de mágica, e que não lhe desagradava pensar (como impunha toda a lógica natural e divina) que Deus tivesse criado o Sol, fazendo-o prosseguir no céu, nas primeiras horas, como uma estrela apagada, que seria acesa aos poucos no transcorrer do Primeiro Meridiano aos seus antípodas. Talvez ele se inflamasse aos poucos, como lenha verde tocada pela primeira centelha de uma pederneira, que de início mal começa a fumegar, e depois, ao sopro que a solicita, começa a estalar para submeter-se afinal a um fogo alto e vivo. Não seria talvez belo imaginar o Pai do Universo que soprava naquela bola ainda verde, para levá-la a celebrar a sua vitória, doze horas após o nascimento do Tempo, e exatamente no Meridiano Antípoda, no qual eles se encontravam naquele momento?

Restava definir qual era o primeiro meridiano. E padre Caspar reconhecia que o da Ilha do Ferro era ainda o melhor candidato, visto que — Roberto já o soubera pelo doutor Byrd — ali a agulha da bússola não se desvia, e a linha em questão passa por aquele ponto, bem próximo do polo, onde as montanhas de ferro são as mais altas. O que é, certamente, sinal de estabilidade.

Em resumo: se aceitássemos que o padre Caspar partira daquele meridiano e que encontrara a exata longitude, bastaria admitir que, desenhando bem a rota como navegador, havia naufragado como geógrafo: o *Daphne* não estava nas nossas Ilhas Salomão, mas em algum lugar a oeste das Novas Hébridas, e amém. Contudo, lamento contar uma história que, como veremos, *deve* acontecer no centésimo octogésimo meridiano — pois do contrário perde todo sabor — e aceitar o que aconteça, quem sabe a quantos graus mais para lá ou para cá?

Lanço então uma hipótese e desafio todos os leitores a desafiá-la. Padre Caspar errara de tal maneira que se achava, sem o saber, no nosso centésimo octogésimo meridiano, ou seja, naquele que calculamos de Greenwich — o último ponto de partida do mundo no qual ele teria podido pensar, porque era terra de cismáticos antipapistas.

Nesse caso, o *Daphne* encontrava-se nas Fidji (onde os indígenas são realmente de pele muito escura), exatamente no ponto onde passa hoje o nosso centésimo octogésimo meridiano, ou seja, a ilha de Taveuni.

Os cálculos, em parte, dariam certo. O perfil de Taveuni mostra uma cadeia vulcânica, como a grande ilha que Roberto via a oeste. Padre Caspar, no entanto, dissera a Roberto que o meridiano fatal passava exatamente diante da baía da Ilha. Ora, se estamos com o meridiano a leste, vemos Taveuni a oriente, não ocidente; e, se vemos a oeste uma ilha que parece corresponder às descrições de Roberto, então temos certamente a leste ilhas menores (eu escolheria Qamea); mas então o meridiano passaria pelo litoral de quem olha para a Ilha da nossa história.

A verdade é que, com os dados transmitidos por Roberto, não é possível apurar onde fora parar o *Daphne*. E depois, todas aquelas ilhotas são como os japoneses para os europeus e vice-versa: todos são parecidos. Só quis tentar. Um dia eu gostaria de refazer a viagem de Roberto, em busca de seus rastros. Mas uma coisa é a minha geografia e outra a sua história.

O nosso único consolo é que todas essas divagações são absolutamente irrelevantes do ponto de vista de nosso incerto romance. Aquilo que o padre Wanderdrossel diz a Roberto é que eles se encontram no centésimo octogésimo meridiano, que é o antípoda dos antípodas, e lá, no centésimo octogésimo meridiano, não estão as nossas Ilhas Salomão, mas a sua Ilha de Salomão. Que importa, afinal, se ela existe ou deixa de existir? Esta será, quando muito, a história de duas pessoas que acreditam estar nela, não de duas pessoas que nela estejam, e para ouvir histórias — é dogma dos mais liberais — é preciso suspender a incredulidade.

Portanto, o *Daphne* encontrava-se diante do centésimo octogésimo meridiano, justamente nas Ilhas de Salomão, e a nossa Ilha era — dentre as Ilhas de Salomão — a mais salomônica, como salomônico é o meu veredicto, para cortar de uma vez por todas.

"E então?", perguntara Roberto ao término da explicação. "Acreditais realmente poder encontrar naquela ilha todas as riquezas de que falava Mendaña?"

"Mas essas são Lügen der spanischen Monarchy! Nós estamos diante do maior prodígio de toda a humana e sacra história, que tu ainda não entender podes! Em Paris olhavas as senhoras e acompanhavas a *ratio studiorum* dos epicuristas, em vez de refletir nos grandes milagres deste nosso Universum, que o Sanctissimo Nome do seu Creador fiat semper laudato!"

Portanto, as razões pelas quais padre Caspar havia partido pouco tinham a ver com os propósitos de rapina dos vários navegadores de outros países. Tudo nascia do fato de que padre Caspar estava escrevendo uma obra monumental, destinada a ser mais perene do que o bronze, sobre o Dilúvio Universal.

Como homem da Igreja, pretendia demonstrar que a Bíblia não havia mentido, mas, como homem de ciência, desejava pôr de acordo o ditado sacro com os resultados das pesquisas de seu tempo. E por isso recolhera fósseis, explorara os territórios do oriente para encontrar alguma coisa no alto do monte Ararat e fizera cálculos muito cuidadosos sobre aquelas que podiam ter sido as dimensões da Arca, capazes de permitir-lhe abrigar tantos animais (e note-se, sete casais para cada um) e, ao mesmo tempo, manter a justa proporção entre a parte emersa e a parte imersa, para não naufragar com todo aquele peso ou adernar por causa dos vagalhões, que durante o Dilúvio não deviam constituir leves chibatadas.

Fizera um esboço para mostrar a Roberto o desenho interno da Arca, como um enorme edifício esquadrado, com seis andares: as aves na parte superior para receberem a luz do Sol, os mamíferos em cercados, para que pudessem hospedar não somente gatinhos, mas também elefantes; e os répteis numa espécie de sentina, onde também os anfíbios pudessem encontrar o seu abrigo dentro d'água. Nenhum espaço para os Gigantes, e por isso a espécie se extinguiu. Noé não tivera afinal o problema dos peixes, os únicos que do Dilúvio nada tinham a temer.

Todavia, ao estudar o Dilúvio, padre Caspar tivera de enfrentar um problema *physicus-hydrodynamicus* aparentemente insolúvel. Deus, diz a Bíblia, fez chover sobre a Terra durante quarenta dias e quarenta noites, e as águas subiram à terra, cobrindo até os montes mais elevados e pararam a quinze côvados acima dos mais altos, e as águas cobriram então a Terra por cento e cinquenta dias. Muito bem.

"Mas já a chuva recolher experimentaste tu? Chove um dia inteiro, e tu recolheste um pequeno fundo de barril! E se chovesse por uma semana, a muito custo encherias o barril. E imagina também uma ungeheuere chuva, sob a qual não podes permanecer, que todo o céu despeja sobre a tua pobre cabeça; uma chuva pior que a tempestade em que naufragaste... Em quarenta dias ist das unmöglich, não possível que tu enche toda a terra até as montanhas mais altas!"

"Quereis dizer que a Bíblia mentiu?"

"Nein! Claro que não! Mas eu devo demonstrar onde Deus toda aquela água apanhou, pois não é possível que a tenha feito cair do céu! Isso não basta!"

"E então?"

"E então dumm bin ich nicht, estúpido sou eu não! Padre Caspar uma coisa pensou que por nenhum homem antes de hoje jamais pensada foi. In primis, leu bem a Bíblia, que diz que Deus realmente abriu todas as cataratas do céu, mas fez também jorrar todas as Quellen, as Fontes Abyssy Magnae, todas as fontes do grande abysmo, Gênesis um sete onze. Depois que o Dilúvio terminado estava, as fontes do abysmo fechou, Gênesis um oito dois! Que significam essas fontes do abysmo?"

"Que significam?"

"São as águas que no mais profundo do mar se encontram! Deus não só a chuva pegou, mas também as águas do mais profundo do mar e as despejou sobre a terra! E as apanhou aqui, porque se as montanhas mais altas da Terra estão em volta do Primeiro Meridiano, entre Hyerusalem e a Ilha do Ferro, certamente devem os abysmos marinhos mais profundos estar aqui, no antimeridiano, por razões de symetria."

"Sim, mas as águas de todos os mares do globo não bastam para cobrir as montanhas, pois do contrário isso aconteceria sempre. E se Deus despejasse as águas do mar sobre a terra, cobriria a terra mas esvaziaria o mar, e o mar tornar-se-ia um grande buraco vazio, e Noé cairia dentro dele com toda a Arca..."

"Tu dizcs uma justíssima coisa. Não só: se Deus pegava toda a água da Terra Incógnita e a despejava sobre a terra Cógnita, sem água nesse hemisfério, mudava a Terra todo o seu Zentrum Cravitatis e se derramava toda, e talvez saltava no céu como uma bola, no qual dás um chute."

"E então?"

"E então experimenta pensar o que tu faria se tu eras Deus."

Roberto estava gostando do jogo: "Se eu era Deus", disse (pois suponho que não conseguisse mais conjugar os verbos como ordena o Deus dos italianos), "eu criava nova água."

"Tu, mas Deus não. Deus pode água ex nihilo criar, mas onde coloca água após o Dilúvio?"

"Então Deus teria posto, desde o início dos tempos, uma grande reserva de água debaixo do abismo, escondida no centro da Terra, deixando-a sair naquela ocasião, somente por quarenta dias, como se esguichasse dos vulcões. Certamente a Bíblia quer dizer isso quando lemos que Ele fez jorrar as fontes do abismo."

"Tu acreditas? Mas dos vulcões sai o fogo. Todo o zentrum da Terra, o coração do Mundus Subterraneus, é uma grande massa de fogo! Se no zentrum o fogo está, não pode a água nele estar! Se a água lá houvesse, seriam os vulcões fontes", concluiu.

Roberto não desistia: "Então, se eu era Deus, eu pegava a água de um outro mundo, visto serem infinitos, e a despejava sobre a Terra."

"Tu em Paris ouviste aqueles ateus que dos mundos infinitos falam. Mas Deus um só mundo fez, e ele basta para sua glória. Não, tu pensa melhor, se tu não infinitos mundos tens, e não tens tempo de os fazer justamente por causa do Dilúvio e depois os jogas de novo no Nada, o que fazes?"

"Então, realmente não sei."

"Porque tu um pequeno pensamento tens."

"Terei um pequeno pensamento."

"Sim, muito pequeno. Agora tu pensa. Se Deus a água pegar poderia, que existiu hontem sobre toda a terra e colocá-la hoje; e amanhã, toda a água pegar que foi hoje, et é já o dobro, e colocá-la depois de amanhã, e assim ad infinitum, talvez chega o dia em que Ele toda esta nossa esfera encher consegue, até cobrir todas as montanhas?"

"Não sou bom de cálculo, mas direi que a certo ponto, sim!"

"Já! Em quarenta dias cobre Ele a terra com quarenta vezes a água que se encontra nos mares, e se tu perfazes quarenta vezes a profundidade dos mares, cobres certamente as montanhas: os abysmos são muito mais profundos ou tão profundos quanto as montanhas altas são."

"Mas onde pegava Deus a água de ontem, se ontem já havia passado?"

"Aqui mesmo! Agora ouve. Imagine que tu estarias no Primeiro Meridiano. Podes?"

"Sim, posso."

"Agora pensas que lá meio-dia é, e, digamos, meio-dia da Sexta--feira Santa. Que hora é em Hyerusalem?"

"Depois de tudo quanto aprendi sobre o curso do Sol e sobre os meridianos, em Jerusalém o Sol terá passado faz tempo sobre o meridiano e será de tardinha. Compreendo aonde quereis levar-me. Está bem: no Primeiro Meridiano é meio-dia e no Meridiano Cento e Oitenta é meia-noite, porque o Sol já passou há doze horas."

"Gut. Portanto, aqui é meia-noite; portanto, o fim da Quinta-Feira Santa. O que acontece aqui logo depois?"

"Será o começo das primeiras horas da Sexta-Feira Santa."

"E não no Primeiro Meridiano?"

"Não, lá ainda será a tarde daquela quinta-feira."

"Wunderbar. Logo, aqui já é sexta-feira e lá é ainda quinta-feira, não? Mas quando lá sexta-feira é, aqui já é sábado. Et assim o Senhor aqui ressuscitará quando lá está ainda morto!"

"Sim, está bem, mas não compreendo..."

"Agora tu compreendes. Quando aqui é meia-noite et um minuto, uma minusculária parte de minuto, tu dizes que aqui já é sexta-feira?"

"Claro que sim."

"Mas pensa que no mesmo momento tu não estarias aqui no navio, mas naquela ilha que vês, ao oriente da linha do meridiano. Dizes tu talvez que lá já sexta-feira é?"

"Não, lá é ainda quinta-feira. É meia-noite menos um minuto, menos um átimo, mas de quinta-feira."

"Gut! Ao mesmo tempo aqui é sexta-feira e ali é quinta-feira!"

"Certo e...", Roberto detivera-se fulminado por um pensamento. "E não é só. Vós me fazeis compreender que, se naquele mesmo instante, eu estivesse na linha do meridiano, seria meia-noite em ponto, mas se olhasse para o ocidente veria a meia-noite de sexta-feira, e se olhasse para o oriente veria a meia-noite de quinta-feira. Meu Deus!"

"Tu não dizes Meudeus, bitte!"

"Desculpe-me, padre, mas é uma coisa miraculosa!"

"Et, então, diante de um miráculo não uses o nome de Deus em vão! Diz Sacro Bosco; é melhor. Mas o grande miráculo é que não existe um miráculo! Tudo estava previsto ab initio! Se o Sol vinte e quatro horas emprega para girar em volta da Terra, começa a ocidente do centésimo octogésimo meridiano um novo dia, et a oriente temos ainda o dia anterior. Meia-noite de sexta-feira, aqui no navio, é meia-noite de quinta-feira na Ilha. Tu não sabes o que aos marinheiros de Magalhães aconteceu quando terminaram a volta ao mundo, como conta Pedro Mártir? Que voltaram et pensavam que fosse um dia antes et era, ao contrário, um dia depois, e eles acreditavam que Deus os tivesse punido, roubando-lhes um dia, porque não haviam o jejum da Sexta-Feira Santa observado. Era, contudo, muito natural: haviam na direção do poente viajado. Se da Amérika para a Ásia viajas, perdes um dia; se no sentido contrário viajas, ganhas um dia: eis o motivo por que o *Daphne* percorreu o caminho da Ásia, e vós, estúpidos, o caminho da Amérika. Tu és agora um dia mais velho do que eu! Não é engraçado?"

"Mas se eu voltasse à Ilha seria um dia mais jovem!", disse Roberto.

"Este era meu pequeno jocus. Mas não me importa se tu és mais jovem ou mais velho. A mim importa que neste ponto da Terra uma linha existe que, deste lado, o dia depois é; e, daquele lado, o dia anterior. E não somente à meia-noite, mas também às sete, às dez, a qualquer hora! Deus pegava, pois, desse abysmo a água de ontem (que tu vês lá) e a despejava sobre o mundo de hoje, e o dia seguinte ainda e assim por diante! Sine miraculo, naturaliter! Deus havia a natureza predisposto como um grande Relogium! É como se eu tivesse um relogium, que marca não as doze, mas as vinte e quatro horas. Neste relogium, se move a seta ou ponteiro na direção das vinte e quatro, et à direita das vinte e quatro era hontem, et à esquerda, hoje!"

"Mas como conseguiria a Terra de ontem permanecer parada no céu, se não havia mais água nesse hemisfério? Não perderia o Centrum Gravitatis?"

"Tu pensas com a humana concepçom do tempo. Para nós, homens, existe o hontem, não mais, e o amanhã, não ainda. Tempus Dei, quod dicitur Aevum, muito diferente."

Roberto raciocinava que se Deus tirasse a água de ontem e a pusesse no hoje, a Terra teria talvez uma sucussão por causa daquele terrível centro de gravidade, mas isso não devia importar aos homens; em seu ontem, a sucussão não havia acontecido, e acontecia, ao contrário, num ontem de Deus, que sabia, evidentemente, manejar tempos diversos e histórias diversas, como um Romancista que escreve diversos romances, todos com as mesmas personagens, mas fazendo-lhes viver episódios diversos de uma história para outra. Como se tivesse havido uma Canção de Rolando, na qual Rolando morresse debaixo de um pinheiro, e uma outra, na qual se tornasse o rei da França na morte de Carlos, usando a pele de Ganelão como tapete. Ideia que, como mostraremos mais tarde, acompanhá-lo-ia durante longo tempo, convencendo-o de que não apenas os mundos podem ser infinitos no espaço, mas também paralelos no tempo. Mas disso não queria falar com o padre Caspar, que considerava já hereticíssima a ideia de muitos mundos com presentes no mesmo espaço, e quem sabe o que teria dito daquela sua glosa. Limitou-se, pois, a perguntar como fizera Deus para deslocar toda aquela água de ontem para hoje.

"Com a erupçom dos vulcões submarinos, natürlich! Pensas? Eles sopram abrasados ventos, e que acontece quando uma panela de leite se esquenta? O leite incha, sobe, sai da panela, e se derrama sobre a estufa! Mas naquele tempo era não leite, mas água fervendo! Grande catastróphe!"

"E como Deus tirou toda aquela água após os quarenta dias?"

"Se não chovia mais havia sol, et assim evaporava a água pouco a pouco. A Bíblia diz que cento e cinquenta dias foram necessários. Se a tua roupa num dia lavas e enxugas, enxugas a Terra em cento e cinquenta. E, depois, muita água aos enormes lagos subterrâneos refluiu, que, ainda agora, entre a superfície e o fogo zentral estão."

"Quase me convencestes", disse Roberto, a quem não importava tanto como se tivesse movido toda aquela água, quanto o fato de estar a dois passos de ontem. "Mas aqui chegando, o que demonstrastes, que antes não poderíeis ter demonstrado à luz da razão?"

"A luz da razão, deixa-a com a velha theologia. Hoje quer a scientia a prova da experientia. Et a prova da experientia é que eu aqui estou. Ademais, antes que eu chegava aqui fiz muitas sondagens et sei quão profundo o mar lá embaixo é."

Padre Caspar abandonara sua explicação geoastronômica e se derramara na descrição do Dilúvio. Falava agora o seu latim erudito, agitando os braços como para evocar os vários fenômenos celestes e ínferos, a passos largos na tolda. Fizera-o no exato momento em que o céu da baía começava a cobrir-se de nuvens, anunciando um temporal, como aqueles que chegam, de repente, somente nos mares do Trópico. Agora, abertas todas as fontes do abysmo e as cataratas do céu, quão horrendum et formidandum spectaculum oferecera-se a Noé e à sua família!

Primeiro os homens refugiavam-se sobre os tetos, mas suas casas eram varridas pelas ondas, que chegavam dos Antípodas com a força do vento divino, erguendo-as e empurrando-as; subiam às árvores, mas estas eram arrancadas como se fossem arbustos; conseguiam ver ainda as copas de antiquíssimos carvalhos, agarravam-se a eles com todas as forças, mas os ventos balançava-os com tanto furor, que não conseguiam segurar-se. No mar, que recobria vales e montanhas, boiavam cadáveres inchados, nos quais os últimos pássaros amedrontados tentavam empoleirar-se como se fosse um ninho horrendo, mas logo perdiam também esse refúgio derradeiro, cedendo, afinal, extenuados, as penas pesadas, as asas exaustas. "Oh, horrenda justitiae divinae spectacula", exultava padre Caspar, e não era nada — assegurava — comparada com quanto nos será dado ver no dia em que Cristo voltar para julgar os vivos e os mortos...

E ao grande fragor da natureza respondiam os animais da Arca; aos uivos do vento, ecoavam os lobos; ao rugir dos trovões, respondiam os leões; ao frêmito dos raios, barriam os elefantes; ladravam os cães à voz de seus confrades moribundos; choravam as ovelhas, ao pranto das crianças; grasnavam as gralhas ao crocitar da chuva no telhado da Arca; bramavam os bois, ao mugir das ondas; e todas as criaturas da terra e do ar, com seu calamitoso pipilar ou gemebundo ulular, tomavam parte do luto do planeta.

Mas foi nessa ocasião, assegurava padre Caspar, que Noé e sua família redescobriram a língua que Adão havia falado no Éden, e que seus filhos haviam esquecido após a expulsão, e que quase todos os próprios descendentes de Noé tinham perdido, no dia da grande confusão babélica, excetuados os herdeiros de Gomer, que a tinham levado às florestas do Norte, onde o povo alemão soubera fielmente preservá-la. Somente a língua alemã — gritava agora na sua língua materna padre Caspar exaltado — "redet mit der Zunge, donnert mit dem Himmel, blitzet mit den schnellen Wolken", ou, como depois inventivamente prosseguiu, misturando os sons aspérrimos de idiomas diversos, só a língua alemã fala a língua da natureza, "blitza com as Nuvens, brumma com o Cerfo, gruntza com o Schwaino, zissca com o Anguícolo, maua com o Gatzo, schnattera com o Anserculo, quaquara com o Pato, kakakoka com a Galinha, klappera com a Cigonha, kraka com o Korvus, schwirra com a Arandurinha!" No fim, ele já estava rouco de tanto babelizar, e Roberto, convencido de que a verdadeira língua de Adão, reencontrada com o Dilúvio, medrasse nas terras do Sacro Romano Imperador.

Pingando de suor, o religioso terminara sua evocação. Como se estivesse assustado com as consequências de um dilúvio, o céu chamou de volta o temporal, como um espirro que está prestes a explodir, e, depois, é detido com um grunhido.

22
A Pomba Cor de Laranja

Nos dias seguintes ficara bastante claro que a Specula Melitensis era inalcançável, pois nem mesmo o padre Wanderdrossel sabia nadar. O barco ainda estava lá embaixo, na calheta, e, portanto, era como se não existisse.

Agora que tinha à disposição um homem jovem e vigoroso, padre Caspar saberia como fazer construir uma balsa com um grande remo, mas, já o explicara, materiais e instrumentos tinham ficado na Ilha. Sem dispor sequer de uma acha, não se podiam abater os mastros ou as vergas, sem martelos não se podiam arrancar as portas e pregá-las umas às outras.

Por outro lado, padre Caspar não parecia muito preocupado com aquele naufrágio prolongado; ao contrário, alegrava-se apenas em virtude de poder usar novamente a sua cabine, o convés e alguns instrumentos para prosseguir os estudos e as observações.

Roberto ainda não entendera quem era padre Caspar Wanderdrossel. Um sábio? Sim, certamente, ou, pelo menos, um erudito, e um curioso, tanto de ciências naturais, quanto de ciências divinas. Um exaltado? Seguramente. Num certo momento, deixara transparecer que aquele navio fora preparado, não à custa da Companhia, mas à sua própria, ou seja, à de um seu irmão, mercador enriquecido e desatinado como ele; em outra ocasião deixara escapar algumas queixas a respeito de certos confrades que lhe teriam "latrocinado tantas fecundíssimas Ideias", após terem fingido repudiá-las como

265

disparates. O que fazia pensar que lá em Roma aqueles reverendos padres teriam visto com bons olhos a partida daquela personagem sofística; e, considerando que embarcava à própria custa, e que havia boas esperanças de que ao longo daquelas rotas impérvias acabaria por perder-se, teriam-no encorajado para livrar-se dele.

Os círculos frequentados por Roberto na Provença e em Paris tornavam-no hesitante em face das afirmações de física e filosofia natural que ouvira do velho. Mas Roberto, já vimos, absorvera o saber a que fora exposto como se fosse uma esponja, sem muito preocupar-se com o fato de não acreditar em verdades contraditórias. Talvez não lhe faltasse o gosto do sistema, era uma escolha.

Em Paris o mundo lhe aparecera como se fosse uma cena na qual se representavam aparências ilusórias, onde cada espectador queria seguir e admirar um episódio diferente a cada noite, como se as coisas habituais, ainda que miraculosas, não iluminassem mais ninguém, e apenas aquelas insolitamente incertas ou incertamente insólitas fossem ainda capazes de excitá-los. Os antigos acreditavam que para uma pergunta existisse uma única resposta, ao passo que o grande teatro parisiense lhe oferecera o espetáculo de uma pergunta à qual se respondia das mais diversas maneiras. Roberto decidira conceder somente a metade do próprio espírito às coisas nas quais acreditava (ou acreditava acreditar), para manter a outra disponível, no caso de ser verdade o contrário.

Se tal era a disposição de seu ânimo, podemos então entender por que não estava tão motivado assim para negar também as mais ou menos fidedignas entre as revelações do padre Caspar. De todas as histórias que ouvira, aquela contada pelo jesuíta era certamente a mais extraordinária. Por que então considerá-la falsa?

Desafio qualquer um que, abandonado num navio deserto, entre o céu e o mar, num espaço perdido, não se sinta predisposto a sonhar que, naquela grande desgraça, não tenha tido pelo menos a sorte de ter chegado ao centro do tempo.

Logo, podia também divertir-se opondo àquelas histórias múltiplas objeções; mas, frequentemente, comportava-se como os discípulos de Sócrates, que quase imploravam uma derrota.

Por outro lado, como refutar o saber de uma figura que já se tornava paterna e que o levara repentinamente da condição de náufrago atônito à de passageiro de um navio, do qual alguém possuía conhecimento e soberania? Seja na autoridade do hábito, seja na condição de senhor originário daquele castelo marinho, padre Caspar representava a seus olhos o Poder, e Roberto aprendera bastante as ideias do século para saber que diante da força deve-se concordar, pelo menos na aparência.

Se ainda assim, Roberto começava a duvidar de seu hóspede, imediatamente o padre, conduzindo-o a reexplorar o navio, mostrando-lhe instrumentos que passaram despercebidos à sua atenção, permitia-lhe aprender tantas coisas, a ponto de ganhar a sua confiança.

Por exemplo, fizera-lhe descobrir redes e anzóis de pesca. O *Daphne* estava ancorado em águas muito piscosas, e não era o caso de consumir as provisões de bordo, sendo possível ter peixe fresco. Roberto, andando agora de dia com seus óculos escuros, aprendera logo a baixar as redes e a jogar o anzol e, sem muito esforço, capturara animais de desmesurada medida, tanto que mais de uma vez correra o risco de ser arrastado para fora do navio, pela força com a qual abocanhavam a isca.

Roberto estendia-os no convés, e padre Caspar parecia conhecer a natureza e até mesmo o nome de cada um. Se os nomeava segundo a natureza ou os batizava a seu talante, Roberto não sabia dizer.

Se os peixes de seu hemisfério eram cinza, ou no máximo prateados e reluzentes, estes revelavam-se azuis com barbatanas marasquinas, possuíam barbas açafrão, ou caras de coloração cardeal. Pescara uma enguia com duas cabeças olhudas, uma em cada extremidade do corpo, mas padre Caspar fizera-lhe observar como a segunda cabeça era, ao contrário, uma cauda adornada pela natureza, com a qual, uma vez agitada, o animal assustava seus adversários também por trás. Foi capturado um peixe, cujo ventre estava manchado, com faixas de nanquim no dorso, todas as cores da íris ao redor do olho, uma cara de cabra, mas padre Caspar mandou-o jogar, imediatamente, de volta ao mar, pois sabia (história dos confrades, experiência de viagem, lenda de marinheiros?) que era mais venenoso do que um cogumelo mortífero.

A respeito de um outro, de olhos amarelos, boca túmida e dentes como pregos, padre Caspar apressara-se a dizer que era uma criatura de Belzebu. Que o deixasse sufocar no convés até que a morte chegasse e, depois, devolvê-lo ao mar. Ele o afirmava por experiência adquirida ou julgava pelo aspecto? De resto, todos os peixes que Caspar julgava comestíveis revelavam-se ótimos e, a respeito de um, aliás, soubera dizer ainda que era melhor cozido que assado.

Iniciando Roberto nos mistérios daquele mar salomônico, o jesuíta também fora mais preciso em dar informações sobre a Ilha, ao redor da qual navegara o *Daphne,* quando de sua chegada. A leste possuía algumas pequenas praias, mas demasiadamente expostas aos ventos. Um pouco depois do promontório sul, onde em seguida aportaram, com o barco, havia uma baía calma, mas a água era muito baixa para ancorar o *Daphne.* Aquele ponto, onde o navio agora se encontrava, era o mais apropriado: aproximando-se da Ilha, acabariam encalhando num fundo baixo e, afastando-se mais, acabariam no centro de uma correnteza muito forte, que percorria o canal entre as duas ilhas de sudoeste a nordeste; e foi fácil demonstrá-lo a Roberto. Padre Caspar pediu-lhe que lançasse ao mar, com todas as suas forças, o grande corpo morto do peixe de Belzebu, no lado ocidental, e o cadáver do monstro, até quando o acompanharam flutuando, foi arrastado com violência por aquele fluxo invisível.

Padre Caspar e os marinheiros haviam explorado a Ilha, se não toda, pelo menos grande parte: o bastante para poder deliberar que o cume, que haviam escolhido para construir a Specula, era o mais adequado para dominar, no campo visual, toda aquela terra, tão vasta quanto a cidade de Roma.

Havia no interior uma cascata e uma belíssima vegetação: não somente cocos e bananas, mas também algumas árvores, de tronco esteliforme e pontas afiadas como lâminas.

Roberto vira alguns de seus animais na segunda coberta: a Ilha era um paraíso de pássaros e havia até mesmo raposas voadoras. Avistaram, no matagal, alguns porcos, mas não conseguiram capturá-los. Havia cobras, mas nenhuma delas se mostrara venenosa ou feroz, ao passo que infinita era a variedade de lagartos.

Mas a fauna mais rica estava ao longo da barbacã de corais. Tartarugas, caranguejos e ostras de todas as formas, difíceis de serem comparadas com as que se encontram nos nossos mares; grandes como cestos, panelas, travessas, normalmente difíceis de se abrirem, mas, quando abertas, revelavam massas de carne branca, mole e gorda, que pareciam guloseimas. Infelizmente não podiam ser levadas para bordo: tão logo saíam fora d'água, estragavam-se ao calor do sol.

Não tinham visto nenhum dos grandes animais ferozes dos quais são ricas as regiões da Ásia: nem elefantes, nem tigres ou crocodilos. E nada que se parecesse com um boi, um touro, um cavalo ou um cão. Parecia que naquela terra cada forma de vida tivesse sido criada não por um arquiteto ou por um escultor, mas sim por um ourives: os pássaros eram cristais coloridos; pequenos os animais do bosque; achatados e quase transparentes os peixes.

Tanto o padre Caspar quanto o capitão, ou os marinheiros, não acreditavam que naquelas águas houvesse tubarões, que ali poderiam ser vistos mesmo de longe, por causa da barbatana afiada como um machado. E pensar que naqueles mares encontram-se por toda parte. Essa história de que, em frente e ao redor da Ilha, não houvesse tubarões, devia ser, na minha opinião, uma ilusão daquele caprichoso explorador ou, talvez, era verdade o que ele afirmava, ou seja, havendo uma correnteza um pouco mais a oeste, aqueles animais preferiam movimentar-se por lá, onde estavam certos de encontrar alimento mais abundante. Em todo caso, é bom para a história que nem Caspar nem Roberto temessem a presença dos tubarões, pois, do contrário, não teriam tido coragem de enfrentar as águas, e eu não saberia o que contar.

Roberto seguia essas descrições, enamorava-se mais e mais da Ilha distante, tentava imaginar a forma, a coloração, o movimento das criaturas, das quais lhe falava o padre Caspar. E os corais, como eram esses corais, que ele conhecia somente como joias que, por definição poética, possuíam a coloração dos lábios de uma bela mulher?

A respeito dos corais, padre Caspar ficava sem palavras, limitando-se a erguer os olhos para o céu com uma expressão de beatitude. Aqueles de que falava Roberto eram os corais mortos, como era morta a virtude daquelas cortesãs às quais os libertinos aplicavam aquela abusada comparação. Nos recifes havia muito desses corais e eram aqueles que feriam a quem tocasse naquelas pedras. Mas não podiam competir com os corais vivos, que eram — como dizer? — flores submarinas, anêmonas, jacintos, alfenas, ranúnculos, goivos. Qual nada, isso ainda não diz grande coisa: eram uma festa de galhas, ouriços, bagas, botões, bardanas, vergônteas, grelos, nervuras; não, eram outra coisa: móveis, coloridos como o jardim de Armida e imitavam todos os vegetais do campo, da horta e do bosque, do pepino ao cogumelo e ao repolho...

Ele os tinha visto em outro lugar, graças a um instrumento construído por um seu confrade (e, remexendo numa caixa de sua cabine, o instrumento apareceu): era uma espécie de máscara de couro com um grande óculo de vidro, e o orifício superior costurado e reforçado, com um par de ligaduras, para prendê-lo à nuca e aderir ao rosto, da testa ao queixo. Navegando numa balsa de fundo chato, que não encalhasse no terrapleno submerso, dobrava-se a cabeça até tocar a água e via-se o fundo, ao passo que, se alguém mergulhasse com a cabeça nua, além da queimação dos olhos, não veria nada.

Caspar pensava que o instrumento — a que denominava Perspicillium, Óculo, ou mesmo, Persona Vitrea (máscara que não esconde, mas, ao contrário, revela) — poderia ser usado também por quem soubesse nadar entre as rochas. Não é que a água não penetrasse na máscara mais cedo ou mais tarde, mas por pouco tempo, prendendo a respiração, podia-se continuar olhando. Depois disso, era preciso voltar à tona, esvaziar aquele vaso e começar tudo de novo.

"Se tu a nadar aprenderias, poderias estas coisas lá embaixo ver", dizia padre Caspar a Roberto. E Roberto, imitando-o: "Se eu nadaria o meu peito seria um cantil!" E contudo se recriminava de não poder ir para baixo.

E depois, e depois, ia acrescentando padre Caspar, na Ilha havia uma Pomba de Chama.

"A Pomba de Chama? O que é isso?", perguntou Roberto, e a ânsia com a qual perguntou parece-nos exorbitante. Como se a Ilha há tempos lhe prometesse um emblema obscuro, que só agora se tornava luminosíssimo.

Padre Caspar explicava que era difícil descrever a beleza dessa ave, sendo preciso vê-la para poder falar a seu respeito. Ele a descobrira com a luneta no mesmo dia de sua chegada. E de longe era como se estivesse vendo uma esfera de ouro envolta em chamas, que, da copa das árvores mais altas subia igual a uma flecha para o céu. Logo, ao chegar a terra quisera conhecer mais, e instruíra os marinheiros para que a encontrassem.

Fora um deslocamento bastante longo, até que se pudesse entender em meio de quais árvores habitasse. Emitia um som bastante singular, uma espécie de "toc toc", como se obtém estalando a língua no palato. Caspar compreendera que produzindo esse chamado com a

boca ou com os dedos, o animal respondia e, algumas vezes, deixava-
-se ver, enquanto voava de ramo em ramo.

Caspar pusera-se a esperá-la diversas vezes, mas com uma luneta, e, pelo menos uma vez, chegara a ver muito bem o pássaro, quase imóvel: a cabeça era cor de oliva escura — não, talvez aspárago, como as patas — e o bico, de cor alfafa, estendia-se, como uma máscara, engastando o olho, que parecia um grão-de-bico, com a pupila de um negro cintilante. Possuía um pequeno colarinho dourado como a ponta das asas, mas o corpo, do peito às penas da cauda, onde as plumas finíssimas se pareciam com os cabelos de uma mulher, era (como dizer?) — não, vermelho não era a palavra certa...

Rubro, rúbeo, rubi, rúbido, rubina, rubicundo, rubente, rubescente, sugeria Roberto. Nein, nein, irritava-se o padre Caspar. E Roberto: como um morango, um gerânio, uma framboesa, uma cereja, um rabanete, como as bagas do agrifólio, o ventre da tordeia ou do tordo, a cauda de um pisco, o peito de um pintarroxo... Mas não, não, insistia padre Caspar, em luta com a sua e as outras línguas para encontrar as palavras adequadas: e, a julgar pela síntese que Roberto extraiu posteriormente, não se entende mais se a ênfase é a do informante ou a do informador. Devia ser de coloração festiva de uma laranja azeda, de uma laranja doce, era um sol alado, em resumo, quando surgia no branco do céu, era como se a alvorada atirasse uma romã à neve. E quando se arremessava ao sol era mais fulgurante que um querubim!

Essa ave cor de laranja, dizia padre Caspar, certamente só podia viver na Ilha de Salomão, porque no Cântico daquele grande Rei fala-va-se de uma pomba que se ergue como a aurora, fúlgida como o sol, *terribilis ut castrorum acies ordinata*. Era, como diz um outro salmo, com as asas revestidas de prata e as penas com os reflexos do ouro.

Junto a esse animal, Caspar vira um outro quase igual, com exceção das penas que não eram laranja, mas azuis; e, pela maneira como, em geral, os dois formavam um par no mesmo ramo, deviam ser macho e fêmea. Que podiam ser pombas, atestava-o a forma, e o seu gemido tão frequente. Qual deles fosse o macho, era difícil dizer; de outro lado, proibira os marinheiros de matá-las.

Roberto perguntou quantas pombas poderiam existir na Ilha. Segundo o que sabia padre Caspar, que a cada vez observara apenas uma bola alaranjada lançar-se às nuvens; ou, então, apenas um casal entre as altas copas; na Ilha, podiam existir apenas duas únicas pombas, e uma só de coloração laranja. Suposição que fazia Roberto arder de impaciência, por causa daquela beleza peregrina — porque, se o esperava, esperava-o sempre desde o dia anterior.

Por outro lado, se Roberto quisesse, dizia Caspar, ficando horas e horas na luneta, poderia vê-las também do navio, contanto que tirasse aqueles óculos escuros. À resposta de Roberto, que os olhos não lho permitiam, Caspar fizera algumas observações de desprezo sobre aquele mal de mulherzinha e lhe aconselhara os líquidos com os quais havia curado o seu bubão (Spiritus, Olea, Flores).

Não está claro se Roberto usou aqueles óculos, se treinou aos poucos, olhando ao redor sem óculos, primeiro durante a alvorada e o pôr do sol e, depois, em pleno dia; ou se ainda os usasse quando, como veremos, tenta aprender a nadar — mas o fato é que daquele momento em diante os olhos não são mais mencionados para justificar qualquer tipo de fuga ou esconderijo. Assim, pois, é lícito presumir que, aos poucos, talvez pela ação curativa daqueles ares balsâmicos ou da água do mar, Roberto curou-se de uma enfermidade que, real ou imaginária, tornara-o licantropo por mais de dez anos (isso, se o leitor não quiser insinuar que, a partir de agora, eu o quero todo o tempo no convés e, não encontrando desmentidos entre os seus papéis, com autoritária arrogância, liberto-o de todos os males).

Mas talvez Roberto quisesse curar-se a todo custo para ver a pomba. E ter-se-ia, inclusive, atirado às amuradas para passar o dia a perscrutar as árvores, se não se deixasse distrair por uma outra questão não esclarecida.

Terminada a descrição da Ilha e de suas riquezas, padre Caspar tinha observado que tantas jucundíssimas coisas só podiam encontrar-se ali no meridiano antípoda. Roberto, então, perguntara: "Mas, reverendo padre, vós me dissestes que a Specula Melitensis confirmou que estais no meridiano antípoda, e eu acredito. Porém não fostes construir a Specula em todas as ilhas que encontrastes em vossa viagem, mas nesta somente. E, então, de qualquer maneira, antes que a Specula vô-lo dissesse, vós já devíeis estar certo de ter encontrado a longitude que buscáveis!"

"Tu pensas muito bem. Se eu aqui teria vindo sem saber que aqui era aqui, não podia eu saber que eu estava aqui... Agora te explico. Como eu sabia que a Specula era o único instrumento adequado, para chegar a experimentar a Specula, eu devia falsos métodos usar. Et assi fiz."

23
Diversas e artificiosas máquinas

Visto que Roberto era incrédulo e desejava saber quais fossem, e quão inúteis, os vários métodos para encontrar as longitudes, padre Caspar objetara-lhe que, sendo todos errados, se fossem tomados um por um, tomados em conjunto, podiam ser ponderados os vários resultados e compensar-lhes os defeitos individuais: "E esta est mathematica!"

É claro, um relógio após milhares de milhas não nos dá mais a certeza de marcar bem o tempo do lugar da partida. Mas muitos e vários relógios, alguns de especial e exata construção, quantos desses Roberto encontrara no *Daphne?* Se confrontares os tempos inexatos, se controlares quotidianamente as respostas de um sobre os decretos dos outros, obterás alguma segurança.

O loch ou barquinha? Não funcionam aqueles habituais, mas eis o que havia construído padre Caspar: uma pequena caixa, com duas hastes verticais, de tal maneira que uma enrolava e a outra desenrolava uma corda de comprimento fixo equivalente a um número fixo de milhas; e a haste que enrolava era coroada por muitas mós, que, como num moinho, giravam sob o impulso dos próprios ventos que inflavam as velas e aceleravam ou diminuíam o seu movimento — e, portanto, enrolavam mais ou menos a corda —, segundo a força e a direção reta ou oblíqua do vento, registrando também os desvios devidos ao balanço ou pelo fato de seguir na direção contrária ao vento. Um método não totalmente seguro, mas ótimo, se alguém comparasse os resultados com outros levantamentos.

Os eclipses lunares? Claro que ao observá-los durante a viagem suscitavam muitos equívocos. Mas, por enquanto, que dizer daqueles observados em terra?

"Devemos ter muitos observadores et em muitos lugares do mundo et bem-dispostos a colaborar para a maior glória de Deus, e não a levantar injúrias ou despeito ou desdém entre si. Ouve: em 1612, no dia oito de novembro, em Macau, o reverendíssimo pater Iulius de Alessis registra um eclipse das oito e trinta da noite até as onze e trinta. Informa o reverendíssimo pater Carolus Spinola, que, em Nagasaki, em Iaponia, o mesmo eclipse às nove e trinta da noite observava. E o pater Christophorus Schnaidaa havia o mesmo eclipse visto em Ingolstatio às cinco da tarde. A differentia de uma hora corresponde a quinze graus de meridiano, et, portanto, essa é a distância entre Macau e Nagasaki, e não dezesseis graus et vinte, como diz Blaeu. Verstanden? Naturalmente que nestas observações é preciso proteger-se do úmbraco e da fumaça; ter relogia precisos; não perder o initium totalis immersionis, et manter justa média entre initium et finis eclipsis; observar os momentos intermediários nos quais se escurecem as manchas, et coetera. Se os lugares distantes são, um pequeníssimo erro faz não grande differentia, mas se os lugares proximi são, um erro de poucos minutos faz grande differentia."

Embora sobre Macau e Nagasaki me parece que Blaeu tivesse mais razão do que padre Caspar (e isso prova o emaranhado constituído pelas longitudes naquele tempo), eis como, recolhendo e unindo as observações feitas pelos seus confrades missionários, os jesuítas haviam instituído um Horologium Catholicum, o que não queria dizer que fosse um relógio fidelíssimo ao papa, mas um relógio universal. Era, com efeito, uma espécie de planisfério no qual estavam assinaladas todas as sedes da Companhia, desde Roma até os confins do mundo conhecido, e para cada lugar estava marcada a hora local. Assim, explicava padre Caspar, ele não precisara levar em conta o tempo desde o início da viagem, mas somente a partir da última sentinela do mundo cristão, a respeito de cuja longitude não havia dúvidas. Portanto, as margens de erro haviam-se reduzido bastante, e entre uma e outra estação podiam-se usar também os métodos que absolutamente não davam nenhuma garantia, como as variações da agulha ou o cálculo sobre as manchas lunares.

Por sorte, os seus confrades estavam realmente por toda a parte, de Pernambuco a Goa, de Mindanau ao Porto Sancti Thomae e, se os ventos os impediam de atracar num porto, havia imediatamente um outro. Por exemplo, em Macau, ah!, Macau, bastou pensar naquela aventura para que o padre Caspar se perturbasse. Era uma possessão portuguesa, os chîns chamavam os europeus de homens de nariz comprido porque os primeiros a desembarcar naquelas costas foram os portugueses, que possuem na realidade um nariz muito comprido, como também os jesuítas que os acompanhavam. A cidade era uma única coroa de fortalezas brancas e azuis na colina, controladas pelos padres da Companhia, que deviam ocupar-se também das coisas militares, já que a cidade estava sendo ameaçada pelos heréticos holandeses.

Padre Caspar decidira seguir para Macau, onde conhecia um confrade muito culto em ciências astronômicas, mas esquecera que estava navegando num *fluyt*.

Que tinham feito os bons padres de Macau? Ao avistarem um navio holandês, tinham lançado mão de canhões e colubrinas. Foi inútil o padre Caspar agitar os braços na proa e mandar levantar logo o estandarte da Companhia; aqueles malditos narizes compridos dos seus confrades portugueses, envolvidos pelo fumo bélico que os convidava a uma santa carnificina, não se deram conta e faziam chover balas em volta do *Daphne*. Foi a graça de Deus que permitiu ao navio desfraldar as velas, virar de bordo e fugir a custo para o largo, com o capitão que, na sua língua luterana, gritava infâmias àqueles padres de pouca ponderação. E desta vez ele tinha razão: está bem mandar os holandeses ao fundo, mas não quando há um jesuíta a bordo.

Por sorte, não era difícil encontrar outras missões não muito distantes, e apontaram a proa à mais hospitaleira Mindanau. E assim, de etapa em etapa, controlavam a longitude (e sabe Deus como, é o que eu gostaria de observar, visto que chegando a um palmo da Austrália deviam ter perdido todo ponto de referência).

"Et agora devemos Novíssima Experientia fazer, para clarissime et evidenter demonstrar que nós no centésimo octogésimo meridiano estamos. Pois, do contrário, os meus confrades do Colégio Romano pensam que eu seja patako."

"Novas experiências?", perguntou Roberto. "Não me dissestes que a Specula vos deu finalmente a segurança de vos encontrardes no centésimo octogésimo meridiano, e em frente à Ilha de Salomão?"

Sim, respondeu o jesuíta; ele tinha certeza: havia comparado os vários métodos imperfeitos encontrados pelos outros e a concordância entre tantos métodos pouco eficazes não podia senão fornecer uma certeza muito forte, como ocorre com a prova de Deus pelo *consensus gentium,* e é verdade também que acreditando em Deus são muitos os homens propensos ao erro, mas é impossível que todos estejam errados, das selvas da África aos desertos da China. Assim, ocorre que nós acreditamos no movimento do Sol, da Lua e dos planetas; ou no poder oculto da quelidônia; ou que, no centro da Terra, exista um fogo subterrâneo; durante mais de mil anos, os homens tinham acreditado nisso e, acreditando nisso, tinham conseguido viver neste planeta e obter muitos úteis efeitos pelo modo como tinham lido o grande livro da natureza. Mas uma grande descoberta como aquela devia ser confirmada por muitas outras provas, de maneira que também os céticos se rendessem à evidência.

E, além disso, não devemos perseguir a ciência só pelo amor do saber, mas para compartilhá-la com os próprios irmãos. E, portanto, visto que lhe custara muitos esforços para encontrar a correta longitude, devia agora buscar confirmação através de outros métodos mais fáceis, para que esse saber pudesse tornar-se patrimônio de todos os nossos irmãos, "ou pelo menos dos irmãos christãos, aliás, dos irmãos cathólicos, porque os heréticos holandeses ou ingleses, ou pior, morávios, seria melhor que jamais tomassem conhecimento de tais segredos".

Ora, de todos os métodos para medir a longitude, até então considerava que dois eram seguros. Um, bom para a terra firme, era justamente aquele compêndio de todos os métodos, a Specula Melitensis; o outro, bom para as observações no mar, era o do Instrumentum Arcetricum, que ficava na segunda coberta e que ainda não fora utilizado, porque urgia primeiro obter através da Specula a certeza sobre a própria posição, e depois ver se aquele Instrumentum era capaz de a confirmar; após o que poderia ser considerado o mais seguro de todos.

Padre Caspar teria feito essa experiência muito antes, se não tivesse acontecido tudo que aconteceu. Mas chegara o momento, e seria exatamente naquela mesma noite: o céu e as efemérides diziam que era a noite certa.

O que era o Instrumentum Arcetricum? Era um instrumento idealizado muitos anos antes por Galileu — mas, observe-se, idealizado, comentado, prometido, jamais realizado, antes que padre Caspar começasse a trabalhar nele. E para Roberto, que lhe perguntava se aquele Galileu era o mesmo que criara uma condenadíssima hipótese sobre o movimento da Terra, padre Caspar respondia que sim; quando se meteu a falar de metafísica e de Sagradas Escrituras, aquele Galileu dissera coisas péssimas, mas como mecânico era um homem genial. E ao responder à pergunta se não era um mal usar as ideias de um homem condenado pela Igreja, o jesuíta dissera que para a maior glória de Deus podem concorrer também as ideias de um herético, se não forem em si mesmas heréticas. E nos perguntamos se padre Caspar, que acolhia todos os métodos existentes, sem tomar nenhum deles por certo, mas tirando vantagem de seu litigioso conciliábulo, não iria também tirar partido do método de Galileu.

Aliás, era muito útil, tanto para a ciência, quanto para a fé, aproveitar o mais rápido possível a ideia de Galileu; ele próprio já tentara vendê-la aos holandeses, e foi uma sorte que os holandeses, assim como os espanhóis, alguns decênios antes, tenham desconfiado da ideia.

Galileu cometera disparates, partindo de uma premissa em si mesma muito justa, ou seja, de furtar a ideia do telescópio aos flamengos (que o usavam apenas para olhar os navios no porto) e de apontar aquele instrumento para o céu. E ali, entre tantas outras coisas de que padre Caspar não sonhava duvidar, descobrira que Júpiter, ou Jove, como o chamava Galileu, possuía quatro satélites, isto é, quatro luas nunca vistas, das origens do mundo até aqueles tempos: quatro estrelinhas que giravam ao seu redor, enquanto aquele planeta girava ao redor do sol. Veremos que padre Caspar admitia que Júpiter girasse ao redor do Sol, desde que se deixasse a Terra em paz.

Ora, que a nossa Lua entre, às vezes, em eclipse, quando passa pela sombra da Terra, era uma coisa bem conhecida, assim como era conhecido, por todos os astrônomos, quando os eclipses lunares iriam acontecer, e tal fenômeno tinha respaldo nas efemérides. Não era de surpreender, portanto, que também as luas de Júpiter possuíssem os seus eclipses. Aliás, pelo menos para nós, possuíam dois, um eclipse propriamente dito, e uma ocultação.

Realmente a lua desaparece aos nossos olhos quando a Terra se interpõe entre ela e o Sol, mas os satélites de Júpiter desaparecem ao nosso olhar por duas vezes: quando, ao passar em frente ou por detrás dele, formam um todo com a sua luz; munidos de um bom telescópio podemos acompanhar muito bem as suas aparições e desaparições. Com a vantagem inestimável que, enquanto os eclipses da Lua acontecem apenas a cada morte de um bispo e duram muito tempo, os eclipses dos satélites jupiterianos ocorrem frequentemente e são muito rápidos.

Agora suponhamos que a hora e os minutos dos eclipses de cada satélite (cada um passando numa órbita de diversa extensão) tenham sido exatamente verificados num meridiano conhecido, e o atestem as efemérides; nesse ponto basta conseguir estabelecer a hora e o minuto no qual o eclipse aparece no meridiano (desconhecido) onde estamos agora, e a conta é feita logo; e é possível deduzir a longitude do local da observação.

É verdade que havia inconvenientes menores, a respeito dos quais não valia a pena falar com um profano, mas a empresa teria êxito com um bom calculista, que dispusesse de um medidor de tempo, vale dizer, um perpendiculum, ou pêndulo, ou Horologium Oscillatorium, capaz de medir com absoluta exatidão até mesmo a diferença de um único segundo; item, se ele tivesse dois relógios normais que lhe dissessem fielmente a hora do início e a hora do término do fenômeno, tanto no meridiano de observação quanto no meridiano da Ilha do Ferro; item, mediante a tábua dos senos, soubesse medir o ângulo formado no olhar pelos corpos examinados — ângulo que, se entendido como posição dos ponteiros de um relógio, expressaria, em minutos e segundos, a distância entre dois corpos e a sua variação progressiva.

Contanto que, é importante repetir, dispusessem das boas efemérides, que Galileu, velho e doente, não conseguira completar, mas que os confrades de padre Caspar, tão exímios no cálculo dos eclipses da Lua, haviam redigido com perfeição.

Quais eram os inconvenientes maiores, sobre os quais se tinham exacerbado os adversários de Galileu? Que se tratava de observações que não podiam ser feitas a olho nu e que era preciso uma boa luneta ou telescópio, como se quisesse chamar, enfim. E padre Caspar dispunha de alguns, de excelente qualidade, como jamais sonhara o próprio Galileu. Que a medida e o cálculo não estavam ao alcance dos marinheiros? Mas se todos os outros métodos para as longitudes, excetuado talvez o da barquinha, exigiam efetivamente um astrônomo! Se os capitães tinham aprendido a usar o astrolábio, que não era algo ao alcance de qualquer profano, acabariam aprendendo a usar o telescópio.

Mas, diziam os pedantes, observações tão exatas, que demandavam muita precisão, podiam ser feitas em terra, mas não a bordo de um navio em movimento, onde ninguém consegue fixar o telescópio num corpo celeste que não se vê a olho nu... Pois muito bem, padre Caspar estava ali para mostrar que, com um pouco de habilidade, as observações podiam ser feitas também num navio em movimento.

Finalmente, alguns espanhóis tinham objetado que os satélites em eclipse não se mostravam de dia, e tampouco nas noites tempestuosas, "Talvez eles acreditem que alguém bata as mãos et eis illico et immediate os eclipses da lua à sua disposição?" — irritava-se padre Caspar. E quem dissera que a observação devia ser feita a todo instante? Quem viajou de uma às outras Índias sabe que medir a longitude não exige maior frequência do que a exigida para a observação da latitude; e, nem mesmo esta, com o astrolábio ou com a balestilha, pode ser feita nos momentos de grande agitação do mar. Pois, se fosse tomada com exatidão essa bendita longitude e, mesmo que uma única vez a cada dois ou três dias e entre uma e outra observação, poder-se-ia manter um cálculo do tempo e do espaço transcorrido, como já se fazia, usando uma barquinha. A não ser que fôssemos obrigados a fazer só aquilo durante meses e meses. "Eles parecem", dizia o bom padre cada vez mais irritado, "como homem que numa grande necessidade tu socorres com um cesto de pão, e, em vez de agradecer, se aborrece porque à mesa também um porco ou uma lebre não ofereces a ele. Oh! Sacrobosco! Como se tu lançasses ao mar os canhões deste navio somente porque saberias que em cem tiros noventa fazem pluff dentro d'água?"

Eis então padre Caspar ocupando Roberto na preparação de uma experiência que devia ser feita numa noite como aquela que se anunciava astronomicamente oportuna, com o céu claro, mas com o mar em ligeira agitação. Se a experiência ocorresse numa noite de calmaria, explicava padre Caspar, era como se a fizéssemos em terra firme, e ali saberíamos se teria tido êxito. Contudo, a experiência devia dar ao observador uma aparência de calmaria, explicava padre Caspar, mesmo num navio balançando da popa até a proa, e de um lado para o outro.

Primeiramente, tratara-se de recuperar, entre os relógios que nos dias anteriores tinham sido tão maltratados, um que ainda funcionasse bem. Apenas um, nessa hipótese feliz, e não dois: com efeito, bastava ajustá-lo à hora local com uma boa mensuração diurna (o que foi feito) e, como estavam certos de que se encontravam no meridiano antípoda, não havia razão para dispor de um segundo relógio que marcasse a hora da Ilha do Ferro. Bastava saber que a diferença era de doze horas exatas. Meia-noite aqui, meio-dia lá.

Refletindo bem, esta decisão parece repousar num círculo vicioso. Que eles se encontrassem no meridiano antípoda, era algo que a experiência devia demonstrar, e não ficar subentendido. Mas padre Caspar estava tão seguro de suas observações anteriores que desejava apenas confirmá-las, e além disso — provavelmente após toda aquela confusão não havia a bordo um único relógio que ainda marcasse a hora da outra face do globo, e era preciso superar aquele obstáculo. Por outro lado, Roberto não era tão perspicaz, a ponto de notar o vício escondido naquele procedimento.

"Quando eu digo *agora*, tu olhas a hora e escreves. Et logo dás um batida no perpendículo."

O perpendículo era sustentado por um pequeno castelo de metal, que fazia as vezes de uma forca a uma varinha de cobre, a qual terminava com um pêndulo circular. No ponto mais baixo, por onde o pêndulo passava, havia uma roda horizontal, onde se achavam alguns dentes, mas feitos de tal maneira que um lado do dente formasse um ângulo reto em cima do plano da roda e o outro, oblíquo. Alternando-se para cá e para lá, o pêndulo — ao mover-se — batia com um estilete numa cerda, que, por sua vez, tocava num dente da parte direita e movia a roda; mas, quando o pêndulo retornava, a pequena cerda tocava de leve o lado oblíquo do dente, e a roda permanecia parada. Marcando os dentes com números, quando o pêndulo parava, podia-se contar a quantidade dos dentes deslocados e calcular, afinal, o número das partículas de tempo transcorrido.

"Assim tu não és obrigado a contar todas as vezes um, dois, três et coetera; mas, no fim, quando eu digo *basta,* paras o perpendículo et contas os dentes, entendido? Et escreves quantos dentes. Depois, olhas o relogium et escreves *hora esta ou aquela.* Et quando novamente agora digo, tu nele dás um muito vigoroso impulso et ele começa de novo a oscillaçom. Simplex, que até mesmo um menino entende.

Claro que não se tratava de um grande perpendículo — padre Caspar bem sabia disso —, mas sobre aquele assunto mal se começava a discutir então, e, só mais tarde, poder-se-iam construir outros mais perfeitos.

"Algo dificultoso, e devemos ainda muito aprender, mas se Deus não proibiria die Wette... como dizes, *le pari...*"

"A aposta."

"Isso. Se Deus não proibisse, eu poderia fazer aposta que no futuro todos vão buscar longitudes e todos os outros phenomena terrestres com perpendículo. Mas muito é difícil num navio, et tu deve fazer muita atençom."

Caspar disse a Roberto para colocar os dois mecanismos junto ao que servia para tomar nota, no castelo da popa, que era o observatório mais elevado de todo o *Daphne,* onde montariam o Instrumentum Arcetricum. Do paiol tinham levado ao castelo aqueles objetos que Roberto entrevira, enquanto ainda perseguia o Intruso. Eram fáceis de transportar, exceto a bacia de metal, que fora içada ao convés entre imprecações e desastrosas tentativas, porque não passava pelas escadas. Mas padre Caspar, magro como era, agora que estava para realizar o seu projeto, revelava uma energia física à altura de sua vontade.

Montou quase sozinho, com um seu instrumento para serrar as tachas, uma armadura de semicírculo e pequenas barras de ferro, que era como um suporte de forma arredondada, ao qual foi fixada com os anéis a lona circular, de modo que no final se obtinha algo como uma grande bacia em forma de meio orbe esférico, cujo diâmetro aproximado era de dois metros. Foi preciso pôr alcatrão, a fim de que não deixasse passar o óleo malcheiroso dos barriletes, com o qual Roberto a estava enchendo, agora, queixando-se do grande fedor. Mas padre Caspar recordava-lhe, seráfico como se fosse um capuchinho, que não servia para frigir cebolas.

"E para que serve, então?"

"Tentemos neste pequeno mar um navio ainda menor colocar", e se deixava ajudar a pôr na bacia de lona a pequena bacia metálica, quase chata, com um diâmetro pouco inferior ao do continente. "Não ouviste jamais alguém dizer que o mar está liso como o óleo? Pronto, tu vês já: o convés inclina-se à esquerda et o óleo da grande banheira inclina-se à direita et vice-versa, ou seja, a ti assim parece; em verdade, o óleo mantém-se sempre equilibrado — sem jamais levantar-se ou abaixar-se — e paralelo ao horizonte. Aconteceria o mesmo se água seria, mas no óleo está a bacia menor como num mar em bonança. Et eu já um pequeno experimento em Roma fiz, com duas pequenas bacias: a maior cheia d'água et a menor, de areia, e na areia metido um pequeno ponteiro; et eu colocava a pequena a flutuar na grande, et a grande eu movia, et tu podias o ponteiro reto como um campanário ver, não inclinado como as torres de Bononia!"

"Wunderbar", aprovava, xenoglota, Roberto. "E agora?"

"Tiremos ac hora a bacia menor, pois devemos sobre ela toda a máquina montar."

A quilha da bacia menor era composta de pequenas molas no exterior de modo que, explicava o padre, depois que ela navegasse com a sua carga na banheira maior, devia permanecer separada a pelo menos um dedo do fundo do recipiente; e, se o excessivo movimento de seu hóspede a empurrasse muito para o fundo (qual hóspede?, perguntava Roberto; verás em breve, respondia o padre), aquelas molas deviam permitir-lhe continuar flutuando sem sobressaltos. No fundo interno, era preciso pregar um assento de espaldar inclinado, que permitisse a um homem ficar quase deitado olhando para o alto, apoiando os pés sobre uma placa de ferro que servia de contrapeso.

Uma vez colocada a pequena bacia no convés e estabilizada com algumas tachas, padre Caspar sentou-se na cadeira e explicou a Roberto como subir-lhe aos ombros, amarrando-lhe à cintura, uma armadura de cintas e fivelas de pano e de couro, à qual se devia fixar também uma touca em forma de celada. A celada deixava um furo para um olho, ao passo que à altura do nariz despontava uma barra encimada por um anel. Neste introduzia-se o telescópio, do qual pendia uma haste rígida que terminava em forma de gancho. A Hipérbole dos Olhos podia ser movida livremente até ser localizado o astro escolhido; mas, quando estivesse no centro da lente, enganchava-se a haste rígida às bandoleiras do peito e, a partir daquele momento, garantia-se uma visão fixa contra eventuais movimentos daquele ciclope.

"Perfecto!", exultava o jesuíta. Quando a pequena bacia estivesse flutuando na calmaria do óleo, podiam ser observados também os corpos celestes mais fugidios, sem que nenhuma agitação do mar pudesse fazer desviar o olho horoscopante da estrela escolhida! "E isso o senhor Galileu descreveu, et eu realizei."

"É muito bonito", disse Roberto. "Mas agora quem põe isso tudo na banheira do óleo?"

"Agora eu me desamarro e desço, depois nós colocamos a pequena bacia vazia no óleo, depois eu subo novamente."

"Não acredito que seja fácil."

"Muito mais fácil que a pequena bacia comigo dentro colocar."

Embora com algum esforço, a pequena bacia com a sua cadeira foram içadas para flutuar no óleo. Depois, o padre Caspar, com o elmo e a armadura, e o telescópio montado na celada, tentou subir ao estrado, com Roberto que o apoiava com uma das mãos apertando-lhe a mão, e com a outra, empurrando-o pelas costas. A tentativa foi repetida diversas vezes, e com pouco sucesso.

Não era pelo fato de que o castelo metálico que sustentava a banheira maior não pudesse sustentar da mesma forma um hóspede, mas negava-lhe pontos relativamente estáveis. Pois, se padre Caspar tentava, como fez algumas vezes, apoiar apenas um pé na borda metálica, pondo imediatamente o outro dentro da bacia menor, esta, por causa da ânsia de embarcar, tendia a movimentar-se no óleo para o lado oposto do recipiente, abrindo em forma de compasso as pernas do padre, que gritava por socorro, até Roberto o agarrar pela cintura e o puxar para si, para a terra firme do *Daphne,* por assim dizer — praguejando a memória de Galileu e louvando aqueles carrascos dos seus perseguidores. Neste ponto, intervinha padre Caspar, o qual, abandonando-se nos braços de seu salvador, assegurava-lhe, com um gemido, que aqueles perseguidores não eram carrascos, mas sim homens digníssimos da Igreja, ocupados apenas com a preservação da verdade e que, com Galileu, tinham sido paternos e misericordiosos. Depois, sempre couraçado e imobilizado, com o olhar para o céu, o telescópio a prumo sobre o rosto, como um Polichinelo de nariz mecânico, fazia Roberto pensar que Galileu não cometera um erro naquela invenção, e que só era preciso tentar e tornar a tentar. "E, portanto, mein lieber Robertus", dizia depois, "talvez tu me esqueceste e julgas que eu era uma tartaruga, que se captura de barriga para cima? Vamos, empurra-me de novo, pronto, faz com que eu toco naquela borda; assim, pronto, porque ao homen condiz a estatura erecta."

Em todas essas infelizes operações o óleo não permanecera calmo como óleo; e, pouco depois, os dois experimentadores estavam gelatinosos e, o que é pior, oleabundos — se o contexto permite esta forma ao cronista, sem que se deva atribuir-lhe a fonte.

Enquanto padre Caspar se desesperava para subir àquela cadeira, Roberto observou que seria preciso talvez esvaziar primeiramente o recipiente do óleo; colocar em seguida a bacia; fazer subir de novo o padre; e, afinal, derramar outra vez o óleo, cujo nível, ao subir, acabaria por elevar também a bacia e, com ela, o observador, fazendo-os flutuar.

Assim fizeram, com grandes elogios do mestre pela astúcia do discípulo, enquanto se aproximava a meia-noite. O conjunto não dava a impressão de uma grande estabilidade, mas se padre Caspar procurasse não se mexer, podiam-se nutrir boas esperanças.

Num certo momento, Caspar triunfou: "eu ac ora vejo eles!" O grito o obrigou a mover o nariz; o telescópio, que era bastante pesado, chegou quase a escorregar do ocular; moveu o braço para não largar o objeto; o movimento do braço desequilibrou o ombro, e a bacia chegou quase ao ponto de virar. Roberto abandonou mapas e relógios; segurou Caspar; restabeleceu o equilíbrio do conjunto; e pediu ao astrônomo para permanecer imóvel, imprimindo àquele seu óculo deslocamentos bastante cautelosos, e, sobretudo, sem exprimir emoções.

O próximo anúncio foi dado num sussurro, o qual, ampliado pela grande celada, pareceu ressoar rouco assemelhando-se a uma tartárea trompa: "Eu vejo eles de novo", e com gesto comedido segurou o telescópio ao peitoral. "Oh, wunderbar! Três estrelinhas estão de júpiter a oriente, uma só a ocidente... A mais próxima parece menor, et está... espera... pronto, a zero minutos et trinta segundos de júpiter. Tu escreves. Agora está para tocar júpiter, daqui a pouco desaparece, atenção a escrever a hora que desaparece..."

Roberto, que deixara o seu lugar para socorrer o mestre, pegara outra vez a tabela na qual devia marcar os tempos, mas sentara-se, deixando os relógios às costas. Girou-se rapidamente e fez cair o pêndulo. A varinha soltou-se de seu cabresto. Roberto agarrou-a tentando reintroduzi-la, mas não conseguia. Padre Caspar já estava gritando para marcar a hora, Roberto virou-se para o relógio e com esse gesto bateu com a mão no tinteiro. Impulsivamente, endireitou-o, para não perder todo o líquido, mas deixou cair o relógio.

"Anotaste a hora? Vamos com o perpendículo!", gritava Caspar, e Roberto respondia: "Não posso, não posso."

"Como podes tu não, estólido?!" E não ouvindo resposta, continuava a gritar. "Como podes tu não, mentecapto?! Marcaste, escreveste, empurraste? Ele está desaparecendo, vamos!"

"Perdi, não, não perdi, quebrei tudo", disse Roberto. Padre Caspar afastou a luneta da celada; olhou de soslaio; viu o pêndulo em pedaços, o relógio caído, Roberto com as mãos sujas de tinta; não se conteve e explodiu em um "Himmelpotzblitzshergottsakrament!", que fez estremecer todo o seu corpo. Neste movimento irrefletido, fizera inclinar demasiadamente a bacia e escorregara no óleo da banheira; o telescópio escapara-lhe das mãos e da armadura; depois, favorecido pelo balanço, rolou aos trambolhões por todo o castelo, saltando da escada, e, precipitando-se no convés, fora arremessado contra a culatra de um canhão.

Roberto não sabia se devia socorrer primeiro o homem ou o instrumento. O homem, debatendo-se naquele ranço, bradara-lhe, de modo sublime, que se preocupasse com o telescópio; Roberto precipitara-se a seguir sobre aquela Hipérbole fugitiva e a encontrara amassada e com as duas lentes quebradas.

Quando finalmente Roberto tirara padre Caspar do óleo, que mais parecia uma suína pronta para a panela, este dissera simplesmente, com heroica obstinação, que nem tudo estava perdido. Havia um outro telescópio igualmente poderoso, baseado na Specula Melitensis. Bastava apenas ir buscá-lo na Ilha.

"Mas de que maneira?", dissera Roberto.

"Com a nataçom."

"Mas vós dissestes que não sabíeis nadar, nem poderíeis na vossa idade..."

"Eu não. Tu sim."

"Mas nem mesmo eu conheço nada dessa maldita nataçom!"

"Aprende."

24
Diálogos sobre os maiores sistemas

O que segue é de natureza incerta: não entendo se se trata de crônicas dos diálogos havidos entre Roberto e padre Caspar, ou de anotações que o primeiro fazia à noite para retrucar de dia ao segundo. Seja como for, é evidente que, durante o período em que permanecera a bordo com o velho, Roberto não escrevera cartas de amor à Senhora. Assim como também, pouco a pouco, estava passando da vida noturna para a vida diurna.

Por exemplo, até então olhara a Ilha sempre muito cedo e por pouquíssimo tempo, ou senão à tardinha, quando se perdia o sentido dos limites e das distâncias. Somente agora ele descobria que o fluxo e o refluxo, ou seja, o jogo alternado das marés, durante uma parte do dia levava as águas a lamber a faixa de areia que as separavam da floresta; e, durante a outra parte, fazia com que as águas se retraíssem, pondo a descoberto uma região de recifes que — explicava padre Caspar — era a última ramificação da barbacã coralina.

Entre o fluxo, ou afluxo, e o refluxo — explicava-lhe o seu companheiro — transcorrem cinco ou seis horas, e tal é o ritmo da respiração marinha sob a influência da lua. Não, como queriam alguns em tempos idos, que esse movimento das águas fosse causado pelas baforadas de um monstro dos abismos; para não falar daquele senhor francês, o qual afirmava que, mesmo que a Terra não se mova de oeste para leste, todavia, balançava, por assim dizer, de norte para sul e vice-versa; e, nesse movimento periódico, é natural que o mar se levante e se abaixe, como quando alguém que encolhe os ombros e a batina sobe e desce no pescoço.

Misterioso problema o das marés, porque mudam segundo as terras, os mares e a posição das regiões costeiras em relação aos meridianos. Como regra geral, durante a lua nova, temos a água alta ao meio-dia e à meia-noite; mas, depois, a cada dia o fenômeno atrasa em quatro quintos de hora; quem desconhece isto, vendo que numa determinada hora do dia um certo canal era navegável, aventura-se na mesma hora do dia seguinte e acaba num baixio. Para não falar das correntes que as marés provocam: algumas são tão fortes que no momento do refluxo um navio não consegue chegar à terra.

E depois, dizia o velho, para cada lugar em que nos encontramos, é preciso fazer um cômputo diferente, e são necessárias as Tábuas Astronômicas. Procurou, então, explicar aqueles cálculos para Roberto — como se dissesse que é preciso observar o atraso da lua, multiplicando os dias da lua por quatro e dividindo, em seguida, por cinco — ou o contrário. O problema é que Roberto não entendeu nada, e veremos como essa sua irreflexão se tornará mais tarde causa de graves dificuldades. Limitava-se apenas a admirar-se toda vez que a linha do meridiano, que deveria atravessar a Ilha de ponta a ponta, às vezes passasse pelo mar, às vezes pelos recifes, e não percebia jamais qual era o momento certo. Mesmo porque, fluxo ou refluxo que houvesse, o grande mistério das marés importava-lhe bem menos do que o grande mistério daquele meridiano, além do qual o Tempo ia para trás.

Dissemos que não possuía uma particular inclinação para acreditar em tudo aquilo que o jesuíta lhe contava. Mas frequentemente divertia-se a provocá-lo, para que este lhe contasse mais, e recorria a todo o repertório de argumentações que ouvira nos cenáculos daqueles cavalheiros que o jesuíta considerava, se não emissários de Satanás, pelo menos beberrões e crápulas que haviam feito da taberna o Liceu. Definitivamente, contudo, tornava-se difícil, para ele, refutar a física de um mestre que, com base nos princípios daquela sua própria física, lhe ensinava agora a nadar.

Como primeira reação, não tendo esquecido o naufrágio, afirmara que por nada deste mundo teria retomado o contato com a água. Padre Caspar fizera-lhe observar que, justamente durante o naufrágio, aquela mesma água o fizera flutuar — sinal, portanto, de que era elemento afetuoso e não inimigo. Roberto respondera que a água não o fizera flutuar, mas sim a tábua, à qual ele se amarrara; padre Caspar conseguiu fazer-lhe observar que se a água havia amparado uma tábua, criatura sem alma (desejando o precipício como sabe qualquer um que tenha jogado uma tábua do alto), com maior razão se adequava a fazer flutuar um ser vivo disposto a favorecer a tendência natural dos líquidos. Se alguma vez em sua vida Roberto tivesse jogado à água um cachorrinho, deveria saber que o animal, movendo as patas, não somente flutuava, como também voltava prontamente à margem. E, talvez Roberto não soubesse, acrescentava Caspar, que se se colocam crianças de poucos meses dentro d'água, elas sabem nadar, porque a natureza nos fez nadantes como qualquer outro animal. Infelizmente somos mais inclinados do que os animais à superstição e ao erro, e, portanto, quando crescemos, adquirimos falsas noções sobre a virtude dos líquidos, de modo que o temor e a desconfiança nos fazem perder aquele dom natural.

Roberto, então, perguntara se ele, o reverendo padre, alguma vez aprendera a nadar, e o reverendo padre respondia que ele não pretendia ser melhor do que muitos outros que tinham evitado fazer coisas boas. Nascera numa terra distante do mar e pusera os pés num navio somente em idade avançada, quando — dizia — o seu corpo era um só carunchar do cangote, embaçar da vista, pingar do nariz, buzinar dos ouvidos, amarelar dos dentes, enrijecer da nuca, embarbilhar do gorgomilo, empodagrar dos calcanhares, engelhar do couro, encanecer dos cabelos, crepitar das tíbias, tremular dos dedos, tropeçar dos pés — e o seu peito era um só expectorar de catarro, baba e saliva.

Mas, apressava-se em dizer, sendo a sua mente mais ágil do que a sua carcaça, ele conhecia aquilo que os sábios da Grécia antiga já haviam descoberto, ou seja, que se imergimos um corpo num líquido, esse corpo recebe força e impulso para o alto devido a tanta água que desloca, pois que a água procura voltar a ocupar o espaço do qual foi deslocada. E não é verdade que flutua ou não de acordo com a forma; e haviam-se enganado os antigos, segundo os quais uma coisa chata flutua e uma pontuda vai para o fundo. Se Roberto tivesse experimentado enfiar com força na água, digamos, uma garrafa (que chata não é), perceberia a mesma resistência que se tivesse procurado empurrar uma bandeja.

Tratava-se, portanto, de familiarizar-se com o elemento, e depois, tudo caminharia por si só. E propunha que Roberto descesse pela escaleta de corda que pendia da proa, também chamada escada de Jacó, mas, para sua tranquilidade, ficaria preso a um cabo, amarra ou driça, como quer que se chamasse, comprida e robusta, presa por sua vez à amurada. Assim, quando temesse afundar, bastava puxar a corda.

Não é preciso dizer que aquele mestre de uma arte que jamais havia praticado não considerara uma infinidade de acidentes concordantes, negligenciados também pelos sábios da Grécia antiga. Por exemplo, para permitir-lhe a liberdade de movimento, dera-lhe uma amarra de notável comprimento, de modo que a primeira vez em que Roberto, como todo aspirante à natação, chegou debaixo d'água, tivera um grande puxão, e antes que a driça o tivesse puxado para fora, engolira tanta água salgada a ponto de querer desistir, naquele primeiro dia, de novas tentativas.

O início, contudo, fora encorajador. Ao descer a escada, e assim que tocou a água, Roberto dera-se conta de que o líquido era agradável. Do naufrágio, guardara uma lembrança gélida e violenta; e a descoberta de um mar quase quente o estimulava agora a prosseguir a imersão até que, sempre agarrando-se à escaleta, deixara chegar a água até o queixo. Acreditando que aquilo era nadar, deleitara-se, abandonando-se à lembrança das comodidades parisienses.

Desde que chegara ao navio, fizera — já o vimos — algumas abluções, mas como um gatinho que lambesse o pelo com a língua, cuidando apenas do rosto e das partes pudendas. Quanto ao restante — e sempre mais à medida que se enfurecia na caçada ao Intruso —, os pés estavam besuntados com a borra da estiva e o suor grudara-lhe as roupas ao corpo. Ao contato daquela mornidão, que lavava, ao mesmo tempo, o corpo e as roupas, Roberto recordava quando descobrira, no palácio de Rambouillet, duas grandes tinas à disposição da marquesa, cujas preocupações com os cuidados do corpo eram objeto de conversação numa sociedade onde lavar-se não era coisa frequente. Até mesmo os mais refinados entre os seus hóspedes julgavam que a limpeza consistisse no frescor da roupa, que era um traço de elegância mudar habitualmente, mas não em fazer uso da água. E as muitas essências perfumadas com as quais a marquesa os aturdia não eram um luxo, mas realmente — para ela — uma necessidade, para pôr uma defesa entre as suas narinas sensíveis e o odor gorduroso dos demais.

Sentindo-se mais fidalgo de quanto não fora em Paris, Roberto permanecia com uma das mãos agarrado à escaleta, enquanto com a outra esfregava camisa e calças contra o corpo sujo, coçando o calcanhar de um pé com os dedos do outro.

Padre Caspar seguia-o com curiosidade, mas mantinha-se calado, desejando que Roberto fizesse amizade com o mar. Todavia, temendo que a mente de Roberto se perdesse pelo excessivo cuidado com o corpo, tentava distraí-lo. Falava-lhe das marés e das virtudes atrativas da lua.

Procurava fazer-lhe apreciar um acontecimento que parecia quase inacreditável: que se as marés respondem ao chamado da lua, deveriam ocorrer quando ela está presente, não quando está do outro lado de nosso planeta. E, contudo, fluxo e refluxo continuam em ambas as partes do globo, quase a perseguir-se de seis em seis horas. Roberto prestava atenção à conversa das marés, e pensava na lua — na qual, em todas aquelas noites passadas, havia pensado mais do que nas marés.

Perguntara por que vemos sempre uma das faces da Lua, e padre Caspar lhe explicara que ela gira como se fosse uma bola presa num fio por um atleta que a faz rodar, o qual não pode ver nada mais do que o lado que lhe está em frente.

"Mas", desafiara-o Roberto, "essa face é vista tanto pelos indianos como pelos espanhóis; ao contrário, na lua não acontece o mesmo em relação à lua deles, que alguns chamam de Volva e que é a nossa Terra. Os Subvolvanos, que habitam a face voltada para nós, sempre a veem, ao passo que os Privolvanos, que habitam o outro hemisfério, a ignoram. Imaginai, quando se deslocam para este lado: quem sabe o que experimentarão vendo resplandecer na noite um círculo quinze vezes maior do que a nossa Lua! Esperarão que caia em cima deles de uma hora para outra, como os antigos gauleses temiam sempre que o céu lhes caísse na cabeça! Para não dizer daqueles que habitam exatamente os confins entre os dois hemisférios, e que observam Volva sempre ao assomar no horizonte!"

O jesuíta fizera ironias e pilhérias sobre aquela invencionice dos habitantes da lua, porque os corpos celestes não são da mesma natureza da nossa terra, e não são, pois, capazes de hospedar criaturas vivas; razão pela qual era melhor deixá-las às coortes angélicas, que se podiam mover espiritualmente no cristal dos céus.

"Mas como poderiam ser os céus de cristal? Se assim fossem, os cometas quebrariam os céus, ao atravessá-los."

"Mas quem te disse que os cometas passavam nas regiões etéreas? Os cometas passam na região sublunar, e aqui existe o ar como tu também vês."

"Nada se move que não seja corpo. Mas os céus se movem. Portanto, são corpos."

"Contanto que possas dizer patranhas, tornas-te também aristotélico. Mas eu sei por que tu dizes isso. Tu queres que também nos céus exista ar, assim não existe mais differentia entre alto e baixo, tudo roda, et a Terra move o seu bunda como se fosse uma prostituta."

"Mas todas as noites nós vemos as estrelas numa posição distinta..."

"Justo. De facto elas se movem."

"Esperai, ainda não terminei. Vós quereis que o Sol e todos os astros, que são corpos enormes, façam um giro ao redor da Terra a cada vinte e quatro horas, e que as estrelas fixas, ou seja, o grande anel que as engasta, percorram mais de vinte e sete mil vezes duzentos milhões de léguas? Mas é isso que deveria ocorrer, se a Terra não girasse sobre si mesma em vinte e quatro horas. Como fazem as estrelas fixas para irem assim tão velozes? Quem mora em cima delas terá vertigens!"

"Se morasse alguém em cima. Mas isso est petitio prinkipii."

E lhe fazia observar que era fácil criar um único argumento em favor do movimento do sol, ao passo que havia muito mais contra o movimento da Terra.

"Eu sei muito bem", respondia Roberto, "que o *Eclesiástico* diz *terra autem in aeternum stat, sol oritur,* e que Josué parou o Sol e não a Terra. Mas justamente vós me ensinastes que, se lêssemos a Bíblia no sentido literal, teríamos a luz antes da criação do Sol. Logo, o Livro Sagrado deve ser lido com uma pitadinha de sal, e até Santo Agostinho sabia que a Bíblia fala frequentemente *more allegorico...*"

Padre Caspar sorria e recordava-lhe que havia tempo os jesuítas não derrotavam mais os seus adversários com sofismas escriturais, mas com argumentos imbatíveis, fundados na astronomia, nos sentidos, nas razões físicas e matemáticas.

"Quais razões, por exemplo?", perguntava Roberto, raspando um pouco de gordura da barriga.

Verbigratia, respondia zangado padre Caspar, o poderoso Argumento da Roda: "Agora tu me ouve. Pensa numa roda, está bem?"

"Penso numa roda."

"Muito bem, assim tu pensas também, em vez de bancar o tolo e repetir o que ouviste em Paris. Agora tu pensas que essa roda está enfiada num perno como se era a roda de um oleiro, et tu queres fazer girar essa roda. Que fazes tu?"

"Apoio as mãos, um dedo, talvez, na beira da roda, movo o dedo, e a roda gira."

"Não pensas que fazias melhor pegar o perno, no centro da roda, e tentar fazer girar ele?"

"Não, seria impossível..."

"Pronto! E os teus galileanos ou copernicanos querem colocar o Sol parado no centro do Universo, fazendo movimentar todo o grande círculo de planetas ao seu redor, em vez de pensar que o movimento é do grande círculo dos céus dado, enquanto a Terra pode estar parada no centro. Como poderia Domine Deus colocar o sol no ínfimo lugar et a Terra corruptível et escura no meio das estrelas luminosas et aeternas? Entendido o teu erro?"

"Mas o Sol deve existir no centro do universo! Os corpos na natureza precisam desse fogo radical, e que ele habite no coração do reino, para atender às necessidades de todas as partes. A causa da geração não deve ser posta no centro de tudo? A natureza não colocou o sêmen nos órgãos genitais, a meio caminho entre a cabeça e os pés? E as sementes não ocupam o centro das maçãs? E o caroço não está no meio do pêssego? E a Terra, portanto, que precisa da luz e do calor daquele fogo, gira ao seu redor para receber em todas as partes a virtude solar. Seria ridículo acreditar que o sol girasse ao redor de um ponto do qual não saberia o que fazer; e seria, por exemplo, como se devêssemos assar uma cotovia e tivéssemos de fazer girar a lareira à sua volta..."

"Ah, sim? E então quando o bispo gira ao redor da igreja para abençoá-la com o turíbulo, tu querias que a igreja girasse ao redor do bispo? O Sol pode girar porque é elemento ígneo. E tu bem sabes que o fogo voa e se move et nunca está parado. Tu já as montanhas movendo viste? Et então como move a Terra?"

"Os raios do Sol, ao atingi-la, fazem-na girar, assim como se pode fazer girar uma bola, batendo-a com a mão; e, se a bola é pequena, até mesmo com um sopro... E, afinal, quereis que Deus faça correr o Sol, que é quatrocentas e trinta e quatro vezes maior do que a Terra, só para fazer amadurecer as nossas couves?"

Para dar o máximo vigor teatral a essa última objeção, Roberto quisera apontar o dedo contra padre Caspar, para quem esticara o braço e batera de rijo com os pés para colocar-se numa boa perspectiva, mais distante do costado. Nesse movimento também a outra mão se soltara, a cabeça movera-se para trás e Roberto fora parar debaixo d'água, sem conseguir — como já dissemos — servir-se da amarra, demasiadamente frouxa, para voltar à tona. Comportara-se, então, como todos aqueles que se afogam, fazendo movimentos desordenados e bebendo ainda mais, até que padre Caspar esticara a corda como devia, trazendo-o de novo à escaleta. Roberto subira para bordo, jurando que nunca mais voltaria lá embaixo.

"Amanhã tu experimentas de novo. A água salgada est como um remédio, não penses que era um grande mal", consolou-o no convés padre Caspar. E, enquanto Roberto, pescando, se reconciliava com o mar, Caspar explicava-lhe quantas e quais vantagens teriam tirado os dois de sua chegada à Ilha. Não valia sequer a pena mencionar a reconquista do barco, com o qual teriam podido movimentar-se, como homens livres, do navio para terra, e teriam tido acesso à Specula Melitensis.

A julgar pelas anotações de Roberto, deve-se inferir que a invenção superasse as suas possibilidades de entendimento — ou que as ideias de padre Caspar, como tantas outras ideias suas, eram interrompidas por elipses e exclamações, por meio das quais o padre falava ora de sua forma, ora de sua função, ora da ideia que a presidira.

A ideia, afinal, não era nem mesmo sua. Soubera da Specula, remexendo nos papéis de um confrade falecido, o qual, por sua vez, soubera-o por intermédio de outro confrade, que, durante uma viagem à nobilíssima ilha de Malta, ou seja, Melita, ouvira celebrar esse instrumento que fora construído por ordem do Eminentíssimo Príncipe Johannes Paulus Lascaris, Grão-Mestre daqueles famosos Cavaleiros.

Como era a Specula, ninguém jamais havia visto: do primeiro confrade sobrara apenas um livreco de esboços e notas, também desaparecido. E por outro lado, lamentava padre Caspar, aquele mesmo opúsculo "era brevissimamente conscripto, com nullo schemate visualiter patefacto, nulle tabule ou rotule, et nulla instrucçom incluída".

Com base nessas escassas notícias, padre Caspar, no decorrer de sua viagem no *Daphne,* pondo a trabalhar os carpinteiros de bordo, redesenhara, ou acreditava ter entendido os vários elementos do tecnasma, montando-os na Ilha e medindo *in loco* suas virtudes inumeráveis. E a Specula devia ser realmente uma Ars Magna em carne e osso, ou em madeira, ferro, lona e outras substâncias, uma espécie de Mega Relogium, um Livro Animado capaz de revelar todos os mistérios do Universo.

Aquela — dizia padre Caspar com os olhos brilhantes como carbúnculos — era um Único Syntagma de Novíssimos Instrumentos Physicos et Mathematicos, "para rodas et ciclos artifitiosamente dispostos". Desenhava em seguida com um dedo no convés ou no ar e dizia-lhe que pensasse numa primeira parte circular, como se fosse a base ou o fundamento, que mostra o Horizonte Imóvel, com a Rosa dos trinta e dois Ventos e toda a arte Navegatória com os prognósticos das tempestades. "A Parte Mediana", acrescentava em seguida "que em a base edificada está, imagine como um Cubo de cinco lados; imaginas tu? — nein, não de seis, o sexto apoia-se em a base e, portanto, tu não o vês. No primeiro lado do Cubo, id est o

Chronoscopium Universal, podes oito rodas em perenes cyclos ordenadas observar, que o Calendário de Júlio e de Gregório representam, quando caem os domingos; et a Epacta; et o Círculo Solar; et as Festas Móveis et Pascais, et novilúnios, plenilúnios, quadratura do Sol et de a Lua. No secundo Cubilatere, id est das Cosmigraphicum Speculum; em primeiro loco, aparece um Horoscópio, com o qual dada a hora corrente de Melita, qual agora seja no resto do nosso globo encontrar-se pode. Et encontras uma Roda com duo Planisférios, dos quais um mostra ct ensina de todo o Primeiro Móvel a scientia; o segundo, da Octava Sphaera et de as Estrelas Fixas a doctrina e o movimento. Et o fluxo et o refluxo, ou seja, o decremento et o incremento dos mares, pelo movimento da Lua em todo Universo agitados..."

Era este o lado mais apaixonante. Por seu intermédio podia-se conhecer aquele Horologium Catholicum, a respeito do qual já se falou, com a hora das missões jesuíticas em cada meridiano; não só, mas aquele instrumento parecia mesmo absorver as funções de um bom astrolábio, enquanto revelava também a quantidade dos dias e das noites; a altura do Sol com a proporção das Sombras Retas; as ascensões retas e oblíquas; a quantidade dos crepúsculos; a culminação das estrelas fixas nos respectivos anos, meses e dias. E foi experimentando e reexperimentando naquele lado que padre Caspar chegara à certeza de estar, afinal, no meridiano antípoda.

Havia ainda um terceiro lado que continha em sete rodas o conjunto de toda a Astrologia, todos os futuros eclipses do Sol e da Lua; todos os símbolos astrológicos para os períodos da agricultura, da medicina, da arte navegatória, junto com os doze signos das casas celestes, e a fisiognomia das coisas naturais, que de cada signo dependem, e a Casa correspondente.

Não tenho coragem de resumir todo o resumo de Roberto e cito o quarto lado, que deveria dizer todas as maravilhas da medicina botânica, química, alquímica e hermética, com os medicamentos simples e os compostos, extraídos das substâncias minerais ou animais e os "Alexipharmaca attractiva, lenitiva, purgativa, mollificativa, digestiva, corrosiva, conglutinativa, aperitiva, calefactiva, infrigidativa, mundificativa, attenuativa, incisiva, soporativa, diuretica, narcotica, caustica et confortativa."

Não consigo explicar, e um pouco invento, o que acontecia no quinto lado, que é, por assim dizer, o teto do cubo, paralelo à linha do horizonte, que, segundo parece, ajustava-se como uma abóbada celeste. Mas também é mencionada uma pirâmide, que não podia ter a base igual ao cubo, pois senão acabaria cobrindo o quinto lado, e que talvez, com maior possibilidade, cobrisse todo o cubo como uma cortina; mas, então, deveria ser de material transparente. O certo é que as suas quatro faces deveriam representar as quatro regiões do mundo e, para cada uma delas, os alfabetos e as línguas dos vários povos, incluídos os elementos da primitiva Língua Adâmica, os hieróglifos dos egípcios e os caracteres dos chineses e dos mexicanos; padre Caspar a descreve como uma "Sphynx Mystagoga, um Oedipus Aegyptiacus, uma Mônada Ieroglyphica, uma Clavis Convenientia Linguarum, um Theatrum Cosmographicum Historicum, uma Sylva Sylvarum de cada alfabeto natural e artificial, uma Architectura Curiosa Nova, uma Lampade Combinatoria, uma Mensa Isiaca, um Metametricon, uma Synopsis Anthropoglottogonica, uma Basílica Cryptographica, um Amphiteatrum Sapientiae, uma Cryptomenesis Patefacta, um Catoptron Polygraphicum, um Gazophylacium Verborum, um Mysterium Artis Stenographicae, uma Arca Arithmologica, um Archetypon Polyglotta, uma Eisagoge Horapollinea, um Congestorium Artificiosae Memoriae, um Pantometron de Furtivis Literarum Notis, um Mercurius Redivivus, um Etymologicon Lustgärtlein!"

Que todo aquele saber estivesse destinado a permanecer com eles como um solitário privilégio — condenados como estavam a não encontrar nunca mais o caminho de volta —, isso não preocupava o jesuíta, não sei se por confiança na Providência ou por amor do conhecimento como um fim em si mesmo. Mas o que mais me impressiona é que, naquela altura, nem mesmo Roberto nutrisse um único pensamento realista, e que começasse a considerar o desembarque na Ilha como o evento que daria um sentido, e para sempre, à sua vida.

Primeiramente, em relação à Specula, foi dominado por um pensamento de que aquele oráculo pudesse também dizer-lhe onde e o que estava fazendo naquele instante a Senhora. Prova de que a um apaixonado, mesmo distraído por úteis exercícios corporais, é inútil falar de Núncios Sidéreos, pois sempre busca notícia de seu belo tormento e amada aflição.

Além disso, o que quer que lhe dissesse o seu professor de natação, sonhava com uma Ilha que não se apresentava diante de si no presente, onde ele também se encontrava, mas, por decreto divino, repousava na irrealidade, ou no não ser, do dia anterior.

Aquilo em que pensava, ao enfrentar as ondas, era na esperança de chegar a uma Ilha que tinha sido ontem, e da qual acenava-lhe como um símbolo a Pomba Cor de Laranja, inalcançável como se tivesse fugido para o passado.

Roberto ainda estava dominado por pensamentos obscuros; intuía desejar algo que não era o mesmo de padre Caspar, mas não sabia ainda claramente o que era. E é preciso compreender a sua incerteza, porque era o primeiro homem na história de nossa espécie a quem se oferecia a possibilidade de nadar, retrocedendo vinte e quatro horas.

Em todo o caso, convencera-se de que devia realmente aprender a nadar; todos nós sabemos que um único bom motivo sempre ajuda a superar mil temores. Por isso, encontramo-lo tentando novamente no dia seguinte.

Nesta fase, padre Caspar explicava-lhe que, se tivesse deixado a escaleta e procurado movimentar livremente as mãos, como se estivesse seguindo o ritmo de uma companhia de músicos, imprimindo um movimento solto às pernas, o mar tê-lo-ia feito flutuar. Induzira--o a tentar, primeiramente com a amarra esticada, depois, afrouxando-a sem lhe dizer nada; ou, então, revelando-lhe apenas quando o aluno já tivesse adquirido confiança. É verdade que Roberto, com aquela notícia, sentiu-se logo ir para o fundo, mas, ao gritar, batera instintivamente as pernas e se encontrara com a cabeça para fora.

Essas tentativas duraram uma boa meia hora, e Roberto começava a entender que poderia boiar. Mas, tão logo procurava movimentar-se com maior exuberância, jogava a cabeça para trás. Então, padre Caspar o encorajara a acolher aquela tendência e deixar-se ir com a cabeça virada ao máximo possível, o corpo rígido e ligeiramente curvado, braços e pernas abertos, como se estivesse para tocar a circunferência de um círculo; sentir-se-ia como que sustentado por uma rede e poderia permanecer assim horas e horas, e até mesmo dormir, beijado pelas ondas e pelo sol oblíquo do ocaso. Como padre Caspar sabia de tudo isso, sem jamais ter nadado? Por Theoria Physico-Hydrostatica, ele dizia.

Não havia sido fácil encontrar a posição adequada; Roberto correra o risco de se estrangular com a amarra entre arrotos e espirros, mas parece que num certo momento o equilíbrio fora obtido.

Roberto, pela primeira vez, sentia o mar como um amigo. Seguindo as instruções de padre Caspar, começara também a mover os braços e as pernas; erguia levemente a cabeça, jogava-a para trás; acostumara-se com a água nos ouvidos e a suportar-lhe a pressão. Podia até falar e gritar para ser ouvido a bordo.

"Se agora tu queres, consegues virar", dissera-lhe a certa altura padre Caspar. "Tu abaixas o braço direito, como se o inclinavas sob o teu corpo, ergues levemente o ombro esquerdo, et ficas de barriga para baixo!"

Não especificara que, ao realizar esse movimento, era necessário prender a respiração, pois se encontrava com o rosto debaixo d'água, e debaixo de uma água que nada mais quer senão explorar as narinas do intruso. Nos livros de Mechanica Hydraulico-Pneumatica não estava escrito nada a respeito. Assim, por *ignoratio elenchi* de padre Caspar, Roberto bebera uma boa caneca de água salgada.

Mas agora já aprendera a aprender. Tentara duas ou três vezes virar sobre si mesmo e compreendera um princípio, necessário a todo nadador, ou seja, que, quando a cabeça está debaixo d'água, não devemos respirar, nem mesmo com o nariz; devemos, sim, soprar com força, como se quiséssemos jogar fora o ar dos pulmões, justamente aquele ar de que tanto precisamos. Parece uma coisa intuitiva, mas não é, como mostra esta história.

Todavia compreendera que era mais fácil ficar de costas, com o rosto para o ar, do que de bruços. Parece-me justamente o contrário, mas Roberto aprendera primeiro daquela maneira e, durante um dia ou dois, continuou assim. E, enquanto isso, dialogava a respeito dos maiores sistemas.

Voltaram a tratar do movimento da Terra, e padre Caspar preocupara-o com o Argumento dos Eclipses. Tirando a Terra do centro do mundo, e pondo o Sol em seu lugar, é preciso pôr a Terra ou embaixo da Lua ou em cima da Lua. Se a pusermos embaixo não haverá mais eclipses do Sol, porque a Lua, estando acima do sol ou acima da Terra, não poderá interpor-se entre a Terra e o Sol. Se a pusermos em cima, não haverá jamais o eclipse da Lua porque a Terra, estando em cima dela, não poderá nunca interpor-se entre ela e o Sol. E, além disso, a astronomia não poderia mais, como sempre fez muito bem, prever os eclipses, porque ela baseia os seus cálculos nos movimentos do Sol, e, se o Sol não se movesse, a sua missão seria vã.

Que se levasse em consideração o Argumento do Arqueiro. Se a Terra girasse durante as vinte e quatro horas, quando se atira uma flecha diretamente para o alto, esta cairia a ocidente, a muitas milhas distantes do atirador. Algo parecido com o Argumento da Torre. Se deixássemos cair um peso do lado ocidental de uma torre, ele não deveria cair aos pés da construção, mas muito mais para lá; e, portanto, não deveria cair verticalmente, mas em diagonal, porque, nesse ínterim, a torre (com a Terra) se teria movido na direção oriental. Mas, ao contrário, todos sabem por experiência que aquele peso cai perpendicularmente; assim, o movimento terrestre demonstra ser um embuste.

Para não falar do Argumento dos Pássaros, os quais, se a Terra girasse no espaço de um dia, não poderiam nunca, voando, fazer frente ao seu movimento, ainda que fossem infatigáveis. Enquanto nós vemos muito bem que, mesmo viajando a cavalo na direção do sol, qualquer pássaro nos alcança e nos ultrapassa.

"Está bem, não sei responder à vossa objeção. Mas ouvi dizer que fazendo girar a Terra e todos os planetas e mantendo o Sol parado, explicam-se muitos fenômenos, enquanto Ptolomeu teve que inventar os epiciclos, os deferentes e tantas outras invenções que não existem no céu ou na terra."

"Eu perdoo a ti, se um Witz fazer querias. Mas se tu sério falas, então eu te digo que não sou um pagão como Ptolomeu e sei muito bem que ele muitos erros cometido havia. Et por isso eu acredito que o grandíssimo Ticão de Uranisburgo uma ideia muito boa teve: ele pensou que todos os planetas que nós conhecemos, como Jupiter, Marte, Venus, Mercurius et Saturnus ao redor do Sol giram, mas o Sol gira com eles ao redor da Terra; ao redor da Terra gira a Lua, e a Terra está imóvel no centro do círculo das estrelas fixas. Assim explicas tu os erros de Ptolomeu e não dizes heresias, enquanto Ptolomeu erros cometia et Galileu heresias falava. Et não estás obrigado a explicar como fazia a Terra, que é tão pesada, a passear pelo céu."

"E como fazem o Sol e as estrelas fixas?"

"Tu dizes que são pesadas. Eu não. São corpos celestes, não sublunares! A Terra, esta sim, é pesada."

"Então como faz um navio com cem canhões para seguir pelo mar?"

"Existe o mar que o arrasta e o vento que o empurra."

"Então, se quisermos dizer coisas novas sem irritar os cardeais de Roma, ouvi de um filósofo, em Paris, que os céus são de matéria líquida, como um mar, que gira, formando como que precipícios marinhos... *tourbillons*..."

"O que é isso?"

"São vórtices."

"Ach so, vortices, ja. Mas o que fazem esses vortices?"

"Aí está, esses vórtices arrastam os planetas em sua roda, e um vórtice arrasta a Terra ao redor do Sol, mas é o vórtice que se move. A Terra está imóvel no vórtice que a arrasta."

"Bravo, senhor Roberto! Tu não querias que os céus seriam de cristal, porque temias que os cometas os quebravam, porém te agrada que são líquidos, assim os pássaros dentro deles se afogam! Além disso, essa ideia dos vortices explica que a Terra ao redor do Sol roda, mas não que rode ao redor de si mesma, como se fosse um pião para crianças!"

"Sim, mas aquele filósofo dizia que, também neste caso, é a superfície dos mares e a crosta superficial do nosso globo que rodam, enquanto o centro profundo permanece parado. Acho que é isso."

"Ainda mais estúpido do que antes. Onde escreveu aquele senhor isso?

"Não sei, acredito que tenha desistido de escrever ou publicar o livro. Não queria irritar os jesuítas que ele muito ama."

"Então prefiro o senhor Galileu que pensamentos heréticos possuía, mas os confessou a cardeais amorosíssimos, et ninguém ele queimou. Eu não gosto desse outro senhor que possui pensamentos ainda mais heréticos e não confessa, nem mesmo aos jesuítas que são seus amigos. Talvez Deus um dia Galileu perdoa mas a ele não."

"Em todo o caso, me parece que tenha corrigido mais tarde essa primeira ideia. Parece que toda a grande quantidade de matéria que vai do Sol às estrelas fixas gire ao redor de um grande círculo, transportado por esse vento..."

"Mas não dizias que os céus eram líquidos?"

"Talvez não, talvez sejam um grande vento..."

"Estás vendo, nem mesmo tu sabes..."

"Pois bem, esse vento faz com que se movam todos os planetas em volta do Sol, e ao mesmo tempo faz girar o Sol em torno de si mesmo. Assim, existe um vórtice menor que faz girar a Lua em volta da Terra, e a Terra ao redor de si mesma. E, todavia, não podemos dizer que a Terra se move, porque aquilo que se move é o vento. Do mesmo modo, se eu dormisse no *Daphne,* e ele fosse na direção daquela ilha ocidental, eu passaria de um lugar para o outro e, contudo, ninguém poderia dizer que o meu corpo se moveu. E, no tocante ao movimento quotidiano, é como se eu estivesse sentado numa grande roda de um oleiro que se move; certamente, primeiro eu vos mostraria o rosto e depois as costas; quem se moveria não seria eu, mas a roda."

"Esta é a hypothesis de um malitioso que quer ser hereticus et não parecer. Mas tu me dizes agora onde estão as estrelas. Também toda a Ursa Major et Perseus giram em mesmo vórtice?"

"Todas as estrelas que nós vemos são igualmente sóis, e cada uma está no centro de um próprio vórtice; e todo o Universo é um grande girar de vórtices com infinitos sóis e infinitíssimos planetas, que estão além do nosso olhar; e cada um com seus próprios habitantes!"

"Ah! Aqui eu esperava tu et os teus hereticíssimos amigos! Isso quereis vós, infinitos mundos!"

"Poderíeis permitir-me, pelo menos, mais de um. Do contrário, onde teria Deus colocado o inferno? Não nas vísceras da Terra."

"Por que não nas vísceras da Terra?"

"Porque", e aqui Roberto repetia de maneira bastante aproximada um argumento que ouvira em Paris, e eu não poderia jurar da exatidão de seus cálculos, "o diâmetro do centro da Terra mede duzentas milhas italianas e, se as elevarmos ao cubo, teremos oito milhões de milhas. Considerando que uma milha italiana contém duzentos e qua-

renta mil pés ingleses, e visto que o Senhor deve ter destinado, a cada pecador, pelo menos seis pés cúbicos, o inferno não poderia conter senão
quarenta milhões de danados, o que me parece pouco, considerando
todos os homens maus que viveram neste mundo desde Adão até hoje."

"Isso seria", respondia Caspar sem se dignar de verificar aquele
cômputo, "se os danados com o seu corpo estariam dentro dele. Mas
isso é somente após a Ressurreiçom da Carne et o Último Juízo! E,
então, não existiria mais nem a Terra nem os planetas, mas outros
céus et novas terras!"

"De acordo, se são apenas espíritos danados, caberão bilhões até
mesmo na ponta de um alfinete. Mas existem estrelas que nós não
podemos ver a olho nu e que vemos, todavia, com o vosso telescópio.
Pois bem, não podeis pensar num telescópio cem vezes mais potente
que vos permita descortinar outras estrelas e, depois, a um outro, mil
vezes mais poderoso, que nos permita ver estrelas ainda mais distantes, e assim *ad infinitum*? Desejais pôr um limite à criação?"

"A Bíblia não diz nada a tal respeito."

"A Bíblia não fala tampouco de Júpiter e, contudo, vós o observá-
veis a noite passada com o vosso maldito telescópio."

Mas Roberto já sabia qual seria a verdadeira objeção do jesuíta.
Como naquela noite do abade, quando Saint-Savin o desafiara para um
duelo: que com infinitos mundos não se consegue mais dar sentido à
Redenção, e que somos obrigados a imaginar ou em infinitos Calvá-
rios, ou no nosso canteiro terrestre como um ponto privilegiado do
cosmos, ao qual Deus permitiu que seu Filho descesse para libertar-nos
do pecado, enquanto aos outros mundos não concedeu tanta graça —
em detrimento de sua infinita bondade. E realmente esta foi a reação
do padre Caspar, o que permitiu a Roberto atacá-lo novamente.

"Quando aconteceu o pecado de Adão?"

"Os meus confrades cálculos matemáticos perfectos fizeram, na
base das Escripturas: Adam pecou três mil novecentos et oitenta e
quatro anos antes da chegada de Nosso Senhor."

"Pois bem, talvez ignorais que os viajantes chegados à China, entre os quais muitos de vossos confrades, encontraram as listas dos monarcas e das dinastias dos chîns, das quais se deduz que o reino da China existia há mais de seis mil anos; portanto, antes mesmo do pecado de Adão. Se assim é para a China, quem sabe para quantos outros povos ainda? Portanto, o pecado de Adão, a redenção dos judeus e as belas verdades decorrentes de nossa Santa Romana Igreja referem-se apenas a uma parte da humanidade. Mas existe uma outra parte do gênero humano que não foi tocada pelo pecado original. Isso não diminui nem um pouco a infinita bondade de Deus, que se comportou com os adamitas assim como o pai da parábola com o Filho Pródigo, sacrificando o seu Filho somente para eles. Mas assim como, pelo fato de ter mandado matar o novilho mais gordo para o filho pecador, aquele pai não amava menos os outros irmãos bons e virtuosos, assim o nosso Criador ama com tanta afeição os chîns e todos os que nasceram antes de Adão; e se alegra que eles não tenham incorrido no pecado original. Se assim aconteceu na Terra, por que não deveria ter acontecido também com as estrelas?"

"Mas quem disse toda esse Baboseirra?", bradara cheio de furor padre Caspar.

"Muitos falam a tal respeito. E um sábio árabe afirmou que é possível deduzir isso tudo de uma página do Corão."

"E tu dizes a mim que o Corão provava a verdade de uma coisa? Ó onipotente Deus, eu te rogo fulmina este vaníssimo ventoso presunçoso arrogante tumultuoso revoltoso, animal, maligno, cão et demônio, maldito mastim morboso, que ele não põe mais os pés neste navio!"

E padre Caspar levantara e fizera estalar a amarra como um chicote, primeiro atingindo Roberto no rosto e, depois, largando a corda. Roberto caíra de cabeça para baixo, fatigara-se agitando as pernas e os braços, não conseguia puxar a corda para poder segurá-la, berrava pedindo socorro, enquanto bebia água; e padre Caspar gritava que o queria ver nas últimas e arquejar em agonia, para precipitar-se no inferno como convinha aos desgraçados da sua raça.

Depois, como tivesse espírito cristão, quando lhe pareceu que Roberto fora suficientemente punido, puxara-o para cima. E nesse dia deram por encerradas tanto a aula de natação quanto a de astronomia; e os dois foram dormir cada um no seu canto sem trocar palavra.

Fizeram as pazes no dia seguinte. Roberto confessara-lhe que não acreditava absolutamente naquelas hipóteses dos vórtices e julgava preferível que os infinitos mundos fossem o efeito de um turbilhonar de átomos no vazio; e que isto não excluía de modo algum que existisse uma Divindade providencial que a tais átomos conferia ordens e os organizava em formas de acordo com os seus decretos, como lhe ensinara o Cônego de Digne. Padre Caspar, todavia, recusava também essa ideia, que pressupunha um vazio no qual os átomos se movessem; e Roberto não tinha mais vontade de discutir com uma Parca tão generosa que, ao invés de cortar a corda, que o mantinha vivo, encompridava-a demasiadamente.

Com a promessa de não ser mais ameaçado de morte, retomara as suas experiências. Padre Caspar persuadia-o a tentar movimentar-se dentro d'água, que é o princípio indispensável de toda arte da natação e sugeria-lhe que movimentasse lentamente as mãos e as pernas; mas Roberto preferia mandriar, boiando.

Padre Caspar deixava-o mandriar e aproveitava para desfiar-lhe seus outros argumentos contrários ao movimento da Terra. In primis, o Argumento do Sol, o qual, se permanecesse imóvel, e nós, ao meio-dia em ponto, o olhássemos no centro de um quarto através da janela, e a Terra girasse com a velocidade que se diz — e se requer muita, para dar uma volta completa em vinte e quatro horas —, num piscar de olhos o sol desapareceria de nossa vista.

Vinha depois o Argumento do Granizo. Ele cai às vezes durante uma hora inteira, mas mesmo que as nuvens sigam para o levante ou para o poente, para o norte ou para o sul, não cobre jamais o campo por mais de vinte e quatro ou trinta milhas. Mas se a Terra rodasse, quando as nuvens de granizo fossem levadas pelo vento ao encontro de seu curso, seria preciso que caísse granizo pelo menos por trezentas ou quatrocentas milhas do campo.

Em seguida, o Argumento das Nuvens Brancas, que vão pelo ar quando o tempo está sereno, e parecem andar sempre com a mesma lentidão; ao passo que, se a Terra girasse, aquelas que seguem na direção do poente deveriam avançar com imensa velocidade.

Concluía-se com o Argumento dos Animais Terrestres que, por instinto, deveriam sempre se mover para o oriente, para auxiliar o movimento da Terra que os governa; e deveriam mostrar grande aversão para se moverem na direção do ocidente, porque sentiriam que esse é um movimento contrário à natureza.

Roberto estava quase aceitando aqueles argumentos, mas depois se aborrecia com todos eles, e opunha a toda aquela ciência o Argumento do Desejo.

"Mas enfim", dizia-lhe, "não me tireis a alegria de pensar que poderia levantar voo e ver, em vinte e quatro horas, a Terra girando ao meu redor; e veria passar tantos rostos diferentes, brancos, negros, amarelos, oliváceos, com chapéu ou com turbante; e cidades com campanários pontudos, redondos, com a cruz e a meia-lua; e cidades com as torres de porcelana e aldeias com suas tendas; e os iroqueses na iminência de comer vivo um prisioneiro de guerra; e as mulheres da terra de Tesso, ocupadas em pintar os lábios de azul para os homens mais feios do planeta; e aquelas de Camul que os seus maridos oferecem como dom ao primeiro que chegar, como conta o livro do Senhor Polo..."

"Estás vendo? Como eu digo: quando vós na vossa filosofia na taberna pensais, são sempre pensamentos lascivos! E se não tivesses tido tais pensamentos, essa viagem tu podias fazer se Deus te dava a graça de girar tu ao redor da Terra, que não seria graça menor do que deixar-te suspenso no céu."

Roberto não se convencera, mas não sabia mais retrucar. Tomava, então, o caminho mais longo, partindo de outros argumentos ouvidos, que igualmente não lhe pareciam de modo algum em contradição com a ideia de um Deus providencial; perguntava a Caspar se ele estava de acordo em considerar a natureza como um grandioso teatro, onde nós vemos apenas aquilo que o autor pôs em cena. Do lugar onde estamos, nós não vemos o teatro como ele realmente é: as decorações e as máquinas foram preparadas para produzir uma bela impressão de longe, enquanto as rodas e os contrapesos, que produzem os movimentos, foram ocultados do nosso olhar. E, todavia, se na plateia houvesse um homem de arte, este seria capaz de adivinhar como se fez para que um pássaro mecânico conseguisse de repente levantar voo. Assim deveria fazer o filósofo diante do espetáculo do Universo. É certo, porém, que a dificuldade do filósofo é maior, pois na natureza as cordas das máquinas encontram-se tão bem escondidas que por longo tempo se perguntou quem as movia. E, contudo, mesmo em nosso teatro, se Faetonte segue em direção ao sol é porque foi puxado por algumas cordas e um contrapeso volta para baixo.

Ergo (triunfava Roberto, afinal, reencontrando o motivo pelo qual começara a divagar daquela maneira), o palco mostra-nos o sol que gira, mas a natureza da máquina é bastante diversa, e nem mesmo nós somos capazes de perceber à primeira vista. Nós vemos o espetáculo, mas não a roldana que faz mover Febo, pois vivemos, aliás, na roda daquela roldana — e nessa altura Roberto começava a perder-se, porque se aceitava a metáfora da roldana, perdia aquela do teatro, e todo o seu raciocínio tornava-se tão *pointu* — como diria Saint-Savin — a ponto de perder toda a agudeza.

Padre Caspar respondera que o homem para fazer cantar uma máquina devia moldar a madeira ou o metal, e dispor os orifícios, ou regular as cordas e tocá-las com pequenos arcos, ou, até mesmo — como ele fizera no *Daphne* — inventar um mecanismo com água, ao passo que se abrirmos a garganta de um rouxinol não veremos nenhum tipo de máquina, sinal de que Deus segue caminhos diferentes dos nossos.

Depois perguntara a Roberto, uma vez que este aceitava, com bons olhos, infinitos sistemas solares que giravam no céu, se não poderia admitir que cada um desses sistemas fizesse parte de um sistema maior que gira dentro de um sistema ainda maior, e assim por diante — visto que, partindo daquelas premissas, ficaríamos igual a uma virgem vítima de um sedutor, que, de início, faz-lhe uma primeira concessão, e logo deverá dar ainda mais, e depois ainda mais, e nesse caminho não sabemos a que ponto podemos chegar.

Claro, dissera Roberto, podemos pensar em tudo. Em vórtices desprovidos de planetas; em vórtices que se entrechocam; em vórtices que não sejam redondos, mas em forma de hexágonos, de tal maneira que sobre cada face ou lado deles possamos introduzir um outro vórtice, todos os conjuntos formando os alvéolos de uma colmeia; ou então que sejam polígonos, os quais, apoiados sobre os outros, deixem alguns vazios, que a natureza preenche com outros vórtices menores; todos engrenados entre si como as rodelas dos relógios. O seu conjunto move todo o céu como se fosse uma grande roda que gira e nutre em seu interior outras rodas que giram, cada qual com rodas menores que giram em seu seio, e todo esse grande círculo realiza no céu uma revolução imensa que dura milênios, talvez ao redor de um outro vórtice dos vórtices dos vórtices... E naquela altura Roberto corria o risco de se afogar, por causa da grande vertigem que começava a tomar conta dele.

E foi nesse momento que padre Caspar obteve o seu triunfo. Então, explicou, se a Terra gira em torno do Sol, mas o Sol gira em torno de alguma outra coisa (deixando de considerar que essa alguma outra coisa gire em torno de alguma outra coisa ainda), temos o problema da *roulette* — de que Roberto devia ter ouvido falar em Paris, porquanto de Paris tal argumento chegara à Itália entre os galileanos, que pensavam em tudo, contanto que pudessem desordenar o mundo.

"Que é a *roulette?*", perguntou Roberto.

"Podes chamá-la também de trochoides ou cycloides, muda pouco. Imagina tu uma roda."

"Aquela de antes?"

"Não, agora tu imaginas a roda de uma carroça. Et imagina tu que no círculo daquela roda há um prego. Agora imagina que a roda parada está, et o prego no chão. Agora tu pensas que a carroça vai et a roda gira. Que coisa tu pensas que aconteceria com esse prego?"

"Bom, se a roda gira, num certo ponto o prego estará em cima, mas depois, quando a roda tiver completado a sua volta, estará de novo junto à terra."

"Logo, tu pensas que esse prego um movimento como círculo realizou?"

"Sim, é claro. Não decerto como um quadrado."

"Agora tu escutas, paspalhão. Tu dizes que esse prego encontra-se no chão no mesmo ponto onde estava antes."

"Esperai um pouco... Não, se a carroça ia para a frente, o prego continua no chão, mas muito adiante."

"Portanto ele não cumpriu um movimento circular."

"Não, por todos os santos do paraíso," dissera Roberto.

"Tu não deves dizer Portodosossantosdoparaíso."

"Perdoai. Mas que movimento realizou?"

"Uma trochoydes realizou, et para que tu entendas digo que é como se fosse o movimento de uma bola que atiras para a frente, depois toca na terra, depois faz um outro arco de circunferência, et depois novamente; só que, enquanto a bola numa certa altura faz arcos sempre menores, o prego arcos sempre regulares fará, se a roda sempre com a mesma velocidade vai."

"E isso que significa?", perguntara Roberto, pressentindo a sua derrota.

"Isso quer dizer que tu demonstrar tantos vórtices et infinitos mundos queres, et que a Terra gira; e eis que tua Terra não gira mais, mas vai pelo infinito céu igual a uma bola, tumpf tumpf tumpf — ach que belo movimento para este nobilíssimo planeta! E se tua teoria dos vortices boa é, todos os corpos celestes faziam tumpf tumpf tumpf; agora, deixa-me rir que esse é finalmente o maior divertimento de minha vida!"

Difícil replicar a um argumento tão sutil e geometricamente perfeito; além disso, com perfeita má-fé, porque padre Caspar deveria saber que algo semelhante aconteceria também se os planetas girassem como queria Ticão. Roberto foi dormir molhado e abatido como um cão. Durante a noite refletira, para ver se não lhe convinha abandonar todas as suas ideias heréticas a respeito do movimento da Terra. Vejamos, dissera para si mesmo, se padre Caspar tivesse razão e se a Terra não se movesse (do contrário mover-se-ia mais do que era preciso e não conseguiríamos detê-la), isso poderia pôr em risco a sua descoberta do meridiano antípoda, e a sua teoria do Dilúvio, e junto com ela o fato de a Ilha estar lá, um dia antes do dia que é aqui? Absolutamente.

Bem, dissera para si mesmo, talvez não me convenha discutir as opiniões astronômicas de meu novo mestre, mas deixar que me ensine a nadar, para obter realmente aquilo que verdadeiramente me interessa: não demonstrar se Copérnico ou Galileu tivessem razão ou aquele outro pedante do Ticão de Uranisburgo, mas ver a Pomba Cor de Laranja e pôr os pés no dia anterior — coisa com a qual Galileu, Copérnico ou Ticão nem os meus mestres e amigos de Paris jamais sonharam.

E assim, no dia seguinte, reapresentara-se a padre Caspar como aluno obediente, tanto em coisas natatórias, quanto em coisas astronômicas.

Mas padre Caspar, com o pretexto do mar agitado e de outros cálculos que devia fazer, adiou naquele dia a sua aula. À tardinha, explicou-lhe que para aprender a nadar é preciso concentração e silêncio, e não se podia ficar com a cabeça nas nuvens. Visto que Roberto era levado a fazer sempre o contrário, concluía-se que não tinha aptidão para nadar.

Roberto se perguntara como o seu mestre, tão orgulhoso de sua mestria, tivesse abandonado tão repentinamente o seu próprio projeto. E eu suponho que a conclusão a que chegara era a mais certa. Padre Caspar pusera na cabeça que deitar ou mesmo mover-se dentro d'água, e sob o sol, causasse em Roberto uma efervescência no cérebro que o induzia a pensamentos perigosos. O estar a sós com o próprio corpo, o mergulhar no líquido, que era assim mesmo matéria, de alguma forma o embrutecia e induzia àqueles pensamentos que são próprios de naturezas desumanas e desvairadas.

Padre Caspar Wanderdrossel precisava encontrar algo diferente para chegar até a Ilha, e que não custasse a Roberto a saúde de sua alma.

25
Technica curiosa

Quando padre Caspar disse que era de novo domingo, Roberto percebeu que se passara mais de uma semana do dia em que se encontraram. Padre Caspar celebrou a missa, depois dirigiu-se para ele com ar decidido.

"Eu não posso esperar que tu a nadar aprendas", dissera.

Roberto respondeu que não era sua culpa. O jesuíta admitiu que talvez não fosse culpa sua; mas, enquanto isso, as intempéries e os animais selvagens estavam estragando a sua Specula, que devia ser cuidada todos os dias. Razão pela qual, *ultima ratio*, só restava uma solução: ele próprio iria até a Ilha. E à pergunta de como faria, padre Caspar disse que tentaria com o Sino Aquático.

Explicou-lhe que há muito tempo estudava como navegar debaixo d'água. Pensara inclusive em construir um batel de madeira reforçado de ferro e com duplo casco, como se fosse uma caixa com tampa. O navio teria setenta e dois pés de comprimento, trinta e dois de altura e oito de largura, e seria suficientemente; pesado para descer abaixo da superfície. Seria movido por uma roda munida de pás, acionada por dois homens no interior, como fazem os burros com a mó de um moinho. E para ver onde se estava indo, fazia sair um *tubospicillum*, um óculo que, através de um jogo de lentes internas, permitiria explorar de dentro aquilo que acontecia ao ar livre.

Por que não o construíra? Porque assim é feita a natureza — dizia — para humilhação da nossa insignificância; existem ideias que no papel parecem perfeitas e que, depois, na prova da experiência, revelam-se imperfeitas, e ninguém sabe a razão.

Todavia, padre Caspar construíra o Sino Aquático: "Et a plebícola ignorante, se lhe tivessem dito que alguém no fundo do Reno descer pode, mantendo as roupas secas, e até mesmo em as mãos um fogo em um braseiro segurar, diria que era uma insensatez. E, no entanto, a prova da experientia houve e quase um século atrás na cidadela de Toleto em Hispania. Portanto, eu alcanço a ilha agora com o meu Sino Aquático, caminhando, como agora me vês caminhar."

Foi ao paiol, que era evidentemente um armazém inexaurível: além do arsenal astronômico, sobrava ainda algo mais. Roberto viu-se obrigado a trazer ao convés outras barras e semicírculos de metal e um volumoso invólucro de pele que ainda guardava o cheiro de seu chifrudo doador. De pouco adiantou a Roberto lembrar que, se era domingo, não se devia trabalhar no dia do Senhor. Padre Caspar respondera que aquilo não era trabalho, e muito menos trabalho servil, mas o exercício de uma arte mais nobre de todas, e que o esforço de ambos seria consagrado à expansão do conhecimento do grande livro da natureza. E que, portanto, era como se meditassem nos textos sagrados, dos quais o livro da natureza não se afasta.

Roberto teve, pois, de trabalhar, estimulado pelo padre Caspar, que intervinha nos instantes mais delicados, quando os elementos metálicos eram reunidos por encaixes preexistentes. Trabalhando por toda a manhã, aprontou uma gaiola em forma de um tronco de cone, pouco mais alta do que um homem, na qual três círculos, (o do alto de diâmetro menor, o do meio e o mais baixo progressivamente mais largos) se sustentavam paralelos, graças a quatro estacas inclinadas.

No círculo do meio fora fixado um reforço com tiras de pano, onde um homem podia-se enfiar, mas de tal modo que, por meio de um jogo de tiras que deviam envolver também as costas e o peito, nele não sustentasse apenas o quadril para impedir a descida, mas também os ombros e o pescoço, a fim de que a cabeça não tocasse o círculo superior.

Enquanto Roberto se perguntava a que podia servir todo aquele conjunto, padre Caspar estendera o invólucro de pele, que se revelara um estojo adequado (ou luva ou o dedal daquela estrutura metálica), dentro do qual não foi difícil enfiá-lo, fixando-o com ganchos internos, de modo que o objeto, uma vez terminado, não pudesse mais ser escorchado. Quando ficou pronto, o objeto era realmente um cone sem ponta, fechado no alto e aberto na base ou, se quisermos, exatamente uma espécie de sino. Entre o círculo superior e o mediano, abria-se uma janelinha de vidro. Na cobertura do sino fora preso um anel robusto.

Nesse ponto, o sino foi deslocado para o cabrestante e enganchado num braço, que, por meio de um eficiente sistema de roldanas, permitiria levantá-lo, abaixá-lo, deslocá-lo fora do navio, descê-lo ou içá-lo, como acontece com um fardo, caixa ou invólucro, quando são carregados ou descarregados de um navio.

O cabrestante estava um pouco enferrujado, depois de alguns dias de inédia, mas Roberto conseguiu acioná-lo e içar o sino a uma altura média, de tal maneira que pudessem ser vistas as ventriscas.

Esse sino, agora, só esperava um passageiro que se enfiasse dentro e se amarrasse, para oscilar no ar como um badalo.

Podia entrar ali um homem de qualquer estatura: bastava para isso ajustar as correias, alargando ou apertando as fivelas e os laços. Assim, uma vez amarrado, o habitante do sino poderia caminhar, levando a passear o seu habitáculo, e as tiras possibilitavam que a sua cabeça ficasse na altura da janelinha, e a borda inferior chegasse mais ou menos até a panturrilha.

Ora, não restava a Roberto senão imaginar — explicava triunfante padre Caspar — o que teria acontecido quando o cabrestante tivesse baixado o sino ao mar.

"Acontece que o passageiro se afoga", concluíra Roberto, como teria dito qualquer um. E padre Caspar o acusara de saber muito pouco a respeito do "equilíbrio dos humores".

"Tu podes talvez pensar que o vazio em alguma parte existe, como dizem aqueles ornamentos da Sinagoga de Satanás com quem falavas em Paris. Mas tu admitirás, talvez, que no sino não existe o vazio, mas ar. Et quando tu um sino cheio de ar à água baixas, não entra água. Ou ela, ou o ar."

Era verdade, admitia Roberto. Portanto, por mais fundo que fosse o mar, o homem podia caminhar sem que ali entrasse água, pelo menos até que o passageiro, com a sua respiração, tivesse consumido todo o ar, transformando-o em vapor (como se vê quando se respira num espelho), o qual, sendo menos denso do que a água, a esta acabaria enfim cedendo lugar — prova definitiva — comentava triunfalmente padre Caspar — de que a natureza tem horror ao vazio. Mas, com um sino daquela dimensão, o passageiro podia contar, calculara padre Caspar, com pelo menos uns trinta minutos de respiração. O litoral parecia muito distante, para chegar a nado; mas, andando, seria um passeio, pois quase no meio do percurso, entre o navio e a costa, começava a barbacã coralina — de modo que o barco não pudera seguir aquele caminho, mas tivera que fazer uma volta mais longa, além do promontório. E em alguns trechos os corais estavam à flor d'água. Se a expedição tivesse começado num período de refluxo, o caminho a percorrer debaixo d'água seria ainda menor. Bastava chegar àquelas terras emersas, e assim que o passageiro tivesse subido, ainda que apenas meia perna à superfície, o sino ter-se-ia novamente enchido de ar fresco.

Mas como alguém poderia caminhar no fundo do mar, que devia estar cheio de perigos, e como poderia subir à barbacã, que era feita de pedras afiadas e de corais ainda mais cortantes do que as pedras? Além disso, como poderia descer o sino sem se virar dentro d'água, ou ser empurrado para cima, pelas mesmas razões pelas quais um homem que mergulha volta a flutuar?

Padre Caspar, com um sorriso ardiloso, acrescentava que Roberto esquecera a objeção mais importante: que, para empurrar no mar apenas o sino cheio de ar, ter-se-ia deslocado muita água, proporcionalmente ao seu tamanho, e esta água teria tido um peso bem maior do que o corpo que tentava penetrá-la, ao qual teria, portanto, oposto muita resistência. Mas no sino haveria também muitas libras de um homem, sem falar dos Coturnos Metálicos. E, com ar de quem pensara em tudo, foi buscar no inexaurível paiol um par de botinas com solas de ferro, de altura superior a cinco dedos, que se amarravam aos joelhos. O ferro funcionaria como lastro, e além disso protegeria os pés do viajante. O caminho tornar-se-ia mais lento, mas evitava aquelas preocupações com o terreno acidentado que normalmente tornam tímido o passo.

"Mas, se do declive que existe aqui embaixo, vós tiverdes que subir de volta à costa, será um percurso íngreme!"

"Tu não estavas aqui quando a âncora baixado haviam! Eu antes a investigação fiz. Nada de abismo. Se o *Daphne* iria um pouco mais para a frente encalharia!"

"Mas como podereis suportar o peso do sino na vossa cabeça?" perguntava Roberto. Padre Caspar lembrava-lhe que na água não se sentiria esse peso, e Roberto saberia disso se tivesse, alguma vez, experimentado empurrar um barco, ou pescar com a mão uma bola de ferro num tanque; o esforço todo teria sido feito apenas ao tirá-la da água, mas não quando estivesse imersa.

Diante da obstinação do velho, Roberto procurava retardar o momento de sua desgraça. "Mas se abaixarmos o sino com o cabrestante", perguntava-lhe, "como desenganchar depois a corda? A corda acabará por reter-vos e não podereis afastar-vos do navio."

Caspar respondia que, quando ele chegasse ao fundo, Roberto perceberia, porque a corda se afrouxaria e então seria preciso cortá-la. Acreditava porventura que ele deveria voltar pelo mesmo caminho? Ao chegar à Ilha, recuperaria o barco e com ele voltaria, se Deus assim desejasse.

Mas, ao chegar a terra, liberto das correias, se um outro cabrestante não o erguesse, o sino desceria até o fundo, aprisionando-o. "Quereis passar o resto de vossa vida numa ilha fechado dentro de um sino?" O velho respondia que, após libertar-se daquelas ceroulas, bastava cortar o couro com a faca, e sairia, como Minerva da coxa de Júpiter.

E se debaixo d'água tivesse encontrado um grande peixe, daqueles que devoram os homens? Padre Caspar sorria: mesmo o mais feroz de todos os peixes, quando encontrar no seu caminho um sino semovente, coisa que daria medo até a um homem, ficará tão desconcertado que se precipitará logo a fugir.

"Além do mais", concluiu Roberto, sinceramente preocupado com o seu amigo, "vós sois velho e delicado, se alguém deve tentar, esse alguém serei eu!" Padre Caspar agradecera, mas explicara que ele, Roberto, dera diversas provas de não ter muito juízo, e quem sabe o que ele teria arrumado; que ele, Caspar, possuía algum conhecimento daquele braço de mar e da barbacã, pois já tinha visto algo semelhante, com um batel de fundo chato; que aquele sino ele próprio mandara-o construir e, portanto, conhecia-lhe os vícios e as virtudes; que tinha boas noções de física hidrostática e saberia safar-se num caso não previsto; finalmente, acrescentara como se dissesse a última das razões em seu favor, "afinal, eu tenho fé, e tu não".

Roberto entendera que essa não era absolutamente a última das razões, mas a primeira, e certamente a mais bela. Padre Caspar Wanderdrossel acreditava no seu sino como em sua Specula e acreditava que devia usar o Sino para chegar à Specula e acreditava que tudo o que estava fazendo era para a maior glória de Deus. E como a fé pode remover as montanhas, podia certamente superar as águas.

Só restava trazer o sino para o convés e prepará-lo para imersão. Um trabalho que os manteve ocupados até a noite. Para curtir a pele a fim de que a água não penetrasse e o ar não saísse, era preciso usar um emplastro a ser preparado em fogo lento, dosando três libras de cera, uma de terebintina vêneta e quatro onças de um outro verniz usado pelos marceneiros. Depois era preciso fazer absorver aquela substância, na pele, deixando-a repousar até o dia seguinte. Enfim, com uma outra massa feita de cera e piche, foram cobertas todas as fissuras nas bordas da janelinha, onde o vidro já fora fixado com resina, e, por sua vez, misturado com alcatrão.

"Omnibus rimis diligenter repletis", como disse ele: Padre Caspar passou a noite rezando. À alvorada, verificaram novamente o sino, os ganchos, os cordões. Caspar esperou o momento adequado em que pudesse desfrutar ao máximo o refluxo, quando o sol já estivesse bem alto, para iluminar o mar à sua frente, projetando as sombras atrás dele. Depois se abraçaram.

Padre Caspar lembrou que seria uma empresa divertida, onde veria coisas maravilhosas que nem mesmo Adão ou Noé haviam conhecido, e (temia cometer o pecado da soberba) estava orgulhoso por ser o primeiro homem a descer ao mundo marinho. "Porém", acrescentava, "esta é também uma proba de mortificaçom: se Nosso Senhor sobre as águas caminhado havia, eu, embaixo caminharei, como a um pecador convém."

Só restava erguer o sino, colocá-lo sobre o padre Caspar, e observar se ele era capaz de se mover com facilidade.

Por alguns minutos Roberto assistiu ao espetáculo de um grande caracol, melhor ainda, de um cogumelo, um agárico migratório, que caminhava com passos lentos e desajeitados, parando frequentemente e realizando uma meia-volta, quando o padre queria olhar para a direita ou para a esquerda. Mais do que a uma marcha, aquele capuz ambulante parecia pronto para uma gavota, para uma *bourrée,* que a ausência da música tornava ainda mais desajeitada.

Afinal, padre Caspar pareceu satisfeito de seus exercícios e, com uma voz que parecia sair dos calçados, disse que estava pronto para partir.

Após enganchá-lo, Roberto pôs-se a movimentar o cabrestante, e, depois de levantar o sino, fez que os pés do velho balançassem, cuidando em que ele não escorregasse, nem o sino caísse virado para cima. Padre Caspar badalava e ribombava que tudo caminhava para melhor, mas que era preciso apressar-se: "Estes coturnos puxam minhas pernas e quase as arrancam do meu ventre! Rápido, põe-me dentro d'água!"

Roberto gritou ainda algumas frases de encorajamento e abaixou lentamente o veículo com o seu humano motor. Isso não foi uma empresa fácil, porque ele fazia sozinho o trabalho de muitos marinheiros. Portanto, aquela descida pareceu-lhe eterna, como se o mar se abaixasse à medida que ele multiplicava os seus esforços. Mas, finalmente, ouviu um barulho na água, percebeu que o seu esforço diminuía e, poucos instantes depois (que lhe pareceram anos), sentiu que o cabrestante girava agora no vazio. O sino tocara no mar. Cortou a corda, depois correu à amurada para olhar para baixo. E não viu nada.

De padre Caspar e do sino não havia nenhum vestígio.

"Que cabeça, esse jesuíta", disse Roberto admirado, "conseguiu! Imagina, lá embaixo encontra-se um jesuíta que caminha, e ninguém poderia adivinhá-lo. Os vales de todos os oceanos poderiam ser povoados de jesuítas, e ninguém o saberia!"

Depois passou para pensamentos mais prudentes. Que padre Caspar estivesse lá embaixo, era invisivelmente evidente. Mas que voltasse para cima, não havia certeza.

Pareceu-lhe que a água se agitava. O dia fora escolhido exatamente porque estava calmo; todavia, enquanto realizavam as últimas operações, levantara-se um vento que, àquela altura, encrespava levemente a superfície; mas na costa criava algumas ondas, que, nos recifes, agora emersos, poderiam perturbar o desembarque.

Na direção da ponta norte, onde se erguia uma parede quase plana e a pique, observava jatos de espuma que açoitavam a rocha; dissipando-se no ar como se fossem freirinhas brancas. Era certamente o efeito das ondas que batiam ao longo de uma série de pequenos abrolhos que ele não conseguia ver, mas do navio parecia que uma serpente soprasse do abismo aquelas chamas cristalinas.

A praia parecia, porém, mais tranquila; a marulhada estava apenas a meio caminho, e aquilo era um bom sinal para Roberto: indicava o lugar onde a barbacã aparecia fora d'água e marcava o limite além do qual padre Caspar não correria mais perigo.

Onde estava agora o velho? Se iniciara a marcha logo após tocar no fundo, já deveria ter percorrido... Mas quanto tempo se passara? Roberto perdera a noção da passagem dos instantes; cada um deles estava computando por uma eternidade, e, portanto, tendia a reduzir o resultado previsto, convencia-se de que o velho acabara de descer e que talvez ainda estivesse embaixo da quilha, procurando orientar-se. Mas naquela altura nascia uma suspeita de que a corda, girando sobre si mesma enquanto descia, tivesse dado uma meia-volta no sino, de modo que padre Caspar se encontrara sem saber com a janelinha voltada para o ocidente e estava andando para o mar aberto.

Depois Roberto dizia para si mesmo que, andando para o alto-mar, qualquer um perceberia estar descendo, ao invés de subir, e teria mudado a direção. Mas se naquele ponto houvesse uma outra subida para o ocidente, e quem estivesse subindo acreditasse estar andando para o oriente? Todavia, os reflexos do Sol teriam mostrado de onde o astro se movia... Mas podemos ver o Sol no abismo? Passam os seus raios como através dos vitrais de uma igreja, em feixes compactos, ou se dissipam numa refração de gotas, de modo que aqueles que moram lá embaixo veem a luz como um clarão difuso?

Não, dizia depois: o velho entende muito bem para onde deve caminhar; talvez já se encontre a meio caminho entre o navio e a barbacã; aliás, já deve ter chegado; pronto, talvez esteja subindo agora com as suas grandes solas de ferro e daqui a pouco o verei...

Outro pensamento: na realidade ninguém até hoje desceu ao fundo do mar. Quem me garante que lá embaixo depois de poucas braças não entremos na escuridão absoluta, habitada por criaturas cujos olhos emitem pálidas luzes... E quem me garante que no fundo do mar tenhamos ainda o sentido da direção reta? Talvez esteja caminhando em círculos, percorrendo sempre o mesmo caminho, até que o ar do seu peito se transforme em umidade, convidando a água, amiga, a entrar dentro do sino...

Acusava-se de não ter trazido pelo menos uma clepsidra ao convés: quanto tempo havia passado? Talvez mais de meia hora, ai!, tempo demais, e era ele que se sentia sufocar. Então respirava a plenos pulmões, renascia e acreditava que aquela fosse a prova de que haviam passado pouquíssimos instantes, e padre Caspar estava ainda desfrutando um ar puríssimo.

Mas talvez o velho tenha caminhado em sentido oblíquo; é inútil olhar para a frente como se tivesse que emergir ao longo da trajetória da bala de um arcabuz. Podia ter feito muitos desvios, procurando o melhor acesso à barbacã. Ele não dissera, enquanto montavam o Sino, que seria um golpe de sorte se o cabrestante o depusesse exatamente naquele ponto? Dez passos mais para o norte e a falsa-braga se abismava repentinamente, formando um flanco íngreme, contra o qual certa vez chocara-se o barco, enquanto, bem em frente ao cabrestante, havia uma passagem, por onde o barco também passara, indo depois encalhar lá onde os recifes apareciam pouco a pouco.

Ora, podia ter errado ao manter a direção, encontrara-se diante de um muro, e o estava costeando para o sul, buscando a passagem. Ou talvez o costeava para o norte. Era preciso fazer passar os olhos ao longo de toda a região costeira, de uma ponta a outra; talvez tivesse emergido mais longe, coroado de heras marinhas... Roberto virava a cabeça de um ponto ao outro da baía, temendo que, enquanto olhasse à esquerda, pudesse perder padre Caspar já emerso à direita. Se era possível distinguir, sem demora, um homem mesmo àquela distância, imagine um sino de couro gotejante ao sol, como um caldeirão de cobre, que acabou de ser lavado...

O peixe! Talvez nas águas houvesse realmente um peixe canibal, nada assustado com o sino e que devorara por completo o jesuíta. Não, de tal peixe teria percebido a sombra escura; se existisse, devia estar entre o navio e o início das rochas de coral, não além. Mas talvez o velho já chegara até as rochas, e espinhas animais ou minerais haviam perfurado o sino, fazendo sair o pouco ar que ainda sobrava...

Outro pensamento: quem me garante que o ar dentro do sino fosse realmente suficiente para tanto tempo? Ele o disse, mas ele também errara quando deu certeza de que a sua bacia teria funcionado. No fim das contas, esse bom Caspar revelou-se um delirante, e talvez toda aquela história das águas do Dilúvio — e do meridiano — e da Ilha de Salomão seja um amontoado de loucuras. Além disso, mesmo que tivesse razão no que diz respeito à Ilha, poderia ter calculado mal a quantidade de ar necessária para um homem. E, também, quem me garante que todos aqueles óleos, aquelas essências, tenham realmente vedado todas as aberturas? Talvez agora o interior daquele sino pareça uma daquelas grutas das quais a água jorra por todos os lados; talvez toda a pele transpire igual a uma esponja; não será verdade que a nossa pele é uma peneira de poros imperceptíveis e, contudo, existem, se através deles filtra o suor? E se isso acontece com a pele de um homem, pode acontecer também com a pele de um boi? Ou os bois não suam? E quando chove, um boi sente-se também molhado por dentro?

Roberto torcia as mãos e amaldiçoava a sua pressa. Era claro, ele estava pensando que tivessem passado muitas horas, e haviam passado poucos batimentos de pulso. Disse a si mesmo que não tinha razões para temer, ele; maior deveria ser o temor do corajoso ancião. Talvez ele devesse favorecer a sua viagem com a oração, ou pelo menos com a esperança e o auspício.

E depois, dizia, imaginei muitas razões de tragédia, e é próprio dos melancólicos gerar espectros que a realidade é incapaz de emular. Padre Caspar conhece as leis hidrostáticas, já investigou este mar, estudou o Dilúvio por meio dos fósseis que povoam todos os mares. Calma, basta que eu compreenda que o tempo transcorrido é mínimo e saiba esperar.

Percebia que amava aquele que fora o intruso e chorava ao pensar que lhe pudesse ter acontecido uma desgraça. Vamos, velho, murmurava, volta, renasce, ressuscita, pelo amor de Deus; vamos, torceremos o pescoço da galinha mais gorda; não vais querer deixar só a tua Specula Melitensis!

De repente percebeu que não via mais as rochas próximas do litoral, sinal de que o mar começara a levantar-se; e o sol, que antes observava sem ter de erguer a cabeça, agora estava no zênite. Portanto, desde que o sino desaparecera, haviam transcorrido não minutos, mas horas.

Teve de repetir aquela verdade em voz alta, para achá-la crível. Tomara os minutos por segundos; ele se convencera de ter no peito um relógio desvairado, de batidas precipitadas e, ao invés disso, o seu relógio interno diminuíra o caminho. Desde quando, dizendo-se que padre Caspar descera há pouco, estava esperando uma criatura a quem o ar faltava há tempo? Desde quando esperava um corpo que jazia sem vida em algum ponto daquela extensão?

Que podia ter acontecido? Tudo, tudo aquilo que havia pensado e que talvez o seu desventurado medo fizera acontecer; ele, portador de má sorte. Os princípios hidrostáticos de padre Caspar podiam ser ilusórios; talvez a água num sino entrasse justamente por baixo, sobretudo se aquele que estivesse dentro chutasse o ar para fora. Que sabia Roberto, realmente, sobre o equilíbrio dos líquidos? Ou talvez o choque havia sido muito rápido; o sino acabara virando. Ou padre Caspar tropeçara na metade do caminho. Ou perdera a direção. Ou o seu coração mais que setuagenário, inferior ao seu zelo, cedera. E, enfim, quem diz que naquela profundeza o peso da água do mar não possa ter esmagado o couro como se espreme um limão ou se descasca uma fava?

Mas se tivesse morrido, não deveria o seu cadáver voltar à superfície? Não, estava ancorado nas solas de ferro, das quais suas pobres pernas não poderiam sair, enquanto a ação conjunta das águas e de tantos pequenos peixes vorazes não o tivessem reduzido a um esqueleto...

Depois, de repente, teve uma intuição luminosa. Que pensamentos ruminava? Mas claro, padre Caspar dissera-lhe muito bem: a Ilha que estava diante de si não era a Ilha de hoje, mas a de ontem. Além do meridiano, era ainda o dia anterior! Podia esperar ver agora naquela praia, onde era ainda ontem, uma pessoa que descera à água hoje? Claro que não. O velho imergira na manhãzinha daquela segunda-feira, mas se no navio era segunda-feira, naquela Ilha era ainda domingo; portanto, ele poderia ver o velho chegando até lá, apenas na manhã do seu amanhã, quando na Ilha fosse — só então — segunda-feira...

Devo esperar até amanhã, dizia. E depois: mas Caspar não pode esperar um dia, o ar não chega para tanto! E ainda: mas sou eu que devo esperar um dia; ele simplesmente voltou para o domingo, após ter ultrapassado a linha do meridiano. Meu Deus, mas então a Ilha que vejo é a de domingo, e se chegou no domingo, eu já deveria vê-lo! Não, estou errando tudo. A Ilha que estou vendo é a de hoje; é impossível que eu veja o passado como numa bola de cristal. É lá na Ilha, somente lá, que é ontem. Mas, se vejo a Ilha de hoje, deveria vê-lo, pois, no ontem da Ilha, ele já se encontra, e está vivendo um segundo domingo... De qualquer modo, tendo chegado ontem ou hoje, deveria ter deixado na praia o sino vazio, e não o vejo. Mas poderia também tê-lo levado consigo até o matagal. Quando? Ontem. Portanto: vamos fingir que aquela que vejo seja a Ilha de domingo. Devo esperar amanhã para vê-lo chegar ali segunda-feira..."

Poderíamos dizer que Roberto perdera definitivamente a razão, e com bom argumento: por todas as maneiras pelas quais ele tivesse calculado, as contas não dariam certo. Os paradoxos do tempo fazem perder a razão também a nós. Era normal, pois, que não conseguisse mais entender o que devia fazer: limitou-se a fazer aquilo que qualquer um, vítima da própria esperança, teria feito. Antes de se entregar ao desespero, esperou a chegada do dia seguinte.

Como tenha feito, é difícil reconstruir. Andando para a frente e para trás no convés, sem se alimentar; falando consigo próprio, com padre Caspar e com as estrelas e, talvez, recorrendo de novo à aguardente. O fato é que o encontramos no dia seguinte, enquanto a noite começa a clarear e o céu a se tingir, e depois do nascer do sol, sempre mais tenso à medida que as horas passavam; já alterado entre as onze e o meio-dia; perplexo, entre meio-dia e o ocaso, até que teve que render-se à realidade — e, desta vez, sem sombra de dúvida. Ontem, certamente ontem, padre Caspar imergiu nas águas do oceano austral e nem ontem nem hoje saiu mais de lá. E como todo o prodígio do meridiano antípoda é um jogo entre o ontem e o amanhã, não entre o ontem e depois de amanhã, ou amanhã e anteontem, estava agora certo de que daquele mar padre Caspar jamais teria saído.

Com matemática, aliás, cosmográfica e astronômica certeza, seu pobre amigo se perdera. Nem se podia dizer onde estava o seu corpo. Num lugar impreciso, lá embaixo. Talvez existissem correntezas violentas debaixo da superfície, e aquele corpo estivesse agora em mar aberto. Ou talvez não; debaixo do *Daphne* havia uma cavidade, um precipício; o sino teria ficado ali, e de lá o velho não pudera voltar para cima, gastando o pouco fôlego, sempre mais aquoso, para pedir socorro.

Talvez, para fugir, libertara-se dos cordões; o sino ainda cheio de ar projetara-se para o alto, mas a sua parte férrea o detivera naquele primeiro impulso e o prendera a meia profundidade, quem sabe onde. Padre Caspar tentara libertar-se de suas botas, mas não conseguira. Agora, naquele declive, enraizado na rocha, o seu corpo exânime balançava como se fosse uma alga.

Enquanto Roberto assim meditava, o sol de terça-feira estava atrás de suas costas; o momento da morte do padre Caspar Wanderdrossel tornava-se cada vez mais remoto.

O pôr do sol criava um céu ictérico, por detrás do verde cavo da Ilha, e um mar estígio. Roberto entendeu que a natureza se entristecia com ele, e, como às vezes acontece a quem fica privado de uma pessoa querida, aos poucos não chorou mais a desventura daquela pessoa, mas a própria desventura e a própria solidão reencontrada.

Desaparecido há pouquíssimos dias, padre Caspar tornara-se para ele o amigo, o pai, o irmão, a família e a pátria. Agora percebia estar de novo isolado e solitário. Dessa vez para sempre.

Todavia, naquela grande tristeza, uma outra ilusão começava a tomar forma. Agora ele estava certo de que a única maneira de sair de sua reclusão não devia buscá-la no Espaço inatingível, mas no Tempo.

Agora devia realmente aprender a nadar e chegar até a Ilha. Não tanto para encontrar alguns despojos de padre Caspar, perdidos nas dobras do passado, mas para deter as terríveis passadas do próprio amanhã.

26
Theatro de empresas

Por três dias Roberto ficara de olho colado na luneta de bordo (lamentando que a outra, mais poderosa, estivesse agora inutilizada), fixando a copa das árvores da costa. Tinha esperança de avistar a Pomba Cor de Laranja.

No terceiro dia caiu em si. Perdera seu único amigo, estava perdido no mais distante dos meridianos e se sentiria consolado se avistasse uma ave que talvez houvesse esvoaçado apenas na cabeça do padre Caspar!

Decidiu reexplorar seu abrigo para entender por quanto tempo poderia sobreviver a bordo. As galinhas continuavam pondo os seus ovos e nascera uma ninhada de pintos. Dos vegetais colhidos, não sobravam muitos, estavam já bastante secos e deveriam ser usados na ração das aves. Havia ainda poucos barris de água, mas, recolhendo a chuva, talvez não chegasse a utilizá-los. E, finalmente, peixes não faltavam.

Depois refletiu que, se não comesse vegetais frescos, podia morrer de escorbuto. Ainda restavam os da estufa, mas ela seria regada somente por vias naturais, se a chuva caísse; sobrevindo uma longa seca, deveria molhar as plantas com a água para beber. E, se desabasse uma tempestade por muitos dias, teria água, mas não poderia pescar.

Para aquietar as suas angústias, voltara à cabine do órgão de água, que padre Caspar lhe ensinara a pôr em movimento: ouvia sempre e somente "Daphne", porque não aprendera a substituir o cilindro; mas não lhe desagradava ouvir horas a fio a mesma melodia. Certa vez, identificara *Daphne,* o navio, com o corpo da mulher amada. Não fora Daphne uma criatura que se transformara em loureiro, substância arbórea e, portanto, afim com aquela da qual o navio fora extraído? A melodia falava-lhe, pois, de Lilia. Como se pode ver, a cadeia de pensamentos era de todo inconsiderada, mas era assim que Roberto pensava.

Censurava-se por ter-se deixado distrair pela chegada de padre Caspar, de o ter acompanhado em seus caprichos mecânicos e de ter esquecido o próprio juramento de amor. Aquela única melodia, cujas palavras ignorava — se acaso houvesse palavras —, transformava-se aos poucos na oração que ele imaginava fazer murmurar, todos os dias, à máquina, "Daphne", tocada pela água e pelo vento nos recessos do *Daphne,* memória da antiga transformação de uma Daphne divina. Toda noite, olhando para o céu, solfejava aquela melodia em voz baixa, como se fosse uma ladainha.

Depois voltava à cabine e tornava a escrever para Lilia.

Ao fazer isso, apercebera-se de que passara os dias anteriores ao ar livre, e em pleno dia, e que se refugiava de novo naquela semiescuridão que, na verdade, fora o seu ambiente natural não só no *Daphne* — antes de encontrar padre Caspar —, mas por mais de dez anos, desde os tempos da ferida de Casale.

Na verdade, não acredito que durante todo esse tempo Roberto tivesse vivido, como repetidamente faz crer, apenas de noite. Que tenha evitado os excessos da canícula, é provável; mas, quando seguia Lilia, fazia-o durante o dia. Julgo fosse aquela enfermidade mais efeito de humor negro do que um problema de visão: Roberto percebia estar sofrendo com a luz apenas nos momentos mais atrabiliários, mas, quando estava distraído com pensamentos mais alegres, não sentia nada.

Como quer que tenha sido, aquela noite surpreendeu-se a refletir, pela primeira vez, nos fascínios da sombra. Enquanto escrevia ou levantava a pena para molhá-la no tinteiro, via a luz semelhando um halo dourado no papel, ou semelhando uma franja cérea e quase translúcida, que definia o contorno de seus dedos escuros. Como se a luz habitasse dentro da própria mão e se manifestasse apenas nas margens. Ao redor, tudo parecia envolto pelo saio afetuoso de um capuchinho, ou seja, por um não sei quê de cor avelã clara que, ao tocar a sombra, nela morria.

Olhava a chama da lanterna e via nascer dois fogos: embaixo era vermelha, onde se incorporava à matéria corruptível; mas, erguendo--se, transmitia vida à sua língua superior, de um branco ofuscante, que fumegava num vértice de coloração pervinca. Assim, pensava Roberto, o seu amor, alimentado por um corpo que morria, aviventava o espectro celestial da amada.

Reconciliado com a sombra, após alguns dias de traição, quis celebrar o acontecimento e subiu de novo ao convés, enquanto as sombras se espalhavam por toda a parte: no navio, no mar, na Ilha, onde já se observava apenas o rápido anoitecer das colinas. Procurou, recordando as suas campinas, avistar na praia a presença dos vaga--lumes, vivas fagulhas aladas vagando pela escuridão das sebes. Não conseguindo ver nenhum, meditou sobre os oximoros dos antípodas, onde talvez os vaga-lumes alumiassem ao meio-dia.

Depois se deitara no castelo da popa e se pusera a olhar a lua, deixando-se embalar pelo convés, enquanto chegava da Ilha o rumor da ressaca, misturado ao guizalhar dos grilos ou de seus afins daquele hemisfério.

Refletia que a beleza do dia é uma beleza loura, enquanto a beleza da noite é uma beleza morena. Degustou o contraste de seu amor por uma deusa loura, consumido pelo moreno das noites. Recordando aqueles cabelos de trigo maduro que aniquilavam qualquer outra luz no salão de Arthénice, quis a lua bela, porque diluía na sua extenuação os raios de um sol latente. Prometeu-se, mais uma vez, fazer do dia reconquistado uma nova ocasião para ler no reflexo das ondas o encômio do ouro daqueles cabelos e do azul daquele olhar.

Saboreava, todavia, as belezas da noite, quando tudo parece repousar; movem-se as estrelas mais silenciosamente do que o sol, e acreditamos ser a única pessoa, em toda a natureza, propensa a sonhar. Naquela noite, Roberto estava na iminência de decidir que permaneceria o resto de seus dias naquele navio. Mas, erguendo os olhos para o céu, avistara um grupo de estrelas que de repente pareceram mostrar-lhe o perfil de uma pomba de asas abertas, que levava na boca um ramo de oliveira. Ora, é verdade que no céu austral, pouco distante do Cão Maior, já havia sido descoberta, há pelo menos quarenta anos, uma constelação da Pomba. Mas não tenho certeza de que Roberto, lá onde ele estava, naquela hora e naquela estação, pudesse localizar justamente aquelas estrelas. Seja como for, como aqueles que ali tinham visto uma pomba (Johannes Bayer, em *Uranometria Nova*, e depois, bem mais tarde, Coronelli em seu *Libro dei Globi*) demonstravam mais imaginação de que Roberto fosse capaz, eu diria que qualquer disposição dos astros, naquele momento, podia parecer a Roberto um pombo, um torcaz, uma rolinha — o que vocês quiserem: mesmo que pela manhã tivesse duvidado de sua existência, a Pomba Cor de Laranja fixara-se na sua cabeça, como se fosse um prego ou, como veremos melhor, uma tacha de ouro.

Devemos realmente perguntar-nos por que a primeira menção de padre Caspar, entre tantas maravilhas que a Ilha pudesse prometer-lhe, provocou em Roberto tanto interesse pela Pomba.

Veremos, à medida em que prosseguirmos nesta história, que, na imaginação de Roberto (que o viver solitário tornara cada dia mais fervorosa), aquela pomba, apenas mencionada numa história, se tornaria, tanto mais viva quanto menos ele conseguisse vê-la, compêndio invisível de toda paixão de sua alma amante, admiração, estima, veneração, esperança, ciúme, inveja, assombro e alegria. Não estava claro para ele (nem pode estar para nós) se ela se transformara na Ilha, ou em Lilia, ou em ambas, ou no ontem, ao qual todas três estavam relegadas, para aquele exilado, num hoje sem fim, cujo futuro consistia apenas em chegar, no seu amanhã, ao dia anterior.

Poderíamos dizer que Caspar lhe tinha evocado o Cântico de Salomão que, por coincidência, o seu carmelita lera tantas e tantas vezes para ele, que Roberto quase o sabia de cor: desde a juventude desfrutava melífluas agonias por um ser de olhos de pomba; por uma pomba da qual pudesse espiar o vulto e ouvir a voz entre as fendas das rochas... Mas isso me satisfaz até certo ponto. Creio ser necessário determo-nos numa "Exposição da Pomba"; redigir alguns apontamentos para um pequeno tratado futuro que poderia intitular-se *Columba Patefacta;* o projeto não me parece totalmente ocioso, já que outros gastaram um capítulo inteiro para se interrogarem a respeito do Sentido da Baleia que, além de tudo, é um animalaço pardo ou negro (e só existe no máximo uma branca); enquanto nós temos de lidar com uma *rara avis* de cor ainda mais rara, e sobre a qual a humanidade meditou bem mais do que sobre as baleias.

Esse é realmente o ponto. Que tivesse falado com o carmelita ou discutido com o padre Emanuele; que houvesse folheado tantos livros que no seu tempo eram tidos em alta conta; que em Paris tivesse ouvido dissertações sobre as assim chamadas Divisas ou Imagens Enigmáticas, Roberto devia saber alguma coisa a respeito das pombas.

Recordemos que aquele era um tempo no qual se inventavam ou reinventavam imagens de todo o tipo para descobrir sentidos recônditos e reveladores. Bastava ver, não falo uma bela flor ou um crocodilo, mas uma cesta, uma escada, uma peneira ou uma coluna, para tentar construir uma rede de coisas que, à primeira vista, ninguém teria notado. Não quero aqui distinguir Empresa de Emblema, e de quantas maneiras a estas imagens podiam ser apostos versos ou motes (a não ser lembrando que o Emblema, da descrição de um fato particular, não necessariamente expresso por figuras, extraía um conceito universal, ao passo que a Empresa partia da imagem concreta de um objeto particular para uma qualidade ou propósito de um indivíduo singular; por exemplo "serei mais alvo que a neve" ou "mais astuto que a serpente", ou ainda, "prefiro morrer a trair", até chegar aos celebérrimos *Frangar non Flectar* e *Spiritus durissima coquit*), mas os homens daquele tempo julgavam indispensável traduzir o mundo inteiro numa selva de Símbolos, Alusões, Jogos Equestres, Mascaradas, Pinturas, Armas Fidalgas, Troféus, Insígnias de Honra, Figuras Irônicas, Reversos esculpidos nas moedas, Fábulas, Alegorias, Apólogos, Epigramas, Sentenças, Equívocos, Provérbios, Senhas, Epístolas Lacônicas, Epitáfios, Parerga, Inscrições Lapidárias, Escudos, Glifos, Clípeos, e, se me permitem, paro por aqui; mas eles não paravam. E toda boa Empresa devia ser metafórica, poética, composta realmente de uma alma a ser desvendada, mas, antes de tudo, de um corpo sensível que remetesse a um objeto do mundo, e devia ser nobre; admirável; nova mas cognoscível; ilusória, mas ativa; singular; proporcionada ao espaço; breve e perspicaz; equívoca e genuína; popularmente enigmática; apropriada; engenhosa; única e heroica.

Pois bem, uma Empresa era uma ponderação misteriosa, a expressão de uma correspondência; uma poesia que não cantava, mas era composta de uma figura emudecida e de um mote que falava para mostrar-se aos olhos; preciosa apenas enquanto imperceptível; o seu esplendor escondia-se nas pérolas e nos diamantes, que ela revelava apenas de grão em grão. Dizia bem mais, fazendo menos alarde; e, onde o Poema Épico demandava fábulas e episódios, ou a História, deliberações e arengas, bastavam à Empresa apenas dois traços e uma sílaba: seus perfumes destilavam-se apenas em gotas imperceptíveis, e só então podiam ser vistos os objetos sob vestes surpreendentes, como acontece com os Forasteiros e as Máscaras. Mais do que revelar, ela ocultava. Não carregava o espírito de matéria, mas nutria-o de essências. Ela devia ser (com um termo que então se usava muito e que já usamos) peregrina, mas *peregrino* queria dizer *estrangeiro*, e *estrangeiro* queria dizer *estranho*.

Que haverá de mais forasteiro que uma Pomba Cor de Laranja? Aliás, que mais peregrino do que uma pomba? A pomba era uma imagem rica de significados, tanto mais argutos quanto mais conflituosos entre si.

Os primeiros a falar da pomba haviam sido, naturalmente, os egípcios, desde os antiquíssimos Hieroglyphica de Horapolo, e, entre muitíssimas outras coisas, esse animal era considerado o mais puro de todos, tanto que, se havia uma peste que intoxicasse homens e coisas, permaneciam incólumes aqueles que só se alimentassem de pombos. O que deveria parecer evidente, visto que o pombo é o único, entre todos os animais, que não dispõe de fel (ou seja, o veneno que os outros animais trazem no fígado), e, já dizia Plínio, se um pombo adoece, colhe uma folha de louro e fica curado. E se o louro é o loureiro, e o loureiro é Daphne, já estamos entendidos.

Mas os pombos, sendo tão puros, são também um símbolo bastante malicioso, porque se consomem em grande luxúria: passam o dia a beijar-se (redobrando os beijos para calarem-se mutuamente), cruzando as suas línguas, donde muitas expressões lascivas como columbar com os lábios e beijos columbinos, para falar como os casuístas. E columbar, diziam os poetas, era fazer amor como os pombos, e tanto quanto. Nem esqueçamos que Roberto deveria conhecer aqueles versos que diziam "Quando no leito as primeiras carícias / transformam-se em ardores mais vivazes, /amantes columbinam as primícias /de beijos suavíssimos e audazes". Note-se que — enquanto todos os animais possuem uma estação para os amores — não existe período no ano em que o pombo não esteja a cobrir a pomba.

Tanto para começar, os pombos vêm de Chipre, ilha sagrada para Vênus. Apuleio, mas também outros antes dele, contava que o carro de Vênus é puxado por alvíssimas pombas, chamadas justamente aves de Vênus, pela sua desmedida lascívia. Outros recordam que os gregos chamavam *peristera* a pomba, porque em pomba foi transformada, pelo invejoso Eros, a ninfa Peristera muito amada por Vênus — que ajudara a derrotá-lo numa competição para quem colhesse o maior número de flores. Mas que significa Vênus "amava" Peristera?

Eliano diz que as pombas foram consagradas a Vênus porque, no monte Érice, na Sicília comemorava-se uma festa quando a deusa passava pela Líbia; naquele dia, em toda a Sicília, não se viam mais as pombas, porque todas haviam atravessado o mar para formar o cortejo da deusa. Mas, nove dias depois, do litoral da Líbia chegava à Trinácria uma pomba vermelha semelhante ao fogo, como diz Anacreonte (e peço que não se esqueçam dessa cor); e era a própria Vênus, que se chama justamente Purpúrea, e atrás dela seguia o bando das outras pombas. É ainda Eliano quem nos fala a respeito de uma moça chamada Phytia, que Júpiter amou e transformou em pomba.

Os assírios representavam Semíramis sob a forma de uma pomba, e Semíramis foi criada pelas pombas e depois transformada numa pomba. Todos nós sabemos que ela era uma mulher de costumes nada irrepreensíveis, mas tão bela que Escaurobate, rei dos indianos, apaixonara-se perdidamente por ela, que era a concubina do rei da Assíria, e que não passava um só dia sem cometer adultério; e o historiador Juba afirma que ela chegou até a apaixonar-se por um cavalo.

Mas a um símbolo amoroso perdoam-se muitas coisas, sem que cesse de atrair os poetas, entre os quais (e imaginem se Roberto não o conhecia), Petrarca, que se perguntava "Qual graça, qual amor ou qual destino / me dará penas em guisa de pomba?", ou Bandello: "No pombo reconheço o meu ardor, / que em fogo ardente vive se abrasando, / pois ele em toda a parte vai buscando/ sua paloma, e grande é sua dor".

Porém, as pombas são algo mais e melhor do que uma Semíramis, e apaixonamo-nos por elas, porque possuem esta outra delicadíssima característica: choram, ou gemem, em vez de cantar, como se tanta paixão satisfeita jamais fosse capaz de as saciar. *Idem cantus gemitusque*, dizia um emblema do Camerarius; *Gemitibus Gaudet*, dizia um outro ainda mais eroticamente intrigante. De perder a cabeça.

E, todavia, o fato de tais aves se beijarem e serem tão lascivas — e esta é uma bela contradição que distingue a pomba — é também a prova de que são fidelíssimos, sendo, por isso, ao mesmo tempo, o símbolo da castidade, pelo menos no sentido da fidelidade conjugal. E já o dizia Plínio: embora amorosíssimos, guardam um grande sentido de pudor e não conhecem o adultério. De sua fidelidade conjugal são testemunhas tanto o pagão Propércio, quanto Tertuliano. Conta-se que nos raros casos em que suspeitam adultério, os machos se tornam prepotentes, sua voz é plena de lamentos, e cruéis os golpes que desferem com o bico. Mas logo depois, para reparar o seu erro, o macho começa a cortejar a fêmea, a agradá-la, girando frequentemente ao seu redor. Ideia de que o ciúme insano fomente o amor, e este uma nova fidelidade — e voltam a beijar-se ao infinito e em todas as estações —, algo que me parece muito belo e, como veremos, belíssimo para Roberto.

Como não amar uma imagem que promete fidelidade? Fidelidade mesmo depois da morte, porque, depois de perder o companheiro, essas aves não se unem mais a nenhuma outra. Por isso, a pomba foi eleita como o símbolo da casta viuvez, ainda que Ferro recorde a história de uma viúva que, tristíssima pela morte do marido, tinha junto a si uma pomba branca, e foi censurada por isso. Ao que ela respondeu: *Dor não Cor*, conta apenas a dor, não a cor.

Em suma, lascivas ou não, essa devoção ao amor faz Orígines dizer que as pombas são o símbolo da caridade. É por isso, diz São Cipriano, que o Espírito Santo vem a nós sob a forma de uma pomba, mesmo porque esse animal não apenas não tem fel, como também não arranha com as suas unhas; não morde; ama naturalmente as habitações dos homens; conhece apenas uma casa; alimenta os próprios filhotes e passa a vida conversando, entretendo-se com o companheiro na concórdia — nesse caso honestíssima — do beijo. Donde se vê que o beijo pode ser também sinal de grande amor ao próximo, e a Igreja usa o rito do beijo da paz. Era costume dos romanos receber e cumprimentar-se com beijos, mesmo entre homem e mulher. Escoliastas malévolos dizem que o faziam porque era proibido às mulheres beber vinho, e beijando-as, podia-se controlar o seu hálito; de resto, eram julgados grosseiros os númidas, que beijavam apenas os seus filhos.

Como todos os povos julgaram nobilíssimo o ar, honraram a pomba, que voa mais alto que as outras aves e, no entanto, volta sempre fiel ao próprio ninho. O que também faz certamente a andorinha, mas ninguém conseguiu torná-la amiga de nossa espécie e domesticá-la, enquanto com a pomba isso foi possível. Informa São Basílio, por exemplo, que os criadores de pombos aspergiam uma pomba com bálsamo odorífero, e as outras pombas, atraídas, seguiam-na numa grande fileira. *Odore trahit*. Não sei se isso tem alguma relação com o que eu disse anteriormente, mas toca-me esta perfumada benevolência, esta odorífera pureza, esta sedutora castidade.

Todavia, a pomba não apenas é casta e fiel, como também é simples *(columbina simplicitas:* sede prudentes como a serpente e simples como a pomba, diz a Bíblia), e por isso é, às vezes, símbolo da vida monástica e eremita — o que isso tudo tem a ver com aqueles beijos, não me obrigueis a dizê-lo, por favor.

Outro motivo de fascinação é a *trepiditas* da pomba: seu nome grego *treron* provém certamente de *treo* "fujo tremendo". Dizem-no Homero, Ovídio e Virgílio ("Temerosos como pombas durante um negro temporal"); não esqueçamos que as pombas vivem sempre sob o temor da águia, ou pior, do abutre. Leia-se em Valeriano como justamente por isso faziam os seus ninhos em lugares inacessíveis para proteger-se (donde a empresa *Secura nidificat*); e já o recordava

Jeremias, enquanto o salmo 55 invoca: "Tivesse eu asas como a pomba. / Voaria para um lugar de repouso!"

Os hebreus diziam que as pombas e as rolinhas são as aves mais perseguidas e, portanto, dignas do altar, porque mais vale ser perseguido do que perseguir. Para Aretino, ao contrário, que não era suave como os hebreus, quem se faz de pomba é devorado pelo falcão. Mas Epifânio diz que a pomba não se protege nunca das armadilhas, e Agostinho repete que não só não o faz com os animais maiores aos quais não pode opor-se, mas até mesmo em relação aos pardais.

Quer uma lenda que exista na Índia uma árvore frondosa e verdejante que se chama em grego *Paradision*. À sua direita, habitam as pombas e jamais se separam da sombra que ela espalha; se dela se afastassem, seriam presas de um dragão inimigo. Mas para ele é inimiga a sombra da árvore, e quando a sombra está à direita ele fica à espreita à esquerda, e vice-versa.

Todavia, por mais trépida que seja, a pomba tem algo da prudência da serpente; se na Ilha houvesse um dragão, a Pomba Cor de Laranja conheceria os seus limites; de fato, dizem que a pomba voa sempre sobre a água porque, se o falcão vem atacá-la, ela vê sua imagem refletida. Afinal, ela se defende, ou não se defende das armadilhas?

Com todas essas várias e bastante diversas qualidades, coube à pomba tornar-se também um símbolo místico; não preciso entediar o leitor com a história do Dilúvio e do papel reservado a essa ave de anunciar a paz e a bonança e as novas terras emersas. Mas, para muitos autores sacros, ela é também o emblema da Mater Dolorosa e de seus gemidos indefesos. E a seu respeito diz-se *Intus et extra,* porque é cândida por dentro e por fora. Às vezes é representada enquanto rompe a corda que a mantinha prisioneira, *Effracto libera vinculo,* e se torna figura de Cristo redivivo da morte. Além disso, ao que parece, ela chega à tardinha para não ser surpreendida pela noite, e, logo, para não ser detida pela morte antes de ter enxugado as manchas do pecado. Para não dizer, e já se disse, o que se lê em João: "Vi os céus abertos e o Espírito Santo que descia como uma pomba dos Céus."

Quanto a outras Empresas Columbinas, quem sabe quantas Roberto conhecia: *Mollius ut cubant,* porque a pomba arranca as suas penas para tornar mais macio o ninho de seus filhotes; *Luce lucidior,* porque resplandece quando se alteia na direção do sol; *Quiescit in motu,* porque voa sempre com uma asa recolhida para não se cansar em demasia. Existiu até mesmo um soldado, que, para desculpar suas intemperanças amorosas, usou, para servir de insígnia, uma celada, na qual haviam feito o ninho duas pombas, com o lema *Amica Venus.*

Parecerá a quem estiver lendo, que a pomba tivesse significados em demasia. Mas se um símbolo ou um hieróglifo deve ser escolhido, e não falar mais no assunto, que os seus sentidos sejam muitos, pois, do contrário, tanto vale chamar pão de pão, vinho de vinho, átomo de átomo e vazio de vazio. Coisa que podia ser apreciada pelos filósofos naturalistas que Roberto encontrava na casa dos Dupuys, mas não pelo padre Emanuele — e sabemos que o nosso náufrago inclinava-se tanto para uma quanto para a outra opinião. Enfim, o belo da Pomba, pelo menos (é o que eu penso) para Roberto, era que ela não era apenas, como todas as Empresas ou Emblemas, uma Mensagem, mas uma mensagem, cuja mensagem era o insondável das mensagens argutas.

Quando Eneias deve descer ao Averno e reencontrar, ele também, a sombra do pai, e, portanto, de alguma forma, o dia ou os dias passados, que faz a Sibila? Manda-lhe enterrar Miseno e cumprir sacrifícios com touros e outros animais, mas, se, realmente, quiser cumprir uma empresa que ninguém jamais teve a coragem, ou a sorte, de tentar, deverá encontrar uma árvore frondosa e cheia de folhas, na qual exista um ramo de ouro. Esconde-a o bosque e encerram-na colinas escuras, e, entretanto, sem aquele "auricomus", não se penetra nos segredos da terra. E quem é que permite a Eneias descobrir o ramo? Duas pombas — já deveríamos imaginá-lo —, pássaros maternais. O resto é conhecido a calinos e barbeiros. Virgílio nada sabia a respeito de Noé, mas a pomba traz um aviso, indica alguma coisa.

Por outro lado, desejava-se que as pombas desempenhassem o papel de oráculo no templo de Júpiter, onde ele respondia por suas bocas. Em seguida, uma das pombas voara ao templo de Amon, e a outra, ao de Delfos, razão pela qual se compreende que tanto os egípcios quanto os gregos contassem as mesmas verdades, embora sob véus obscuros. Sem a pomba, nenhuma revelação.

Mas nós estamos aqui ainda hoje a perguntar-nos qual o significado do Ramo de Ouro. Sinal de que as pombas trazem mensagens, mas mensagens cifradas.

Não sei quanto Roberto sabia a respeito das cabalas dos hebreus, que também estavam muito em moda naquele tempo, mas, se frequentava o senhor Gaffarel, devia ter ouvido muitas coisas; o fato é que os hebreus, a respeito das pombas, haviam construído inteiros castelos. Já o lembramos, ou melhor, já o lembrara padre Caspar: no salmo 68 fala-se de asas da pomba que se revestem de prata e de suas penas que guardam reflexos áureos. Por quê? E por que nos Provérbios volta uma imagem muito semelhante de "pomos de ouro em redes cinzeladas de prata", com o comentário "esta é a palavra pronunciada intencionalmente"? E por que no Cântico de Salomão, dirigindo-se à jovem "cujos olhos são como as pombas" diz-lhe "Ó minha amada, faremos para ti brincos de ouro com glóbulos de prata"?

Os hebreus comentavam que o ouro é aquele da escrita e a prata, os espaços brancos entre as letras ou as palavras. E um deles, que talvez Roberto não conhecia, mas que ainda estava inspirando tantos rabinos, dissera que as maçãs de ouro, que se encontram numa rede de prata delicadamente cinzelada, significam que em qualquer frase das Escrituras (mas certamente em qualquer aspecto ou evento do mundo) existem dois lados: um manifesto e outro oculto; aquele manifesto é prata; porém o mais precioso, por ser de ouro, é o lado oculto. E quem olha a rede de longe, com as maçãs envolvidas pelos seus fios de prata, pensa que as maçãs são de prata, mas, quando olhar melhor, descobrirá o esplendor do ouro.

Tudo aquilo que contêm as Sagradas Escrituras *prima facie* brilha como prata, mas o seu sentido oculto resplandece como o ouro. A inviolável castidade da palavra de Deus, oculta aos olhos profanos, coberta por um véu de pureza, está na sombra do mistério. Ela diz que não devem ser atiradas pérolas aos porcos. Ter olhos de pomba significa não se deter no sentido literal, mas saber penetrar no sentido místico.

E, todavia, esse segredo, como a pomba, escapa, e não se sabe nunca onde esteja. A pomba significa que o mundo fala por meio de hieróglifos e, portanto, ela própria é o hieróglifo que significa os hieróglifos. E um hieróglifo não diz e não esconde, apenas mostra.

E outros hebreus disseram que a pomba é um oráculo, e não é por mero acaso que em hebraico pomba se diz *tore*, que evoca a Torá, que é afinal a Bíblia dos hebreus, livro sagrado, origem de toda revelação.

A pomba, enquanto voa ao sol, parece apenas refulgir como prata, mas, só quem souber esperar por muito tempo, para descobrir o seu rosto oculto, verá o seu ouro, ou seja, a cor laranja resplandecente.

Do venerável Isidoro em diante, também os cristãos lembraram que a pomba, refletindo no seu voo os raios do sol que a ilumina, se nos revela em cores distintas. Ela depende do sol, donde as empresas *De Tua Luz os Meus Enleios,* ou então, *Para ti me Adorno e Resplandeço.* O seu pescoço, à luz, reveste-se de várias cores, e mesmo assim permanece o mesmo. E por isso é mister não confiar nas aparências, mas procurar a verdadeira aparência sob aquelas enganadoras.

Quantas cores possui a pomba? Como diz um antigo bestiário

Uncor m'estuet que vos devis
des columps, qui sunt blans et bis:
li un ont color aierine,
et li autre l'ont stephanine;
li un sont neir, li autre rous,
li un vermel, l'autre cendrous,
et des columps i a plusors
qui ont trestotes les colors.

E que será então uma Pomba Cor de Laranja?

Para terminar, admitindo-se que Roberto soubesse alguma coisa, encontro no Talmude que os poderosos de Edom haviam decretado contra Israel que arrancariam o cérebro a quem usasse o filactério. Ora, Eliseu colocara-o e saíra pela rua. Um guardião da lei observara-o e seguira-o, enquanto ele fugia. Quando o guardião alcançou Eliseu, este tirou o filactério e escondeu-o nas mãos. O inimigo perguntou-lhe: "O que trazes nas mãos?" E Eliseu respondeu: "As asas de uma pomba." O outro abriu-lhe as mãos: eram as asas de uma pomba.

Eu não sei o que significa essa história, mas eu a considero muito bonita. Assim deveria tê-la considerado Roberto.

Amabilis columba,
unde, unde, ades volando?
Quid est rei, quod altum
coelum cito secando
tam copia benigna
spires liquentem odorem?
Tam copia benigna
unguenta grata stilles?

Em resumo, a pomba é um sinal importante, e podemos entender por que um homem perdido nos antípodas decidiu que devia aguçar bem os olhos para entender o que ela significava para ele.

Inatingível a Ilha; perdida Lilia; flageladas as suas esperanças, por que não deveria a Pomba Cor de Laranja transformar-se na medula áurea; na pedra filosofal; no fim dos fins, volátil como qualquer coisa que apaixonadamente é desejada? Aspirar a alguma coisa que não teremos jamais, não será este o zênite do mais generoso dos desejos?

Tudo me parece tão claro (*luce lucidior*) que decido sustar minha Exposição da Pomba.

Voltemos à nossa história.

27
Os segredos do fluxo do mar

No dia seguinte, às primeiras luzes do sol, Roberto desnudara-se completamente. Com padre Caspar, por pudor, caía dentro d'água vestido, mas compreendera que as roupas o tornavam pesado e o perturbavam. Agora estava nu. Prendera a amarra à cintura, descera pela escada de Jacó, e ei-lo de novo no mar.

Flutuava, pois isso já aprendera a fazer. Devia agora aprender a mexer os braços e as pernas, como faziam os cães com suas patas. Experimentou alguns movimentos, continuou por alguns minutos e se deu conta de que se afastara da escaleta de pouquíssimas braças. E já estava cansado.

Sabia como descansar e deitara-se de costas por algum tempo, deixando-se acariciar pelas ondas e pelo sol.

Sentia ter recuperado novamente as forças. Portanto, devia movimentar-se até quando começasse a ficar cansado, depois repousar como um morto por alguns minutos e recomeçar. Os seus deslocamentos seriam mínimos, o tempo demoradíssimo, mas era assim que se devia fazer.

Após algumas tentativas, tomara uma decisão corajosa. A escaleta descia à direita do gurupés, do lado da Ilha. Tentaria, agora, atingir o lado ocidental do navio. Descansaria, em seguida, e finalmente retornaria.

A passagem sob o gurupés não foi longa e o fato de poder olhar para a proa do outro lado foi uma vitória. Deixou-se ficar com o rosto para cima, os braços e as pernas abertos, com a impressão de que daquele lado a onda o embalava melhor que do outro.

Num dado momento sentiu um puxão na cintura. A amarra estava esticada ao máximo. Colocara-se em posição canina e compreendera: o mar o levara para o norte, deslocando-o para a esquerda do navio, muitas braças além do gurupés. Em outras palavras: aquela correnteza que fluía de sudoeste para nordeste e que se tornava impetuosa um pouco mais a ocidente do *Daphne* já se fazia sentir, com efeito, na baía. Não a percebera, quando mergulhava à direita, estando protegido pelo costado do navio, mas, ao seguir à esquerda, fora puxado e teria ido embora se a amarra não o tivesse detido. Ele pensava estar parado e movera-se como a Terra em seu vórtice. Por isto, fora-lhe muito fácil dobrar a proa; não que a sua habilidade houvesse aumentado, era o mar que o ajudava.

Preocupado, quis tentar voltar ao *Daphne* com as suas próprias forças, e percebeu que, movimentando-se apenas caninamente, aproximava-se alguns palmos; no momento em que começava a diminuir para tomar fôlego, a amarra novamente se esticava, sinal de que voltara para trás.

Agarrara-se à corda, puxando-a para si, girando sobre si mesmo para amarrá-la à cintura, e foi assim que, em pouco tempo, alcançou a escaleta. De volta a bordo, refletira que tentar alcançar o litoral a nado era perigoso. Deveria construir uma balsa. Olhava para a reserva de madeira que era o *Daphne* e se dava conta de não possuir nada que fosse capaz de arrancar-lhe o mínimo tronco, a não ser que passasse muitos anos para cortar uma árvore com uma faca.

Mas não havia chegado até o *Daphne* amarrado a uma tábua? Pois bem, fora preciso arrancar uma porta e usá-la como barco, empurrando-a, quem sabe, com as mãos. No lugar do martelo, o pomo da espada, introduzindo a lâmina para servir de alavanca, e conseguira, enfim, retirar as dobradiças de uma das portas do quadrado. Ao fim, a lâmina se quebrara. Paciência, não devia mais lutar contra seres humanos, mas contra o mar.

Mas, se ele baixasse ao mar naquela porta, para onde o teria conduzido a correnteza? Arrastou a porta à amurada esquerda, conseguindo atirá-la ao mar.

A porta, de início, flutuara preguiçosamente, mas depois, em menos de um minuto, já estava longe do navio e era arrastada primeiro para o lado esquerdo, mais ou menos na direção aonde ele próprio fora levado, depois para o nordeste. À medida que seguia além da proa, sua velocidade aumentara, até que num certo ponto — na altura do cabo setentrional da baía — recebera um impulso acelerado para o norte.

Agora corria como teria feito o *Daphne,* se tivesse levantado âncora. Roberto conseguiu acompanhá-la a olho nu até que não tivesse ultrapassado o cabo, depois teve de pegar a luneta, e a viu ainda seguir muito veloz, além do promontório, por um longo trecho. A tábua fugia apressada, no álveo de um largo rio que possuía margens e praias no meio de um mar, que permanecia tranquilo nos dois lados.

Considerou que, se o centésimo octogésimo meridiano se estendia ao longo de uma linha ideal que, na metade da baía, unia os dois promontórios, e se aquele rio dobrava o próprio curso, logo depois da baía, dirigindo-se para o norte, então, além do promontório, ele fluía exatamente ao longo do meridiano antípoda!

Se ele estivesse naquela tábua, navegaria ao longo daquela linha que separa o hoje do ontem — ou o ontem do seu amanhã...

Naquele momento, contudo, os seus pensamentos foram outros. Se estivesse naquela tábua, não conseguiria opor-se à correnteza, a não ser com algum movimento das mãos. Já era muito cansativo conduzir o próprio corpo, imaginemos uma porta sem proa, sem popa e sem timão.

À noite de sua chegada, a tábua o levara para baixo do gurupés, somente por efeito de algum vento ou correnteza secundária. Para poder prever um novo evento desse tipo, deveria estudar atentamente os movimentos das marés durante semanas a fio, meses talvez, atirando ao mar dezenas e dezenas de tábuas, e depois quem sabe ainda...

Impossível, pelo menos no estado de seus conhecimentos, hidrostáticos ou hidrodinâmicos, que fossem. Melhor continuar confiando na natação. Chega mais facilmente ao litoral, do centro de uma correnteza, um cão que esperneia do que um cão dentro de uma cesta.

Devia, pois, continuar seu aprendizado. E não lhe bastaria aprender a nadar entre o *Daphne* e a praia. Também na baía, em diversos momentos do dia, de acordo com o fluxo e o refluxo, manifestavam-se correntes menores; portanto, no momento em que prosseguia confiantemente para leste, uma correnteza poderia arrastá-lo primeiro para o ocidente e diretamente na direção do cabo setentrional. Logo, deveria treinar também a nadar contra a correnteza. Com a ajuda da amarra, não desistiria de enfrentar também as águas à esquerda do navio.

Nos dias seguintes, Roberto, ficando do lado da escaleta, lembrara-se de que na Griva não observara nadar apenas os cães, mas também as rãs. Como um corpo humano na água, com os braços e as pernas esticados, recorda bem mais a forma de uma rã do que a de um cão, dissera a si mesmo que, talvez, pudesse nadar igual a uma rã. Ajudara-se até mesmo vocalmente. Coaxava "croax, croax" e esticava bastante os braços e as pernas. Depois parou de coaxar, pois aquelas emissões bestiais tinham como efeito dar excessiva energia ao seu impulso, e fazê-lo abrir a boca, com os efeitos que um nadador experiente poderia prever.

Transformara-se numa velha e vagarosa rã, majestosamente muda. Quando sentia as costas cansadas, por causa do movimento contínuo das mãos para fora, recomeçava *more canino*. Certa vez, olhando as aves brancas que acompanhavam, vociferando, os seus exercícios; às vezes, caindo a pique a poucas braças para pegar um peixe (o Golpe da Gaivota!), tentara também nadar do modo pelo qual elas voavam, com um amplo movimento alado dos braços; mas dera-se conta de que é mais difícil manter fechados a boca e o nariz do que um bico, e desistira da empresa. Agora, já não sabia mais que animal ele era, se um cão ou uma rã; talvez, um sapo feio e peludo; um quadrúpede anfíbio, um centauro dos mares, uma sereia masculina.

Porém, entre essas variadas tentativas, percebera que, bem ou mal, movia-se um pouco: começara de fato a sua viagem à proa e agora estava além da metade do costado. Mas, quando decidira inverter o caminho e voltar à escaleta, dera-se conta de que não possuía mais forças, e deixara-se puxar para trás pela amarra.

O que lhe faltava era a respiração adequada. Conseguia ir, mas não voltar... Tornara-se um nadador, mas como aquele senhor do qual ouvira falar, que fizera toda a peregrinação de Roma a Jerusalém, meia milha por dia, para a frente e para trás, em seu jardim. Jamais fora um atleta, mas os meses no *Amarilli,* passados dentro de sua cabine, o esgotamento do naufrágio, a espera no *Daphne* (com exceção dos poucos exercícios impostos pelo padre Caspar), tinham-no amolecido.

Roberto não dava mostras de saber que, nadando, se tornaria mais forte; ao contrário, parece pensar que era preciso tornar-se mais forte para poder nadar. Vemo-lo, então, engolindo duas, três, quatro gemas de ovos de uma só vez e devorando uma galinha inteira, antes de tentar um novo mergulho. Sorte que havia a amarra. Logo que entrou na água fora tomado por tão fortes espasmos que quase não conseguia mais voltar ao navio.

À noite meditava sobre essa nova contradição. Antes, quando nem sequer pensava em poder atingi-la, a Ilha ainda parecia estar a seu alcance. Agora, que estava aprendendo a arte que o conduziria até lá, a Ilha se afastava.

Aliás, como ele a considerava, não apenas distante no espaço, mas também (indo para trás) no tempo, de agora em diante toda vez que menciona aquela distância, Roberto parece confundir espaço e tempo e escreve "ai de mim, a baía é muito ontem", e "como é difícil chegar lá que é tão cedo"; ou então "quanto mar me separa do dia que mal acabou de passar", e até mesmo "estão chegando nimbos ameaçadores da Ilha, enquanto aqui está mais sereno..."

Mas, se a Ilha se afastava sempre mais, valia a pena aprender a alcançá-la? Nos dias que se seguem, Roberto abandona as tentativas natatórias, para procurar novamente com a luneta a Pomba Cor de Laranja.

Avista papagaios entre as folhas; observa frutos; acompanha, da alvorada ao pôr do sol, o reavivar-se e o extinguir-se das cores diversas na vegetação; mas não vê a Pomba. Recomeça a pensar que padre Caspar mentira, ou que ele, Roberto, fora vítima de um chiste. Aos poucos se convence de que também o padre Caspar jamais tenha existido — e já não encontra marcas de sua presença no navio. Não acredita mais na Pomba e tampouco acredita na existência da Specula na Ilha. Aproveita a ocasião para consolar-se, ao dizer que seria irreverente corromper com uma máquina a pureza daquele lugar. E volta a pensar numa Ilha feita sob medida para ele, ou seja, na medida de seus sonhos.

Se a Ilha habitava o passado, aquele era o lugar que ele devia alcançar a todo custo. Naquele tempo, fora dos eixos, ele não devia encontrar, mas reinventar a condição de primeiro homem. Não moradia de uma fonte da eterna juventude, mas fonte em si mesma, a Ilha podia ser o lugar onde toda criatura humana, esquecendo o próprio saber desmedrado, encontraria, como um menino abandonado na floresta, uma nova linguagem capaz de nascer de um novo contato com as coisas. E com isso nasceria uma única, verdadeira e nova ciência: da experiência direta com a natureza, sem que nenhuma filosofia a adulterasse (como se a Ilha não fosse pai, que transmite ao filho as palavras da lei, mas sim mãe, que o ensina a balbuciar os primeiros nomes).

Somente assim um náufrago renascido poderia descobrir os ditames que governam o curso dos corpos celestes e o sentido dos acrósticos que eles desenham no céu, não fantasiando entre Almagestos e Quadripartidos, mas lendo diretamente a chegada dos eclipses, a passagem dos bólidos argirócomos e as fases dos astros. Somente com o nariz que sangra pela queda de uma fruta, compreenderia de fato, e de imediato, tanto as leis que arrastam os corpos graves à gravidade, como as *de motu cordis et sanguinis in animalibus*. Somente observando a superfície de um charco, e nele introduzindo um ramo, uma vara, uma daquelas rígidas e longas folhas de metal, o novo Narciso — sem nenhuma divagação dióptrica e gnomônica — compreenderia o incessante combate da luz e da sombra. E talvez tivesse podido compreender por que a Terra é um espelho opaco que pincela com nanquim aquilo que reflete; a água, uma parede que torna diáfanas as sombras que nela se imprimem; enquanto no ar as imagens não encontram jamais uma superfície de onde saltar, e penetram-no fugindo até os extremos confins do éter, exceto voltar às vezes sob a forma de miragens e outros prodígios.

Mas possuir a Ilha não era possuir Lilia? Pois então? A lógica de Roberto não era aquela dos filósofos verbosos e caudalosos intrusos no átrio do Liceu, que querem sempre que uma coisa, se é de tal maneira, não possa também ser de maneira oposta. Por um erro, quero dizer, um errar da imaginação, próprio dos amantes, ele já sabia que a posse de Lilia seria, ao mesmo tempo, a origem primordial de toda a revelação. Descobrir as leis do Universo, através de uma luneta, parecia-lhe apenas a maneira mais longa de chegar a uma verdade, que lhe seria revelada à luz ensurdecedora do prazer, se pudesse abandonar a cabeça no regaço da amada, num Jardim no qual todo arbusto fosse a árvore do Bem.

Mas visto que (como também nós devemos saber) desejar algo que está longe evoca o espectro de alguém que pode tirá-lo de nós, Roberto começou a temer que, nas delícias daquele Éden, se houvesse introduzido uma Serpente. Foi dominado pela ideia de que na Ilha, usurpador mais veloz, Ferrante o esperava.

28
Da origem dos romances

Os amantes preferem seus males a seus bens. Roberto não podia senão imaginar-se para sempre separado de quem amava, e, contudo, quanto mais se sentia afastado, mais se atribulava pensando que um outro não estivesse distante de sua amada.

Vimos que, acusado por Mazarino de ter estado num lugar onde não estivera, Roberto pusera na cabeça que Ferrante estava em Paris e havia tomado seu lugar em diversas ocasiões. Se isso fosse verdade, Roberto tinha sido aprisionado pelo cardeal e enviado a bordo do *Amarilli*; mas Ferrante ficara em Paris, e para todos (inclusive para Ela!) ele era Roberto. Portanto, não lhe restava senão pensar nela junto a Ferrante; e assim, aquele purgatório marinho se transformava num inferno.

Roberto sabia que o ciúme é gerado sem qualquer relação com aquilo que é, ou que não é, ou que talvez jamais será; que é um impulso, que de um mal imaginário extrai uma dor real; que o ciumento é como um hipocondríaco, que adoece pelo medo de estar doente. Portanto, dizia, ai de quem se deixa levar por essa ilusão dolorosa, que obriga a imaginar a Outra com um Outro; nada como a solidão para suscitar a dúvida; nada como a fantasia para transformar a dúvida em certeza. Contudo, acrescentava, não podendo evitar o amor, não posso evitar o ciúme e, não podendo evitar o ciúme, não posso evitar a fantasia.

Dentre todos os temores, o ciúme é, de fato, o mais ingrato: se temes a morte, encontras alívio em poder pensar que, ao contrário, desfrutarás uma longa vida, ou que, no curso de uma viagem, encontrarás a fonte da eterna juventude; se és pobre, terás consolo em pensar que encontrarás um tesouro; para cada coisa temida existe uma oposta esperança, que nos estimula. Mas não é assim quando se ama na ausência da amada; a ausência está para o amor como o vento está para o fogo: apaga o pequeno, abrasa o grande.

Se o ciúme nasce do amor intenso, quem não sente ciúme pela amada não é amante, ou ama superficialmente; tanto assim que se conhecem amantes, os quais, temendo que seu amor acabe, alimentam-no, encontrando a todo custo razões para o ciúme.

O ciumento, pois (o qual não obstante deseja ou desejaria a amada casta e fiel), não deseja nem pode pensá-la senão digna de ciúme, e, portanto, culpada de traição, insuflando no sofrimento presente o prazer do amor ausente. Mesmo porque se pensasses em tua amada distante — sabendo que isso não é verdade — não poderias reavivar tanto seu pensamento, seu calor, seus pudores, seu perfume, do que se pensasses que um Outro estivesse desfrutando aqueles mesmos predicados; enquanto estás seguro da tua ausência, da presença daquele inimigo, estás, se não certo, ao menos não necessariamente inseguro. O contato amoroso, que o ciumento imagina, é a única maneira pela qual pode conceber, com verossimilhança, a união de outrem, que, se não é indubitável, é, pelo menos, possível, ao passo que o próprio é impossível.

Portanto, o ciumento não é capaz, nem tem vontade de imaginar o oposto do que teme; ao contrário, não pode gozar senão magnificando a própria dor e suportar a magnificação do gozo, do qual se sabe excluído. Os prazeres do amor são males que se fazem desejar, onde coincidem delícia e martírio; e o amor é querer estar louco por vontade, paraíso infernal e inferno celeste, em resumo: harmonia de opostos cobiçados, sorriso pungente e friável diamante.

Sofrendo desse modo, mas lembrando-se daquela infinidade de mundos sobre os quais discutira nos dias anteriores, Roberto teve uma ideia, aliás, uma Ideia, um grande e anamórfico golpe de gênio.

Pensou que poderia construir uma história, da qual ele certamente não seria o protagonista, pois não acontecia neste mundo, mas num País dos Romances; e esses fatos se desenvolveriam paralelos àqueles do mundo, no qual se encontrava, sem que as duas séries de aventuras pudessem jamais encontrar-se e sobrepor-se.

Que conseguia com isso Roberto? Muito. Decidindo inventar a história de um outro mundo, que existia somente em seu pensamento, daquele mundo tornava-se o dono, podendo evitar que as coisas que acontecessem do outro lado não ultrapassassem sua capacidade de tolerância. Além disso, tornando-se leitor do romance, do qual era o autor, podia participar da angústia das personagens; não acontece com os leitores de romances poderem amar Tisbe sem ciúme, usando Píramo como seu substituto, e sofrer por Astreia através de Celadão?

Amar no País dos Romances não significa sentir nenhuma espécie de ciúme; nele o que não é nosso, de algum modo também é nosso, e aquilo que no mundo era nosso, e nos foi tirado, lá não existe — embora o que lá exista se pareça com aquilo que entre nós não existe ou que perdemos...

Portanto, Roberto poderia escrever (ou pensar) o romance de Ferrante e de seus amores com Lilia, e, somente edificando aquele mundo romanesco, poderia esquecer a mordicação que lhe causava o ciúme no mundo real.

Ademais, refletia Roberto, para compreender o que me aconteceu e como caí na armadilha preparada por Mazarino, eu teria de reconstruir a História daqueles acontecimentos, encontrando suas causas e motivos secretos. Contudo, há algo de mais incerto do que as Histórias que nós lemos, onde se dois autores narram a mesma batalha, tais são as incongruências reveladas, que quase pensamos tratar-se de duas batalhas diversas? E há, ao contrário, algo de mais certo do que o Romance, onde no fim cada Enigma encontra sua explicação, segundo as leis do Verossímil? O Romance narra coisas que talvez não tenham acontecido, mas que poderiam muito bem ter acontecido. Explicar minhas desventuras em forma de Romance significa assegurar-me de que, daquele mistifório, existe ao menos uma maneira de desemaranhar o enredo, e, portanto, não sou vítima de um pesadelo. Ideia esta, insidiosamente antitética à primeira, pois desse modo aquela história romanesca poderia sobrepor-se à sua história verdadeira.

E por fim, argumentava sempre Roberto, minha história é a de um amor por uma mulher; ora, somente o Romance, e não a História, trata de questões de Amor, e só o Romance (a História jamais) se preocupa em explicar quanto pensam e experimentam aquelas filhas de Eva que, desde os dias do Paraíso Terrestre ao Inferno das Cortes de nosso tempo, tanto influenciaram os acontecimentos de nossa espécie.

Todos os argumentos são razoáveis em si mesmos, mas não tomados em conjunto. De fato, há diferença entre quem age escrevendo um romance e quem sofre de ciúme. Um ciumento regozija-se em imaginar aquilo que não gostaria que acontecesse — mas, ao mesmo tempo, se recusa a acreditar que realmente aconteça —; ao passo que um romancista lança mão de todo artifício, contanto que o leitor não somente se regozije em imaginar o que não aconteceu, mas, num dado momento, esqueça estar lendo e creia que tudo tenha realmente acontecido. Já é causa de penas intensíssimas para um ciumento ler um romance escrito por outrem, pois qualquer coisa que tenha sido escrita parece estar aludindo à sua própria aventura. Imaginemos um ciumento fingindo sua própria aventura. Não se diz que o ciumento dá corpo às sombras? E, portanto, por umbráteis que sejam as criaturas de um romance (pois o romance é irmão carnal da História), aquelas sombras aparecem muito corpulentas ao ciumento, e ainda mais se, em vez de serem as sombras de um outro, forem as suas.

Por outro lado, malgrado suas virtudes, que os Romances tenham seus defeitos, Roberto já deveria ter sabido. Como a medicina ministra também os seus venenos; a metafísica perturba com inoportunas sutilezas os dogmas da religião; a ética recomenda a generosidade (que não serve para todos); a astrologia patrocina a superstição; a óptica engana; a música fomenta os amores; a geometria encoraja o injusto domínio; a matemática, a avareza — assim a Arte do Romance, embora advertindo que nos oferece ficções, abre uma porta no Palácio do Absurdo, transposta por leviandade, a qual se fecha atrás de nós.

Mas não está em nosso poder impedir Roberto de dar esse passo, mesmo porque sabemos que esse passo já foi dado.

29
A alma de Ferrante

De que ponto retomar a história de Ferrante? Roberto julgou oportuno partir daquele dia em que Ferrante, após trair os franceses, com quem fingia combater em Casale, fazendo-se passar pelo capitão Gambero, refugiara-se no campo espanhol.

Talvez para acolhê-lo com entusiasmo tenha havido algum grande senhor que lhe prometera, no fim da guerra, levá-lo a Madri. Lá começara a ascensão de Ferrante, às margens da corte espanhola, onde aprendera que a virtude dos soberanos é o seu arbítrio, que o Poder é um monstro insaciável, e que era preciso servi-lo como um escravo devoto, para poder tirar proveito de toda migalha que caísse daquela mesa, valendo-se de toda ocasião para uma lenta e tortuosa ascensão: primeiro como capanga, sicário e confidente; depois, fingindo ser um fidalgo.

Ferrante só podia ter uma inteligência rápida, embora voltada para o mal, e naquele ambiente aprendera logo como comportar-se, isto é, ouvira (ou adivinhara) aqueles princípios de sabedoria cortesã com os quais o senhor de Salazar tentara catequizar Roberto.

Tinha cultivado sua própria mediocridade (a vileza da própria origem bastarda), não temendo ser eminente nas coisas medíocres, para um dia não se tornar medíocre nas coisas eminentes.

Compreendera que, quando não se pode vestir com a pele de leão, veste-se com a da raposa, porque desde o Dilúvio salvaram-se mais raposas do que leões. Cada criatura possui a sua própria sabedoria, e da raposa aprendera que jogar abertamente não traz nem utilidade nem prazer.

Se era convidado a espalhar uma calúnia entre os domésticos, a fim de que aos poucos chegasse aos ouvidos do senhor (e ele sabia gozar dos favores de uma camareira), apressava-se a dizer que iria tentar na taberna com o cocheiro; ou se o cocheiro era o seu companheiro de devassidão na taberna, afirmava com um sorriso de cumplicidade que sabia como fazer-se ouvir por uma tal criadinha. Não sabendo como agia e como teria agido, o seu patrão de alguma forma ficava em desvantagem em relação a Ferrante; e ele sabia que quem não mostra logo as próprias cartas, deixa os outros em expectativa; desse modo, circundava-se de mistério, e aquele mesmo segredo provocava o respeito alheio.

Ao eliminar os próprios inimigos, que no início eram pajens e palafreneiros, depois cavalheiros que o tinham na conta de um igual, decidira que se devia olhar de lado, jamais de frente: a sagacidade combate lançando mão de bem estudados subterfúgios e jamais se comporta de maneira previsível. Se esboçava um movimento era apenas para enganar; se esboçava com firmeza um gesto no ar, agia depois de forma inesperada, cuidando em desmentir a intenção demonstrada. Não atacava jamais quando o adversário estava no auge de suas forças (demonstrando-lhe, ao contrário, amizade e respeito); mas só no momento em que se mostrava indefeso, levando-o, então, ao precipício com ares de quem estava correndo para prestar-lhe socorro.

Mentia habitualmente, mas não sem critério. Sabia que para ser acreditado devia mostrar a todos que, às vezes, dizia a verdade quando esta o prejudicava, e a silenciava quando poderia obter algum louvor. Por outro lado, buscava adquirir fama de homem sincero com os inferiores, para que a notícia chegasse aos ouvidos dos poderosos. Convencera-se de que simular com os iguais era um defeito, mas não simular com os maiores é temeridade.

Porém não agia sempre com muita franqueza, temendo que os outros descobrissem esta sua uniformidade, e acabassem, mais cedo ou mais tarde, prevendo as suas ações. Mas também não exagerava ao agir com dissimulação, receando que, na segunda vez, descobrissem o seu logro.

Para tornar-se mais ardiloso treinava suportar os tolos, dos quais se circundava. Não era tão incauto, a ponto de atribuir-lhes cada erro cometido; quando a aposta era alta, providenciava para que houvesse sempre a seu lado um cabeça-de-turco (atraído pela sua ambição vã de mostrar-se sempre na primeira fila, enquanto ele se mantinha no fundo) a quem não ele mas os outros teriam, depois, atribuído o crime.

Em resumo, procurava fazer tudo aquilo que podia trazer-lhe vantagem própria, mas mandava fazer por mãos alheias aquilo que poderia provocar-lhe rancor.

Ao mostrar as próprias virtudes (que mais propriamente deveríamos chamar de malditas habilidades), sabia que uma metade ostentada e uma outra deixada apenas entrever valem mais do que um todo abertamente declarado. Às vezes, fazia consistir a ostentação numa eloquência muda, numa descuidada amostra das próprias primazias, possuindo a habilidade de não se revelar jamais de uma só vez.

À medida que subia no próprio estado e se relacionava com pessoas de condição superior, era habilíssimo em imitar-lhes os gestos e a linguagem, mas o fazia apenas com pessoas de condição inferior que devia atrair para algum fim ilícito; com os seus superiores cuidava em mostrar que não sabia e em admirar neles aquilo que já sabia.

Cumpria toda missão desonesta que os seus mandantes lhe confiavam, desde que o mal que praticava não fosse de proporções tais que pudesse provocar-lhes repugnância; se lhe pediam delitos daquela grandeza, recusava-se a praticá-los; primeiro para que não pensassem que um dia ele poderia ser capaz de fazer o mesmo contra eles, e segundo (se a perversidade clamava a Deus por vingança), para não se tornar indesejável testemunha do remorso de seus senhores.

Em público, dava mostras evidentes de piedade, mas considerava dignas apenas a palavra não cumprida; a virtude conculcada; o amor por si mesmo; a ingratidão; o desprezo pelas coisas sagradas; blasfemava contra Deus no seu coração e acreditava que o mundo tivesse nascido por acaso, confiando, todavia, num destino disposto a desviar o próprio curso em favor de quem soubesse domá-lo em benefício próprio.

Para alegrar os seus raros momentos de repouso, mantinha relações apenas com as prostitutas casadas, as viúvas incontinentes, as moças desavergonhadas. Mas com muita moderação visto que, em seu maquinar, Ferrante às vezes renunciava a um bem imediato: quando se sentia arrastado para outra maquinação, como se a sua maldade jamais lhe desse trégua.

Ia vivendo o seu dia a dia como um assassino que olha por detrás de um cortinado, onde não brilham as lâminas dos punhais. Sabia que a primeira regra do sucesso era esperar a ocasião, mas sofria porque a ocasião lhe parecia ainda distante.

Essa sombria e obstinada ambição privava-o de toda a paz de espírito. Julgando que Roberto lhe tivesse usurpado o lugar a que tinha direito, qualquer prêmio deixava-o insaciado; e a única forma que o bem e a felicidade podiam assumir aos olhos de seu espírito era a desgraça do irmão, de cuja desgraça pudesse um dia tornar-se o autor. De resto, em sua cabeça agitavam-se gigantes de fumaça em batalhas infindáveis, e não havia mar, terra ou céu onde pudesse encontrar refúgio e quietude. Tudo o que possuía o ofendia, tudo o que desejava era razão de tormento.

Não ria jamais, a não ser na taberna, para embebedar um seu incauto confidente. Mas, no segredo de seu quarto, controlava-se todos os dias ao espelho, para ver se a maneira pela qual se movia pudesse revelar a sua ânsia; se o olhar parecia muito insolente; se a cabeça, mais inclinada do que o necessário, não manifestava hesitação; se as rugas, muito profundas de sua testa, não o faziam parecer exasperado.

Quando interrompia tais exercícios e, abandonando cansado, tarde da noite, as suas máscaras, ele se via como realmente era — ah! então Roberto não podia deixar de murmurar estes versos lidos alguns anos antes:

no olhar onde se hospedam mágoa e morte
clarões avermelhados resplandecem,
os olhos são oblíquos de tal sorte
a semelhar cometas e parecem
astros os cílios. Tristes e arrogantes
gemidos os trovões, suspiros flamejantes.

Como ninguém é perfeito, nem mesmo no mal, Ferrante não era capaz de dominar o excesso da própria maldade e deu um passo em falso. Encarregado pelo seu senhor de organizar o rapto de uma donzela de altíssima estirpe, já destinada ao casamento com um virtuoso fidalgo, começara a escrever-lhe cartas de amor, assinando-as com o nome de seu senhor. Depois, enquanto ela se recolhia, penetrara na sua alcova e — tornando-a presa de uma violenta sedução — dela abusara. Num só golpe enganara a donzela, o noivo e quem lhe ordenara o rapto.

Ao ser denunciado o crime, a culpa recaiu sobre o seu patrão, que morreu em duelo com o noivo traído, mas já agora Ferrante tomara o caminho da França.

Num momento de bom humor, Roberto fez Ferrante aventurar-se numa noite de janeiro, pelos Pireneus, montando a mula que havia roubado e que devia ter sido consagrada à ordem dos papa-hóstias reformados, como demonstrava o pelo fradesco; era tão sábia, sóbria, casta e de vida santa, que além da maceração da carne, que se reconhecia muito bem pela ossatura das costelas, a cada passo beijava a terra de joelhos.

Os penhascos da montanha pareciam carregados de leite coalhado, todos engessados com alvaiade. As poucas árvores que não estavam totalmente sepultadas sob a neve revelavam-se tão brancas que pareciam estar sem camisa e tremer mais por causa do frio do que pelo vento. O sol estava dentro de seu palácio e não ousava sequer debruçar-se na varanda. E, embora mostrasse um pouco o seu rosto, punha em volta do nariz um papa-figo de nuvens.

Os raros viajantes que se encontravam naquele caminho pareciam fradezinhos de Monteoliveto que caminhavam cantando *lavabis me et super nivem dealbabor...* E Ferrante mesmo, vendo-se tão branco, sentia-se um enfarinhado da Crusca.*

Numa noite, caíam do céu flocos de algodão espessos e grossos e, como alguém já se tornara uma estátua de sal, ele estava incerto se havia sido transformado numa estátua de neve. Os mochos, os morcegos, os gafanhotos, as mariposas e as corujas dançavam as mouriscas ao seu redor como se quisessem fazer troça de Ferrante. Acabou batendo o nariz nos pés de um enforcado que, balançando numa árvore, fazia de si mesmo um grotesco num campo acinzentado.

Mas Ferrante — mesmo que um Romance deva adornar-se de prazerosas descrições — não podia ser uma personagem de comédia. Devia aspirar à meta, imaginando, sob medida, Paris, da qual se aproximava.

Por isso ia sonhando: "Oh! Paris, golfo desmedido onde as baleias se reduzem ao tamanho dos delfins; país das sereias; empório das pompas; jardim das delícias; meandro das intrigas; Nilo dos cortesãos e Oceano da simulação!"

E aqui, Roberto, querendo inventar um trecho que nenhum autor de romances tivesse ainda imaginado, para traduzir os sentimentos daquele ambicioso que se preparava para conquistar a cidade, onde se

---

* Fundada em 1582, a Academia da Crusca tinha por objetivo "purificar a língua italiana", separando o farelo da farinha (crusca). Tal esforço resultou inicialmente na edição do Dicionário da Crusca, em 1612. (*N. do T.*)

resumiam a Europa, em virtude da civilização; a Ásia, em virtude da profusão; a África pela extravagância; e a América pela riqueza; onde a novidade é a atração; a fraude, o reinado; o luxo, o centro; a coragem, a arena; a beleza, o hemiciclo; a moda, o berço; e a virtude, o túmulo, pôs na boca de Ferrante um mote arrogante: "Paris, a nós dois!"

Da Gasconha ao Poitou, e de lá até a Ilha da França, Ferrante conseguiu tramar ações desonestas que lhe permitiram transferir uma pequena riqueza dos bolsos de alguns néscios para os próprios, e chegar à capital disfarçado de um jovem senhor, reservado e amável: o senhor Del Pozzo. Não tendo chegado até lá nenhuma notícia de suas trapaças em Madri, entrou em contato com alguns espanhóis próximos à Rainha, que imediatamente apreciaram as suas capacidades de prestar serviços reservados, a uma soberana que, embora fiel a seu esposo e aparentemente respeitosa com o Cardeal, mantinha relações com a corte inimiga.

Sua fama de fidelíssimo executor chegara aos ouvidos de Richelieu, o qual, profundo conhecedor da alma humana, julgara que um homem sem escrúpulos que servia à Rainha, tendo notoriamente pouco dinheiro, diante de uma recompensa mais rica poderia servir para os seus fins, e ocupava-se em usá-lo de maneira tão secreta que nem mesmo os seus colaboradores mais íntimos conheciam a existência daquele jovem agente.

Sem contar o longo exercício feito em Madri, Ferrante possuía a rara qualidade de aprender facilmente as línguas e imitar os sotaques. Não era de seu costume vangloriar-se dos próprios talentos, mas um dia Richelieu recebera em sua presença um espião inglês e ele demonstrou saber conversar com aquele traidor. Por isso, Richelieu, num dos momentos mais difíceis das relações entre a França e a Inglaterra, enviara-o para Londres, onde deveria fingir ser um mercador de Malta e obter informações a respeito dos movimentos dos navios no porto.

Agora Ferrante coroara uma parte do seu sonho: era um espião, não mais ao serviço de um senhor qualquer, mas de um Leviatã bíblico, que estendia os seus braços por toda parte.

Um espião (escandalizava-se Roberto, horrorizado), a peste mais contagiosa das cortes; Harpias que pousam nas mesas reais com o rosto arrebicado e garras munidas de unhas, voando com asas de morcego e ouvindo com ouvidos dotados de um grande tímpano; coruja que enxerga somente nas trevas; víbora entre as rosas; barata nas flores, que converte em tóxico a seiva dulcíssima que saboreia; aranha das antecâmaras, que tece os fios de suas aguçadas conversas para capturar todas as moscas que voam; papagaio de bico adunco que tudo o que ouve repete, transformando a verdade em mentira, e a mentira em verdade; camaleão que recebe todas as cores, e com todas se veste menos com aquela com que em verdade se veste. Todas essas qualidades das quais qualquer um sentiria vergonha, a não ser quem por decreto divino (ou diabólico) tenha nascido a serviço do mal.

Mas Ferrante não se contentava de ser espião e de ter no próprio poder aqueles cujos pensamentos relatava, mas queria ser, como se dizia naquela época, um duplo espião, que, como o monstro da lenda, fosse capaz de caminhar por dois movimentos contrários. Se a arena onde combatem os Poderes pode ser um dédalo de intrigas, qual será o Minotauro onde se realize o enxerto de duas naturezas dessemelhantes? O duplo espião. Se o campo onde se trava a batalha entre as Cortes pode-se considerar um Inferno onde flui, no leito da Ingratidão com rápida cheia, o Flegetonte do esquecimento, onde ferve a água turva das paixões, qual será o Cérbero de três fauces, que ladra após descobrir e farejar quem entre para ser lacerado? O duplo espião...

Mal chegou à Inglaterra, enquanto espionava para Richelieu, Ferrante decidira enriquecer prestando algum serviço aos ingleses. Arrancando informações dos criados e dos pequenos funcionários, diante de grandes copos de cerveja, em lugares esfumaçados de gordura de carneiro, apresentara-se nos meios eclesiásticos dizendo-se um sacerdote espanhol que decidira abandonar a Igreja Romana, da qual não suportava mais as torpezas.

Mel para os ouvidos daqueles antipapistas que buscavam em toda ocasião poder documentar as infâmias do clero católico. E não era preciso que Ferrante confessasse o que não sabia. Os ingleses possuíam já em suas mãos a confissão anônima, suposta ou verdadeira, de um outro padre. Ferrante fizera-se então avalista daquele documento, assinando com o nome de um assistente do bispo de Madri, que, certa vez, o tratara com arrogância e de quem jurara vingar-se.

Enquanto recebia dos ingleses a missão de voltar à Espanha para obter outras declarações de padres dispostos a caluniar o Sacro Sólio, numa taberna do porto encontrara um viajante genovês, com quem entrara em intimidade, para descobrir logo que ele, em realidade, era Mahmut, um renegado que no Oriente abraçara a fé dos maometanos, mas que, disfarçado como mercador português, estava colhendo informações sobre a marinha inglesa, enquanto outros espiões a serviço da Sublime Porta estavam fazendo o mesmo na França.

Ferrante revelara-lhe que trabalhara para agentes turcos na Itália e abraçara a sua mesma religião, assumindo o nome de Dgennet Oglou. Vendera-lhe imediatamente as notícias sobre os movimentos nos portos ingleses e recebera uma recompensa para levar uma mensagem aos seus confrades na França. Enquanto os eclesiásticos ingleses acreditavam que ele já tivesse partido de vez para a Espanha, Ferrante não quisera deixar de tirar grande proveito de sua permanência na Inglaterra, e, ao fazer contato com os homens do Almirantado, qualificara-se como um veneziano, Granceola (nome que inventara lembrando-se do capitão Gambero), que exercera missões secretas para o Conselho daquela República, em particular sobre os planos da marinha mercante francesa. Agora, perseguido por um decreto em virtude de um duelo, devia encontrar refúgio num país amigo. Para mostrar a sua boa-fé, era capaz de informar a seus novos senhores que a França obtivera informações nos portos ingleses por intermédio de Mahmut, um espião turco, que vivia em Londres, fingindo ser português.

Em posse de Mahmut, preso imediatamente, foram encontradas anotações sobre os portos ingleses, e Ferrante, ou seja, Granceola, fora considerado uma pessoa digna de confiança. Sob a promessa de uma acolhida final na Inglaterra e com o farnel de uma primeira boa soma, fora enviado à França para que se unisse a outros agentes ingleses.

Ao chegar a Paris, passara de pronto a Richelieu todas as informações que os ingleses tinham arrancado de Mahmut. Depois indicara os amigos dos quais o renegado genovês dera o endereço, apresentando-se como Charles de la Bresche, um ex-frade que passara ao serviço dos infiéis e acabara de tramar em Londres um complô para lançar descrédito sobre toda a raça dos cristãos. Aqueles agentes deram-lhe crédito, porque já estavam a par de um folheto, pelo qual a Igreja Anglicana tornava públicos os delitos de um padre espanhol; tanto que, quando as notícias chegaram a Madri, prenderam o prelado, a quem Ferrante atribuíra a traição, e agora este aguardava a morte nas masmorras da Inquisição.

Ferrante fazia-se confidenciar pelos agentes turcos as informações que tinham recolhido na França, e enviava-as imediatamente ao almirantado inglês, recebendo uma nova recompensa. Depois, voltara a Richelieu e revelara-lhe a existência, em Paris, de uma cabala turca. Richelieu admirara-se mais uma vez da habilidade e da fidelidade de Ferrante. Tanto assim que o convidara a realizar uma tarefa ainda mais árdua.

Há algum tempo, o cardeal se preocupava com o que acontecia no salão da marquesa de Rambouillet e suspeitava que aqueles espíritos livres murmurassem contra ele. Cometera um erro, enviando àquele salão um seu palaciano de confiança, o qual, desavisadamente, pedira informações a respeito de críticas eventuais. Arthénice respondera que os seus hóspedes conheciam tão bem a consideração dela por Sua Eminência que, mesmo que tivessem pensado mal de Richelieu, jamais ousariam dizê-lo em sua presença e que saberiam apenas elogiá-lo.

Richelieu planejava fazer chegar a Paris um estrangeiro, que pudesse ser admitido naqueles consistórios. Em poucas palavras, Roberto não tinha vontade de inventar todas as trapaças, por meio das quais Ferrante poderia introduzir-se naquele salão, mas achava conveniente fazê-lo chegar já munido de algumas recomendações, e sob disfarce: uma peruca e uma barba branca, um rosto envelhecido com pomadas e tinturas, e uma venda negra no olho esquerdo, eis o Abade de Morfi.

Roberto não podia pensar que Ferrante, em tudo e por tudo parecido com ele, estivesse sentado junto a si naquelas noites agora distantes, mas recordava ter visto um abade ancião com uma venda negra no olho, e decidiu que aquele devia ser Ferrante.

Ferrante, naquele mesmo ambiente — passados dez anos ou mais —, reencontrara Roberto! Não se pode exprimir todo o jubiloso rancor, com o qual aquele desonesto revia o odiado irmão. Com o rosto que pareceria transformado e perturbado pela maldade, se ele não o tivesse ocultado sob o disfarce, dissera para si mesmo que chegara afinal a sua oportunidade para aniquilar Roberto e assenhorear--se de seu nome e de suas riquezas.

Primeiramente, espionara-o durante muitas semanas, no decorrer daquelas noites, perscrutando-lhe o rosto para colher o vestígio de todos os seus pensamentos. Habituado como estava em ocultar, era também habilidoso em descobrir. Por outro lado, o amor não se pode esconder; como todo fogo, revela-se pela fumaça. Ao seguir os olhares de Roberto, Ferrante compreendera imediatamente que ele amava a Senhora. Dissera a si mesmo que, em primeiro lugar, deveria tirar de Roberto aquilo que lhe era mais precioso.

Ferrante percebera que Roberto, após ter atraído a atenção da Senhora com o seu discurso, não tivera ânimo para aproximar-se dela.

O embaraço do irmão era-lhe favorável; a Senhora podia interpretá-lo como desinteresse, e desprezar uma coisa é o melhor expediente para conquistá-la. Roberto estava abrindo caminho para Ferrante. Este deixara que a Senhora se consumisse numa incerta expectativa, e depois — calculado o momento favorável — preparara-se para cortejá-la.

Mas podia Roberto permitir a Ferrante um amor igual ao seu? Certamente que não. Ferrante considerava a mulher o retrato da inconstância; ministra dos enganos; volúvel na língua; lenta nos passos; rápida nos caprichos. Educado por umbráticos ascetas, que lhe recordavam a cada instante que *El hombre es el fuego, la mujer la estopa, viene el diablo y sopla,* acostumara-se a considerar toda filha de Eva um animal imperfeito; um erro da natureza; tortura para os olhos, se fosse feia; angústia para o coração, se muito bela; tirana de quem a amasse; inimiga de quem a desprezasse; desordenada nos desejos; implacável em sua ira; capaz de encantar com a boca e acorrentar com os olhos.

Mas justamente tal desprezo arrastava-o à sedução: dos lábios saíam-lhe palavras amorosas, mas em sua alma celebrava a humilhação de sua vítima.

Ferrante apressava-se a pôr as mãos naquele corpo que ele (Roberto) não ousara tocar com o pensamento. Ele, que odiava tudo o que para Roberto era objeto de religião, estaria pronto — agora — a tirar-lhe a sua Lilia para torná-la uma insípida amante de sua comédia? Que tormento. E que penoso dever, seguir a desatinada lógica dos Romances, que impõe a participação dos afetos mais odiosos, quando se deve conceber como filho da própria imaginação o mais odioso dos protagonistas.

Mas não se podia fazer outra coisa. Ferrante acabaria conquistando Lilia; caso contrário, por que criar uma ficção, se não para sofrer?

Como e o que teria acontecido, Roberto não conseguia imaginar (porque jamais conseguira tentar). Ferrante penetrara, talvez de madrugada, no quarto de Lilia, agarrando-se evidentemente a uma hera (de abraço tenaz, convite noturno para todo coração amante) que subia até a sua alcova.

Eis Lilia, que mostra os sinais da virtude ultrajada, a tal ponto que qualquer um teria dado crédito à sua indignação, exceto um homem como Ferrante, sempre a julgar todos os seres humanos inclinados à simulação. Eis Ferrante, que cai de joelhos diante da Senhora, e fala. Que diz? Diz, com falsa voz, tudo o que Roberto não apenas queria dizer-lhe, mas dissera-o, sem que ela soubesse quem lho dizia.

Como terá feito aquele facínora, perguntava-se Roberto, para conhecer o teor das cartas que eu lhe enviara? E não só, mas também daquelas que Saint-Savin ditara para mim em Casale, e que eu havia destruído! E até mesmo daquelas que estou escrevendo agora neste navio! Não há dúvida, Ferrante declama com acentos sinceros frases que Roberto conhecia muito bem:

"Senhora, na admirável arquitetura do Universo, já fora escrito desde o primeiro dia da Criação que eu vos havia de encontrar e amar... Perdoai o furor de um desventurado, ou melhor, não fiqueis em cuidado: jamais se ouviu dizer que os soberanos devessem prestar conta da morte de seus escravos... Não haveis feito dois alambiques de meus olhos, para destilar-me a própria vida e convertê-la em água clara? Eu vos rogo, não recuseis vossa atenção: privado de vosso olhar, tornei-me cego, porque não me vedes; mudo, porque não me dirigis a palavra; e esquecido, porque não me recordais... Oh! Que o amor faça de mim um fragmento insensível, mandrágora, fonte de pedra que chore o meu desassossego!"

A Senhora decerto tremia agora, em seu olhar queimava todo o amor que antes ocultara e, com a força de um prisioneiro, ao qual alguém rompe as grades da Discrição, e oferece a escada de seda da Oportunidade. Não restava senão continuar a pressioná-la, e Ferrante não se limitava a dizer apenas aquilo que Roberto escrevera, mas conhecia outras palavras que agora derramava nos ouvidos da

Senhora que estava encantada, encantando igualmente Roberto, que não se lembrava de tê-las ainda escrito.

"Ó pálido meu sol, aos vossos doces palores perde a aurora vermelha todo o seu fulgor! Ó doces olhos, a vós não peço nada senão adoecer! De que me serve fugir para os prados e para os bosques a fim de esquecer-me de vós? Não jaz o bosque na terra; não nasce a planta no bosque; não cresce o ramo na planta; não brota a folha no ramo; a flor não cresce na fronde; não nasce o fruto na flor, onde eu não reconheça o vosso riso..."

E ao seu primeiro rubor, disse: "Ó Lilia, se vós soubésseis! Amei-vos sem conhecer o vosso rosto e o vosso nome. Eu vos procurava sem saber onde estáveis. Mas um dia me haveis maravilhado como um anjo... Oh! eu bem sei, perguntais como este meu amor não permaneça puríssimo de silêncio, casto de distância... Mas eu morro, ó meu coração, vedes agora, minha alma já se esvai, não deixai que se dissolva no ar, permiti-lhe habitar a vossa boca!"

A voz de Ferrante era tão sincera que o próprio Roberto queria agora que ela caísse naquela doce armadilha. Somente assim ele teria a certeza de que ela o amava.

Assim Lilia inclinou-se para beijá-lo, depois não ousou; querendo e não querendo três vezes, aproximou os lábios ao hálito desejado; três vezes retraiu-se, depois gritou: "Oh! sim, sim, se vós não me acorrentais jamais serei livre, não serei casta se não me violardes!"

E, tomando a sua mão, depois de a ter beijado, levou-a ao seio; depois, Lilia puxara-o para si, furtando-lhe suavemente o hálito nos lábios. Ferrante inclinara-se sobre aquele vaso de alegrias (ao qual Roberto confiara as cinzas de seu coração) e os dois corpos uniram-se numa só alma, as duas almas num só corpo. Roberto não sabia mais quem estava naqueles braços, dado que ela acreditava estar nos seus, e, ao pousar a boca em Ferrante, tentava afastar a própria para não dar ao outro aquele beijo.

Assim, enquanto Ferrante beijava, e ela tornava a beijar, o beijo dissolvia-se no vazio, e a Roberto não restava senão a certeza de ter sido roubado de tudo. Mas não podia deixar de pensar naquilo a que renunciava imaginar: sabia que a natureza do amor consiste no excesso.

Ofendido, em virtude daquele excesso, esquecendo que ela se entregava a Ferrante, acreditando que ele fosse Roberto, a prova que Roberto tanto desejara; odiava agora Lilia e, percorrendo o navio, ululava: "Oh! miserável, eu ofenderia todo o teu sexo se te chamasse mulher! O que fizeste é mais de uma fúria do que de uma fêmea, e o título de fera seria muito honrado para uma besta do inferno! És pior do que a áspide, que envenenou Cleópatra; pior do que a cerasta, que seduz os pássaros, com os seus enganos, para depois sacrificá-los à sua fome; pior que a anfisbena, que inocula tanto veneno e faz morrer de pronto aquele que a tocou; pior do que o leps, que, armado de quatro dentes venenosos, corrompe a carne que morde; pior do que o jáculo que se joga das árvores e estrangula as suas vítimas; pior do que a cobra, que vomita veneno nas fontes; pior do que o basilisco, que mata com o olhar! Megera infernal, que não conheces o Céu, nem a terra, o sexo nem a fé, monstro nascido de uma pedra, montanha ou carvalho!"

Detendo-se, em seguida, percebia novamente que ela se dava a Ferrante, pensando que este fosse Roberto, e que, portanto, não condenada, mas salva devia ser da armadilha: "Cuidado, meu querido amor, com aquele que se apresenta com o meu rosto, sabendo que tu não poderias amar ninguém senão a mim! Que devo fazer agora, senão odiar a mim mesmo para poder odiá-lo? Poderei permitir que tu sejas traída, ao desfrutar o seu abraço, pensando ser o meu? Eu que já começara a aceitar viver neste cárcere para consagrar os meus dias e as minhas noites ao teu pensamento, poderei permitir agora que tu acredites enfeitiçar-me fazendo-te súcubo de seu sortilégio? Oh! Amor, Amor, Amor, já não me puniste bastante, não é este um morrer sem morrer?"

30
Da doença do amor ou melancholia erótica

Durante dois dias, Roberto evitou novamente a luz. Em seus sonhos via apenas os mortos. Suas gengivas e sua boca estavam irritadas. Das vísceras as dores haviam-se propagado até o peito, depois à coluna, e vomitava substâncias ácidas, embora não houvesse comido. A atrabílis, ferindo e atacando todo o corpo, fermentava em bolhas semelhantes àquelas liberadas pela água, quando submetida a um calor intenso.

Certamente caíra vítima (é para não acreditar que só então se apercebesse) daquela a que todos denominavam a Melancholia Erótica. Não soubera explicar, aquela noite na casa de Arthénice, que a imagem da pessoa amada suscita o amor, insinuando-se como simulacro pelo meato dos olhos, porteiros e espiões da alma? Mas, depois, a impressão amorosa se deixa lentamente escorregar pelas veias e alcança o fígado, suscitando a concupiscência, que deflagra a insurreição no corpo, indo conquistar diretamente a cidadela do coração, de onde ataca as mais nobres potências do cérebro, tornando-as escravas.

Tudo isso para dizer que as suas vítimas chegam quase a perder a razão; os sentidos se extraviam; o intelecto se obnubila; a imaginativa é depravada; o pobre apaixonado emagrece, empalidece, os olhos se encovam, suspira, e se desfaz de ciúme.

Como sarar? Roberto acreditava conhecer o remédio dos remédios, que em todo caso era-lhe negado: possuir a pessoa amada. Não sabia que isto não basta, porquanto os melancólicos não se tornam tais por amor, mas enamoram-se para dar voz à própria melanco-lia — preferindo espaços selvagens para estar em imaginação com a amada ausente e pensar apenas como chegar à sua presença; mas, ao chegarem, afligem-se ainda mais, e desejariam tender ainda para um outro fim.

Roberto tentava lembrar o que ouvira dos homens de ciência que haviam estudado a Melancholia Erótica. Parece que era causada pelo ócio, pelo dormir de costas e por uma excessiva retenção do sêmen. Há muitos dias ele estava forçosamente no ócio, e quanto à retenção do sêmen, evitava buscar as causas ou inventar remédios.

Ouvira falar das caçadas como estímulo ao esquecimento, e de-cidiu que deveria intensificar seus esforços natatórios, e não se deitar mais de costas; contudo, entre as substâncias que excitam os sentidos, havia o sal, e ao nadar bebe-se muito sal... Além disso, lembrava ter ouvido que os africanos, expostos ao sol, possuem mais vícios que os Hiperbóreos.

Talvez a comida houvesse estimulado suas propensões saturni-nas? Os médicos proibiam a caça, o fígado de ganso, os pistaches, as trufas e o gengibre, mas não diziam quais os peixes desaconselháveis. Que ele evitasse as roupas muito confortáveis, como a zibelina e o veludo, assim como o musgo, o âmbar, a noz-moscada e os polvilhos, mas que podia ele saber das forças desconhecidas dos cem perfumes que se desprendiam da estufa e dos que lhe traziam os ventos da Ilha?

Poderia resistir a muitas dessas influências nefastas com a cân-fora, a borragem, a azedinha; com clisteres, vomitórios de sal de vi-tríolo dissolvido na sopa; e, enfim, com sangrias na veia mediana do braço ou da testa; e depois comendo apenas chicória, endívia, alface, e melões, uvas, cerejas, ameixas e peras e, sobretudo, hortelã fresca... Mas nada disso estava ao seu alcance no *Daphne*.

Voltou a movimentar-se nas ondas, buscando não engolir muito sal e repousando o menos possível.

Decerto, não cessava de pensar na história que evocara, mas a irritação contra Ferrante traduzia-se agora em ímpetos de prepotência, e media forças com o mar como se, submetendo-o aos seus desejos, subjugasse o próprio inimigo.

Passados alguns dias, numa tarde, descobrira pela primeira vez a cor bronzeada de seus pelos peitorais e — como anota em variadas contorções retóricas — de seu próprio púbis; e dera-se conta de que sobressaíam tanto, porque pegara muito sol; e percebia que estava também mais forte, ao ver saltar os músculos do braço, como jamais havia observado. Considerou-se um Hércules e perdeu o sentido da prudência. No dia seguinte entrou no mar sem a amarra.

Teria abandonado a escaleta, movendo-se ao longo do casco, seguido até o timão, dobrado a proa, subindo pelo outro lado, após ter passado sob o gurupés. E bateu braços e pernas.

O mar não estava muito calmo e pequenas ondas jogavam-no continuamente contra o costado, razão pela qual devia fazer um duplo esforço, prosseguir ao longo do navio e tentar manter-se afastado. Tinha a respiração pesada, mas prosseguia intrépido. Até que chegou à metade do caminho, ou seja, à popa.

Aqui percebeu que havia despendido todas as suas forças. Não só não as possuía para percorrer todo o outro lado, mas nem mesmo para voltar. Tentou segurar-se ao leme, que lhe oferecia um único ponto ao qual fixar-se, coberto como estava de mucilagem, enquanto lentamente sofria a bofetada sucessiva das ondas.

Via sobre a sua cabeça a galeria, adivinhando, atrás das vidraças, o cantinho seguro. Ia dizendo que, se por acaso a escaleta da proa estivesse solta, ainda sobreviveria muitas horas, sonhando com aquele convés que tantas vezes quisera deixar.

O sol fora coberto por um bando de nuvens, e ele já se sentia congelar. Esticou a cabeça para trás, como para dormir, pouco depois, abriu de novo os olhos, girou sobre si mesmo, e se deu conta de que estava acontecendo o que ele mais havia temido: as ondas o estavam afastando do navio.

Reuniu todas as suas forças e retornou ao costado, firmando-se nele para dele receber força. Acima de sua cabeça via-se um canhão, que despontava da portinhola. Se eu estivesse com a corda, ele pensava, poderia fazer um laço, tentar arremessá-la para o alto para prendê-la na garganta daquela boca de fogo, içar-me, segurando a amarra com os braços e apoiando os pés no navio... Mas, não só não dispunha de uma corda, como também não teria tido ânimo e braços para subir tão alto... Não fazia sentido morrer assim tão próximo do abrigo.

Tomou uma decisão. Agora, como já houvesse dobrado a popa, se voltasse para o lado direito ou prosseguisse do lado esquerdo, a distância que o separava da escaleta era a mesma. Quase tirando à sorte, resolveu nadar para a esquerda, cuidando que a correnteza não o afastasse do *Daphne*.

Nadara, apertando os dentes, com os músculos tensos, não ousando deixar-se levar, ferozmente decidido a sobreviver, ainda que — se dizia — lhe custasse a morte.

Com um grito de júbilo, chegara ao gurupés, agarrara-se à proa, chegando à escada de Jacó — e que ele e todos os santos patriarcas das Sagradas Escrituras fossem abençoados pelo Senhor, Deus dos Exércitos.

Não tinha mais forças. Ficara preso à escada talvez por meia hora. Mas, afinal, conseguira subir de novo para o convés, onde tentara fazer um balanço de sua experiência.

Primeiro, ele podia nadar de uma ponta para a outra do navio e vice-versa; segundo, uma empresa desse porte levava-o ao limite extremo de suas possibilidades físicas; terceiro, já que a distância entre o navio e a margem era muitas e muitas vezes superior a todo o perímetro do *Daphne,* mesmo durante a baixa maré, não poderia nadar até poder pôr as mãos sobre algo sólido; quarto, a baixa maré realmente o aproximava da terra firme, mas, com o seu refluxo, tornava-se mais difícil para ele prosseguir; quinto, se por acaso chegasse à metade do percurso e não aguentasse mais ir em frente, não conseguiria nem mesmo voltar.

Devia, portanto, continuar com a amarra, dessa vez bem maior. Seguiria para leste tanto quanto suas forças lhe permitissem, e depois voltaria rebocado. Somente exercitando-se de tal maneira, durante dias e dias, poderia depois tentar sozinho.

Escolheu uma tarde tranquila, quando o sol já batia em suas costas. Munira-se de uma corda muito longa, que estava bem presa numa das pontas do mastro principal, formando várias espirais no convés, pronta para desatar-se aos poucos. Nadava tranquilo sem se cansar muito, repousando com frequência. Olhava a praia e os dois promontórios. Somente agora, dentro d'água, dava-se conta de quanto estava distante aquela linha ideal, que se estendia entre os dois cabos, de sul para norte, e além da qual teria entrado no dia anterior.

Tendo compreendido mal o padre Caspar, convencera-se de que a barbacã dos corais começasse somente lá onde pequenas ondas brancas revelavam os primeiros recifes. Em vez disso, também durante a baixa maré, os corais começavam antes. Do contrário, o *Daphne* teria ancorado bem mais próximo da terra.

Assim, fora bater com as pernas nuas contra alguma coisa que se deixava perceber não muito distante da superfície, somente depois de tocá-la. Quase ao mesmo tempo foi atingido por um movimento de formas coloridas debaixo d'água, o que lhe provocou uma queimação insuportável na coxa e na perna. Era como se tivesse sido mordido ou picado. Para afastar-se daquele banco, bateu de rijo com o calcanhar, ferindo assim também um pé.

Agarrara-se à corda puxando com tanta força, que, de volta a bordo, tinha as mãos esfoladas; mas estava mais preocupado com as dores na perna e no pé. Eram aglomerados de pústulas muito dolorosas. Lavara-as com água doce, e isto havia parcialmente aliviado em parte a queimação. Mas à tardinha, e durante toda a noite, a queimação fora acompanhada por uma coceira muito forte, e no sono provavelmente se coçara; assim, na manhã seguinte, as pústulas expeliam sangue e matéria branca.

Recorrera então aos preparados do padre Caspar (Spiritus, Olea, Flores), que acalmaram um pouco a infecção, mas durante um dia inteiro ainda sentira vontade de enfiar as unhas naqueles bubões.

Fizera outra vez o balanço de sua experiência, da qual havia extraído quatro conclusões: a barbacã estava mais próxima do que o refluxo fazia supor, e isso podia encorajá-lo a tentar novamente a aventura; algumas criaturas que ali viviam, peixes, caranguejos, talvez os corais ou pedras pontiagudas, tinham o poder de causar-lhe uma espécie de pestilência; se quisesse voltar àquelas pedras, deveria ir calçado e vestido, o que dificultaria ainda mais os seus movimentos; como, de qualquer modo, não conseguiria proteger todo o seu corpo, devia estar em condições de enxergar debaixo d'água.

Ocorreu-lhe, na última conclusão, a Persona Vitrea, ou máscara para ver no mar, que padre Caspar lhe havia mostrado. Tentou afivelá-la à nuca e descobriu que lhe fechava o rosto, permitindo-lhe olhar para fora como se fosse de uma janela. Tentou respirar e percebeu que passava um pouco de ar. Se passava ar, também passaria água. Tratava-se, portanto, de usá-la prendendo a respiração (quanto mais ar permanecesse, menos água entraria), e voltar à tona assim que estivesse cheia.

Não devia ser uma operação fácil, e Roberto empregou três dias testando todas as fases dentro d'água, mas próximo do *Daphne*. Encontrara junto às enxergas dos marinheiros um par de polainas de tecido, que lhe protegiam os pés sem torná-lo muito pesado, e um par de bragas compridas para amarrar na panturrilha. Precisou de meio dia para aprender de novo a executar aqueles movimentos, que ele tão bem realizava com o corpo nu.

Depois nadou com a máscara. Na água alta não podia ver muita coisa, mas avistou um cardume de peixes dourados, a muitas braças abaixo, como se navegassem num grande aquário.

Três dias, dissemos. No curso dos quais, Roberto aprendeu, primeiramente, a olhar debaixo d'água, prendendo a respiração; depois, a movimentar-se olhando; finalmente, a retirar a máscara ainda dentro d'água. Nessa tarefa aprendeu por instinto uma nova posição, que consistia em inflar e pôr o peito para fora, bater as pernas como se caminhasse depressa e empurrar o queixo para o alto. Mais difícil, contudo, era, mantendo o mesmo equilíbrio, recolocar a máscara e prendê-la à nuca. Dissera-se logo que, uma vez na barbacã, mantendo-se naquela posição vertical, acabaria indo de encontro aos recifes; e, se mantivesse o rosto fora d'água, não veria em que estivesse batendo. Motivo pelo qual julgou que seria melhor não prender, mas apertar com ambas as mãos, a máscara sobre a face. Isso, porém, obrigava-o a prosseguir somente com o movimento das pernas, mantendo-as, todavia, esticadas horizontalmente, para não bater embaixo; movimento que não havia tentado ainda, e que demandou longas tentativas antes que ele pudesse executá-lo com confiança.

No curso dessas tentativas transformava cada movimento de ira num novo capítulo de seu Romance de Ferrante.

E dera à sua história um rumo mais odioso, no qual Ferrante era justamente punido.

31
Breviário dos políticos

Por outro lado, não poderia deter-se para retomar a sua história. É verdade que os Poetas, após terem falado a respeito de um evento memorável, não lhe dão atenção por algum tempo, para manter o leitor em expectativa e, nessa habilidade, se reconhece o romance bem inventado; mas o tema não deve ser abandonado por muito tempo, para que o leitor não fique perdido em muitas ações paralelas. Era preciso, pois, voltar a Ferrante.

Tirar Lilia de Roberto era somente um dos dois objetivos a que Ferrante se propusera. O outro era fazer Roberto cair em desgraça junto ao Cardeal. Projeto nada fácil: o Cardeal ignorava completamente a existência de Roberto.

Mas Ferrante sabia tirar vantagem das situações. Um dia, Richelieu estava lendo uma carta na sua presença, e lhe dissera:

"O cardeal Mazarino falou-me a respeito de uma história sobre o Pó de Simpatia dos ingleses. Já ouvistes falar disso em Londres?"

"De que se trata, Eminência?"

"Senhor Pozzo, ou não importa qual seja o vosso nome, aprendei que jamais se responde a uma pergunta com outra pergunta, especialmente a um superior. Se eu soubesse de que se trata, não o perguntaria a vós. De todo o modo, se não a respeito desse pó, ouvistes qualquer coisa sobre um novo segredo para encontrar as longitudes?"

"Confesso que ignoro completamente o assunto. Se Vossa Eminência quisesse iluminar-me, eu poderia talvez..."

"Senhor Pozzo, seríeis divertido se não fôsseis insolente. Eu não seria o senhor deste país se revelasse a outrem os segredos que não conheço, a menos que esse outrem seja o rei da França, o que não me parece o vosso caso. Por isso, fazei apenas o que sabeis fazer: ficai de ouvido aberto e descobri os segredos dos quais nada sabíeis. Primeiro, vinde contá-los para mim e depois procurai esquecê-los."

"É o que eu sempre fiz, Eminência. Ou, pelo menos acredito, porque já me esqueci de tudo."

"Assim me agradais. Ide, então."

Tempos depois, Ferrante ouvira Roberto, naquela noite memorável, discorrer justamente sobre o pó. Não lhe pareceu verdade poder relatar a Richelieu que um fidalgo italiano, que frequentava aquele inglês d'Igby (outrora sabidamente ligado ao duque de Bouquinquant), parecia conhecer muito a respeito daquele pó.

No momento em que começava a lançar descrédito sobre Roberto, Ferrante devia, contudo, conseguir tomar-lhe o lugar. Por isso, revelara ao Cardeal que ele, Ferrante, fazia-se passar pelo senhor Del Pozzo, visto que o seu ofício de informante o obrigava a manter-se incógnito; mas, que, em verdade, ele era o verdadeiro Roberto de la Grive, ex-valoroso combatente junto aos franceses nos tempos do assédio de Casale. O outro, que tão enganosamente falava a respeito do pó inglês, era um trapaceiro que tirava proveito de uma vaga semelhança, e, sob o nome de Mahmut Árabe, servira como espião em Londres, sob as ordens dos turcos.

Dizendo isso, Ferrante preparava-se para o momento no qual, arruinado o irmão, ele poderia substituí-lo, passando pelo único e verdadeiro Roberto, não apenas aos olhos dos parentes que tinham ficado na Griva, mas também aos olhos de toda Paris — como se o outro nunca tivesse existido.

Durante esse período, enquanto se disfarçava com o rosto de Roberto para conquistar Lilia, Ferrante soubera, como todos, da desgraça de Cinq-Mars e, arriscando demasiadamente, mas pronto para dar a própria vida para cumprir a sua vingança, sempre disfarçado de Roberto, fizera questão de mostrar-se na companhia dos amigos daquele conspirador.

Em seguida, insuflara ao Cardeal que o falso Roberto de la Grive, que tanto conhecia a respeito de um segredo caro aos ingleses, evidentemente conspirava; produzira algumas testemunhas, que podiam afirmar ter visto Roberto com este ou com aquele.

Como se vê, um castelo de mentiras e disfarces que explicava a armadilha preparada para Roberto. Mas Roberto ali caíra por motivos e maneiras desconhecidas pelo próprio Ferrante, cujos planos foram perturbados pela morte de Richelieu.

Que acontecera realmente? Richelieu, bastante desconfiado, usava Ferrante sem falar a ninguém, nem sequer a Mazarino, de quem evidentemente desconfiava, vendo-o agora debruçado como um abutre sobre o seu corpo enfermo. Contudo, enquanto sua doença progredia, Richelieu passara a Mazarino algumas informações, sem revelar-lhe a fonte:

"A propósito, meu bom Giulio!"

"Sim, Eminência e meu Pai amadíssimo..."

"Mandai vigiar um tal de Roberto de la Grive. Irá esta noite à casa da senhora de Rambouillet. Ao que parece, ele demonstra possuir grande conhecimento a respeito daquele vosso Pó de Simpatia... E além disso, segundo um informante, o jovem também frequenta um ambiente de conspiradores..."

"Não vos preocupeis, Eminência. Providenciarei tudo."

E assim Mazarino inicia, por conta própria, uma investigação sobre Roberto, até chegar a saber aquele pouco que demonstrara saber na noite de sua prisão. Tudo isso, porém, sem nada saber sobre Ferrante.

Enquanto isso, Richelieu morria. O que devia ter acontecido a Ferrante?

Morto Richelieu, falta-lhe todo o apoio. Deveria estabelecer contatos com Mazarino, pois o indigno é um miserável heliotrópio que sempre se volta na direção dos mais poderosos. Mas não pode aproximar-se do novo ministro sem lhe dar uma prova de seu valor. De Roberto, não encontra mais rastros. Estará doente, terá partido para uma viagem? Ferrante pensa em tudo, menos que as suas calúnias tenham produzido efeito, e Roberto tenha sido preso.

Ferrante não ousa mostrar-se em todos os lugares sob as vestes de Roberto, para não despertar suspeitas daqueles que sabiam que Roberto estava longe. Por tudo que possa ter acontecido entre ele e Lilia, cessa também todo contato com Ela, impassível como quem sabe que cada vitória custa longo tempo. Sabe que é necessário saber servir-se da distância; as qualidades perdem o seu esmalte se muito se mostram, e a fantasia chega mais longe do que o olhar; também a fênix serve-se de lugares remotos para manter viva a sua lenda.

Mas o tempo urge. É preciso que, à volta de Roberto, Mazarino já tenha as suas suspeitas, e o queira morto. Ferrante consulta os seus camaradas na corte e descobre que pode aproximar-se de Mazarino por intermédio do jovem Colbert, a quem faz chegar uma carta na qual menciona uma ameaça inglesa e a questão das longitudes (nada sabendo a tal respeito, tendo ouvido mencioná-la uma única vez por Richelieu). Pede em troca de suas revelações uma soma consistente e obtém um encontro, no qual se apresenta vestido como um velho abade, com a sua venda negra no olho.

Colbert não é um ingênuo. Aquele abade possui uma voz que lhe parece familiar, as poucas coisas que ele diz soam suspeitas, chama dois guardas, aproxima-se do visitante, arranca-lhe a venda e a barba, e quem encontra diante de si? Aquele Roberto de la Grive que ele próprio confiara aos seus homens para que o embarcassem no navio do doutor Byrd.

385

Ao contar essa história, Roberto exultava. Ferrante acabara caindo na armadilha por sua própria vontade. "Vós, San Patrizio?!", exclamara imediatamente Colbert. Depois, como estivesse espantado e permanecesse em silêncio, mandara-o atirar a uma masmorra.

Foi um divertimento para Roberto imaginar a conversa de Mazarino com Colbert, que o informara imediatamente.

"O homem deve ser louco, Eminência. Que tenha ousado esquivar-se ao compromisso, posso compreendê-lo; mas, que tenha pretendido vir até nós para revender aquilo que lhe déramos, é um sinal de loucura."

"Colbert, é impossível que alguém seja tão louco para ter-me na conta de um insensato. Logo, o nosso homem está blefando, julgando ter nas mãos cartas imbatíveis."

"Em que sentido?"

"Por exemplo, ele subiu para aquele navio e descobriu logo o que devia saber, tanto que não precisou mais permanecer a bordo."

"Mas, se quisesse trair-nos, teria procurado os espanhóis ou os holandeses. Não teria voltado para nos desafiar. Para nos pedir o quê, afinal? Dinheiro? Sabia perfeitamente que, se ele se mantivesse fiel, obteria um lugar na corte."

"Evidentemente, está seguro de ter descoberto um segredo que vale mais do que um lugar na corte. Acreditai em mim, conheço os homens. Nada temos a fazer senão seguir o seu jogo. Quero vê-lo hoje à noite."

Mazarino recebeu Ferrante enquanto dava, ele mesmo, os últimos retoques à mesa, que mandara preparar para os próprios hóspedes: uma exuberância de coisas, que pareciam qualquer outra coisa. À mesa brilhavam velas que emergiam de taças de gelo e garrafas onde os vinhos possuíam cores diversas do esperado, entre cestas de alfaces engrinaldadas com flores e frutas falsas falsamente aromáticas.

386

Mazarino, que acreditava ser Roberto, ou seja, Ferrante, possuidor de um segredo, do qual desejava tirar o máximo da vantagem, propusera-se a dar mostras de tudo saber (isto é, tudo que ele não sabia), de tal maneira que o outro deixasse escapar alguma pista.

Por outro lado, Ferrante — ao encontrar-se diante do cardeal — já intuíra que Roberto estava na posse de um segredo, do qual era preciso tirar toda vantagem, e propusera-se a dar mostras de tudo saber (isto é, tudo que ele não sabia), de tal maneira que o outro deixasse escapar alguma pista.

Temos em cena, portanto, dois homens; cada um deles nada sabe a respeito daquilo que acredita que o outro saiba, e para se enganarem reciprocamente, falam por alusões; cada um dos dois esperando, em vão, que o outro tenha a chave daquele enigma. Que bonita história, dizia Roberto, enquanto buscava o fio da meada que ele mesmo havia emaranhado.

"Senhor de San Patrizio", disse Mazarino, enquanto aproximava um prato de lagostas vivas, que pareciam cozidas, de um de lagostas cozidas, que pareciam vivas, "há uma semana, nós vos fizemos embarcar, em Amsterdã, no *Amarilli*. Não podeis ter abandonado a missão; sabíeis muito bem que teríeis de pagar com a vida. Portanto, já descobristes o que devíeis ter descoberto."

Posto diante do dilema, Ferrante percebeu que não lhe convinha confessar que abandonara a missão. Portanto, não lhe restava um outro caminho: "Se assim apraz a Vossa Eminência", dissera, "num certo sentido sei aquilo que Vossa Eminência queria que eu soubesse", e acrescentara para si: "E por enquanto sei que o segredo se encontra a bordo de um navio que se chama *Amarilli*, e que partiu há uma semana de Amsterdã..."

"Ora vamos, não sejais modesto. Sei muito bem que soubestes mais do que eu esperava. Desde que partistes tive outras informações, pois não penseis que vós sois o único de meus agentes. Sei que o que vós encontrastes vale muito e não estou aqui para barganhar. Pergunto-me, porém, por que procurastes chegar até mim de maneira tão tortuosa." Enquanto isso, indicava aos serviçais onde pôr as carnes nas travessas de madeira em forma de peixe, sobre as quais não fez derramar o caldo, mas julepo.

Ferrante convencia-se mais e mais de que o segredo não tinha preço, mas dizia para si mesmo que é fácil matar um pássaro que voa em linha reta, não aquele que sempre desvia. Assim, ganhava tempo para experimentar o adversário: "Sabe Vossa Eminência que o que está em jogo demandava meios tortuosos."

"Ah! tratante", dizia para si Mazarino, "não estás seguro do valor da tua descoberta e esperas que eu fixe o preço. Mas tu deverás ser o primeiro a falar." Deslocou para o centro da mesa alguns sorvetes decorados de tal modo que parecessem pêssegos ainda presos ao ramo; e, depois, em voz alta: "Eu sei o que vós possuís. Vós sabeis que não o podeis propor senão a mim. Quereis fazer passar o branco pelo preto e o preto pelo branco?"

"Ah! raposa maldita", dizia para si Ferrante, "não sabes absolutamente o que eu deveria saber, e o pior é que eu também não sei." E depois, em voz alta: "Vossa Eminência sabe que, às vezes, a verdade pode ser o extrato da amargura."

"O saber nunca faz mal."

"Mas fere algumas vezes."

"Então feri-me. Não será maior a minha ferida, do que quando soube que vos estáveis manchado de alta traição e que vos deveria entregar às mãos do carrasco."

Ferrante compreendera finalmente que, fazendo o papel de Roberto, corria o risco de acabar no cadafalso. Era melhor revelar quem era; na pior das hipóteses, corria o risco de levar uma surra dos lacaios.

"Eminência", disse, "cometi um erro em não dizer logo a verdade. O Senhor Colbert tomou-me por Roberto de la Grive, e o seu erro influenciou também um olhar tão agudo quanto o de Vossa Eminência. Mas eu não sou Roberto, sou o seu irmão natural, Ferrante. Aqui me apresentei para oferecer informações que eu julgava interessar a Vossa Eminência, dado que Vossa Eminência foi o primeiro a mencionar ao falecido e inesquecível Cardeal a trama dos ingleses, pois Vossa Eminência sabe... o Pó de Simpatia e o problema das longitudes..."

Diante dessas palavras, Mazarino fizera um movimento de irritação, quase deixando cair uma sopeira de ouro falso, ornada de joias finamente simuladas em vidro. Pusera a culpa num criado, murmurando, depois, a Colbert: "Levai de volta este homem."

É realmente verdade que os deuses cegam os que desejam perder. Ferrante julgava suscitar interesse, mostrando conhecer os mais reservados segredos do falecido Cardeal, e excedera-se, por orgulho de sicofanta, que desejava mostrar-se mais bem informado do que o próprio senhor. Mas ninguém dissera ainda a Mazarino (e seria difícil demonstrar-lhe) que Ferrante trabalhara para Richelieu. Mazarino encontrava-se diante de alguém, fosse ele Roberto ou algum outro, que não apenas sabia o que ele dissera a Roberto, mas também o que ele escrevera a Richelieu. Por intermédio de quem soubera?

Depois que Ferrante saiu, disse Colbert: "Vossa Eminência acredita no que ele acabou de dizer? Se fosse um gêmeo, isso explicaria tudo. Roberto ainda estaria no mar e..."

"Não, se ele é seu irmão, o caso explica-se ainda menos. Como pode conhecer o que conhecíamos antes somente eu, vós e o nosso informante inglês, e depois Roberto de la Grive?"

"Seu irmão deve ter-lhe falado."

"Não, seu irmão soube de tudo por nós somente naquela noite, e desde então nunca mais foi perdido de vista, até o momento em que o navio zarpou. Não, não, este homem sabe muitas coisas que não deveria saber."

"Que faremos com ele?"

"Interessante questão, Colbert. Se ele é Roberto, sabe o que viu naquele navio, e será preciso que fale. E se não for, devemos saber absolutamente de onde ele tomou as suas informações. Nos dois casos, excluída a ideia de arrastá-lo a um tribunal, onde falaria muito e diante de muitos, não podemos sequer eliminá-lo com alguns dedos de lâmina nas costas; ainda tem muito para nos dizer. Se não se tratar de Roberto, afinal, mas, como disse, Ferrand ou Fernand..."

"Ferrante, acredito."

"Seja como for. Se não é Roberto, quem está por detrás dele? Nem mesmo a Bastilha é um lugar seguro. Sabe-se de pessoas que daquele lugar enviaram ou receberam mensagens. É preciso esperar que ele fale, e encontrar a maneira de lhe abrir a boca; enquanto isso deveremos escondê-lo num lugar completamente desconhecido, de maneira que ninguém saiba onde ele esteja."

E foi naquela altura que Colbert teve uma ideia nebulosamente luminosa.

Poucos dias antes, um navio de guerra francês capturara um navio pirata no litoral da Bretanha. Era, por coincidência, um *fluyt* holandês de nome naturalmente impronunciável, *Tweede Daphne,* ou seja, *Daphne Segundo*, sinal — observa Mazarino — de que devia existir em algum lugar um *Daphne Primeiro,* e isso demonstrava como aqueles protestantes não só possuíam pouca fé, mas também uma escassa imaginação. A tripulação era composta por gente de todas as raças. Bastaria enforcar a todos, mas valia a pena indagar se estavam a serviço da Inglaterra, e de quem haviam roubado aquele navio, pois seria possível fazer uma troca vantajosa com os legítimos proprietários.

Então, decidira pôr o navio nos ancoradouros não distantes do estuário do Sena, numa pequena baía, quase escondida, que passava despercebida até mesmo aos peregrinos de São Tiago, que procediam de Flandres. Numa faixa de terra, que fechava a baía, situava-se um velho fortim, que outrora servira como prisão, mas que agora estava quase em desuso. E ali foram jogados os piratas, nas masmorras, vigiados apenas por três homens.

"Pois muito bem", dissera Mazarino. "Tomai dez de meus guardas, sob as ordens de um hábil capitão não desprovido de prudência..."

"Biscarat. Sempre se comportou muito bem, desde os tempos em que duelava com os mosqueteiros, pela honra do Cardeal..."

"Perfeito. Mandai levar o prisioneiro ao fortim e que seja colocado no alojamento dos guardas. Biscarat deverá fazer as refeições com ele no seu quarto e o acompanhará para tomar ar. Um guarda à porta do quarto também à noite. A prisão enfraquece até os ânimos mais relutantes; o nosso obstinado terá somente Biscarat com quem falar e pode ser que deixe escapar algum segredo. E, sobretudo, que ninguém o possa reconhecer nem durante a viagem, nem no forte..."

"Se sair para tomar ar..."

"Ora, Colbert, um pouco de imaginação. Mandai cobrir-lhe o rosto."

"Poderia sugerir... uma máscara de ferro, fechada com um cadeado, e que se atire a chave ao mar..."

"Ora vamos, Colbert, estamos porventura no País dos Romances? Vimos ontem à noite alguns comediantes italianos, com aquelas máscaras de couro de narizes compridos, que alteram as feições, deixando, todavia, a boca em liberdade. Procurai uma daquelas; que lhe seja colocada de maneira que ele não a possa arrancar, e mandai colocar-lhe um espelho no quarto, para que ele possa morrer de vergonha todos os dias. Não quis usar a máscara do irmão? Que use agora a de Polichinelo! E ordeno que, daqui até o forte, siga numa carruagem fechada; paradas, apenas à noite e no campo; evitar que se mostre nas casas de correio. Se alguém fizer perguntas, respondam que estão conduzindo à fronteira uma senhora importante, que conspirou contra o Cardeal."

Ferrante, embaraçado pelo seu burlesco disfarce, fitava há alguns dias (através de uma grade que deixava entrar um pouco de luz no seu quarto) um cinzento anfiteatro, circundado por dunas pedregosas e o *Tweede Daphne,* ancorado na baía.

Dominava-se quando estava na presença de Biscarat, dando-lhe a entender às vezes que era Roberto, outras vezes Ferrante, de modo que os relatórios enviados a Mazarino gerassem perplexidade. Conseguia ouvir, de passagem, algumas conversas dos guardas e pôde entender que, nos subterrâneos do forte, estavam acorrentados os piratas.

Querendo vingar em Roberto uma falta que não havia cometido, atormentava-se para descobrir o modo pelo qual poderia insuflar uma revolta; libertar aqueles patifes; tomar posse do navio e seguir os rastros de Roberto. Sabia por onde começar: em Amsterdã, onde encontraria os espiões que lhe diriam alguma coisa sobre o destino do *Amarilli.* Conseguiria alcançá-lo; descobriria o segredo de Roberto; faria desaparecer no mar aquele seu duplo importuno; estaria em condições de vender ao Cardeal alguma coisa de altíssimo valor.

Ou talvez não, uma vez descoberto o segredo, poderia decidir vendê-lo a outrem. E por que vendê-lo, afinal? Pelo que sabia, o segredo de Roberto poderia dizer respeito ao mapa de uma ilha do tesouro, ou mesmo ao segredo dos Alumbrados e dos Rosa-Cruzes, dos quais se falava há vinte anos. Teria desfrutado a revelação em seu próprio benefício; não precisaria mais espionar para um senhor; teria espiões ao seu próprio serviço. Tendo conquistado riqueza e poder, não só o nome ancestral da família, mas a própria Senhora seria sua.

Evidente que Ferrante, em meio a tantos dissabores, não era capaz de um amor verdadeiro, mas, dizia Roberto a si mesmo, existem pessoas que não se enamorariam jamais se não tivessem ouvido falar a respeito do amor. Talvez Ferrante tivesse encontrado um romance na sua cela e, depois de o ter lido, convencera-se de que devia amar para sentir-se longe dali.

Talvez, no decorrer daquele primeiro encontro, ela houvesse dado a Ferrante o seu pente, em sinal de amor. E agora Ferrante a estava beijando, e beijando-a, naufragava esquecido no golfo de cujo ebúrneo rostro havia sulcado as ondas.

Quem sabe, talvez, mesmo um traquina daquela espécie fosse capaz de ceder à lembrança daquele rosto... Roberto, agora, via Ferrante sentado na escuridão diante do espelho que, para quem estava a seu lado, refletia apenas a vela colocada à frente. Contemplando duas mechas, uma sendo a imitação da outra, o olhar se fixa, a mente se apaixona, surgem visões. Deslocando levemente a cabeça, Ferrante via Lilia: o rosto de cera virgem, tão mádido de luz que absorvia todos os raios e deixava fluir os cabelos louros, como se fossem uma escura massa, formando um coque; o peito levemente visível sob uma delicada veste decotada.

Ferrante, além disso (finalmente!, exultava Roberto), queria tirar muito proveito da vaidade de um sonho, colocava-se exasperado, diante do espelho e percebia apenas atrás da vela refletida a alfarroba que lhe envergonhava o rosto.

Animal impaciente por ter perdido uma dádiva imerecida, voltava a apalpar, sórdido, o pente de Lilia; mas, agora, na fumaça das sobras da vela, aquele objeto (que para Roberto seria a mais adorável das relíquias) aparecia-lhe como uma boca dentada pronta para morder o seu desânimo.

32
O Horto das Delícias

À ideia de Ferrante fechado naquela ilha, olhando um *Tweede Daphne* que não teria jamais alcançado, separado da Senhora, Roberto experimentava, concedamos-lhe, uma satisfação repreensível, mas compreensível, não isenta de uma certa satisfação de narrador, pois — com bela antimetábole — conseguira também aprisionar seu adversário num assédio especularmente diverso do próprio.

Tu, daquela tua ilha, com a tua máscara de couro, não alcançarás nunca o navio. Eu, ao contrário, do navio, com a minha máscara de vidro, estou prestes a alcançar a minha Ilha. Assim (lhe) dizia, enquanto se dispunha a tentar de novo sua viagem pela água.

Lembrava a que distância do navio se ferira e, pois, de início nadou calmamente, levando a máscara na cintura. Quando julgou ter chegado próximo à barbacã, enfiou a máscara e começou a descoberta do fundo marinho.

Por um trecho, viu somente manchas; depois, como quem chega navegando em noite nebulosa diante de uma falésia que, de repente, se perfila em face do navegador, viu a beira do abismo sobre o qual estava nadando.

Retirou a máscara, esvaziou-a, tornando a colocá-la com as mãos e, com lentos passos, foi ao encontro do espetáculo que havia apenas entrevisto.

Eram aqueles, então, os corais! Sua primeira impressão foi, a julgar por suas notas, confusa e atônita. Teve a impressão de encontrar-se num bazar de um mercador de tecidos, que drapeava, diante de seus olhos, cendais e tafetás; brocados, cetins, damascos, veludos e laços; franjas e retalhos; depois, estolas, pluviais, casulas, dalmáticas. Mas os tecidos moviam-se com vida própria, com a sensualidade de dançarinas orientais.

Naquela paisagem, que Roberto não sabe descrever por ser a primeira vez que a vê, e não encontra na memória imagens para traduzir em palavras, eis que repentinamente irrompe uma fileira de seres, os quais — estes sim — ele podia reconhecer, ou pelo menos comparar a alguma coisa já vista. Eram peixes que se entremeavam como estrelas cadentes no céu de agosto; mas, ao compor e combinar os tons e os desenhos de suas escamas, parecia que a natureza tivesse querido mostrar a variedade de mordentes que existe no Universo, e quantos podem estar, juntos, numa única superfície.

Havia peixes listrados de muitas cores, alguns ao longo, outros ao largo, enviesados e ondulados. Ou como que marchetados com manchas diminutas, caprichosamente ordenadas, alguns granulados, mosqueados, outros malhados, saraivados e minuciosamente pontilhados, ou atravessados por veios como o mármore.

Outros, ainda, com desenho de serpentinas, ou trançados com vários anéis; outros cravejados de esmaltes, disseminados com escudos e rosetas. E o mais belo de todos parecia totalmente envolvido por cordõezinhos, que formavam duas fileiras de uva e leite; e era um milagre que nem mesmo uma só vez descuidassem de voltar por sobre o fio que se enrolara por baixo, como se fosse o trabalho da mão de um artista.

Só, naquele momento, vendo além dos peixes, as formas coralinas que antes não pudera reconhecer, Roberto divisava pencas de bananas, cestos de migalhas de pão, cabazes de nêsperas bronzeadas, sobre as quais passavam sardões, colibris e canarinhos.

Estava sobre um jardim; não, enganara-se, agora parecia uma floresta petrificada, feita de ruínas de cogumelos; nada disso, fora enganado novamente, agora eram colinas, escarpas, dobras, despenhadeiros, cavidades e cavernas, um só resvalar de pedras vivas, sobre as quais uma vegetação não terrestre compunha-se de formas amassadas, redondas ou escamosas, que pareciam estar vestindo uma cota de granito, nodosas ou agachadas. Mas, embora diversas, eram todas estupendas em beleza e garbo, de tal modo que mesmo aquelas trabalhadas com falsa negligência, inacabadas, revelavam sua majestática rudez, e pareciam monstros, mas de grande beleza.

Ou ainda (Roberto apaga e corrige a si mesmo e não consegue relatar, como quem deve descrever pela primeira vez um círculo quadrado, uma costa plana, um ruidoso silêncio, um arco-íris noturno) aquilo que via eram arbustos de cinabre.

Talvez, à força de prender a respiração, obnubilara-se; a água que lhe invadia a máscara confundia-lhe as formas e as nuances. Pusera a cabeça de fora para encher de ar os pulmões e voltara a flutuar nas bordas da barreira, acompanhando falhas e depressões, lá onde se abriam corredores de greda, nos quais se enfiavam arlequins avinhados; enquanto isso numa escarpa via repousar, movido por lenta respiração e agitar de quelas, um camarão cristado de nata, sobre uma rede de corais (estes parecidos com aqueles que já conhecia, dispostos como o queijo de Frade Estêvão, que nunca termina).

O que via agora não era um peixe, nem tampouco uma folha; era, decerto, uma coisa viva, como duas largas fatias de matéria alvejante, bordadas de carmesins, e um leque de plumas; e onde teríamos esperado ver olhos, dois chifres de lacre balançavam.

Pólipos aleonados, que em sua lascívia vermicular revelavam o encarnado de um grande lábio central, roçavam plantações de mêntulas albinas com a glande de amaranto; peixinhos rosados e salpicados de coloração olivácea roçavam couve-flores cinéreas borrifadas de escarlate, tubérculos tigrados de ramagens negrejantes... E depois se via o fígado poroso de coloração cólquica de um grande animal, ou, talvez, um fogo de artifício de arabescos de mercúrio, hispidume de espinhas salpicadas de sanguíneo e, afinal, uma espécie de cálice de flácida madrepérola...

Aquele cálice pareceu-lhe, num certo momento, uma urna, e pensou que entre aquelas rochas estivesse inumado o cadáver do padre Caspar. Já não seria mais visível, se a ação da água o tivesse coberto desde o início com a cartilagem coralina, mas os corais, absorvendo os humores terrestres daquele corpo, haviam tomado forma de flores e frutos de jardim. Talvez, em breve, ele reconheceria o pobre velho, transformado numa criatura, até então estranha lá embaixo: a esfera da cabeça fabricada com um coco peluginoso; dois pomos secos formando as maçãs do rosto, olhos e pálpebras transformadas em dois abricós imaturos; o nariz de serralha verrugosa, como o esterco de um animal; um pouco abaixo, no lugar dos lábios, figos secos; uma beterraba com seu tronco apical no lugar do queixo; um cardo rugoso servindo de garganta; nas têmporas, dois ouriços de castanha compunham as madeixas; por orelhas, duas cascas de uma noz partida; como dedos, cenouras; de melancia, o ventre; os joelhos, de marmelo.

Como podia Roberto nutrir pensamentos tão funestos de forma tão grotesca? De outra e melhor maneira, os despojos do pobre amigo teriam proclamado naquele lugar seu fatídico "Et in Arcadia ego"...

Pronto, talvez sob a forma de crânio daquele coral saibroso... Aquele sósia de uma pedra pareceu-lhe já extirpado de seu álveo. Quer por piedade, como lembrança do mestre desaparecido, quer para extrair do mar pelo menos um de seus tesouros, apanhou-o e, como naquele dia vira o suficiente, levando aquela presa ao peito, voltara ao navio.

33
Mundos subterrâneos

Os corais haviam sido um desafio para Roberto. Após a descoberta de quantas invenções a Natureza fosse capaz de criar, sentia-se convidado a uma disputa. Não podia deixar Ferrante naquela prisão e a própria história pela metade; teria satisfeito o seu ódio pelo rival, mas não o seu orgulho de fabulador. Que poderia reservar para Ferrante?

Roberto tivera a ideia numa manhã em que, como soía acontecer, posicionara-se desde a aurora, para surpreender a Pomba Cor de Laranja. De manhã cedinho, o sol batia nos olhos, e Roberto tentara construir, inclusive, ao redor da lente terminal de sua luneta, uma espécie de viseira, com uma folha do diário de bordo, mas se limitava em certos momentos a ver apenas alguns clarões. Quando depois, o sol se erguera no horizonte, o mar tornava-se um espelho e duplicava todos os seus raios.

Mas, naquele dia, Roberto pusera na cabeça ter visto algo levantar-se das árvores em direção ao sol, e depois confundir-se na sua esfera luminosa. Provavelmente era uma ilusão. Qualquer outra ave, naquela luminosidade, pareceria resplandecente... Roberto estava convencido de ter visto a pomba e desiludido por ter-se enganado. E num estado de ânimo tão ancípite, sentia-se mais uma vez espoliado.

Para um ser como Roberto, chegado ao ponto de poder desfrutar, ciumento, apenas o que lhe era subtraído, bastava pouco para sonhar que, ao contrário, Ferrante tivesse tido o que lhe fora negado. Mas, como Roberto era o autor daquela história, e não queria conceder muito a Ferrante, decidiu que ele poderia relacionar-se apenas com o outro pombo, aquele verde-azul. E isso porque Roberto, desprovido de qualquer certeza, decidira de qualquer forma que, do casal, o ser laranja devia ser a fêmea, ou seja, Ela. Como na história de Ferrante, a pomba não devia constituir um fim, mas o meio de uma posse, a Ferrante, no momento, cabia o macho.

Podia uma pomba verde-azul, que voa apenas nos mares do Sul, ir pousar no peitoril daquela janela, atrás da qual Ferrante suspirava pela sua liberdade? Sim, no País dos Romances. E, depois, não podia aquela embarcação do *Tweede Daphne* ter acabado de chegar daqueles mares, mais afortunada do que sua irmã mais velha, trazendo na estiva a pomba, que agora se libertara?

Em todo o caso, Ferrante, ignorando os antípodas, não podia imaginar tais questões. Vira a pomba, de início alimentara-a com algumas migalhas de pão, por puro passatempo, depois se perguntara se não podia usá-la para os seus fins. Sabia que os pombos servem às vezes para levar mensagens: confiar, é claro, uma mensagem àquele animal não significava enviá-lo com certeza aonde ele realmente teria desejado; mas era tanto o enfado que valia a pena tentar.

A quem podia pedir ajuda, ele, que por inimizade com todos, inclusive consigo próprio, fizera apenas inimigos, e as poucas pessoas que o haviam servido eram cínicos dispostos a segui-lo apenas na boa sorte, e não, certamente, no infortúnio. Dissera: pedirei socorro à Senhora, que me ama ("mas como faz para ter tanta certeza?", perguntava, invejoso, Roberto, inventando aquela bazófia).

Biscarat deixara-lhe o necessário para escrever, no caso de que a noite lhe tivesse aconselhado, e desejasse enviar uma confissão ao Cardeal. Havia, pois, traçado num lado do papel o endereço da Senhora, acrescentando que, quem entregasse a mensagem, receberia um prêmio. Depois, no verso, declarara onde se encontrava (ouvira os carcereiros mencionarem um nome), vítima de um infame complô do Cardeal, e invocara salvação. A seguir, enrolara o papel, amarra-ra-o à pata do animal, incitando-o a levantar voo.

Para dizer a verdade, esquecera, ou quase, aquele gesto. Como podia ter pensado que a pomba azul voasse justamente para Lilia? São coisas que acontecem nas fábulas, e Ferrante não era um homem que confiasse nos contadores de fábulas. Talvez a pomba tivesse sido alvejada por um caçador, indo cair entre os ramos de uma árvore, e a mensagem estaria perdida...

Ferrante não sabia que, em vez disso, ela fora apanhada pela armadilha de um camponês, que pensara em tirar proveito daquilo que, segundo todas as evidências, era um sinal enviado para alguém, talvez para o comandante de um exército.

Ora, este camponês levara a mensagem para ser examinada pela única pessoa de sua aldeia que sabia ler, ou seja, ao cura; e este organizara tudo como se deve. Localizada a Senhora, enviara-lhe um amigo que negociasse a entrega, ganhando com isso uma generosa esmola para sua igreja e uma recompensa para o camponês. Lilia havia lido, havia chorado e se dirigira aos amigos de confiança para aconselhar-se. Tocar o coração do Cardeal? Nada mais fácil para uma mulher da corte, mas esta dama frequentava o salão de Arthénice, do qual desconfiava Mazarino. Já circulavam versos satíricos sobre o novo ministro, e alguém dizia que se originavam daqueles aposentos. Uma preciosa que vai ao Cardeal para implorar piedade em favor de um amigo, condena esse amigo a uma pena bem mais grave.

Não; era preciso reunir um punhado de homens destemidos e fazer-lhes tentar uma investida. Mas a quem recorrer?

Aqui, Roberto não sabia como prosseguir. Se ele tivesse sido mosqueteiro do Rei, ou cadete de Gasconha, Lilia poderia recorrer àqueles valorosos, famosíssimos pelo espírito de corpo. Mas quem arrisca a ira de um ministro, talvez a do Rei, por um estrangeiro que frequenta bibliotecários e astrônomos? Dos bibliotecários e astrôno-

400

mos é melhor nem falar; embora decidido ao romance, Roberto não podia pensar no Cônego de Digne, ou no senhor Gaffarel, que galopavam em disparada para a sua prisão, ou seja, para a de Ferrante, que para todos era Roberto.

Alguns dias depois, Roberto tivera uma inspiração. Deixara de lado a história de Ferrante e retomara a exploração da barbacã de coral. Naquele dia, seguira uma fila de peixes, que pareciam guerreiros rodopiantes, com uma celada amarela na cara. Eles estavam para introduzir-se numa fenda entre duas torres de pedra, onde os corais eram palácios destruídos de uma cidade submersa.

Roberto pensara que aqueles peixes vagassem entre as ruínas daquela cidade de Ys, da qual ouvira algumas histórias, e que se estenderia ainda a não muitas milhas da costa da Bretanha, lá onde as ondas haviam-na submergido. Aí está: o peixe maior era o antigo rei da cidade, acompanhado por seus dignitários, e todos cavalgavam a si próprios em busca de seu tesouro tragado pelo mar...

Mas por que pensar numa lenda antiga? Por que não considerar os peixes como habitantes de um mundo que dispõe de suas florestas, suas montanhas, suas árvores e seus vales, e nada sabem a respeito do mundo da superfície? Do mesmo modo, nós vivemos sem saber que o céu profundo esconde outros mundos, onde as pessoas não caminham e não nadam, mas voam ou navegam pelo ar; se aqueles que nós chamamos planetas são as carenas de seus navios, dos quais vemos somente o fundo luminoso, assim estes filhos de Netuno veem em cima deles a sombra de nossos galeões e os consideram como corpos etéreos, que giram em seu firmamento aquoso.

E se é possível que existam seres que vivem sob as águas, poderiam então existir seres que vivem debaixo da terra, povos de salamandras capazes de atingir, através de seus túneis, o fogo central que anima o planeta?

Refletindo desta maneira, Roberto recordara-se de um argumento de Saint-Savin: nós pensamos que seja difícil viver na superfície da Lua, julgando não existir água, mas talvez lá em cima a água exista em cavidades subterrâneas, e a natureza escavou poços na Lua que são as manchas que daqui vemos. Quem garante que os habitantes da Lua não encontram asilo naquelas cavidades para evitar a proximidade insuportável do Sol? Não viviam talvez debaixo da terra os primeiros cristãos? E assim os lunáticos vivem sempre em catacumbas, que lhes parecem domésticas.

E não significa que devam viver no escuro. Talvez existam muitíssimos furos na crosta do satélite, e o interior receba luz de milhares de respiradouros; é uma noite atravessada por feixes de luz, não diversamente do que ocorre numa igreja ou a bordo do *Daphne,* na segunda coberta. Ou então não, na superfície existam pedras fosfóricas que de dia absorvem a luz do Sol e depois a devolvem à noite, e os lunáticos apoderam-se dessas pedras a cada pôr do sol, de tal maneira que os seus túneis sejam sempre mais resplandecentes que um palácio real.

Paris, pensara Roberto. E não se sabe que, como Roma, toda a cidade é perfurada por catacumbas, onde se diz que se refugiam durante a noite os malfeitores e os mendigos?

Os Mendigos, eis a ideia para salvar Ferrante! Os Mendigos, que, como se afirma, são governados por um rei e por um complexo de leis férreas; os Mendigos: uma sociedade de gentalha sinistra, que vive de malefícios, ladroagens e malvadezas, assassinatos e exorbitâncias, imundícies, patifarias e atos hediondos, enquanto finge tirar proveito da caridade cristã!

Ideia que somente uma mulher apaixonada podia conceber! Lilia — dizia Roberto — não foi confidenciar com gente da corte ou nobres de toga, mas com a última de suas camareiras, a qual mantém uma relação impudica com um carroceiro que conhece as tabernas

nas proximidades de Notre-Dame, onde, ao pôr do sol, aparecem os pedintes que passaram o dia a pedinchar aos portais... Eis o caminho.

A sua guia a acompanha, de madrugada, à igreja de Saint-Martin--des-Champs; ergue uma pedra da pavimentação do coro; faz Lilia descer às catacumbas de Paris e caminha, à luz de um archote, em busca do Rei dos Mendigos.

Eis então Lilia, disfarçada de fidalgo, andrógino flexível que vai por túneis, escadas e gateiras, enquanto avista na escuridão, aqui e ali, prostrados em trapos e farrapos, corpos desconjuntados e rostos marcados por verrugas, bolhas, erisipelas, ronha seca, impetigens, abscessos supurados e cancros; todos caídos como pedras, com a mão esticada, não sabemos se para pedir esmola ou para dizer — com ar de camareiro — "ide, ide, nosso senhor está esperando por vós".

E o senhor deles lá estava, no centro de uma sala de mil léguas abaixo da superfície da cidade, sentado num barrilete, cercado por gatunos, trapaceiros, falsários e saltimbancos, uma caterva acostumada a todo tipo de abuso e de vício.

Como podia ser o Rei dos Mendigos? Envolto num manto rasgado; o rosto coberto de tubérculos; o nariz corroído e cheio de pus; os olhos de mármore, um verde e outro negro; o olhar de fuinha; as sobrancelhas caídas; o lábio leporino que punha à mostra os dentes afiados e salientes de um lobo; crespos os cabelos; a carnação arenosa; dedos atarracados; unhas recurvadas...

Após ouvir a Senhora, ele dissera que dispunha de um exército a seu serviço, comparado ao qual aquele do rei da França era uma guarnição de província. E de longe menos dispendioso: se aquela gente fosse remunerada com uma paga aceitável, digamos, o dobro daquilo que poderiam recolher, mendigando, no mesmo lapso de tempo, se teria deixado matar por um comitente tão generoso.

Lilia tirara de seus dedos um rubi (como sói acontecer nesses casos), perguntando com uma expressão nobilíssima: "Basta para vós."

"Basta para mim", dissera o Rei dos Mendigos, acariciando a joia com o seu olhar vulpino. "Dizei onde?" E, ao saber onde, acrescentara: "Os meus não usam cavalos ou carruagens, mas até lá pode-se chegar em barcaças, seguindo o curso do Sena."

Roberto imaginava Ferrante, enquanto se entretinha, ao pôr do sol, no torreão do fortim, com o capitão Biscarat, que de repente vira-os chegar. Assomaram inicialmente nas dunas, para depois se espalharem na direção da esplanada.

"Peregrinos de São Tiago", observara com desprezo Biscarat, "e da pior espécie, ou da mais infeliz, pois vão buscar a saúde, quando já estão com um pé na cova."

Realmente, os peregrinos, numa fila quase interminável, aproximavam-se cada vez mais da costa; percebia-se um bando de cegos com as mãos esticadas; mancos, nas suas muletas; leprosos; remelentos; chagados e escrofulosos; um ajuntamento de estropiados, coxos e vesgos, todos esfarrapados.

"Não gostaria que se aproximassem muito e buscassem abrigo para a noite", dissera Biscarat. "Acabariam trazendo apenas sujeira para as muralhas." E fizera disparar alguns tiros de mosquete para o ar, para fazê-los entender que aquele castelo era um lugar inóspito.

Mas era como se aqueles tiros tivessem servido de chamariz. Enquanto de longe sobrevinha outra gentaça, os primeiros se aproximavam cada vez mais da fortaleza e já se ouvia uma balbúrdia bestial.

"Mantende-os afastados, por Deus", gritara Biscarat, e mandara jogar pães aos pés das muralhas, como para dizer-lhes que era aquela toda a caridade do senhor do fortim, e mais não podiam esperar. Mas a imunda quadrilha crescendo a olhos vistos, empurrara a própria vanguarda ao pé das muralhas, pisando aquela dádiva e olhando para o alto como se buscasse algo melhor.

Agora podia-se divisá-los um por um, e não se pareciam absolutamente com peregrinos, nem com infelizes que pedissem consolo para as suas tinhas. Sem dúvida — dizia Biscarat preocupado — eram miseráveis, aventureiros, reunidos às pressas. Ou, pelo menos, assim pareceram ainda por pouco tempo, pois já se estava ao crepúsculo, e a esplanada e as dunas haviam-se transformado num pardacento mistifório daquela rataria.

"Às armas, às armas!", bradara Biscarat, que agora adivinhara que não se tratava de peregrinação ou mendicância, mas de um ataque. E mandara disparar alguns tiros contra os que já estavam tocando as muralhas. Mas como se se houvesse atirado sobre uma cáfila de roedores, os que vinham chegando empurravam sempre mais os primeiros, e os que caíam eram pisoteados, servindo como apoio para os que comprimiam de trás; agora, podiam ser vistos os primeiros, enquanto se agarravam com as mãos às fissuras daquela antiga fábrica, enfiando os dedos nas rachaduras; pondo os pés nos interstícios; agarrando-se aos ferros das primeiras janelas; introduzindo aqueles seus membros caquéticos nas frestas. E, enquanto isso, uma parte daquela súcia formava ondas na terra, indo de encontro ao portal.

Biscarat dera ordens para entrincheirar por dentro, mas até mesmo as tábuas mais robustas daqueles batentes começavam a estalar, por causa da pressão daquela bastardia.

Os guardas continuavam atirando, mas os poucos assaltantes que tombavam eram logo ultrapassados por uma nova multidão; nessa altura, via-se apenas um rebuliço do qual, num certo ponto, começaram a erguer-se enguias de cordas lançadas para o ar; percebeu-se que eram ganchos de ferro, e que já alguns deles se haviam enganchado nas ameias. E tão logo um guarda se debruçava um pouco para arrancar aqueles ferros cheios de garras, os primeiros que já se haviam içado atingiam-no com espetos e bastões, ou amarravam-no a cordões, fazendo-o cair, onde desaparecia na multidão daqueles horrendos endemoniados, sem que se pudesse distinguir o estertor de um do rugido dos outros.

Em pouco tempo, quem acompanhasse todo esse quadro, estando nas dunas, quase não conseguiria mais ver o fortim, mas um fervilhar de moscas sobre um cadáver, um enxamear de abelhas sobre um favo, uma sociedade de zangões.

Enquanto isso, ouvira-se, embaixo, o barulho do portão que caía e a confusão no pátio. Biscarat e seus guardas deslocaram-se para o outro lado do torreão — nem se preocupavam com Ferrante, que se ocultara no vão da porta que dava para as escadas, não muito amedrontado, e já dominado pelo pressentimento de que aqueles fossem de algum modo seus amigos.

Tais amigos, que já haviam alcançado e ultrapassado as ameias, pródigos de suas vidas, caíam diante dos últimos tiros de mosquete, superando a barreira das espadas estendidas, aterrorizando os guardas com seus olhos repugnantes, com seus rostos desfigurados. Assim, os guardas do Cardeal, antes homens de ferro, deixavam cair as armas, implorando a piedade dos Céus por aquilo que agora imaginavam ser uma camarilha infernal. Os invasores, depois de os derrubarem com golpes de bordão, atiravam-se sobre os sobreviventes, dando-lhes sopapos, queixadas, socos e bofetadas; degolavam com os dentes; esquartejavam com as garras, e esmagavam, dando vazão ao próprio fel, encarniçando-se nos cadáveres. Ferrante viu alguns daqueles abrir um peito, arrancar o coração e o devorar entre uivos fortíssimos.

Último sobrevivente, restava Biscarat, que lutara como um leão. Vendo-se agora vencido, pusera-se com as costas contra o parapeito, assinalando com a espada ensanguentada uma linha no terreno, e gritara: "Icy mourra Biscarat, seul de ceux qui sont avec luy!"

Mas, naquele instante, um zarolho da perna de pau, que brandia um machado, emergira da escada, fizera um aceno e pusera fim àquele açougue, ordenando que amarrassem Biscarat. Depois, avistara Ferrante, reconhecendo-o justamente pela máscara que deveria torná-lo irreconhecível, cumprimentara-o como se quisesse limpar o solo com a pluma de um chapéu e lhe dissera: "Senhor, estais livre."

Retirara da casaca uma mensagem, com um sinete que Ferrante reconhecera de pronto, e lha entregara.

Era ela, que o aconselhava a dispor daquele exército horrendo, embora fiel, e esperá-la exatamente ali, aonde chegaria na alvorada.

Ferrante, depois de se livrar da sua máscara, como primeiro gesto, libertara os piratas, e firmara com eles um pacto. Tratava-se de retomar o navio e velejar, sob suas ordens e sem fazer perguntas. Recompensa, a parte de um tesouro tão vasto como o caldeirão do Altopascio. Como era de seu caráter, Ferrante não nutria absolutamente intenções de manter a palavra. Quando encontrasse Roberto, bastaria denunciar a própria tripulação no primeiro porto, e seriam todos enforcados, apoderando-se ele do navio.

Dos mendigos não mais precisava, e o seu chefe, que era um homem leal, disse-lhe que já havia recebido a sua recompensa por aquela empreitada. Queria deixar aquela zona quanto antes. Dispersaram-se pelo interior e retornaram a Paris, esmolando de povoado em povoado.

Foi fácil subir para uma embarcação, guardada no dique do forte, chegar ao navio e atirar ao mar os dois únicos homens que a defendiam. Biscarat foi acorrentado na estiva, visto ser um refém com que se poderia negociar. Ferrante concedeu-se um breve descanso, voltou ao porto antes da alvorada, a tempo de acolher uma carruagem, da qual descera Lilia, mais bela do que nunca em seu penteado viril.

Roberto julgou que seria para ele um suplício maior ao pensar que se haviam cumprimentado com respeito, sem se traírem diante dos piratas, os quais deviam acreditar que estavam embarcando um jovem fidalgo.

Foram para bordo; Ferrante certificara-se de que tudo estivesse em ordem para zarpar e, após levantar âncora, desceu ao quarto que havia preparado para o hóspede.

Ali ela o esperava, com olhos que só pediam para serem amados, no esplêndido desalinho de seus cabelos, agora soltos nos ombros, pronta ao mais alegre dos sacrifícios. Ó cabelos errantes, cabelos dourados e adorados, cabelos enovelados, que voais e brincais e brincando vagais — Roberto morria de amores no lugar de Ferrante...

Os seus rostos se aproximaram para recolher as searas de beijos de uma antiga semente de suspiros e, naquele breve instante, Roberto alcançou, com o pensamento, os lábios rosa-encarnado. Ferrante beijava Lilia, e Roberto se imaginava no ato e no frêmito de morder aquele verdadeiro coral. Mas, naquela altura, sentia que ela lhe escapava como um sopro de vento, perdia o êxtase que acreditara sentir num breve instante, e a surpreendia gélida num espelho, em outros braços, num tálamo distante, num outro navio.

Para proteger os amantes, fizera descer uma pequena cortina de avara transparência, e aqueles corpos, agora despidos, eram livros de solar necromancia, cujos acentos sagrados se revelavam em dois sóis eleitos, que silabavam reciprocamente boca a boca.

O navio se afastava velozmente. Ferrante vencia. Ela amava nele, Roberto, em cujo coração estas imagens caíam como faísca num feixe de ramos secos.

34
Monólogo sobre a pluralidade dos mundos

Estaremos lembrados — assim espero, porque Roberto havia tomado dos romancistas de seu século o costume de contar tantas histórias ao mesmo tempo que, num determinado ponto, é difícil retomar o fio da meada — que, quando de sua primeira visita ao mundo dos corais, nosso herói trouxera o "sósia de uma pedra", que lhe parecera um crânio, talvez o do padre Caspar.

Agora, para esquecer os amores de Lilia e de Ferrante, estava sentado no convés ao pôr do sol, contemplando aquele objeto e estudando-lhe a composição.

Não se parecia com um crânio. Era antes um alvéolo mineral composto de polígonos irregulares, mas os polígonos não eram as unidades elementares daquele composto; cada polígono mostrava no próprio centro uma simetria radial de fios finíssimos, entre os quais surgiam — aguçando mais o olhar — interstícios que formavam ainda outros polígonos; se o olhar pudesse penetrar além, teria talvez percebido que os lados daqueles pequenos polígonos eram feitos de outros polígonos ainda menores, até que — dividindo as partes em partes de partes — chegássemos ao momento em que nos deveríamos deter diante daquelas partículas não mais indivisíveis, que são os átomos. Mas Roberto não sabia até que ponto a matéria podia ser dividida, não estando claro para ele até onde seu olhar — não sendo infelizmente o de um lince, pois não possuía aquela lente com a qual Caspar soubera distinguir até mesmo os animálculos da peste — poderia ter descido em abismo, continuando a encontrar novas formas dentro das formas intuídas.

Também a cabeça do abade, como bradara Saint-Savin naquela noite durante o duelo, podia ser um mundo para os seus piolhos. Oh! diante daquelas palavras, Roberto chegara a pensar no mundo em que viviam, felicíssimos insetos, os piolhos de Ana Maria (ou Francesca) Novarese! Contudo, uma vez que também os piolhos não são átomos, mas universos intermináveis para os átomos que os compõem, talvez dentro do corpo de um piolho existam ainda outros animais menores que vivem como num mundo espaçoso. E, talvez, a minha própria carne — pensava Roberto — e o meu próprio sangue não sejam senão compostos de pequeníssimos animais, que, ao moverem-se, me emprestam o movimento, deixando-se conduzir pela minha vontade, que lhes serve de cocheiro. E meus animais estão certamente perguntando para onde eu os levo agora, submetendo-os à alternância do frescor marinho e dos ardores solares; e, atônitos, nessas idas e vindas de climas instáveis, estão mais do que eu incertos do próprio destino.

E se num espaço igualmente ilimitado se percebessem jogados outros animais, mais minúsculos ainda, que vivem no universo daqueles, dos quais falei há pouco?

Por que não deveria pensar nisso? Apenas porque nada soube antes a tal respeito? Como me diziam meus amigos em Paris, quem estivesse na torre de Notre-Dame, e olhasse de longe o subúrbio de Saint-Denis, não poderia jamais pensar que aquela mancha incerta fosse habitada por seres parecidos conosco. Nós vemos Júpiter, que é enorme; mas de Júpiter não nos veem e não podem sequer pensar na nossa existência. E até ontem teria eu jamais suspeitado que debaixo do mar — não em um planeta distante, ou numa gota d'água, mas numa outra parte de nosso mesmo Universo — existisse um Outro Mundo?

Por outro lado, que sabia eu, poucos meses atrás, acerca da Terra Austral? Teria dito que era uma fantasia dos geógrafos heréticos; e quem sabe se nessas ilhas em tempos idos não tenham queimado algum filósofo, que sustentava guturalmente a existência de Monferrato e da França. Contudo, aqui estou, e é forçoso admitir que os Antípodas existem, e que, contrariamente à opinião de homens outrora sapientíssimos, eu não caminho de cabeça para baixo. Simplesmente os habitantes deste mundo ocupam a popa, e nós a proa da mesma embarcação, na qual, sem saber nada uns dos outros, estamos todos a bordo.

Do mesmo modo, a arte de voar é ainda desconhecida, mas, mesmo assim — se dermos crédito a um certo senhor Godwin, do qual me falava o doutor d'Igby —, um dia iremos à Lua, como fomos à América, ainda que antes de Colombo ninguém suspeitasse a existência daquele continente, e muito menos que um dia se chamaria assim.

O pôr do sol dera lugar à tardinha, e depois à noite. A Lua, Roberto a via agora cheia no céu, e podia avistar as manchas que as crianças e os ignorantes imaginam ser os olhos e a boca de um rosto pacífico.

Para provocar padre Caspar (em que mundo, em qual planeta dos justos estava agora o querido ancião?), Roberto falara-lhe dos habitantes da Lua. Mas pode a Lua ser realmente habitada? Por que não? Era como Saint-Denis: que sabem os humanos do mundo que pode existir lá em cima?

Roberto argumentava: se estivesse na Lua e atirasse uma pedra para cima, ela cairia por acaso na Terra? Não; cairia de novo na Lua. Portanto a Lua, como qualquer outro planeta ou estrela, é um universo que possui um próprio centro e uma circunferência próprios, e esse centro atrai todos os corpos que vivem na esfera do império daquele mundo. Como acontece na Terra. Mas então por que não poderia também acontecer na Lua tudo o que acontece na Terra?

Há uma atmosfera que envolve a Lua. No Domingo de Ramos, faz quarenta anos, não foram vistas, segundo me disseram, nuvens na Lua? Não ocorre naquele planeta uma grande trepidação na iminência de um eclipse? E o que é isso senão a prova da existência de ar na Lua? Os planetas exalam vapores, e também as estrelas; que são, afinal, as manchas que dizem existir no Sol, das quais nascem as estrelas cadentes?

E na Lua certamente existe água. Como explicar de outra forma suas manchas, senão como a imagem de lagos (alguém sugeriu serem tais lagos artificiais, obra quase humana, de tão bem desenhados e distribuídos com a mesma distância)? Por outro lado, se a Lua tivesse sido concebida somente como um grande espelho para refletir na Terra a luz do Sol, por que o Criador teria sujado aquele espelho de manchas? Logo, as manchas não são imperfeições, mas perfeições, e, portanto, pântanos, lagos ou mares... E se lá houver água, haverá ar, haverá vida. Uma vida talvez diferente da nossa. Talvez aquela água tenha o gosto (sei lá?) de alcaçuz, de cardamomo ou de pimenta. Se existem infinitos mundos, essa é a prova do infinito engenho do Engenheiro do nosso Universo, mas então não há limite para esse Poeta. Ele pode ter criado em toda a parte mundos habitados, mas por criaturas sempre diversas. Talvez os habitantes do Sol serão mais solares, claros e iluminados que os da Terra, os quais são pesados de matéria, e os habitantes da Lua estarão a meio caminho. No Sol vivem seres apenas forma, ou Ato, como se queira; na Terra, seres feitos de meras potências em mudança e na Lua eles estão *in medio fluctuantes*, como para dizer bastante lunáticos...

Poderemos viver no ar da Lua? Talvez não, teríamos vertigens. Por outro lado, os peixes não podem viver no nosso ar, nem os pássaros no dos peixes. Aquele ar deve ser mais puro do que o nosso e, como o nosso, por causa de sua densidade, funciona como se fosse uma lente natural, que filtra os raios do sol; os selenitas verão o sol com uma outra aparência. A alvorada e a véspera, que nos iluminam quando o sol ainda não chegou ou quando já se foi, são uma dádiva de nosso ar, o qual, rico de impurezas, acaba por capturá-las, transmitindo, pois, a luz; é uma luz que não deveríamos ter e que nos é dada em abundância. Mas, assim fazendo, aqueles raios preparam-nos paulatinamente para a aquisição e a perda do Sol. Na Lua, talvez, existindo um ar mais rarefeito, os dias e as noites cheguem de repente. O Sol levanta-se de repente no horizonte, como o abrir de uma cortina. Depois, passada a maior resplandecência, desaba repentinamente a escuridão mais betuminosa. Na Lua faltará o arco-íris, que é um efeito dos vapores misturados com o ar. Mas, talvez pelas mesmas razões, não conheça chuvas, relâmpagos e trovões.

E como serão os habitantes dos planetas mais próximos do Sol? Fogosos como os mouros, mas bem mais espirituais do que nós. Com que grandeza verão o Sol? Como podem suportar toda a sua luz? E os metais, quem sabe, fundem-se *in natura* e correm como rios?

Mas existirão realmente mundos infinitos? Uma questão desse gênero provocaria um duelo em Paris. O Cônego de Digne dizia não saber. Isto é, o estudo da física inclinava-o a dizer que sim, na companhia do grande Epicuro. O mundo só pode ser infinito. Átomos que se aglomeram no vazio. Que os corpos existam, atesta-nos a sensação. Que o vazio exista, atesta-o a razão. Como e onde poder-se-iam mover os átomos, se assim não fosse? Se não existisse o vazio não haveria movimento, a menos que os corpos pudessem penetrar uns nos outros. Seria ridículo pensar que, quando uma mosca empurra com a asa uma partícula de ar, esta partícula desloca uma outra à sua frente, e esta uma outra ainda, de tal modo que a agitação da patinha de uma pulga, de tanto deslocar, produziria uma protuberância no outro lado do mundo!

Por outro lado, se o vazio fosse infinito, e o número dos átomos finito, estes últimos não cessariam de mover-se por toda a parte, não se chocariam jamais entre si (como duas pessoas jamais se encontrariam, senão por impensável acaso, quando se movessem em roda por um deserto sem fim), e não produziriam seus compostos. E se o vazio fosse finito, e os corpos infinitos, aquele não teria lugar para os conter.

Naturalmente, bastaria pensar num vazio finito habitado por átomos em número finito. O Cônego me dizia que essa é a opinião mais prudente. Por que desejar que Deus seja obrigado, como um diretor de teatro, a produzir infinitos espetáculos? Ele manifesta sua liberdade, eternamente, por meio da criação e da manutenção de um só mundo. Não existem argumentos contra a pluralidade dos mundos, mas não existem nem mesmo a seu favor. Deus, que é anterior ao mundo, criou um número suficiente de átomos, num espaço suficientemente amplo, para compor a própria obra-prima. De sua infinita perfeição também faz parte o Gênio do Limite.

Para ver se e quantos mundos existem numa coisa morta, Roberto fora ao pequeno museu do *Daphne* e pusera no convés, diante de si como tantos astrágalos, todas as coisas mortas que havia encontrado: seixos, fósseis, lascas; mexia os olhos de um lado para outro, continuando a refletir casualmente no Acaso e seus casos.

Mas quem me diz (dizia) que Deus tende ao limite, se a experiência me revela continuamente outros e novos mundos, tanto em cima como embaixo? Poderia ser então que não Deus, mas o mundo seja eterno e infinito, e sempre assim será, numa infinita recomposição de átomos infinitos num vazio infinito, segundo algumas leis que ainda ignoro; por imprevisíveis mas regulares desvios dos átomos, que, do contrário, caminhariam desvairadamente. E o mundo, então, seria Deus. Deus nasceria da eternidade como de um universo sem praias, e eu seria submetido à sua lei, sem saber qual seja.

Tolo, dizem alguns: podes falar da infinidade de Deus porque não és obrigado a imaginá-la com a tua mente, mas apenas a acreditar, como se acredita num mistério. Mas se queres falar de filosofia natural, terás de imaginar esse mundo infinito, e não o consegues.

Talvez. Mas vamos pensar, então, que o mundo seja finito e cheio. Procuremos imaginar o nada que existe além dos confins do mundo. Quando pensamos naquele nada, podemos imaginá-lo talvez como um vento? Não, porque deveria ser realmente nada, nem mesmo vento. É concebível em termos de filosofia natural — não de fé — um nada interminável? É muito mais difícil imaginar um mundo sem limites, assim como os poetas conseguem imaginar homens de chifres ou peixes bicaudados, por composição de partes já conhecidas: basta acrescentar ao mundo, ali onde acreditamos terminar, outras partes (uma extensão feita ainda e sempre de água e terra, astros e céus) semelhantes àquelas que já conhecemos. Ilimitadas.

Pois se o mundo fosse finito, mas o nada, enquanto é nada, não pudesse ser, que restaria além dos confins do mundo? O vazio. E eis que para negar o infinito afirmaríamos o vazio, que não pode ser senão infinito, caso contrário, quando terminasse, deveríamos repensar uma nova e impensável extensão de nada. E, então, é melhor pensar logo e livremente no vazio, e povoá-lo de átomos, e não pensá-lo como vazio, porque mais vazio não é possível.

Roberto estava desfrutando um grande privilégio, que dava sentido à sua desventura. Assim, obtinha a prova incontestável da existência de outros céus e, ao mesmo tempo, sem ter de subir além das esferas celestes, imaginava diversos mundos num coral. Era preciso calcular quantas figuras os átomos do Universo podiam compor — e queimar na fogueira os que diziam não ser infinito o seu número — quando bastaria meditar durante anos num daqueles objetos marinhos para entender como o desvio de um único átomo, desejado por Deus ou estimulado pelo Acaso, podia dar vida a insuspeitas Vias-Lácteas?

A Redenção? Um falso argumento — protestava Roberto, que não queria ter problemas com os próximos jesuítas que viesse a encontrar —, ou melhor, argumento de quem não sabe pensar a onipotência do Senhor. Quem pode excluir, no plano da Criação, que o pecado original tenha ocorrido ao mesmo tempo em todos os universos, de maneiras diversas e inopinadas — e, todavia, no tempo e no modo instantâneos; e que Cristo tenha morrido na cruz para todos, para os selenitas, os sirianos e os coralinos, que viviam nas moléculas dessa pedra perfurada, quando ainda era vida?

Em verdade, Roberto não estava convencido por seus argumentos; preparava um prato com demasiados ingredientes, isto é, condensava num único raciocínio coisas ouvidas em vários lugares — e não era tão despreparado para não se dar conta. Por isso, após ter derrotado um possível adversário, dava-lhe de volta a palavra e se identificava com as suas objeções.

Certa vez, a propósito do vazio, padre Caspar fizera-o ficar em silêncio com um silogismo ao qual não soubera responder: o vazio é não ser, mas o não ser não é; ergo, o vazio não é. O argumento era bom, porque negava o vazio embora admitindo que pudéssemos pensá-lo. Podemos, realmente, pensar em coisas que não existem. Pode uma quimera que murmura no vazio nutrir segundas intenções? Não, porque a quimera não existe; no vazio não se ouvem murmúrios; as segundas intenções são coisas mentais e não nos alimentamos com uma pera pensada. E, todavia, penso numa quimera, mesmo sendo quimérica, isto é, não sendo. E assim com o vazio.

Roberto lembrava-se da resposta de um rapaz de dezenove anos, que um dia, em Paris, fora convidado para uma reunião de seus amigos filósofos, porque se dizia que estivesse projetando uma máquina capaz de fazer cálculos aritméticos. Roberto não entendera bem como devia funcionar a máquina e julgara aquele rapaz (talvez por acrimônia) muito pálido, muito triste e muito presunçoso para sua idade; ao passo que seus amigos libertinos lhe estavam ensinando que se podia ser sábio de maneira divertida. E tampouco tolerara que, ao discutirem sobre o vazio, aquele jovem desejasse manifestar a sua opinião e com uma certa impudência: "Falou-se muito do vazio até aqui. Agora, é preciso demonstrá-lo por meio da experiência." E falava como se aquele dever lhe coubesse um dia.

Roberto perguntara-lhe em quais experiências estava pensando, e o rapaz lhe dissera ainda não saber. Roberto, para humilhá-lo, propusera-lhe todas as objeções filosóficas das quais estava a par: se o vazio existisse, não seria matéria (que é maciça); não seria espírito, porque não se pode conceber um espírito que seja vazio; não seria Deus, porque seria privado até de si mesmo; não seria substância, nem acidente; transmitiria a luz, sem ser hialino... Que seria então?

O rapaz respondera com humilde arrogância, mantendo os olhos baixos: "Seria, talvez, alguma coisa a meio caminho entre a matéria e o nada, e não participaria nem de uma nem de outra. Diferiria do nada pela sua dimensão; da matéria, pela sua imobilidade. Seria um quase não ser. Não suposição, não abstração. Seria. Seria (como poderia dizer?) um fato. Puro e simples."

"Que é um fato puro e simples, desprovido de qualquer determinação?", perguntara com jactância escolástica Roberto que, ademais, sobre o assunto não possuía juízos preconcebidos e desejava, ele também, ostentar conhecimento.

"Não sei definir aquilo que é puro e simples", respondera o jovem. "Por outro lado, senhor, como definiríeis o ser? Para defini-lo, seria preciso dizer que é alguma coisa. Portanto, para definir o ser já é preciso dizer que *é*, e usar assim na definição o termo a ser definido. Acredito que existam termos impossíveis de serem definidos e talvez o vazio seja um deles. Mas talvez me engane."

"Não estais enganado. O vazio é como o tempo", comentara um dos amigos libertinos de Roberto. "O tempo não é um número do movimento, porque é o movimento que depende do tempo, e não vice-versa; é infinito, incriado, contínuo; não é um acidente do espaço... O tempo é, e basta. O espaço é, e basta. O vazio é, e basta."

Alguém protestara, dizendo que uma coisa que é, e basta, sem possuir uma essência definível, é como se não fosse. "Senhores", dissera, então, o cônego de Digne, "é verdade: o espaço e o tempo não são nem corpo nem espírito, são imateriais; se quiserdes, mas isso não quer dizer que não sejam reais. Não são acidentes e não são substâncias; contudo, vieram antes da Criação, antes de qualquer substância e de qualquer acidente, e existirão também após a destruição de toda substância. São inalteráveis e invariáveis, qualquer coisa que possais introduzir."

"Mas", objetara Roberto, "o espaço é extenso, e a extensão é uma propriedade dos corpos..."

"Não", rebatera o amigo libertino, "o fato de todos os corpos serem extensos não significa que tudo o que é extenso seja corpo — como queria aquele senhor, o qual não se dignaria responder-me, pois parece que não deseja mais voltar da Holanda. A extensão é a disposição de tudo aquilo que existe. O espaço é extensão absoluta, eterna, infinita, incriada, inconscritível, incircunscrita. Como o tempo, é sem ocaso, incessível, indissolúvel; é uma fênix árabe, uma serpente que morde a própria cauda..."

"Senhor", dissera o Cônego, "não vamos colocar, todavia, o espaço no lugar de Deus..."

"Senhor", respondera-lhe o libertino, "não podeis sugerir-nos ideias que todos consideramos verdadeiras, e depois pretender que não continuemos a tirar delas as últimas consequências. Suspeito que a essa altura não precisemos mais de Deus nem de sua infinidade, pois dispomos de muitos infinitos por todos os lados, que nos reconduzem a uma sombra que dura um só instante, sem retorno. E então proponho esquecer todo temor e irmos todos à taberna."

O Cônego, sacudindo a cabeça, despedira-se. E também o jovem, que parecia muito abalado com toda aquela discussão, de cabeça baixa, desculpara-se e pedira licença para voltar para casa.

"Pobre rapaz", dissera o libertino, "ele constrói máquinas para contar o finito, e nós o assustamos com o silêncio eterno dos muitos infinitos. *Voilà*, eis o fim de uma bela vocação."

"Não aguentará o golpe", dissera um outro dos pirronianos, "procurará estar em paz com o mundo e acabará entre os jesuítas!"

Roberto agora pensava naquele diálogo. O vazio e o espaço eram como o tempo; e o tempo como o vazio e o espaço; e não era, portanto, pensável que, assim como existem espaços siderais, onde a nossa Terra aparece como uma formiga e espaços como os mundos do coral (formigas do nosso Universo) — e, todavia, todos um dentro do outro, assim não existiriam universos submetidos a tempos diferentes? Já não se afirmou que, em Júpiter, um dia dura um ano? Devem, pois, existir universos que vivem e morrem no espaço de um instante, ou sobrevivem além de toda a nossa capacidade de calcular as dinastias chinesas e o tempo do Dilúvio. Universos onde todos os movimentos e a resposta aos movimentos não tomem os tempos das horas e dos minutos, mas o dos milênios; outros onde os planetas nascem e morrem num piscar de olhos.

Não existia, talvez, não muito longe de lá, um lugar onde o tempo era ontem?

Talvez ele já tivesse entrado num desses universos onde, a partir do momento em que um átomo de água começara a corroer a casca de um coral morto, e este, por sua vez, começara lentamente a esmigalhar-se, haviam transcorrido tantos anos quantos os do nascimento de Adão até a Redenção. E não estava vivendo ele o próprio amor nesse tempo, onde Lilia e a Pomba Cor de Laranja se haviam transformado em alguma coisa para cuja conquista dispunha agora do tédio dos séculos? Não se estava preparando, talvez, para viver num infinito futuro?

A tantas e tais reflexões era levado um jovem fidalgo que recentemente descobrira os corais... E quem sabe aonde teria chegado se tivesse tido o espírito de um verdadeiro filósofo? Mas Roberto não era um filósofo, mas um amante infeliz, que acabara de emergir de uma viagem, ainda não coroada pelo sucesso, na direção de uma Ilha que lhe escapava nas álgidas brumas do dia anterior.

Era, porém, um amante que, embora educado em Paris, não esquecera sua vida no campo. Por isso, acabou concluindo que o tempo no qual estava pensando podia esticar-se de mil maneiras como a farinha amassada com gemas de ovos, e como faziam as mulheres na Griva. Não sei por que lhe ocorreu tal semelhança — talvez o muito pensar estimulara-lhe o apetite ou, então, ele, também assustado pelo silêncio eterno de todos aqueles infinitos, quisesse estar de volta a casa, na cozinha materna. Mas bastou-lhe pouco para passar às lembranças de outras guloseimas.

Havia ali pastéis recheados com passarinhos, lebres e faisões, quase como se quisesse dizer que podem existir tantos mundos um perto do outro ou um dentro do outro. Mas sua mãe preparava também aquelas tortas que diziam ser à moda alemã, com diversas camadas ou extratos de fruta, recheadas com manteiga, açúcar e canela. E daquela ideia passara a inventar uma torta salgada, na qual, entre as várias camadas de massa, introduzia uma fatia de presunto, ovos cozidos, cortados em pequenas fatias, ou verdura. E isso fazia Roberto pensar que o Universo podia ser um tabuleiro, onde se cozinhavam ao mesmo tempo histórias diversas, cada qual no seu tempo, todas quem sabe com as mesmas personagens. E do mesmo modo que, na torta, os ovos que estão embaixo nada sabem a respeito do que acontece com os seus confrades, que estão além da camada de massa ou com o presunto que também está em cima; assim, numa camada do Universo, um Roberto não sabia dizer o que o outro estava fazendo.

De acordo, essa não é uma bela maneira de pensar, e ainda por cima com a barriga. Mas é evidente que ele já tinha na cabeça o ponto aonde queria chegar: naquele mesmo momento, tantos diferentes robertos poderiam fazer coisas diferentes e sob diferentes nomes.

Talvez até sob o nome de Ferrante. E então, aquela que ele acreditava ser a história que inventava sobre o irmão inimigo não era talvez a obscura percepção de um mundo no qual com ele, Roberto, estavam acontecendo outros episódios diferentes dos que estava vivendo naquele tempo e naquele mundo?

Ora vamos, dizia a si mesmo, certamente gostarias de ter vivido o que viveu Ferrante quando o *Tweede Daphne* içou as velas ao vento. Mas isso, como sabemos, porque existem — como dizia Saint-Savin — pensamentos nos quais absolutamente não pensamos, que impressionam o coração sem que o coração (nem tampouco a mente) se aperceba; é inevitável que alguns desses pensamentos — que, às vezes, nada mais são do que vontades obscuras, e nem mesmo tão obscuras — se introduzam no universo de um Romance, que acreditas conceber pelo gosto de pôr em cena os pensamentos dos outros... Mas eu sou eu, e Ferrante é Ferrante, e agora vou demonstrá-lo para mim mesmo, fazendo-lhe viver aventuras das quais eu não poderia ser jamais o protagonista; e que, se num universo se desenrolam, é no da Fantasia, universo que não é paralelo a nenhum outro.

E deu-se por satisfeito, naquela noite: esqueceu os corais, para conceber uma aventura que o teria, estranhamente, uma vez mais, conduzido à mais torturante das delícias, ao mais prelibado dos sofrimentos.

35
A consolação dos navegantes

Ferrante contara a Lilia, disposta a acreditar em toda falsidade que viesse daqueles lábios amados, uma história quase verdadeira, com exceção de que ele representava o papel de Roberto, e Roberto o dele; e a convencera a se desfazer de todas as joias do pequeno cofre que ela trouxera consigo para encontrar o usurpador e arrancar-lhe um documento de capital importância para os destinos do Estado; Roberto o havia arrancado de Ferrante, e com a devolução desse documento, Ferrante poderia obter o perdão do Cardeal.

Após a fuga da costa francesa, a primeira parada do *Tweede Daphne* fora em Amsterdã. Lá, Ferrante poderia encontrar, na qualidade de duplo espião que era, quem lhe revelasse alguma informação a respeito do *Amarilli*. O que quer que tivesse sabido, alguns dias depois estava em Londres para procurar alguém. E o homem em quem confiava só podia ser um pérfido de sua mesma raça, disposto a trair aqueles pelos quais traía.

Eis Ferrante que, após ter recebido de Lilia um diamante de grande pureza, entra durante a noite num tugúrio, onde é acolhido por um ser de sexo incerto, que fora talvez um eunuco entre os turcos, com o rosto glabro e uma boca tão pequena que se poderia dizer que ele sorria movendo apenas o nariz.

O quarto onde se escondia era assustador, pela fuligem de uma pilha de ossos que queimavam em fogo mortiço. A um canto, pendia, pendurado pelos pés, um cadáver despido, cuja boca segregava um suco de coloração de urtiga numa conca de oricalco.

O eunuco reconheceu em Ferrante um irmão no crime. Ouviu a pergunta, olhou o diamante e traiu os seus patrões. Conduziu Roberto a um outro quarto, que parecia a loja de um boticário, repleta de recipientes de terra, vidro, estanho, cobre. Eram todas substâncias que podiam ser usadas por aqueles que desejavam parecer diferentes do que eram, tanto por megeras que desejassem parecer belas e jovens quanto por velhacos que desejassem mudar a aparência: cosméticos, emolientes, raízes de asfódelo, cascas de estragão e outras substâncias que adelgaçavam a pele, feitas com miolos de cervo e águas de madressilva. Havia loções para escurecer os cabelos, feitas com azinheira verde, centeio, marroio, salitre, alúmen e milefólio; ou, para mudar a cor da pele: loções de vaca, urso, jumento, camelo, cobra, coelho, baleia, alcaravão, gamo, gato do mato ou lontra. E ainda óleos para o rosto, feitos de estoraque, limão, pinhão, olmeiro, tremoço, ervilha e grão-de-bico, e uma prateleira de bexigas para fazer parecer virgens as pecadoras. Para quem quisesse seduzir alguém, havia língua de víbora, cabeças de codorniz, cérebros de burro, fava mourisca, patas de texugo, pedras de ninho de águia, corações de sebo, cravados de ferrões despedaçados, e outros objetos feitos de lama e chumbo, repugnantíssimos aos olhos.

No meio do quarto havia uma mesa, na qual se achava uma bacia coberta por um pano ensanguentado, que o eunuco apontou com ar de cumplicidade. Ferrante não entendia, e o eunuco disse-lhe que ele chegara justamente da parte de quem lhe servia. De fato, o eunuco era exatamente aquele que ferira o cão do doutor Byrd e que, todo dia, no horário combinado, temperando, na água de vitríolo, o pano embebido de sangue do animal, ou aproximando-o do fogo, transmitia ao *Amarilli* os sinais esperados por Byrd.

O eunuco contou tudo a respeito da viagem de Byrd e dos portos por onde teria passado. Ferrante, que realmente pouco ou nada sabia a respeito da questão das longitudes, não podia imaginar que Mazarino tivesse enviado Roberto àquele navio somente para descobrir alguma coisa que parecia bastante clara para ele; e concluíra que, na verdade, Roberto deveria revelar depois ao Cardeal o lugar das Ilhas de Salomão.

Considerava o *Tweede Daphne* mais veloz do que o *Amarilli*; confiava na própria sorte, pensando que alcançaria facilmente o navio de Byrd quando, após ter aportado às Ilhas, poderia facilmente surpreender a tripulação em terra, exterminá-la (incluindo Roberto) e dispor a seu bel-prazer daquela terra, da qual seria o único descobridor.

Foi o eunuco quem lhe sugeriu a maneira de proceder para não se desviar da rota: bastava ferir um outro cão, e que ele todos os dias fizesse com uma amostra do seu sangue o mesmo que fazia com o cão do *Amarilli*, e Ferrante receberia as mesmas mensagens quotidianas recebidas por Byrd.

Partirei de imediato, dissera Ferrante; e seguindo o conselho do outro, de que era preciso primeiro encontrar um cão: "Tenho um cão bem diferente a bordo", exclamara. Havia conduzido o eunuco ao navio; certificara-se de que entre a chusma estivesse o barbeiro, entendido em flebotomia e outras necessidades semelhantes. "Eu, capitão", afirmara um foragido de cem nós e mil pedaços de corda, "quando pirateávamos, cortei mais braços e pernas aos meus companheiros do que aos meus inimigos!"

Ao descer à estiva, Ferrante acorrentara Biscarat em duas traves cruzadas; depois, com as próprias mãos, usando uma espada, fizera-lhe um corte profundo no flanco. Enquanto Biscarat gemia, o eunuco recolhera o sangue que coava com um pano, guardando-o em seguida num saquinho. Depois, explicara ao barbeiro como deveria fazer para manter a chaga aberta durante todo o curso da viagem, sem que o ferido morresse, mas também sem que se curasse.

Após cometer esse novo crime, Ferrante dera ordens de desfraldar as velas para as Ilhas de Salomão.

Terminada a narração deste capítulo de seu romance, Roberto sentiu desgosto; sentia-se cansado e abatido, pela fadiga de tantas e terríveis ações.

Não quis mais imaginar a continuação e preferiu escrever uma invocação à Natureza, para que — como a mãe, que quer forçar a criança a dormir no berço, e estende por cima dela um pano, cobrindo-a com uma pequena noite — estendesse a grande noite sobre o planeta. Pediu que a noite, subtraindo todas as coisas à visão, convidasse os seus olhos a se fecharem; e que, junto com a escuridão, chegasse o silêncio; e que, assim como ao nascer do sol, leões, ursos e lobos (aos quais, como aos ladrões e aos assassinos, a luz é odiosa) correm a entocar-se entre as grutas onde encontram abrigo e liberdade, ao contrário, recolhido o sol, atrás do ocidente, se retirassem todo o estrépito e o tumulto dos pensamentos. Que, uma vez morta a luz, desfalecessem nele os espíritos que na luz se avivam, e se fizessem trégua e silêncio.

Ao soprar a lucerna, suas mãos foram iluminadas somente por um raio lunar que penetrava de fora. Levantou-se uma neblina do seu estômago ao cérebro e, tornando a cair as pálpebras, fechou-as, para que o espírito não mais se debruçasse a observar qualquer objeto que o distraísse. E dele dormiram não somente os olhos e os ouvidos, mas também as mãos e os pés — exceto o coração, que não cessa jamais.

Dorme no sono a alma também? Ai, não, ela permanece acordada; apenas se recolhe atrás de uma cortina e representa; entram em cena os fantasmas brincalhões, representando uma comédia, mas igual a uma companhia de atores bêbados ou dementes, tão desfiguradas comparecem as figuras, estranhas as roupas, indecorosos os modos, despropositadas as situações e desmedidos os discursos.

Como quando se corta em várias partes uma centopeia, e as partes libertas correm cada uma não sabendo para onde, porque com exceção da primeira, que conserva a cabeça, as outras não veem, e cada uma, como um inseto despedaçado, caminha sobre aqueles cinco ou seis pés que sobraram — e leva consigo aquele pedaço de alma que é seu. Da mesma forma, nos sonhos, vemos despontar na haste de uma flor o pescoço de um grou, terminando numa cabeça de babuíno, com quatro chifres de lesmas que deitam fogo, ou florescer no queixo de um velho uma cauda de pavão, como barba; num outro, os braços parecem videiras retorcidas, e os olhos, pequenos lumes dentro da casca de uma concha, ou o nariz como um pífaro...

Roberto, adormecido, sonhou, portanto, que a viagem de Ferrante prosseguia, mas sonhava-a somente à guisa de sonho.

Sonho revelador, eu gostaria de acrescentar. Parece quase que Roberto, após as suas meditações sobre os infinitos mundos, não quisesse mais continuar imaginando uma aventura que se desenrolava no País dos Romances, mas uma história verdadeira de um país verdadeiro, no qual ele também habitava, contando que — como a Ilha estava no pretérito — a sua história pudesse ter lugar num futuro não distante, no qual fosse realizado o seu desejo de espaços menos reduzidos do que aqueles aos quais o seu naufrágio o obrigava.

Se começara o episódio, pondo em cena um Ferrante amaneirado, um Alferes de *Ecatommiti,* concebido pelo seu ressentimento por uma ofensa jamais sofrida; agora, não suportando ver o Outro ao lado de sua Lilia, começava a tomar-lhe o lugar e, ousando recordar seus pensamentos obscuros, admitia sem rodeios que Ferrante era ele próprio.

Persuadido, afinal, de que o mundo poderia ser vivido através de infinitas paralaxes, se antes escolhera ser um olho indiscreto que perscrutava as ações de Ferrante no País dos Romances, ou num passado que fora também o seu (mas que o havia tocado de leve, sem que ele se desse conta, determinando o seu presente), agora ele, Roberto, tornava-se o olho de Ferrante. Queria desfrutar, com o adversário, os episódios que o destino deveria reservar-lhe.

Agora o navio passava pelos líquidos campos, e os piratas eram dóceis. Velando a viagem dos dois amantes, limitavam-se a descobrir monstros marinhos, e, antes de chegar à costa americana, viram um Tritão. Daquilo que era visível fora das águas, possuía forma humana (com exceção dos braços, que eram muito curtos em relação ao corpo): as mãos eram grandes, os cabelos grisalhos e densos, e trazia uma barba comprida que chegava até o estômago. Tinha olhos grandes e a pele áspera. Mal se aproximou, pareceu dócil e dirigiu-se para a rede. Mas, ao sentir que o puxavam para o navio, e antes ainda que se mostrasse abaixo do umbigo para revelar se possuía ou não uma cauda de sereia, rasgou a rede com um só golpe e desapareceu. Mais tarde foi visto banhando-se ao sol sobre um recife, mas sempre escondendo a parte inferior do corpo. Olhando o navio, mexia os braços como se estivesse aplaudindo.

Ao entrar no oceano Pacífico, chegaram a uma ilha onde os leões eram negros; as galinhas trajavam lã; as árvores floresciam apenas de noite; os peixes eram alados; os pássaros possuíam escamas; as pedras boiavam e as madeiras iam ao fundo; as borboletas resplandeciam de noite; as águas inebriavam como se fossem vinho.

Numa segunda ilha, viram um palácio fabricado de madeira podre, pintado com desagradáveis cores. Entraram e encontraram-se numa sala coberta com plumas de corvo. Em cada parede abriam-se nichos, nos quais, em vez de bustos de pedra, viam-se homúnculos, com o rosto definhado, que, por acidente da natureza, tinham nascido sem pernas.

Num trono asqueroso estava o Rei, que, com um gesto, suscitara um concerto de martelos, de trados que rangiam em lajes de pedra, de facas que estridulavam nos pratos de porcelana, a cujo som apareceram seis homens, todos pele e osso, abomináveis e de olhar oblíquo.

Diante deles, surgiram umas senhoras, tão gordas que mais não podiam ser; feita uma reverência aos seus companheiros, deram início a um baile que revelava estropiamentos e deformidades. Depois irromperam seis sicários, que pareciam ter nascido do mesmo ventre, com narizes e bocas tão grandes e costas corcundas, os quais, mais do que criaturas, eram como que mentiras da natureza.

Quando terminou a dança, não tendo ainda ouvido palavras e julgando que naquela ilha se falasse uma língua diferente da sua, os nossos viajantes tentaram fazer perguntas, usando gestos, que são uma língua universal, por meio da qual podemos comunicar-nos também com os Selvagens. Mas o homem respondeu numa língua que mais lembrava a perdida Língua dos Pássaros, feita de trinados e chilreios, e eles compreenderam como se tivessem ouvido a própria língua. Compreenderam que, ao passo que em todos os lugares a beleza era estimada, naquele palácio apreciava-se apenas a extravagância. E era o que deviam esperar que acontecesse, se continuassem a viajar por aquelas terras, onde está embaixo aquilo que alhures está no alto.

Retomada a viagem, chegaram a uma terceira ilha, que parecia deserta, e Ferrante avançou, sozinho com Lilia, para o interior. Enquanto caminhavam, ouviram uma voz que os aconselhava a fugir; aquela era a Ilha dos Homens Invisíveis. Naquele mesmo instante, muitos estavam ao seu redor, apontando para os dois visitantes, que, sem nenhum pudor, se ofereciam aos seus olhares. Para aquele povo, realmente, quem fosse olhado tornava-se prisioneiro do olhar de um outro e perdia a própria natureza, transformando-se no inverso de si próprio.

Numa quarta ilha, encontraram um homem de olhos encovados, a voz fina, o rosto que era uma só ruga, mas de coloração fresca. A barba e os cabelos eram finos como algodão, o corpo era tão contraído que se precisasse olhar para trás deveria girar sobre si mesmo por inteiro. Disse que tinha trezentos e quarenta anos, e naquele tempo havia renovado três vezes a sua juventude, tendo bebido a água da Fonte Bórica, que se encontra justamente naquela terra e prolonga a vida, mas não além dos trezentos e quarenta anos — por isso, em breve, iria morrer. E o velho aconselhou os viajantes a não procurarem a fonte: viver três vezes, tornando-se primeiro o dobro e depois o triplo de si mesmo, era causa de grandes aflições, e ao cabo não se sabia mais quem se era. Não só: viver as mesmas dores por três vezes era um tormento, mas era um grande tormento reviver também as mesmas alegrias. A alegria da vida nasce do sentimento de que, tanto faz ser gáudio ou tristeza, ambos possuem uma breve duração, e seria terrível saber que desfrutaremos uma eterna bem-aventurança.

Mas o Mundo Antípoda era belo pela sua variedade e, navegando ainda mil milhas, encontraram uma quinta ilha, que era somente um pulular de pântanos; cada habitante passava sua vida de joelhos, contemplando-se, julgando que quem não é visto é como se não existisse, e que se desviassem o olhar, cessando de verem-se refletidos na água, morreriam.

Aportaram depois a uma sexta ilha, ainda mais ao oeste, onde todos falavam incessantemente entre si, um contando ao outro o que ele desejava que o outro fosse e fizesse, e vice-versa. Aqueles ilhéus realmente podiam viver apenas se fossem narrados por outros; quando um transgressor contava outras histórias desagradáveis, obrigando-os a vivê-las, os outros não contavam mais nada a seu respeito, e assim ele morria.

Mas o problema deles era inventar para cada um uma história diferente; com efeito, se todos tivessem tido a mesma história, não poderiam mais se diferenciar uns dos outros, porque cada um de nós é aquilo que os seus atos criaram. Eis por que tinham construído uma grande roda, que denominavam Cynosura Lucensis, erguida na praça da aldeia: era formada por seis círculos concêntricos que giravam cada qual por sua própria conta. O primeiro era dividido em vinte e quatro casas ou janelas; o segundo, em trinta e seis; o terceiro, em quarenta e oito; o quarto, em sessenta; o quinto, em setenta e dois; e o sexto, em oitenta e quatro. Nas várias casas, segundo um critério que Lilia e Ferrante não tinham conseguido entender em tão breve tempo, estavam escritas ações (como ir, vir ou morrer); paixões (como odiar, amar, ou sentir frio); e depois modos, como bem e mal, tristemente ou com alegria; e tempos e lugares, como, por exemplo, na própria casa ou o mês depois.

Fazendo girar as rodas obtinham-se histórias como "foi ontem para casa e encontrou o seu inimigo que sofria, e o ajudou", ou então "viu um animal com sete cabeças e o matou". Os habitantes asseguravam que com aquela máquina podiam escrever ou pensar setecentos e vinte e dois milhões de milhões de histórias diferentes, e havia-as para dar sentido à vida de cada um, durante os próximos séculos. O que dava prazer a Roberto, porque poderia construir para si uma roda daquele tipo e continuar imaginando histórias, mesmo que tivesse permanecido no *Daphne* por dez mil anos.

Eram muitas e bizarras descobertas de terras que Roberto desejaria descobrir. Mas, num certo momento de seu devaneio, desejou para os dois amantes um lugar menos habitado para que pudessem desfrutar o seu amor.

Fê-los, assim, chegar a uma sétima e ameníssima praia, alegrada por um pequeno bosque, o qual surgia justamente à beira-mar. Atravessaram-no e se encontraram num jardim real, onde, ao longo de uma alameda, que atravessava prados decorados por canteiros, surgiam muitas fontes.

Mas Roberto, como se os dois procurassem um mais íntimo refúgio, e ele, novos sofrimentos, fez com que chegassem a um arco florido, além do qual penetraram num pequeno vale, onde balouçavam os cálamos de uma cana palustre, ao vento suave que espalhava no ar uma profusão de perfumes; de um pequeno lago, brotava luminescente um fio de águas límpidas como fieiras de pérolas.

Quis — e parece-me que a sua encenação seguisse todas as regras — que a sombra de um denso carvalho encorajasse os amantes ao ágape, e acrescentou ao lugar plátanos jubilosos, medronheiros singelos, zimbros pungentes, frágeis tamargas e tílias flexíveis, que coroavam um campo, adornado como uma tapeçaria oriental. De que podia tê-lo ornado a natureza, pintora do mundo? De violetas e narcisos.

Deixou que os dois se abandonassem, enquanto uma papoula delicada erguia a cabeça adormecida do austero esquecimento, para abeberar-se daqueles róridos suspiros. Mas, depois, preferiu que, humilhada por tanta beleza, ruborizasse de vergonha e humilhação. Como também Roberto; e deveremos dizer que lhe ia muito bem.

Para não ver mais aquilo pelo qual tanto desejaria ser visto, Roberto, com a sua morfeica onisciência, subiu para dominar toda a ilha, onde agora as fontes comentavam o milagre amoroso do qual desejavam ser prônubas.

Havia colunelas, ampolas, frascos, dos quais saía um único jato (ou muitos de muitos e pequenos respiradouros); outras possuíam no ápice uma espécie de arca, de cujas janelas fluía uma torrente, que formava, ao cair, um salgueiro duplamente chorão. Uma, como um só fusto cilíndrico, gerava, na parte mais alta, tantos cilindros menores virados em diversas direções, como se fosse uma casamata, ou fortaleza, ou um navio de guerra armado de bocas de fogo, que formavam, contudo, uma artilharia de águas.

Outras havia empenachadas, crinitas e barbadas, de tantas variedades quanto as estrelas dos Magos nos presépios, cuja cauda imitava os seus borrifos. Sobre uma delas, achava-se a estátua de um menino que com a mão esquerda sustentava um guarda-chuva, de cujas nervaturas provinham outros tantos jatos; mas com a direita o menino esticava o seu pequeno membro, e misturava numa pia de água benta a sua urina com as águas que provinham da cúpula.

Numa outra, repousava sobre um capitel um peixe de cauda muito grande que parecia ter acabado de engolir Jonas, e emanava água de sua boca e dos dois furos que se lhe abriam em cima dos olhos. E montado nele um cupido com o seu tridente. Uma fonte em forma de flor sustentava com o seu esguicho uma bola; uma outra ainda era uma árvore, cujas flores faziam cada uma girar uma esfera, dando a impressão de que tantos planetas se movessem um ao redor do outro na esfera da água. Outras havia, onde as próprias pétalas da flor eram formadas pela água que regurgitava de uma abertura contínua, bordando uma rodela, que encimava a coluna.

Para substituir o ar pela água, existiam fontes como tubos de órgão, que não emitiam sons mas sopros liquefeitos; para substituir a água pelo fogo, havia outras em forma de candelabro, onde pequenas chamas acesas no centro da coluna de sustentação projetavam luzes nas espumas que transbordavam por todos os lados.

Uma outra fonte assemelhava-se a um pavão: um tufo na cabeça, e uma ampla cauda aberta, à qual o céu fornecia as cores. Para não falar de algumas, que pareciam suportes para um preparador de perucas, e se enfeitavam com cabeleiras farfalhantes. Numa delas, um girassol abria-se numa única geada. E uma outra, ainda, possuía o próprio rosto do sol finamente esculpido, com uma série de pequenos bicos na circunferência, de tal maneira que o astro não vertia raios, mas frescor.

Noutra rodava um cilindro que ejaculava água por uma série de canais espiralados. Havia outras em forma de boca de leão, de tigre, fauces de grifo, língua de serpente, e até mesmo em forma de mulher que chorava pelos olhos e pelos seios. E, de resto, um só vomitar de faunos; regurgitar de seres alados; jorrar de cisnes; chuviscar de trombas de elefante nilíaco; efundir de ânforas alabastrinas; dessangrar-se de cornucópias.

Todas essas visões, para Roberto, eram um cair da assadeira na brasa.

Enquanto isso, no vale, os amantes, saciados agora, tiveram apenas de estender a mão e aceitar de uma pampanosa videira o dom de seus tesouros; e uma figueira, como se quisesse chorar de ternura pelo espreitado conúbio, derramou lágrimas de mel; enquanto uma amendoeira se engalanava de flores, gemia a Pomba Cor de Laranja...

Até que Roberto acordou, ensopado de suor.

"Como!", disse a si mesmo. "Eu cedi à tentação de viver pela interposição de Ferrante, mas agora percebo que é Ferrante que viveu pela interposição de mim mesmo, e enquanto eu fazia lunários, ele vivia realmente aquilo que eu lhe consenti viver!"

Para esfriar a raiva, e para ter visões que — pelo menos aquelas — eram negadas a Ferrante, pusera-se de novo em movimento de manhã cedo, amarra nos flancos e Persona Vitrea no rosto, para o seu universo de corais.

36
O homem na hora

Tendo chegado ao limite da barreira, Roberto navegava com o rosto submerso por entre aquelas eternas galerias, mas não conseguia admirar com serenidade as pedras animadas porque uma Medusa o transformara numa rocha sem vida. No sonho Roberto vira os olhares que Lilia reservara ao usurpador: se ainda em sonho aqueles olhares o inflamavam, agora na lembrança o congelavam.

Quis reapropriar-se de sua Lilia, enfiando o rosto o mais fundo possível, como se aquele abraço com o mar pudesse conferir-lhe a vitória que no sonho atribuíra a Ferrante. Ao seu espírito educado a elaborar conceitos, não custou muito esforço imaginar Lilia em todas as cadências das ondas daquele parque submerso e ver os seus lábios em cada flor, onde quisera perder-se como se fora uma abelha gulosa. Em transparentes vergéis reencontrava o negro véu que lhe recobrira o rosto nas primeiras noites e estendia a mão para levantar aquela mantilha.

Nessa ebriedade da razão, queixava-se porque os seus olhos não podiam abraçar tudo aquilo que o seu coração desejava — e, em meio aos corais buscava, da mulher amada, o bracelete, a rede dos cabelos, o brinco que lhe enternecia o lobo da orelha, os colares suntuosos que ornavam o seu pescoço de cisne.

Perdido na caçada, deixou-se atrair num dado momento por um colar que assomava numa fenda, tirou a máscara, arqueou-se, levantou com força as pernas e projetou-se até o fundo. O impulso fora excessivo, quis agarrar-se à beira de uma encosta; e foi apenas um instante antes de firmar os dedos em torno de uma pedra cheia de crostas que lhe pareceu ver o abrir de um olho gordo e sonolento. Como um clarão, lembrou-se de que o doutor Byrd falara-lhe a respeito de um Peixe-Pedra, que se esconde entre as grutas de coral para surpreender as criaturas vivas com o veneno de suas escamas.

Tarde demais: a mão tocara naquela Coisa e uma dor intensa atravessou-lhe o braço até o ombro. Com um golpe dos rins conseguira, por um milagre, não acabar com o rosto e com o peito sobre o Monstro; mas, para deter a sua inércia, tivera de golpeá-lo com a máscara. Esta quebrara-se com o choque e, em todo o caso, tivera que abandoná-la. Fazendo força com os pés sobre a rocha imediatamente abaixo, tomara um impulso que o fizera voltar à superfície, enquanto em poucos segundos conseguira ver ainda a Persona Vitrea afundar-se quem sabe onde.

A mão direita e todo o antebraço estavam inchados; o ombro adormecera; temeu desmaiar; encontrou a amarra e, com grande dificuldade, conseguiu puxá-la gradativamente, usando apenas uma das mãos. Subiu a escaleta, quase como na noite de sua chegada, sem saber como; e, como naquela noite, deixou-se cair no convés.

Mas agora o sol já estava alto. Batendo os dentes, lembrou-se de que o doutor Byrd lhe dissera que, após o encontro com o Peixe-Pedra, a maior parte não se salvara, poucos sobreviveram, e ninguém conhecia um antídoto contra aquele mal. Embora com os olhos toldados, procurou examinar a ferida: não passava de um arranhão, mas devia ter sido suficiente para fazer penetrar nas veias a mortífera substância. Perdeu os sentidos.

Quando voltou a si, a febre aumentara e sentia uma absoluta necessidade de beber. Compreendeu que naquela ponta do navio, exposto aos elementos, longe da comida e da bebida, não podia durar muito. Arrastou-se até a segunda coberta e chegou aonde o quarto das provisões confinava com o galinheiro. Bebeu avidamente um barrilete d'água, mas sentiu que o seu estômago se contraía. Desmaiou novamente, de boca para baixo no próprio vômito.

Durante uma noite agitada por sonhos funestos, atribuía os seus sofrimentos a Ferrante, que agora se confundia com o Peixe-Pedra. Por que tencionava impedir-lhe o acesso à Ilha e à Pomba? Fora por isso que começara a persegui-lo?

Via a si próprio deitado olhando, um outro si mesmo que estava sentado diante dele, junto a uma estufa, vestido com um roupão, ocupado em descobrir se as mãos com que se tocava e o corpo que sentia fossem os seus. Ele, que via o outro, sentia-se com as roupas em chamas, ao passo que quem estava vestido era o outro, e ele estava nu; e não distinguia qual dos dois estivesse vivendo na vigília e qual no sono e pensou que ambos fossem produtos de sua mente. Menos ele, porque pensava, logo existia.

O outro (mas qual?), num dado momento levantou-se, mas devia ser o Gênio Maligno que lhe estava transformando o mundo em sonho, pois já não era mais ele, mas padre Caspar. "Voltastes!", murmurara Roberto, abrindo-lhe os braços. Mas o outro não respondera nem esboçara um movimento. Olhava-o. Era padre Caspar com toda a certeza, mas como se o mar — ao trazê-lo de volta — o tivesse limpado e rejuvenescido. A barba bem-cuidada, o rosto magro e róseo como o de padre Emanuele, a batina desprovida de manchas e rasgões. Depois, sem se mover, como um ator que declamasse, numa língua impecável, na qualidade de um consumado orador, dissera com um sorriso sombrio: "É inútil que te defendas. Agora o mundo inteiro possui uma única meta, o inferno."

Continuara em voz alta, como se estivesse falando do púlpito de uma igreja: "Sim, o inferno, do qual pouco sabeis, tu e todos aqueles que contigo estão indo com seus passos apressados e suas mentes desvairadas! Acreditáveis que no inferno havíeis de encontrar espadas, punhais, rodas, navalhas, torrentes de enxofre, bebidas de chumbo líquido, águas geladas, grelhas e caldeirões, serras e maças, sovelas para escavar os olhos, tenazes para arrancar os dentes, pentes para rasgar os flancos, correntes para esmigalhar os ossos, animais que roem, aguilhões que esticam, laços que estrangulam, cavaletes, cruzes, ganchos e cutelos? Não! Tais tormentos são deveras cruéis, mas ainda concebíveis pela mente humana, pois concebemos touros de bronze, assentos de ferro ou o perfurar das unhas com caniços afiados... Acreditáveis que o inferno fosse uma barbacã feita de Peixes--Pedra. Não, outras são as penas do inferno, porque não nascem de nossa mente finita, mas da mente infinita de um Deus irado e vingativo, forçado a ostentar o seu furor e a manifestar que, como teve grande misericórdia em absolver, não tem menor justiça em castigar! Tais hão de ser as penas, que nelas possamos advertir a desigualdade que existe entre a nossa impotência e a sua onipotência!"

"Neste mundo", dizia ainda aquele mensageiro da penitência, "estais habituados a ver que para todo mal encontrou-se algum remédio; não há ferida sem o seu bálsamo, nem tóxico sem a sua teriaga. Mas não penseis que o mesmo ocorra no inferno. É bem verdade que lá são terrivelmente dolorosas as queimaduras, mas não há lenitivo para mitigá-las; ardente, a sede, mas não há água para aliviá-la; canina, a fome, mas não há comida para abrandá-la; insuportável, a vergonha, mas não há manto para cobri-la. Se houvera ali pelo menos a morte, que pusesse fim a tantos males, a morte, a morte... Mas isto é o pior, pois no inferno não podereis jamais ter a esperança de uma graça, já em si mesma tão funesta quanto aquela de serdes exterminados! Haveis de buscar a morte sob todas as suas formas, haveis de buscar a morte e não tereis jamais a ventura de encontrá-la. Morte, morte, onde estás (ireis gritando incessantemente), qual será o demônio piedoso, que no-la concederá? E entendereis então que lá não cessamos de sofrer!"

O velho, naquele ponto, fazia uma pausa, erguia as mãos para os céus, sibilando em voz baixa, quase como se confiasse um terrível segredo que não devia sair daquela nave. "Jamais terminar de sofrer? Quer dizer que havemos de penar até quando um pequeno pintassilgo, bebendo uma gota por ano, consiga secar todos os mares? Ainda mais. *In saecula*. Havemos de penar até quando um ácaro das plantas, dando uma única picada por ano, consiga devorar todos os bosques? Ainda mais. *In saecula*. Havemos de penar até quando uma formiga, dando um único passo por ano, consiga dar a volta à Terra? Ainda mais. *In saecula*. E se todo este Universo fosse um único deserto de areia, e de cada século fosse retirado um único grão, hão de cessar os nossos tormentos, quando o Universo estiver todo vazio? Também não. *In saecula*. Imaginemos que um danado, após milhões de séculos, verta duas lágrimas apenas; há de permanecer então ele a penar até que o seu pranto seja capaz de formar um dilúvio maior do que aquele no qual andou perdido outrora todo o gênero humano? Ora vamos, terminemos com isso, porque não somos crianças! Se quiserdes que vo-lo diga: *in saecula, in saecula,* hão de penar os danados, *in saecula,* que significa em séculos sem número, sem termo, sem medida."

Agora o vulto de padre Caspar assemelhava-se com aquele do carmelita da Griva. Olhava para o céu como para encontrar uma única esperança de misericórdia: "Mas Deus", dizia com voz de penitente digno de compaixão, "mas Deus não pena à vista de tantas penas? Não há de acontecer que Ele sinta um impulso de solicitude; não há de acontecer que, ao fim, Ele se manifeste para consolar-nos com o seu pranto? Ai, como sois ingênuos! Deus infelizmente mostrar-se-á; mas ainda não imaginais como! Quando erguermos os olhos veremos que Ele (deverei dizê-lo?) veremos que Ele, tendo-se tornado um Nero para nós (não por injustiça, mas por severidade), não apenas não há de querer consolar-nos ou acudir-nos ou perdoar-

-nos, mas, com prazer inconcebível, rir-se-á! Imaginai, pois, em qual desconsolação havemos nós de irromper! Nós estamos a queimar, é o que havemos de dizer, e Deus ri? Nós a queimar, e Deus a rir? Oh! Deus crudelíssimo! Por que nos não trespassas com os teus raios, em vez de insultar-nos com os teus risos? Dobra, pois, ó cruel, as nossas chamas, mas não queiras alegrar-te! Ah! riso para nós mais amargo do que o nosso pranto! Ah! felicidade mais dolorosa para nós do que os nossos tormentos! Por que não possui nosso inferno abismos para podermos fugir ao rosto de um Deus que ri? Muito nos enganou quem nos disse que a nossa punição teria sido o permanecer diante de um Deus indignado. De um Deus ridente, era preciso que se nos dissesse, de um Deus ridente... Para não ver e ouvir aquele riso havíamos de querer que precipitassem as montanhas sobre nossas cabeças, ou que a terra se abrisse debaixo de nossos pés. Mas não, porque, infelizmente, havemos de ver aquilo que nos aflige e seremos cegos e surdos em tudo, menos para quanto desejaríamos ser surdos e cegos!"

Roberto sentia o ranço da forragem galinácea nos interstícios do navio, e chegava-lhe de fora o estridor das aves do mar, que ele confundia com as risadas de Deus.

"Mas por que o inferno para mim", perguntava, "e por que para todos? Não será talvez para reservá-lo apenas a poucos que Cristo nos redimiu?"

Padre Caspar sorrira, como o Deus dos danados: "Mas quando os redimiu? Em qual planeta, em qual universo acreditas estar vivendo agora?"

Pegara a mão de Roberto, erguendo-o com violência da enxerga, e o arrastara pelos meandros do *Daphne,* enquanto o doente sentia uma roedura do intestino e na cabeça parecia-lhe possuir tantos horológios de corda. Os relógios, pensava, o tempo, a morte...

Caspar arrastou-o para um pequeno quarto que ele jamais descobrira de paredes descoloridas, onde havia um catafalco fechado, com um olho circular num dos lados. Diante do olho, sobre um filete canelado, estava introduzido um listel de madeira entalhada com olhos da mesma medida que emolduravam os vidros aparentemente opacos. Fazendo deslizar o listel podia-se fazer coincidir os seus olhos com aquele da caixa. Roberto lembrava já ter visto na Provença um modelo mais reduzido daquela máquina que, segundo se afirmava, era capaz de fazer viver a luz graças à sombra.

Caspar abrira um lado da caixa, deixando perceber, num tripé, uma grande lâmpada, que da parte oposta à ponta, em lugar do cabo, possuía um espelho redondo de particular curvatura. Aceso o estopim, o espelho reprojetava raios luminosos dentro de um tubo, uma pequena luneta, cuja lente terminal era o olho externo. Daí (logo que Caspar fechou a caixa) os raios passavam através do vidro do listel, abrindo-se em forma de cone e fazendo aparecer na parede algumas imagens coloridas, que a Roberto pareceram animadas, de tão vivas e exatas.

A primeira figura representava um homem, de rosto demoníaco, acorrentado num recife no meio do mar, açoitado pelas ondas. Daquela aparição, Roberto não conseguiu mais despregar os olhos e fundiu-a com aquelas que vieram depois (enquanto Caspar fazia seguir uma após outra, ao movimentar o listel), sobrepondo-as uma a uma — sonho no sonho — sem distinguir o que se lhe dizia daquilo que estava vendo.

Aproximou-se do recife um navio no qual ele reconheceu o *Tweede Daphne*; e dele saiu Ferrante, que agora libertava o condenado. Tudo estava claro. No curso de sua navegação, Ferrante encontrara — como a lenda nos garante — Judas aprisionado no oceano aberto, expiando a sua traição.

"Obrigado", dizia Judas a Ferrante (mas para Roberto a voz provinha certamente dos lábios de Caspar). "Desde que fui subjugado aqui, à nona hora de hoje, esperava poder ainda reparar o meu pecado... Eu te agradeço, irmão..."

"Estás aqui a menos de um dia ou menos ainda?", perguntava Ferrante. "Mas o teu pecado foi consumado no trigésimo terceiro ano do nascimento de Nosso Senhor e, portanto, há mil seiscentos e dez anos..."

"Ai, homem ingênuo", respondia Judas, "foi decerto há mil e seiscentos e dez anos dos vossos anos que eu fui colocado neste recife, mas não é ainda e não será jamais um dia dos meus. Tu não sabes que, entrando no mar que circunda esta minha ilha, entraste num outro universo que passa junto e dentro do vosso, e que aqui o Sol gira ao redor da Terra como um cágado que a cada passo se torna mais lento do que antes. Assim, neste meu mundo, o meu dia durava no início dois dos vossos, e depois três, e sempre mais, até agora, que passados mil seiscentos e dez dos vossos anos, eu permaneço ainda e sempre na hora nona. Dentro em breve, o tempo se tornará ainda mais vagaroso, e depois ainda mais, e eu viverei sempre a hora nona do ano trinta e três da noite de Belém..."

"Mas por quê?", perguntava Ferrante.

"Porque Deus quis que o meu castigo consistisse em viver sempre na Sexta-Feira Santa, a celebrar sempre, e a cada dia, a paixão do homem que eu traí. O primeiro dia da minha pena, enquanto para os outros homens se aproximava o pôr do sol, e depois a noite, e depois o amanhecer do sábado, para mim transcorrera um átomo de um átomo de minuto da hora nona daquela sexta-feira. Mas tornando-se mais e mais lento imediatamente o curso do Sol, entre vós, Cristo ressuscitava, e eu ainda estava a um passo daquela hora. "E agora que para vós se passaram séculos e séculos, eu estou sempre a uma migalha de tempo daquele instante..."

"Mas, em todo o caso, este teu Sol se move, e chegará o dia, talvez mesmo daqui a dez mil anos ou mais, em que tu entrarás no teu sábado."

"Sim, e então será pior. Terei saído de meu purgatório para entrar no meu inferno. Não cessará a dor daquela morte que eu causei, mas terei perdido a possibilidade, que ainda me resta, para impedir que aconteça o que aconteceu."

"Mas como?"

"Tu não sabes que não muito distante daqui passa o meridiano antípoda. Além daquela linha, tanto no teu universo, quanto no meu, encontra-se o dia anterior. Se eu, libertado agora, pudesse ultrapassar aquela linha, encontrar-me-ia na Quinta-Feira Santa, porquanto este escapulário que vês às minhas costas é o vínculo que obriga o meu sol a acompanhar-me como se fosse a minha sombra, de tal maneira que para onde eu vá todo o tempo dure quanto o meu. Poderia então ir a Jerusalém, viajando por uma longuíssima quinta-feira, e chegar lá antes que a minha perfídia fosse cumprida. E eu salvaria o meu Mestre de seu destino."

"Mas", objetara Ferrante, "se impedisses a Paixão, não ocorreria jamais a Redenção, e o mundo estaria até hoje dominado pelo pecado original."

"Ai", gritara Judas chorando, "eu que estava pensando apenas em mim! Mas então que devo fazer? Se deixo de agir como agi, permanecerei danado. Se reparo o meu erro, obstaculizando o plano de Deus, serei punido com a danação. Estava então escrito, desde o início, que eu estaria condenado à danação?"

A procissão das imagens apagara-se com o pranto de Judas, ao consumir-se o óleo da candeia. Agora falava novamente padre Caspar, com uma voz que Roberto não reconhecia mais como sendo a sua. A luz era pouca e entrava apenas por uma fenda na parede; iluminava somente a metade de seu rosto, deformando-lhe a linha do nariz e tornando incerta a cor de sua barba, alvíssima de um lado e escura do outro. Os olhos eram duas cavidades, porque mesmo aquela exposta à claridade parecia estar à sombra. Roberto percebia só então que estava coberto por uma venda negra.

"E é naquela altura", dizia aquele que agora certamente era o abade de Morfi, "é naquele momento, que o teu irmão concebeu a obra-prima do seu Engenho. Se fosse ele a realizar a viagem a que se propusera Judas, poderia ter impedido que a Paixão se cumprisse e que, portanto, nos tivesse sido concedida a Redenção. Nenhuma Redenção; todos vítimas do mesmo pecado original; todos votados ao inferno; o teu irmão pecador, mas como todos os homens, e, pois, justificado."

"Mas como teria podido, como poderia, como pôde?", perguntava Roberto.

"Oh", sorria com atroz alegria o abade: "bastaria pouco. Bastaria enganar também o Altíssimo, incapaz de conceber qualquer disfarce da verdade. Bastaria matar a Judas, como acabei de fazer naquele recife; usar o seu escapulário; fazer-me preceder pelo meu navio na costa oposta daquela Ilha; chegar aqui sob disfarce para impedir que aprendesses as regras corretas da natação e não pudesses jamais chegar até lá antes de mim, para obrigar-te a construir comigo o sino aquático, para permitir-me alcançar a Ilha." Enquanto falava, para mostrar o escapulário, tirava lentamente o seu disfarce, aparecendo em roupas de pirata, e depois, da mesma forma vagarosa, arrancava a sua barba, libertava-se da peruca, e a Roberto pareceu que ele próprio via-se num espelho.

"Ferrante!", gritara Roberto.

"Eu mesmo, em pessoa, meu irmão. Eu, que enquanto nadavas como um cão ou uma rã, na outra costa da ilha, encontrava o meu navio; velejava na minha primeira e longa quinta-feira para Jerusalém; encontrava-me com o outro Judas, na iminência de trair e o enforcava numa figueira, impedindo-o de entregar o Filho do Homem aos Filhos das Trevas; penetrava no Horto das Oliveiras com os meus camaradas e raptava Nosso Senhor, subtraindo-o ao Calvário! E agora tu, eu, todos estamos vivendo num mundo que jamais foi redimido!"

"Mas Cristo, Cristo, onde está agora?"

"Mas não sabes que os textos antigos já diziam que existem Pombas vermelho-fogo porque o Senhor, antes de ser crucificado, vestiu uma túnica escarlate? Ainda não entendeste? Há mil e seiscentos anos, Cristo está aprisionado na Ilha, de onde tenta fugir sob a aparência de uma Pomba Cor de Laranja; mas, incapaz de abandonar aquele lugar onde, junto à Specula Melitensis, deixei o escapulário de Judas, e onde é, pois, sempre e somente o mesmo dia. Agora, só me resta dar cabo de ti e viver livre num mundo no qual está excluído o remorso, e o inferno é certo para todos, mas onde um dia serei recebido como o novo Lúcifer!" E puxara uma adaga, aproximando-se de Roberto para cumprir o último de seus crimes.

"Não", gritara Roberto, "não vou permitir que isso aconteça. Vou acabar com a tua vida e libertarei Cristo. Ainda sei usar a espada, ao passo que a ti meu pai não ensinou os seus golpes secretos!"

"Tive apenas um só pai e uma só mãe: a tua mente incorrigível", dissera Ferrante com um sorriso triste. "Tu me ensinaste somente a odiar. Acreditas que me presenteaste, ao dar-me vida apenas para que em teu País dos Romances eu personificasse o Suspeito? Enquanto estiveres vivo, pensando de mim aquilo que eu mesmo devo pensar, não deixarei de desprezar-me. Portanto, que tu me mates ou que eu te mate, o resultado é o mesmo. Vamos."

"Perdoa-me, irmão", gritara Roberto chorando. "Sim, vamos, é justo que um de nós deva morrer!"

Que desejava Roberto? Morrer, libertar Ferrante, fazendo-o morrer? Impedir Ferrante de impedir a Redenção? Jamais saberemos, porque nem ele mesmo sabia. Mas assim são feitos os sonhos.

Subiram ao convés, Roberto procurara a sua arma e a reencontrara (como estaremos lembrados) reduzida a um coto; mas gritava que

444

Deus lhe daria força, e um bravo espadachim poderia lutar mesmo com uma lâmina quebrada.

Os dois irmãos se enfrentaram pela primeira vez, dando início ao derradeiro combate.

O céu decidira favorecer aquele fratricídio. Uma nuvem avermelhada estendera repentinamente entre o navio e o céu uma sombra sanguínea, como se lá em cima alguém tivesse esganado os Cavalos do Sol. Deflagrara-se um grande concerto de raios e trovões, seguidos por um aguaceiro; o céu e o mar aturdiam os ouvidos, ofuscavam a vista dos duelantes; batiam com água fria em suas mãos.

Mas os dois erravam entre os raios que rompiam à sua volta, atacando-se com estocadas e golpes de flanco; recuando de repente; agarrando-se a uma corda para evitar, quase voando, uma estocada; trocando insultos; ritmando cada assalto com um grito, entre os gritos semelhantes ao vento que sibilava ao redor.

Naquela tolda escorregadia, Roberto lutava a fim de que Cristo pudesse ser colocado na Cruz e invocava a ajuda divina; Ferrante, para que Cristo não tivesse que sofrer, e invocava o nome de todos os diabos.

Foi quando chamou Astarote para assisti-lo que o Intruso (agora intruso também nos planos da Providência) ofereceu-se sem querer ao Golpe da Gaivota. Ou talvez assim desejasse para pôr fim àquele sonho sem pé nem cabeça.

Roberto fingira cair, o outro se precipitara para liquidá-lo; ele, contudo, apoiara-se com a esquerda e empurrara aquele resto de espada no seu peito. Não se levantara com a agilidade de Saint-Savin, mas Ferrante agora já dera um salto e não pôde evitar o golpe, quebrando-lhe o esterno no coto da lâmina. Roberto fora sufocado pelo sangue que o inimigo, ao morrer, deitava pela boca.

Ele sentia o gosto do sangue na boca, e provavelmente, no delírio, mordera a própria língua. Agora nadava naquele sangue, que se estendia do navio até a Ilha; não queria seguir em frente por temor do Peixe-Pedra, mas terminara apenas a primeira parte de sua missão; Cristo esperava derramar na Ilha o Seu sangue, e ele permanecera como o seu único Messias.

Que estava fazendo agora no seu sonho? Com a adaga de Ferrante, pusera-se a cortar uma vela em longas faixas, que depois atava uma a outra, ajudando-se com as amarras; com outras cordas capturara na segunda coberta os mais vigorosos dentre os airões, ou cegonhas que fossem, e os estava amarrando pelas patas como corcéis daquele seu tapete voador.

Com o seu navio aéreo levantara voo para a terra inatingível. Sob a Specula Melitensis encontrara o escapulário e o destruíra. Após ter dado espaço ao tempo, vira descer sobre ele a Pomba, que finalmente descobria, extático, em toda a sua glória. Era natural — aliás, sobre-natural — que agora lhe parecesse não cor de laranja, mas alvíssima. Não podia ser uma pomba, porque aquela ave não condiz com a representação da Segunda Pessoa; era talvez um Pio Pelicano, como deve ser o Filho. De modo que, afinal, não via bem a ave que lhe fora oferecida como gracioso periquito para aquele navio alado.

Sabia apenas que voava para o alto, e as imagens sucediam-se como queriam os fantasmas brincalhões. Agora, navegavam na abó-bada de todos os inumeráveis e infinitos mundos em cada planeta, em cada estrela, de modo que em cada um, quase num único mo-mento, se consumasse a Redenção.

O primeiro planeta que tocaram fora a alva Lua, numa noite iluminada pelo meio-dia da Terra. E a Terra estava ali, na linha do horizonte: uma enorme, imensa, descomunal polenta de milho, que ainda cozinhava no céu, e quase caía em cima dele, borbulhando de febricosa e febricante febrosidade febrífera, febricitando, febricu-loso, em bolhas borbulhosas de seus borbulhões, borbulhando em borbulhas borbulhantes, plopt, plopt plop. É porque, quando estás com febre, acabas por transformar-te em polenta, e as luzes que vês originam-se todas da ebulição de tua cabeça.

E lá na Lua com a Pomba...

Não teremos, assim espero, procurado coerência e verossimilhança em tudo que transcrevi até agora, porque se tratava do pesadelo de um doente envenenado por um Peixe-Pedra. Mas o que estou para dizer agora ultrapassa toda a nossa expectativa. A mente ou o coração de Roberto, ou em todo o caso a sua *vis imaginativa*, estavam urdindo uma sacrílega metamorfose: na lua ele se via agora não com o Senhor, mas com a Senhora, Lilia, tirada finalmente de Ferrante. Roberto estava obtendo junto aos lagos de Selene aquilo que o irmão lhe tomara entre os charcos da ilha das fontes. Beijava-lhe o rosto com os olhos; contemplava-a com a boca; sugava; mordia e tornava a morder, e brincavam em justa as línguas enamoradas.

Somente então Roberto, cuja febre talvez começava a baixar, voltou a si, mas permanecendo ligado a tudo que vivera até então, como acontece depois de um sonho que nos deixa, não só com o espírito, mas também com o corpo perturbado.

Não sabia se chorava de felicidade pelo seu amor reencontrado, ou pelo remorso de ter deixado cair (cúmplice da febre, que não conhece a Lei dos Gêneros) a sua Epopeia Sacra numa Comédia Libertina.

Aquele momento, dizia-se, custará realmente o inferno para mim, porque não sou melhor do que Judas ou Ferrante — aliás eu não sou outro senão Ferrante, e outra coisa não fiz até agora senão aproveitar-me de sua maldade para sonhar ter feito aquilo que a minha vilania sempre me impediu de fazer.

Talvez não serei chamado a prestar contas de meu pecado, porque não pequei, mas o Peixe-Pedra que me fazia sonhar à sua maneira. Porém, se cheguei a tanto desvario, é certamente sinal de que estou

realmente para morrer. E tive que esperar o Peixe-Pedra para decidir-
-me a pensar na morte, enquanto tal pensamento deveria ser o primeiro dever de todo bom cristão.

Por que nunca pensei na morte, e na ira de um Deus ridente?
Porque eu seguia os ensinamentos dos meus filósofos, para quem
a morte era uma natural necessidade, e Deus era aquele que na desordem dos átomos introduziu a Lei que os compõe na harmonia
do Cosmos. Poderia um tal Deus, mestre de geometria, produzir a
desordem do inferno, mesmo que por justiça, e rir do subvertimento
de toda subversão?

Não, Deus não ri, dizia Roberto. Sujeita-se à Lei que ele mesmo
desejou, e que deseja que a ordem de nosso corpo se desfaça, como o
meu certamente já está se desfazendo neste mesmo desfazer-se. E via
os vermes avizinharem-se de sua boca; mas não era o efeito do delírio; mas sim seres formados por geração espontânea entre a sujeira
das galinhas, linhagem de seus excrementos.

Dava então as boas-vindas àqueles arautos da desagregação,
compreendendo que o confundir-se com a matéria viscosa devia ser
vivido como o fim de todo sofrimento, em harmonia com a vontade
da Natureza e do Céu que a administra.

Deverei esperar por pouco tempo, murmurava como se fosse
uma oração. No curso de não muitos dias, o meu corpo ainda bem
formado, mudando de cor, tornar-se-á pálido como um grão-de-bico; depois, ficará todo preto da cabeça aos pés e será revestido por um
calor fosco. Começará então a intumescer, e naquela inchação nasce-
rá um fétido bolor. Não demorará muito para que o ventre comece a
dar uma explosão aqui, uma ruptura ali — de onde se originará uma
podridão; aqui se verá ondular um meio olho verminoso; lá, um ras-
go na ferida. Neste lamaçal será gerada mais tarde uma quantidade
de pequenas moscas e pequenos animais, que se enovelarão no meu

sangue e me devorarão pedaço por pedaço. Uma parte de tais seres surgirá do meu peito; uma outra parte, com um não sei quê de mucoso, escorrerá das narinas; outros, envisgados naquela putrescência, entrarão e sairão pela boca; e os mais saciados borbotarão garganta abaixo... E isso enquanto o *Daphne* se irá tornando aos poucos o reino dos pássaros; e os germes chegados à Ilha darão vida aos animálculos vegetais, cujas raízes, nutridas pela minha aguadilha, já estão agora arraigadas na sentina. Enfim, quando toda a minha fábrica corpórea for reduzida a puro esqueleto, no correr dos meses e dos anos — ou talvez dos milênios —, também essa estrutura de madeira lentamente se tornará uma poalha de átomos na qual os vivos caminharão sem compreender que todo o globo da Terra, seus mares, seus desertos, suas florestas e os seus vales nada mais são do que um cemitério vivo.

Não há nada que concilie a convalescença do que um exército da Boa Morte, que, tornando-nos resignados, acaba por acalmar-nos. Assim o carmelita dissera-lhe um dia, e assim devia ser, porque Roberto sentiu fome e sede. Mais fraco do que quando sonhava lutar no convés, porém menos do que quando se deitou perto das galinhas, teve forças para beber um ovo. Era bom o líquido que lhe descia pela garganta. E ainda mais saborosa a água de coco que abriu na despensa. Depois de tanto meditar sobre o seu corpo morto, agora fazia morrer no seu corpo, que devia recuperar-se ainda, os corpos sadios a quem a natureza dá vida todos os dias.

Eis por que, excetuadas algumas recomendações do carmelita, na Griva ninguém lhe ensinara a pensar na morte. Nos momentos dos colóquios familiares, quase sempre na hora do almoço e do jantar (depois que Roberto voltara de uma das suas explorações da casa antiga, onde se demorara num quarto sombrio, sentindo o cheiro das maçãs deixadas no chão para amadurecer), conversava-se apenas a respeito do sabor dos melões, do corte do trigo e da esperança nas vindimas.

Roberto recordava-se de quando sua mãe lhe ensinava como poderia viver feliz e tranquilo, se tirasse proveito de todo bem de Deus que a Griva lhe podia fornecer: "E será bom não te esqueceres de abastecer-te de carne salgada de boi, de ovelha ou carneiro, de vitela e de porco, porque se conservam por mais tempo e são de grande uso. Corta os pedaços de carne não muito grandes; coloca-os numa vasilha pequena com bastante sal por cima; deixa-os assim por oito dias; depois dependura-os nas traves da cozinha, perto da lareira, para que sequem com o vapor, e procura fazer isso com o tempo seco, frio e de tramontana, depois do dia de São Martinho, que se conservarão pelo tempo que desejares. Depois, em setembro, vêm os passarinhos e os cordeiros para todo o inverno, além dos capões, das galinhas velhas, dos patos e semelhantes. Não desprezes tampouco o burro que tiver uma pata quebrada, pois com ele podem ser feitos bons salames redondos, que podes depois cortar com a faca e pôr a fritar; e são coisas finíssimas. Na Quaresma, deverão estar prontos cogumelos, sopinhas, nozes, uva, maçãs e tudo aquilo que Deus manda. E sempre na Quaresma será bom ver prontas as ervas aromáticas, raízes, que, enfarinhadas e cozidas no óleo, são melhores do que uma lampreia; e depois prepararás raviólis ou *calissons*** de Quaresma, com massa para fritar feita com óleo, farinha, água de rosas, açúcar e açafrão, com um pouco de malvasia, cortados em formas redondas como os vidros da janela, recheados com farinha de rosca, nozes moídas, cravo-da-índia e maçãs, que, com uma pitada de sal, farás cozinhar no forno, e comerás melhor do que um prior. Depois da Páscoa é a vez dos cabritos, dos aspargos, dos pombinhos... Mais tarde, chegam as ricotas e o queijo fresco. Mas deverás saber aproveitar também as ervilhas ou os feijões cozidos, enfarinhados e fritos, que são ótimas

---

* Trata-se de um pequeno bolo de amêndoas picadas, coberto com glacê, oferecido nas festas e cerimônias desde o século XIII. (*N. do T.*)

iguarias... Esta, meu filho, se viveres como os nossos velhos viveram, será uma vida bem-aventurada e sem esforço..."

Eis aí: na Griva não se abordavam temas que tratassem da morte, do juízo, do inferno ou do paraíso. A morte, para Roberto, aparecera em Casale, e na Provença e em Paris fora induzido a meditar sobre a morte, entre conversas virtuosas e conversas desregradas.

Morrerei, decerto, dizia, se não agora pelo Peixe-Pedra, pelo menos mais tarde, visto que, não resta dúvida, deste navio não sairei mais, agora que perdi — com a Persona Vitrea — até mesmo a maneira de me aproximar sem risco da barbacã. E de que me iludira? Teria morrido, talvez mais tarde, ainda que não tivesse chegado a este naufrágio. Entrei na vida sabendo que a lei consiste em sair dela. Como dissera Saint-Savin, representamos o próprio papel, ora com mais tempo, ora com maior pressa, e saímos de cena. Vi muitos passarem por mim, outros hão de me ver passar e darão o mesmo espetáculo aos seus sucessores.

Por outro lado, por quanto tempo não existi e por quanto tempo não existirei mais! Ocupo um espaço bem pequeno no abismo das idades. Esse pequeno intervalo não consegue distinguir-me do nada para o qual deverei ir. Vim ao mundo apenas para fazer número. O meu papel foi tão pequeno que, mesmo que eu tivesse ficado nos bastidores, todos diriam o mesmo: que a comédia era perfeita. É como numa tempestade: alguns se afogam rapidamente; outros se despedaçam nos recifes; outros permanecem num navio abandonado, mas não por muito tempo. A vida apaga-se por si própria como uma vela que consumiu a sua matéria. E deveríamos estar acostumados com isso, porque, iguais a uma vela, começamos a dissipar átomos desde o primeiro instante em que fomos acesos.

Não é uma grande sabedoria saber coisas semelhantes, dizia Roberto. Deveríamos conhecê-las desde que nascemos. Mas, habitualmente, refletimos sempre e somente na morte dos outros. É claro, todos temos forças suficientes para suportar os males dos outros. Depois vem o momento em que pensamos na morte, quando o mal é nosso, e então percebemos que não podemos fixar nem o sol nem a morte. A menos que tenhamos tido bons mestres.

Tive bons mestres. Algum deles me disse que em verdade poucos conhecem a morte; habitualmente, suportamo-la por estupidez ou por costume, não por resolução. Morremos porque não temos escolha. Somente o filósofo sabe pensar na morte como num dever, a ser cumprido de bom grado, e sem temor; enquanto existimos, a morte não existe ainda, e quando a morte chega, nós não existimos mais. Para que gastei tanto tempo falando de filosofia, se agora eu não for capaz de fazer da minha morte a obra-prima da minha vida?

Suas forças começavam a voltar. Agradecia a mãe, cuja lembrança o induzira a abandonar o pensamento do fim. Nada mais podia fazer aquela que lhe dera o início.

Pôs-se a pensar no próprio nascimento, do qual sabia menos ainda do que da própria morte. Disse a si mesmo que pensar nas origens é próprio do filósofo. É fácil para o filósofo justificar a morte: que se deva precipitar nas trevas é uma das coisas mais claras deste mundo. O que aflige o filósofo não é a naturalidade do fim; é o mistério do início. Podemos desinteressar-nos da eternidade que virá depois de nós, mas não podemos subtrair-nos da angustiante questão a respeito de qual eternidade foi aquela que nos precedeu: a eternidade da matéria ou a eternidade de Deus?

Eis por que fora lançado ao *Daphne*, disse Roberto. Porque apenas naquele repousável eremitério teria tido ensejo de refletir na única pergunta que nos liberta de toda apreensão do não ser, entregando-nos ao assombro do ser.

37
Exercícios paradoxais sobre
como pensam as pedras

Mas por quanto tempo estivera doente? Dias, semanas? Ou, enquanto isso, uma tempestade se abatera sobre o navio? Ou, antes mesmo de encontrar o Peixe-Pedra, ocupado com o mar ou com o seu Romance, não se dera conta do que estava acontecendo ao seu redor? Desde quando perdera a tal ponto o sentido das coisas?

O *Daphne* transformara-se num outro navio. O convés estava sujo e os barris vazavam desordenadamente; algumas velas haviam-se desprendido e esgarçado, pendendo dos mastros, como se fossem máscaras que espiassem ou escarnecessem, pelos seus rasgos.

Os pássaros queixavam-se, e Roberto correu logo para assisti-los. Alguns haviam morrido. Por sorte, as plantas, alimentadas pela chuva e pelo ar, haviam crescido e algumas se tinham introduzido nas gaiolas, servindo de alimento para muitos; e, para os outros integrantes, tinham-se multiplicado os insetos. Os animais sobreviventes tinham até mesmo se reproduzido; e os poucos mortos foram substituídos pelos muitos vivos.

A Ilha continuava imutável; salvo que, para Roberto, que perdera a máscara, ela se afastara, arrastada pelas correntezas. A barbacã, agora que sabia estar protegida pelo Peixe-Pedra, tornara-se insuperável. Roberto poderia nadar ainda, mas somente por amor à natação e mantendo-se longe dos recifes.

"Oh! Maquinamentos humanos, como sois quiméricos", murmurava. "Se o homem nada mais é do que uma sombra, vós sois fumaça. Se nada mais é do que sonho, vós sois fantasmas. Se nada mais é do que um zero, vós sois pontos. Se nada mais é do que um ponto, vós sois zeros."

Tantas vicissitudes, dizia Roberto, para descobrir que sou um zero. Aliás, mais zerado do que quando cheguei desvalido. O naufrágio me abalara e me induzira a lutar pela vida; agora, nada mais tenho por que lutar e contra quem combater. Estou condenado a um longo descanso. Estou aqui contemplando não o vazio dos espaços, mas o meu próprio: e dele nascerão apenas tédio, tristeza e desespero.

Muito em breve não só eu, mas também o *Daphne* não existirá mais. Eu e ele reduzidos a uma coisa fóssil como este coral.

O crânio de coral permanecia ali no convés, incólume à universal consumpção e, destarte, subtraído à morte, era a única coisa viva.

A figura peregrina trouxe de volta o ânimo para os pensamentos daquele náufrago, educado a descobrir novas terras somente através do telescópio da palavra. Se o coral era uma coisa viva, disse, era o único ser, realmente pensante, em tanta desordem de qualquer outro pensamento. Podia pensar apenas na própria ordenada complexidade, a respeito da qual tudo sabia e sem esperar imprevistas perturbações da própria arquitetura.

Vivem e pensam as coisas? O Cônego dissera-lhe um dia que, para justificar a vida e o seu crescimento, é preciso que em cada coisa existam flores da matéria, *sporá,* sementes. As moléculas são disposições de átomos determinados, sob figura determinada, e se Deus impôs leis ao caos dos átomos, seus compostos só podem ser levados a gerar compostos análogos. Será possível que as pedras que conhecemos sejam ainda as que sobreviveram ao Dilúvio, que elas também não se tenham transformado, e, a partir delas, outras não tenham sido geradas?

Se o Universo nada mais é do que um conjunto de átomos simples, que colidem para gerar os seus compostos, não é possível que — compostos em seus compostos — os átomos cessem o movimento. Em todo objeto deve manter-se um movimento contínuo: vorticoso nos ventos; fluido e regulado nos corpos animais; lento, mas inexorável nos vegetais; e, certamente, mais lento, embora não ausente, nos minerais. Também aquele coral, morto para a vida coralina, gozava de uma própria agitação subterrânea, próprio de uma pedra.

Roberto refletia. Admitamos que todo corpo seja composto por átomos, assim como também os corpos única e exclusivamente extensos, de que nos falam os Geômetras; e que esses átomos sejam indivisíveis. É certo que toda reta pode ser dividida em duas partes iguais, qualquer que seja o seu comprimento. Mas se o seu comprimento é irrelevante, é possível que se deva dividir em duas partes uma reta composta por um número ímpar de indivisíveis. Isso significaria, se não quisermos que as duas partes resultem desiguais, que foi dividido em dois o indivisível mediano. Mas este, sendo por sua vez extenso e, portanto, por sua vez uma reta, embora de imperscrutável brevidade, deveria ser, por sua vez, divisível em duas partes iguais. É assim ao infinito.

O Cônego dizia que o átomo é também composto de partes, embora seja tão compacto que não o poderíamos jamais dividir além do seu limite. Nós. Mas e outros?

Não existe um corpo sólido tão compacto como o ouro; todavia, pegamos uma onça deste metal, e desta onça um bate-folha extrairá mil lâminas e a metade dessas lâminas será suficiente para dourar toda a superfície de um lingote de prata. E, dessa mesma onça de ouro, aqueles que preparam os fios de ouro e de prata para a passamanaria, com as suas fieiras, conseguirão reduzi-los à espessura de um cabelo, e esse filete será comprido como um quarto de liga e talvez mais. O artesão para num certo ponto, porque não dispõe de instrumentos adequados, nem conseguiria mais enxergar o fio que poderia obter. Mas alguns insetos — tão minúsculos que nós não podemos vê-los, e tão industriosos e sábios, a ponto de superar em habilidade todos os artesãos de nossa espécie — poderiam ser capazes de alongar ainda mais esse fio, de tal modo que pudesse ser esticado de Turim até

Paris. E se existissem insetos daqueles insetos, a qual espessura não acabariam conduzindo esse mesmo fio?

Se, com o olho de Argos, eu pudesse penetrar dentro dos polígonos deste coral e dentro dos filamentos que ali se irradiam, e dentro do filamento que constitui o filamento, poderia procurar o átomo até o infinito. Mas um átomo que fosse divisível até o infinito, produzindo partes cada vez menores e sempre divisíveis ainda, poderia levar-me a um momento em que a matéria nada mais seria do que infinita divisibilidade, e toda a sua dureza e a sua plenitude sustentar-se-iam nestes simples equilíbrios entre vazios. Em vez de sentir horror do vácuo, a matéria, então, o adoraria e por ele seria composta, seria vácua em si mesma, vacuidade absoluta. A vacuidade absoluta estaria no próprio coração do ponto geométrico impensável; e esse ponto nada mais seria do que a ilha da Utopia, que nós sonhamos num oceano feito sempre e somente de águas.

Supondo-se, portanto, uma extensão material feita de átomos, chegaríamos a não ter mais átomos. Que restaria? Os vórtices. A não ser que os vórtices não arrastassem sóis e planetas, matéria densa que se opõe àquele vento, porque sóis e planetas seriam vórtices também, que arrastam no seu curso vórtices menores. Então o vórtice maior, que faz vortilhonar as galáxias, teria, no seu próprio centro, outros vórtices, e estes seriam vórtices de vórtices, precipícios feitos de outros precipícios, e o abismo do grande precipício de precipícios de precipícios, abismando-se no infinito, sustentar-se-ia no Nada.

E nós, habitantes do grande coral do cosmos, julgaríamos ser matéria densa o átomo (que, todavia, não vemos), enquanto ele, como tudo mais, seria um bordar de vazios no vazio; e chamaríamos de ser, denso e até mesmo eterno, aquele turbilhão de inconsistências, aquela extensão infinita, que se identifica com o nada absoluto, e que gera, do próprio não ser, a ilusão do todo.

E, portanto, estou aqui a me iludir na ilusão de uma ilusão; eu próprio ilusão de mim mesmo? E devia perder tudo — e estar aqui neste barco, perdido nos antípodas, para entender que não havia nada a perder? Mas compreendendo isso, não ganho talvez tudo, porque me torno o único ponto pensante no qual o Universo reconhece a própria ilusão?

E, todavia, se penso, não quer dizer que possuo uma alma? Oh! Que emaranhado. O todo é feito de nada, e, contudo, para entendê-lo é preciso ter uma alma que, pelo pouco que seja, nada é.

Que coisa sou eu? Se digo eu, no sentido de Roberto de la Grive, faço-o enquanto sou a memória de todos os meus momentos passados, a soma de tudo aquilo de que me lembro. Se digo *eu*, no sentido daquela alguma coisa que está aqui neste momento, e não é o mastro principal ou este coral, então, sou a soma do que agora sinto. Mas o que sinto agora, o que é? É o conjunto daquelas relações julgadas indivisíveis que se organizaram naquele sistema de relações, naquela ordem particular que é o meu corpo.

E, então, a minha alma não é, como queria Epicuro, uma matéria composta de corpúsculos mais finos do que os outros, um sopro misturado com calor, mas é o modo no qual essas relações se sentem como tais.

Que tênue condensação, que condensada impalpabilidade! Nada mais sou do que uma relação entre as minhas partes que se percebem, enquanto mantêm relação uma com a outra. Mas estas partes sendo, por sua vez, divisíveis em outras relações (e assim por diante), então cada sistema de relações, tendo consciência de si mesmo, sendo aliás a consciência de si mesmo, seria um núcleo pensante. Eu me penso, o meu sangue, os meus nervos; mas cada gota do meu sangue pensaria a si mesma.

Pensaria a pedra assim como eu me penso? Certamente que não; na natureza o homem sente a si mesmo de maneira bastante complexa; o animal um pouco menos (é capaz de apetite, por exemplo, mas não de remorso); e uma planta sente estar crescendo, e, é claro, sente quando a cortam, e talvez diga *eu*, mas num sentido muito mais obscuro de quanto eu o faça. Cada coisa pensa, mas segundo o grau de sua complexidade.

Sendo assim, as pedras também pensam. Também este seixo, que afinal seixo não é, mas era um vegetal (ou um animal?). Como pensará? Como pedra. Se Deus, que é a grande relação de todas as relações do Universo, pensa a si mesmo pensante, como quer o Filósofo, esta pedra pensará somente a si mesma pedrante. Deus pensa toda a realidade e os infinitos mundos por ele criados; fazendo-os subsistir com o seu pensamento, eu penso no meu amor infeliz; na minha solidão neste navio; nos meus pais desaparecidos; nos meus pecados e na minha morte próxima, e esta pedra talvez pense apenas eu pedra, eu pedra, eu pedra. Aliás, talvez não saiba nem mesmo dizer *eu*. Pensa: pedra, pedra, pedra.

Deveria ser tedioso. Ou talvez seja eu a sentir o tédio, eu, que posso pensar mais e ele (ou ela) está, ao contrário, plenamente satisfeito do próprio ser pedra, tão feliz quanto Deus — porque Deus goza de ser Tudo, e esta pedra goza de ser quase nada, mas, como não conhece outro modo de ser, do próprio ser se compraz eternamente satisfeita de si...

Mas será mesmo verdade que a pedra não sente nada mais do que a sua pedridão? O Cônego dizia-me que também as pedras são corpos que, em certas ocasiões, entram em combustão e se tornam algo diverso. De fato, uma pedra cai num vulcão e, pelo intenso calor daquele unguento de fogo, que os antigos denominavam Magma, funde-se com outras pedras, torna-se uma só massa incandescente, e pouco depois (ou muito) encontra-se como parte de uma pedra maior. Será possível que, ao cessar de ser aquela pedra, e no momento de tornar-se uma outra, não sinta a própria combustão, e com ela a iminência da própria morte?

O sol batia sobre a tolda, uma brisa suave mitigava o calor, o suor secava na pele de Roberto. Há tanto tempo ocupado em imaginar-se como uma pedra petrificada pela doce Medusa, que o enredara com o seu olhar, resolveu tentar pensar como as pedras pensam, talvez para habituar-se ao dia em que seria um simples e branco amontoado de ossos, exposto àquele mesmo sol, àquele mesmo vento.

Tirou toda a roupa, deitou-se, de olhos fechados, com os dedos nos ouvidos para não ser perturbado por nenhum barulho, como certamente acontece com uma pedra, que não possui órgãos dos sentidos. Procurou anular toda lembrança pessoal, toda experiência de seu corpo humano. Se pudesse, teria anulado a própria pele, e como não podia, esforçava-se para torná-la o mais insensível que pudesse.

Sou uma pedra, sou uma pedra, dizia. E depois, para evitar até mesmo falar de si: pedra, pedra, pedra.

Que sentiria eu, se fosse realmente uma pedra? Primeiramente o movimento dos átomos, que me compõem, ou seja, o estável vibrar das posições que as partes de minhas partes de minhas partes mantêm entre si. Sentiria o zunir do meu pedrar. Mas não poderia dizer *eu*, porque para dizer *eu* é preciso que existam os outros, alguma coisa diante da qual me opor. Em princípio, a pedra não pode saber que exista algo além dela. Zune, pedra em si mesma pedrante, e ignora o restante. É um mundo que munda sozinho.

Todavia, se toco neste coral, sinto que a superfície conservou o calor do sol na parte exposta, ao passo que a parte que descansava no convés está mais fria; se o quebrasse pela metade, sentiria talvez que o calor diminui do topo até a base. Ora, num corpo aquecido, os átomos se movem mais furiosamente e, portanto, este seixo, percebendo-se como movimento, só pode sentir no próprio interior um diferenciar-se de movimentos. Se permanecesse eternamente exposto ao sol, na mesma posição, talvez começasse a distinguir alguma coisa como um em cima e um embaixo; se não outra coisa, como dois tipos diversos de movimento. Não sabendo que a causa dessa diversidade é um agente externo, a pedra pensaria assim, como se aquele movimento fosse a sua natureza. Mas se ocorresse um deslizamento e a pedra resvalasse, até assumir uma outra posição, sentiria que outras de suas partes agora se movem, lentas que eram, enquanto as primeiras, que eram velozes, agora tornaram-se mais lentas. E enquanto o terreno viesse abaixo (e poderia ser um processo de extrema lentidão), sentiria que o calor, ou seja, um movimento que dele resulta, passa grau a grau de uma parte à outra de si mesma.

Pensando assim, Roberto expunha lentamente lados diversos de seu corpo aos raios solares, resvalando pelo convés, até encontrar uma zona de sombra, escurecendo levemente, como teria acontecido igualmente com a pedra.

Quem sabe, perguntava, se, naqueles movimentos, a pedra não comece a ter, se não o conceito de lugar, pelo menos o de parte; certamente, em todo o caso, aquele da mutação. Não de paixão, contudo, porque não conhece o seu oposto, que é a ação. Ou talvez sim. Pois para que seja uma pedra, assim composta, ela jamais deixa de sentir; ao passo que, seja quente neste ponto ou fria naquele, sente-o de maneira alternada. Portanto, de alguma forma, é capaz de distinguir a si mesma, como substância dos próprios acidentes. Ou não: porque se sente a si mesma como relação, sentiria a si mesma como relação entre acidentes diversos. Sentir-se-ia como substância em devir. E o que quer dizer? Sinto-me eu de maneira diversa? Quem sabe se as pedras pensam como Aristóteles ou como o Cônego? Tudo isso, em todo o caso, poderia tomar-lhes milênios, mas não é esse o problema: o problema é se a pedra pode tirar proveito de sucessivas percepções de si. Porque se ela se apercebesse ora quente no alto, e fria embaixo, e depois vice-versa, mas no segundo estado não recordasse o primeiro, ela acreditaria sempre que o seu movimento interno fosse o mesmo.

Mas por que, se tem a percepção de si mesma, não deve possuir memória? A memória é uma potência da alma, e por pequena que seja a alma que a pedra possua, terá uma memória proporcional.

Ter memória significa ter noção do antes e do depois, do contrário, eu também acreditaria sempre que o tormento e a felicidade de que me recordo estejam presentes no instante em que eu os recordo. Todavia, sei de que se trata de percepções passadas, porque são mais fracas do que as de agora. O problema é, pois, ter o sentimento do tempo. O que talvez nem mesmo eu poderia ter, se o tempo fosse algo que se aprende. Mas não me dizia eu, dias, ou meses atrás, antes da doença, que o tempo é a condição do movimento, e não o resultado? Se as partes da pedra estão em movimento, este movimento terá um ritmo que, mesmo inaudível, será como o ruído de um relógio. A pedra seria o relógio de si mesma. Sentir-se em movimento significa sentir o próprio tempo que bate. A Terra, grande pedra no céu, sente o tempo de seu movimento, o tempo da respiração de suas marés; e, aquilo que ela sente, eu o vejo desenhar--se na abóbada estrelada: a Terra sente o mesmo tempo que eu vejo.

Portanto, a pedra conhece o tempo, ou melhor, conhece-o antes mesmo de perceber as suas mudanças de calor como movimento no espaço. Pelo que sei, poderia não perceber nem mesmo que a mudança de calor depende da sua posição no espaço; poderia compreendê-lo como um fenômeno de mutação no tempo, como a passagem do sono à vigília, da energia ao cansaço, como eu agora estou percebendo que, permanecendo parado como estou, sinto formigar o pé esquerdo. Mas não, deve sentir também o espaço, se percebe o movimento onde antes havia repouso, e o repouso, onde havia movimento. Ela, portanto, sabe pensar *aqui* e *ali*.

Mas, imaginemos agora que alguém recolha esta pedra e a encaixe entre outras pedras para construir um muro. Se ela antes percebia o jogo das próprias posições internas, era porque sentia os próprios átomos retesados no esforço de se comporem como os alvéolos de uma colmeia, condensados um no outro, e um entre os outros, como deveriam sentir-se as pedras de uma abóbada de igreja, onde uma empurra a outra e todas empurram na direção da chave central, e as pedras próximas daquela chave empurram as outras para baixo e para fora.

Mas, acostumada àquele jogo de pressões e contrapressões, toda a abóbada deveria sentir-se como tal, no movimento invisível que perfazem os seus tijolos para se empurrarem mutuamente; da mesma maneira deveriam sentir o esforço que alguém faz para derrubá-la, e entender que cessa de ser abóbada no momento em que o muro que está embaixo, com os seus contrafortes, desmorona.

A pedra, pois, prensada entre outras pedras, a ponto de estar no ponto de romper-se (e, se a pressão fosse maior, acabaria por romper--se), deve sentir essa constrição, uma constrição que antes não percebia, uma pressão que de certo modo deve influir no próprio movimento interno. Não será esse o momento em que a pedra percebe a presença de alguma coisa fora de si mesma? A pedra teria então consciência do Mundo. Ou talvez pensaria que a força que a oprime é alguma coisa mais forte do que ela, e identificaria o Mundo com Deus.

Mas o dia em que aquele muro desabasse, tendo cessado a cons-trição, a pedra experimentaria o sentimento da Liberdade — como o experimentaria eu, se me decidisse a sair da constrição a que me impus? Uma diferença, contudo, é que eu posso querer deixar de existir neste estado; a pedra, não. Portanto, a liberdade é uma paixão, enquanto a vontade de ser livre é uma ação; e esta é a diferença entre mim e a pedra. Eu posso querer. A pedra, no máximo (e por que não?), pode somente tender a voltar como estava antes do muro, e sentir prazer quando se torna livre outra vez, mas não pode decidir a ação para realizar aquilo que lhe apraz.

Mas posso eu realmente querer? Neste momento eu experimento o prazer de ser pedra; o sol me aquece; o vento torna aceitável esta concussão do meu corpo; não tenho nenhuma intenção de cessar de ser pedra. Por quê? Porque me apraz. Portanto também eu sou escra-vo de uma paixão, que me desaconselha querer livremente o próprio contrário. Porém, querendo, poderia querer. E, todavia, não o faço. Quanto sou mais livre do que uma pedra?

Não existe um pensamento mais terrível, especialmente para um filósofo, do que o do livre-arbítrio. Por pusilanimidade filosófica,

Roberto expulsou-o como um pensamento demasiado árduo — para ele, certamente, e com maior razão para uma pedra, à qual dera as paixões, mas tirara toda possibilidade de ação. Em todo o caso, mesmo sem poder fazer perguntas sobre a possibilidade ou não de condenar-se voluntariamente, a pedra já adquirira muitas e nobilíssimas faculdades; mais de quanto os seres humanos jamais lhe houvessem atribuído.

Roberto perguntava-se agora se, no momento em que caía no vulcão, a pedra teria consciência da própria morte. Claro que não, porque jamais soubera o que queria dizer morrer. Mas, quando desaparecesse totalmente no magma, podia ter noção de sua morte? Não, porque não existia mais aquele composto individual pedra. Por outro lado, já ouvimos falar de algum homem que tenha percebido que estava morto? Se algo pensava a si mesmo, seria agora o magma: eu magmo, eu magmo, eu magmo, schluff, schlaff, eu fluo, fluesco, fluesço, fluido, plap ploff ulupp, eu transbordo, ebulo em bolhas ebulientes, começo a frigir, a ferver, escarrar, derramar, lamaçal. Slap. E ao imaginar-se magma, Roberto cuspilhava como um cão acometido de hidrofobia e procurava tirar borborigmos de suas vísceras. Estava quase a defecar. Não fora feito para ser magma, melhor voltar a pensar como pedra.

Mas o que importa à pedra que foi, que o magma magme a si mesmo magmante? Não existe para as pedras uma vida depois da morte. Não existe tampouco para aqueles aos quais tenha sido prometido e permitido, após a morte, transformar-se em planta ou em animal. O que aconteceria se eu morresse e todos os meus átomos se recompusessem, após terem sido minhas carnes bem distribuídas na terra e filtradas ao longo das raízes, na bela forma de uma palmeira? Diria *eu palmeira*? Assim diria a palmeira, não menos pensante que uma pedra. Mas, quando a palmeira dissesse *eu*, quereria dizer *eu Roberto*? Não seria bom tirar-lhe o direito de dizer *eu palmeira*. E que palmeira seria se dissesse *eu Roberto sou palmeira*? Esse composto que podia dizer *eu Roberto,* porque se percebia como aquele composto, não existe mais. E se não existe mais, com a percepção terá perdido também a memória de si mesmo. Não poderia sequer dizer *eu palmeira era Roberto.* Se isto fosse possível, deveria saber agora que eu, Roberto, fui... sei lá? Alguma coisa. E, ao contrário, não me recordo absolutamente. O que eu era antes, agora não sei mais, assim como sou incapaz de lembrar-me daquele feto que eu fui no ventre de minha mãe. Sei ter sido um feto, porque outros me disseram, mas no que me concerne, poderia não ter sido nunca.

Meu Deus, poderei desfrutar a alma, e poderiam desfrutá-la também as pedras, e justamente, a partir da alma das pedras, compreendo que a minha alma não sobreviverá ao meu corpo. Por que estou pensando, e brincando de ser pedra, se depois nada saberei a meu respeito?

Mas, afinal, o que é este eu que eu acredito pensar de mim? Não disse que não seja outra coisa senão consciência que o vazio, idêntico à extensão, tem de si mesmo neste composto peculiar? Portanto, não sou eu que penso, mas são o vazio ou a extensão que me pensam. E então este composto é um acidente, onde o vazio e a extensão detiveram-se por um bater de asas, para poder depois voltar a pensar-se diversamente. Neste grande vazio do vazio, a única coisa que realmente existe é a ocorrência desse devir em inumeráveis compostos transitórios... Compostos de quê? Do único grande nada, que é a Substância do todo.

Regulada por uma majestosa necessidade, que a leva a criar a destruir mundos; a entretecer as nossas pálidas vidas. Se eu a aceito, se consigo amar esta Necessidade, voltar para ela e dobrar-me aos seus futuros desejos, esta é a condição da Felicidade. Somente aceitando a sua lei, encontrarei a minha liberdade. NEla refluir será a Salvação, a fuga das paixões na única paixão: o Amor Intelectual de Deus.

Se conseguisse entender realmente isso, seria, certamente, o único homem a ter encontrado a Verdadeira Filosofia, e saberia tudo a respeito do Deus que se esconde. Mas quem teria ânimo de sair pelo mundo e proclamar essa filosofia? Este é o meu segredo que levarei comigo ao túmulo dos Antípodas.

Eu já disse: Roberto não possuía a têmpera do filósofo. Tendo chegado a esta Epifania, que lapidara com a severidade de que se vale o óptico para polir a sua lente, teve — e de novo — uma apostasia amorosa. Já que as pedras não amam, tornou a sentar-se, voltando à condição de homem amante.

Mas então, disse, se é ao vasto mar da grande e única substância que deveremos todos voltar, lá embaixo ou lá em cima, ou em qual-quer lugar onde ela esteja, eu tornarei a reunir-me idêntico à Senhora! Seremos ambos a parte e o todo do mesmo macrocosmo. Eu serei ela, ela será eu. Não é este o sentido profundo do mito do Hermafrodita? Lilia e eu, um só corpo e um só pensamento...

E não terei já antecipado esse acontecimento? Há dias (semanas, meses?) eu a estou fazendo viver num mundo que é todo meu, ainda que por intermédio de Ferrante. Ela é já pensamento do meu pensamento.

Talvez seja isso escrever Romances: viver através dos próprios personagens; fazer com que estes vivam no nosso mundo e entregar--se a si mesmo e as próprias criaturas ao pensamento daqueles que virão, mesmo quando não pudermos mais dizer *eu*...

Mas se é assim, depende só de mim eliminar Ferrante para sem-pre do meu próprio mundo, fazê-lo desparecer pela justiça divina e criar condições com as quais eu possa reunir-me a Lilia.

Cheio de um novo entusiasmo, Roberto decidiu pensar sobre o último capítulo da sua história.

Não sabia que, especialmente quando os autores decidem morrer, os Romances, frequentemente, se escrevem sozinhos e vão para onde querem.

38
Sobre a natureza e o lugar do inferno

Roberto narrou a si mesmo que, vagando pelas ilhas, e buscando mais o seu prazer do que a justa rota, Ferrante, incapaz de compreender os sinais que o eunuco enviava por meio da ferida de Biscarat, tivesse perdido, afinal, toda a noção de onde se encontrava.

O navio prosseguia; os poucos víveres estragaram-se; a água começava a cheirar mal. Para que a chusma não percebesse nada, Ferrante obrigava cada um a descer somente uma vez por dia à estiva e pegar no escuro o mínimo necessário para sobreviver, pois ninguém suportaria olhar.

Lilia era a única que não se apercebia de nada, suportando com serenidade toda tribulação e parecia viver com uma gota d'água e uma migalha de biscoito, ansiosa para que o amado tivesse êxito na sua empresa. Quanto a Ferrante, insensível àquele amor a não ser pelo prazer que dele obtinha, continuava a incitar os seus marinheiros, fazendo-lhes refulgir aos olhos do desejo imagens de riqueza. Assim um cego ofuscado pelo rancor conduzia outros cegos ofuscados pela cobiça, mantendo prisioneira dos seus laços uma cega beldade.

Em consequência da sede, as gengivas de muitos da tripulação já começavam a inchar e a cobrir os dentes; as pernas cobriam-se de abscessos, e seu pestilencial segredo subia até as partes vitais.

Foi assim que, após terem descido ao vigésimo quinto grau de latitude sul, Ferrante tivera de enfrentar um motim. Fizera-o, valendo-se de um grupo de cinco corsários mais fiéis (Andrapodo, Bóride, Ordogno, Safar e Asprando), e os rebeldes foram abandonados com poucos víveres na chalupa. Mas, fazendo assim, o *Tweede Daphne* privara-se de um meio de salvamento. O que importava isso — dizia Ferrante —, em breve estaremos no lugar para onde nos arrasta a nossa execranda fome de ouro. Mas os homens já eram poucos para governar o navio.

Nem sequer tinham vontade de fazê-lo; tendo ajudado o capitão, agora se consideravam seus pares. Um dos cinco espiara aquele misterioso fidalgo, que subia tão raramente ao convés, e descobrira que se tratava de uma mulher. Prontamente, aqueles últimos facínoras enfrentaram Ferrante, exigindo-lhe a passageira. Ferrante, Adônis no aspecto, mas Vulcano na alma, inclinava-se mais para Plutão do que para Vênus, e foi uma sorte que Lilia não o ouvisse sussurrar aos amotinados que pactuaria com eles.

Roberto não devia permitir a Ferrante executar esta última ignomínia. Decidiu, pois, que naquela altura Netuno se agastasse, por alguém poder transpor os seus campos, sem temer a sua ira. Ou, então, para não imaginar a aventura em termos muito pagãos, embora fossem aqueles ditos engenhosos: imaginou que seria impossível (se um romance também deve transmitir uma lição de moral) que o Céu não punisse aquela nau de perfídias. Alegrava-se imaginando que os Notos, os Aquilões e os Austros, inimigos indefessos da quietude do mar, embora houvessem deixado até então aos plácidos Zéfiros o cuidado de abrir caminho, por onde o *Tweede Daphne* continuava a sua viagem, encerrados em seus quartos subterrâneos, já se mostravam impacientes.

Fez com que todos explodissem repentinamente. Ao gemido das bordagens faziam eco os lamentos dos marinheiros; o mar vomitava neles e eles vomitavam no mar; e, às vezes, uma onda os envolvia de tal maneira que das praias alguém poderia confundir aquele convés com um esquife de gelo, ao redor do qual os raios queimavam como tochas.

Inicialmente a tempestade opunha nuvem contra nuvem, água contra água, vento contra vento. Mas logo o mar saíra de seus prescritos confins e crescia engrossando na direção do céu: desabava um temporal impetuoso; a água misturava-se com o ar, o pássaro aprendia a nadar, e o peixe, a voar. Não era mais uma luta da natureza contra os navegantes, mas uma batalha entre os próprios elementos. Não havia um átomo de ar que não se houvesse transformado numa esfera de granizo, e Netuno subia para extinguir os raios nas mãos de Júpiter, para tirar-lhe o gosto de queimar aqueles humanos, que ele queria, ao contrário, ver afogados. O mar abria um sepulcro no seu próprio seio para subtraí-los à terra e, ao ver o navio seguindo desgovernado na direção de um recife, com repentina bofetada, mudou-lhe a direção.

O navio afundava, na popa e na proa, e toda vez que se abaixava parecia voar do alto de uma torre; a popa abismava-se até a galeria, e na proa a água parecia querer engolir o gurupés.

Andrapodo, que estava tentando amarrar uma vela, fora arrancado da verga e, ao cair no mar, atingira Bóride que esticava uma corda, desconjuntando-lhe a cabeça.

A embarcação recusava-se a obedecer ao timoneiro Ordogno, enquanto uma outra rajada rasgava com um golpe a antena da mezena. Safar esforçava-se para recolher as velas, incitado por Ferrante que blasfemava, mas quando ainda não acabara de fixar a gávea, o navio ficara de través e recebera do lado três ondas de tais dimensões que Safar fora arrojado para além da borda. O mastro principal quebrara-se de pronto, tombando no mar, não sem antes devastar o convés e despedaçar o crânio de Asprando. E, por último, o timão se partira em mil pedaços, enquanto um golpe desvairado da barra do leme tirava a vida de Ordogno. Agora, aquele toco de madeira estava sem tripulação, enquanto os últimos ratos se espalhavam além da borda, caindo dentro d'água, da qual queriam escapar.

Parece impossível que Ferrante, nesse pandemônio, chegasse a pensar em Lilia, porque dele esperaríamos que estivesse pensando apenas na sua própria salvação. Não sei se Roberto pensara estar violando as leis da verossimilhança, mas, para não deixar morrer aquela a quem dera o coração, teve de conceder um coração também a Ferrante, ainda que por um brevíssimo momento.

Ferrante arrasta Lilia ao convés, e o que faz? A experiência ensinava a Roberto que deveria amarrá-la firmemente a uma tábua, deixando-a deslizar no mar e confiando em que nem mesmo as feras do Abismo negariam clemência a tanta beleza.

Depois disso, Ferrante agarra também um pedaço de madeira, e prepara-se para amarrá-lo junto ao corpo. Mas, naquele momento, emerge no convés, sabe Deus como, liberto de seu patíbulo por causa da grande agitação da estiva, com as mãos ainda acorrentadas, mais parecido com um morto do que com um vivo e com os olhos reavivados de ódio, Biscarat.

Biscarat, que durante toda a viagem ficara, como o cão do *Amarilli*, sofrendo no tronco, enquanto a cada dia abria-se-lhe de novo aquela ferida, que depois era tratada por pouco tempo; Biscarat passara todos aqueles meses com uma única ideia: vingar-se de Ferrante.

Deus ex machina, Biscarat aparece de repente às costas de Ferrante, que já estava com um pé na balaustrada, ergue os braços e fazendo da corrente um laço passa-a diante do rosto de Ferrante, até apertar-lhe a garganta. E gritando: "Comigo, comigo afinal ao inferno!", chegamos quase a ver, a sentir apertar tão forte que o pescoço de Ferrante se quebra, enquanto a língua salta daqueles lábios blasfemos, acompanhado do ódio derradeiro. Até que o corpo sem alma do justiçado, ao cair, arrasta consigo, como se fosse um manto, aquele ainda vivo do justiceiro, que vai vitorioso ao encontro das ondas em guerra, com o coração finalmente em paz.

Roberto não conseguiu imaginar os sentimentos de Lilia diante daquela visão e desejou que Ela não tivesse visto nada. Como não lembrava o que acontecera com ele, quando fora apanhado pelo redemoinho, não conseguia imaginar tampouco o que poderia ter acontecido com Ela.

Em realidade, estava tão interessado em enviar Ferrante para a sua justa punição, que resolveu antes de tudo acompanhar a sua sorte no além-túmulo. E deixou Lilia no grande torvelinho.

O corpo sem vida de Ferrante fora atirado a uma praia deserta. O mar estava calmo, como água numa xícara, e, na costa, não havia nenhuma ressaca. Tudo estava envolvido por um leve nevoeiro, como acontece quando o sol já desapareceu, mas a noite ainda não ocupou o seu lugar no céu.

Logo depois da praia, sem árvores ou arbustos que assinalassem o seu término, via-se uma planura absolutamente mineral, onde até mesmo aquilo que de longe lembravam ciprestes, não passavam de obeliscos de chumbo. No horizonte, do lado ocidental, erguia-se um relevo montuoso, escuro ao olhar, se não fossem vistas pequenas chamas ao longo dos declives, que lhe davam ares de cemitério. Acima daquele maciço, pairavam longas nuvens negras, cujo ventre era de carvão apagado, de uma forma sólida e compacta, como aqueles ossos de siba, que aparecem em certos quadros ou desenhos, e que ao vê-los, de soslaio, se contraem em forma de crânio. Entre as nuvens e a montanha, o céu ainda guardava nuances amareladas; e dir-se-ia ser aquele o último espaço aéreo ainda tocado pelo sol morrente, se não se tivesse a impressão de que aquela derradeira tentativa de ocaso nunca tivesse tido início e jamais teria fim.

Lá, onde a planura principiava a transformar-se em declive, Ferrante avistou um pequeno grupo de homens e foi ao seu encontro.

De longe, pelo aspecto, pareciam homens, ou em todo caso seres humanos; mas, quando Ferrante se acercou, viu que, se tinham sido homens, agora se haviam transformado — ou estavam em vias de se transformarem — em instrumentos para um anfiteatro de anatomia. Assim os queria Roberto, porque recordava ter visitado certo dia um desses lugares, onde um grupo de médicos de trajes escuros e de rosto avermelhado, com pequenas veias rosadas no nariz e nas faces, numa atitude que parecia de carrasco, estava ao redor de um cadáver a fim de pôr para fora o que estava dentro, e descobrir nos mortos os segredos dos vivos. Tiravam a pele; cortavam as carnes; desnudavam os ossos; dissolviam as ligações dos nervos; desatavam o emaranhado dos músculos; abriam os órgãos dos sentidos; separavam todas as membranas; desfaziam todas as cartilagens; despregavam todas as fressuras. Diferenciadas todas as fibras; divididas todas as artérias; descobertos todos os miolos; mostravam aos presentes as oficinas vitais: pois bem, diziam, aqui se prepara a comida; o sangue aqui se purga; o alimento aqui se distribui; aqui se formam os humores; aqui se temperam os espíritos... E alguém, ao lado de Roberto, observara em voz baixa que, depois de nossa morte terrena, não agiria de outro modo a natureza.

Mas um Deus anatomista tocara de modo particular os habitantes daquela ilha, que agora Ferrante via cada vez mais de perto.

O primeiro era um corpo desprovido de pele; as tiras dos músculos esticadas; os braços num gesto de abandono; o rosto sofrido para o céu, reduzido ao crânio e às maçãs do rosto. No segundo, o couro das mãos estava dependurado na ponta dos dedos como se fosse uma luva e, nas pernas, dobrava-se abaixo dos joelhos, como se fosse uma bota amolecida.

No terceiro, tanto a pele quanto os músculos tinham sido de tal maneira divaricados, que o corpo todo, e especialmente o rosto, parecia um livro aberto. Como se aquele corpo quisesse mostrar pele, carne e osso ao mesmo tempo, três vezes humano e três vezes mortal; mais parecia um inseto, do qual aqueles trapos eram as asas, se naquela ilha houvesse vento para agitá-las. Mas estas asas não se moviam pela força do ar, imóvel naquele crepúsculo: agitavam-se apenas com os movimentos daquele corpo deslombado.

Pouco distante, um esqueleto apoiava-se numa pá, talvez para abrir uma cova, as órbitas dos olhos voltadas para o céu, uma careta no arco dobrado dos dentes, a mão esquerda como se implorasse piedade e atenção. Um outro esqueleto inclinado oferecia, de costas, a espinha do dorso encurvada, caminhando aos pulos com as mãos ossudas no rosto reclinado.

Um, que Ferrante viu só de costas, trazia ainda uma cabeleira no crânio descarnado, como se fosse um boné enfiado ali à força. Mas a aba (pálida e rosa como uma concha marinha), o feltro que sustentava a pele, era formado pela cútis, cortada na altura da nuca e virada para cima.

Havia outros aos quais quase tudo fora subtraído e pareciam esculturas de nervos apenas; no tronco do pescoço, agora acéfalo, agitavam-se os que outrora estavam arraigados num cérebro. As pernas pareciam um emaranhado de vime.

Outros havia que, com o abdome aberto, deixavam palpitar intestinos de coloração cólquica, como tristes glutões empanturrados de tripas mal digeridas. Lá onde tinham tido um pênis, agora esfolado e reduzido a um pecíolo, agitavam-se os testículos ressecados.

Ferrante viu que eram apenas veias e artérias, laboratório ambulante de um alquimista, canos e tubos em moto perpétuo, destilando o sangue exangue daqueles vaga-lumes esquálidos, sob a luz de um sol ausente.

Aqueles corpos viviam num grande e doloroso silêncio. Em alguns deles entreviam-se os sinais de uma vagarosa transformação que, de estátuas de carne, os reduzia a estátuas de fibras.

O último deles, escoriado como um São Bartolomeu, trazia alta na mão direita a pele ainda sanguinolenta, flácida como uma serosa das entranhas. Reconhecia-se nele ainda um rosto com os buracos dos olhos e das narinas e a caverna da boca, que parecia a última gota de uma máscara de cera exposta a um calor repentino.

E aquele homem (ou seja, a boca desdentada e de pele deformada) falou com Ferrante.

"Malvindo", disse-lhe, "à Terra dos Mortos que nós chamamos de Ilha Vesália. Dentro em breve, seguirás também nosso destino; não deverás acreditar que cada um de nós se dissolva com a rapidez concedida pelo sepulcro. De acordo com a nossa condenação, cada um de nós é levado a um estádio próprio de decomposição, como para fazer--nos saborear a extinção, que para cada um seria a máxima felicidade. Oh! que alegria, imaginar-nos apenas cérebros, que ao serem tocados se desmanchassem; pulmões que arrebentassem ao primeiro sopro de ar, que ainda os inflasse; pelames que a tudo cedessem; molames que se amolecessem; gorduras que se derretessem! Mas não. Assim como nos vês, nós chegamos cada um ao nosso estado sem nos dar conta, por imperceptível mutação, no curso da qual se consumiram todas as nossas filaças no tempo de mil e mil e mil anos. Ninguém sabe até que ponto nos é dado consumir-nos, tanto que todos aqueles lá embaixo, reduzidos a ossos, esperam ainda poder morrer um pouco, e talvez sejam milênios que se exaurem naquela espera; outros, como eu, estão com essa aparência, já não sei desde quando — pois nesta noite sempre iminente perdemos toda a sensação do passar do tempo —, e mesmo assim espero que me seja dada uma anulação vagarosíssima. Assim, cada um de nós deseja uma decomposição que — bem o sabemos — jamais será total, sempre esperando que a Eternidade ainda não tenha começado para nós e, mesmo assim, temendo estar dentro dela desde o nosso antiquíssimo desembarque nesta terra. Nós pensávamos, quando vivíamos, que a vida no inferno fosse o lugar do eterno desespero, porque assim nos disseram. Ai de mim, não, pois este é o lugar da inextinguível esperança, que torna cada dia pior do que o outro, pois essa sede, que nos é mantida viva, não é jamais satisfeita. Tendo sempre um vestígio de corpo, e cada corpo tendendo ao crescimento ou à morte, não cessamos de esperar; somente assim o nosso Juiz sentenciou que nós pudéssemos sofrer *in saecula*."

Ferrante perguntara: "Mas o que vós esperais?"

"Diz também o que tu irás esperar... Irás esperar que um nada de vento, uma pequena maré, a vinda de uma única sanguessuga esfomeada, devolva átomo por átomo ao grande vazio do Universo, onde poderemos participar ainda de alguma forma do ciclo da vida. Mas o ar aqui não se agita; o mar permanece imóvel; não sentimos nunca frio ou calor; não conhecemos auroras ou ocasos; e esta terra mais morta do que nós não produz qualquer vida animal. Oh! os vermes, que a morte um dia nos prometeu! Oh! caros vermículos, mães de nosso espírito que ainda poderia renascer! Sugando o nosso fel, nos aspergíreis, piedosos, com o leite da inocência! Mordendo-nos, iríeis curar as feridas de nossas culpas; embalando-nos com as vossas carícias de morte nos daríeis uma nova vida, porque tanto valeria para nós a tumba quanto o regaço materno... Mas nada disso acontecerá. Isso nós sabemos, e mesmo assim o nosso corpo disso se esquece a todo instante."

"E Deus", perguntara Ferrante, "Deus, Deus ri?"

"Ai de mim, não", respondera o esfolado, "porque também a humilhação nos exaltaria. Bom seria se víssemos pelo menos um Deus, que chegasse a rir de todos nós! Quanta distração seria para nós o espetáculo do Senhor, que do seu trono, em companhia dos seus santos, zombasse de nós. Teríamos a visão da felicidade alheia, tão confortadora como a visão da cólera alheia. Não, aqui ninguém se irrita, ninguém sorri, ninguém se mostra. Aqui não há Deus. Há somente uma esperança desprovida de meta."

"Por Deus, que sejam malditos todos os santos", procurou gritar Ferrante, cheio de cólera, "se estou condenado, terei pelo menos o direito de representar para mim mesmo o espetáculo de meu furor!" Mas percebeu que a voz saía fraca de seu peito, seu corpo estava prostrado e não podia sequer enfurecer-se.

"Vês", dissera-lhe o esfolado, sem que sua boca conseguisse sorrir, "a tua pena já começou. Nem mesmo o ódio te é permitido. Esta ilha é o único lugar do Universo onde não é permitido sofrer, onde uma esperança desprovida de energia não se distingue de um tédio sem fim."

Roberto continuara a construir o fim de Ferrante, ficando sempre no convés, nu como se pusera, para tornar-se pedra; neste meio-

-tempo, o sol queimara-lhe o rosto, o peito e as pernas, levando-o de volta àquele calor febril, do qual fugira não havia muito. Disposto agora a confundir não apenas o romance com a realidade, mas também o ardor da alma com o do corpo, sentia-se queimar de amor. E Lilia? Que acontecera com Lilia, enquanto o cadáver de Ferrante ia para a ilha dos mortos?

Com um toque não raro nos narradores de Romances, quando não sabem como pôr freios à impaciência e não mais observam as unidades de tempo e de lugar, Roberto saltou sobre os acontecimentos para encontrar Lilia dias depois, agarrada àquela tábua, seguindo num mar, agora bastante calmo, que resplandecia sob o sol; aproximava-se (e isto, meu gentil leitor, jamais ousarias prever) à costa ocidental da Ilha de Salomão, ou seja, na parte oposta àquela onde o *Daphne* estava ancorado.

Ali, Roberto soubera-o pelo padre Caspar, as praias eram menos amigáveis do que no oeste. A tábua, agora incapaz de aguentar, quebrara-se ao bater num recife. Lilia acordara e se abraçara àquela rocha, enquanto os pedaços da tábua se perdiam nas correntezas.

Agora ela estava lá, numa pedra que mal bastava para acolhê-la, e um trecho d'água (mas para ela era um oceano) separava-a da costa. Abatida pelo tufão; debilitada pelo jejum; atormentada ainda mais pela sede, não podia arrastar-se da pedra até a areia, além da qual, com um olhar velado adivinhava a descoloração das formas vegetais.

Mas a rocha estava tórrida sob o flanco delicado e, respirando com dificuldade, em vez de refrescar a aridez interna, atraía para si a aridez do ar.

Esperava que, não distante dali, brotassem ágeis riachos de rochedos sombrios, mas estes sonhos não suavizavam, atiçavam-lhe a sede. Queria pedir socorro ao Céu, mas, continuando atada ao palato a árida língua, sua voz tornava-se um suspiro entrecortado.

Com o passar do tempo, o açoite do vento arranhava-a com as unhas de uma ave de rapina, e temia (mais do que morrer) viver até que a ação dos elementos a desfigurasse, tornando-a objeto de repulsa e não mais de amor.

Se tivesse alcançado um canal, um curso d'água viva, aproximando-lhe os lábios teria visto os seus olhos, antes duas vivas estrelas que prometiam vida, agora dois assustadores eclipses; aquele rosto, onde os cupidos brincando se hospedavam, era agora um palácio repulsivo. Se tivesse chegado a um pântano, os seus olhos teriam derramado, por piedade do próprio estado, mais gotas do que os lábios pudessem sorver.

Assim, pelo menos, Roberto fazia Lilia pensar em si mesma. Sentiu-se, porém, aborrecido. Aborrecido com ela que, prestes a morrer, se angustiava pela própria beleza, como frequentemente queriam os Romances; aborrecido com ele mesmo, que não sabia olhar o rosto do seu amor que morria, sem hipérboles mentais.

Como podia ser realmente Lilia, naquele ponto? Como seria o seu aspecto, tirando-lhe aquela roupa de morte, tecida com as palavras?

Pelos sofrimentos da longa viagem e do naufrágio, os seus cabelos podiam ter-se tornado de estopa, marcada por fios brancos; o seu seio teria decerto perdido os seus lírios; o seu rosto teria sido arado pelo tempo. Cheios de rugas, o peito e o pescoço.

Nada disso; celebrá-la desta forma, ela, que desfalecia, significava ainda recorrer à máquina poética do padre Emanuele... Roberto queria ver Lilia como ela realmente era. A cabeça virada, os olhos revirados que, apequenados pela dor, se mostravam muito distantes da base do nariz (já agora afilado na ponta) intumescido por pequenos inchaços, os cantos marcados por uma auréola de pequenas rugas, marcas deixadas por um pássaro na areia. As narinas um pouco dilatadas, uma ligeiramente mais carnuda do que a outra. A boca rachada, de cor ametista; duas rugas arqueadas dos lados; o lábio superior um pouco saliente, levantado, revelando dois dentinhos não mais de marfim. A pele do rosto docemente caída, duas pregas frouxas sob o queixo, deslustrando o desenho do pescoço...

E, entretanto, essa fruta murcha, ele não a trocaria por todos os anjos do Céu. Ele a amava assim mesmo; nem que fosse diferente, poderia saber quando a amara querendo-a como era, atrás da cortina de seu véu negro, numa noite distante.

Deixara-se desviar durante os seus dias de naufrágio, desejara-a harmoniosa como o sistema das esferas; mas já lhe haviam falado (e não ousara confessá-la ao padre Caspar) que talvez os planetas não cumprissem a sua viagem ao longo da linha perfeita de um círculo, mas por uma estrábica volta em torno do sol.

Se a beleza é clara, o amor é misterioso; ele descobria amar não a primavera, mas cada uma das estações da amada, tanto mais desejável em seu declínio outonal. Amara-a sempre em razão do que ela se lhe afigurava, ou como poderia ter sido; somente nesse caso, amar era fazer uma dádiva de si, sem esperar a troca.

Deixara-se transtornar pelo seu undíssono exílio, buscando sempre um outro si mesmo: péssimo em Ferrante, ótimo em Lilia, de cuja glória queria fazer-se glorioso. E, ao contrário, amar Lilia significava desejá-la como ele mesmo era, ambos entregues ao trabalho do tempo. Até então usara a beleza de Lilia para fomentar a conspurcação da sua mente. Fizera-a falar, pondo em sua boca as palavras que bem desejava, embora estivesse descontente. Agora ele a desejava próxima, enamorado de sua sofredora beleza, de sua voluptuosa macilência, de seus encantos lívidos, de sua debilitada formosura, de sua magra nudez, para acariciá-la com solicitude e ouvir a sua palavra, não a que ele lhe emprestara.

Devia tê-la, desapossando-se de si mesmo.

Mas era tarde para prestar a justa homenagem ao seu ídolo enfermo.

Do outro lado da Ilha, dentro das veias de Lilia, corria, liquefeita, a Morte.

39
Itinerário extático celeste

Era esta a maneira de terminar um Romance? Os Romances não apenas estimulam o ódio para nos fazer gozar da derrota daqueles que odiamos, mas convidam, outrossim, à compaixão para levar-nos em seguida a descobrir fora de perigo aqueles que amamos. Roberto não havia lido jamais nenhum romance que acabasse tão mal.

A não ser que o Romance ainda não tivesse acabado, e houvesse um Herói de reserva, capaz de um gesto imaginável apenas no País dos Romances.

Por amor, Roberto decidiu cumprir esse gesto, entrando ele mesmo na sua história.

Se eu já tivesse chegado à Ilha, dizia a si mesmo, poderia agora salvá-la. Foi somente a minha indolência que me deteve aqui. Agora estamos nós dois ancorados no mar, desejando as praias opostas da mesma terra.

Mesmo assim, nem tudo está perdido. Eu a vejo expirar neste instante, mas se eu, neste mesmo instante, conseguisse alcançar a Ilha, chegaria um dia antes dela, estando pronto para esperá-la e trazê-la a salvo.

Pouco importa que eu a receba do mar, enquanto esteja prestes a dar o seu último suspiro. Sabe-se que quando alguém chega a tal ponto, uma forte emoção pode dar-lhe sangue novo, e já se viram moribundos que, sabendo ter sido removida a causa de sua desventura, voltaram a florescer.

Haverá maior emoção, para aquela moribunda, do que encontrar em vida a pessoa amada! De fato, eu não deveria revelar-lhe não ser quem ela amava, porque ela se dera para mim e não para o outro; tomarei simplesmente o lugar que me era devido desde o início. Não só, mas sem se aperceber, Lilia sentiria um amor diferente no meu olhar, isento de luxúria, trêmulo de devoção.

Será possível (qualquer um se perguntaria) que Roberto não tivesse refletido no fato de que essa redenção só lhe seria concedida se ele realmente conseguisse chegar até a Ilha, naquele mesmo dia, no máximo nas primeiras horas da manhã seguinte, coisa que as suas experiências mais recentes não tornavam provável? Será possível que não se apercebesse de que estava projetando alcançar realmente a Ilha para encontrar aquela que chegava até ele somente em virtude de sua história?

Mas Roberto, já o vimos, após ter começado a pensar num País dos Romances, totalmente estranho ao próprio mundo, chegara finalmente a fazer confluir os dois universos um dentro do outro, sem esforço, e confundira as suas leis. Acreditava poder chegar à Ilha porque imaginava justamente isso; e imaginava a chegada de Lilia quando ele já estivesse chegando, porque assim o desejava. Por outro lado, essa liberdade de querer eventos e de vê-los realizados, que torna tão imprevisíveis os Romances, Roberto a estava transferindo para o próprio mundo; finalmente acabaria chegando à Ilha pela simples razão de que se não chegasse, não saberia mais o que contar.

Sobre essa ideia, que, a qualquer um que não nos tivesse acompanhado até aqui, pareceria estultícia ou estolidez como queiram (ou como queriam naquele tempo), ele meditava agora de modo matemático, sem esconder nenhuma das eventualidades que a razão e a prudência lhe sugeriam.

Como um general que organiza, na noite anterior à batalha, os movimentos que as suas tropas deverão cumprir no dia seguinte e não só imagina as dificuldades que poderiam surgir e os acidentes que poderiam perturbar o seu plano, mas busca penetrar também na mente do general adversário, para prever as manobras e as contramanobras, e planejar o futuro, agindo em consequência daquilo que o outro poderia planejar em consequência daquelas consequências — assim Roberto pesava os meios e os resultados, as causas e os efeitos, os prós e os contras.

Devia abandonar a ideia de nadar na direção da barbacã e ultrapassá-la. Já não podia avistar as passagens submersas e não poderia alcançar a parte emergente senão enfrentando invisíveis armadilhas, certamente mortais. Afinal, mesmo admitindo que pudesse alcançá-la — em cima ou embaixo d'água, tanto faz —, não havia certeza de que pudesse caminhar com as suas frágeis polainas, e que ela não escondesse despenhadeiros, nos quais poderia cair sem jamais retomar.

Não se podia pois alcançar a Ilha, a não ser fazendo outra vez o percurso do barco, ou seja, nadando para o sul, costeando a distância a baía mais ou menos na altura do *Daphne,* para depois apontar para o Oriente, após ter dobrado o promontório meridional, até alcançar a calheta, da qual lhe falara padre Caspar.

Esse projeto não era nada razoável, e por duas razões. A primeira, que a duras penas ele havia até então conseguido nadar até os limites da barbacã, e, naquela altura, as forças já o abandonavam; portanto, não era sensato pensar que poderia percorrer uma distância pelo menos quatro ou cinco vezes superior — e sem usar a amarra, não tanto porque não dispunha de uma tão comprida, mas porque desta vez, se partisse, era para valer, e se não chegasse, não fazia sentido voltar. A segunda, era que nadar para o sul significava mover-se contra a correnteza; já sabendo que as suas forças resistiriam somente a umas poucas braçadas, ele acabaria sendo arrastado inexoravelmente para o norte, além do cabo setentrional, distanciando-se cada vez mais da Ilha.

Após ter calculado com rigor tais possibilidades (após ter reconhecido que a vida é breve; a arte, vasta; a ocasião, instantânea; e a tentativa, incerta), dissera que era indigno de um fidalgo entregar-se a cálculos tão mesquinhos, como um burguês que computasse as possibilidades que teria com os dados, jogando o seu avaro pecúlio.

Ou melhor, dissera, um cálculo deve ser feito, mas que seja sublime, se sublime é a quantia. O que estava em jogo naquela sua aposta? A vida. Mas a sua vida, se ele jamais conseguisse deixar o navio, não valia muito, especialmente agora que à solidão se acrescentaria a consciência de ter perdido Lilia para sempre. E o que ganhava, caso vencesse a prova? Tudo; a alegria de revê-la e de salvá-la; em todo o caso morrer sobre ela já morta, cobrindo-lhe o corpo com uma mortalha de beijos.

É verdade, a aposta não era de igual para igual. Havia maiores possibilidades de perecer na tentativa do que alcançar a terra. Mas também nesse caso o risco era vantajoso; era como se lhe dissessem que havia mil possibilidades de perder uma soma inexpressiva e uma única de ganhar um imenso tesouro. Quem não teria aceitado?

Deixou-se dominar, afinal, por uma outra ideia, que lhe reduzia além da medida o risco daquela jogada, vendo-se, pois, vencedor em ambos os casos. Se admitisse que a correnteza o arrastasse na direção oposta. Pois bem, ao passar pelo outro promontório (já o sabia porquanto já o experimentara com a tábua), a correnteza o teria levado ao longo do meridiano...

Se ele se deixasse levar na superfície d'água, com os olhos voltados para o céu, jamais veria mover-se o Sol; teria flutuado naquela margem que separava o hoje do ontem, fora do tempo, num eterno meio-dia. Ao deter-se o tempo para ele, também se deteria na Ilha, retardando ao infinito a morte de Lilia, porque tudo aquilo que acontecia com Lilia dependia de sua vontade de narrador. Se o tempo se detivesse, a história na Ilha também se deteria.

Um aguçadíssimo quiasmo, além de tudo. Ela ter-se-ia encontrado na mesma posição na qual ele permanecera por um tempo agora incalculável, a duas braças da Ilha, e ele, ao perder-se no oceano, ter-se-ia oferecido aquela que era a sua esperança; deixá-la-ia à espera na orla de um interminável desejo — ambos sem futuro e, portanto, livres da iminência da morte.

Depois se detivera imaginando qual teria sido a sua viagem, e para a fusão de universos que ele havia já sancionado, sentia-o como se também fosse a viagem de Lilia. Era a extraordinária aventura de Roberto que garantiria também para ela uma imortalidade que o emaranhado das longitudes de outro modo não lhe teria permitido.

Seguiria para o norte com velocidade moderada e uniforme; à sua direita e à sua esquerda passariam os dias e as noites; as estações; os eclipses e as marés; novíssimas estrelas cruzariam os céus trazendo pestilência e sublevações de impérios; monarcas e pontífices envelheceriam e desapareceriam nas rajadas de poeira; todos os vórtices do universo deflagrariam suas ventosas revoluções; novas estrelas nasceriam do holocausto das antigas... Ao seu redor, o mar ter-se-ia agitado e, em seguida, acalmado, os alísios fariam suas girândolas, e para ele nada mudaria naquele plácido sulco.

Poderia parar algum dia? Pelo que lembrava dos mapas, nenhuma outra terra, que não fosse a Ilha de Salomão, estendia-se naquela longitude, pelo menos até que ela não se juntasse no Polo com todas as outras. Mas se um navio, com o vento em popa e uma selva de velas, empregava meses e meses e meses para realizar um percurso semelhante ao que ele empreendera, quanto tempo levaria o seu? Talvez alguns anos, antes de atingir o lugar onde não sabia o que teria sido do dia e da noite e do transcorrer dos séculos.

Enquanto isso, repousaria num amor tão delicado, a ponto de não se preocupar de perder os lábios, as mãos e as pupilas. O corpo perderia toda sua linfa, sangue, bile ou pituíta; a água entraria por todos os poros, entrando nos ouvidos e, cobrindo o cérebro de sal, substituiria o humor vítreo dos olhos, invadiria as narinas, dissolvendo todos os vestígios do elemento terrestre. Ao mesmo tempo, os raios solares o alimentariam com partículas ígneas, e estas reduziriam o líquido numa só gota de ar e de fogo, a qual, por simpatia, seria puxada para o alto. E ele, agora leve e volátil, subiria para reunir-se primeiramente com os espíritos do ar, e depois com os do sol.

O mesmo aconteceria com ela, na luz imóvel daquele recife, dilatando-se como ouro batido até a lâmina mais evanescente.

Assim no curso dos dias se uniriam naquela aliança... A cada instante seriam realmente um para o outro como os gêmeos rígidos do compasso, cada qual movido pelo movimento do companheiro, dobrando-se um, quando o outro se estendesse mais longe, para segui-lo e voltar com ele para o centro.

Ambos continuariam, pois, sua viagem no presente, diretamente para o astro que os esperava, poalha de átomos entre os corpúsculos do cosmos, vórtice entre vórtices, agora eternos, igual ao mundo, porque bordados de vazio. Reconciliados com o seu destino, porque o movimento da Terra traz males e medos, mas a trepidação das esferas é inocente.

Portanto, a aposta, em todo o caso, seria vitoriosa. Não devia hesitar. Mas tampouco dispor-se àquele triunfal sacrifício sem o acompanhamento de ritos adequados. Roberto confia aos seus papéis os atos derradeiros que está para cumprir, e, de resto, permite-nos adivinhar gestos, tempos, cadências.

Como primeiro batismo libertador, empregou quase uma hora para remover uma parte da grade que separava o convés da segunda coberta. Depois desceu e abriu todas as gaiolas. À medida que arrancava os juncos, era atacado por um só bater de asas e precisou defender-se erguendo os braços em frente ao rosto; ao mesmo tempo, gritava "xô, xô!" e encorajava os prisioneiros, empurrando com as mãos até mesmo as galinhas, que espolinhavam sem encontrar a saída.

Até que, de volta ao convés, viu o numeroso bando voar à mastreação, dando-lhe por alguns instantes a impressão de que o sol estivesse coberto com todas as cores do arco-íris, descoradas obliquamente pelas aves do mar, que acorreram, curiosas, para unirem-se àquela festa...

Em seguida, atirou ao mar todos os relógios, sem sequer pensar que estava perdendo um tempo precioso; estava apagando o tempo para propiciar uma viagem contra o tempo.

Para impedir qualquer gesto de covardia, reunira no convés, sob a vela principal, tábuas, pequenos troncos, tonéis vazios, nos quais derramara o óleo de todas as lanternas, e ateou fogo.

Erguera-se a primeira labareda que logo atingiu as velas e as enxárcias. Quando teve certeza de que o fogo se alimentava por si mesmo, estava pronto para o adeus.

Ainda estava nu, quando principiou a morrer, transformando-se numa pedra. Livre até mesmo da amarra, que não devia mais limitar a sua viagem, desceu para o mar.

Apoiou fortemente os pés contra a embarcação, dando um empurrão para a frente para separar-se do *Daphne*; e, após ter seguido o costado até a popa, afastou-se para sempre, na direção de uma das duas felicidades que certamente o esperava.

Antes mesmo que o destino e as águas tivessem decidido por ele, eu desejaria que, parando de quando em quando para respirar, tivesse despegado o olhar do *Daphne,* que saudava até a Ilha.

Lá longe, acima da linha traçada pela copa das árvores, com os olhos agora aguçadíssimos deve ter visto levantar voo — como uma flecha querendo chegar ao Sol — a Pomba Cor de Laranja.

40
Colophon

Pronto. O que terá acontecido com Roberto? Não sei, e acredito que ninguém jamais poderá saber.

Como extrair um romance de uma história tão romanesca, se não se conhece o final, ou melhor, o verdadeiro início?

A menos que a história a ser contada não seja a de Roberto, mas a de seus papéis — embora tenhamos de caminhar aqui por conjecturas.

Se os papéis (embora fragmentários, dos quais tirei uma história, ou uma série de histórias que se cruzam ou trespassam) chegaram até nós é porque o *Daphne* não foi de todo queimado, parece-me evidente. Quem sabe, aquele incêndio talvez tenha atacado apenas os mastros, extinguindo-se, em seguida, naquele dia sem vento. Nada exclui que algumas horas depois tenha desabado uma chuva torrencial, apagando a fogueira...

Quanto tempo o *Daphne* permaneceu lá, antes que alguém o reencontrasse e descobrisse os escritos de Roberto? Lanço duas hipóteses, ambas fantasiosas.

Como já mencionei, poucos meses antes daquele fato, mais precisamente em fevereiro de 1643, Abel Tasman, ao partir da Batávia em agosto de 1642, depois de atingir aquela Terra de van Diemen, a qual se tornaria mais tarde a Tasmânia, vendo somente de longe a Nova Zelândia, e ao apontar para as Tongas (já alcançadas em 1615 por Van Schouten e Le Maire, e batizadas com o nome de ilhas do Coco e dos Traidores), seguindo para o norte, descobrira uma série de ilhotas rodeadas de areia, registrando-as a 17,19 graus de latitude sul e a 201,35 graus de longitude. Não vamos discutir a longitude, mas as ilhas que ele chamou de Prins Willelms Ejilanden; se as minhas hipóteses estiverem corretas, não deveriam distar da Ilha de nossa história.

Tasman termina sua viagem, segundo nos diz, em junho; portanto, antes que o *Daphne* pudesse chegar àquelas bandas. Mas não é certo que os diários de Tasman sejam verdadeiros (e, além disso, já não existem os originais).* Tentemos, pois, imaginar que, por um daqueles desvios fortuitos, dos quais sua viagem é tão rica, ele tenha voltado àquela região, digamos em setembro daquele ano e tenha descoberto o *Daphne*. Nenhuma possibilidade de recuperá-lo, sem mastreação e velas, como já devia estar. Visitara-o para descobrir de onde vinha e encontrara os papéis de Roberto.

Ainda que pouco conhecesse o italiano, entendera que se discutia o problema das longitudes, razão pela qual aqueles papéis tornaram--se um documento reservadíssimo para ser entregue à Companhia das Índias Holandesas. Por isso, não diz nada em seu diário sobre o acontecido, falsifica provavelmente até mesmo as datas para apagar o menor vestígio de sua aventura, e os papéis de Roberto vão parar em algum arquivo secreto. Depois, Tasman fez uma outra viagem, também no ano seguinte, e só Deus sabe se esteve onde disse ter estado.**

---

* Qualquer um pode facilmente verificar se estou dizendo a verdade em P.A. Leupe, "De handschriften der ontdekkingreis van A.J. Tasman en Franchoys Jacobsen Vische 1642-3", in Prins Willelms Eijlanden, Bijdragen voor vaderlandsche geschiedenis en oudheidkunde, N.R.7, 1872, pp. 254-293. São decerto indiscutíveis os documentos recolhidos como Generale Missiven, nos quais existe um extrato do "Daghregister van het Casteel Batavia", de 10 de junho de 1643, em que se noticia o retorno de Tasman. Mas, se a hipótese que devo apresentar fosse plausível, bastaria pouco para supor que, para preservar um segredo como aquele das longitudes, mesmo um ato desse tipo teria sido violado. Com comunicações que da Batávia deviam chegar à Holanda – e quem sabe quando chegavam ali –, um desvio de dois meses podia passar inobservado. Por outro lado, não estou nada seguro de que Roberto tenha chegado àquelas bandas em agosto e não antes.
** Dessa segunda viagem não existem absolutamente diários de bordo. Por quê?

Imaginemos os geógrafos holandeses folheando aqueles papéis. Nós já sabemos que nada havia de interessante a ser encontrado, a não ser, talvez, o método canino do doutor Byrd, do qual vários espiões, aposto, já haviam tomado conhecimento por outros caminhos. Deparam com a menção da Specula Melitensis, mas gostaria de lembrar que, depois de Tasman, passam-se cento e trinta anos antes que Cook redescubra aquelas ilhas; e, seguindo as indicações de Tasman, não poderiam ser reencontradas.

Depois, finalmente, sempre um século após a nossa história, a invenção do cronômetro marinho de Harrison põe termo à frenética procura do *punto fijo*. O problema das longitudes não é mais um problema; algum arquivista da Companhia, querendo esvaziar os armários, joga fora, dá de presente, vende — quem sabe — os papéis de Roberto, agora pura curiosidade para algum maníaco de manuscritos.

A segunda hipótese é romanescamente mais sedutora. Em maio de 1789, uma fascinante personagem passa por aquelas bandas. É o capitão Bligh, que os amotinados do Bounty haviam baixado numa chalupa com dezoito homens fiéis, e confiado à clemência das ondas.

Aquele homem excepcional, quaisquer que tenham sido suas falhas de caráter, consegue percorrer mais de seis mil quilômetros para chegar finalmente a Timor. Ao cumprir essa empreitada, passa pelo arquipélago das Fidji, quase alcança Vanua Levu e atravessa o grupo das Yasawa. Isso quer dizer que, se tivesse se desviado levemente para o leste, poderia muito bem ter chegado às bandas de Taveuni, onde me agrada concluir que se localizava a nossa Ilha — a serem válidas as provas em questões relativas ao acreditar e ao querer acreditar, pois bem: garantem-me que uma Pomba de Cor de Laranja, ou Orange Dove, ou Flame Dove, ou melhor ainda, Ptilinopus Victor, existe somente ali; só que, e arrisco pôr a perder toda a história, a de cor laranja é o macho.

Ora, um homem como Bligh, se tivesse encontrado o *Daphne* pelo menos em estado razoável, pois chegara até ali numa simples embarcação, teria feito o possível para pô-lo em ordem. Mas já se passara quase um século e meio. Algumas tempestades haviam-no ulteriormente abalroado, desancorado, indo bater o navio contra a barreira de corais, ou talvez não, fora carregado pela correnteza, arrastado para o norte e arremessado em outros baixios ou nos recifes de uma ilha mais próxima, onde ficara exposto à ação do tempo.

Bligh provavelmente subiu a bordo de um navio fantasma, com as amuradas incrustadas de conchas e verdes algas; a água estagnada numa estiva destruída; refúgio de moluscos e peixes venenosos.

Talvez sobrevivia, instável, o castelo da popa; e na cabine do capitão, secos e empoeirados, ou talvez não; úmidos e macerados, mas ainda legíveis, Bligh terá encontrado os papéis de Roberto.

Não eram mais os tempos de grande angústia sobre as longitudes, mas talvez o tenham atraído as referências, em língua desconhecida, sobre as Ilhas de Salomão. Quase dez anos antes, um certo senhor Buache, geógrafo do rei e da Marinha Francesa, apresentara uma memória à Academia de Ciências sobre a Existência e a Posição das Ilhas de Salomão; sustentara que estas nada mais eram do que a baía de Choiseul, que Bougainville tocara em 1768 (e cuja descrição parecia conforme aquela antiga de Mendaña), e as Terres des Arsacides, tocadas em 1769 por Surville. Tanto assim que, enquanto Bligh ainda navegava, um anônimo, que era provavelmente o senhor de Fleurieu, estava para publicar um livro intitulado *Découvertes des François en 1768 & 1769 dans le Sud-Est de la Nouvelle Guinée*.

Não sei se Bligh havia lido as reivindicações do senhor Buache, mas certamente, na marinha inglesa, comentava-se, com raiva, aquele traço de arrogância dos primos franceses, que se jactavam de ter encontrado o inencontrável. Os franceses tinham razão, mas Bligh podia ou não saber disso, ou podia não desejar saber. Poderia, portanto, ter nutrido a esperança de ter posto as mãos num documento que não apenas desmentia os franceses, mas que o consagraria como o descobridor das Ilhas de Salomão.

Imagino que, em primeiro lugar, ele terá mentalmente agradecido a Fletcher Christian e aos outros amotinados, porque o introduziram brutalmente no caminho da glória; em segundo lugar, terá decidido, como bom patriota, manter segredo sobre seu pequeno desvio para o oriente, bem como sobre sua descoberta e entregar com absoluta reserva os papéis ao Almirantado britânico.

Mas mesmo assim, alguém os terá julgado de escasso interesse, desprovidos de qualquer virtude probatória e — de novo — os terá jogado na papelada erudita para literatos. Bligh renuncia às Ilhas de Salomão, contenta-se em ser nomeado almirante por suas outras e inegáveis virtudes de navegador e morrerá igualmente satisfeito, sem saber que Hollywood teria feito dele uma figura execrável aos pósteros.

E assim, mesmo que uma de minhas hipóteses prestasse para continuar a narração, ela não teria um fim digno de ser contado, e deixaria descontente e insatisfeito qualquer leitor. Nem mesmo de tal maneira, a aventura de Roberto encerraria alguma lição moral; e estaríamos ainda perguntando por que lhe aconteceu o que lhe aconteceu, concluindo que, na vida, as coisas acontecem porque acontecem; e que é só no País dos Romances que parecem acontecer por um objetivo ou providência.

Pois, se tivesse de tirar uma conclusão, teria de vasculhar os papéis de Roberto para encontrar uma nota, que remonta certamente àquelas noites, nas quais se interrogava sobre um possível Intruso. Naquela noite, Roberto olhava mais uma vez para o céu. Lembrava-se, como na Griva — quando desabara por causa da idade a capela da família —, daquele seu preceptor carmelitano, que estivera no oriente, havia aconselhado a reconstrução daquele pequeno oratório, à maneira bizantina, de formato redondo com uma cúpula central, que não tinha nada a ver com o estilo a que estavam acostumados em Monferrato. Mas o velho Pozzo não queria meter o nariz em coisas de arte e de religião, e ouvira os conselhos daquele homem santo.

489

Olhando para o céu antípoda, Roberto percebia que na Griva, numa paisagem circundada por colinas, a abóbada celeste lembrava-lhe a cúpula do oratório, bem delimitada pelo breve círculo do horizonte, com uma ou duas constelações que ele era capaz de reconhecer; de modo que, segundo sabia, o espetáculo mudava toda semana, e, visto que ia dormir bem cedo, não tivera a oportunidade de se dar conta de que o espetáculo mudava no decorrer da própria noite. Portanto, aquela cúpula parecera-lhe sempre estável e redonda, e assim imaginara todo o Universo.

Em Casale, no centro de uma planície, compreendera que o céu era mais vasto do que pensava, mas padre Emanuele o convencera a imaginar as estrelas descritas mais por conceitos, do que a olhar as que estavam acima de sua cabeça.

Agora, espectador antípoda da infinita amplidão de um oceano, descobria um horizonte ilimitado. E no alto, acima da cabeça, contemplava constelações jamais avistadas. Reconhecia as de seu hemisfério, segundo a imagem que outros haviam previamente fixado: aqui, a simetria poligonal da Grande Carroça; lá, a exatidão alfabética de Cassiopeia. Mas, a bordo do *Daphne,* não dispondo de figuras predispostas, podia unir um ponto a qualquer outro, formando as imagens de uma serpente, de um gigante, de uma cabeleira ou de uma cauda de inseto venenoso, para desfazê-las, em seguida, e tentar outras formas.

Na França e na Itália, observava também no céu uma paisagem definida pela mão de um monarca, o qual fixara as linhas das estradas e dos serviços postais, deixando entre elas as manchas das florestas. Aqui, ao contrário, era pioneiro numa terra desconhecida; devia decidir sobre os caminhos que teriam de ligar uma montanha a um lago, sem um critério de escolha, pois não havia ainda cidades e povoados ao sopé daquela ou às margens deste. Roberto não olhava as constelações: estava condenado a instituí-las. Desesperava-se de que o conjunto se ordenasse como se fosse uma espiral, uma casca de caracol, um vórtice.

É naquela altura que se recorda de uma igreja, bastante nova, que vira em Roma — e é a única vez que nos deixa imaginar ter visitado aquela cidade, talvez antes da viagem à Provença. Aquela igreja parecera-lhe muito diversa da cúpula da Griva e das naves, geometricamente ordenadas em ogivas e cruzeiros, das igrejas vistas em Casale. Agora compreendia por quê: era como se a abóbada da igreja fosse um céu austral, que atraísse a visão para tentar sempre novas linhas de fuga, sem jamais repousar sobre um ponto central. Debaixo daquela cúpula, não importa onde estivesse, quem olhasse para o alto se sentia sempre às margens.

Percebia, agora, que, de maneira mais imprecisa, menos evidentemente teatral, tendo vivido através de pequenas surpresas, dia após dia, aquela sensação de um repouso negado, tivera-a antes na Provença e depois em Paris, onde todos, de alguma forma, lhe destruíam uma certeza e lhe indicavam um modo plausível de desenhar o mapa do mundo; mas as sugestões provenientes de partes diversas não se compunham num desenho finito.

Ouvia falar de máquinas capazes de alterar a ordem dos fenômenos naturais, de modo que o pesado tendesse para o alto e o leve caísse para baixo, que o fogo molhasse e a água queimasse, como se o próprio Criador do Universo fosse capaz de retificar-se, e pudesse, afinal, compelir as plantas e as flores contra as estações, e levar as estações a engajar-se numa luta contra o tempo.

Se o Criador aceitasse mudar de opinião, existiria ainda uma ordem que Ele impusesse ao Universo? Talvez tivesse imposto muitas, desde o princípio; talvez estivesse disposto a mudá-las, dia após dia; talvez existisse uma ordem secreta que presidia aquela mudança de ordens e de perspectivas; e não estaríamos destinados a descobri-las jamais, mas a seguir, preferivelmente, o jogo mutável daquelas aparências de ordem que se reordenavam a cada nova experiência.

Então, a história de Roberto de la Grive teria sido a de um enamorado infeliz, condenado a viver debaixo de um céu desmedido, que não conseguiu conciliar-se com a ideia de que a Terra vagasse ao longo de uma elipse, da qual o Sol é apenas um dos focos.

O que, como muitos hão de convir, é muito pouco para tirar disso uma história com princípio e fim.

Afinal, se desta história eu desejasse produzir um romance, demonstraria, mais uma vez, que não se pode escrever, senão fazendo um palimpsesto de um manuscrito encontrado — sem jamais conseguir subtrair-se à Angústia da Influência. Nem fugiria das curiosidades pueris do leitor, o qual gostaria de saber, afinal, se Roberto realmente escreveu as páginas sobre as quais me detive em demasia. Honestamente, deveria responder-lhe que não é impossível que tenham sido escritas por um outro qualquer, que desejava fingir contar a verdade. E assim perderia eu todo o efeito romanesco: porque fingimos, sim, contar coisas verdadeiras, mas não devemos dizer seriamente que estamos fingindo.

Eu não saberia sequer imaginar através de que última peripécia as cartas tenham chegado a quem deveria entregá-las a mim, tirando-as de uma miscelânea de outros desenxabidos e rabiscados manuscritos.

"O autor é desconhecido"; gostaria, porém, que ele tivesse dito que "a escritura é graciosa, mas, como vês, está desbotada, e os papéis são agora uma só mancha. Quanto ao conteúdo, pelo pouco que descobri, são exercícios de estilo. Sabes como se escrevia naquele Século... Era gente sem alma".

Sumário

1. Daphne — 9
2. Do que aconteceu em Monferrato — 27
3. O serralho dos assombros — 42
4. A fortificação demonstrada — 50
5. O labirinto do mundo — 56
6. Grande arte da luz e da sombra — 66
7. Pavane Lachryme — 73
8. A doutrina curiosa dos belos espíritos de outrora — 80
9. O telescópio aristotélico — 88
10. Geografia e hidrografia reformada — 100
11. A arte da prudência — 109
12. As paixões da alma — 115
13. O mapa da ternura — 127
14. Tratado de ciências d'armas — 132
15. Relógios (alguns osciladores) — 147
16. Discurso sobre o Pó de Simpatia — 153
17. A desejada ciência das longitudes — 176
18. Curiosidades inauditas — 196
19. A náutica reluzente — 202
20. Agudeza e arte de engenho — 225
21. Telluris Theoria Sacra — 238
22. A Pomba Cor de Laranja — 265
23. Diversas e artificiosas máquinas — 275
24. Diálogos sobre os maiores sistemas — 290

25. Technica curiosa	317
26. Theatro de empresas	332
27. Os segredos do fluxo do mar	348
28. Da origem dos romances	355
29. A alma de Ferrante	360
30. Da doença do amor ou melancholia erótica	375
31. Breviário dos políticos	382
32. O Horto das Delícias	394
33. Mundos subterrâneos	398
34. Monólogo sobre a pluralidade dos mundos	409
35. A consolação dos navegantes	422
36. O homem na hora	434
37. Exercícios paradoxais sobre como pensam as pedras	453
38. Sobre a natureza e o lugar do inferno	466
39. Itinerário extático celeste	478
40. Colophon	485

Este livro foi composto na tipologia Minion Pro
Regular, em corpo 10,5/15, e impresso em
papel off-white 70g/m^2 no Sistema Digital Instant
Duplex da Divisão Gráfica da Distribuidora Record.